国学经典文库

唐宋八大家散文鉴赏

韩 愈 等◎著

线装书局

目　录

苏洵文集

国学经典文库

唐宋八大家散文鉴赏

目录

国学经典文库

唐宋八大家散文鉴赏

目录

唐宋八大家散文鉴赏

欧阳修卷

韩　愈　等◎著

线装书局

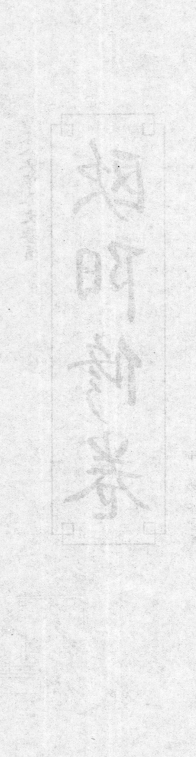

欧阳修简介

　　欧阳修(1007～1072),字永叔,自号"醉翁",晚年更号"六一居士",谥号"文忠",世称"欧阳文忠公",北宋庐陵(今江西省吉安)人。《宋史》卷三百一十九有传。欧阳修四岁丧父。生活清寒,买不起纸笔,母亲就用荻草教他在沙地上学字。十岁时,到当地有藏书的人家借书来读,过目成诵。有一次,在李家偶然发现一部破旧的《韩愈文集》,视为珍宝,求得此书,补缀诵读,保留终生,这对他后来的写作和领导宋代诗文革新运动,都有很大影响(参看《记旧本韩文后》)。

　　欧阳修不喜欢"险怪奇涩"的所谓"时文"(骈体文),但是为了应付科举考试,他还是深入钻研了"时文"。宋仁宗天圣七年(公元1029年),欧阳修二十四岁,由于他"时文"做得好,考中了进士,连考三场,都得了第一名。人们以为他可以成为著名的"骈文"大家,但是,科举考试一过关,他就抛弃了这种讨厌的"时文",不再写它,进而坚定地反对"时文"了。后来,当欧阳修任知贡举(主考官)时,就利用职权,禁写"时文",打击了当时浮靡空泛的文风,大大地推进了"古文运动"的发展。这当然会遭到保守势力的抗拒。有一次,趁欧阳修早晨上朝的时候,一群落选的读书人将他包围在街头,任意指责辱骂,甚至有人给他写了一篇"祭文"送到他家里。这说明当时的斗争是很尖锐的。

　　欧阳修中进士的第二年,授西京(今河南省洛阳市)留守推官(地方行政长官的助手),做了西京留守钱惟演的幕僚。洛阳三年,他结识了同在洛阳的著名诗人梅尧臣和古文家尹师鲁,三人志同道合,共同推进了当时的诗文革新运动。

　　北宋中叶的阶级矛盾、民族矛盾、统治集团的内部矛盾都是十分尖锐的。以范仲淹为首的开明派受到了以吕夷简为首的保守派的打击,宋仁宗景祐三年(公元1036年),范仲淹被贬,欧阳修出于义愤,写了《与高司谏书》,刺痛了这班保守派的官僚,因而被贬为夷陵(今湖北省宜昌市)令。之后,保守派诬蔑他们是"朋党",他又理直气壮地写了一篇战斗性很强的政论文《朋党论》以回击。他为人正直,敢于诤谏,一直站在范仲淹革新派的一边。但是,他晚年做了高官,官至枢密副使(主管

3

全国军事的副长官)、参知政事(副宰相),由于地位的改变,政治态度也逐渐趋于保守,当王安石变法时,他竟站到保守派一边,反对变法了。

欧阳修是北宋中叶诗文革新运动的领袖,是当时文坛上公认的伟人。其主张是与韩愈一脉相承的。他主张"文以明道",认为"道"是内容,是本质;"文"是形式,是明道的工具。把"道"比作金玉,把"文"比作金玉发出的光辉。欧阳修在领导诗文革新运动中,很注意培养人才,除了那些志同道合的文学家,如梅尧臣、尹师鲁、苏洵等团结在他周围之外,曾巩、王安石、苏轼、苏辙等古文大家都出于他的门下,这就形成了一支十分可观的队伍,阵容整齐宏大,这是取得诗文革新运动胜利的有力保证。

欧阳修不但领导了诗文革新运动,提倡平实朴素的文风,反对浮靡侈丽的"西昆体"和险怪奇涩的"时文",而且在创作实践上,也取得了多方面的卓越成就。他的诗、词、赋写得都很好,尤其是他的散文,独具风格,自成一家。他的文章是宗法韩愈的,但比韩文明白流畅、平易朴实,能够深入浅出,引人入胜,形成了一种自然清新、抒情委婉、说理透辟的独特风格,读之使人感到从容不迫,情趣横生,耳目为之一新,《醉翁亭记》是这种文风的代表作。苏轼在《六一居士集序》中说:欧阳修"论大道似韩愈,论事似陆贽,记事似司马迁。"比喻是恰当的。

欧阳修的著作有《欧阳文忠公文集》一五三卷。另有《六一词》《诗本义》《六一诗话》。"诗话"为后代诗歌理论的发展提供了一种新的表现形式,开历代"诗话"之先河,在我国古代文学批评史上有重要地位。在史学方面,他曾与宋祁合著《新唐书》,又单独编纂了一部"减旧史之半,而事迹添数倍"的《新五代史》,都具有史学和文学价值。

伐树记

国学经典文库

唐宋八大家散文鉴赏

欧阳修卷

【题解】

本篇作于天圣九年（公元 1031 年），时作者初至洛阳（西京），任西京留守推官。

此篇为寓言性的哲理文章。先以庄子之言展开议论，又以客对答抒发感慨，从而增强了文章的形象性和感染力，富有哲理性，读之发人深省。

本文作者重点提出：一切物类幸与不幸的不同遭遇，都是由于它所处的客观环境及主观态度决定的。欧阳修在本文中又以杏树有用而幸存，樗树无用被砍伐的事实，驳斥了庄子在《逍遥游》等篇中，曾以栎树等为例，主张"材者死，不材者生"、崇尚"以无用处无用"的避世哲学。从而表现了欧阳修追求有用于世的人生态度。托物言志，表现了作者于官场锐意进取的积极人生观。本文在写作技巧上主要运用问答和对比的形式，增强了作品的生动性。

【原文】

署之东园，久芜不治①。修至始辟之，粪瘠溉枯②，为蔬圃十数畦，又植花果桐竹凡百本③。春阳既浮，萌者将动④。园之守⑤启曰："园有樗焉⑥，其根壮而叶大。根壮则梗地脉，耗阳气⑦，而新植者不得滋；叶大则阴翳蒙碍⑧，而新植者不得畅以茂。又其材拳曲臃肿，疏轻而不坚⑨，不足养，是宜伐⑩。"因尽薪之⑪。明日，圃之守又曰："圃之南有杏焉，凡其根庇之广可六七尺，其下之地最壤腴⑫。以杏故，特不得蔬⑬，是亦宜薪⑭。"修曰："噫，今杏方春且华，将待其实⑮，若独不能损数畦之广为杏地耶⑯？"因勿伐。

既而悟且叹曰："吁！庄周⑰之说曰：樗、栎以不材终其天年，桂、漆以有用而见伤夭⑱。今樗诚不材矣，然一旦悉剪弃⑲；杏之体最坚密美泽可用，反见存⑳。岂才不才各遭其时之可否耶㉑？"

他日，客有过㉒修者。仆夫曳薪过堂下㉓，因指而语客以所疑㉔。客曰："是何怪耶？夫以无用处无用，庄周之贵也㉕。以无用而贼有用，乌能免哉㉖？彼杏之有华实也，以有生之具而庇其根，幸矣㉗！若桂、漆之不能逃乎斤斧者㉘，盖有利之者在死，势不得以生也㉙。与乎杏实异矣。今樗之臃肿不材，而以壮大害物，其见伐诚宜尔㉚。与夫才者死不才者生之说，又异矣。凡物幸之与不幸，视其处之而已㉛。"客既去，修善其言而记之。

①署:官署,衙门。　　久莁不治:杂草丛生,很久没有清除。莁:杂草丛生。

②粪瘠溉枯:在贫瘠土地上施肥,在干涸土地上灌溉。

③蔬圃:菜园。　　畦:菜园中分成的小块田地。　　本:株。

④浮:上升。《诗经·豳风·七月》:"春日载阳。"　　萌:草木发芽。《礼记·月令》:"草木萌动。"

⑤园之守:管理菜园的人。

⑥樗:落叶乔木,即臭椿。《庄子·逍遥游》:"吾有大树,人谓之樗,其大本臃肿而不中绳墨,其小枝卷曲而不中规矩,立之途,匠者不顾。"

⑦梗地脉,耗阳气:阻塞地脉的疏通,消耗滋润的养料阳光。古人认为天地间有阴阳二气,阳气刚而阴气柔,阳气主生而阴气主死。

⑧叶大则阴翳蒙碍:叶大就遮蔽阳光,阻碍雨露。

⑨疏轻而不坚:木质疏散体轻,不坚实。　　疏轻:本质疏松,体轻。

⑩不足养:不值得养殖。

⑪薪之:把它砍伐掉作薪柴。　　薪:名动,砍掉作薪柴。

⑫壤腴:土地肥沃。

⑬以杏故,特不得蔬:因为有杏树的原因,唯独不能种蔬菜。蔬:名动,种蔬菜。

⑭是亦宜薪:它(杏)也应该砍掉作薪柴。

⑮华:同"花"。　　实:果实。

⑯"若独"句:你难道不能减少几畦菜地而为杏树生长之地吗?若:你。
独:难道。

⑰庄周:即庄子,战国时宋之蒙人,著有《庄子》。

⑱"樗、栎"二句:臭椿树与柞树因为不成材而保全下来,享受了它们自然的年限;桂树、漆树因为有用而遭到损伤夭折。《庄子·人间世》:"匠石之齐,至于曲辕,见栎社树,其大蔽数千牛,絮之百围。……是不才之木也,无所可用,故能若是之寿。"又"山木自寇也,膏火自煎也。桂可食故伐之,漆可用故割之。人皆知有用之用,而莫知无用之用也。"栎(柞树),与樗同喻无用之才。

⑲悉剪弃:(不成材的)全部砍掉。　　悉:全部。

⑳反见存:被动句,(有才的)反而被保存了。　　见:表被动,被。

㉑"岂才"句:难道说,有才的与没有才的,是由于各自遇上的时代不同而有被保护与加害之别。遭:碰上。　　可:赞同,保护。　　否:非难,加害。

㉒过:指访问。

㉓仆夫曳薪过堂下:仆人拖着烧柴从堂下经过。曳:拖着。

㉔以所疑:把所疑惑地对客人说了。

㉕"夫以无用"二句:这以无用之才又以无用的态度处理它(与世无争),才是庄子所崇尚的。《庄子·逍遥游》:"无所可用,安所困苦哉!"又《人间世》:"是不材之木也,无所可用。"

㉖贼：侵害。　　乌：疑问代词，怎么。

㉗"彼杏"三句：这杏树能开花结果，是用它的本身所具有的生存条件保护了它的本根，因而保留下来，真是万幸啊。　　根：树根。

㉘斤斧：伐木的斧头，指此用斧头砍伐。《孟子·告子上》："斧斤伐之。"

㉙"盖有"句：大概是有人砍伐它获利，形势使它们不能生存啊。

㉚物：其他作物。　　其见伐诚宜尔：它们被砍伐实在应该。

㉛"凡物"句：一切物类幸与不幸的遭遇，都是根据它所处的环境而决定的。

【集评】

明茅坤《唐宋八大家文钞》卷四十八：借庄周之言而参之以客对发其感慨。

【鉴赏】

这篇文章写于天圣九年。当时，作者欧阳修赴任西京留守推官刚抵西京(今洛阳)，时年正当作者初涉仕途，正欲准备于民于社会有所作为之时。

本文是一篇寓言性的哲理文章。在文中，作者借喻府第园内由作者亲手种植的树木——臭椿树、杏树、桂树、漆树等的不同遭遇，叙出了作者对世上物类存在的一种看法，即：万物之所以有不同的境遇，他们的生死别离、悲欢离合，他们的幸与不幸，都是由客观环境所决定的，且均受到主观意志的制约。文章从它自身的角度强调,为生一世应多做对社会有益无害的事情,只有这样才能在世上立足。这些都直接反映出作者当时对社会存在的认识和看法。

全文分为三个自然段。

第一段,开首"署之东园,久弗不治",道出了背景。官衙的东园,已是杂草丛生,很久没有清除了。这里也意指主人已经去了多时了。接着,作者写道,从我来之后,开辟这园中贫瘠干涸的土地,给它施粪灌水,整理出十多垄菜地,又栽种了百多株花树、果树、桐树、竹子等。"春阳既浮,萌者将动。"春天到了,阳气上升,草木萌芽了。管理菜园的人来报告说,园内有棵臭椿树(樗),它根粗叶大。根粗就梗塞了地下的通道,消耗了阳气,使得周围新种的花木不能滋长;叶大就遮蔽了阳光,阻碍雨露,使得新种的花木不能伸展繁茂。况且这种树也不能成材,它树干弯曲、疏松轻浮、不坚实。于是乎守园人建议对这种树"不足养",便将所有臭椿树砍作了烧柴。第二天,守园人又来报说"菜园南部有棵杏树,它的根和枝叶占据面积太大,约有方园六七尺。树下的土地甚是肥沃,只因这棵杏树的缘故而不能种菜。因此,这棵杏树也应砍掉才是。"作者听后对守园人说,现时正值春天,杏树将要开花,花落即可结果,还是不要为了几垄菜地而毁掉这棵杏树吧!这样杏树便被保存了下来。

第二段,作者由上述的两件事中引发了长长的感叹,"岂才不才各遭其时之可否耶?"难道说,有才与无才的物类,由于各自碰上的时代不同而有幸或不幸吗?庄周(即庄子)曾经说过:臭椿树和榨树因为不能成才而保全下来,尽享了它们的自然年华;而桂树和漆树却因是有用之材而遭砍伐,使其自然年华夭折于半途。现今,这棵臭椿树是不成才的,却一下子被连根除掉,而杏树的木质坚实致密、美观光泽,反而被保存了下来。这庄周言下的树木之境遇与本文作者所叙述的树木之境遇是如此的不同,令人颇有疑惑不解之处呀!

第三段,后来一位客人造访作者时,作者对其道出了心中的疑惑,这位客人听后说,这有什么可奇怪的呢?庄周所说,是指的那些自身无用而又处在无用的地方(即与世无争)的物类,它们有幸能够保全自己。如果自身无用却又去妨害有用的东西,则是不能幸免于难的。杏树能够开花结果,是有益于生活的,凭此保存住自己的根本,也属万幸。至于桂树、漆树不能逃脱刀斧砍削的原因,是因为有人要取材获利而已。跟杏树相比,所不同的是形势使它们不能生存下去了。现在臭椿树被砍掉了,它不成材且又根壮叶大妨害作物,砍掉它是合适的。这与有才能的反而死掉,没才能的反而生存下来的说法是不同的。总之,"凡物幸之与不幸,视其处之而已"。就是说,物类的命运,决定于环境对他们的取舍和需要。

全文深入浅出,言简而意明。文中讲的虽只是几种树木在不同的环境需求下不同的命运和大相径庭的结局,道出了社会和生活中存在的机理。作者在这里借喻对这生存机理的疑惑,画龙点睛,说明了一条有意义的哲理,即无论是客观物质也罢,人生在世也罢,都应多多为环境的发展和人类社会做出有意义的贡献,否则是难以存在下去的。

作者在文中通过几次问答来反映自身的思辨过程,增强了整个文章的生动性、形象性和感染力。

养鱼记

国学经典文库

唐宋八大家散文鉴赏

欧阳修卷

【题解】

约作于明道初年。时作者于洛阳任西京留守推官。本篇与《伐树记》相似，为一篇寓言。本文前半篇写非非堂前池塘的景观，作者认为此"足以舒忧隘而娱穷独"。后半篇以"池小"为着眼点，写大鱼因"斗斛之水不能广其容"而"枯涸在旁，不得其所"，而小鱼却在浅狭水池中"有若自足"，讽刺当时人才难以进用，从而表现出作者怀才不遇的内心不平。当时朝廷由章献太后垂帘听政，幸臣、宦官专权，很多有才的人不能得任用，作者也无法施展自己的抱负。由此不难看出作者写此篇的寓意。文中语言清新优美，对比鲜明，特别是前半篇写鱼池之景观，辩丽可喜，而又托之以情志，从而使文章活动起来。

【原文】

折檐之前有隙地①，方四五丈，直对非非堂②。修竹环绕荫映，未尝植物。因洿以为池③，不方不圆，任其地形；不甃不筑④，全其自然。纵锸以浚之，汲井以盈之⑤。湛乎汪洋，晶乎清明⑥。微风而波，无波而平。若星若月，精彩下入⑦。予偃息其上，潜形于毫芒⑧，循漪沿岸，渺然有江湖千里之想⑨。斯足以舒忧隘而娱穷独也⑩。

乃求渔者之罟，市数十鱼⑪，童子养之乎其中。童子以为斗斛之水不能广其容，盖活其小者而弃其大者⑫。怪而问之，且以是对。嗟乎，其童子无乃嚚昏而无识矣乎⑬？予观巨鱼枯涸在旁⑭，不得其所，而群小鱼游戏乎浅狭之间，有若自足焉⑮。感之而作《养鱼记》。

【注释】

①折檐：指屋檐下的弯曲走廊。同"步檐"。《汉书·司马相如传》："步櫩周游。"　　隙地：空地。

②非非堂：作者欧阳修于明道元年在河南府官衙西边所建的一间书房。后有《非非堂记》一文。

③因洿以为池：就着原来的洼地挖了个池塘。洿：挖掘。

④不甃不筑：没用砖砌，也没筑堤岸。　　甃：指用砖石堆砌堤岸。

⑤纵锸以浚之，汲井以盈之：尽力用铁锹把它疏通挖深，又汲井水把池子灌满。锸：铁锹。　　浚：疏通，挖深。

⑥"湛乎汪洋"二句:池水清澈而汪洋,光亮而透明。 湛:澄清。

⑦"若星"二句:夜间星星、月亮好像进入池中,光彩鲜明。

⑧"予偃"二句:我休息在池边,我的形体状貌纤毫都影照在池中。 偃息:休息。 潜形于毫芒:晋应《临丹赋》:"清波引镜,形无遁影。"

⑨"循漪"二句:沿着池岸散步,仿佛漫游在浩荡的江湖之间。江湖千里之想:《南史·齐竟陵王昭胄传》:"……幼好学,有文才,能书善画,于扇上图山水,咫尺之内,便觉万里为遥。"

⑩忧隘:忧郁不畅之感。 穷独:困乏孤独。《孟子·尽心上》:"穷则独善其身。"

⑪"乃求"二句:于是就请求渔民撒网打鱼,向他买了几十条活鱼。 罟:鱼网。 市:买。

⑫"童子以为"二句:小书童认为池中水量太小,又不能扩大它的容量,因而只能养活小鱼而把大鱼放走了。 斗斛之水:指池中水量少。

《庄子·外物》:"鲋鱼忿然作色曰:吾失我常与,我无所处,吾得斗升之水然活耳。" 斛:十斗为斛。

⑬"其童子"句:这个小童岂不是愚蠢糊涂而无知吗! 无乃:岂不是。 嚚:愚蠢。《书·尧典》:"父顽母嚚。"

⑭枯涸:干枯无水。

⑮有若自足焉:好像很得意的样子。

【鉴赏】

本文是一篇寓言性小品,大致作于明道元年(公元1032年)。当时正逢章宪太后垂帘听政,幸臣、宦官用事,使很多正直有为人士不能得到任用,无以施展其才干,作者便是其中的一员。本文正是在这种背景下,道出了作者对当时社会的深切忧虑和悲哀。

全文共分为两个自然段。

第一段，"折檐之前有隙地，方四五丈，直对非非堂"。这里的"折檐"是指曲折的走廊。"隙地"即空地。"非非堂"是作者于明道元年在河南府官衙西边所建的一间书室，并作有《非非堂记》一文。官府四廊前面有一块空地，四五丈见方，正对着非非堂。作者交代了背景和地处位置，接着笔锋指处，道出了周围之环境。"修竹环绕荫映，未尝植物"。这块地方尽被修竹所环绕遮蔽，没有栽种其他的植物。于是乎，作者则在这块地就着原来的洼地做起了一个池塘，他对这个池塘不施任何的人为改变，既不加方，也不加圆，完全顺随原来的地形。且既不用砖砌，也没有筑堤岸，"全其自然"。只是用锹下挖将其加深，然后汲来井水将其灌满。这样看去，池塘便显得很深很宽，清澈闪光。"微风而波，无波而平。若星若月，精彩下入。"微风泛起波纹，无风时波平如镜。星光月影映入水中，光彩入目直透塘底，一片宜人美景。接着，作者写道："予偃息其上，潜形于毫芒，循漪沿岸，渺然有江湖千里之想。"在塘边休息，身影照在水中，连毛发都能看清，可见其清澈。顺着水池散步，微波荡漾，好像处在广阔千里的江湖，此情此景真是令人心旷神怡。至此，作者突将笔端转向了自身，他百感交集，面对池塘，尽情发散着内心的忧郁不畅，以求得慰于自己这个身处逆境而又严于律己的人——"斯足以舒忧隘而娱穷独也"。

第二段，作者借叙养鱼之道，说出了对当时社会奸人当道，正直的能人受欺的愤愤不平之情。作者向打鱼人买下了几十条活鱼，叫书僮把这些鱼养在池塘中。书僮认为池内水太少且又无法增大容量，于是把小鱼放养在池中，把大鱼抛在池边。作者甚感奇怪，便问书僮，这是为何故？书僮把全部想法对他讲了。作者听后叹道："嗟乎，其童子无乃嚚昏而无识矣乎？"这个书僮不是愚顽糊涂太缺乏见识了吗？一群小鱼在那又浅又窄的池塘中游戏，而那些大鱼却被丢在了池塘外边挨渴受困，得不到安身之地。小鱼在池中得意，大鱼在忍受煎熬，真是太不合理了！这里，作者记下了这耳闻目睹的感受，发出了对世间的悲叹！

全文写得委婉曲折，前半篇写景写物楚楚动人，叫人读后心情旷达。这也正是为了衬托出后文所写的"斗斛之水不能广其容""巨鱼枯涸在旁"所唤出的不平。它告诉人们，世间本是美好的，大自然的千姿百态是多么的令人神往。然而当时社会腐败无能，终因小人得势。而能人不得其用所不能改变之。这里，作者记叙的是一件生活中的小事，但其中寓意的却是作者发出的对当时社会的深切哀痛。

文章不长，短小精悍。写景写情，触景生情。语言简洁而明快，文笔流畅而潇洒，是一篇精彩的佳作。

李秀才东园亭记

【题解】

本篇作于明道二年，时作者在洛阳任西京留守推官。

欧阳修的整个青少年时代是在随州度过的。在这里，他结交了以书香门第闻名的李尧辅家，同李公佐等建立了儿童时代的友谊。本文后半部以回忆的笔调，写出了作者同李家的昔日交往，流露出对李家及第二故乡——随州的至深的感情。前半部却用不少笔墨写随州的演变历史以及自然条件的贫困，都体现了作者的情感和关注，不能看作是无由来的闲笔。

全篇以抚今追昔、触景生情的笔法，写出了青少年时代的经历以及同李家、随州的缘分，寄寓了作者人事皆非、世态变化的人生感慨。文章既以亭园为线索，又显示其行文的摇曳多变，体现了作者散文创作的特点。

【原文】

修友李公佐有亭①，在其居之东园。今年春，以书抵洛，命修志之②。

李氏世家随。随，春秋时称汉东大国③，鲁桓之后，楚始盛，随近之，常与为斗国相胜败④。然怪其山川土地⑤，既无高深壮厚之势，封域之广，与郧、蓼相介⑥，才一二百里；非有古强诸侯制度，而为大国何也？其春秋世，未尝通中国盟会朝聘，僖二十年，方见于经，以伐见书⑦。哀之元年，始约列诸侯，一会而罢，其后乃希见⑧。僻居荆夷，盖于蒲骚、郧、蓼小国之间，特大而已⑨。故于今，虽名藩镇，而实下州⑩。山泽之产无美材，土地之贡无上物，朝廷达官大人，自闽陬岭徼出而显者⑪，往往皆是，而随近在天子千里内，几百年间，未出一士，岂非庳贫薄陋自古然也⑫。

予少以江南就食居之，能道其风土，地既瘠枯，民给生不舒愉⑬，虽丰年，大族厚聚之家，未尝有树林池沼之乐，以为岁时休暇之嬉。独城南李氏为著姓，家多藏书，训子孙以学。予为童子，与李氏诸儿戏其家，见李氏方治东园⑭，往求美草，一一手植，周视封树⑮，日日去来园间甚勤。李氏寿终，公佐嗣家⑯，又构亭其间，益修先人之所为。予亦壮，不复至其家。已而去客汉沔，游京师，久而乃归⑰。复行城南，公佐引予登亭上，周寻童子时所见，则树之蘖者抱，昔之抱者槎，草之苗者丛，荄之甲者今果矣⑱。问其游儿，则有子如予童子之岁矣⑲。相与逆数昔时，则于今七闰矣⑳，然忽忽如前日事，因叹嗟徘徊不能去。噫，予方仕宦奔走，不知再至城南登此亭复几闰？幸而再至，则东园之物又几变也！计亭之梁木其蠹，瓦甓其溜，石物其

12

渺乎㉑？随虽陋，非予乡，然予之长也㉒，岂能忘情于随哉？

公佐好学有行，乡里推之，与予友善。

明道二年十月十二日也。

【注释】

①李公佐：即李秀才，是李尧辅之子。

②"今年春"句：今年春天，（李公佐）捎信到洛阳，叫我为亭写一篇记文。今年春：即明道二年春天。　志：记载、写。

③"李氏世家"句：李氏家世代居住在随，随为西周初年时的诸侯国，后渐衰败，春秋时称为汉东大国。

④"鲁桓之后"句：鲁桓公之后，楚国开始强大，随国与它邻近，常作为交战国，互有胜负。　鲁桓：即鲁桓公，春秋时鲁国国君，名允。在位十八年（前711—前693）。　楚：春秋时期强大起来的诸侯国，发祥地为荆山一带，后国内不断扩大。鲁桓公八年（前704），楚君熊通自号武王。其子文王熊赀迁都到郢（今湖北江陵），地广势大，兼并小国，进而与晋争霸。楚庄王曾一度为霸主。斗国：即交战国。相胜败：互有胜负。

⑤怪：以其山川土地为怪，即指没有好的山川形势。

⑥郧：在今湖北安陆。　蓼：在今河南唐河。　与郧、蓼相介：在郧、蓼二国之间。郧、蓼均为小诸侯国。

⑦"僖二十年"句：僖公二十年（前640年），才在经书上见到，那是由于楚国征伐，随才出现在记载中。见《春秋》鲁僖公二十年，"冬，楚人伐随"。后《左传》载："随以汉东诸侯叛楚。冬，楚斗谷于菟（按：人名）帅师伐随，取城而还。君子曰：随之见伐，不量力也。"

⑧"哀之元年"句：孔颖达疏载："《正义》曰：僖二十年，楚人伐随，自尔以来，随不复见，以随世服于楚，为楚私属，不通于诸侯征伐盟会，不齿于列，故史不得书之。……定公四年，保护昭王，楚得复国，楚人感其恩德，使随列于诸侯。今楚帅诸侯围蔡，令随在其班次。"　《春秋·鲁哀公元年》（前494年）："楚子、陈侯、随侯、许男围蔡。"以上述记载可推之，随国虽然恢复过诸侯国的地位，但是在楚国保护之下允许的。鲁哀公元年，以诸侯国身份围蔡后，即不见于史书，可见又作为楚的附庸。

⑨"僻居荆夷"句：偏僻住居荆夷之地，对于蒲骚、郧、蓼等小国来说算是大国而已。　蒲骚：春秋时小诸侯国，在今安徽霍丘。　荆夷：泛指楚地，即今湖北一带，亦称荆蛮。

⑩藩镇：泛指宋代各州。原指唐代各州节度使，宋朝已解除藩镇兵权。　下州：指势力弱小的州。

⑪闽陬岭徼：泛指福建、广东一带的边鄙地区。　闽：福建简称。　岭：南岭。　陬：角落。　徼：边界。

⑫"岂非庳贫"句：难道不是它低下贫瘠，自古就是这样啊！　庳：低微。

⑬"予少以江南"句:欧阳修祖籍庐陵(今江西吉安),其父死于泰州任所后,随其母,投靠叔父欧阳晔,由泰州到随州(今湖北随县)。　　民给生不舒愉:百姓生活并不愉快舒服。

⑭治:修建。

⑮周视封树:环视其四周已为墓地。　　封树:为古代葬礼。封:聚土为坟。树:植树为标。

⑯"李氏寿终"句:指李尧辅死去,公佐继承家业。　　嗣(四):继承,接续。

⑰"已而去客"句:不久又到汉阳做客,来到京城(开封),历久才回到洛阳。

欧阳修自天圣六年(公元 1028 年)离开洛阳到明道二年(公元 1033 年)三月返回,历时五年。　《庐陵欧阳文忠公年谱》:"天圣六年戊辰,是岁,公携文谒胥学士(偃)于汉阳,胥公大奇之,留置门下。冬,携公泛江如京师。""七年冬,试国子监,获第一名;秋赴国学解试,又获第一。八年正月,试礼部,再中第一,三月崇政殿御试,公为甲科第十四名。五月,授将仕郎、试秘书省校书郎,充西京留守推官。"

"明道二年(公元 1033 年)正月,以吏事如京师。因省叔父于汉东,三月,还洛。"(见《庐陵欧阳文忠公年谱》)。汉沔,汉阳有汉水和沔水流过,故以汉沔称其地。

⑱"则树之蘖者抱"句:而过去栽的树苗已变成合抱的大树,过去要合抱的大树已被砍伐,青青的小草早已茂密丛生,果树嫩芽现已结成果实。　　蘖:本树木的萌芽、分枝,此指小树苗。　　枿:枝干砍伐后,又长出的枝芽。　　荄:根部。　　甲:草木萌芽时的外皮。　　苗:草木初出地面生长。

⑲子:指小孩。

⑳"相与"句:互相推算过去的时日,那么到今天已有二十多年了。指大中祥符八年(公元 1015 年),闰六月欧阳修九岁,至天圣九年(公元 1031 年)闰十月,欧阳修二十五岁。

㉑"计亭之梁木"句:计算着那时东园亭上的梁木会朽烂,砖瓦会剥蚀不堪,石块会风化?　　蠹:木质朽烂。　　甓:砖。　　溜:指砖瓦被剥蚀。　　泐:石块风化、开裂。

㉒长:成长。欧阳修青少年时代在随州度过。

【集评】

明茅坤《唐宋八大家文钞》卷四十八:先本之以风土之瘠,继之以登游之旧,以感园之废兴。

明唐顺之《唐宋八大家文钞·欧阳文忠公文钞》卷二十评语:荆川云:此文直说下去,入题处不用收拾。为人作一园记,直从郡国说起,是何等布置。

清何焯《义门读书记》欧阳文忠公文上卷:本不足记,故但书其不能忘情于园亭者。"修友李公佐"至"命修志之",下方详叙随之风土。先点出为亭作记、方不散漫,然亦嫌其语太烦也。"随虽陋,非吾乡"六字收束前二段。

清王元启《读欧记疑》卷一居士集记:"民给生不舒愉,虽丰年"。"虽丰年"三字当移著"民给"之上。"昔之抱者梂,五字衍。"于生七闰矣"。十有九年七闰,计公为童子时戏其家,盖在祥符八年。岂能忘情于(随)(是)哉"。上句已有"随"字,此"随"字当作"是"。

清王文濡《评校音注古文辞类纂》评语卷五十四:荒僻处而有园林,园主人已阅其三世,身世之感溢于言外。

【鉴赏】

欧阳修(1007~1072),北宋庐陵(今江西省吉安)人,四岁丧父,随母亲到随州汉东郡(今湖北省随县南),去投靠在那里做官的叔父。生活很困难,无钱上学。他母亲就用荻草在沙地上教他识字。

十岁,他常到城南藏书较多的李氏家,同李氏的几个儿子游玩,从李氏家借书来读,能过目成诵。有一次,他从李氏家壁柜的一个破筐里,见到《昌黎文集》六卷,破烂得不像样子。那时他虽然还不能完全看明白其中的意思,但却总觉得意义深厚,文辞浩然雄博,心里非常喜爱。李氏就把这部破书送给了他。欧阳修成名后,家里藏新书万卷,唯独《昌黎文集》是一部破旧的书。因为这部书使他懂得了作文的道理,对他推动宋代"古文运动"起了十分重要的作用。从此,也可以想见欧阳修对这部书的主人——李氏之家的感激心情。欧阳修于宋仁宗天圣八年(公元1030年)正月中进士,五月任西京(今河南省洛阳市)推官。宋仁宗明道二年(公元1033年)春天,李氏之子——李公佐来信请求欧阳修为其园亭写一篇记。他在这篇记中叙述了随州的历史和贫穷情况,回忆了自己从前在李氏东园的所见所闻,抒发了世事多变和永远不忘旧情的感慨。文章采用由大到小,由远及近,叙事与抒情相结合的写法。语言简朴,感情真挚,是一篇有史、有景、有情的园亭记。

全文分三部分。文章的开头,简单地交代了李公佐与自己的关系,来信请求作记的时间、地点。结尾说明写记的年月日,这是作记的常见格式。

第一部分叙述随州的情况,也是交代园亭的环境。"李氏世家随。"说明李氏世

代都住在随这个地方，从而引出下文。随是周朝的国名，春秋时代号称汉东大国。作者围绕这个"大"字，介绍了古随国的历史、疆域、山川土地等情况。一是写在鲁桓公以后，经常和楚国争斗，国土贫瘠，疆域很小，与古郧国、蓼国接壤，不像一个古代强大的诸侯国家，那为什么又号称大国呢？二、为了回答这个问题，又追述了随国与外界交往的历史。春秋早期，与"中国"没有往来。僖公二十年，才见经书上提到它，哀公元年，才参加了一次诸侯盟会，以后就很少见了。极言其闭塞，少为人知，地处偏僻蛮夷（古代对少数民族的诬称）的地区，在几个很小的国家中间。"特大而已"，所以就自认为是大国。古随国，明明是一个小国，作者却从解释为什么号称大国着笔，这可算平中出奇的手法，使读者对其偏小闭塞的印象更加深刻，文笔也别有一番情趣。"名为藩镇，而实下州"，有承上启下作用，名义上是封建藩属重镇，是承上；而实际上却是贫瘠的地方，是启下。下文是说这个地方既无什么好的物产，也没有出过名人。作者采用对偶的句式，以一意分写的方法来表述没有名产。用对比的手法，说明闽、陬、岭离京师虽远，却出了许多大人物；随州离天子较近，几百年却未闻出一士。最后用"岂其瘠贫薄陋自古然也？"总结上文。说明随州自古就是一个地不灵、人不杰的贫困薄陋的地方。这样写，是纪实，也是用以反衬李氏东园亭的可贵，与下文的"独"字是相互照应的。

　　第二部分从自己亲身见闻的角度介绍李氏园亭，增添了文章的真实性和亲切感。首先说明自己从小生活在随州，对那里情况很了解：土地贫瘠，人民生活穷困，就是非常有钱有势的人家，也没有园亭之类设施，供人游玩。这两层铺叙同样是由大到小，由远及近，与下文的"独"字，都是为了突出李氏之家及其园亭。"城南"，点明李氏之家的位置。先写李氏是很有名的，家里藏书多，重视后代的学习。再写亲见其治园构亭。"一一手植"，"日日去来"，形容李氏建园的辛勤。"公佐嗣家，又构亭其间，益修先人之所为。"是写建亭，并说明了园亭是经过两代人努力经营而成的。再次写自己离而复归，登亭看见景物的变化。"则树之蘖者抱，昔之抱者横，草之苗者丛，荄之甲者今果矣。"意思是小树长成大树，大树砍了长出新苗，过去的小果树苗，而今已挂果子了。睹物生景，看见园中游玩的小孩，想起自己幼小时在此玩耍的情景。不禁感叹光阴易逝："于今七闰矣，忽忽如前日事。"一晃就十九年了，仿佛像前天的事一样。真是重游旧地，感慨万端，徘徊流连，不能离去。

　　第三部分是全文的结束语。分三层：一、假想"幸而再至"的情景。感叹仕途之人，身不由己，不知再过多少年，才能再到这里，如果有幸再来，又不知园中之物又有多大变化，亭的石木砖瓦，恐怕都已朽坏了吧。发出对未来难于预料的伤感情调。二、表示不能忘情于随的强烈感情。"随虽陋，非予乡"，随虽然不好，又不是我的故乡，先退两步，"然"字一转，但是她却是养育我长大成人的地方，我哪能忘记她的恩情呢！前文极力写随之瘠陋，既衬托李氏园亭的难得，也衬托作者不忘养育之恩的强烈。三、再次交代与李公佐的友好关系，使全文首尾呼应，浑然一体。

洛阳牡丹记

【题解】

《洛阳牡丹记》，为我国最早的关于牡丹品类、观赏及栽培技术的专著,全文分《花品序第一》《花释名第二》《风俗记第三》《牡丹记跋尾》四部分,据《欧集》卷七十二《洛阳牡丹记》后编者按:"花谱,蔡君谟所书,至于流传。熙宁元年,公跋云:君谟绝笔于斯文。"故有推测此文作于熙宁元年(公元 1068 年),一说作于景祐元年(公元 1034 年)。

文中《花品序》《花释名》详细描写牡丹的各种品种的特色及得名的由来;《风俗记》重点写洛阳人赏花的风俗,又详细介绍接花、种花、浇花、养花及医花等牡丹栽培技术,以此可知我国古代园艺的成就。

牡丹花为我国名花之一,超逸群卉,素有"花王"之称,我国很多地方都有栽培,约有 1500 多年的历史。自唐、宋以来,洛阳牡丹最盛,有"洛阳牡丹甲天下"的美誉,因称牡丹为"洛阳花"。欧阳修曾有"洛阳地脉花最宜,牡丹尤为天下奇"的著名诗句。欧阳修这篇《洛阳牡丹记》,是一篇著名而珍贵的关于牡丹的专著,全文结构严谨,层次分明,知识性很强,文风更朴实自然。

【原文】

花品序第一

牡丹,出丹州、延州,东出青州,南亦出越州,而出洛阳者,今为天下第一①。洛阳所谓丹州花、延州红、青州红者,皆彼土之尤杰者,然来洛阳,才得备众花之一种,列第不出三已下,不能独立与洛花敌②。而越之花以远罕识,不见齿,然虽越人,亦不敢自誉以与洛阳争高下③。是洛阳者,果天下之第一也。

洛阳亦有黄芍药、绯桃、瑞莲、千叶红、红郁李之类,皆不减他出者,而洛阳人不甚惜,谓之果子花,曰某花、某花。至牡丹,则不名,直曰花。其意谓天下真花独牡丹,其名之著,不假曰牡丹而可知也。其爱重之如此。

说者多言洛阳于三河间,古善地。昔周公以尺寸考日出没,测知寒暑风雨乖与顺于此。此盖天地之中,草木之华,得中气之和者多,故独与他方异④。予甚以为不然。

夫洛阳于周所有之土,四方入贡,道理均,乃九州之中;在天地昆仑旁薄之间,

17

未必中也。又况天地之和气，宜遍被四方上下，不宜限其中以自私⑤。夫中与和者，有常之气，其推于物也，亦宜为有常之形⑥。物之常者，不甚美亦不甚恶。及元气之病也，美恶鬲并而不相和入，故物有极美与极恶者，皆得于气之偏也。花之钟其美，与夫瘿木臃肿之钟其恶，丑好虽异，而得分气之偏病则均。洛阳城圆数十里，而诸县之花莫及城中者，出其境则不可植焉，岂又偏气之美者独聚此数十里之地乎？此又天地之大，不可考也已。凡物不常有而为害乎人者曰灾，不常有而徒可怪骇不为害者曰妖。语曰："天反时为害，地反物为妖⑦。"此亦草木之妖而万物之一怪也。然比夫瘿木臃肿者，窃独钟其美而见幸于人焉。

余在洛阳，四见春。天圣九年三月始至洛，其至也晚，见其晚者。明年，会与友人梅圣俞游嵩山少室、缑氏岭、石唐山、紫云洞，既还，不及见⑧。又明年，有悼亡之戚，不暇见⑨。又明年，以留守推官岁满解去，只见其蚤者。是未尝见其极盛时。然目之所瞩，已不胜其丽焉。

余居府中时，尝谒钱思公于双桂楼下⑩，见一小屏立坐后，细书字满其上。思公指之曰："欲作花品，此是牡丹花，凡九十余种。"余时不暇读之，然余所经见而今人多称者才三十余种，不知思公何从而得之多也。计其余，虽有名而不著，未必佳也。故今所录，但取其特著者而次第之：

    姚黄   魏花   细叶寿安   鞓红(亦曰青州红)   牛家黄   潜溪绯
左花   献来红   叶底紫   鹤翎红   添色红   倒晕檀心   朱砂红
九蕊真珠   延州红   多叶紫   粗叶寿安   丹州红   莲花萼   一百
五   鹿胎花   甘草黄   一撮红   玉板白

花释名第二

牡丹之名，或以氏，或以州，或以地，或以色，或旌其所异者而志之⑪。姚黄、牛黄、左花、魏花以姓著，青州、丹州、延州红以州著，细叶、粗叶寿安、潜溪绯以地著⑫，一撮红、鹤翎红、朱砂红、玉板白、多叶紫、甘草黄以色著，献来红、添色红、九蕊真珠、鹿胎花、倒晕檀心、莲花萼、一百五、叶底紫皆志其异者。

姚黄者，千叶黄花⑬，出于民姚氏家。此花之出，于今未十年。姚氏居白司马坡⑭，其地属河阳。然花不传河阳，传洛阳。洛阳亦不甚多，一岁不过数朵。

牛黄亦千叶，出民牛氏家，比姚黄差小。真宗祀汾阴⑮，还过洛阳，留宴淑景亭，牛氏献此花，名遂著。

甘草黄，单叶，色如甘草。洛人善别花，见其树知为某花云⑯。独姚黄易识，其叶嚼之不腥。

魏家花者，千叶肉红花，出于魏相仁溥家⑰。始，樵者于寿安山中见之，斫以卖魏氏⑱。魏氏池馆甚大，传者云，此花初出时，人有欲阅者，人税十数钱，乃得登舟渡池至花所，魏氏日收十数缗⑲。其后破亡，鬻其园，今普明寺后林池乃其地，寺僧耕之以植桑麦。花传民家甚多，人有数其叶者，云至七百叶。钱思公尝曰："人谓牡丹花王，今姚黄真可为王，而魏花乃后也。"

鞓黄者[20]，单叶深红花，出青州，亦曰青州红。故张仆射齐贤有第西京贤相坊，自青州以驼驼驮其种，遂传洛中[21]，其色类腰带鞓，故谓之鞓红。

献来红者，大，多叶，浅红花。张仆射罢相居洛阳，人有献此花者，因曰献来红。

添色红者，多叶花，始开而白，经日渐红，至其洛乃类深红。此造化之尤巧者[22]。

鹤翎红者，多叶花，其末白而本肉红，如鸿鹄羽色。

细叶、粗叶寿安者，皆千叶肉红花，出寿安县锦屏山中，细叶者尤佳。

倒晕檀心者[23]，多叶红花。凡花，近萼色深，至其末渐浅。此花自外深色，近萼反浅色，而深檀点其心，此尤可爱。

一撒红者，多叶，浅红花，叶杪深红一点，如人以手撒之[24]。

九蕊真珠红者，千叶红花，叶上有一白点如珠，而叶密蹙其蕊为九丛。

一百五者[25]，多叶白花。洛花以谷雨为开候，而此花常至一百五日开[26]，最先。

丹州、延州花，皆千叶红花，不知其至洛之因。

莲花萼者，多叶红花，青跗[27]三重如莲花萼。

左花者，千叶紫花，出民左氏家。叶密而齐如截，亦谓之平头紫。

朱砂红者，多叶红花，不知其所出。有民门氏子者[28]，善接花以为生，买地于崇德寺前治花圃，有此花。洛阳豪家尚未有，故其名未甚著。花叶甚鲜，向日视之如猩血。

叶底紫者，千叶紫花，其色如墨，亦谓之墨紫花。在丛中，旁必生一大枝，引叶覆其上。其开也，比他花可延十日之久。噫，造物者亦惜之耶！此花之出，比他花最远。传云唐末有中官为观军容使者[29]，花出其家，亦谓之军容紫，岁久失其姓氏矣。

玉板白者，单叶白花，叶细长如拍板，其色如玉而深檀心。洛阳人家亦少有，余尝从思公至福严院见之，问寺僧而得其名，其后未尝见也。

潜溪绯者，千叶绯花，出于潜溪寺。寺在龙门山后[30]，本唐相李藩别墅[31]。今寺中已无此花，而人家或有之。本是紫花，忽于丛中特出绯者，不过一二朵，明年移在他枝，洛人谓之转枝花，故其接头尤难得。

鹿胎花者，多叶紫花，有白点如鹿胎之纹。故苏相禹珪宅今有之[32]。

多叶紫，不知其所出。

初，姚黄未出时，牛黄为第一；牛黄未出时，魏花为第一；魏花未出时，左花为第一。左花之前，惟有苏家红、贺家红、林家红之类，皆单叶花，当时为第一。自多叶、千叶花出后，此花黜矣，今人不复种也。

牡丹初不载文字，惟以药载《本草》[33]。然于花中不为高第[34]，大抵丹、延已西及褒斜道中尤多[35]，与荆棘无异，土人皆取以为薪。自唐则天已后[36]，洛阳牡丹始盛。然未闻有以名著者[37]，如沈、宋、元、白之流，皆善咏花草，计有若今之异者，彼必形于篇咏，而寂无传焉。惟刘梦得有《咏鱼朝恩宅牡丹》诗，但云"一丛千万朵"而已，亦不云其美且异也[38]。谢灵运言永嘉竹间水际多牡丹[39]，今越花不及洛阳甚远，是洛花自古未有若今之盛也。

风俗记第三

洛阳之俗，大抵好花。春时，城中无贵贱，皆插花，虽负担者亦然⑩。花开时，士庶竞为游遨，往往于古寺废宅有池台处，为市井，张幄帘，笙歌之声相闻㊶。最盛于月陂堤、张家园、棠棣坊、长寿寺东街郭令宅㊷，至花落乃罢。

洛阳至东京六驿㊸，旧不进花，自今徐州李相迪为留守时始进御㊹，岁遣衙校一员，乘驿马，一日一夕至京师。所进不过姚黄、魏花三数朵，以菜叶实竹笼子藉覆之，使马上不动摇㊺，以蜡封花蒂，乃数日不落。

大抵洛阳人家家有花而少大树者，盖其不接则不佳。春初时，洛人于寿安山中斫小栽子卖城中㊻，谓之山篦子。人家治地为畦塍种之，至秋乃接。接花工尤著者，谓之门园子㊼，豪家无不邀之。姚黄一接头直钱五千，秋时立契买之，至春见花乃归其直。洛人甚惜此花，不欲传，有权贵求其接头者，或以汤中蘸杀与之㊽。魏花初出时，接头亦直五千，今尚直一千。

接时须用社后重阳前㊾，过此不堪矣。花之木去地五七寸许截之，乃接，以泥封裹，用软土拥之，以蒻叶作庵子罩之㊿，不令见风日，惟南向留一小户以达气，至春乃去其覆。此接花之法也。

种花必择善地，尽去旧土，以细土用白蔹末一斤和之㉕。盖牡丹根甜，多引虫食，白蔹能杀虫。此种花之法也。

浇花亦自有时，或用日未出，或日西时。九月旬日一浇，十月、十一月，三日、二日一浇，正月隔日一浇，二月一日一浇。此浇花之法也。

一本发数朵者，择其小者去之，只留一二朵，谓之打剥，惧分其脉也㉖，花才落，便剪其枝，勿令结子，惧其易老也。春初既去蒻庵，便以棘数枝置花丛上㉗，棘气暖，可以辟霜，不损花芽，他大树亦然。此养花之法也。

花开渐小于旧者，盖有蠹虫损之，必寻其穴，以硫黄簪之㉘。其旁又有小穴如针孔，乃虫所藏处，花工谓之气窗，以大针点硫黄末针之，虫乃死，虫死花复盛。此医花之法也。

乌贼鱼骨以针花树㉙，入其肤，花辄死㉚。此花之忌也。

牡丹记跋尾

右，蔡君谟之书，八分、散隶、正楷、行狎、大小草众体皆精。其平生手书小简、残篇断稿，时人得者甚多，惟不肯与人书石，而独喜书余文也。若《陈文惠公神道碑铭》《薛将军碣》《真州东园记》《杭州有美堂记》《相州昼锦堂记》，余家《集古录目序》，皆公之所书。最后又书此记，刻而自藏其家。方走人于亳，以模本遗予，使者未复于闽，而凶讣已至于亳矣。盖其绝笔于斯文也。

于戏！君谟之笔既不可复得，而予亦老病不能文者久矣。于是可不惜哉！故书以传两家子孙。

【注释】

①丹州:今陕西宜川县。　　　　延州:今陕西延安市。　　　　青州:今山东益都县。
越州:今浙江绍兴。

②洛阳六句:写出各地牡丹的著名品种。　　　彼土:那些地方。尤杰:最为杰
出著名。

③远:越州僻处东南,故称"远"。

④"说者多言"七句:为当时一种流行说法,认为洛阳居天地之中,花木得中和
之气,所以牡丹生长特别茂盛,与其他地方不同。三河:指当时洆水、洛水、瀍水。
周公:洛阳是西周时周公所营建,据《周礼·地官司徒》:"以土圭之法测土深,
正日景(影)以求地中。日南则景短多暑,日北则景长多寒,日东则景夕多风,日西
则景朝多阴。日至之景尺有五寸,谓之地中,天地之所合也,四时之所交也,风雨之
所会也,阴阳之所和也。然则百物阜安,乃建王国焉。"　　　中气之和:中:四方之
中;和:天地、阴阳之和。气:古人的一种哲学观念,认为是构成万物的根源。

⑤夫洛阳八句:承上"予甚以为不然",写明作者不同意"得中气之和"的说法,
认为洛阳只是周王朝国土之中,不是天地之中,至于阴阳之和更不能为洛阳所独
有。　　　旁薄:同"磅礴",形容盛大。

⑥"夫中与和者"四句:古人认为气正偏决定物之美恶。柳宗元《小石城山
记》:"其气之灵,不为伟人而独为是物,故楚之南少人而多石。"欧阳修则认为正常
之气则产生正常之物,凡物有极美极恶,都是钟其偏气。

⑦"天反时为害,地反物为妖"句:语出《左传·宣公十五年》。反时:指违反时
令的天气异常变化等;反物:指地生长不正常之物。

⑧明年四句:明道元年(公元1032年)春季和秋季,欧阳修曾两次游嵩山,此指
春季与梅尧臣同游嵩山。嵩山由太室、少室两山构成;猴氏岭在少室山西北,属偃
师县。石唐山、紫云洞:《河南府志》:"石堂(唐)山在少室西颍阳镇北,有石室名紫
云洞。"

⑨又明年三句:明道二年春欧阳修胥氏夫人病逝,故曰"有悼亡之戚"。

⑩府中:指河南府衙署。　　　钱思公:即钱惟演,思,是他死后的谥号,后又改
谥文僖,时官任西京留守兼河南府尹。　　　双桂楼:钱惟演所建,作者有《双桂楼
诗》。

⑪氏:姓氏。　　　或以:有的用。　　　旌:表彰。　　　志:同"诏",记。

⑫寿安:今河南宜阳县。　　　潜溪:即潜溪寺。

⑬叶:指花瓣,下同。

⑭白司马坡:即白司马坂,又名白马山,在洛阳东北30里。

⑮真宗祀汾阴:大中祥符四年(公元1011年)四月,宋真宗抵汾阴祀后土神。
汾阴:今山西荣河县。

⑯树:指牡丹,牡丹属落叶灌木。

⑰魏相仁溥:魏仁溥,字道济,曾与赵匡胤同仕后周,宋初曾任宰相。

⑱斫:砍。

⑲缗:成串的钱。十数缗,指魏氏每天收钱之多,去园中观花者之盛。

⑳鞓红:牡丹的一种。以花色似红鞓犀带,故名。鞓,皮带,《玉篇》作"䩗"。《宋史·舆服志》:"诸军将校,并服红鞓。"

㉑张仆射齐贤:即张齐贤,字师亮,宋太宗、真宗时曾任宰相。仆射:官名,起于秦代,唐宋宰相有左、右仆射。

㉒造化:指大自然的创造化育。《庄子·大宗师》:"今一以天地为大炉,以造化为大冶。"

㉓檀心:指花心处是浅红色。

㉔撼:以手按捺。张衡《南都赋》:"弹瑟一撼篇,流风徘徊。"

㉕一百五:牡丹之一种,多叶花白色。此花寒食即开,最早。寒食为冬至后一百五日,故称此时开花的牡丹为一百五。

㉖一百五日:从冬至到寒食,共105天,即清明节前后。

㉗趺:同"跗",脚背,此指花萼。

㉘门氏子:即《风俗记》中的"门园子",就是园艺艺人。

㉙中官:宦官。　观军容使者:此唐时设置的以宦官充任的一个职务。

㉚龙门山:即伊阙,在洛阳南。

㉛李藩:唐宪宗时任宰相。

㉜苏相禹珪:苏禹珪,字元锡,后汉、后周朝任宰相。

㉝《本草》:《太平御览》卷九九引《本草经》:"牡丹一名鹿韭,一名鼠姑,叶辛寒,生山谷,治寒热癥伤中风惊邪,安五藏,出巴郡。"

㉞高第:高等。

㉟褒斜道:指秦岭中从褒城到斜谷的一条道路。为川陕的交通要道。

㊱武则天:(624~705)原为唐高宗后,684至705年称帝,改国号为周,为我国历史上唯一的女皇帝。　已后:同"以后",已,同"以"。

㊲未闻:还没有听说。

㊳沈、宋:沈佺期、宋之问,初唐诗人。　元、白:元稹(字微之)、白居易(字乐天),皆为中唐诗人。刘梦得:刘禹锡,字梦得,唐诗人。鱼朝恩:唐代宗时著名宦官,很有权势,曾为天下观军容宣慰处置使。关于"沈宋元白"八句中的观点,前人对此有所非议,如宋代胡仔《苕溪渔隐丛话》:"余谓欧公此言非是,观刘梦得、元微之、白乐天三人,其以牡丹形于篇什者甚众,乌得为谓之'寂无传焉'?刘梦得乃是咏浑侍中宅牡丹,非咏鱼朝恩宅者,其诗云:'径尺千余朵,人间有此花。今朝见颜色,更不向诸家。'又《赏牡丹》诗云:'庭前芍药妖无格,池上芙蕖净少情。唯有牡丹真国色,花开时节动京城。'又云:'有此倾城好颜色,天教晚发赛诸花。'其诗若是,非独'但云一丛千万朵'而已。"

㊴谢灵运句:《续博物志》:"谢灵运言永嘉竹间多牡丹。今越花不及洛花远

甚。或曰，灵运之所谓牡丹，今之芍药，特盛于吴越。" 　　谢灵运：南朝宋诗人，博览群书，好山水，既不得意，便肆意遨游。以山水诗著称。

㊵大抵：大都。　　负担者：肩背重物的人。　　亦然：也是这样。

㊶士庶四句：描写观花盛况。宋李格非《洛阳名园记·天王院花园子》："洛中花甚多种，而独名牡丹曰花王。凡园皆植牡丹，而独名此曰花园子，

盖无他池亭，独有牡丹数十万本，凡城中赖花以生者毕家于此。至花时，张幕幄，列市肆，管弦其中，城中士女绝烟游之；过花时则复为丘墟，破垣遗灶相望矣。" 　　市井：市场，做买卖的地方。《管子·小匡》："处商必就市井。" 　　张幄帘：张起小篷帐。笙：一种吹奏乐器名。

㊷郭令宅：唐代名将郭子仪旧宅。肃宗即位，郭任关内河东副元帅，配合回纥兵收复长安、洛阳。因功升中书令，因称郭令。

㊸东京：指开封。　　驿：驿站，供往来官吏休息、换马的地方。

㊹徐州李相迪：李迪，与钱惟演、王曙先后官西京留守，真宗、仁宗时多次为宰相。　　进御：进贡牡丹。

㊺"以菜叶"二句：用菜叶充实竹笼子，用来覆盖牡丹，使它不受损坏。

㊻不接则不佳：不接枝就长不好。　　小栽子：指苗木，栽种后作砧木用。

㊼畦塍：畦，田园中用土埂分成的小区。塍：田间的土埂。　　门园子：原注："盖本姓东门氏，或是西门，俗但云门园子，亦由今俗呼皇甫氏多只云皇家也。"门园子：姓西门或东门的园丁。　　门：复姓西门或东门的省略。

㊽直：同"值"。　　汤：热水、开水。《论语·季氏》："见不善如探汤。"

㊾社后重阳前：指秋社日以后到重阳节以前。社：指秋社，立秋后第五戊日，农家收获已毕，立社设祭，以酬土神，称秋社。重阳，农历九月九日。

㊿以蒻叶作庵子罩之：用蒲叶作成庵形的罩子。原注"用瓦亦可。" 　　蒻叶：

嫩蒲叶。《急就篇》引颜师古注:"蒻,谓蒲之柔弱者也。"　　庵子:圆形的覆盖物。《释名·释宫室》:"草圆屋曰蒲。蒲,敷也;总其上而敷下也。又谓之庵。庵,奄也;所以自覆奄也。"

○51白薇:植物名,一种解毒的中草药,其根能杀虫。

○52惧其分脉:怕花朵太多,养分不足,影响生长

○53棘:指酸枣树的枝条。

○54簪之:指插入树穴。　　簪:原指用以绾住头发的一种首饰,此作动词用,插入。

○55乌贼:一种海洋生软体动物,于肛门处的囊状物能分泌黑色液体,遇到危险时放出。俗称"墨鱼"或墨斗鱼。

○56肤:另本作"皮"。　　辄:立即,就。

【鉴赏】

欧阳修任西京留守推官于洛阳"四见春",在景祐元年(公元1034年)即将离任时,写了这篇《洛阳牡丹记》。

古人将以"记"名篇的文章称为"杂记体"。一般地说,杂记体是一种记载事物的文体,不过,它的内容庞杂:有的记人,有的记事,有的记物,有的记山水风景;它的表达方式不拘一格,常常因主旨不同而不同:有的重叙述,有的重描写,有的重议论,有的重抒情,有的重说明。根据杂记文所写的内容特点,可以大体分为台阁名胜记、山水游记、书画杂物记和人事杂记四类。从这个角度看,《洛阳牡丹记》大约应属于书画杂物记类了。但是,和其他诸多的书画杂物记类的文章相比,它又有着突出鲜明的特点。

先从内容上看,《洛阳牡丹记》不是一般地从某一事情或主观感受来记写洛阳牡丹,而是经过考察研究而写成的关于洛阳牡丹的较为系统的科学知识性的文章,是我国现存最早的关于牡丹的专著。牡丹是我国的特产,"初不载文字,唯以药载《本草》,然于花中不为高第"(《洛阳牡丹记·花释名第二》)。到了唐代,牡丹成为很名贵的观赏花木,据中唐时的李肇所撰《唐国史补》说:"京城贵游,尚牡丹三十余年矣。每春暮,车马若狂,以不耽玩为耻。执金吾铺官围外寺观,种以求利,一本有值数万者。"有不少人写诗歌颂牡丹的美丽,如李正封云:"国色朝酣酒,天香夜染衣"(据唐·李浚《摭异记》)。刘禹锡云:"庭前芍药妖无格,池上芙蕖净少情。唯有牡丹真国色,花开时节动京城"(《赏牡丹》)。还有不少诗人对权贵争赏牡丹、争买牡丹的奢靡铺张进行讽刺,如白居易云:"一丛深色花,十户中人赋"(《秦中吟·买花》)。李贺云:"莲枝未长秦蘅老,走马驮金蓋春草(指牡丹)"(《牡丹种曲》)。到了宋代,牡丹的种植更为普遍:"出丹州(州治今陕西宜川县)、延州(州治今陕西延安市),东出青州(州治今山东益都县),南亦出越州(州治今浙江绍兴市)"(《洛阳牡丹记·花品序第一》),据作者在当时西京留守钱惟演处见到小屏上所记录的牡丹品种已达九十多种(同上)。尽管牡丹作为观赏植物已很普遍,但是还没有人

对它进行专门研究。欧阳修以他在"天下第一"的牡丹之乡洛阳的便利条件,更以他的刻苦好学、勤于观察询访,写出了这篇介绍牡丹有关知识的专文。

《洛阳牡丹记》全文分为三部分。《花品序第一》,写"洛阳牡丹者今为天下第一"的原因,记录了名贵品种二十四种。《花释名第二》,详细记载了这二十四个品种得名的由来和花的特色。本文选录的是第三部分《风俗记第三》。这一部分在记写了洛阳人喜好牡丹的风俗后,还对牡丹的栽培管理技术——接花、种花、浇花、养花、医花、花忌等六个方面做了详细介绍,反映了当时的园艺成就。再从写作上看,因为文章的主旨是记载和介绍洛阳牡丹的有关情况和知识,所以在生动记叙的同时,采用了以说明为主的表达方式。节选部分的一开头,就在我们面前出现了这样热闹的场面:春天刚刚降临,洛阳城中无论是富贵人家还是贫穷人家就都忙碌起来,插种牡丹。当暮春时节,牡丹盛开争奇斗艳,无论是士大夫还是老百姓都争相游玩观赏。他们摆开铺面,搭起帐篷,乐曲声、歌唱声响遏行云,连绵不断。这一段就是用记叙、描写的方法,生动地再现了洛阳人爱好牡丹的风俗。

文章的第二段,先记叙了洛阳牡丹进贡京城开封的情况:进花是从李迪任洛阳留守时开始的,每年派衙门里的下级武官骑驿马一天一夜送到京城。然后就用说明的表达方式介绍了运花的方法:把牡丹放在竹笼子里,上下四周用菜叶填满,还用蜡封住花蒂,这样既使牡丹不会因马奔驰颠簸而损害,又能保持牡丹花的水分,使花色鲜艳,花瓣数日不落。文章在第三段分两层记写了洛阳人种牡丹的情况。第一层说洛阳人都用嫁接的方法种牡丹。初春时,他们在寿安(今河南省宜阳县)砍下"小栽子(苗木)"栽种后作砧木用,到秋天时进行嫁接,富豪人家还要专门请著名的接花工"门园子"去接花。第二层写嫁接牡丹的值钱。最贵的是姚黄,嫁接了一头的就值五千钱,洛阳人很爱惜它,不让它流传开去。要是有权贵来买,有的人就把它在沸水中蘸一蘸,弄死了再给权贵。

在这段记写之后,文章分列了六条对牡丹的嫁接种值和培养管理的技术,作了条理清晰、科学翔实的说明。其特点主要有四个:第一,大体按牡丹种植生长的过程安排顺序,并且每一条的最后都有句式相同的概括句:"此接花之法也""此种花之法也""此浇花之法也""此养花之法也""此医花之法也"等。这在文章不分段落的古代显得眉目非常清楚。第二,每一法都写得非常细致,用准确的日期和数字说明,使人完全可以按照文章说的去做。如"接花之法"一条,先说接花的时间:必须在秋季社日(立秋后第五个戊日)到重阳节(九月九日)之间进行。再说砧木的高度:离地五七寸许。又详细写了接好之后的技术处理:用泥封裹,用细土拥护,用蒻叶(嫩蒲叶)做个圆形的覆盖物罩上,只在朝南的方向留一个小口透气,到第二年春天再去掉。又如"浇花之法"一条,什么月份几天浇一次都交代得清清楚楚。第三,不仅说明应该怎样做,而且说明了为什么应该这样做。如"种花之法"一条,先说要用白敛末(即白蔹根碾成的末)掺和在细土中,然后指出原因:"牡丹根甜,多引虫食,白敛能杀虫。"又如"养花之法"一条,说把多余的弱小花蕾去掉,是"惧其分脉"(即分散养分);说花刚落就要剪去枝子,不要让它结子,是"惧其易老";说春初去掉蒻庵后,要把酸枣树的枝条放在花丛上,是因为"棘气暖,可以辟(同"避")霜,不损花芽"。第四,不仅说明应该怎样做,而且说明不应该怎样做。例如"医花之法"一条,在说明要用针点硫磺末杀虫之后,又特别写了一段不能用乌贼鱼骨针花树,指出"此花之忌也"。

总之,从节选的《风俗记第三》,可以看出《洛阳牡丹记》是一篇知识性、科学性很强的文章,记叙部分写得简洁扼要,说明部分写得详细明确,段落层次清晰而严谨,语言文字平实而通俗,很像现在的"科普作品"。

画舫斋记

【题解】

本文作于庆历二年(公元 1042 年)末,作者时任滑州通判。当年三月,契丹(辽)扬言南下,宰相吕夷简不悦富弼,荐富弼出使契丹议和,欧阳修认为富弼为朝廷重臣不宜出使,上书谏阻;五月又应诏写了《准诏言事上书》极言应革弊政。这两项建议都没被采纳,于是欧阳修请求调任外职,被任命为滑州通判。本篇即作于滑州。

本文通过"以舟名斋",着重抒发了居安思危的思想,并从字里行间流露出失意的苦闷。当时处于世乱,作者退居外职是出于不得已,放浪江湖"诚有所未暇",表明作者还有干一番事业的向上精神。

本文抓住对画舫斋的命名这条线索,先从斋的外形、景物写起,再追忆过去仕途挫折多难的经历,联想古代的隐士,层层推进,反复论述,写出了作者复杂的内心世界。

【原文】

予至滑之三月,即其署东偏之室,治为燕私之居①,而名曰画舫斋②。斋广一室,其深七室,以户相通③;凡入予室者,如入乎舟中③。其温室之奥④,则穴其上以为明⑤,其虚室之疏以达,则栏槛其两旁以为坐立之倚⑥。凡偃休于吾斋者,又如偃伏乎舟中⑦。山石崷崒⑧,佳花美木之植列于两檐之外,又似泛乎中流⑨,而左山右林之相映皆可爱者。故因以舟名焉。

《周易》之象,至于履险蹈难,必曰涉川⑩。盖舟之为物,所以济险难而非安居之用也。今予治斋于署,以为燕安,而反以舟名之,岂不戾哉⑪!况予又尝以罪谪,走江湖间,自汴绝淮,浮于大江,至于巴峡;转而以入于汉沔⑫。计其水行几万余里。其羁穷不幸,而卒遭风波之恐,往往叫号神明以脱须臾之命者,数矣⑬。当其恐时,顾视前后,凡舟之人非为商贾,则必仕宦。因窃自叹,以谓非冒利与不得已者⑭,孰肯至是哉⑮!赖天之惠,全活其生。今得除去宿负⑯,列官于朝,以来是州,饱廪食而安署居⑰。追思曩时山川所历,舟楫之危,蛟鼋之出没,波涛之汹欻⑱,宜其寝惊而梦愕;而乃忘其险阻,犹以舟名其斋。岂真乐于舟居者邪!

然予闻古之人有逃世远去江湖之上,终身而不肯返者,其必有所乐也⑲。苟非冒利于险,有罪而不得已,使顺风恬波⑳,傲然枕席之上,一日而千里,则舟之行岂不乐哉？顾予诚有所未暇㉑；而舫者宴嬉之舟也，姑以名予斋，奚曰不宜㉒？

予友蔡君谟善大书，颇怪伟，将乞其大字以题于楹㉓。惧其疑予之所以名斋者，故具以云；又因以置于壁㉔。

壬午十二月十二日书㉕。

【注释】

①滑：滑州，今河南滑县。欧阳修于庆历二年十月到滑州任职。燕私之居：个人休息安歇的地方。《史记·李斯传》："二世怒曰：吾尝多闲日，丞相不来；我方燕私，丞相辄来请事。"

②舫：方头大船，官府游船多为画舫。

③户：门。　　如入乎舟中：像到船上一样。

④温室之奥：指画舫斋最里面的屋子。　　奥：深暗的角落。

⑤则穴其上以为明：在屋顶开个天窗来照明。穴：动词，打个洞，即开个天窗。

⑥"其虚室"二句：就在宽敞无壁的房间的两边筑起栏杆，可以凭栏坐立。虚室：空虚的房间。　　疏以达：空荡而通达。

⑦偃休：卧躺休息。

⑧嵜崒：又作"崎崒"，高峻的样子。班固《两都赋》："岩峻崎崒，金石峥嵘。"

⑨又似泛乎中流：又好像船在大河中间行走。

⑩"《周易》之象"三句：《周易》的象辞，说起处境危难时，一定用渡河做比喻。《周易》：也作《易经》，是中国古代有哲学思想的占卦书，有64卦象。　　履险蹈难：处在危难中。　　涉川：渡河，比喻处境危难。《易经》未济卦："六三，未济征凶，利涉大川。"又如"需"卦辞："贞吉，利涉大川。"

⑪以为燕安：作休息游玩的场所。　　燕安：安乐闲适。　　戾：违反。

⑫"自汴绝淮"四句：写欧阳修赴贬所的路线。欧阳修于景祐三年贬夷陵令，从汴水出发，渡过淮河，沿长江，到达巴峡。次年改任乾德（今湖北光化）令，由长江、汉水赴任。　　沔：沔水，汉水的上游。

⑬羁穷不幸：旅途穷困多难。　　卒：同"猝"，突然。　　叫号神明：呼唤上天保佑。司马迁《报任少卿书》："凡人劳苦倦极，未尝不欲呼天也。"　　数：多次，屡次。

⑭冒利：贪求财利，指商人。　　不得己者：身不由己的人，指官员。

⑮孰肯至是哉：谁肯这样奔波呢？　　孰：谁。

⑯宿负：往日的过错，指前次贬谪。

⑰廪食：官府供给的粮食，此指俸禄。　　廪：粮仓。

⑱鼍：鼍龙，俗称"猪婆龙"，是鳄鱼的一种，皮可以蒙鼓。　　汹歘：汹涌突起。

⑲"然予闻"三句：我听说古人逃避世事远远地来到江湖，终生不回，他们一定有所乐趣。《史记·货殖列传》："范蠡既雪会稽之耻，乃喟然而叹曰：'计然之策七，越用其五而得意。既已施于国，吾欲用之家。'乃乘扁舟浮于江湖，变名易姓，

⑳恬波:波澜平细。《拾遗记·轩辕黄帝》:"水物为之祥涌,沧海为之恬波。"

㉑顾予诚有所未暇:考虑到我实在没有空暇。

㉒奚曰不宜:怎么能说不对呢。　　奚:何。

㉓蔡君谟:蔡襄,字君谟,欧阳修的朋友。工书法,人称当时第一。　　楹:堂屋前的柱子。

㉔又因以置于壁:还把这篇记刻石嵌在墙壁间。

㉕壬午:即庆历二年。

【集评】

明茅坤《唐宋八大家文钞》卷四十九:兴逸。

【鉴赏】

《画舫斋记》是欧阳修作于庆历二年(公元1042年)末的一篇抒情性散文。当年三月,契丹威逼北宋朝廷,扬言南下,宰相吕夷简推荐富弼出使契丹议和,欧阳修上书谏阻;五月,又应诏写了《准诏言事上书》,力主改革弊政。在两项建议都没被重视的

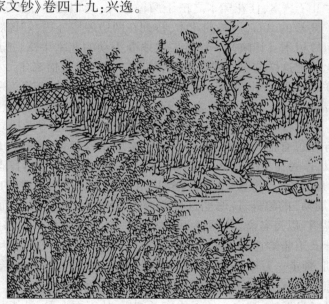

情况下,欧阳修感到失望和懊丧,请求调任外职,被任命为滑州通判。这篇文章就是他抵达滑州后,托物言志,借景抒情,反映他内心复杂心情的文字记载。这篇散文,虽然没有像《醉翁亭记》和《秋声赋》那样闻名遐迩,脍炙人口,但也写得主旨含蓄,饱含哲理,情景交融,意境相谐,韵味深醇,耐人寻味,充分反映出了欧阳修散文固有的独特风格。

抒情性散文,以咏物言志,借景抒情为主要特色,特别注重意境的创造。《画舫斋记》在写景绘境方面,是颇具匠心的。作者抓住"以舟名斋"这个中心,从斋的外形和周围景物入手,然后通过联想古书,追忆往事,反复说明为什么要"以舟名斋",文章写得曲折婉转,起伏跌宕,把作者"居安思危"的题旨,抒发得淋漓尽致。

本文仅就《画舫斋记》的意境如何巧妙结合的,做些探讨和分析。什么是"意境"?所谓"意",即作者的主观感情,"境"就是客观的景物。意境所包含的"情"与

国学经典文库

唐宋八大家散文鉴赏

欧阳修卷

"景",情起主导作用,是主导作品的精神实质,但二者关系又密不可分,情随境迁,景随意出,写景是为了抒情,抒情又依赖写景,情景交融是意境的突出特点。

《画舫斋记》创造深邃的意境,是从写景状物切题的。作者在文章的开头就与标题照应:"予至滑之三月,即其署东偏之室,治为燕私之居,而名曰画舫斋。"欧阳修为什么把"燕私之居"取名为"画舫斋"呢?下面对景物就从静和动两方面作了绘形绘色的描写。静写"画舫斋"又分两层:"斋广一室,其深七室,以户相通",进入这斋中,就好像到了船上,这是从房子的外形结构说它像船;"其温室之奥,则穴其上以为明,其虚室之疏以达,则栏槛其两旁以为坐立之倚",凡是在这斋中休息的人,都觉得好像是在船上休息一样,这是从对房子的感受方面说它像船。文章精巧之处,是作者没有停留在静物描写上,而是把笔锋一转,把视线引向房子的周围美景:"山石崿崒,佳花美木之植于两檐之外,又似泛乎中流,而左右山林相映皆可爱者。"高峻的山石,美好的花木,排列在两边屋檐外边,好像船在大河中间行走,左右的山岭树木互相映衬。作者采取以静为动的艺术手法,把读者引入了河中航行的船上。把这样的房屋起名为"画舫斋",实在是太恰当了。谁不敬佩作者这种美妙的联想、用词的准确呢?文章的首段是实写,把"画舫斋"的由来作了交代,文笔洗练,清丽晓畅,起承转合,如行云流水,把我们引入了一个美妙的境地。

但作者的目的不是在此,并不像一般文人墨客寻章摘句,消磨时光。欧阳修是个有理想有抱负的文人,他是想借给房屋的起名,来抒发内心的激情,激励自己。所以,作者在文章的第三、四段,用了大量的笔墨来抒情言志,反复说明他为什么要"以舟名斋"。作者采用从远至近,正反结合的手法论述了自己的观点。首先,他引用《周易》的象辞,说明船这种东西,是用来渡过危难的,而不是用来安全居住的。这说明"以舟名斋"并不好。既然不好,在官衙中修一间房屋,作休息游玩的场所,为什么用船给它起名呢?这不是不合情理吗?何况想起因罪贬谪,在大风大浪的江湖,奔走一万里,旅途穷困不幸,几遭危难,想起那些危险困难的场面,在睡梦中都惊怕,现在却忘了那些经历,用船来给房间起名,难道真喜爱船上生活吗?作者在第二自然段,把内心的矛盾作了剖析,从表面上看,是谈"以舟名斋"的问题,实质上是流露一生失意的苦闷。"船"成了一种不吉利的象征物。

第二自然段的议论,抒发了作者苦闷心情,反映出作者对"贬谪"的不满。但还未回答出为什么要"以舟名斋"的问题,作者在第三自然段作了解答,用两层意思来说明:其一,"然予闻古之人有逃世远去江湖之上,终身而不肯返者,其必有所乐也";其二,"苟非冒利于险,有罪而不得已,使顺风恬波,傲然枕席之上,一日而千里,则舟之行岂不乐哉?"有了这两"乐",一时虽没有空暇那样漫游,"而舫者宴嬉之舟也,姑以名予斋,奚曰不宜?"作者在这里谈的两种"乐",都不是现实中的"乐",只是一种理想,一种追求,而现实中的"江湖"和"舟之行",带给他的都是不幸和苦痛,这反映了作者复杂的内心世界。醉翁之意不在酒,作者在这里大谈"以舟名斋"奚曰不宜,是寄托深藏在内心的另一种情感,现在虽在朝廷列上官阶,来到这个州,享受优厚的待遇,但要"安居思危",用"画舫斋"这个含义深刻的词来时时警惕自己。

　　文章在第二、三段作了曲折而淋漓尽致地抒情后，在第四段又回到现实中来，请朋友蔡谟善写大字题在屋柱上，"惧其疑予之所以名斋者，故具以云；又因以置于壁。"使文章首尾照应，结构严谨，不留斧痕之迹。

　　纵观全文，我们不得不惊叹欧阳修真不愧是散文大师，在意境的描写上，真达到了出神入化的地步。写景，寥寥数笔，把一座休息室，描绘成生趣盎然的画舫，使人感到入临其境，如舟之行；抒情，由远而近逐层推进，把复杂的内心世界，展示得酣畅淋漓，使人感到跌宕腾挪，寓意深长；在意境的结合上，使人觉得构思新巧，含蓄隽永，耐人寻味。《画舫斋记》这篇散文，由于作者的思想受着时代的限制，其做法和感受不必仿效，但作者在文章中表现出来的清新、秀美、刚健、婉转的艺术风格，特别是在意境方面表现出来的艺术技巧，是值得我们借鉴和学习的。

菱溪石记①

【题解】

　　作于庆历六年(公元 1046 年)。作者时任滁州知州。文中记叙菱溪怪石的遭遇,它一度为贵人私园中的玩赏之物,后随菱溪的变迁,朝代的更替而湮没无闻。特别是重点描写了五代权贵刘金家世的兴衰,读之发人深省。文章认为把这类"奇物"据为私有,毫无意义。感物言志,后来写自己把奇石从幽远菱溪移到近处丰乐亭,供人随意观赏,与民共乐,以小见大,揭示题旨。

【原文】

　　菱溪之石有六:其四为人取去②;其一差小而尤奇,亦藏民家;其最大者,偃然僵卧于溪侧,以其难徙③,故得独存。每岁寒霜落,水涸而石出④。溪旁人见其可怪,往往祀以为神⑤。

　　菱溪,按图与经皆不载⑥。唐会昌中⑦,刺史李渍为《荇溪记》,云水出永阳岭,西经皇道山下⑧。以地求之⑨,今无所谓荇溪者。询于滁州人,曰:"此溪是也⑩。杨行密有淮南⑪,淮人为讳其嫌名,以荇为菱。"⑫理或然也⑬。

　　溪旁若有遗址,云故将刘金之宅,石即刘氏之物也;金,伪吴时贵将,与行密俱起合淝,号三十六英雄,金其一也⑭。金本武夫悍卒,而乃能知爱赏奇异,为儿女之好⑮;岂非遭逢乱世,功成志得,骄于富贵之佚欲而然耶⑯?想其陂池台榭、奇木异草与此石称,亦一时之盛哉⑰!今刘氏之后散为编民⑱,尚有居溪旁者。

　　予感夫人物之废兴,惜其可爱而弃也,乃以三牛曳置幽谷⑲;又索其小者,得于白塔民朱氏⑳,遂立于亭之南北。亭负城而近㉑,以为滁人岁时嬉游之好。

　　夫物之奇者,弃没于幽远则可惜,置之耳目则爱者不免取之而去㉒。嗟夫!刘金者虽不足道,然亦可谓雄勇之士,其平生志意,岂不伟哉!及其后世,荒堙零落,至于子孙泯没而无闻㉓,况欲长有此石乎?用此可为富贵者之戒㉔。而好奇之士闻此石者,可以一赏而足,何必取而去也哉?

【注释】

　　①菱溪:滁州东北的一条溪水。溪水中有怪石。作者于诗《菱溪大石》及《致梅尧臣书》中对其怪石有详细描写。

　　②为人取去:被人取走了。　　为:被。

③偃然：倾倒的样子。　　　　徙：迁移。

④"每岁"二句：每年秋冬之际，溪水干涸，才露出奇石。《菱溪大石》："新霜夜落秋山浅，有石露出寒溪垠。"

⑤往往祀以为神：常常把它(怪石)当神祭祀。

⑥按图与经皆不载：查阅古代的地理图书都没有记载。　　按：查阅。　　图与经：指地理图书。

⑦会昌：唐武宗(李炎)年号(公元841～846年)。

⑧永阳岭：在今安徽来安北。　　　　皇道山：在滁州东北十八里。

⑨以地求之：拿实际地域来求证书上所说的。

⑩此溪是也：这条溪就是询问的荇溪。　　　　是：指代词，意为菱溪即过去的荇溪。

⑪杨行密：唐昭宗时(公元892年)任淮南节度使，后自立吴国，割据淮南、江东一带，是五代时十国之一。

⑫"淮人为讳"二句：淮人因"行"与"荇"读音相同，改"荇"为"菱"，避讳杨行密的名字。

⑬理或然也：道理或许是这样。

⑭刘金：杨行密的部将，唐僖宗时和杨行密同在合淝起事，曾为濠、滁二州刺史，以骁勇知名。

⑮悍卒：勇猛的军人。　　　　为儿女之好：指山石竹木的爱好。

⑯佚欲：无节制的欲求。　　　　然：这样。

⑰"想其"三句：推测刘金盛时菱溪园中的池塘、亭台和奇特花草树木，一定和这山石相称。　　陂：池沼。《礼记·月令》："毋漉陂池。"　　称：相称，配得上。

⑱编民：指平民百姓。　　编：编入户籍。

⑲"予感"三句：我被这人物的兴废所感动，怅惜这石头可爱却被人抛弃，就用些牛把它拖到幽谷。幽谷：即丰乐亭所在之山谷，位于滁州城南。

⑳白塔：滁州有白塔寺。

㉑亭负城而近：丰乐亭靠城很近。　　　　负城：背靠城墙，言其近。

㉒"夫物"三句：那些奇特的东西，丢弃埋没在偏远地则可惜，放在近处又不免被爱好的人取走。作者把石从菱溪移到丰乐亭后，发此感慨。　　耳目：指近处。

㉓荒埋零落：指家业衰败。　　无闻：指沦为平民，没有声望。

㉔用此可为富贵者之戒：因此可以作为富贵者的警戒。　　用：因。

【集评】

明茅坤《唐宋八大家文钞》卷四十八：事虽不甚紧要，却自风致翛然。

清浦起龙：闲散收罗，最是小记高手，犹见柳州风格。

【鉴赏】

本文作于庆历六年，与《丰乐亭记》《醉翁亭记》等同时。时欧阳修贬官滁州，庆历新政的失败,使欧阳修受到很大的打击。其忧国忧民,期望国富民强的初衷虽未改变,但锐气在减。此时的文章,绰历风发、慷慨激昂的文字已很少见,而代之以写景状物、记事抒怀之作。《菱溪石记》即是这一时期有代表性的作品之一。

《菱溪石记》是一篇记事散文。作者以石为题,记事感物,文简而意深。不愧为一篇浅中见深,平中见奇之作。

本文前半部分着重叙述石的来历及菱溪的沿革。菱溪石,为太湖石一类的观赏石。非滁州所产。作者曾写《菱溪大石》七言律诗详述其貌。据诗,菱溪石绀碧色,多孔窍,莹洁如玉,嶙峋奇特,有很高的观赏价值。本文开篇点题,交代菱溪石的处所、环境,以"溪旁人见其可怪,往往祀以为神"来突出石之"奇"。然后追溯其源,石的处所原为五代时权贵刘金的园圃。刘金为吴国杨行密的部将,以骁勇知名。其视菱溪石为奇物,据为己有。岁久废圮,石亦湮没。作者"惜其可爱而弃",遂辇致于丰乐亭两侧,供滁州百姓观赏。

一石一事,平平常常。然而作者的高明之处就在于其笔触并不停留在对菱溪石客观的、表象的记叙上,而是以"人物之废兴"为契机,由此挖掘出富有深刻思想意义的内涵。昔日刘宅"陂池台榭、奇木异草与此石称,亦一时之盛哉!"而今时过境迁,"及其后世,荒堙零落,至于子孙泯灭而无闻"。作者于今与昔的鲜明对比中,发出富有警策性的告诫:"嗟夫!刘金者虽不足道,然亦可谓雄勇之士,其平生志意,岂不伟哉!及其后世,荒堙零落,至于子孙泯没而无闻,况欲长有此石乎?用此可为富贵者之戒。"最后一段议论卒章显志,表明了写记的目的,是希望"富贵者"不要因好奇而将石据为己有,其用意是颇为深切的。由于那些"富贵者"骄奢淫逸,横征暴敛,致民穷财尽,国势日衰。欧阳修忧心如焚,寄希望于革新。庆历新政的失败,使作者的抱负无以实现,虽贬官滁州,但并非饱食终日无所用心,而是提出为政"宽简"的主张。强调民生之安定,"节用以爱农",以此缓和统治阶级与人民之间的矛盾。本文于一石一事所发的议论,正是作者这一政治主张的具体体现。

清刘大櫆在《论文偶记》中写道:"理不可以直指也,故即物以明理;情不可以显出也,故即事以寓情"。欧阳修以石为题,通过由此及彼的联想、对比,于平凡小事中,挖掘出治国为政以民为本的深刻道理,可谓于微见著,平中见奇。

作者这一深刻主旨的表达,不以深隐为奇,而是写得浅显平易,"文不雕饰,而辞切意明"。充分体现了欧文既明白晓畅,又精炼含蓄、耐人寻味的艺术风格。

醉翁亭记

【题解】

这是一篇情文并茂的山水游记名篇,《唐宋文醇》誉为"欧阳绝作"。写于作者再次被贬,出任滁州太守第二年(公元 1046 年)。此篇重点写滁州的"山水之乐""游人之乐"和"太守之乐",以"乐"字为一篇之骨,表现作者"与民同乐"的思想。所以欧阳修把滁州描绘成一片世外"乐土"。

本篇写作技巧极高,作者将散文、骈文、赋融为一体,游记中千古创调也,亦千古绝调也。写景由环滁皆山,到琅琊,到酿泉,最后写醉翁亭;抒情由往来游人,到宾客,最后到太守;在句式上,善用虚字,妙趣横生。开头用一"也"字,自首至尾共用 21 个"也"字,读之,使人感到回环往复,具有一唱三叹的艺术魅力。罗大经《鹤林玉露》评:"韩、柳犹用奇字、重字,欧阳修唯用平常轻虚字,而妙丽古雅,自不可及。"

【原文】

环滁皆山也①。其西南诸峰,林壑尤美②。望之蔚然而深秀者③,琅琊也④。山行六七里,渐闻水声潺潺,而泻出于两峰之间者,酿泉也⑤。峰回路转⑥,有亭翼然临于泉上者⑦,醉翁亭也。作亭者谁?山之僧智仙也⑧。名之者谁?太守自谓也⑨。太守与客来饮于此,饮少辄醉⑩,而年又最高,故自号曰醉翁也⑪。醉翁之意不在酒,在乎山水之间也⑫。山水之乐,得之心而寓之酒也⑬。

若夫日出而林霏开⑭,云归而岩穴暝⑮,晦明变化者⑯,山间之朝暮也。野芳发而幽香⑰,佳木秀而繁阴⑱,风霜高洁,水落而石出者,山间之四时也⑲。朝而往,暮而归。四时之景不同,而乐亦无穷也。

至于负者歌于途,行者休于树,前者呼,后者应,伛偻提携⑳,往来而不绝者,滁人游也。临溪而渔,溪深而鱼肥;酿泉为酒,泉香而酒洌㉑;山肴野蔌杂然而前陈者㉒,太守宴也。宴酣之乐,非丝非竹㉓;射者中㉔,弈者胜㉕,觥筹交错㉖,坐起而喧哗者,众宾懽也㉗。苍颜白发,颓然乎其间者㉘,太守醉也。

已而夕阳在山,人影散乱,太守归而宾客从也。树林阴翳㉙,鸣声上下㉚,游人去而禽鸟乐也。然而禽鸟知山林之乐,而不知人之乐;人知从太守游而乐,而不知太守之乐其乐也㉛。醉能同其乐,醒能述以文者,太守也。太守谓谁?庐陵欧阳修也㉜。

【注释】

①环滁皆山也：环绕滁州的都是山啊。　　环：环绕，围绕。　　滁：滁州，今安徽滁县。此为夸张写法。据学者考察滁州西只有琅琊。何绍基《东洲草堂诗钞》卷十八："野鸟黐云共往还，《醉翁》一操落人间。如何陵谷多迁变，今日环滁竟少山。"

②林壑尤美：树林和山谷都特别优美。　　林壑：树林和山谷。

③蔚然：草木茂盛的样子。

④琅琊：琅琊山，在滁州西南。相传东晋元帝为琅琊王时，曾居此山，故名。

⑤酿泉：泉水名，又名醴泉，在琅琊山内。欧阳修《石篆诗》序："近蒙朝恩守此州，州之西南有琅邪、唐李幼卿庶子泉者。"

⑥峰回路转：山势回环，路也跟着拐弯。

⑦有亭翼然：有个亭子像鸟展翅的样子立在泉边。

⑧智仙：琅琊山琅琊寺的和尚。

⑨太守：作者自称。

⑩饮少辄醉：酒量小，稍喝一些就醉。

⑪醉翁：以"翁"自称，含有戏谑之意。欧阳修《赠沈遵》诗："我时四十犹强力，自号醉翁聊戏客。"又《赠沈博士歌》："我昔被谪居滁山，名虽为翁实少年。"

⑫乎：于，在。

⑬寓：寄托。

⑭若夫：至于。　　林霏：指林间雾气。

⑮云归而岩穴暝：云烟笼罩，山谷就阴暗了。　　暝：昏暗，阴暗。

⑯晦明变化者：指暗明交替变化。时明时暗。

⑰野芳：野花。　　芳：花。本句写春景。

⑱秀：枝叶繁茂。此句写夏景。

⑲风高：指天空高旷。此句写秋景。

⑳负者：挑担或背物的人，泛指背着东西的人。伛偻提携：老人拉着小孩。伛偻：老年人。　　提携：拉着孩子。　　李华《吊古战场文》："提携捧负，畏其不寿。"

㉑泉香而酒洌：指用酿泉水制成的美酒。　　洌：水清，此指酒清醇。

㉒山肴野蔌杂然而前陈：野味野菜纷纷摆在面前。　　山肴：野味。　　野蔌：野菜。　　蔌：同"蔬"。

㉓非丝非竹：意谓不在于音乐。　　丝竹：泛指音乐。　　丝：指弦乐器，如琴、琵等。竹：指管乐器，如箫、笛之类。刘禹锡《陋室铭》："无丝竹之乱耳，无案牍之劳形。"

㉔射：指古代"投壶"的游戏，方法是用箭投向壶里，以饮酒为赏罚。说法不一，仅备一说。

㉕弈:下棋。

㉖觥筹交错:酒杯和酒筹互相传来传去。　　觥:酒杯。用犀牛角制的。
筹:酒筹,用来行酒令或饮酒计数的签子。

㉗懽:同"欢"。

㉘颓然:醉酒后昏沉的样子。　　乎:同"于"。

㉙阴翳:树荫覆盖着。

㉚上下:时高时低。

㉛乐其乐:感到游乐而快乐。前一个"乐"为动词。其:指滁人,众宾。

㉜庐陵:今江西吉安。

【集评】

明茅坤《唐宋八大家文钞》卷四十九:文中之画。昔人读此文,谓如游幽泉邃
石,入一层才见一层,路不穷,兴亦不穷,读已令人神骨儵然长往矣。此是文章中洞
天也。

清张伯行重订《唐宋八大家文钞》卷六:文之妙,鹿门(茅坤)评鉴之。朱子(朱
熹)言欧公文字亦多是修改到妙处。顷有人买得他《醉翁亭记》稿,初说滁州四面
有山凡数十字,末后改定,只曰"环滁皆山也"五字而已,可见文字最要修改,故附录
之。

清过珙:"'醉翁之意不在酒'及'太守之乐其乐'两段,有无限乐民之乐意,隐

见言外。若止认作风月文章，便失千里。"

清王夫之《姜斋诗话》卷二：若"环滁皆山也"，语虽卓立，正似远山遥映耳。

近人林纾《畏庐续集·用起笔》："欧文语语平易，正其严洁，不可猝及。昔人见欧公《醉公亭记》草，起手本有数行，后乃一笔抹却，只以"环滁皆山也"五字了之，何等斩截！

【鉴赏】

本文选自《欧阳文忠公文集》，写于宋仁宗(赵祯)庆历六年(公元 1046 年)欧阳修被贬为滁州(今安徽省滁县)太守的第二年。时欧阳修四十岁，正当壮年，非醉而醉，非翁而翁，醉能荣辱皆忘，翁老而不被朝廷所重用，因而自称"醉翁"，带有官场失意、寄情山水以排遣抑郁的情调，含有嘲讽朝廷不识忠奸的意味。有诗佐证："四十未为老，醉翁偶题篇"。"醉中遗万物，岂复记吾年"(欧阳修《题滁州醉翁亭》)。

本文的主旨是通过滁州优美山水的描绘，展现一幅"官民同乐"的图画，同时赞美秀丽的山河。滁人是否真"乐"，倒不一定，但作者主观上是想"乐民之乐"的。这就从侧面夸张地颂扬了作者自己在滁州的政绩。作者曾说："小邦为政，期年粗有所成"(欧阳修《给梅尧臣的信》)，"又幸其民乐其岁物之丰成，而喜与予游也"(《丰乐亭记》)。可见这是一篇意在颂扬政绩之文。清人过珙说："'醉翁之意不在酒'及'太守之乐其乐'两段，有无限乐民之乐意，隐见言外。若只识作风月文章，便失千里。"不把本文看作"风月文章"，这是对的。至于"乐民之乐"，完全是作者主观臆想。他把自己所治理的滁州描写成世外"乐土"，粉饰太平，这也是不言而喻的。

在写法上，全文贯穿一个"乐"字，结构严谨，层次井然，而又变化多端，有如行云流水。文中大量运用骈偶句与散句配合，错落有致，形成似骈非骈、似散非散的文章风格。文中运用"……者……也"句式，共用了二十一个"也"字，使人感到回环往复，清新别致，造成一种"一唱三叹"的格调。不少句子用"四——六——四"的格式，显示出整齐美和音乐美。例如：

伛偻提携，往来而不绝者，滁人游也。

山肴野蔌，杂然而陈前者，太守宴也。

觥筹交错，起坐而喧哗者，众宾欢也。

苍颜白发，颓然乎其间者，太守醉也。

罗大经在《鹤林玉露》中说："韩、柳犹用奇字、重字；欧阳唯用平常轻虚字，而妙丽古雅，自不可及。"本文"也"字之妙，无与伦比。文中二、三、四段开头用"若夫""至于""已而"等连词，承上启下地把各段紧密地联系为一个整体，也显出"虚字"运用之妙。

写景与抒情相结合，也是本文的一个特点。写景，从环滁皆山写起，写西南诸峰，写琅琊、写酿泉，一步步最后集中到醉翁亭；抒情，则由滁人乐游写起，再写宾客

39

之乐,最后集中到太守"乐其乐"这个焦点上,作者采用了"由散到聚"的写法。

善用"互文"。互文,就是"互文见义",是一种利用上下文的互相补充、呼应而使文意完备并取得修辞效果的表达手段。例如:"负者歌于途,行者休于树,"上下两句互文;再如:"酿泉为酒,泉香而酒洌。""泉"与"酒"互文,"香"与"洌"互文,义为"泉水和酒都是又香又清凉的",同时,在音韵上看,"泉香"声调是"平平","酒洌"声调是"仄仄",平仄相对,读起来朗朗上口,具有音韵美。

精思细致,字斟句酌,是欧阳修创作的突出特点。例如:"有亭翼然","翼"本是名词,指鸟的翅膀,在这里形容亭的样子(内含比喻),生动形象;"泻出于两峰之间","泻",描绘出一幅飞流直下的动态画面。首句"环滁皆山也"是经过锤炼的句子。《朱子大全》卷一三九:"欧阳公亦多是修改到妙处。顷有人买得他《醉翁亭记》稿,初说'滁州四面有山',凡数十字。末后改定,只有'环滁皆山也'五字而已。"可见欧阳文的修改之功。其实"环滁"并非"皆山",只有西南有山,何绍基曾说:"如何陵谷多变迁,今日环滁竟少山"(《东洲草堂诗钞》),并非"陵谷"变迁,而是欧阳公运用了夸张虚写的手法。

丰乐亭记①

【题解】

本篇作于庆历六年(公元 1046 年),时作者在滁州。丰乐亭为欧阳修被贬滁州后建造的。这篇文章就是写于此亭建成之时。滁州在五代"干戈之际",乃兵家必争之地,而今太平无事,成为世外桃源。作者以"丰乐"二字为题眼,抚今思昔,抒发了作者与民同乐的思想,告诫人们珍惜和平安乐生活。文中又借颂太祖结束五代战乱,统一中国,使人民能安居乐业的功德,以讽当世,希望保持长治久安的政治局面。姚叔节曰:"宋代兵革不修,酿成积弱之祸,公盖预见及此,特言之以讽当世。"

文章情景交融,把写景、叙事及抒情紧密结合,而议论寓于其中,情文并美,表现了欧阳修的所长。

【原文】

修既治滁之明年②,夏,始饮滁水而甘。问诸滁人,得于州南百步之近③。其上则丰山,耸然而特立④;下则幽谷,窈然而深藏⑤;中有清泉,滃然而仰出⑥。俯仰左右,顾而乐之。于是疏泉凿石,辟地以为亭,而与滁人往游其间。

滁于五代干戈之际⑦,用武之地也。昔太祖皇帝,尝以周师破李景兵十五万于清流山下,生擒其将皇甫晖、姚凤于滁东门之外,遂以平滁⑧。修尝考其山川,按其图记⑨,升高以望清流之关⑩,欲求晖、凤就擒之所,而故老皆无在者;盖天下之平久矣。自唐失其政,海内分裂,豪杰并起而争,所在为敌国者,何可胜数⑪?及宋受天命,圣人出而四海一⑫。向之凭恃险阻,划削消磨⑬。百年之间,漠然徒见山高而水清;欲问其事,而遗老尽矣⑭。今滁介于江淮之间,舟车商贾⑮,四方宾客之所不至;民生不见外事,而安于畎亩衣食⑯,以乐生送死⑰;而孰知上之功德,休养生息,涵煦于百年之深也⑱!

修之来此,乐其地僻而事简,又爱其俗之安闲。既得斯泉于山谷之间,乃日与滁人仰而望山,俯而听泉。掇幽芳而荫乔木⑲,风霜冰雪,刻露清秀⑳,四时之景,无不可爱。又幸其民乐其岁物之丰成,而喜与予游也。因为本其山川,道其风俗之美,使民知所以安此丰年之乐,幸生无事之时也。夫宣上恩德,以与民共乐,刺史之事也㉑。遂书以名其亭焉㉒。庆历丙戌六月日,右正言知制诰知滁州军州事欧阳修记㉓。

41

①丰乐亭:在今安徽滁县城西丰山北,为欧阳修被贬滁州后建造的。苏轼曾将《丰乐亭记》书刻于碑。《舆地纪胜》:"淮南路滁州:丰乐亭,在幽谷寺。庆历中,太守欧阳修建。"清《一统志》:"安徽滁州丰乐亭在州西南琅琊山幽谷泉上。欧阳修建,自为记,苏轼书,刻石。"

②明年:第二年,即庆历六年。

③问诸滁人:向滁人打听泉水的出处。 诸:兼词,之于。《与韩忠献王书》:"山川穷绝,比乏水泉,昨夏天之初,偶得一泉于州城之西南丰山之谷中,水味甘冷,因爱其山势回抱,构小亭于泉侧。"又有《幽谷泉》诗。

④耸然而特立:高峻挺拔地矗立着。 特:突出。

⑤窈然:深幽的样子。

⑥滃然:水势盛大的样子。 仰出:从地面向上涌出。

⑦五代:指梁、唐、晋、汉、周。 干戈:古代兵器,此指战争。

⑧"昔太祖"五句:公元956年,宋太祖赵匡胤任后周大将,与南唐中主李璟的部将皇甫晖、姚凤会战于滁州清流山下,南唐部队败于滁州城。随后赵匡胤亲手刺伤皇甫晖,生擒晖、凤,夺下滁州城。《资治通鉴》后周纪三:"……太祖皇帝引兵出后,晖等大惊,走入滁州,欲断桥自守。太祖皇帝跃马麾兵涉水,直抵城下。……手剑击晖中脑,生擒之,并擒姚凤,遂克滁州。" 周:指五代时后周。 李景:即李璟,南唐的中主。 清流山:在今滁州城西南。

⑨图记:指地图和文字记载。

⑩清流之关:在滁州西北清流山上,是宋太祖大破南唐兵的地方。

⑪"所在"二句:指到处都割据称王,难以计算。

⑫圣人句:指宋太祖赵匡胤统一天下。

⑬向之凭恃险阻句:如先前那些凭借险阻称霸的人,有的被诛杀,有的被征服。 向:从前。

⑭遗老:指经历战乱的老人。

⑮舟车商贾:坐船乘车的商人。

⑯畎:田地。

⑰乐生送死:使生的快乐,礼葬送死。《孟子·离娄》:"养生者不足以当大事,惟送死可以当大事。"

⑱涵煦:滋润教化。

⑲掇幽芳而荫乔木:春天采摘清香的花草,夏天在大树荫下休息。 掇:拾取。 荫:荫庇,乘凉。

⑳"风霜"二句:秋天刮风下霜,冬天结冰下雪,经风霜冰雪后草木凋零,山岩裸露,更加清爽秀丽。 刻露:清楚地显露出来。

㉑刺史:官名,宋人习惯上作为知州的别称。欧阳修此时为滁州知州,根据习

惯自称为刺史。

㉒名:名词动用,起名,命名。

㉓丙戌:庆历六年。　　右正言:宋代谏官名,知制诰,亦官名,负责给皇帝起草制词诰令。

【集评】

明茅坤《唐宋八大家文钞》卷四十九:太守之文。

清张伯行重订《唐宋八大家文钞》卷六:朱子(朱熹)论欧公文字敷腴温润。包显道问先生所喜者,云:"《丰乐亭记》。"读欧公文字令人喜悦,自是宇宙间阳和气象。

清吴闿生《桐城吴氏古文读本》:此与《送田画序》并佳绝,其抚今思昔亦同,而彼篇作于谪宦之中,心旷而神怡,此篇作于丰乐之时,忧深而思远,盖贤人君子之意量如此。

清储欣《唐宋八大家类选》卷十一:以五代之滁与今日之滁相形,凭吊最有深情。

【鉴赏】

本文作于庆历六年(公元1046年),欧阳修四十岁,在滁州任上。庆历五年春,朝廷大臣杜衍、范仲淹、韩琦、富弼等,因行"新政"触犯保守势力的旧官僚,因此被斥为"朋党"而相继罢去。这时,任河北都转按察使的欧阳修上书极谏:"夫正士在朝,群邪所忘,谋臣不用,敌国之福也"(《论杜衍范仲淹等罢政事状》)。御史中丞王拱辰等素来忌恨欧阳修,企图加害而未找到把柄,恰巧这时欧阳修的外甥女张氏犯法,修因财产牵连而吃官司,虽经查验无涉,"群邪"仍以此加罪欧阳修,罢去河北都转运按察使,降为知制诰,谪为滁州知州。滁,水名,因水为州,宋代属淮南东路,州治在今安徽省滁县。丰山,在滁州西南五里,以幽谷中有泉,名幽谷泉,一名紫微泉,泉旁有丰乐亭。欧阳修《与韩忠献王书》中有所描写:"山川穷绝,比乏水泉,昨夏秋之初,偶得一泉于(滁)州城之西南丰山之谷中,水味甘冷,因爱其山势回抱,构小亭于泉侧。"《滁州志》中也有记载:"欧阳修谪守滁上,明年得醴泉于醉翁亭东南隅。一日,会僚属于州廨,有以新茶献者,公敕吏汲泉,未至而汲者仆出水,且虑后期,遽酌他泉以进。公已知其非醴泉也,穷问之,乃得它泉于幽谷山下。文忠博学多识而又好奇,既得是泉,乃作亭以临泉上,名之曰丰乐。欧阳修这篇《丰乐亭记》,经苏轼书写,刻石三块,立于泉上(见《金石萃编》)。

本文是欧阳修的一篇着力之作,笔法甚妙,历代文章评点家,多有批注评点,内容甚丰,现就本文笔法,列举于后:

一、逐字点题法。本文第一段开门见山,劈首点题。然而点法出奇,非同一般,文题"丰乐亭"三字,不是一并点出,而是分开先后,依次逐一点出:滁水"其上有丰山耸然而特立",点出"丰";"俯仰左右,顾而乐之",点出"乐"。注意,"丰"出于

"丰山"之名,"乐"来自丰山美景可乐,都是由山而得出,此处为末段埋下伏笔。还有个"亭"字,由本段末句"于是疏泉凿石,辟地以为亭,而与滁人往游其间"点出,结束全段。至此文题三字依次被点而出,题意初明。这种笔法奇特而新颖。

二、凌空倒影法。本文第二段并不接写"丰乐亭",而突兀写出"滁于五代干戈之际,用武之地也",引出"昔太祖皇帝"(赵匡胤)平定滁州的往事。这里采用了"凌空倒影"的笔法。凌空倒影法的"凌空",指文句"横空而来,顿开异境",也指文思"腾空飞跃,兴象超远"。"倒影"是说泉水中的影子是原物颠倒的映象,那样,反接下文。"干戈之际,用武之处"句在内容上与下文相反对,即与

下文"反接"。近与下文"天下之平久矣"反接,句义相反;远于本段的末两节:"及宋受天命……而遗老尽矣"和"今滁介于江、淮之间,……上之功德休养生息,涵煦百年之深也"反接,语义相反。这种笔法之难,不仅在于起笔突兀,顿开异境,而且在于"倒影"于后,即与下文反接,句相接而意相反。如非大手笔,此种笔法是很难驾驭的。

三、烘云托月法。其实这是一种"衬托法",特别是从反面衬托,作用更加明显。本文一、三段写"丰乐太平",二段却着力叙写与之相反的"五代干戈",正是为了衬托"丰乐太平"。

四、文家咏叹法。本文第二段,可分为三个小段,第一小段写滁州原是干戈用武之地,实写当年太祖皇帝赵匡胤在此用兵的史迹。《资治通鉴·后周纪三》:世宗显德三年(公元956年),"上命太祖皇帝倍道袭清流关,皇甫晖等陈于山下,方与前锋战。太祖皇帝引兵出山后,晖等大惊,走入滁州,欲断桥自守。太祖皇帝跃马麾兵涉水,直抵城下。……晖整众而出,太祖皇帝拥马颈突阵而入,大呼曰:吾止取皇甫晖,他人非吾敌也。手剑击晖,中脑,生擒之,并擒姚凤,遂克滁州"。赵匡胤擒将平滁,真有其事,所以作者用实笔,写得真实、具体。第二小段"自唐失其政,海内分裂,豪杰并起而争,……而遗老尽矣。"这一段用虚笔泛泛写来,没有具体的历史事件,也没有具体的人名、地名,泛写"四海"(指全国),不单说滁州,也不独写宋太

祖,而泛说海内"豪杰"。而那些并起而争的"豪杰",有的战死有的被杀,有的已经老死,"百年之间,漠然徒见山高而水清。"及宋四海归一而太平。第三小节,单接第一大段,写今之滁州,呈现一派太平景象。将第一小段与第二小段加以比较,可以说第二小段是第一小段虚化性的再现,是在第一小段具体写实的基础上,加以笼统地概括和咏叹。这种笔法,沈德潜说是"文家咏叹法"(见《唐宋八大家古文读本》),这种笔法,可以增强文章的艺术性和感染力。

五、景摹四季法。欧阳修善于写景,在他的笔下,景物鲜明、逼真,美不胜收。尤其是"四时之景,无不可爱"。譬如在本文第三段中,只用简短的三句话,就描摹出一年四季的景色来:"掇幽芳而荫乔木,风霜冰雪,刻露清秀。"掇,摘取。幽芳,本是形容词,用以形容花儿的素香,在这里用作名词,即形词名化,指花儿,摘取幽微芳香的花朵,自然是指春季了。荫,本是名词,指树荫,这里用作动词,即名词动化。荫乔木,就是在大树下乘荫凉,这自然是写夏天了。风霜冰雪,当指秋冬,刻露清秀,即"峭刻呈露,清爽秀出"(见《古文观止》注),意思是说,秋冬草枯叶落,山势镶岩毕露,所以显得格外清爽俊秀。从这几句所写的四时美景来看,欧阳修描摹景物,用语精炼简洁,抓住四季特征摹写,所以景物色彩鲜明、香味浓郁、形象逼真,而且四季美景连续描写,一气呵成。无独有偶。欧阳修在《醉翁亭记》中也有一段四季景物的描写:"野芳发而幽香,佳木秀而繁阴,风霜高洁,水落而石出者,山间之四时也。"这段描写虽多了几个字,但更显得丰满、圆美。两段描写实有异曲同工之妙。

六、名实暗换法。前面提到,本文第一段由丰山美景可乐而点出"丰乐"二字,为第三段埋下"伏笔";第三段确实又写"丰乐",然而,"丰"是"丰年"之"丰","乐",是"丰年之乐"和"与民同乐"之"乐"。"丰乐"二字未变,而"丰乐"二字的含义却在暗中变换了,即把"丰山美景可乐"的"丰乐"变换为太平时期"丰年之乐"和太守"与民同乐"之"丰乐"了。这在逻辑学上叫作"暗中偷换概念",是荒谬的,但在文学作品中就不同了,作者可以采取艺术的手法表现内容。本文利用汉语的"歧义"或者语义双关,将语义的两端暗中交换,巧合成趣,以产生灵活变幻、深化语义以及幽默风趣的修辞效果。这种笔法并非自本文始,唐代大诗人李白就曾经用过这种笔法。李白青年时代在四川彰明县当差,一次牵牛穿县衙而过,令妻生了气,一定要县令治罪于他。这时李白诵诗一首:"素面倚栏钩,娇声出外头。若非是织女,何必问牵牛?!"牵牛,即"牛郎",义有两端,一是当时牵牛过衙的李白,一是指织女的丈夫,这里,李白使用"名实暗换"法,将第二义暗换成了第一义,于是令妻便不再过问此事了。如果过问,自己岂不就成了牵牛(李白)之妻织女了吗?李白用此笔法,只是幽默讽刺而已,欧阳修就不同了,他在本文中使用这种笔法,把"丰山"的"丰乐"暗换成太平丰年与民同乐的"丰乐",不仅加深了"丰乐亭"命名的深义,而且使文章的主题得以"升华",何等妙哉!

七、小题大做法。从题目上看,本文仅是给一座小亭子作记,但内容却涉及百年治乱进而推及居安思危,可谓大矣。此即所谓"小题大做做法",也叫"见微知著法"，很多文章评点家都论及此，譬如：沈德潜说："记一亭而由唐及宋，上下数百年之治乱，群雄真主之废兴，一一在目，何等识力！中间休养生息一段，见仁宗之滋培元气，养以雨风，子孙不用更张，隐然言外"（见《唐宋八大家古文读本》）。李扶九说："小题大作，唐宋八大家文往往如此，惟欧公更有一种逸致。虽悲歌慷慨，而仍和平雍容，令人爱敬"（《古文笔法百篇》）。

八、浓淡相济法。即"详略得体法"。写文章不能平均使用力量，要有详有略，详略得体，犹如作水墨画，着墨要有浓有淡，浓淡相济，方能给人以美的享受。那么何处浓？何处淡？就要看主旨所在，以充分表达主旨为转移。本文的重点在第二大段，所以这一段用重笔浓写。清人李刚己评论说："此文精神团结之处，全在中幅，故前后皆用轻笔，此即浓淡相济之法也。"本文前后两段轻笔淡描，体现主旨的中段则重笔浓写，实是一幅浓淡相济的水墨画，给人以一种"淡妆浓抹总相宜"的美感。

九、抚今思昔法。本文创作之时，正值滁州太平丰年，太守得以"与民同乐"。在这丰乐之中，欧阳修尚能抚今思昔，重现五代干戈动乱的年代，以"宣上恩德"，并且忧深思远，居安思危，因而能使文章主旨深刻高远。文章评点家吴北江说："此与《送田画序》并佳绝，其抚今思昔亦同，而彼篇作于谪宦之中，心旷而神怡，此篇作于丰乐之时，忧深而思远，盖贤八君子之意量如此"（见《唐宋文举要》）。可相互参阅。

十、以理入文法。在宋代，以哲理入文，即在记叙文中加入议论成分，是普遍现象，不独本文如此，像《岳阳楼记》（范仲淹）、《游褒禅山记》（王安石）、《石钟山记》（苏轼）等名文，都使用过"以理入文法"的笔法。

总之，欧阳修以散文见长，是大手笔，本文是他的一篇着力之作，在作法上下了很大功夫，采用多种笔法加以描摹绘制，因而技艺高超。历代文章评点家对此文都很重视，多作评点，从中总结出了多种笔法，由于评点角度不同，说法也不尽一致，而且某些笔法的名称也不一定恰切，但都能言之成理，还是值得我们学习、借鉴的。

岘山亭记①

【题解】

本文作于熙宁三年(公元 1070 年),是应襄阳知府史中辉之请而写。时作者任蔡州知州。

文中一方面肯定羊祜、杜预"垂于不朽"的功业,一方面对他们的"汲汲于后世之名"也发出了"自待者厚"的讥讽;特别是对杜预"铭刻于二石",以求万世之不朽,并指出他"不知石有时而磨灭",说明岘山因羊、杜而闻名,不是羊、杜借岘山而传名的道理。文中提到"欲纪其事于石,以与叔子、元凯之名并传于久远",这是希望史中辉在事业上应建立功烈,并含蓄委婉地说出他不应再求空名虚誉。

文章抒情感慨,意在言外,发人深省。魏禧《魏叔子集·目录》卷二《杂说》指出:"欧公之妙,只在说而不说,说而又说,是以极吞吐往复,参差离合之致。"《岘山亭记》就是欧文中含蓄吞吐的名作。

【原文】

岘山临汉上,望之隐然②,盖诸山之小者。而其名特著于荆州③者,岂非以其人哉?④其人谓谁?羊祜叔子、杜预元凯是已⑤。

方晋与吴以兵争,常倚荆州以为重,而二子相继于此,遂以平吴而成晋业,其功烈已盖于当世矣。至于风流余韵,蔼然被于江汉之间者,至今人犹思之,而于思叔子也尤深⑥。盖元凯以其功,而叔子以其仁⑦,二子所为虽不同,然皆足以垂于不朽。余颇疑其反自汲汲于后世之名者,何哉⑧?传言叔子尝登兹山,慨然语其属,以谓此山常在,而前世之士皆已湮灭于无闻,因自顾而悲伤⑨。然独不知兹山待己而名著也⑩。元凯铭功于二石,一置兹山之上,一投汉水之渊⑪。是知陵谷有变而不知石有时而磨灭也。岂皆自喜其名之甚而过为无穷之虑欤⑫?将自待者厚而所思者远欤⑬?

山故有亭⑭,世传以为叔子之所游止也。故其屡废而复兴者,由后世慕其名而思其人者多也。熙宁元年,余友人史君中辉以光禄卿来守襄阳⑮。明年,因亭之旧,广而新之,既周以回廊之壮,又大其后轩⑯,使与亭相称。君知名当世,所至有声⑰,襄人安其政而乐从其游也。因以君之官,名其后轩为光禄堂⑱;又欲纪其事于石,以与叔子、元凯之名并传于久远。君皆不能止也,乃来以记属于余⑲。

余谓君知慕叔子之风⑳,而袭其遗迹,则其为人与其志之所存者,可知矣。襄人

47

爱君而安乐之如此,则君之为政于襄者,又可知矣。此襄人之所欲书也。若其左右山川之胜势,与夫草木云烟之杳霭,出没于空旷有无之间,而可以备诗人之登高,写《离骚》之极目者,宜其览者自得之㉑。至于亭屡废兴,或自有记,或不必究其详者,皆不复道㉒。

熙宁三年十月二十有二日,六一居士欧阳修记。

【注释】

①岘山:在今湖北襄阳市南,临汉水。其山本是一座无名小山,因与晋代大将羊祜、杜预有关而闻名于世。《太平御览》卷四十三引《十道志》:"羊祜常与从事邹润甫共登岘山,垂泣曰:'自有宇宙便有此山,由来贤达胜士登此远望如我与卿者多矣,皆湮灭无闻,不可得知,念此使人悲伤。我百年后,魂魄犹当此山也。'润甫对曰:"公德冠四海,道嗣前哲,令闻令望当与此山俱传。若湛(润甫名)辈乃当如公语耳。'后以州人思慕,遂立羊公庙并碑于此山。"

②临:靠近。　汉上:汉水之上。　隐然:高耸的样子。

③特著:最显著。　荆州:治所在今湖北襄阳。

④岂非以其人哉:难道不是因为羊祜、杜预这两个人的原因吗?以:因为。
其人:指羊祜、杜预。

⑤羊祜叔子:221～278,字叔子,泰山南城(今山东费县西南)人。晋武帝时任都督荆州诸军事,驻襄阳。羊祜在襄阳开屯田,储军备,筹划灭吴,后又入朝陈伐吴之计,举杜预自代。　杜预元凯:222～284,字元凯,京兆杜陵人,羊祜死后,继任为镇南大将军,都督荆州诸军事。后平定东吴。

⑥"至于风流"四句:据《晋书·羊祜传》:"祜率营兵出镇南夏,开设庠序,绥怀远近,甚得江汉之心。与吴人开布大信,降者欲去皆听之。"羊祜死后,"襄阳百姓于岘山祜平生游憩之所,建碑立庙,岁时飨祭焉。望其碑者,莫不流涕,杜预因名为堕泪碑。"　风流余韵:留下的遗迹。　蔼然:光泽油润的样子。　被:广布。

⑦盖元凯以其功:杜预领兵伐吴,平吴,功劳最大,被封当阳县侯。　仁:仁爱。详见注⑥。

⑧余颇疑其反自汲汲:我很怀疑他们为什么反要急切地去求身后之名。汲汲:急切的样子。

⑨属:下属,指邹润甫等人。详见注①。

⑩"然独"句:然而却不知道这座山因为自己而出名的。　兹:这。

⑪"元凯"三句:《晋书·杜预传》:"预好为后世名,常言'高岸为谷,深谷为陵',刻石为二碑,纪其勋绩,一沉万山之下,一立岘山之上,曰:'焉知此后不为陵谷乎!'"杜预为永保自己功绩声誉不朽,他把伐吴平吴的功业刻在二块碑石上,一块立在岘山上,一块投入汉水,以防陵谷之变。因为古人认为天地运转,可使高山降为山谷,山谷升为高山。

⑫"是知"句:这是知道"高岸为谷,深谷为陵"的变化,但却不知道石碑因时间

久远也会磨灭。

⑬"将自待"句:或者因为过于重视自己所以想得这样远吧。

⑭山故有亭:山上老早就有亭子。　　亭:指岘山亭。

⑮熙宁元年:公元1068年。　　光禄卿:光禄寺的主管长官,掌朝廷祭祀朝会等事务。

⑯后轩:指岘山亭后面的阁子。

⑰所至有声:所到之处都有政绩,留有好的声望。

⑱"因以"二句:所以把史中辉光禄卿的官职起名新修的后轩为光禄堂。

⑲乃来以记属于余:就来嘱托我写一篇记。属:同"嘱",托付。

⑳慕叔子之风:敬慕羊祜的风度。

㉑其:指岘山亭。　　胜势:秀丽的风景。　　诗人之登高:《汉书·艺文志》:"登高能赋,可以为大夫。"　　写《离骚》之极目:放眼远望而写出忧愁思念的诗篇。　　《离骚》:屈原著名的诗篇。《史记·屈原贾生列传》引淮南王刘安曰:"离骚者,犹离忧也。"

㉒"至于亭"四句:至于亭子的屡次废坏与兴建,以往也会有碑记,有的也没必要详细说它兴废情况,所以我都不必再写了。

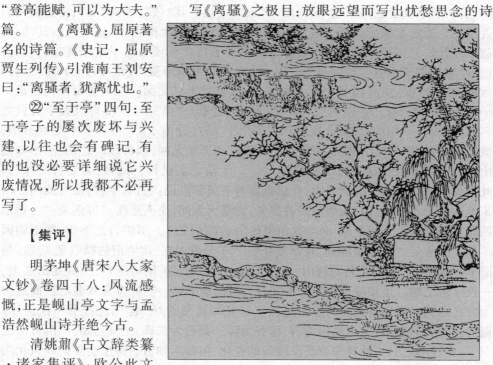

【集评】

明茅坤《唐宋八大家文钞》卷四十八:风流感慨,正是岘山亭文字与孟浩然岘山诗并绝今古。

清姚鼐《古文辞类纂·诸家集评》:欧公此文神韵缥缈,如所谓吸风饮露,蝉蜕尘埃者,绝世之文也。

清姚范《援鹑堂笔记》卷四十四:欧公《岘山亭记》风流感慨,昔人推之矣。

【鉴赏】

岘山,在湖北襄阳城南七里,汉江西岸边。山为小山,因晋代羊祜,杜预登临而闻名。山上有亭,是后人思念羊祜而建的。熙宁元年欧阳修的朋友史中辉任襄阳知府,见亭之破旧而重加修复,扩大旧制。襄阳百姓又把史中辉的官职(光禄卿)命名新修的后轩为光禄堂。欧阳修应史中辉之请写了这篇文章。文中写了山、亭、堂，又写了羊、杜、史三个人物。内容多头绪繁，如果组织不好，定会杂乱无章。但是我们读这篇文章，觉得言而有序，井井有条。之所以如此，主要是作者构思精巧，文章脉络清晰。脉络是贯穿全文的枢纽，是作者思路在行文中的体现，它能把散碎的材料连成一个有机的整体。这篇文章的脉络是一个"名"字，围绕"名"字，层层铺叙，走笔行文，缭绕盘施，曲尽其意。文章起笔写山，开门见山："岘山临汉上，望之隐然，盖诸山之小者。而其名特著于荆州者，岂非以其人哉。"突出山之小和山之名，小而其名特著，是因人而有名。由山之名，引出羊、杜二人，叙写二人之"名"。羊祜（字叔子）、晋武帝时，任都督荆州诸军事驻襄阳，与东吴陆抗对峙，彼此不相侵扰。羊祜死时举杜预代理自己。杜预（字元凯）继任后，平定了东吴。二人"功烈已盖于当世"，可见其名重一时。"至于风流余韵，蔼然被于江汉之间者，至今人犹思之，而于思叔子也尤深"。又提出一"思"字，烘托其"名"，因为"名"，才能引起后人思念。思之尤深，说明其"名"尤高。为什么思叔子尤深呢？"盖元凯以其功，而叔子以其仁，二子所为虽不同，然皆足以垂于不巧。"杜预最后平定东吴，因其功劳而有"名"，叔子以其仁德而有"名"。"祜率营兵出镇南夏，开设庠序（学校），绥怀远近，甚得江汉之心"（《晋书·羊祜传》），故其民思之尤深。但不管是杜预还是叔子，"足以垂于不朽"。说明二人功大、德高、名重。"余颇疑其反自汲汲于后世之名者，何哉？"一句承上启下，接写二人对"名"的过分追求。"传言叔子尝登兹山，慨然语其属，以为此山常在，而前世之士皆已湮灭于无闻，因自顾而悲伤，然不知兹山待己而名著也。"这是写羊祜的好"名"。生前之名已得，身后之名是否能保，为此不免悲伤。羊祜一次游岘山，曾感慨地对下属邹湛说："自有宇宙，便有此山。由来贤达胜士，登此远望，如我与卿者多矣，皆湮灭无闻，使人悲伤。"邹湛说："公德冠四海，道嗣前哲，令闻令望，必与此山俱传"（《羊祜传》）。邹湛言之不虚，岘山确因羊叔子而著名，"江山留胜迹，我辈复登临""羊公碑尚在，读罢泪沾襟"（孟浩然《与诸子登岘山》），羊子之名同岘山，永存天地之间。"元凯铭功于石，一置此山之上，一投汉水之渊。是知陵谷有变而不知石有时而磨灭也。岂皆自喜其名之甚而过为无穷之虑欤？将自待者而所思者远欤？"这是写杜预的好"名"。《晋书·杜预传》记："预好为后世名，常言高岸为谷，深谷为陵。刻石为二碑，纪其功勋，一沉万山之下，一立岘山之上。"杜预知道高岸陵谷的变化，但却不知道石碑也会年久而风化磨灭。其追求后世之"名"，实在是煞费苦心。作者盛赞二人的功德，但对其好"名"，也不无讥讽之意。

题为《岘山亭记》，亭在岘山，记亭必先记山。记山之后，接着记亭。"山故有亭，世传以为叔子之所游止也。故其屡废而复兴者，由后世慕其名而思其人者多也。"亭，是襄阳百姓为羊祜建的，记亭必记羊祜，但羊祜之德和名，记山时已经详述，所以记亭时从略，只是以思念之人多，写其"名"之高。接着就很快转到写史中辉，"因亭之旧，广而新之，既周以回廊之壮，又大其后轩，使与亭相称。君知名当世，所至有声，襄人安其政而乐其从游也。因以君之官，名其后轩为光禄堂。"由亭

又写到堂,叙述史中辉政通民乐,"知名当世"。由羊祜、杜预之"名",转到写史中辉之"名"。"又欲纪其事于石,以与叔子、元凯之名并传于久远。君皆不能止也,乃来以记属于余。"写史中辉之好"名",想同羊、杜之名共传于后世。"君皆不能止",只不过是委婉的说法,"以记属于余,"乃仍是好"名"之举。"余谓君知慕叔子之风,而袭其遗迹,则其为人与其志之所存者,可知矣。襄人爱君而安乐之如此,则君之为政于襄者,又可知矣。此襄人之所欲书也。"以推理的语气,用两个"可知",进一步赞扬史中辉的政绩。政绩卓越,自然是"知名当世"了。作者就是这样以"名"作为记叙线索,左右逢源,从容运笔,把山、亭、堂和羊、杜、史三个人物连缀在一起,使全文形成了一个有机的整体。文章结尾,写到岘山的自然风景,作者一笔带过,认为"宜其览者自得之"。岘山的风景、前人已多有描写:"岘山江岸曲,郢水郭门前。……亭楼明落照,井邑秀通川。涧竹生幽兴,林风入管弦"(孟浩然)。人之所详,我则略之。作者这样写,可谓善于剪裁,使文章别具一格。

上杜中丞论举官书^①

【题解】

本篇写于景祐二年(公元1035年)。当时作者任馆阁校勘,并领监察御史的虚衔。文章先写石介的为人,刚毅果断,有气节,喜欢争辩是非。本年二月,御史中丞杜衍推荐他为御史台主簿,十一月仁宗郊祀圜丘,下诏大赦,起用五代诸侯国后代,石介还未到职,就上书反对,触怒皇上而被罢官。对此一般人认为石介地位低下,不该论长说短,罢官应该,而"修独以为不然"。于是欧阳修写信为此申辩,指责杜衍默不作声。作者从御史台的职责立论,指出御史台应明辨是非,正直敢言,以国家大事为重,不应只看皇帝的脸色办事,也不应"随时好恶而高下";欧阳修主张官职的任命主要在于考核其能力和才干;作为御史中丞,石介的推荐人杜衍,本应该尽职尽责,不怕祸患,为石介辩明,不应该看着皇帝的喜怒改变自己的主张,随着时俗人云亦云,这将有损于御史中丞的盛誉;文章再举宋初中书令赵普几次推荐贤人,几次被宋太祖赵匡胤拒之不用,屡废屡荐,最后"太祖大悟,终用二臣"的史实,论证杜衍荐举石介亦应坚持不肯更换。文章生动有力,说理透彻。

【原文】

具官修,谨斋沐拜书中丞执事。修前伏见举南京留守推官石介为主簿^②;近者,闻介以上书论赦被罢^③,而台中因举他吏代介者。主簿于台职中最卑;介,一贱士也,用不用当否,未足害政。然可惜者,中丞之举动也。

介为人,刚果,有气节,力学,喜辩是非,真好义之士也。始执事举其材^④,议者咸曰知人之明;今闻其罢,皆谓赦乃天子已行之令,非疏贱当有说^⑤,以此罪介,曰当罢。修独以为不然。然不知介果指何事而言也^⑥。传者皆言介之所论,谓朱梁、刘汉不当求其后裔尔^⑦。若止此一事,则介不为过也。然又不知执事以介为是为非也;若随以为非,是大不可也^⑧。

且主簿于台中非言事之官,然大抵居台中者,必以正直刚明、不畏避为称职。今介足未履台门之阃^⑨,而已用言事见罢,真可谓正直刚明、不畏避矣^⑩。度介之才,不止为主簿,直可任御史也。是执事有知人之明,而介不负执事之知也。

修尝闻长老说赵中令相太祖皇帝也^⑪;尝为某事择官,中令列二臣姓名以进,太祖不肯用。它日又问,复以进,又不用。它日又问,复以进,太祖大怒,裂其奏掷殿阶上;中令色不动,插笏带间,徐拾碎纸袖归中书^⑫。它日又问,则补缀之复以进^⑬;

太祖大悟，终用二臣者。彼之敢尔者，盖先审知其人之可用，然后果而不可易也⑭。今执事之举介也，亦先审之其可举耶，是偶举之耶？若知而举，则不可遽止⑮；若偶举之，犹宜一请介之所言，辩其是非而后已⑯。若介虽忤上⑰，而言是也⑱，当助以辩；若其言非也，犹宜曰：所举者为主簿尔，非言事也⑲，待为主簿不任职则可请罢⑳。以此辞焉可也㉑。

且中丞为天子司直之臣㉒。上虽好之，其人不肖，则当弹而去之㉓；上虽恶之，其人贤，则当举而申之。非谓随时好恶而高下者也㉔。今备位之臣百千，邪者正者，其纠举一信于台臣㉕。而执事始举介曰能，朝廷信而将用之；及以为不能，则亦曰不能，是执事自信犹不果。若遂言它事，何敢望天子之取信于执事哉？故曰主簿虽卑，介虽贱士，其可惜者，中丞之举动也。

况今斥介而他举，必亦择贤而举也。夫贤者固好辩㉖，若举而入台，又有言，则又斥而它举乎㉗？如此，则必得愚暗懦默者而后止也。伏惟执事如欲举愚者，则岂敢复云㉘；若将举贤也，愿无易介而它取也㉙。

今世之官，兼御史者例不与台事㉚；故敢布狂言㉛，窃献门下，伏惟幸察焉。

【注释】

①杜中丞：杜衍，时任御史中丞，后又任枢密使，是庆历新政的主持者之一，以干练、清俭著名，史称贤相。　举：推荐，推举。

②南京：宋真宗大中祥符七年改宋州（今河南商丘）为南京应天府。　石介：字守道，为宋初古文家，兖州奉符人，性格刚正，尝躬耕徂徕山下，人称徂徕先生。详见《徂徕先生墓志铭》。　主簿：负责收发登记文籍，为办事人员。故下文说"主簿于台职中最卑"。

③上书论赦被罢：景祐二年二月，御史中丞杜衍，推荐石介为御史台主簿。同年十一月，仁宗下诏大赦，录用五代及诸国后嗣。石介尚未就职，就上书反对，触怒仁宗被罢官。

④执事：指杜衍。称执事，谓杜衍下边的办事人，以表尊敬杜衍之意。

⑤非疏贱当有说：不是地位疏远、低下的人所该议论的。此句是说石介不该论说皇帝大赦的事。

⑥指何事而言：不知石介是对何事发议论。

⑦"传者"数句：传闻的人都说石介所讲的是不应该优待朱梁、刘汉两朝的后代。　朱梁：朱温建立的梁朝。　刘汉：刘知远建立的汉朝。

⑧"若随"二句：如果您（杜衍）跟随众人认为石介不对，这是不可以的。

⑨今介足未履台门之阈：石介还没有到御史台就职。　阈（yì）：门槛。

⑩不畏避矣：不怕祸患了。

⑪赵中令：赵中书令，指赵普。　相：辅佐。　太祖皇帝：指赵匡胤，宋王朝的始祖。

⑫"中令"三句：中书令面不改色，将手上的朝板插到衣带里，再慢慢地拾起碎

纸放回袖中,回到中书省。　　　色:脸色,气色。　　　笏:朝板。　　　袖:名动,用袖藏起来。

⑬则补缀之复以进:就把碎纸拼补起来再上报。复:又,再。

⑭彼:指代词,他,指中书令赵普。　　　易:变动,更换。

⑮遽止:突然停止不管。

⑯已:了结,完了。

⑰若介虽忤上:如果石介虽然触怒了皇上。忤上:触犯皇上。

⑱而言是也:议论都是对的。　　　是:对的。

⑲"所举"句:我所推荐的人是一个主簿,不是议论政事的大臣。

⑳请罢:请求罢免。一作"罢请"。

㉑以此辞焉可也:用这样言辞说明一下就可以了。

㉒司直之臣:主管直言劝谏的大臣。　　　司:主管。

㉓不肖:不贤,不好。　　　弹:弹劾。

㉔随时好恶:跟随时俗的喜爱或厌恶。　　　高下:抬高或贬低。

㉕纠举一信于台臣:弹劾或举荐完全根据御史台官员的评价。　　　纠举:弹劾或举荐。

㉖夫贤者固好辩:那些贤德的人本来喜好辩论。夫:指代词,那些。　　　固:本来。

㉗斥:退掉,辞退。

㉘岂敢复云:岂敢再说什么。

㉙愿无易介而它取也:我希望不要把石介换掉而另举别人。　　　易:改动,变动。

㉚兼御史者例不与台事:我这个兼御史不能干预御史台的事情。欧阳修当时兼领监察御史衔,按规定不参与御史台的事务,所以这样说。

㉛故敢布狂言:所以敢陈述狂言。　　　布:陈述。

【集评】

明茅坤《唐宋八大家文钞》卷三十八:议论明切,归之正直而后先彀率。

【鉴赏】

本篇作于景祐二年(公元 1035 年),时作者在汴京(开封)任馆阁校勘。杜衍与石介均为欧阳修的前辈。杜衍庆历年间任枢密使,是庆历新政主持者之一,以干练、清俭知名,《宋史》称其为贤相。石介是宋初古文家,字守道,兖州奉符人,历官国子监直讲,太子中允。曾躬耕徂徕山下,人称徂徕先生。石介为"好义之士","正直刚正""喜辨是非",无所忌讳。庆历三年作《庆历圣德诗》赞美忠贤,斥责奸佞,歌颂庆历新政。

景祐二年二月,杜衍为御史中丞,荐举石介为御史台主簿。同年十一月,仁宗郊祀圜丘,诏领大赦,录用五代及诸国后裔。时石介尚未到御史台就职,即上书反对。因而触怒仁宗被罢官。当时朝臣皆以为石介地位低微,却敢谏天子已行之令,是大逆不道,罪有应得。欧阳修独排众议,认为官员的任免,应考察其是否称职,而不能以皇帝一时之好恶为标准。遂致书杜衍,赞其举荐石介为"知人之明",劝其不要随波逐流,"斥介而他举"。

本文层层深入,说理透辟,生动而富有感染力。其主要特点是:

其一,大量使用设问句和假设句,用假设论证的方法,步步探究,将论证导向深入。作者对石介上书论赦被罢之事愤愤不平,对杜衍始举介、后欲"举他吏代介",深为不满,但是对于杜衍这样一位德高望重的前辈、庆历新政的主持者,作者报有众望,对其不是厉声痛斥,而是

采取晓以利害、婉言劝说的态度。故书中言辞谦恭恳切,论理委婉含蓄,往往不直切事理,而采取多方设问,逐一论析的方式,态度和缓而中肯,使人易于接受。石介因上书论赦被罢,朝官皆曰"当罢",修"独以为不然"。但在表明己见时,却不直陈其言,而是用设问和假设句委婉表态:"然不知介果指何事而言也?""若止此一事,""则介不为过也。"对杜衍不足横加指责,而是悉心询问其看法:"然又不知执事以介为是为非也?""若随以为非,是大不可也。"婉辞中隐含批评之意。

作者对杜衍举介之事,给予高度评价,谓其有"知人之明"。并以宋初赵普三举贤臣之例阐述择官之原则,应"先审知其人之可用,然后果而不可易也。"联系杜衍举介之事,作者通过设问,予以分析论证,阐明事理。"今执事之举介也,亦先审知其可举邪?是偶举之邪?"随即用两种假设阐述己见:"若知而举,则不可遽也";"若偶举之,犹宜一请介之所言,辩其是非而后已。"紧接着又以"是"与"非"两种情况,用两个假设句阐明:"若介虽忤上,而言是也,当助以辩;若其言非也,犹宜曰所举者为主簿尔,非言事也,待为主簿不任职,则可罢请,以此辞焉可也。"全面而周到的论析反映出作者公正不阿,不顾流俗和为人宽厚的品德,其侃侃而谈,足以给杜衍以启迪。

紧承上文,作者论及中丞为"司直之臣",负有对官员纠察弹劾、检举不法之权,故不应以皇帝之好恶而"随时好恶而高下者也。"并据此婉言批评杜衍:"始举介

曰能"，"及以为不能，则曰不能"，"是执事自信犹不果。"同时又以假设论证尖锐地指出，人云亦云，不坚持原则，将有损于御史中丞令誉的严重后果："若遂言它事，何敢望天子之取信于执事哉？"反诘如敲警钟，发人深省。结尾针对"今斥介而他举"，作者又以假设论证指出其弊端："夫贤者固好辩，若举而入台，又有言，则又斥而它举乎？"其恶果"则必得愚懦默者而后止也"。这显然与杜衍"择贤而举"，"知人之明"相悖，其利害得失不仅关系个人，还关系社稷之大计，杜衍怎能不三思而后行？逐层设问，一步步深入的论述，循循善诱，耐心细致的劝导，把道理阐述得深刻透辟，令人折服。

其二、援引史实，叙事明理。刘熙载《艺概·文概》曰"论事叙事，皆以穷尽事理为先。"本文不仅层层深入论析，以理服人，而且援引赵普向宋太祖举官之事，以事感人，以"穷尽事理"。作者用极为准确而凝练的语言，寥寥数语，把赵普和宋太祖的形象描绘得活灵活现，呼之欲出。例如写太祖拒不纳谏："太祖大怒，裂其奏掷殿阶上"，"大怒""裂""掷"的神态、动作的描绘，把太祖的暴躁、专横刻画得淋漓尽致。又如写赵普屡荐官而屡不见用："中令列二臣姓名以进，太祖不肯用。它日又问，复以进，又不用。它日又问，复以进，……它日又问"，作者用接连反复的修辞方式，描绘出赵普不避上颜，坚持举贤，将个人利害置之度外的忠臣形象。而对其行动的描写则更为生动："中令色不动，插笏带间，徐拾碎纸袖归中书。它日又问，则补缀之复以进"，"色不动"，"徐拾""补缀之复以进"，勾勒出其遇事沉着冷静的大将风度和耿耿忠心。本文中穿插的这段叙事，不仅使说理委婉含蓄，言简意赅，而且使文章生动活泼，富有感染力。

与尹师鲁书

【题解】

本文为作者到贬所夷陵(今湖北宜昌)后写给尹师鲁的一封信。作于景祐三年(公元1036年)秋。

信中主要内容是说明自己对被贬一事的态度。勉励尹洙在贬所要勤于政事,不做穷愁文字。阐述他绝不追悔自己严责高若讷的做法,并表示为了坚持正确的主张,不怕杀头,不怕贬官,不怕连累父母;勉励他在逆境中不悲观,不放纵,要严格要求自己,要勤官慎职。这些都表现了欧阳修坚持革新,积极有为,振作奋发的进取精神。

文章论事有理有据,说理清晰,语言含蓄委婉,于文字中流露出对朋友的深切关怀。

【原文】

某顿首,师鲁十二兄书记①。前在京师相别时,约使人如河上②。既受命,便遣白头奴出城③,而还言不见舟矣。其夕,及得师鲁手简,乃知留船以待,怪不如约。方悟此奴懒去而见绐④。

临行,台吏催苛百端,不比催师鲁人长者有礼⑤,使人惶迫不知所为。是以又不留下书在京师⑥,但深托君贶因书道修意以西⑦。始谋陆赴夷陵,以大暑,又无马,乃作此行⑧。沿汴绝淮,泛大江⑨,凡五千里,用一百一十程才至荆南⑩。在路无附书处,不知君贶曾作书道修意否?

及来此问荆人,云去郢止两程⑪,方喜得作书以奉问。又见家兄⑫言:有人见师鲁过襄州⑬,计今在郢久矣。师鲁欢戚⑭不问可知;所渴欲问者⑮:别后安否?及家人处之如何,莫苦相尤否⑯?六郎旧疾平否⑰?

修行虽久,然江湖皆昔所游,往往有亲旧留连,又不遇恶风水。老母用术者言⑱,果以此行为幸。又闻夷陵有米、面、鱼,如京洛⑲;又有梨栗、桔柚、大笋、茶荈⑳,皆可饮食,益相喜贺。昨日因参转运,作庭趋㉑,始觉身是县令矣㉒。其余皆如昔时。

师鲁简中言,疑修有自疑之意者㉓,非他,盖惧责人太深以取直尔㉔。今而思之自决,不复疑也。然师鲁又云暗于朋友㉕。此似未知修心。当与高书时,盖已知其非君子,发于极愤而切责之,非以朋友待之也;其所为何足惊骇?路中来颇有人以罪出不测见吊者㉖,此皆不知修心也。师鲁又云"非忘亲",此又非也㉗。得罪虽死,不为忘亲㉘,此事须相见可尽其说也。

五六十年来,天生此辈,沉默畏慎,布在世间,相师成风㉙。忽见吾辈作此事,下至灶门老婢,亦相惊怪,交口议之。不知此事古人日日有也,但问所言当否而已㉚。又有深相赏叹者㉛,此亦是不惯见事人也。可嗟世人不见如往时事久矣!往时砧斧鼎镬,皆是烹斩人之物㉜,然士有死不失义,则趋而就之,与几席枕藉之无异㉝。有义君子在傍,见有就死,知其当然,亦不甚叹赏也。史册所以书之者㉞,盖特欲警后世愚懦者,使知事有当然而不得避尔,非以为奇事而诧人也㉟。幸今世用刑至仁慈,无此物㊱;使有而一人就之,不知作何等怪骇也。然吾辈亦自当绝口不可及前事也㊲。居闲僻处,日知进道而已㊳。此事不须言,然师鲁以修有自疑之言,要知修处之如何,故略道也。

安道与予在楚州㊴,谈祸福事甚详,安道亦以为然;俟到夷陵写去,然后得知修所以处之之心也㊵。又常与安道言,每见前世有名人,当论事时,感激不避诛死,真若知义者㊶;及到贬所,则戚戚怨嗟,有不堪之穷愁形于文字,其心欢戚无异庸人,虽韩文公不免此累㊷。用此戒安道,慎勿作戚戚之文。师鲁察修此语,则处之之心,又可知矣。近世人因言事亦有被贬者,然或傲逸狂醉,自言我为大不为小㊸。故师鲁相别自言:"益慎职,无饮酒㊹。"此事修今亦遵此语。咽喉自出京愈矣,至今不曾饮酒。到县后勤官,以惩洛中时懒慢矣㊺。

夷陵有一路,只数日可至郢,白头奴足以往来。秋寒矣,千万保重。不宣。修顿首。

【注释】

①书记:尹洙当时仍带山南东道节度掌书记官衔。

②如河上:到船上相见。 如:到,往。其谓尹洙先于欧阳修离开京师开封赴郢州(今湖北钟祥)贬所,欧阳修约定派人到船上送行。

③白头奴:老仆人。

④方悟此奴懒去而见给:才知道这个仆人懒去送行,用假言欺骗我。 见给:被欺骗。

⑤台吏:御史台的吏卒。 长者:有厚道的意思。

⑥是以:因此。 是:指代词,此。 书:指书信。

⑦"但深"句:只好再三委托王君贶写信代我致意,随后我向西去夷陵了。君贶:王拱辰,字君贶,与欧阳修同榜进士,又是连襟,但二人后来政见不同。

⑧陆:指走陆路。 以大暑:因为天气大热。 此行:指水路船行。

⑨沿汴绝淮,泛大江:沿着汴河,穿过淮河,进入长江。 汴:汴河,故道由今河南开封北境至商丘东南,流经安徽泗县入淮。今已淤废。 绝:横渡。江:指长江。

⑩程:此指一天的路程。 荆南:指江陵府(今湖北江陵)。荆南节度使所在

地。《宋史·地理志》:"江陵府,次府,江陵郡,荆南节度。"

⑪荆人:指湖北当地人。 鄂:鄂州,时尹洙贬鄂州酒税。 两程:两天的路程。

⑫家兄:欧阳晒,欧阳修的异母兄。据《于役志》(欧阳修贬谪途中写的日记)记载,于途中与其兄在黄陂会见。

⑬襄州:故址在今湖北襄樊。

⑭计:计算。 欢戚:欢乐与忧愁。

⑮所渴欲问者:我急于问候的。 渴:渴望,急于。

⑯"及家人"二句:以及您的家属对这次被贬如何看待,不会十分埋怨吧! 尤:埋怨,责备。

⑰六郎:指尹洙之子。 平:痊愈。

⑱老母用术者言:老母亲相信算卦先生的话。 术者:指算命相面的人。 言:话。

⑲京洛:开封、洛阳。

⑳茶荈:茶叶。据《尔雅·释木》疏:早采者为茶,晚取者为荈。

㉑参:参拜。 转:官名,转运使,负责一路财赋的转运、监察各州官吏、民生疾苦等。 庭趋:对下级谒见上级官员的称谓。

㉒此句欧阳修始觉有屈辱感、失意感。

㉓"师鲁简"二句:你的便条中说,怀疑我对自己的行为有所担心。 简:便条,书信。 自疑:指反省给高若讷写信事。

㉔"非他"二句:不是别的,是害怕对高司谏责备太重,有想获得忠直名声的动机。 取直:获得忠直的名声。

㉕暗于朋友:对朋友的为人不清楚。指没有估计到高若讷将欧阳修写给他的信,向朝廷告发。 暗:不清楚,糊涂。

㉖颇有人以罪出不测见吊者:很有人以"太出意外的被贬获罪",来安慰同情我。 见吊:加以劝慰同情。

㉗"非忘亲"二句:你又说我,当给高若讷写信时是忘了会牵连父母,这又是不对。这是尹洙替欧阳修辩解宽慰的话,则欧阳修认为"忠孝以义则两得。"(《新五代史》) 忘亲:古人认为,子女犯罪,牵连父母,这是不孝,这是忘了父母。

㉘其句谓由于坚持正义,即使得罪被杀,也不算忘亲。只要符合"义",忠孝也就两全了。

㉙"五六十年来"数句:指宋朝开国至今(公元976~1036年),已60年,士大夫们谄谀成风,遍布全国。

㉚"不知"二句:其谓古代因直谏犯上而遭贬谪杀戮的,是经常有的,人们所应问的只是谏官说的话对还是不对。

㉛深相叹赏:深深赞叹我们的行为。据《宋史纪事本末》记载,当范仲淹被贬时"馆阁校勘蔡襄作《四贤一不肖诗》,以誉仲淹、靖、洙、修,而讥若讷,都人士(争)相

传写,鬻书者得厚利。"

㉜砧斧:砍杀的刑具。　　砧:砧板。　　鼎镬:烹人的刑具。　　镬:比鼎大而无脚的刑具。

㉝与几席枕藉之无异:对待砧斧鼎镬等杀人刑具,如同对凭几卧席一样平常。枕藉:枕头和卧具。

㉞史册:史书。　　书:书写,记载。

㉟诧人:使动用,使人惊异。

㊱"幸今"二句:所幸现在朝廷讲究仁慈,没有砧板、斧头、大鼎、大锅这类刑具。此物:指砧斧鼎镬等刑具。

㊲"然吾辈"句:我们这些人也要绝口再不谈以前做的事了。　　前事:指这次范仲淹、尹洙、余靖、欧阳修被贬谪之事。

㊳知进道而已:只知道加强自己的圣道修养罢了。　　道:儒家的思想,包括政治思想,对个人品德的要求。

㊴安道:余靖,字安道。欧阳修在往夷陵途中,曾与余靖在淮安舟中会晤。《于役志》:"遂至楚州,泊舟西仓,始见安道于舟中。"

㊵处之之心:指对待被贬谪一事的态度。　　第一个"之":代词,代事,指上述贬谪之事。　　第二个"之":的。

㊶真若知义者:真像一个坚持正义人的样子。若:像,如。

㊷韩文公:韩愈,卒谥"文公"。他曾被贬多次,在处忧患时,也不免作戚戚之文,表示惋惜。胡仔《苕溪渔隐丛话》:"韩退之,唐之文士也,正色立朝,抗疏谏佛骨,疑若杀身成仁者,一经窜谪,则忧愁无聊,概见于诗词。"　　此累:这种缺点、毛病。

㊸自言我为大不为小:自称只为大事不拘小节。

㊹益慎职:更加谨慎地做本职工作。　　益:更加。

㊺勤官:勤于官务工作。　　洛中时懒慢:指任西京留守推官时,参与洛阳文人集团的游宴生活。据《续资治通鉴》宋纪三十九:"始,钱惟演留守西京,修及尹

洙为官属,皆有时名,惟演待之甚厚,修等游饮无节。"

【鉴赏】

　　本文写于景祐三年,欧阳修因范仲淹之事写了《与高司谏书》,信文言辞尖锐激烈,义愤填膺,高司谏见信愤怒不已,遂将此信上于朝廷,欧阳修因此贬谪为夷陵(今湖北宜昌市)令,于是年 10 月 26 日抵达夷陵,据作者于本文中所说的时间"用一百一十程才到荆南"往前推算,作者应是于 7 月离开京城开封的。《与尹师鲁书》是作者抵夷陵任后写给尹师鲁的一封信。尹师鲁是尹洙的字,欧阳修、尹师鲁及余安道等人不平于范仲淹被贬,均因论救范仲淹而犯上被贬谪,尹师鲁贬于郧州,欧阳修贬于夷陵。欧阳修与尹师鲁交谊很深,政治上共道,文学上有共同的主张,生活中又是知心的朋友,被贬官的遭遇又相同,因此,欧阳修在信中对密友倾吐了深厚的情谊,深深打动人心。这篇文章从三个方面进行鉴赏,第一,思想内容具有高尚的气质美。高尚的气质突出表现为两点,一是对贬官的态度,一是对友情的珍重。《宋史·欧阳修传》曰:"修以风节自持",故其为人处世,刚正不阿,无所畏惧,立身行事,襟怀坦荡,光明磊落,敢于伸张正义,勇于主持公道,这种高尚的至美的气质倾注于作者的精神境界,在他的文章内也洋溢着这种气质美。他在信中袒露了心迹,对尹师鲁直言自己被贬一事的态度,他认为"路中来颇有人以罪出不测见吊者,此皆不知修心也。"而好友师鲁说的"非忘亲"也是不了解他的内心,他的内心是"得罪虽死。不为忘亲",虽被贬官,也须"居闲僻处,日知进道而已",且告诫他的志同道合者不要效仿那些"被贬者","傲逸狂醉,自言我为大不为小",他自己已严格要求自己,"至今不曾饮酒",抱着既不悲观,也不放纵自己的态度,不要像"前世有名人"那样,"当论事时,感激不避诛死,真若知义者;及到贬所,则戚戚怨嗟,有不堪之穷愁形于文字,其心欢戚无异庸人",他勉励朋友"慎勿作戚戚之文",振作精神,"到县后勤官,以惩洛中时懒慢"。文中一系列内心的表白,充满了积极向上的气概,凝成一股气韵萦绕于字里行间,这正是作者高尚的气质所至。读者还可感受到的是洋溢于文内的浓郁的友情,其细腻、逼真的情感,富有感人之处,打动人心,充分表明了作者与师鲁之间非同寻常的友情。作者于信的开头几段详尽地描述了自己关切、思念师鲁的心情,他对未能如约相送而遗憾;行程中没有寄信之处不能与师鲁通信息而牵挂;本人到荆南后又急于打听师鲁任所郧州的情况;他迫不及待地要"问侯"师鲁,打听对方"别后安否?及家人处之如何,莫苦相尤否?六郎旧疾平否?"这些看似生活中的日常琐事,却表现了作者对挚友的生活的关怀,反复的慰藉,是那样的细腻、亲切,充满了人情味。作者与师鲁还是志同道合的同志,所以,除生活上关怀外,还有更高层次的思想上的相通及事业上的共勉,这些都在字里行间得到真实的流露。对欧阳修这样一个封建官吏来说,其坚持正义的主张,正直的为人处事,虽贬官仍具有的积极有为的精神状态,对朋友、同志的深情厚谊等,构成其光辉的人格,充分展示其气质美。第二,章法萦绕亲切委婉的气氛美。与欧阳修的其余书信相比,《与尹师鲁书》一文的笔调明显可见为细腻可叹,笔触处处生情,使全文沉浸于反复咏叹的情感之中。他笔下不见了豪壮磅礴的气势,不见了大开大合的曲折,换之以反复亲切的慰藉、叮咛,细腻入微的表白、鼓励;作者在文中共用了 12 个"也",可使行款格外自然、平易,语气格外舒缓从容,拉家常,叙衷情,直抒胸臆,委婉动听。如促膝谈心,如当年往昔;在亲切的气氛中说理,亮明心迹,心迹为真实,是实实在在之实,这正是作者写文章尚实思想的最完美的体现。作者是用他的全身心在创造这种亲切、委婉的气氛,也正是这股浓郁的气氛美强烈地吸引了读者。第三,语言浅近,具有明晰美。因为这是一封写给挚友的问安信,所以作者的措辞极注意亲切平易,选用了不少日常生活用词,如白头奴、家兄、家人、老母、米、面、鱼、梨栗、橘柚、大笋、茶荈、灶门老婢等,这些词语浅明、通俗,足见作者写此文时,其神态是松弛、自然的。为了行款的平易、自然,除选词外,作者还选用了散句,散句是比较松弛自由的,便于作者明白流畅地表情达意。

答吴充秀才书

【题解】

本文是一篇文论,写于康定元年(公元1040年)。时作者复任馆阁校勘。吴充,建州浦城人,时年20岁,来京应进士试,投书文向欧阳修求教。该文的主旨是论文与道的关系。文中一面肯定吴充的文章具有"辞丰意雄",气势沛然的优点,一面指出吴文的要害在于"道未足"的弊病,其原因就是"重文轻道"。文中着重是勉励写文章的人要加强道德修养,关心现实生活,反对"弃百事不关于心","终日不出于轩序"的写作态度。这种缺点,是当时"勤一世以尽心于文字间"的形式主义文风影响下的产物。欧阳修在这篇文论中,以论文学与道德修养的关系;论文学与现实的关系,对当时形式主义文风进行批评,可以说切中时弊,一针见血。

欧阳修在这篇文论中,提出一个极为重要的观点,就是"道胜者,文不难而自至也",意思是说,一个搞创作的人,他的道德修养境界高,他的文章作品就容易达到很高的造诣。这些理论在当时曾起着指导作用,今日仍可借鉴。文章分析说理,观点明确,逻辑性强。

【原文】

修顿首白,先辈吴君足下①:前辱示书及文三篇②,发而读之,浩乎若千万言之多③,及少定而视焉,才数百言尔④。非夫辞丰意雄,沛然有不可御之势,何以至此⑤!然犹自患伥伥莫有开之使前者⑥,此好学之谦言也。

修材不足用于时,仕不足荣于世⑦,其毁誉不足轻重,气力不足动人。世之欲假誉以为重,借力而后进者,奚取于修焉⑧?先辈学精文雄,其施于时,又非待修誉而为重、力而后进者也⑨。然而惠然见临,若有所责⑩,得非急于谋道,不择其人而问焉者欤⑪?

夫学者未始不为道,而至者鲜焉⑫。非道之于人远也,学者有所溺焉尔⑬。盖文之为言,难工而可喜,易悦而自足⑭。世之学者往往溺之⑮,一有工焉⑯,则曰:"吾学足矣!"甚者至弃百事不关于心,曰:"吾文士也,职于文而已⑰。"此其所以至之鲜也⑱。

昔孔子老而归鲁,六经之作,数年之顷尔⑲。然读《易》者如无《春秋》,读《书》者如无《诗》,何其用功少而至于至也⑳!圣人之文虽不可及,然大抵道胜者文不难而自至也㉑。故孟子皇皇不暇著书㉒,荀卿盖亦晚而有作㉓。若子云、仲淹,方勉焉以模言语,此道未足而强言者也㉔。后之惑者㉕,徒见前世之文传,以为学者文而已,故愈力愈勤而愈不至㉖。此足下所谓终日不出于轩序㉗,不能纵横高下皆如意者,道未足也㉘。若道之充焉,虽行乎天地,入于渊泉,无之也㉙。

先辈之文浩乎沛然,可谓善矣。而又志于为道㉚,犹自以为未广,若不止焉,孟、荀可至而不难也。修学道而不至者,然幸不甘于所悦,而溺于所止。因吾子之能不自止,又以励修之少进焉㉛,幸甚幸甚。修白。

【注释】

①吴君:指吴充,字冲卿,建州浦城(今福建松溪北)人,康定元年应进士举到开封。他比作者小13岁,在文坛上要算后辈,曾投书与文向欧阳修请教,次年中进士,熙宁末代王安石任宰相。

②辱示书:承蒙您写信给我。　　辱:谦辞,表示尊敬。

③浩乎:即"浩然",本义形容水势大,此形容文章气势大。

④及少定句:等稍停一会儿再看,却只有几百字而已。　　焉:语尾助词,无实义。　　言:字。　　尔:而已,罢了。

⑤"非夫"四句:如果不是文辞丰富,立意高超,气势充沛,像倾盆大雨似的具有不可阻挡之势,怎么能达到这样的地步呢?　　沛然:雨大的样子。

⑥"然犹自患"句:然而自己还担心没有人引导使写作继续前进,无所适从。　　怅怅:目无所见的样子。

⑦"修材"二句:我的才学不足以为当世所用,所任官职在社会上也不足引以为荣。　　仕:做官。

⑧"世之欲"三句:世上想借名人的赞扬,来抬高自己的身份,以求得推荐进身的,在我这里又能得到什么呢?　　假誉:借别人的赞扬。　　奚取于修焉:在我这里又能得到什么呢?　　奚:疑问代词,何,什么。

⑨"又非待修"二句:也不必靠我的赞誉来抬高,靠我的力量来进取。

⑩惠然见临:承蒙您来找我,来访问我。　　若有所责:好像有求教于我的地方。　　责:一作"求",求教。

⑪"得非"句:岂不是急于谋求写作的途径,顾不上选择适当的人来求问吧!　　得非:岂不是。　　焉:兼词,于他(向他)。

⑫而至者鲜焉:但达到目的却很少。

⑬有所溺焉尔:有沉溺于某一方面的偏向。　　溺:沉迷不悟。

⑭"盖文"二句:大凡文章的遣词造句,很难达到精善可喜的地步,却容易陶醉自满。

⑮溺之:指沉溺于文章的词句即形式方面。

⑯一有工焉:一旦有词句比较精善的。

⑰职于文而已:专心文章就够了。

⑱"此其"句:这就是少有人达到目标的原因吧!

⑲"昔孔子"句：孔子于鲁定公十四年离开鲁国,鲁哀公八年返鲁。此时已65岁。　六经：指《诗》《书》《易》《礼》《乐》《春秋》六部儒家经典,相传为孔子所作(整理)。　作：此应当"整理"讲。据《史记·孔子世家》记载,孔子周游列国返鲁,著书时间大约五年。

⑳然读《易》者数句：其谓古人学习,重在内容,而忽视形式,虽然用功少而成效显著。李翱《答朱载言书》："创意造言,皆不相师。故其读《春秋》也,如未尝有诗也;其读《诗》也,如未尝有《易》也;其读《易》也,如未尝有《书》也;其读屈原、庄周也,如未尝有六经也。"

㉑道胜者文不难而自至也：在道的方面修养高的人,文章就容易达到很高的造诣。

㉒此句谓：所以孟子急急忙忙地游说诸侯,推行自己的主张,没有空暇著书。据历史记载,孟轲曾带着车辆数十乘,侍从多至百人游说诸侯,晚年才回家著《孟子》七篇。　皇皇：同"惶惶",忙碌不安的样子。

㉓荀卿：荀况,字卿。战国末期人。他早年也是到处游学,晚年失官于楚国兰陵,写成《荀子》一书。

㉔"若子云"数句：至于扬雄、王通,他们都是勉强用力模仿前人著作来写书,这是道不足而勉强写作的表现。　子云：东汉辞赋家扬雄的字。著有模拟《易》的《太玄》、模拟《论语》的《法言》等。　仲淹：为隋代学者王通的字。他著有《中说》一书,是模仿《论语》写成的。

㉕后之惑者：后来受迷惑的人。

㉖徒：只,只是。

㉗终日不出于轩序：整天局限在房子里写文章。轩序：同"门户",房屋。轩：窗,此指小室。　序：为堂前东西两厢的墙。

㉘纵横高下：指写文章随心所欲,变化无穷。

㉙乎：同"于"。　无不之也：没有达不到的。　之：至,到。

㉚志于为道：有志于在道的修养方面下功夫。

㉛因吾子句：因为您能够不停止地进取,从而激励了我也稍稍有所进步。吾子：敬称,您。　少：逐渐,稍稍。

【集评】

明茅坤《唐宋八大家文钞》卷三十九：论为文本乎学道,道胜者文不难而自至,最是确论。

【鉴赏】

本文写于宋仁宗康定元年(公元1040年),是写给后学青年吴充的复信,也是欧阳修有关文学理论的重要著作。吴充,字冲卿,建州浦城(今福建省浦城)人。曾任国子监直讲,官至同中书门下平章事。此时,吴充年仅二十,比欧阳修小十三岁。

欧阳修作为宋代文坛领袖，领导了北宋的诗文革新运动。他反对北宋初年浮华的文风，继承并发展了韩愈"文以载道"、柳宗元"文以明道"之说，进一步提出了文道并重，以道充文，先道后文的文学主张。欧阳修所提倡的"道"，不仅宗法韩柳，指儒家传统学说，而且其内容更为广泛，更为实际。其"道"包括了政治生活与社会生活中的"百事"。因此，欧阳修所论及的文与道的关系，实际已涉及了文学与现实生活的关系。欧阳修在本文中所提出的"道胜文至"的观点，反对重文轻道，为文而文，强调先道而后文，内容重于形式。这一理论主张及其创作实践，对宋代古文运动起了指导作用。在我国文学批评史上占有重要的位，具有深远影响，至今仍有一定的借鉴意义。

本文是一篇文学书简，也是一篇议论文。具有欧文逻辑严密，说理精辟透彻，却又从容不迫，娓娓而谈的特点，具有很强的说服力。

全文五个自然段，第一、二自然段作者赞扬吴充的才德，谦称自己不敢做吴充的导师。第三、四、五自然段是文章的主体部分，作者紧紧围绕"道"与"文"的关系，层层剖析，步步深入地展开论证。第三自然段尖锐地指出文弊的症结是"学道不至"："学者未始不为道，而至者鲜焉"。其原因是学者"有所溺"。接着分析了"有所溺"的缘由，其一是把文章作为顺时取誉、猎取功名的工具，一旦通过科举，就自满自足，止步不前；更有甚者，是"弃百事不关于心"，对现实生活漠不关心，为文而文，结果"职于文"而鲜至道。在分析世之学者写作弊端的基础上，第四自然段紧承前文，以孔子修订六经，"用功少而至于至"，以及孟子、荀卿的成就为据，鲜明地提出了"大抵道胜者文不难而自至"，即"道胜文至"的观点。强调"道"乃文章的核心，"道"对于文具有统领作用。这是针对"缀风月，弄花草"的西昆体而言，反对为文而文，主张先道后文，内容重于形式。这一观点，成为统摄全篇的主旨，是全文论述的纲。接着，批评了汉代杨雄、隋代王通模仿《论语》写《法言》《中说》，仅仅从语言形式上模仿,"道未足而强言"。与孔子、孟子、荀卿"道胜文至"形成鲜明的对照。第五自然段进而指出,重文轻道,必然会导致"愈力愈勤而愈不至"。"终日不出轩序","道未足",就写不出挥洒如意的文章,只有"道充",才能"纵横高下皆如意"。

纵观全文,作者自始至终紧扣"道"与"文"的关系做文章,文气贯通,逻辑严密。例如论述"学道不至"是由于学者"有所溺","有所溺"的原因之一是"弃百事不关于心","弃百事不关于心"其结果是"道未足","道未足"导致"愈力愈勤愈不至",环环相扣,层层推进,无懈可击,令人叹服。同时,在逐层剖析中,作者运用了对比分析的方法,将论点建立在富有说服力的论据之上,极力突出"道充"与"道未足"不同结果的对比。既有孔子、孟子、荀卿的正面例证,又有杨雄、王通作为反面映衬;既有古之学者的史实,又有"后之惑者"的今例,援古论今,正反结合,将正误是非揭示得了了分明,深入浅出,言简意赅。显示了欧文"纡徐委备"的艺术特色。

本文是写给晚辈的复信,谈的是重大理论问题,但态度谦和,说理循循善诱,平易自然,语气委婉亲切,意深言约。正如苏轼所云:"公之于文……不大声色,而义理自胜。"

答祖择之书①

【题解】

本篇作于康定元年(公元1040年)。其中心内容为论尊师重道。应参考韩愈,《师说》读之。

文中提倡对道要"笃敬""自守""果于用""不畏""不迁",这就是说对道要信笃守固,然后才能果断应用。又强调只有必须"师经",才能信笃守固而果于用,在禄利之诱、刑祸之惧前不畏不迁。接着又说"师经必先求其意",这就是说以经典当老师,一定先要探求它的立意主旨,掌握其精神实质。文中还提出师道须以"交游之间议论",主张朋友之间要广泛议论,没有这种议论,对六经"则无所发明而究其深",这些观点,也是从事学习和研究的经验之谈。

本篇采用排比句式,读之朗朗上口。语言有哲理性,读之发人深省。

【原文】

修启。秀才人至②,蒙示书一通,并诗赋杂文两策,谕之曰:"一览以为如何③?"某既陋,不足以辱好学者之问;又其少贱而长穷④,其素所为未有足称以取信于人。亦尝有人问者,以不足问之愚,而未尝答人之问。足下卒然及之⑤,是以愧惧不知所言。虽然,不远数百里走使者以及门,意厚礼勤,何敢不报⑥。

某闻古之学者必严其师,师严然后道尊,道尊然后笃敬⑦,笃敬然后能自守,能自守然后果于用⑧,果于用然后不畏而不迁⑨。三代之衰,学校废⑩。至两汉,师道尚存,故其学者各守其经以自用⑪。是以汉之政理文章与其当时之事,后世莫及者,其所从来深矣。后世师法渐坏⑫,而今世无师,则学者不尊严,故自轻其道⑬。轻之则不能至⑭,不至则不能笃信,信不笃则不知所守,守不固则有所畏而物可移⑮。是故学者惟俯仰徇时,以希禄利为急⑯,至于忘本趋末,流而不返⑰。夫以不信不固之心,守不至之学,虽欲果于自用,而莫知其所以用之道,又况有禄利之诱、刑祸之惧以迁之哉⑱!此足下所谓志古知道之士世所鲜,而未有合者,由此也⑲。

足下所为文,用意甚高,卓然有不顾世俗之心⑳,直欲自到于古人㉑。今世之人用心如足下者有几?是则乡曲之中能为足下之师者谓谁㉒?交游之间能发足下之议论者谓谁㉓?学不师则守不一,议论不博则无所发明而究其深。足下之言高趣远㉔,甚善;然所守未一而议论未精,此其病也㉕。窃惟足下之交游能为足下称才誉美者不少,今皆舍之,远而见及㉖,乃知足下是欲求其不至㉗。此古君子之用心也,

是以言之不敢隐㉘。

夫世无师矣,学者当师经㉙。师经必先求其意。意得则心定,心定则道纯,道纯则充于中者实,中充实则发为文者辉光,施于世者果致㉚。三代、两汉之学,不过此也。足下患世未有合者,而不弃其愚,将某以为合㉛,故敢道此。未知足下之意合否?

【注释】

①祖择之:祖无择,字择之,上蔡(今河南上蔡)人,进士,后投身教育知名。

②人至:指祖择之派的人到了。 至:到。

③一览以为如何:你看看认为怎样?指看祖择之送来的文章诗赋的内容。

④其少贱而长穷:我年少时贫贱,长大了又很穷困不得志。 少:指年少。长:指年龄大了。 穷:困乏,不得志。

⑤卒然及之:突然来信询问我。 卒:同"猝",突然。

⑥何敢不报:怎么敢不回答呢? 报:答复,回答。

⑦严:尊敬。 笃敬:真诚信奉。

⑧果于用:果断地应用。 果:果断,果决。

⑨不畏而不迁:才能无所畏惧,不改变信仰。 迁:变化,改变。

⑩三代:指夏、商、周。《孟子·滕文公》:"设为庠序学校以教之,庠者,养也;校者,教也;序者:射也。夏曰校,殷曰序,周曰庠,学则三代共之,皆所以明人伦也。"

⑪两汉:西汉、东汉。当时从师学道的风气很盛,所传经典,如田何传《易》,伏生传《书》,齐、鲁、韩、毛四家传《诗》。

⑫后世师法渐坏:后代从师的风气逐渐破坏。韩愈《师说》:"嗟乎!师道之不传也久矣,欲人之无惑也难矣!"

⑬故自轻其道:所以自己轻视所从事的事业。

⑭不能至:指对"道"不能深刻理解。即"道未足"。

⑮而物可移:而被外界事物动摇。

⑯"是故"二句:所以求学的人只知道随从时俗的爱好,把追求官位、金钱当作最要紧的事。

⑰至于忘本趋末,流而不返:至于舍本求末,贪图小利而忘了信道守固。《孟子·梁惠王下》:"从流下而忘反,谓之流;从流上而忘反,谓之连。"

⑱"又况有"二句:又何况有官位、金钱的诱惑和对刑祸的恐惧来使他改变志向呢!

⑲志古:立志向古人学习。 知道:了解正道的。 合:志同道合。

⑳不顾世俗之心:不投合世俗的爱好。

㉑直欲自到于古人:径直想达到古人那样的境界(为文明道)。

㉒"是则"句:那么,同乡里面能给你当老师的有谁呢? 乡曲:乡里,指祖择之的故乡。《汉书·司马迁传》:"长无乡曲之誉。"

国学经典文库

唐宋八大家散文鉴赏

欧阳修卷

69

㉓"交游"句:朋友之间能跟你互相议论的又有谁呢?　　交游:朋友。

㉔言高趣远:文章高明,志向远大。　　趣:志趣,志向。

㉕此其病也:这就是毛病。　　病:毛病,缺点。

㉖远而见及:远远地来找我。

㉗求其不至:探求不能掌握"道"的原因。

㉘"此古君子"二句:这是古代君子的思想主张,因此我不敢隐瞒地向你说了真话。

㉙学者当师经:求学的人就应当以经典当老师。　　师经:以儒家经典为师。

㉚"意得则心安"数句:抓住了主旨,思想就专一安定;思想专一安定,学的道理就会纯粹;道理纯粹,内心就充实;内心充实,写作就有光辉。在世上办事就果决而能达到目的。　　果致:果决而能达到目的。

㉛将某以为合:把我当作志同道合的人。

【集评】

明茅坤《唐宋八大家文钞》卷三十九:中多名言,吾览之,当刺心缩颈。

【鉴赏】

欧阳修于康定元年(公元1040年)给秀才祖择之写了这封信,回答祖择之的询问。信的主要内容为议论尊师重道,针对当时"学者"的"俯仰徇时,以希禄利为急,至于忘本趋末,流而不返"的现象,进行精辟的说理分析。作

者在文中明白宣扬的是儒家之道,强调尊师重道。他本人是极为重道的,他在一些传记文、墓志铭及杂记书信等文中经常论道,道是欧阳修世界观的重要组成部分,也是鉴赏其散文的主要方面之一。欧阳修所推崇的道,正是作者本人所一贯固守的信奉、身体力行所坚守的道德修养,也是其立身行事的行为准则。在本篇中作者对"道"的论述可谓比较充实,通过"重道"与"尊师"的辩证关系,从"尊师"的重要

性强调"重道"。文内有三处精辟论及"重道"与"尊师"的关系,第一处,作者从古代提起,指出:"古之学者必严其师,师严然后道尊,道尊然后笃敬,笃敬然后能自守,能自守然后果于用,果于用然后不畏而不迁。"这一段的推理是:严师——道尊——笃敬——自守——果于用——不畏而不迁。古人尊师重道,其重要性表现为老师在重道中的重要作用,当然,作者的重心还是落在"重道"上面,因为"道"是信仰,信仰是不可改变的。第二处,联系现状来议论,他深刻地指出:"后世师法渐坏,而今世无师,则学者不尊严,故自轻其道。轻之则不能至,不至则不能笃信,信不笃则不知所守,守不固则有所畏而物可移。"这一段的推理是:无严师——轻道——不至——不笃信——不守——有所畏而物可移。这段内容作者指出了当时学界和官场中之所以出现"守不一""以希禄利为急"的原因是因为不尊师重道,当然,社会上出现的不正之风,仅从不师经重道来追究原因,无疑是片面且有局限性的。但在当时对纠正时弊还是有一定的积极意义的。第三处,作者为祖择之指出求学的道路,他指出:"世无师矣,学者当师经。师经必先求其意。意得则心定,心定则道纯,道纯则充于中者实,中充实则发为文者辉光",这一段的推理是:无师——师经——求意——心定——道纯——中充实——为文辉光。这段内容的核心所言仍是"蓄道德而能文章",这在《与乐秀才第一书》中也论及类似的内容。这也可以说是作者本人学习、写作、研究之经验所谈。从以上三处的精辟论述,可以窥到作者重道、尊师的坚定信念,对于封建文人来讲,能这样地"笃信""自守","不畏""不迁",不受"禄利之诱"、不以"刑祸之惧"而"迁",那就做到了超乎社会的学者、同僚之上,显示其高尚的美德所在。从逻辑上看,这三处论述推理极其严谨有力,环环相扣,思维缜密,形成极严密的逻辑力,在文内造成一种气势,这种气势不仅使文章的气脉贯通,而且具有极强的折服力。由此,可见作者的行文功力,于短小的书信中见高见深。从修辞方式鉴赏,这三处的议论都采用了上递下接的相续方式,这三处的连贯法都是用前一语句的末尾部分作后一语句的开始部分,首尾相衔,气势相贯,修辞上称此为"顶真续麻",这种"顶真续麻"的修辞方式极富有蝉联的美趣,很有鉴赏的意味。首先,作者善于运用环环相扣的锁链般的语言,在第一处出现的"顶真续麻"方式,作者把"严师""道尊""笃敬""自守""果于用""不畏而不迁"的衔接关系"续"得清清楚楚。第二处出现的"顶真续麻"方式,作者把"无严师""轻道""不至""不笃信""不守""有所畏而物可移"的衔接关系也连得明明白白。第三处出现的"顶真续麻"也采用同样方式,把"无师""师经""求意""心定""道纯""中充实""为文辉光"有机地串联在一起。这三处"顶真续麻"的共同特点:语言环环相"咬",收到层层深入的效果,真是气不可阻,意尽语才收。而这种环环相扣的锁链般的语言即富有蝉联美。其次,所"续"内容具有充足的内在联系,亦即所蝉联的内容不是牵强附会,而是环环入扣,扣得在理,这样,"顶真"才能"顶"得准,"续麻"才能"续"得紧,不至于半中间断"麻",以上所提及的三处,其内容都"续"得天衣无缝,可见,作者构思之缜密,蝉联之美趣只是作者构思之美的外在表现。

贾谊不至公卿论^①

【题解】

《欧阳文忠公文集·外集》共收其应试论文四篇,对策八首,本文为其中之一。此篇为欧阳修参加进士考试时写的一篇论文。时间约为天圣五年至八年(公元1027—1030年)。

本篇仅以《汉书·贾谊传》:"谊天年早终,虽不至公卿,未为不遇"这一评论加以评判,文中详引史实,反复论辩,颇有说服力。贾谊,汉初人,博学有才华,是西汉前期具有改革精神的年轻的思想家、政治家和文学家。后被贬为长沙王太傅、梁怀王太傅,郁郁不得志而死,年仅33岁。对于贾谊因不遇而死,后世的议论大致分为两类:一是责难汉文帝不能用贤。二是归咎贾谊短命"天年早终",代表者班固。作者欧阳修借古讽今,力斥班固的议论,认为贾谊官不至公卿,关键在于"文帝之远贤",不是"天年早终"。文中重点借批评汉文帝"远贤",实际上是希望内忧外患的宋王朝能重用才智之士,以改革当时贫穷软弱的局面。

文章引用大量历史事实,反复论辩,层层批驳,颇具说服力,但因本文为应试之作,不如欧文其他文章那样清新自然。

【原文】

论曰:汉兴,本恭俭,革弊末^②,移风俗之厚者,以孝文为称首^③;议礼乐,兴制度,切当世之务者,惟贾生为美谈^④。天子方忻然说之,倚以为用,而卒遭周勃、东阳之毁,以谓儒学之生纷乱诸事^⑤,由是斥去,竟以忧死。班史赞之以"谊天年早终,虽不至公卿,未为不遇"^⑥。予切惑之,尝试论之曰:

孝文之兴,汉三世矣^⑦。孤秦之弊未救,诸吕之危继作^⑧。南北兴两军之诛,京师新蹀血之变^⑨。而文帝由代邸嗣汉位^⑩。天下初定,人心未集,方且破觚斫雕,衣绨履革,务率敦朴,推行恭俭^⑪。故改作之议谦于未遑,制度之风阙然不讲者,二十余年矣^⑫。而谊因痛哭以悯世,太息而著论^⑬。况是时方隅未宁,表里未辑^⑭:匈奴桀黠,朝那、上郡,萧然苦兵^⑮;侯王僭拟,淮南、济北,继以见戮^⑯。谊指陈当世之宜,规画亿载之策^⑰:愿试属国,以系单于之颈^⑱,请分诸子,以弱侯王之势^⑲。上徒善其言而不克用^⑳。

又若,鉴秦俗之薄恶^㉑;指汉风之奢侈:叹屋壁之被帝服,愤优倡之为后饰^㉒。请设庠序,述宗周之长久^㉓;深戒刑罚,明孤秦之速亡。譬人主之如堂,所以优臣子之礼㉔;置天下于大器,所以见安危之几㉕。诸"所以"曰不可胜㉖。而文帝卒能拱默化理、推行恭俭、缓除刑罚、善养臣下者,谊之所言,略施行矣㉗。故天下以谓可任公卿,而刘向亦称远过伊、管㉘。然卒以不用者,得非孝文之初立日浅,而宿将老臣方握其事?或艾旗、斩级、矢石之勇,或鼓刀、贩缯、贾竖之人,朴而少文,昧于大体㉙,相与非斥,至于谪去。则谊之不遇,可胜叹哉!

且以谊之所陈,孝文略施其术,犹能比德于成、康㉚。况用于朝廷之间,坐于廊庙之上,则举大汉之风,登三皇之首,犹决壅裨坠耳㉛。奈何俯抑佐王之略,远致诸侯之间㉜?故谊过长沙作赋以吊汨罗㉝;而太史公传于屈原之后,明其若屈原之忠而遭弃逐也㉞。而班固不讥文帝之远贤,痛贾生之不用,但谓其天年早终。且谊以失志忧伤而横天,岂曰天年乎㉟?则固之善志,逮与《春秋》褒贬万一矣㊱!谨论。

【注释】

①这是一篇应试论文。宋代进士考试,除试诗赋外还试策论,以此来衡量应试人的学识。策是对问题提出解决办法,论是对事件做出评判。

②汉文帝提倡节俭,改革不良风气。　　本:提倡。　　弊末:弊端。

③此二句是说汉文帝以德化民,推动了社会的发展和经济的繁荣,这样,他在汉代皇帝中数第一。　　厚:淳朴。　　孝文:汉文帝刘恒(公元前179至前157年在位)。为"文景之治"的奠基者。　　首:第一。

④此四句是说贾谊在讨论礼仪乐章,制定新的制度等方面,最被人称道。《汉书·贾谊传》:"谊以为汉兴二十余年,天下和洽,宜当改正朔,易服色制度,定官名,兴礼乐。乃草具其仪法,色上黄,数用五,为官名悉更,奏之。文帝谦让未皇也。然诸法令所更定,及列侯就国,其说皆谊发之。"

⑤这几句说贾谊正当汉文帝非常重用他时,却突然遭到周勃、东阳侯等人的毁谤。《汉书·贾谊传》:"于是天子议以谊任公卿之位。绛、灌、东阳侯、冯敬之属尽害之,乃毁谊曰:'洛阳之人年少初学,专欲擅权,纷乱诸事。'于是天子后亦疏之,不用其议,以谊为长沙王太傅。"　　说:同"悦"。　　绛:绛侯,周勃,汉代开国功臣,后因平诸吕之乱,拥立汉文帝,封绛侯。　　东阳:东阳侯张相如。

⑥班史:即班固的《汉书》。　　赞:传记后的评论。　　天年:指人的自然寿命。《史记·蔡泽列传》:"终其天年,而不夭伤。"

⑦三世:文帝即位时,汉已经高祖、惠帝二世。

⑧孤秦:即秦朝,指秦的暴政。贾谊《过秦论》:"独夫之秦。"诸吕之危:指吕后的家族,吕产、吕禄等,于高祖死后,阴谋篡权。

⑨南北二句,指周勃诛死诸吕之事。南北:汉初,长安驻南北二军,后周勃夺得南北两军权,平定诸吕叛乱。蹀血:踩血而行,形容杀人之多。《汉书·文帝纪》:"新蹀血京师。"

⑩代邸嗣汉位:刘恒从代王府到长安即帝位。　　代:地名,今河北蔚县一带。代邸:代王府第。文帝即位前为代王。

⑪此几句指汉文帝一心提倡谦恭节俭，即史称"恭让廉俭"。　　破觚斫雕：比喻反对奢侈。　　觚：酒器。　　斫：砍，破除。　　雕：装饰。《梁书·良吏传》史臣曰："梁与破觚为圆，斫雕为朴。"　　衣綈：穿粗糙的丝织品。

⑫遑：同"皇"，空暇。　　阙然：荒废。　　二十余年：从高祖建国至文帝即位，共 27 年。

⑬太息：叹息。贾谊《治安策》："臣窃惟事势，可为痛哭者一，可为流涕者二，可为长太息者六。"

⑭方隅未宁：四方边境还没有安宁。方隅：四方八隅。　　表里未辑：内外还没有安定。表里：内外。　　辑：统一，安定。

⑮桀黠：指匈奴凶悍而狡诈。　　朝那：地名，故址在今甘肃平凉县西北。上郡：地名，故址在今陕西绥德县东南。以上几句是说匈奴不断侵扰，朝那、上郡等地被战乱弄得荒凉残破。

⑯"侯王"三句：汉初曾大封同姓侯王，后来这些侯王各自为所欲为。　　僭拟：超过规定，任意使用帝王的制度服饰。　　淮南：指淮南厉王刘长。　　济北：指济北王刘兴居。两人都因谋反叛乱失败后而自杀。

⑰亿载之策：长治久安之策。

⑱"愿试"句：贾谊曾愿意担任典属国，试用计谋制服匈奴。　　属国：即典属国，汉官名，主管与外族交往的事务。　　单于：匈奴的君主。

⑲"请分"句：贾谊又提出侯王可将土地、人民分给几个儿子，以削弱诸侯王的势力。

⑳上：皇上，指汉文帝。　　克：能。

㉑鉴：鉴戒。指以秦朝的坏风俗为戒。贾谊《治安策》："商君遗礼义，弃仁恩，并心于进取，行之二岁，秦俗日败。……不同禽兽者亡几耳。"

㉒几句谓汉代还存在奢侈风气。　　屋壁：指普通百姓。　　优倡：指各种供人娱乐的艺人。贾谊《治安策》："古者以奉一帝一后而节适，今庶人屋壁得为帝服，倡优下贱得为后饰，然而天下不屈者，殆未有也。"

㉓庠序：学校。《孟子·滕文公上》："设为庠序学校以教之。……夏曰校，殷曰序，周曰庠，学则三代共之，皆所以明人伦也。"　　宗周：周朝，传位八百余年。

㉔堂：大堂。把人主比做大堂。《治安策》："人主之尊，譬如堂；群臣如陛（台阶）；众庶如地。"贾谊以这个比喻说明皇上要依靠臣下，不要乱用刑罚。

㉕几：征兆。《治安策》："夫天下，大器也。今人之置器，置诸安处则安，置者危处则危。"贾谊以这个比喻，说明统治的方法是法令不如礼义，刑罚不如教化。

㉖日不可胜：每天都不间断。　　日：每天。　　胜：尽。

㉗拱默：拱着手，不说话。指无为而治的主张。　　略：少许。《汉书·贾谊传》："追观孝文玄默躬行以移风俗，谊之所陈，略施行矣。"

㉘称远过伊、管：刘向称赞贾谊远远超过伊尹和管仲。　　伊、管：伊尹、管仲，均为古代贤相。《汉书·贾谊传》引刘向云："贾谊言三代与秦治乱之意，其论甚

美,通达国体,虽古之伊、管未能远过也。"

㉙"然卒以"九句:分析贾谊不被重用的原因。　　卒以:终于。　　艾旗:战场上砍倒或夺取敌人军旗。　　艾:同"刈"。　　斩级:斩掉敌兵首级(人头),古代战争以杀多少敌人论功。　　级:首级,头。　　鼓刀:屠夫。　　缯:丝织品。

贾竖:对商人的蔑称。刘邦部下多出身下层,樊哙曾作屠夫,灌婴曾贩缯做生意,周勃曾为吹鼓手,都缺少文化知识,不懂大局,排斥贾谊。

㉚比德于成、康:可以跟周成王、周康王功德比美。《史记·周本纪》:"成、康之际,天下安宁,刑错(措)四十余年不用。"

㉛廊庙:指朝廷。　　三皇:上古帝王,《世本》作伏羲、神农、黄帝,还有几种说法。　　决壅稗坠:比喻容易办到。　　决壅:决堤放水。　　稗坠:稗草成熟后的子粒容易脱落。

㉜远致诸侯之间:指贬谪贾谊为长沙王太傅和梁怀王太傅。

㉝作赋以吊汨罗:指贾谊贬为长沙王太傅时作《吊屈原赋》。　　汨罗:湘江支流,发源江西,流入湖南。屈原投汨罗自杀。

㉞太史公:指司马迁,著有《屈原贾生列传》。

㉟横天:因意外而早死。

㊱其谓班固的《汉书》在评价历史人物方面只及《春秋》的万分之一。　　善志:善于写历史。　　《春秋》:原为鲁国的史书,传说孔子曾经修订,后世奉为经典。

【鉴赏】

本篇大约作于天圣五年至八年(公元 1027~1030 年),为欧阳修应进士考试之论。宋代科举考试除考诗赋外,还试策论。策是对问题提出解决办法,论是对事件做出评判,以此考查学生的学识。

贾谊,汉初人,博学而有才华,文帝召为博士,超迁至太中大夫,并欲任为公卿。但遭功臣周勃、灌婴等谗毁,出任长沙王太傅。《汉书·贾谊传》载:"于是天子议以谊任公卿之位。绛、灌、东阳侯、冯敬之属尽害之,乃毁谊曰:'洛阳之人年少初学,专欲擅权,纷乱诸事。'于是天子后亦疏之,不用其议,以谊为长沙王太傅。""谊以失志忧伤而横天",年仅三十三岁。对于贾谊的不遇于时,后世有两种议论:一是认为汉文帝不能择贤而用;一是为皇帝辩解,归咎贾谊短命。著《汉书》的班固即是持后一种看法的代表人物。

欧阳修处于宋王朝内外交困、风雨飘摇之际,切望皇帝能以历史为鉴,招贤纳谏,改革弊政,扭转积贫积弱的局面。故在做这一试题时,力斥班固的议论,指出贾谊不至公卿的根本原因在于"文帝之远贤"。

本文是一篇驳论。"作议论文字,须考引事实,不使差忒,乃可传信"(洪迈《容斋随笔》)。作者针对班固"谊天年早终,虽不至公卿,未为不遇"的观点,详引史事,反复论辩,具有很强的说服力。

第一自然段为序论部分。作者交代历史背景，表明孝文帝能在汉代皇帝中"称首"，与贾谊"议礼乐，兴制度，切当世之务"密不可分。点明贾谊不至公卿的缘由。是"遭周勃、东阳之毁"，"由是斥去，竟以忧死。"这一事实与班固"谊天年早终""未为不遇"之说形成鲜明对照，表明班固之说不符事实，站不住脚。

第二、三自然段为本论部分。作者援引大量史实，力驳"未为不遇"。作者通过两个方面的事实材料予以批驳：

其一，第二自然段，以秦末汉初治乱之史阐明，汉文帝即位于动乱之际，却对贾谊的治国之策，"徒善其言而不克用"。此为"谊之不遇"之一例。文帝即位时，汉已经高祖、惠帝二世。秦末汉初动乱频仍，内忧外患交迫。作者以秦暴政未纠，诸吕谋乱，太尉周勃骗得印信，斩南军统领，尽杀诸吕，制造"京师新蹀血之变"为例说明，文帝即位于动乱之际，"天下初定，人心未集"，立足未稳，危机四伏。其外部是匈奴侵扰，边境不宁，战乱地区荒凉残败；内部是"侯王僭拟"，为所欲为，野心勃勃。就在文帝即位前三年，淮南、济北两王因谋叛失败，"继以见戮"。作者历陈这桩桩触目惊心的史实，籍以阐明，文帝本应接受汉二十七年来"改作之议谦于未遑，制度之风阙然不讲"的历史教训，招贤纳谏，图谋治国，然而却对贾谊指"陈当世之宜，规画亿载之策"，"徒善其言而不克用"。贾谊"痛哭以悯世，太息而著论"，不仅指陈当世之宜，还规划长治久安之策，并愿亲任典属国之官，以平外患，削弱侯王势力以除内忧。其耿耿忠心却"不克用"，此"不遇"于时也，岂有它哉！

其二，以贾谊之策文帝"略施"，则国家兴盛为例，阐明贾谊胜任公卿而有余，却横遭谗毁，此"不遇"之二例也。贾谊任梁怀王太傅时，曾上《治安策》，作者引述其要，表明贾谊"鉴秦俗之薄恶，指汉风之奢侈"，以历史为鉴，针砭时弊，提出了"推行恭俭、缓除刑罚、善养臣下"，兴礼义、施教化的一系列建议。"孝文玄默躬行以移风俗,谊之所陈,略施行矣"（汉书《贾谊传》),则使"孝文为称首"。贾谊之策"略施"即有如此成效,无怪乎"天下以谓可任公卿,而刘向亦称远过伊、管。"作者引证上述议论,赞扬贾谊之贤能不仅可胜任公卿,而且超过古代贤相伊尹、和管仲。然而却由于文帝"初立日浅"、权力握在宿将老臣手中,他们或出身下层,或只有武夫之勇,不懂政治,缺少文化,排斥贾谊,而使其"卒以不用","至于谪去"。贾谊之不遇于时及其原因得到了充分的论证,作者情不自禁地慨叹:"谊之不遇,可胜叹哉!"

最后一段为结论部分。作者用类比、假设、比喻等方法总结上文,高度赞誉"谊之所陈",谴责文帝"奈何俯抑佐王之略,远致诸侯之间",并以《史记》为据,说明贾谊"若屈原之忠而遭弃逐","谊之不遇"已白纸黑字载入史册,不容置疑。至此,班固之言已被驳得无立锥之地。作者于此反驳为立,痛斥班固"不讥文帝之远贤,痛贾生之不用",谊之"早终",是"以矢志忧伤而横天",并辛辣地讽刺其《汉书》所谓"善志",是非褒贬不及《春秋》之万一。

翔实的论据,透辟的分析,辛辣的笔调,使本文具有很强的论辩力。此外本文大量运用排比、骈偶句式,骈散错落,读来上口,给人一气呵成之感,增强了政论的气势。

国学经典文库

唐宋八大家散文鉴赏

欧阳修卷

纵囚论

【题解】

本文作于康定元年(公元1040年)。关于唐太宗李世民纵囚(释放囚犯)事,据《旧唐书·太宗纪》记载,唐太宗贞观六年(公元632年),把290名已判处死刑的罪犯放回家看父母妻子,并规定于第二年秋再回来就刑,至期无一逃者,当时成为美谈。此事一直被后人称颂为"古君民俱忠厚"。而作者欧阳修却认为此事不近人情,只太宗好名罢了,故作此论以驳之。文章结尾主张立法治民应本于人情,"不立异以为高,不逆情以干誉",指出唐太宗的做法不情不实,并告诫大家一定根据人情来办事,不要标新立异来显示高尚,不要违背人情来求取名誉,这是文章的中心论点,并与开头呼应。本文以一般人情立论,层层剖析,反复辩驳,条理清晰,明快自然。

【原文】

信义行于君子①,而刑戮施于小人②。刑入于死者,乃罪大恶极,此又小人之尤甚者也。宁以义死,不苟幸生③,而视死如归,此又君子之尤难者也④。

方唐太宗之六年,录大辟囚三百余人⑤,纵使还家,约其自归以就死⑥。是以君子之难能,期小人之尤者以必能也⑦。其囚及期⑧,而卒自归无后者⑨,是君子之所难,而小人之所易也。此岂近于人情哉⑩?或曰⑪:"罪大恶极,诚小人矣;及施恩德以临之,可使变而为君子⑫。盖恩德入人之深,而移人之速⑬。有如是者矣。"曰:"太宗之为此,所以求此名也。然安知乎纵之去也,不意其必来以冀免⑭,所以纵之乎?又安知乎被纵而去也,不意其自归而必获免,所以复来乎⑮?夫意其必来而纵之,是上贼下之情也⑯;意其必免而复来,是下贼上之心也。吾见上下交相贼以成此名也,乌有所谓施恩德与夫知信义者哉⑰?不然,太宗施德于天下,于兹六年矣,不能使小人不为极恶大罪,而一日之恩,能使视死如归而存信义,此又不通之论也⑱。"

然则何为而可?曰:"纵而来归,杀之无赦,而又纵之,而又来,则可知为恩德之致尔。"然此必无之事也。若夫纵而来归而赦之,可偶一为之尔;若屡为之,则杀人者皆不死,是可为天下之常法乎?不可为常者,其圣人之法乎?是以尧、舜、三王之治⑲,必本于人情,不立异以为高,不逆情以干誉⑳

①信义行于君子：信义只能在君子中行用。　　信：信用。　　义：礼义。

②刑戮施于小人：对小人要施行刑罚和杀戮。　　戮：杀。

③不苟幸生：不愿苟且偷生。

④其谓：就是在君子中也很少能做到"视死如归"。此：指代词，指"视死如归"。　　尤：更。

⑤方：正。　　唐太宗：李世民，在位23年，年号贞观。在位时政治、经济最为昌盛，史称"贞观之治"。　　录：选取，汇集。　　大辟：杀头，死刑。《旧唐书·太宗纪》："贞观六年(公元632年)十二月辛未，亲录囚徒，归死罪者二百九十人于家，令明年秋末就刑。其后应期毕至，诏悉原之。"但此说又有疑义。如司马光《资治通鉴考异》："四年实录云，天下断死罪上二十九人，今年实录乃有二百九十九人，何顿多如此？事已可疑。"

⑥就死：接受死刑。　　就：接近，接受。

⑦期：希望。　　尤者：最坏的。

⑧其囚及期：那些囚犯到了期限。　　其：指代词，那些。　　期：期限。

⑨其谓：最终全都自动回来，没有一个超过期限的。　　卒：最终。　　后：超过期限。

⑩此岂近于人情哉：这难道是近于人情的吗？　　此：指代词，这。　　岂：难道。

⑪或曰：有的人说。

⑫"罪大"四句：罪大恶极，的确是小人了；但当恩德降到他的头上时，就可以使他变成君子。　　诚：的确，确实。　　临：降临，施加。

⑬移人之速：改变人的品质之快。

⑭"安知"二句：推论唐太宗之心。其谓怎么知道在放囚犯回去时，不是预料他们一定会回来以求赦免，所以放他们走的呢？　　安知：怎么知道。　　冀免：希望赦免。

⑮"又安知"几句：推论囚徒之心。其谓又怎么知道被放走后自动回来一定能获得赦免，所以又回来的呢？　　意：意料，预料。　　复：再、又。

⑯是上贼下之情也：判断句，这是上面残害下面的用心。　　是：指代词，这。贼：残害。动词。

⑰"乌有"句：哪里有什么施加恩德和懂得信义呢？　　乌：疑问代词，哪里。

⑱"不然"六句：作者认为唐太宗施政已经六年，都不能使人不犯重罪，却凭纵囚这一举动，就能使他们视死如归，这是讲不通的。　　不然：如果不是这样的话。然：这样。　　德于天下：对天下人施加恩德。　　德：动词，施加恩德。兹：此，今。

⑲三王之治：三王治理天下。　　三王：指夏禹、商汤、周文王(一说指周代的

⑳不逆情以干誉：不违背人情来求取名誉。干誉：求取名誉。

【集评】

明归有光《文章指南》仁集：人于结束处多忽略，谓文之用工不在于尾。殊不知一篇命脉归束在此，须要言有尽而意无穷，三叹而有余音，方为妙手。如欧阳永叔《纵囚论》可以为式，昌黎《原道》亦可参看。

明茅坤《唐宋八大家文钞》卷四十二：曲尽人情。

清张伯行重订《唐宋八大家文钞》卷五：只"求名"两字，勘破太宗之心，便将一段佳话尽情抹倒。行文老辣，不肯放松一字，真酷吏断狱手。

清李扶九、黄仁黼《古文笔法百篇》卷六：前不说尧、舜、三王，留在结后，辞有尽而意无穷。　又谓：前路逼出"人情"二字，中间驳出恩德速化之说，后仍勒转治法本乎人情作断案，笔笔扎紧。

清吴楚材、吴调侯《古文观止》卷九：通篇雄辩深刻，一步紧一步，全无可躲闪处，此等笔力，如刀斫斧截，快利无双。

【鉴赏】

本文写于康定元年（公元 1040 年）。是年六月，欧阳修由武成军节度判官召还回京，复任馆阁校勘。"纵囚"事，见《旧唐书·太宗纪》："贞观六年（公元 632 年）十二月辛未，亲录囚徒，归死罪者二百九十人于家，令明年秋末就刑。其后应期毕至，诏悉原之。"贞观，是唐太宗李世民的年号，所谓"贞观之治"，被誉为唐王朝的"太平盛世"，李世民又是个好名之徒，做出"纵囚"事以沽名钓誉是很有可能的，又载于正史，多数人是信以为真的。清人沈德潜说："怨女三千放出宫，死囚四百来归狱，此太宗盛德事"（见《唐宋八大家古文读本》评语）。也有人以为此事不可信，虽出于正史，但显然是史官的溢美之词。因为此事与唐太宗李世民"赦者，小人之幸，君子之不幸也"的观点不相符合。司马光曾说："四年实录云，天下断死罪止二十九人，今年实录乃有二百九十九人，何顿多如此？事已可疑"（见《资治通鉴考异》）。唐太宗"纵囚"可疑与否，都不影响欧阳修此文的价值。

本文可分三段，第一段以"人情"立论。可分三层，第一层，首先泛论一般的人之常情，为下文埋下伏笔。"信义行于君子，而刑戮施于小人"，这里的"君子"，指有德之人，"小人"，当指无德之人。死囚，罪大恶极，是小人中的"尤甚者"，而视死如归，又是君子之"尤难者"。两个"尤"字最见功力，与下一层文脉相通。第二层与上层紧相连接，以两方面论证唐太宗纵囚，不近人情：一方面唐太宗纵三百死囚回家，并约其自归就死，是用君子难以办到的事，要求小人中的"尤甚者"必能办到，这是反常的。另一方面，所纵之囚如期归来就死，这是君子难以办到的，而小人却轻易地做到了，这也是反常的。第三层仅就以上两种反常现象，给予反诘："此岂近于人情哉？"答案自然是不近人情的。作者以此对唐太宗纵囚加以否定。第二段，

驳斥恩德速化论。可分两层,第一层,用"或曰"提出反面论点:一是施恩德可以使死囚转变为君子,即"恩德感化论"。一是恩德深入人心,可以加速这个转变,即"恩德速化论"。第二层,用"曰"字引出作者欧阳修的批驳来,也相应地分为两个方面,一是驳斥所谓"恩德感化论",一针见血地指出"太宗之为此,所以求此名也。"然后用两个反问句,表示并无"施恩德"和"讲信义",而"见上下交相贼(欺诈,利用)以成此名也"。二是驳斥所谓"恩德速化论",唐太宗在位六年的恩德教化,不能使人不犯死罪,而纵囚一举却使人视死如归,这是根本讲不通的。第三段:勒转于"治必本于人情"断案,可分三层,第一层,用"然则何为而可也?"这一设问开头,下面的答话是第二层。第一种做法,是纵而来归,杀之无赦。当然这是"戏论",所以立即掉转断明:"然此必无之事也。"另一种办法是,纵而归来后,赦之。这种办法可以"偶一为之",但不能作为常法。第三层,以治"本于人情"作结。用"是以"(因此),总括上文,引出下文的结论来。古之治"必本于人情",与第一段作为立论的"人情"相呼应。

从写法上看,本文开头不凡,以泛论入题,以"人情"立论,紧扣唐太宗"纵囚",层层深入,逐层批驳。然后用"或曰",从反面立论,即从反面提出不同意见,作为批

81

驳的"靶心"。或曰,有人说,这是古代驳论文章中,虚拟有人提出不同意见,以便深入论难的一种写作方法。下文接着用"曰"字,引出作者的批驳言论,是作者从正面议政的开始。作者:"曰"的批驳言辞,完全针对"或曰"的内容,有的放矢,箭无虚发,因此笔力雄健深刻。文中多用反问形式,反诘严峻、有力。第一段结尾用反问句"此岂近于人情哉?"使作者想说而未能直说的"此不近人情"自然而明,比直说更有力量。再如第二段的"然安知"句,意为"怎知不是估计到死囚一定能如期归来,借此希望获得赦免,所以放他们回家呢?"这是根据《旧唐书》记载推论唐太宗纵囚的用心。"又安知"句,意思是"怎知不是估计到被放走后自动回来一定能获得赦免,所以又回来的呢?"这句是推论死囚的心理的。这两句反诘有力而句意良深。第三段的"若屡为之,则杀人者皆不死,是可为天下之常法乎?不可为常法者,其圣人之法乎?"反问句式连用,一再反诘,更加有力。至于第三段开头用"设问句"引出下两个答案来,这种自问自答的方式,也是论说文章经常使用的。另外,本文以"人情"立论,展开议论,又以"人情"作结,首尾照应,结构圆满,尾句"不立异""不逆情",意为不标新立异自认为高明,不悖逆人情来钓取名誉,入木三分地否定了唐太宗"纵囚"之举及他的为人,更能显示出"六一笔力"来。

朋党论

【题解】

本篇为欧阳修写给宋仁宗的一篇奏章,作于庆历四年(公元1044年),当时欧阳修为谏官。

北宋庆历年间,仁宗进用范仲淹、韩琦、富弼等革新派人物,实行了一些改革措施,史称"庆历新政"。但这一革新却遭到一些腐败守旧官僚的反对,吕夷简、夏竦等以"朋党"的罪名来诬陷革新人士,并把欧阳修也牵连在内。于是写上了这封奏章加以辩解。文章开门见山提出了"朋党"自古就有,但有君子、小人之分的论点。然后针对守旧派的诬陷,论证了君子才有真朋,小人只有伪朋提出治理国家必须"退小人之伪朋,用君子之真朋"的道理,接着又历数尧、舜、商、周、汉、唐不用君子之朋而遭灭亡,用君子之朋而获大治的历史事例,反复阐明君主不应该害怕"朋党",而在分辨真朋与伪朋,君子与小人的界线,最后提出论点,用君子,退小人,为大胆进用新政派提供理论武器。

文章写得理直气壮,引证史实,论辩有理有据,《古文观止》编者按语:"反复曲畅""婉切近人",这正是欧阳修政论文的特有风格。

【原文】

臣闻朋党之说①,自古有之;惟幸人君辨其君子小人而已②。大凡君子与君子,以同道为朋③;小人与小人,以同利为朋④。此自然之理也。

然臣谓小人无朋,惟君子则有之。其故何哉?小人所好者,禄利也⑤;所贪者,财货也。当其同利之时,暂相党引以为朋者⑥,伪也;及其见利而争先,或利尽而交疏,则反相贼害⑦,虽其兄弟亲戚,不能相保。故臣谓小人无朋,其暂为朋者,伪也。君子则不然:所守者道义⑧,所行者忠信,所惜者名节⑨。以之修身,则同道而相益⑩;以之事国,则同心而共济⑪,始终如一。此君子之朋也。故为人君者,但当退小人之伪朋⑫,用君子之真朋,则天下治矣⑬。

尧之时,小人共工、驩兜等四人为一朋⑭,君子八元、八恺十六人为一朋⑮。舜佐尧,退四凶小人之朋,而进元、恺君子之朋,尧之天下大治。及舜自为天子,而皋、夔、稷、契等二十二人⑯,并列于朝,更相称美,更相推让⑰,凡二十二人为一朋,而舜皆用之,天下亦大治。《书》曰⑱:"纣有臣亿万,惟亿万心;周有臣三千,惟一心⑲。"纣之时,亿万人各异心,可谓不为朋矣,然纣以亡国⑳。周武王之臣,三千人为一大朋,而周用以兴㉑。后汉献帝时,尽取天下名士囚禁之,目为党人㉒。及黄巾贼起,汉室大乱,后方悔悟,尽解党人而释之,然已无救矣㉓。唐之晚年,渐起朋党之论㉔,及昭宗时,尽杀朝之名士,或投之黄河㉕,曰:"此辈清流,可投浊流㉖。"而唐遂亡矣。

夫前世之主,能使人人异心不为朋,莫如纣;能禁绝善人为朋,莫如汉献帝;能诛戮清流之朋,莫如唐昭宗之世㉗。然皆乱亡其国。更相称美、推让而不自疑。莫如舜之二十二臣,舜亦不疑而皆用之;然而后世不诮舜为二十二人朋党所欺㉘,而称舜为聪明之圣者,以能辨君子与小人也。周武之世,举其国之臣三千人共为一朋,自古为朋之多且大莫如周;然周用此以兴者,善人虽多而不厌也㉙。

夫兴亡治乱之迹㉚,为人君者,可以鉴矣!

【注释】

①朋党:以共同的目的而结成的集团。

②只希望皇帝能够辨别君子的朋党还是小人的朋党罢了。　　　　惟:只。幸:希望。人君:指皇帝,与下文的"主"同。

③以同道为朋:因志同道合结为朋党。

④以同利为朋:因私利相同结为朋党。《礼记·表记》:"君子之接如水,小人之接如醴;君子淡以成,小人甘以坏。"

⑤小人所好者,禄利也:小人所喜欢的。是私利和地位。

⑥暂相党引以为朋:暂时引为同党,结成帮伙。

⑦"或利"二句:有时利益完了时就交情疏远,于是反而互相残害。　　　交疏:交情疏远。

⑧所守者道义:坚持的是理想和正义。

⑨所惜者名节:所珍惜的是名誉和气节。

⑩用这些来修养自己的品德,就会思想一致,互相促进。　　　　益:增加。

⑪用这些来效劳国家,就能团结一致,共成大事。　　　济:成,成功。

⑫但当退小人之伪朋:只应当不用小人的假朋党。　　　但:只。　　　退:不用。

⑬用:进用,与上句"退"呼应。

⑭"尧之时"三句:唐尧时,小人共工、驩兜等四人结为一个朋党。　　　尧:我国历史上传说的圣王,与下文的舜、周武王均为儒家所推崇的圣君。　　　四人:指共工、驩兜、三苗、鲧等四人,此四人为尧时的"四凶"。据《尚书·尧典》记载,舜"流共工于幽州,放驩兜于崇山,窜三苗于三危,殛鲧于羽山。"

⑮君子八元、八恺十六人结成一个朋党。　　　　八元、八恺:据说上古帝王高辛氏,手下有八位很有才干的臣子,天下人称之为"八元";高阳氏的手下也有八位很有才干的臣子,天下人称之为"八恺"。《左传·文公十八年》:"昔高阳氏有才子八人:苍舒、隤敳、梼戭、大临、龙降、庭坚、仲容、叔达、齐圣广渊、明允笃诚。天下之民谓之八恺。高辛氏有才子八人:伯奋、仲堪、叔献、季仲、伯虎、仲熊、叔豹、季貍、忠肃共懿、宣慈惠和。天下之民谓之八元。"

⑯皋:即皋陶,相传掌管刑法为舜的狱官长。 夔:舜臣,掌管音乐。稷:后稷,舜的农官,相传为周的始祖。 契:舜臣,掌管教育,相传为商的祖先。

⑰互相赞扬,互相推让。事见《史记·五帝本纪》。如舜派禹治水,"禹拜稽首让于稷、契与皋陶";任益为虞,"益拜稽首,让于诸臣朱虎、熊罴",任伯夷为秩宗,"伯夷让夔、龙"等。并记载"此二十二人咸成厥功。"

⑱《书》:指《尚书》,为《六经》之一。

⑲纣王有亿万个臣子,有亿万条心;周王有三千个臣子,只有一条心。《周书·泰誓》:"受(纣)有臣亿万惟亿万心,予(周)有臣三千惟一心。"

⑳然纣以亡国:然而纣王却因此而亡国。

㉑而周用以兴:然而周朝却因此兴旺起来。 用:同"以",因此。

㉒"后汉献帝"四句:献帝刘协是东汉末代皇帝。公元167年,桓帝死,12岁的灵帝继位,当时阶级矛盾相当激烈,宦官专权,以陈蕃、李膺、范滂为首的朝廷官员联合太学生首领郭泰、贾彪等反对宦官专权。但在宦官操纵下的桓帝把李、郭等二百余人列为"党人",下狱治罪。公元167年灵帝即位,又杀了李、范等百余人,禁锢六七百人,被捕千余人,史称第二次党锢之祸。

㉓"及黄巾"五句:汉灵帝中平元年(公元184年),在张角等人的领导下,爆发了大规模的农民起义,史称"黄巾起义"。灵帝为了缓和阶级矛盾,共同镇压农民起义,采纳了大臣皇甫嵩的建议,下令解除党禁,但局势已经无法挽救了。 "贼":是统治阶级对起义军的蔑称。

㉔朋党之议:指文宗、武宗、宣宗三朝延续十年之久的牛僧孺和李德裕之争,史称牛李党争。

㉕"及昭宗"几句:唐昭宗末年,政权实际上掌握在农民起义的叛徒、地方军阀朱温手中,他的谋士李振于唐昭宣帝天祐二年(公元905年)向朱温建议杀死朝官三十余人。

㉖此辈清流,可投浊流:据《旧五代史·梁书·李振传》:"此辈自谓清流,宜投于黄河,永为浊流。"又据《资治通鉴·唐纪》八十一:"昭宣帝(哀帝)天祐二年(公元905年)六月戊子朔,……一夕尽杀之,投尸于河。初,李振屡举进士,竟不中第,故深疾搢绅之士,言于全忠(朱温)曰:'此辈常自谓清流,宜投之黄河,使为浊流!'全忠笑而从之。" 清流:指道德高洁之士。

㉗"夫前世"数句:那从前的皇帝,能够使人人各怀异心,不结成朋党的,没有谁比得上纣王;能够禁绝好人结成朋党的,没有谁比得上汉献帝;能够杀戮清流朋党的,没有谁比得上唐昭宗的时代。 莫:无指代词,没有谁。下文"莫"字,皆为此义。

㉘诮:责备。 舜为二十二人朋党所欺:被动句,舜被二十二个人结成的朋党所欺蒙。

㉙"然周"二句:然而周朝因此而兴盛起来,是因为好人虽多却还不满足啊!厌:满足。

㉚迹:指历史事实、事迹。

【集评】

明茅坤《唐宋八大家文钞》卷四十二:破千古人君之疑。

清张伯行重订《唐宋八大家文钞》卷五:"朋"之一字,本非恶也。自小人欲倾君子,无可为辞,则概以朋党目之。而思欲一网打尽矣。得公此论,为朋党名色昭雪分明,使人君辨其为君子之朋耶,小人之朋耶。果君子也,则非惟不嫌其有朋,而直欲以其身与之为朋矣。其论小人无朋一段,善形容小人之情状,真如铸鼎象物。至君子之朋,则以尧之十六人、舜之二十二人、武之三千人为言,可谓创论,而实至论。其法与孟子论好乐好勇、文王之圃等篇,同为千古不刊之文。

明归有光《文章指南》仁集:文章用意庸,易起人厌,须出人意表,方为高手。如李斯《谏逐客书》,借人扬己,以小喻大,另是一种巧思。能打破此等关窍,下笔自惊世骇俗矣。欧阳永叔《朋党论》,亦可与此参看。

清包世臣《艺舟双楫》论文:夫韩非囚秦,《说难》《孤愤》;不韦迁蜀,世传《吕览》;史公次之《易象》《春秋》,引以自方,其爱而重之至矣。史公推勘事理,兴酣韵流,多近韩;序述话言,如闻如见,则吕尤多,淄渑之辨,固非后世捍扯规抚者所能与已。子厚《封建论》,永叔《朋党论》,推演《吕览》数语,遂以雄视千秋。

【鉴赏】

本文是欧阳修于庆历四年(公元1044年)写给仁宗皇帝的一封奏章。当时,革新派范仲淹、杜衍等提出了一系列改革主张,成为历史上有名的"庆历新政"。以夏竦、吕夷简为首的保守派被弹劾罢职后,不甘心其政治上的失败,广造舆论,竭力攻击、诽谤范仲淹等引用朋党。其陷害忠贤的险恶用心,深为欧阳修所洞察。在《论杜衍范仲淹等罢政事状》中,欧阳修一针见血地指出:"欲广陷良善,不过指为朋党"，"去一善人，而众善人尚在"，"唯指以为党，则可一时尽逐。"为驳斥保守派的攻击，辨朋党之诬，欧阳修写了这篇《朋党论》。据李焘《续资治通鉴》记载："初，吕夷简罢相，夏竦授枢密使，复夺之，代以杜衍，同时进用富弼、韩琦、范仲淹在二府，欧阳修等为谏官。石介作《庆历圣德诗》言进贤退奸之不易。奸，盖斥夏竦也。竦衔之。而范仲淹等皆修素所厚善。修言事一意径行，略不以形迹嫌疑顾避。竦因与其党造为党论，目衍、仲淹及修为党人。修乃作《朋党论》上之。"

此文是一篇富有战斗性的政论，历来享有盛名，为人称道。它充分体现了欧阳修政论的风格和特点。其中有两个显著特点值得品评：

其一，层层对比，论辩剀切。此文是针对保守派的朋党之诬，"缘事而发"，但作者并不因此而咄咄逼人，空发议论。而是以透辟的论述，翔实的论据，"折之至理，以服人心"（苏轼语）。全文自始至终运用了对比论证的艺术手法，逐层深入地摆事实、讲道理，以理服人。开头第一句，作者就针锋相对、单刀直入地指出："朋党之说，自古有之，惟幸人君辨君子、小人而已"，既切中时弊，又为全文奠定了对比论证的基调。下文紧紧围绕着君子之朋与小人之朋的区别步步展开：君子以"同道为朋"，小人以"同利为朋"；"小人无朋"，是因其"所好者禄利，所贪者财货"；"君子有朋"是由于君子"所守者道义，所行者忠信，所惜者名节"。小人以利害相交，必然见利忘义，利尽残害。即使暂引以为朋，也是"伪朋"，而君子重"道义"，讲"忠信"，惜"名节"，"以之修身，则同道而相益；以之事国，则同心而共济。"故君子之朋，才能"终始如一"，才是"真朋"。在对比分析的基础上，进而归纳出："为人君者，当退小人之伪朋，用君子之真朋，则天下治矣。"由此，我们不仅可以看到作者逐步深入剖析的思路，而且感受到了对比手法的鲜明的艺术效果。其中，"君子"与"小人""同道为朋"与"同利为朋""小人无朋"与"君子有朋"、小人之"伪朋"与君子之"真朋"，互相映照，相反相成。使读者"见善足以戒恶，见恶足以思贤"，不能不为其鞭辟入里的论述而折服，在审美上产生了相辅相成之效。在上一部分从事理上进行对比分析的基础上，从第三自然段起，作者引证史实，层层对比，进一步深入论证。"以古为镜，可以见兴替"，作者列举了从上古尧、舜之时直至唐之晚年各个朝代盛衰的大量历史事实，紧扣国家兴亡治乱与朋党的密切关系，进行了反复的对比。尧、舜、周武之时，用君子之朋，使天下大治，国家兴旺；而纣、汉献帝、唐昭宗之时，小人擅权，谗害忠贤，结果"皆乱亡其国"。这些铁的事实、正与反的鲜明对比，无可辩驳地说明了"为人君者"，只有辨君子与小人，亲君子之朋，远小人之朋，才能使天下大治的道理，事与理的结合，对比手法的反复运用，起到了化深奥为浅显，令人不得不信服的艺术效果。

其二，多处转折，连用排比，使行文既迂徐有致，又富有气势。面对保守派的诽谤，欧阳修的心情是十分激愤的。字里行间，我们可以感受到一个富有忧患意识的政治家刚正不阿的战斗精神。同时，从其从容不迫、迂徐有致的婉婉说理中，我们又可以看到欧阳修沉着冷静的大将风度。表现在其语言的运用，句式的选择上，在对比论证中，作者多处运用了转折句式。例如："臣闻朋党之说，自古有之，惟幸人君辨其君子、小人而已"；"大凡君子与君子以同道为朋，小人与小人以同利为朋，此自然之理也。然臣谓小人无朋，惟君子则有之"；"故臣谓小人无朋，其暂为朋者，伪也，君子则不然"；"纣之时，亿万人各异心，可谓不朋矣，然纣以亡国"；"周武王之臣三千人为一大朋，而周用以兴"；"后汉献帝时……汉室大乱，后方悔悟，尽解党人而释之，然已无救矣"；"及昭宗时，尽杀朝之名士……而唐遂亡矣"；"夫前世之主，能使人人异心不为朋……然皆乱亡其国"。这一系列转折句式的运用，不仅突出了对比的效果，而且使论述的笔调趋于舒缓，使文章既明白晓畅，又委婉而耐人寻味。这正是作者所推崇的所谓"责之愈切，则其言愈缓"的风格。

同时，此文还多处运用了排比的句式，增加了文章政论的气势。如第四自然段，连用五个"莫如"，"夫前世之主，能使人人异心不为朋，莫如纣，能禁绝善人为朋，莫如汉献帝；能诛戮清流之朋，莫如唐昭宗之世；然皆乱亡其国"，前三个"莫如"用于排比，句式整齐，铿锵有力；后两个"莫如"则见于散句之中，使句式整齐而富有变化，显示出抑扬顿挫之美。转折句和排比句的交相运用，使句式长短相间，错落有致，行文时徐时疾，张弛有度，充分展现了欧阳修政论的艺术风格。

论修河第三状

【题解】

　　黄河是中华民族发祥的摇篮，然而千百年来也屡屡造成水患灾害。历代以来，人们不屈不挠地与之斗争，取得了很多宝贵的经验。本文就是欧阳修在吸取前人经验的基础上，提出正确的治河方针的一篇上给皇帝的奏章。

　　据《宋史·河渠志》记载，北宋景祐元年到皇祐元年十多年间，六塔河、横陇埽旁及恩、冀二州，黄河水害频仍，百姓损失严重，苦不堪言。对策何在？朝臣议论纷纷，莫衷一是。比较有代表性的是河北安抚使贾昌朝提出："塞商胡，开横陇，回大河于故道"二是河渠司李仲昌提出，引水北入六塔河，以归横陇。两种议论虽有差异，但都对水"趋下之性"视而不见，缺少治水的基本常识，欧阳修对此予以严厉驳斥。

　　欧阳修认为，此二议"皆谓不然。言故道者，未详利害之原述，六塔者近乎欺罔之谬。何以言之，今谓故道可复者，但见河北水患，而欲还之京东，然不思天禧以来河水屡决之因，所以未知故道有不可复之势。此臣故谓未详利害之原也。若言六塔之利者，则不攻而自破矣！且开六塔既云减得大河水势，然今恩、冀之患何缘尚告危急？此则减水之利虚妄可知。开六塔者又云可以全回大河，使复横陇故道，见今六塔只是分减之水，下流无归，已为缤、棣、德、博之患，若全回大河以入六塔，则其害如何？此臣故谓近乎欺罔之谬也（欧阳修《论修河第二状》）。"欧阳修在至和二年八月出使契丹之前，连上两道奏本，切言修河之事，然而均未被采纳。至和二年归国后，即又上《论修河第三状》；但由于宰相支持李仲昌的主张，仁宗下诏兴工。同年四月初，塞商胡口，河水北流入六塔河。因六塔河道狭窄，不能容纳黄河水流量，当天即行决口，淹死百姓达数万人。李仲昌等人建奇功的神话，彻底破灭。事实证明，欧阳修的主张不但切实可行，而且符合当时的国情、民情。

　　本篇议论较长，可分四段。第一段，说明修六塔、回横陇皆知不便为何无人反对？指出三点原因。第二段，表明自己为国事不顾个人恩怨的情怀；并分析治水无奇策的客观规律，从而否定李仲昌的"利口诡辩"。第三段，比较三种情况的利害，说明"顺已决之流，治堤防于恩、冀者"为上策。第四段，介绍民情皆愿治恩、冀堤防。

　　本文先说修六塔、回横陇皆知不便，却不肯极言其利害的三点原因；点出治水无奇策，然后分析治水无奇策乃是客观规律；最后得出"故道六塔皆不可为，惟治堤顺水为得计"的结论。全文观点鲜明、论证平实,围绕中心,逐层深入。在论证中,以理服人,以事实服人,增强了逻辑力量。

【原文】

右臣伏见①朝廷定议,开修六塔河口,回水入横陇故道,此大事也②。中外之臣皆知不便③,而未有肯为国家极言其利害者,何哉?盖其说有三:一曰畏大臣,二曰畏小人,三曰无奇策。

今执政之臣用心于河事亦劳矣,初欲试十万人之役以开故道,既又舍故道而修六塔,未及兴役,遽又罢之④。已而终为言利者所胜,今又复修⑤。然则其势难于复止也。夫以执政大臣锐意主其事⑥,而又有不可复止之势,固非一人口舌可回。此所以虽知不便而罕肯言也。

李仲昌小人,利口伪言,众所共恶⑦。今执政之臣既用其议,必主其人。且自古未有无患之河,今河浸恩、冀,目下之患虽小,然其患已形⑧;回入六塔,将来之害必大,而其害未至。夫以利口小人,为大臣所主,欲与之争未形之害,势必难夺⑨。就使能夺其议,则言者犹须独任恩、冀为患之责,使仲昌得以为辞,大臣得以归罪⑩。此所以虽知不便而罕敢言也。

今执政之臣用心太过,不思自古无不患之河,直欲使河不为患。若得河不为患,虽竭人力犹当为之。况闻仲昌利口诡辩,谓费物少而用功不多,不得不信为奇策,于是决意用之。今言者谓故道既不可复,六塔又不可修,诘其如何,则又无奇策以取胜。此所以虽知不便而罕肯言也。

众人所不敢言而臣今独敢言者,臣谓大臣非有私仲昌之心也⑪,直欲兴利除害尔。若果知其为患愈大,则岂有不回者哉。至于顾小人之后患,则非臣之所虑也。且事欲知利害、权重轻,有不得已,则择其害少而患轻者为之,此非明智之士不能也⑫。况治水本无奇策,相地势、谨堤防、顺水性之所趋尔。虽大禹不过此也⑬。夫所谓奇策者,不大利则大害;若循常之计,虽无大利亦不至大害。此明智之士善择利者之所为也。今言修六塔者,奇策也,然终不可成而为害愈大;顺水治堤者,常谈也,然无大利亦无大害。不知为国计者欲何所择哉?若谓利害不可必,但聚大众,兴大役,劳民困国以试奇策,而侥幸于有成者,臣谓虽执政之臣亦未必肯为也。

臣前已具言河利害甚详⑭,而未蒙采听。今复略陈其大要,唯陛下诏计议之臣择之。

臣谓河水未始不为患,今顺已决之流,治堤防于恩、冀者,其患一而迟。塞商胡⑮,复故道者,其患二而速。开六塔以回今河者,其患三而为害无涯。

自河决横陇以来,大名金堤埽岁岁增治⑯;及商胡再决,而金堤益大加功。独恩、冀之间自商胡决后,议者贪建塞河之策,未尝留意于堤防,是以今河水势浸溢⑰。今若专意并力于恩、冀之间,谨治堤防,则河患可御,不至于大害。所谓其患一者,十数年间,今河下流淤塞,则上流必有决处。此一患而迟者也。

今欲塞商胡口,使水归故道,治堤修埽,功料浩大,劳人费物,困弊公私,此一患也。幸而商胡可塞，故道复归，高淤难行，不过一、二年间上流必决[18]。此二患而速者也。

今六塔河口，虽云已有上下约[19]；然全塞大河正流，为功不小。又开六塔河道，治二千余里堤防，移一县两镇，计其功费，又大于塞商胡数倍，其为困弊公私，不可胜计[20]。此一患也。幸而可塞，水入六塔而东，横流散溢，滨、棣、德、博与齐州之界，咸被其害[21]。此五洲者，素号富饶，河北一路财用所仰，今引水注之，不惟五州之民破坏田屋，河北一路坐见贫虚。此二患也。三五年间，五洲凋敝，河流注溢，久又淤高，流行梗涩，则上流必决。此三患也。所谓为害而无涯者也。

今为国误计者，本欲除一患而反就三患，此臣所不喻也[22]。至于六塔不能容大河[23]，横陇故道本以高淤难行而商胡决，今复驱而注之，必横流而散溢；自澶至海二千余里，堤埽不可卒修，修之虽成又不能捍水，如此等事甚多，士无愚智皆所共知，不待臣言而后悉也。

臣前未奉使契丹时，已尝具言故道、六塔皆不可为，惟治堤顺水为得计[24]。及奉使往来河北，询于知水者，其说皆然。虽恩、冀之人今被水患者，亦知六塔不便，皆愿且治恩、冀堤防为是。下情如此，讵可上通？臣既知其详，岂敢自默。伏乞圣慈特谕宰臣[25]，使更审利害，速罢六塔之役，差替李仲昌等不用，选一、二精干之臣与河北转运使副及恩、冀州官吏，相度堤防，并力修治，则今河之水必不至为大患。且河水天灾，非人力可回，惟当顺导防捍之而已，不必求奇策立难必之功，以为小人侥冀恩赏之资也。况功必不成，后悔无及者乎！臣言狂计愚，惟陛下裁择。

【注释】

①右臣伏见：臣欧阳修见到。伏见：臣子奏章习惯写法。表恭敬。　　右：此处承接标题。

②六塔河：宋朝时黄河一支流，现已淤塞。在今河南清丰县境内。　　横陇故道：干涸的横陇河床，在今河南濮阳县。景祐元年黄河决口澶州，横陇埽改道。

③不便：不适当。

④"今执政之臣"五句：现在，执政的大臣对于修六塔河一事用了许多心血，起初想用十万人浚开故道，不久又舍弃故道而复修六塔河，没等开工，又急忙作罢。执政之臣：指宰相陈执中、文彦博。　　十万人：《论修河第一状》作"三十万人"："今者又闻复有修河之役，聚三十万人之众，开一千余里之长河，计其所用物力，数倍往年。"可见修复横陇故道实不合算。　　修六塔：指修复六塔河的旧河床、河堤，以引黄河水，但此举反对人甚多。遽：急，仓促。

⑤今又复修：至和二年，仁宗诏议李仲昌修六塔河一事，为群臣议定，决心动工。　　言利者：指李仲昌。　　已而：不久。

⑥主：支持、主张。

⑦李仲昌：朝臣，任职河渠司。

⑧自古未有无患之河：指黄河为患，自古有之而至今。　　恩：恩州，州治在今

河北清河县。　　　冀：冀州,州治在今河北冀县。　　　其患也形：它的大患已经显露出来。　形：显现。

⑨夺：折服,改变。

⑩"就使能夺其议"五句：意谓即使能改变修复六塔河的决定,而倡言者必须承担恩、冀二州水患的责任,使令李仲昌得到借口,把罪过推到倡言者身上。

⑪私：偏爱,袒护。

⑫"且事欲知利害"四句：而且凡事想要知晓利害,权衡轻重,有不得已的时候,就要选择其害少,祸患又轻的事去做,这一点不是明智的人不能做到啊! 　《墨子·大取》："利之中取大,害之中取小,非取害也,取利也。"

⑬大禹：亦称夏禹。姒姓,名文命。据说舜时为司空,治平洪水。

⑭臣前已具言河利害甚详：指至和二年作者的奏章：《论修河第一状》《论修河第二状》等。

⑮商胡：即商胡埽,在今河南濮阳县东,庆历八年,黄河在此处决口。

⑯大名：大名府,即今河北大名县。

金堤埽：黄河右堤岸,西起河南汲县,东至张秋镇,中经濮阳、山东范县、寿张。

埽：河工上用的秫秸、树枝等材料;或指用秫秸修成的堤坝、护堤。

⑰"独恩、冀之间"四句：独独恩、冀二州自商胡埽决口,众议堵塞河口,未曾注意加修堤防,因此造成年年河水横溢之苦。

⑱"幸而商胡可塞"四句：意谓商胡虽然可以堵住决口,但由于下游已是高淤难行,上游在短期内(如一二年间)决口乃是必然之事,所以作者说,"此二患而速者也。"

⑲约：指护河堤坝。

⑳二千余里堤防：指从澶州至海的沿河旧堤。　　　移：移民,指因河水改道而

动迁的居民。

㉑滨、棣、德、博、齐：均为州名，属宋河北路。

㉒"今为国误计者"三句：现在为国家提出错误谋划的人，本想除掉一种祸患，反而招来三种祸患，这是我所不能理解的。

㉓至如六塔不能容大河：至于六塔河河道狭窄，不能容纳黄河的流量。　　大河：黄河。

㉔"臣前未奉使契丹时"四句：指至和二年八月前，作者曾两次上奏章，言六塔、故道皆不可复的道理。　　至和二年八月欧阳修奉使契丹，三年二月还。

㉕伏乞圣慈特谕宰臣：希望皇上告诉执政大臣。　　谕：圣谕，皇上下行的公文。　　伏乞、圣慈：都是臣子奏章的特殊用语，表示恭敬、颂扬。

【集评】

明顾锡畴《欧阳文忠公文选》卷二：深切，而指画直可与西汉奏疏相上下。

明茅坤《唐宋八大家文钞》卷三十五：较前二状更胜，亦与前二状相发明。

清沈德潜《唐宋八大家文读本》卷十：前三段，洞悉人情；后三段，究析利害，总以不必求奇策，立难必之功，真老成经国之论。武侯不从魏延出子午谷之议，亦然。

清储欣《唐宋十大家全集录·宋欧阳六一居士外集》卷二：以中外之臣知而不言作话头引入，显加攻击，快难白之情，此胜前二状处也。后则就第二状复申其说。

《山晓阁选宋大家欧阳庐陵全集》卷一引清孙琮评：本意只是要提防恩冀，力阻开六塔河口，二言已尽，妙在前幅将众人不敢言之故一一写出，又将自己今日敢言之故一一写出，然后中幅详写治河利害，分作三段，条晰利害，了然在目。以此言事，自能折服群议。前幅说众不敢言，分作三段详写；后幅说治河利害，亦分作三段详写，绝妙章法。

清储欣《唐宋八大家类选》评语卷一：利害朗然，尤妙在前段揣度人情，毫发不爽。欧公此状，其伤大臣与小人之心者多矣。

清浦起龙《古文眉诠》卷五十七：六一言治河，泥沙淤高，水行不快，上流必决。宜因其所注，增治隄防，疏其下流，浚以入海，则无决溢之虞。其说具于第二状，大指尽矣。而佹功构辩者，坚主开六塔之说，不顾国力地利；故复就患害究极言之。格意之奇，前三后三，以无奇策谢朝议者，还以无奇策立主张，常想所不料。

清王元启《读欧记疑》卷一："自古无不患之河"。此句透极本原。"滨、(棣)德、博"。"滨"下当增一"棣"字，后同。"所谓为害(而)无涯者也"。"而"字衍。欧文每多衍字，如此等窃谓旨缮写之讹。

【鉴赏】

本篇作于至和三年初（公元1056年）。当时作者任翰林侍读学士、集贤殿修撰。文中的"河"指黄河。自古黄河肆虐为患，毁田害民，深受其害的劳动人民与黄祸做艰巨的斗争，历代统治者也曾对计筹策，治理河患，其中不乏乖计，使百姓生命财产蒙受人为的灾害。据《宋史·河渠志》载,景祐元年七月,"河决澶州横陇埽",庆历八年六月癸酉,"河决商胡埽",皇祐二年七月辛酉,"河复决大名府馆陶县之郭固",皇祐四年正月乙亥,"塞郭固,而河势犹壅"。朝廷计议治河,河北安抚使贾昌朝上议"塞商胡、开横陇,回大河于故道"的计策,欧阳修于至和二年初上书《论修河第一状》驳议。至和二年九月,又有河渠使李仲昌计议引黄入六塔河,得到当时宰相陈执中、文彦博的支持,宋仁宗下诏兴工,欧阳修再次上书《论修河第二状》驳议,但仁宗不听。至和二年八月欧阳修奉使契丹(辽),于至和三年二月回朝,他又上书《论修河第三状》,即本文。由欧阳修的三次论修河上书,可以见得其忧国忧民之情急,为了国与民的利益,他不顾个人,敢揭敢言,发扬其疾恶如仇的大无畏精神,表现出一个封建正直官吏的高尚品德。《论修河第三状》陈词恳切,情满激昂。状书共分两部分内容,前一半内容,作者毫不回避地剖析了有关修河事中"中外之臣,未有肯为国家极言其利害"之原因,他所归纳之三个原因,矛头直指当朝"执政之臣",其实,"执政之臣"的背后还有统治者宋仁宗,所以,欧阳修仍不畏丢官受贬,锋芒直指朝廷统治者,这是非有极大的勇气和胆量不可的。对河渠使李仲昌,他蔑视其为"小人",直呼"李仲昌小人",这一点则与《与高司谏书》中对高司谏的挖苦讥讽的行文风格是相一致的,反映了作者对那种"利口伪言,众所共恶"的"小人"的疾恶如仇,使行文亮出了正气,富有正义感。前一半内容由文章的开头到"又无奇策以取胜。此所以虽知不便而罕肯言也",包括四个自然段,议论的中心为"未有肯为国家极言其利害",作者在结构上采用总分式安排材料。第一自然段为结构上的总说,其内部又运用了一个总分复句:"盖其说有三:一曰畏大臣,二曰畏小人,三曰无奇策",把存在的原因先作概括的总提。接下来的第二至第四自然段,都由第一自然段的总说处分开,分别对"畏大臣""畏小人"及"无奇策"进行分别的详议,这种结构安排即为总分式,亦即有总有分的结构。其效果,一是结构层次中的总领层次与分属层次条理清晰,总说结构起总领作用。二是行文内呼应,不管分说的结构与总说结构之间存有一定的空间跨度,但从结构上要求,分说结构必须与总说结构保持行文呼应,这样,结构内在联系紧密,形成一个有机的整体。后一半内容是状书的要旨所在。其中心内容为剖析开修六塔河,回水入横陇故道的"奇策",作者从辩证角度摆利害,论理详尽,陈词恳切,观点鲜明,字里行间显现其忧国忧民。更为可贵的是,他明确表明自己写状书的态度,乃是"众人所不敢言而臣今独敢言",足见其敢作敢为的勇气。后半内容的写作,突出表现在语段内部,有的语段内部的逻辑条理清晰,有的语段内部采用层递的修辞手法。读者踯躅于行文的语段中,不难寻找到作者富有逻辑美感的清晰条理。清晰的条理,有助于把道理说明白,易折服于人,对读者来说,从中可以得到逻辑美的享受。"层递"的修辞手法为写作中常用,在议论文中采用此种修辞手法,使说理一环扣一环,道理一步步加深。层递至少要有三层意思,使语意层层深入,形成一种"渐层美"。文中有两处语段的组合采用了层递的修辞手法,第一处是"臣谓河水未始不为患,今顺已决之流,治堤防于恩、冀者,其患一而迟。塞商胡,复故道者,其患一而速。开六塔以回今河者,

其患三而为害无涯。"这一语段由三句组成,三句正合三层,语意由轻到重,形成递上的语势,强调了开修六塔河的为害之深。第二处是"今六塔河口,虽云已有上下约;然全塞大河正流,为功不小。又开六塔河道,治两千里堤防,移一县两镇,计其功费,又大于塞商胡数倍,其为困弊公私,不可胜计。此一患也。幸而可塞,水入六塔而东,横流散溢,滨、棣、德、博与齐州之界,咸被其害。此五州者,素号富饶,河北一路财用所仰,今引水注之,不惟五洲之民破坏田产,河北一路坐见贫虚。此二患也。三五年间,五州凋敝,河流注溢,久又淤高,流行梗涩,则上流必决。此三患也。所谓为害而无涯者也。"这一语段由九句组成,合三层意思,语意也是由轻而重,呈递上的语势,也强调了开修六塔河的患害。这两处的层递语段随着语意的渐层加重,使议论渐层加深,所以层递的语段富有层次美。

请耕禁地札子

【题解】

本篇选自《欧阳修全集·河东奉使奏草卷下》,作于庆历四年奉使河东之时,时年三十八岁,在知谏院供职,并修起居注。

庆历四年(公元1044年),欧阳修出使河东路,经实地考察认为,麟州城池"城壁坚完,地形高峻,乃是天设之险,可守而不可攻"(《论麟州事宜札子》),以此驳斥了废除麟州建制或将州治内移的朝议,保住了麟州城,也保住了边地的安定。他亲自了解了大量的材料,写成奏章,反映税制的腐败和边民的苦难。河东路大量肥沃的土地禁止百姓耕种,造成边地空虚,内地人民困于供给。而边地军民靠私下交易从敌国买来粮食马匹,此种情况令欧阳修十分忧虑,这是他写作此篇的思想基础。

本篇开宗明义,明确提出耕植禁地可以除掉四大害而带来四大利的中心论点。全篇议论率直,论据有力,反正结合,一气呵成。

【原文】

臣昨奉使河东,相度沿边经久利害①。臣窃见河东之患,患在尽禁沿边之地不许人耕,而私籴北界斛斗以为边储②,其大害有四。以臣相度,今若募人耕植禁地,则去四大害而有四大利。

河东地形山险,辇运不通③。边地既禁,则沿边乏食。每岁仰河东一路税赋和籴入中和博斛斗支往④。沿边人户既阻险远,不能辇运,遂赍金银绢铜钱等物,就沿边贵价私籴北界斛斗⑤。北界禁民以粟马南入我境,其法至死⑥。今边民冒禁,私相交易,时引争斗,辄相斫射⑦,万一兴讼,遂构事端。其引惹之患一也。今吾有地不自耕植,而偷籴邻界之物以仰给。若敌常岁丰,及缓法不察而米过吾界,则尚有可望;万一虏年不丰,或其与我有隙⑧,顿严边界禁约而闭籴不通,则我军遂至乏食。是我师饥饱,系在敌人,其患二也。代州、岢岚、宁化、火山⑨四州军沿边地既不耕,荒无定主,虏人得以侵占。往时代州阳武寨为苏直等争界,讼久不决,卒侵却二三十里⑩。见今宁化军天池之侧,杜思荣等⑪又来争侵,经年未决。岢岚军争掘界壕,赖米光濬⑫多方力拒而定。是自空其地,引惹北人岁岁争界,其害三也。禁膏腴之地不耕,而困民之力以远输,其害四也⑬。

臣谓禁地若耕,则一二岁间,北界斛斗可以不籴。则边民无争籴引惹之害;我军无饥饱在敌之害;沿边地有定主,无争界之害;边州自有粟,则内地之民无运输之害。是谓去四大害而有四大利。今四州军地可二三万顷,若尽耕之,则其利岁可得三五百万石⑭。

伏望圣慈特下两府⑮商议,如何施行,则召募耕种税人之法,各有事目,容臣续具条陈⑯,取进止⑰。

【注释】

①"臣昨奉使"句:臣昨天奉命出使河东,考虑边地长久之计。相度:对实际的思考。 度:揣测、考虑。 经久利害:长远的利害关系,即长久之策。

②"而私籴"句:而私自买入北方粮食作为边地储备。 私籴:私自买入,不合法地买入。 北界:边界以北,即指辽国。 斛斗:指粮食。斛、斗:皆为量器名,古时以十斗为斛,后以五斗为斛。

③辇运不通:没有车辆运输。 辇:古时用人拉着走的车子,后来多指王室坐的车子。这里引申为车辆的意思。

④每岁句:每年边地都依靠河东一路的税赋,和籴入中粮草征购和丝绸粮食交换来支持。 和籴:以供应边防军需为名征购粮草。 入中:商人将粮草运到边地,然后凭证明从京城领得现金。和博斛斗:以丝绸换取粮食。 博:博易。商业买卖或交换。

⑤沿边句:沿边百姓由于交通险远,不通车辆,就携带金银铜钱在边界以高价私买北方的粮食,以缴纳摊派的税赋。 赍:携带。

⑥其法至死:辽国规定:凡将粮食马匹运入宋国以求私利者,处以死刑。

⑦斫射:砍杀、射箭。

⑧隙:嫌怒,仇恨。

⑨代州、岢岚、宁化、火山:四州均属河东路,在今山西省境内。

⑩往时句:过去代州武阳寨因苏直等争地界,打官司久而不决,最后侵占了二三十里的地方。 苏直:辽国边民。

⑪杜思荣:辽国边民。

⑫朱光潜:岢岚军使。欧阳修称他"有心力,会弓马,谙熟边事,善抚军民",极力向朝廷推荐。

⑬禁膏腴句:禁止耕种肥沃的土地,反而以远方运来粮食使百姓困乏,这是它的第四个害处。 膏腴:形容土地肥沃。膏:肥或肥肉。腴:肥,肥美。

⑭石:十斗为一石。

⑮两府:即指中书省、枢密院,为朝廷最高军政衙门。

⑯条陈:臣子呈递给皇帝的奏章。

⑰取进止:等待皇上钦定,以便进退。

【集评】

明茅坤《唐宋八大家文钞》卷三十二评:经国至计。与苏子由所上乞禁边臣争

97

【鉴赏】

本篇作于庆历四年(公元1044年),作者这年四月奉使河东实地考察。由于宋朝廷下令禁耕边地,因此他亲眼见沿边大片沃土闲荒,于军于民造成很大的患害,因此,他向皇帝送札子,进言建议朝廷解除禁耕令,于军于民变患为利。

札子全文议论的中心内容是"去四大害"为"四大利",这一论点在文章开始即醒目地突出,可谓开门见山。论点提出后,作者主要采用归纳论证的方法,对"四大害"与"四大利"一一进行阐述。在归纳论证的过程中,突出表现出三个特点,一是论证内容有轻重之分。"去四大害为四大利",作者侧重于阐述"四大害",占了文章的较多篇幅,与此相比,"四大利"的阐述只占较少比例。有轻有重,目的在于突出"四大害"之"害"的严重,以引起朝廷关注,早日解除禁耕令。二是材料选取有详有略。全文论证偏重于"四大害",故材料的选取也以阐述"四大害"为详。由选材的

繁简适当,详略有度,反映了作者的章法构思的精巧,真正做到善选材、精选材、巧选材,于选材处显现其精择的写作风格。在精择的原则下,通篇选材突出"简"而"明",力避繁琐,即使说用于议论"四大害"的材料较详,其实也是极简、极精的。三是论证的条理、层次清晰。为了使人一目了然,作者用了"患一""患二""害三"及"害四"这些词语突出条理的顺序性,读者可以较容易且较准确地把作者的思维顺序寻找出来。这样清晰的思维条理,不仅能有条不紊地阐述道理,而且易折服人,为人接受。从中可见作者思维之严谨,逻辑严密。逻辑性强使论证雄健有力,使议论富有旺盛的气势,使文章增添光彩。正如王安石在《祭欧阳文忠公文》所说的:"充于文章,见于议论,豪健俊伟","其雄辞闳辩,快如轻车骏马之奔驰",这些赞语对于欧阳修是最恰当不过的。这篇短文,能讲究篇幅精简,选材精择,论述要旨精辟,论证说理精到,语言运用精炼,可称古代精美公文之一,值得今人写作借鉴。

题青州山斋

国学经典文库

唐宋八大家散文鉴赏

欧阳修卷

【题解】

这是谈创作体会的一篇短文,写于熙宁三年(公元1070年),作者时年六十四岁。过一年以后,作者以观文殿学士太子少师致仕。

欧阳修一生谦虚谨慎,表现在文学创作上就是一丝不苟,精益求精。宋人沈喆《寓简》卷八载:"公晚年,尝自窜定平生所为文,用思甚苦。其夫人止之曰:'何自苦如此,尚畏先生嗔耶?'公笑曰:'不畏先生嗔,却怕后生笑。'"他不承认自己是天才,而把自己的创作成就归功于勤奋,他说:"予平生所作文章,多在三上,乃马上、枕上、厕上也。"(《欧阳修全集·归田录》卷二)又说:"为文有三多:看多,做多,商量多也。"(陈师道《后山诗话》)

另外,欧阳修在《六一诗话》中,引用梅尧臣的谈话说明,写作诗歌要有创造性,诗人要把难以描绘的景物和情思转化为形象的语言,才能使读者有"如在目前"的感觉,才是好诗。本文引用了常建的诗文,但也并不是什么惊人的佳句,作者不过借此说明创作要达到不雷同,"意新语工,得前人所未道者",确实并非易事而已。

【原文】

吾常喜诵常建诗云:"竹径通幽处,禅房花木深①。"欲效其语作一联,久不可得,乃知造意者为难工也②。晚来青州,始得山斋宴息③。因谓不意平生想见而不能道以言者,乃为己有④。于是益欲希其仿佛,竟尔莫获一言⑤。夫前人为开其端而物景又在其目,然不得自称其怀,岂人才有限而不可强⑥?将吾老矣,久思之衰邪⑦?兹为终身之恨尔!

熙宁庚戌仲夏望日题⑧。

【注释】

①常建:唐时人。开元十五年(公元727年)与王昌龄同榜登进士第。曾任盱眙尉。天宝末,隐居鄂州武昌(今湖北鄂城)江滨。当时诗名颇著,殷璠编《河岳英灵集》,选当代二十四人诗,他居首位。其诗多写山林寺观,也有少数边塞诗。《全唐诗》录存其诗五十八首。约卒于代宗时。他的《题破山寺后禅院》全诗为:"清晨入古寺,初日照高林。竹径通幽处,禅房花木深。山光悦鸟性,潭影空人心。万籁此都寂,但余钟磬音。"

②造意者:指构思措辞作诗。　　工:好,精巧。

③晚:晚年,欧阳修六十二岁知青州。《庐陵欧阳文忠公年谱》:"熙宁元年戊申,是岁,连上表乞致仕,不允。八月己巳,转兵部尚书,改知青州,充京东东路安抚使。九月丙申,至青。"　　山斋:指书房。

④"因谓不意"二句:没有想到,希望看见而又不能表达出来的景物,现在为自己所拥有。

⑤"于是益欲"二句:于是更加希望写出像常建那样好的诗句,竟然写不出一个字来。　　竟尔:竟然。

⑥"夫前人"三句:前人已经写出了好诗,而景物又在目前,却不能写出自己满意的诗句,难道不是人的财力有限不可强求吗?　　开其端:指常建已经写出了好诗。

⑦将:或者,抑或。

⑧熙宁庚戌:熙宁三年。　　仲夏:指夏季阴历五月。每季三个月,按顺序称为孟、仲、季。望日:阴历的每月十五。

【鉴赏】

青州,宋代州治(今山东益都县)。山斋,指欧阳修的书房。这篇短文是作者在熙宁三年任青州知州时写的一则关于自己创作经验的体会。时年作者已六十四岁。

作者谈自己创作经验的体会是先由读唐代诗人常建

的诗《题破山寺后禅院》说起的。这首诗是:"清晨入古寺,初日照高林。竹径通幽处,禅房花木深。山光悦鸟性,潭影空人心。万籁此俱寂,但闻钟磬声。"诗中,常建运用以静显静、以声显静的表现手法,不仅形象地描绘了山寺幽深寂静的景色,而且还表现出作者精神

上的纯净怡悦,大有摆脱一切领悟到空门禅悦的奥妙,可谓是意境幽深、寓意含蓄。欧阳修说他尤其喜欢"竹径通幽处,禅房花木深"两句。但是想效仿它写一联,却写不出来,这才知道"造意者为难工也。""造意难工"即要想使诗文的构思命笔达到极精巧的地步是很困难的。这句话是自欧阳修的诗友梅尧臣的"意新语工"引伸而来。梅尧臣说:"诗家虽率意(顺着自己的意思进行创作),而造语亦难。若意新语工,得前人所未道者,斯为善也。必能状难写之景如在目前,含不尽之意见于言外,然后为至(成功)矣"(《六一诗话》)。这段话的意思就是要求诗歌应有创造性,诗人必须把难以描摹的景物和情思化为既生动而又含蓄的诗的语言,景物要使读者有"如在目前"的感受,含意要能引起读者"见于言外"的联想。欧阳修在这里既赞赏了常建诗中"竹径"两句诗描摹景物十分精美,令人能有身临其境并唤起身经其境者亲切的回味;也赞赏了梅尧臣关于作诗的精辟见解。欧阳修接着说,我晚年来到青州,并能得一山斋宴息。这青州居处的景色恰似常建诗中所描写的。自己一生想见到但无法写出来的地方,现在已为自己所占有了。于是就更加想写出象常建那样的诗句来,但是却写不出来一句。前人已经写出那么精美的诗句,现在该描写的景物又在眼前,但是我却写不出自己觉得满意的诗句,难道是自己的才能有限不能过分勉强或者是已年老体迈文思衰竭了吗? 这真是我终身的憾事呀! 作者的感叹,一方面是进一步对常建的诗句加以赞赏,另一方面也表现出作者谦逊的态度和对自己创作的要求严格。诚然,欧阳修的诗歌成就和散文成就相比是稍稍逊色一些,但他仍不失为宋代诗坛名家,他的诗也能把情、景融为一体,做到起伏迭宕、含蓄蕴藉,语言也清新自然。但与盛唐诗人相比,欧阳修却深感自己的不足。古代的文人多是相轻,而欧阳修能有这样谦逊的态度真不能不令人钦佩。欧阳修对自己创作的严格要求表现在他主张"意新语工,得前人所未道者"为佳,他重视个人创作,反对因袭模拟,不鸣则已,一鸣惊人。欧阳修的这种态度不仅表现在诗歌创作上,对其他体裁的创作也是如此。据南宋周必大为校刻《欧阳文忠公文集》所作"后记"中记述:"前辈尝言,公作文,揭之壁间,朝夕改定。今观手写《秋声赋》凡数本,《刘原父手帖》亦至再三,而用字往往不同。"沈作喆《寓简》也记载说:"欧公晚年,尝自窜定平生所为文,用思甚苦。其夫人止之曰:'何自苦如此,尚畏先生嗔(讥笑)耶?'公笑曰:'不畏先生嗔,却怕后生笑。'"我们把这种一丝不苟、精益求精的精神,与文中叙述的因为写不出与前人不同的表现同一题的词句而引为终身之恨的感叹相联系,足见欧阳修是多么看重"意新语工",写作态度是多么严肃认真!

　　全文落款是:熙宁庚戌(三年)仲夏月(阴历夏季五月)望日(阴历每月十五日)题。

送陈经秀才序

【题解】

本篇写于明道元年,作者在西京留守推官任上。

欧阳修于天圣八年中进士,天圣九年,在钱文僖公(惟演)幕府与诸多名士友善,"遂以文章名冠天下"(见《庐陵欧阳文忠公年谱》)陈生拜访之时,作者已是文坛上颇有影响的人物。对于一名秀才,他"喜与之游",作序"以赠其行",可见欧阳修培养青年学子的情操。他认为"为时得士,亦报国之一端"(《欧阳文忠公文集·奏议集卷十四》:《荐布衣苏洵状》)在他一生中特别注重发掘人才,提携后学。

本篇通过记叙和描写展现了作者与友人之间的情谊以及热爱祖国山河的情怀;同时也对官气十足的显贵予以嘲讽。

序是文体的一种。古人常常喜欢用这种文体为诗、为文作序,为图、为表作序。本篇是送友赠别序,但并没有更多抒情和议论而是写成了近于游记一类的文字,显得活泼生动,令人耳目一新,这样的序文是很少见的。文章先描写龙门山壮而无险的奇特景观和伊水清浅的秀丽风光,然后才记叙游览的经过,文笔轻快,毫无板滞之感,看出文章结构上的精心安排。抓住景物的特点,描绘生动而形象,也是本文技巧之一。如对山峡"岩崖缺呀,若断若镞",对伊之流"最清浅,水溅溅鸣石间"的描写都是,读后印象颇深。

【原文】

伊出陆浑,略国南,绝山而下,东以会河①。山夹水东西,北直国门,当双阙②。隋炀帝初营宫洛阳,登邙山南望,曰:"北岂非龙门邪!"世因谓之"龙门",非《禹贡》所谓导河自积石而号龙门者也③。然山形中断,岩崖缺呀,若断若镞④。当禹之治水九州,披山斩木,遍行天下,凡水之破山而出者,皆禹凿之,岂必龙门⑤?

然伊之流最清浅,水溅溅鸣石间。刺舟随波,可为浮泛;钓鲂撅鳖,可供膳羞⑥。山两麓浸流中,无岩嶂颓怪盘绝之险,而可以登高顾望⑦。自长夏而往,才十八里,可以朝游而暮归⑧。故人之游此者。欣然得山水之乐,而未尝有筋骸之劳,虽数至不厌也⑨。

然洛阳西都,来此多达官尊重,不可辄轻出⑩。幸时一往,则驺奴从骑吏属遮道,唱呵后先,前傔旁扶,登览未周,意已怠矣⑪。故非有激流上下,与渔鸟相傲然徙倚之适也。然能得此者,惟卑且闲者宜之⑫。

修为从事、子聪参军、应之主县簿、秀才陈生旅游，皆卑且闲者^⑬。因相与期于兹夜宿西峰，步月松林间，登山上方，路穷而返^⑭。明日，上香山石楼，听八节滩，晚泛舟，傍山足夷犹而下，赋诗饮酒，暮已归^⑮。后三日，陈生告予且西。予方得生喜与之游也，又遽去，因书其所以游以赠其行。

【注释】

①"伊出陆浑"四句：伊水发源于陆浑县，流经洛阳南穿龙门而过，在偃师县汇合洛水，东流入黄河。 略：一流经。 国：指洛阳都城。 绝山：穿过龙门山。 河：指黄河。

②山、双阙：均指龙门山和香山。 双阙：宫殿前门楼左右的高大阙楼。此处以双阙比喻龙门山和香山夹伊水对峙如门。龙门山亦称伊阙。

③隋炀帝：名杨广，隋朝末代皇帝，有名的荒淫君王。 邙山：指洛阳附近的北邙山。 《尚书·禹贡》："导河积石，至于龙门"，此龙门山在山西稷山县境内。

④"然山形中断"三句：然而那些山脉中断处，崖岸缺口，像是天然而断，又像人工镵断。 镵：古代一种挖土工具，此处当用为动词。

⑤"禹之治水"：禹，亦称大禹、夏禹。舜时为司空，治平洪水（见《书·尧典》）。据《禹贡》载：夏禹治水，辟山疏导（洪水），所开凿之山并非龙门山一处。

⑥刺舟：撑船。 擉鳖：刺鳖。 擉：刺。 膳：饭食。 羞：美味。

⑦岩嵲：山崖险峻。 颓怪：山势既险又特。 盘绝：山路曲折高峻。

⑧长夏：夏天白昼长，故称长夏。

⑨筋骸之劳：即体力的劳顿。

⑩达官：显赫的官员。 尊重：地位尊贵重要。 辄：就。

⑪驺奴：为贵官引马的士兵。 从骑：骑马的随从。 遮道：塞道。 唱呵后先：在前后大声吆喝为主人开道。 傧：为显贵做先导的人。 周：全。

⑫卑且闲：地位低并且有闲暇时间。

⑬从事：州府的佐吏，此指欧阳修的西京留守推官职务。 参军：指河南府户曹参军，为杨愈所任之职。 子聪：杨愈的字。 主县簿：张谷任洛阳县主簿官职。张谷，字应之。

⑭期于：约在。 西峰：指龙门山之峰。 上方：指上方阁。

⑮石楼：香山的古迹。 八节滩：龙门附近的险滩。 《新唐书·白居易传》："构石楼香山，凿八节滩，自号醉吟先生"。 夷犹：从容不迫。

【集评】

清王元启《读欧记疑》卷一：此首亦公少作，殊不足存。

【鉴赏】

本篇大约作于宋仁宗天圣九年至明道元年之间。陈经，生平不详，当时是游学路经西京洛阳,结识作者并与作者同游龙门山水,临别时,作者作此序相赠。宋代称读书人都为秀才,它不同于明、清时称州府县学的生员。

欧阳修的文章中山水游记并不多,偶有一些如《丰乐亭记》《醉翁亭记》等,也都是借以抒发自己的政见和感慨。这篇文章名为赠序,但是却写了龙门胜地的崔嵬、秀丽及自己月夜登山游览的闲情逸致,倒像是更纯粹的山水游记。

第一小节主要记叙龙门、伊水的地理位置及龙门名称的由来。伊水从陆浑县发源向东北方向流去,经过洛阳南面,穿过龙门山,在偃师县与洛河相会,然后流入黄河。龙门山夹伊水东西,北

面直对洛阳,如同宫廷前左右的高大的阙楼一样。当初隋炀帝在洛阳修宫殿时,曾登上城北的北邙山南望龙门山说:"这难道不是龙门吗?"世人于是也就称之为"龙门",它并不是《尚书·禹贡》中所说的夏禹疏导河流,积石而成的龙门(此龙门在今山西稷山县西北)。但是这座龙门山形似从中断开,岩崖如张开的大嘴,像是自然断裂,又像是人工用镵(古掘土工具)开辟。当古代大禹于九州治水时,开山斩木,遍行天下,凡是水流经中断的两山间,其山都是夏禹所开辟,哪里只有龙门一处。作者言外之意仍是说,虽此山形"若镵",但也不是夏禹治水时所开辟的龙门,为"龙门"名称的由来正名。这里点及夏禹治水之事也是为了赞扬夏禹的功绩和突出龙门山势的崔嵬、险峻。

第二小节主要介绍龙门、伊水的自然风光及一般人的游览之乐。伊水清浅,流水溅溅。在水面上撑船游玩,可以随波浮泛;如钓鱼戳鳖,还可得美味佳肴。山的两脚浸在水流之中,在没有峻险的峰峦、陡峭的崖壁之处还可以登山远眺。这个令人神往的游览胜地路途还并不远,离洛阳才十八里,在夏季天长时去游玩,当天就

可以往返，所以来此游玩既可欣然得山水之乐，又不致有筋骨之疲劳，所以即使去几次也不会厌倦。

第三小节作者笔锋一转指出并不是所有的人到此游览都能得山水之乐的。作者说，从西都洛阳来此的人多是达官贵族，他们平时不轻易出门，而一来游玩就有导游、士兵、仆从们前呼后拥、虚张声势。在这样嘈杂纷繁的人群相随之下，行动没有自由，游览还能有什么兴趣，所以，还没游览完，情意便已倦怠。因他们不能有与大自然融为一体的感觉，而能有这种感觉的，只是地位卑微和闲适的人，这些人才能真正体会到山水之乐。作者对地位不同、心境不同的人游同一景区却不能得到同一乐趣的分析，为下段记叙他们这些"卑且闲者"能体会到游龙门山水之乐作了铺衬。

最后一段，作者扣住题目，具体描述了和陈经秀才等人游览的情况。当时欧阳修任洛阳留守推官，同游的子聪（杨愈）任河南府户曹参军，应子（张谷）任河南县主簿，而陈经秀才尚无官职。他们都属"卑且闲者"，因此游玩之趣尤浓。他们登山后先约好当晚住宿西峰的广化寺，然后乘月色穿过松林，又登山到达上方阁，一直到无路可走才返回。第二天他们又登上香山（与龙门山隔水对峙的山）的名胜石楼，聆听八节滩的急流声。（八节滩，伊水流经龙门的险滩，唐白居易晚年曾施散家财，开凿拓宽以利舟民。石楼也系白居易当年所构。）晚上又泛舟水上，靠近山脚后从容下船，然后在一起赋诗饮酒，一直到很晚才返回。对于这次游览，欧阳修除写了此文外，还写了《游龙门分题》十五首。其中有《上方阁》："闻钟渡寒水，共步寻云嶂。还随孤鸟下，却望层林上。清梵远犹闻，日暮空山响。"《自菩提步月归广化寺》："春岩瀑泉响，夜久山已寂。明月净松林，千峰同一色。"《八节滩》："乱石泻溪流，跳波溅如雪。往来川上人，朝暮愁滩阔。……"读这些诗对我们更深入了解作者游览的兴致，龙门的自然风光是很有帮助的。文章最后点题，说明写此文是为给同游的陈经秀才送行。

文章中，作者记叙这次游览突出了与众不同的两点。一是时间充裕，旁人游览"自长夏而往，才十八里，可以朝游而暮归"，即已"欣然得山水之乐而未尝有筋骸之劳。"而他们却整整用了两天的时间，这样他们便有更充裕的时间，进行了别人所不能的月夜登山、上香山石楼、晚泛舟等，所以他们得到的山水之乐也是别人所不及的。二是他们"皆卑且闲者"，达官贵人游览时是"驺奴从骑吏属遮道，唱呵后先，前傧旁扶"，所以"登览未周，意已怠矣。""非有激流上下、与鱼鸟相傲然徙倚之适也。"而他们既卑且闲，所以无牵无挂，完全放松自由，正如柳宗元在《始得西山宴游记》中所说的"心凝形释，与万化冥合。"精神与自然完全融为一体了，所以他们才真正体会到了山水之乐，他才能写出这样优美动人的山水游记。

送曾巩秀才序①

【题解】

本篇作于庆历二年（公元1062年）。文结尾有"于其行也,遂见于文"的话,可见这是一篇写给曾巩的临别赠言。

本文通过才学出众的曾巩应试落第的事实,对当时的考试办法和录取标准尖锐的提出批评:"虽有魁垒拔出之材,其一累黍不中尺度,则弃不敢取",其结果"往往失多而得少",废弃有用人才。作者针对这种弊端发出"有司所操果良法邪,何其久而不思革也"的慨叹,提出革新的要求。文章最后对曾巩"不非同进,不罪有司"的气度与"思广其学而坚其守"的志向给予高度赞扬。文中并委婉表现作者志在改革的思想。

文章结尾又欣慰地说:"贺余之独得也。"庆祝我独自发现了你这位人才。这也表现了欧阳修重视人才的高尚精神。嘉祐二年（公元1057年）,欧阳修主考,改革了考试办法后,曾巩、苏轼与苏辙等人同时中进士。全文夹叙夹议,气势酣畅,很有艺术魅力。

【原文】

广文曾生,来自南丰,入太学②,与其诸生群进于有司③。有司敛群材,操尺度,概以一法④。考其不中者而弃之;虽有魁垒拔出人材,其一累黍不中尺度,则弃不敢取⑤。幸而得良有司,不过反同众人叹嗟爱惜,若取舍非己事者⑥,诿曰:"有司有法,奈不中何⑦!"有司固不自任其责,而天下之人亦不以责有司,皆曰:"其不中,法也⑧。"不幸有司尺度一失手⑨,则往往失多而得少⑩。呜呼,有司所操果良法邪⑪?何其久而不思革也?

况若曾生之业,其大者固已魁垒,其于小者亦可以中尺度⑫,而有司弃之,可怪也!然曾生不非同进⑬,不罪有司,告予以归,思广其学而坚其守⑭。予初骇其文,又壮其志。夫农不咎岁而蓄播是勤,其水旱则已,使一有获,则岂不多耶⑮?

曾生橐其文数十万言来京师,京师之人无求曾生者,然曾生亦不以干也⑯。予岂敢求生,而生辱以顾予⑰。是京师之人既不求之,而有司又失之,而独余得也⑱。于其行也,遂见于文⑲,使知生者可以吊有司⑳,而贺余之独得也。

【注释】

①曾巩:字子固（公元1019～1083年）,建昌南丰（今江西南丰县）人,生而警

敏,读书即诵。他的文章很早就得到欧阳修的赏识,后为诗文革新运动的积极支持者,唐宋八大家之一。

②广文:即广文馆,实指太学生。　　太学:宋代国子监下分国子学、太学、四门学、宗学等,按学生的出身等级不同分别入学。八品以下官员的子弟及庶人之高才者可入太学。

③与其诸生群进于有司:和那些太学生一起到主管部门应考。　　有司:指主管考试的礼部。

④敛群材:集中许多人才。　　操尺度:掌握着录取标准。　　概以一法:用一个规格加以衡量。

⑤"虽有"三句:虽有杰出的才能,只要他有一点不合标准,就被抛弃不被录取。魁垒:壮伟拔萃。　　累黍:形容极微小的东西,此指小小的毛病。　　黍:黍子。　　累:十黍的重量。

⑥若取舍非己事者:好像决定取舍并不是自己的责任。

⑦推卸说:"主管部门有法规,优秀人才考不上也无办法。"

⑧其不中,法也:他们考不上,是不符合标准。　　其:指代词,复数,他们,指不被录取的优秀考生。

⑨尺度一失手:指主考官掌握标准一旦有差错。

⑩失多而得少:失掉的人才多,而得到的人才少。

⑪果良法耶:真的是好办法好标准吗?

⑫业:指学业。　　中尺度:指达到礼部录取的标准。写曾巩已成为出类拔萃的人才了。《宋史·曾巩传》:"生而警敏,读书数百言,脱口辄诵。年十二,试作文论,援笔而成,辞甚伟。甫冠,名闻四方。欧阳修见其文奇之。"

⑬曾生不非同进:曾巩秀才不贬低同时赴考被录取的人。　　非:非难,贬低。进:指当时考中的人。

⑭"告予以归"句:告诉我将要回家,想扩大知识领域,并加强道德修养。予:我,指欧阳修。　　归:回家。　　守:操守,指道德修养。此写曾巩的气度与志向。南宋王明清《挥麈后录》:曾巩"与长弟晔应举,每不利于春官,里人有不相悦者,为诗以嘲之曰:'三年一度举场开,落杀曾家两秀才,有似檐间双燕子,一双飞去一双来。'南丰不以介意,力教诸弟不怠。"

⑮"农夫"句:农民不责怪年成不好,只是勤恳地从事耕耘。如果因遇水旱灾荒而歉收,当然没有办法,只要一有丰收,那它不值得赞扬吗!　　咎:责怪。菑:锄草。　　则已:就算了,即没有办法。　　获:丰收。　　多:赞扬。

⑯橐:名动,用口袋装。　　求:赏识。　　不以干:不用文章去求告别人。

⑰其谓我不敢说赏识他,而他却降低身份来拜访我。　　顾:拜访。

⑱"是京师"三句:这样京城的人既不赏识他,主考部门又不录取他,只有我发现了这位人才。　　是:指代词,这样。　　得:发现。

⑲其行:他(曾巩)走了。　　遂见于文:就写了这篇文章。

⑳吊有司:为主考部门惋惜。　　吊:惋惜。

【集评】

明茅坤《唐宋八大家文钞》卷四十六：既重曾巩，文不放口许曾巩，正是名公送秀才，文字法家。

【鉴赏】

曾巩(公元 1019～1083 年)，字子固，北宋建昌军南丰(今江西省南丰县)人。他自幼聪慧过人，又得到他祖父、颇有著述的学士曾致尧的指点，十二岁便写得一手漂亮的文章，二十岁就名闻遐迩，深受当时文坛领袖欧阳修的赏识。宋仁宗庆历二年(公元 1042 年)，曾巩二十三岁时参加了礼部主持的进士考试。当时录取的标准，是要求考生作毫无内容、只玩弄辞藻的"四六骈体"时文。曾巩虽然才华出众，却不合录取标准的要求，因此落第。欧阳修对此十分气愤，在曾巩临行前写了这篇赠序，揭露了当时考试制度的弊端，斥责了考官墨守成法、废弃贤才的罪责，发出了"有司所操果良法邪？何其久而不思革也"的慨叹。宋仁宗嘉祐二年(公元 1057 年)，曾巩三十八岁时再次参加进士考试，这时改由欧阳修任主考官。欧阳修早就想改革不合理的旧考试制度，一朝权在手，便坚决进行改革，一反过去的成法，禁止写浮靡空泛的程式文章，黜落一切雕刻文字的考生。曾巩因而榜上有名，与苏轼、苏辙为同科进士，后来都成为著名的文学家，大大推动了宋代的古文运动，这不能不归功于欧阳修的大胆革新和慧眼提拔。这篇赠序正反映了欧阳修改革的夙愿和一贯重视人才、奖掖后进的作风。从本文最后一句："于其行也，遂见于文，使知生者可以吊有司，而贺余之独得也。"可以看出欧阳修写这篇赠序的目的：一是吊有司之失，二是贺余之独得。即为当时礼部考官的错误做法感到悲伤，为自己得到一个杰出人才表示庆贺，鲜明地表现了他对不合理的考试制度的愤恨和关怀爱惜后进人才的一片热忱。可以想见，这篇文章对当时腐败的考试制度、主考官不负责任的态度、世俗随声附和的陋俗，都是一个有力的抨击；对曾生及有真才实学的后进之士，却是一个莫大的安慰和鼓舞。这对欧阳修后来改革考试制度，选拔一批优秀人才，推动诗文革新运动蓬勃发展，都起了很好的作用。

全文分两部分。第一部分主要写"吊有司"。全段紧紧扣住一个"法"字进行叙述和议论，狠狠地揭露有司的丑态和成法的弊端，发出了改革成法的强烈呼声。可分四层：一、简述曾生来历和入考情况，交代了人物、地点、事件等。文字简明，体现了作者平易朴实的文风。二、揭露有司"概以一法"的错误。"有司敛群才，操尺度，概以一法。""群才"与"一法"形成鲜明的对比，含有明显的贬义。用一种陈腐的方法去衡量群才，必然会废弃有真才实学的人才。作者又用重复的修辞手法，两次用了一个"弃"字。概以一法，考其不中的被废弃；虽然是出类拔萃的人才，稍微有一点儿不合成法的要求，就抛弃不敢录取。既揭露有司的丑态和成法的弊病，也暗含为曾生下第鸣不平。三、抨击有司推卸责任，世俗随声附和。"幸而得良有司"，有时也会遇到有眼力的主考官，能识别出有才华的人才，但他们却墨守成法，不敢负责任。一是同众人一样概叹、惋惜。二是装着取舍跟自己没有关系的样子。三是说推卸责任的话："有司有法，奈不中何！"写得有褒有贬：褒指有点儿眼力，贬指不负责任的丑态。贬多于褒,基本上是持否定的态度,平易的文句中含有明显的讽刺意味。下文对世俗不明是非,随声附和:"其不中,法也。"也顺手一击,以显见"成法"流毒的深远。四、发出改革"成法"的强烈呼声。"有司所操果良法邪?"不直说有司所操的不是良法,而用问话口气,富有启发性,使文势昂扬。"何其久而不思革也。"既指责有司的墨守成法,也表现作者意欲改革的强烈愿望。除第一层外,其他三层都不离有司和成法,指摘有司有责,成法不好。除第一层外,其他三层都没有提曾生,但处处都是为曾生的落第而鸣不平。第二部分写"贺余之独得"。有司之失,正是余之所得,都是指曾生这个人才。曾生是怎样一个人呢?"况若曾生之业,其大者固已魁垒,其于小者亦可以中尺度,而有司弃之,可怪也。"这几句是承上启下,既吊有司之失,也称赞曾生的学业。"魁垒"是壮伟的意思,常用来形容文章写得好的人。当时欧阳修已是有名的文学家,曾生不过是一个落第的考生,如此赞誉,说明曾生确实有才学,深得欧阳修的器重。曾生不仅才学好,而且品德也很好。自己有才学却落第了,既不"非同进",也不"罪有司",表示回去后要继续努力,增广学识,提高修养。这是多么难能可贵啊!所以欧阳修称赞道:"予初骇其文,又牡其志。"并用农夫不顾天灾辛勤耕耘作比方,鼓舞曾生奋进,爱护后进的热忱流于言表。曾生不仅能正确对待落第,而且也能正确对待京师之人的冷淡:"京师之人无求曾生者,然曾生亦不以干也。"曾生带了许多好文章到京师,京师却无人赏识,他也不以此去求告于人,表现了他不卑不亢、自尊自重的品德。只有欧阳修例外,他却亲自前去拜访。有这样一个品学兼优的青年来拜访,对于爱才的人来说,自然是无比高兴的。"生辱以顾予",正表现这种心情。"是京师之人既不求之,而有司又失之,而独余得也。"自然地总结了上文。一个"独"字,表现出作者喜悦和自豪的感情。最后点明写这篇文章的目的。

这篇文章从表面上看写得很平淡,这正体现了作者独有的风格。其实却包含着对"成法"的恨,对有司的讥讽,呼吁改革不合理的考试制度的强烈愿望,还有对曾生的赞扬和爱护,自己得到人才的喜悦和自豪心情。真是爱憎分明,痛苦与喜悦兼俱。另外,本文在修辞手法上有两点值得注意:一是返复。例如:三次用"弃"字,两次用"独"等,前者表示对有司和成法的恨,后者表示自己得到人才的高兴心情。这是作者的精心设置,并非无故重复。二是用农夫不顾天灾辛勤种地鼓励曾生努力学习,用得很恰当、很生动,这说明一个巧喻胜过无数的说教。

书梅圣俞稿后

【题解】

本篇写于明道元年(公元 1032 年),作者在西京留守推官任上。

这是一篇对梅圣俞诗文进行评论的文章。作者认为,梅圣俞是属于深得音乐之道的诗人,其诗文"长于本人情,状风物,英华雅正,变态百出,哆兮其似春,凄兮其如秋;使人读之,可以喜,可以悲,陶畅酣适,不知手足之将鼓舞也"。应当说,这个评价抓住了梅圣俞诗文创作的艺术特质,准确而又公允。

梅圣俞一生郁郁不得志,"累举进士,辄抑于有司,困于州县凡十余年"(欧阳修:《梅圣俞诗集序》),五十岁时,才被欧阳修聘为参详官。仅以恩荫制度,做过三任主簿、一任知县。但在诗文创作上,他是古文运动发起者之一,同苏舜钦、欧阳修在西京留守幕府时即为好朋友,互相唱和,成为当时文坛的著名诗人。他们一起向宋初华靡浮艳的文风发动攻击,并以自己的创作业绩奠定了胜利的基础。梅圣俞的诗以"覃思精微,深远闲淡为意",有人赞叹其诗文说:"二百年无此作矣"。在《梅圣俞诗集序》中,欧阳修提出"穷而后工"的著名论点,其实也是以此来肯定梅圣俞的创作的。

本篇从音乐谈起,论证了诗歌与音乐的渊源关系,从一个侧面回顾了诗歌的发展进程,可谓视角不俗、慧眼独具。我国古代十分重视音乐的教化作用,把《乐》列为六经之,成为儒家的经典。孔子为了学习乐,就曾请教过师襄、苌弘这些名家。汉之苏、李,魏之曹、刘,唐朝的陈子昂、李、杜、沈、宋、王维等都是深得音乐神韵的诗人,其创作各具特色,成为诗坛上的佼佼者。作者把上述的论证归结到对梅圣俞诗文的评说上,显得十分自然得体。欧阳修散文擅长找到议论的切入点,从而把充分展开的议论纳入为全篇论点服务的整体结构上来,使全篇文章厚重充实,避免了呆板拖沓。

【原文】

凡乐,达天地之和,而与人之气相接,故其疾徐奋动可以感于心,欢欣恻怆可以察于声①。五声单出于金石,不能自和也,而工者和之②。然抱其器,知其声,节其廉肉而调其律吕,如此者工之善也③。

今指其器以问于工曰:彼篴者、篪者、堵而编、执而列者④,何也?彼必曰:鼗鼓、钟磬、丝管、干戚也⑤。又语其声以问之曰:彼清者、浊者、刚而奋、柔而曼衍者,或在郊、或在庙堂之下而罗者⑥,何也?彼必曰:八音、五声、六代之曲,上者歌而下者舞也。其声器名物皆可以数而对也⑦。然至乎动荡血脉,流通精神,使人可以喜,可以悲,或歌或泣,不知手足鼓舞之所然⑧。问其何以感之者,则虽有善工,犹不知其所以然焉⑨。盖不可得而言也。

乐之道深矣。故工之善者,必得于心,应于手,而不可述之言也。听之善,亦必得于心而会于意,不可得而言也。尧、舜之时,夔得之,以和人神、舞百兽⑩。三代、春秋之际,师襄、师旷、州鸠之徒得之,为乐官,理国家、知兴亡⑪。周衰官失,乐器沦亡,散之河海,逾千百岁间,未闻有得之者⑫。其天地人之和气相接者,既不得泄于金石,疑其遂独钟于人⑬。故其人之得者,虽不可和于乐,尚能歌之为诗⑭。

古者登歌清庙,大师掌之,而诸侯之国亦各有诗,以道其风土性情⑮。至于投壶、飨射,必使工歌,以达其意,而为宾乐⑯,盖诗者,乐之苗裔与⑰。汉之苏、李,魏之曹、刘得其正始⑱;宋、齐而下,得其浮淫流佚⑲;唐之时,子昂、李、杜、沈、宋、王维之徒,或得其淳古淡泊之声,或得其舒和高畅之节,而孟郊、贾岛之徒,又得其悲愁郁堙之气⑳。由是而下,得者时有而不纯焉。

今圣俞亦得之㉑。然其体长于本人情,状风物,英华雅正,变态百出,哆兮其似春,凄兮其如秋;使人读之,可以喜,可以悲,陶畅酣适,不知手足之将鼓舞也㉒。斯固得深者邪!其感人之至,所谓与乐同其苗裔者邪!余尝问诗于圣俞㉓,其声律之高下,文语之疵病,可以指而告余也;至其心之得者,不可以言而告也;余亦将以心得意会,而未能至之者也。

圣俞久在洛中㉔,其诗亦往往人皆有之。今将告归,余因求其稿而写之。然夫前所谓心之所得者,如伯牙鼓琴,子期听之㉕,不相语而意相知也。余今得圣俞之稿,犹伯牙之琴弦乎。

【注释】

①"凡乐"五句:凡是音乐,都是圣人效法天地之气而作,而与人的思想感情相通,所以音乐旋律的快慢、高亢可以使人感动。乐曲或是欢快,或是悲怆,也可以通过乐声体察出来。 古人重视音乐的教化作用,把《乐》列为六经之一。《史记·乐书》:"乐者,天地之和也""凡音之起,由人心生也。人心之动,物使之然也。感于物而动,故形于声,声相应,故生变;变成方,谓之音;比音而乐之,及干戚羽旄,谓之乐也。"

②五声:宫、商、角、徵、羽。 金石:指乐器。《史记·乐书》:"金石丝竹,乐之器也。" 工者:乐工,演奏者。

③"然抱其器"四句:然而手执乐器,熟悉它的声音,控制声音的高低和曲调的旋律形成乐曲,这样的人才是优秀的演奏者。 廉:即廉直,指乐器的高音;肉:即肉好,指乐器所发的低音。 律吕:即六律,六吕的合称,泛指音律。

④簨、簴:皆为古时悬挂钟鼓的架子。横者为簨,纵者是簴。 堵:《周礼·小胥》:"凡悬钟声磬,半为堵,全为肆"。

⑤鼗鼓:置于鼓架上的大鼓。 丝管:指弦乐器和管乐器。 干戚:盾牌和斧头,舞蹈者手执而舞。

⑥"又语其声以问之曰"三句:又谈及乐声问他说:"那些乐声,或清晰,或重

111

浊,有的高亢兴奋,有的柔顺而轻曼,或在祭天的仪式上,或在宗庙的殿堂上演奏出众多的乐声,都有哪些乐曲和乐器呢?" 郊:指帝王在郊外祭天的仪式。 庙堂:指帝王的家族宗庙和朝堂。 罗:众多;陈列。

⑦八音:指钟镈、磬、埙、鼓、琴瑟、柷敔、笙、管八种乐器。五声:见注释②。
六代之曲:指黄帝、尧、舜、夏、商、周的乐曲。为云门、咸池、箫韶、大夏、大濩、大武。 "其声器名物皆可以数而对也":意谓其乐器和实物都可以一一对应说明。

⑧"然至乎动荡血脉"六句:然而音乐可以令人热血涌动,精神焕发,或喜或悲,或歌或泣,不知为什么竟然使人手舞足蹈。 《史记·乐书》:"故音乐者,所以动荡血脉,通流精神而和正心也。"

⑨"问其何以感之者"三句:问他到底是什么感动了人呢?就是有高明的演奏者,也不知其原因何在。 所以然:之所以这样。

⑩"尧、舜之时"四句:尧舜时代,夔精通音乐之道,以和人神之气为乐,令百兽起舞。 夔:尧舜时的乐官。《尚书·益稷》:"夔曰,於,予击石拊石,百兽率舞,庶尹允谐。"

⑪"三代春秋之际"四句:三代春秋之际,师襄、师旷、州鸠这些人,精通音乐,做乐官,帮助国君治理国家,辨音而知吉凶兴亡。 师襄:春秋时卫国乐官,亦称师襄子,孔子曾从他学琴。 师旷:春秋时晋国乐官,能辨音而知吉凶,双目失明。
州鸠:伶州鸠,周室乐官,曾对周景王进行劝谏。

⑫"周衰失官":《论语·微子》有周末礼崩乐坏的记载。"大师挚适齐,亚饭干适楚,三饭缭适蔡,四饭缺适秦,鼓方叔入于河,播鼗武入于汉,少师阳、击磬襄入于海。"

⑬"其天地人之和气相接者"三句:天地人的和气相接,既然不能用乐器表达出来,可能就独独表现在人的身上。 泄:流露、表现。

⑭"故其人之得者"三句:所以人得天地之气,虽然不能与人气和而为乐,还可以歌诵而为诗。

⑮登歌:指古代祭祀时所奏的乐歌。 清庙:《周礼·大师职》"……按登歌,各颂祖宗之功烈、去钟撤竽,以明至德。" 《周礼·春官》注:"凡乐之歌,必使瞽矇为焉,命其贤知者以为大师、小师。" 大师、小师:即大、小乐官。 "而诸侯之国"二句:指《诗经》有十五《国风》,均为各地诸侯国之歌。

⑯投壶、飨射:为古代宴饮时的娱乐项目。 投壶:宾主依次把筹投入壶中,以投中多少决定胜负,负者罚酒。 飨射:即乡射,古代州(乡)大夫春秋两季会集士大夫,在州的学校里举行射礼。古代乡老和乡大夫在推荐士子去应试时也举行这种仪式。 壶:一种容器。《礼记·投壶》:"投壶之礼,主人奉矢,司射奉中,使人执壶。主人请曰:某有枉矢,哨壶,请以乐宾。宾曰:子有旨酒嘉肴,某既赐矣,又重以乐,敢辞。"

⑰"盖诗者"二句:诗歌是由音乐演变而产生的。 盖:句前语气词,表推断。 与:同"欤"。

⑱苏、李:指苏武、李陵。 苏武:西汉杜陵(今陕西西安东南)人,字子卿。汉武帝时出使匈奴,留十九年,归国,官典属国。宣帝图功臣于麒麟阁,他是其中之

一。 李陵：西汉陇西成纪（今甘肃秦安）人，字少卿。武帝时为骑都尉。与匈奴战，被俘，降，全家被杀。后拟叛匈奴，事觉被杀。 曹、刘：指曹植、刘桢。曹植：三国魏诗人。沛国谯县（今安徽亳县）人，字子建，曹操子。富于才学，其《洛神赋》很有名。 刘桢：东汉末，东平宁阳（今属山东）人，字公幹。建安时，为曹操丞相掾属。善诗，为"建安七子"之一。 苏、李、曹、刘四人之诗，多怀人感慨之作，抒发世态人情。 正始：正始之音，魏正始时代的诗歌创作，指优良的诗歌传统。

⑲"宋齐而下"二句：指六朝时南朝宋齐以下，文风浮华而萎靡。

⑳子昂、李、杜、沈、宋：指陈子昂、李白、杜甫、沈佺期、宋之问，均为唐朝诗人。陈子昂论诗主张应有"兴寄""风骨"，作品沉郁苍劲，为唐诗革新之先驱。王维擅长山水田园诗创作。 孟郊、贾岛：中唐诗人，二人齐名，历来有"郊寒岛瘦"之说。

㉑圣俞：指梅圣俞，即梅尧臣，宣城（今安徽宣城县）人，著有《宛陵先生集》。

㉒哆：宽和之意。

㉓余尝问诗于圣俞：指作者多次请教于圣俞。

㉔圣俞久在洛中：梅尧臣曾在西京留守幕府供职，又为河南县主簿，皆在洛阳。

㉕伯牙鼓琴，子期听之：《列子·汤问》："伯牙善鼓琴，钟子期善听。伯牙鼓琴，志在高山，钟子期曰：善哉，峨峨兮若泰山。志在流水，曰：善哉，洋洋乎若江河。伯牙所念，子期必得之。"

【集评】

宋陈善《扪虱新话》卷二：俗文重于今世，盖自欧公始倡之。公集中拟韩作多矣，予能言其相似处。公《祭吴长文文》似《祭薛中丞文》，《书梅圣俞诗稿》似《送孟东野序》，《吊石曼卿文》似《祭田横墓文》。盖其步骤驰骋，亦无不似，非但效其语句而已。

元袁桷《清客居士集》卷四十六：都官公与欧阳公緜河南幕府缔交最久，至嘉祐元年始一荐为直讲，距都官之死仅五年耳。故王荆公挽诗有云："贵人怜公青两眸，吹嘘可使高岑楼。坐令隐约不见收，空能乞钱助馈馏。"此盖为欧公发也。

明茅坤《唐宋八大家文钞》卷六十：知音之言。

清爱新觉罗·弘历《唐宋文醇》卷二十：书云：诗言志，歌永言，声依永，律和声。则知从律不奸，成文不乱，诗与乐感通也，微矣！作诗镂心刿目而不得自然之趣，则所谓动盈四气之和者，孑然无存，安能反正始之音乎？徒月煅季炼於词章，特秋虫之鸣、朝菌之媚尔。此修之所以推圣俞诗为独有心得也。东坡题梅诗后云：驿使前村走马回，北人初识越人梅，清香莫把酴醾比，祇欠溪头月下杯。又云：吾虽后辈，犹及与之周旋，览其亲书诗，如见其抵掌谈笑也。今观欧、苏二人书跋，如遇圣俞于高山流水之间矣。

清何焯《义门读书记》下卷：拟《送孟东野序》。诗本出于乐，但后半于和字无所发明。不若昌黎所谓鸣其盛，鸣其衰，说得有分晓也。

《山晓阁选宋大家欧阳庐陵全集》卷三引清孙琮评：一篇文字，前幅妙在层层挽合。前幅从乐之可知不可知脱卸到善工能知之,从善工能知脱卸到世无善工,从世无善工脱卸到有善诗人,从有善诗人脱卸到圣俞,所谓层层脱卸也。后幅说诗之感人,应转手舞足蹈;说诗之得深,应转乐之苗裔;说口已问答,应转可知不可言,所谓层层挽合也。至篇中以得之不得之作眼目,犹如秋雨芭蕉,褵拉可听。

清吕葆中《唐宋八家古文精选·欧阳文》:摹韩《送孟东野序》,而春容雅淡,一唱三叹处,亦欧阳之所独擅。诗、乐截然分作两段,上下照应钩连,其法殊整。

清王元启《读欧记疑》卷一:"不知手足鼓舞之所以然"。集本"所"下脱"以"字。"犹(有所)不知(其所以然)焉"。"所以然"字上文已见,不宜复出,当云"犹有所不知焉"。

【鉴赏】

本篇作于宋仁宗明道元年,是欧阳修得到梅尧臣的一部分诗稿后所发的感慨。梅圣俞,名尧臣,他和苏舜钦都是欧阳修的诗友,共同与宋初泛滥一时的浮靡的西昆诗风斗争,并取得了胜利。梅圣俞的诗尤取得了极高的成就,欧阳修十分推崇他。南宋时陆游也曾称梅尧臣为唐代李白、杜甫后的第一位作者。刘克庄在《后村诗话》中更推梅为宋诗的"开山祖师"。

文章的开首是先从音乐谈起的。古代把礼、乐、刑、政都看作为统治手段,认为乐是圣人效法风雨雷霆、四时寒暖等天地之气而作,并用以影响人的思想感情。《史记·乐书》中就说:"乐者,天地之和也。"所以欧阳修论道,音乐是连接天地之气,并且与人之气相接,所以乐声的快、慢、激昂、振动都可以感动人的心灵,而人的欢快、悲伤也都可以从乐声中体察出来。但是,宫商角徵羽五声,单个从金石丝竹乐器上发出,并不能自然组合成音乐,而需要乐工来编排组合成旋律。然而手持乐器,了解它发出的声音,适当地控制廉(高音)肉(低音)并调配其律吕(音律),这都是奏乐人的特长。如果问乐工,那簨者(挂钟鼓的横梁)、簴者(支起簨者的纵梁)、堵而编(各种钟磬)、执而列者(排列的各种乐器)都是什么? 乐工一定能准确告诉你它们的名称。你如果问乐工乐器发出的各种各样的声音,为什么有的在古代帝王在郊外祭天仪式上演奏而有的在帝王的宗庙、殿堂上演奏? 乐工也一定能告诉你,各种声音叫什么乐曲;也能告诉你,在郊外祭天演奏的是为了让人唱,在庙堂演奏的是为了让人舞,各种乐曲、乐器的名称,也都可以一一用实物说明定义。但是,音乐能使人血液沸腾,精神焕发;使人可以喜,可以悲;使人能有时歌唱,有时哭泣,甚至不知不觉手舞足蹈,如果要问它为什么能这样感动人,那么即使最优秀的乐工,也说不出它其中的道理。这就是说音乐有用语言说不出的奥秘。这二小节主要讲述了音乐与人的情感的关系,音乐的社会功能,并且着重强调了要想掌握音乐是不容易的,而要真正理解它就更困难了。音乐有一种一般人所不能及的、只可意会不可言传的奥秘。

第三小节作者进一步强调了音乐的深奥及其社会功能,并重点指出了音乐与诗歌的关系。作者说,音乐的道理是很深奥的。优秀的乐工能心领神会、操作自由,但是却不能用语言表达出来。善于听音乐的人也是只能心领神会,而不能用语言表达出来。尧、舜的时候,夔(当时的乐官)能深通音乐,于是他能把人和神之间的感情联结起来,并能使百兽为之起舞。夏、商、周三代及春秋时期,师襄、师旷、州鸠(亦均为乐官)也深通音乐,于是他们能凭借音乐治理国家、予知兴亡。周朝衰落之后,音乐也随之衰亡,至今已有千余年,再没有一个人能深通音乐了。这样,自然就存在的天、地、人之间的贯通之气也就不能通过音乐表达出来了,但这种"气"还是比较偏爱于人的。所以人如果得到这种"气",即使不能与音乐相合,还是能用诗歌来表达的。作者在这里讲清了诗与音乐的关系,即音乐失传后,随音乐而出现的诗的地位便显得尤为重要和突出,诗便继承了音乐的功能,来表达天、地、人之间的贯通之气,影响着人的情感。文章至此也便从论述音乐转为开始论述诗了。

第三小节作者进一步论述了诗与音乐的关系并重点讲述了诗歌的发展过程。作者说,古代在宗庙歌诗(指《诗经》中的"颂"),是由大乐师来掌管;而诸侯之国也各自有自己的诗歌(指《诗经》中的"国风"),来反映各地的风土人情;至于那些士大夫在宴饮娱乐之时,也让乐工为之歌诗(指《诗经》中的"雅"),来表达他们的情感。由此看来,诗歌是由音乐派生出来的。事实也正如作者所说,当初为乐而作的诗,随着乐曲的失传,就开始成为一种独立的文学样式而存在于世了。作者接着说,汉代的苏武、李陵、曹植、刘桢,他们的诗多是感叹世乱变迁、别离怀人之作,合乎"本人情"的标准,所以他们是继承了诗的"正始"(纯正的诗歌传统)。到了南北朝的宋、齐朝以后,宫体诗盛行,淫佚的诗充斥诗坛,使诗的发展偏离了方向。唐朝时,陈子昂、李白、杜甫、沈佺期、宋子问、王维等人,有的继承了诗歌淳实古朴、不追求形式的特色;有的继承了诗歌从容缓和、高昂畅达的风格。而孟郊、贾岛这些人又继承了诗歌的以抒写悲愁、苦闷、失意为主的特点。自这些诗人以后,真正能继承纯正的诗歌传统的人即使有时出现也不纯了。作者对诗歌发展历程的论述,基本上是符合诗歌史的发展的,只是其中对苏武、李陵、沈佺期、宋子问等人的评价略高了些。

文章的最后,作者扣住题目,把评述的重点落实到赞誉梅尧臣的诗上。欧阳修说,现在真正的、纯正的诗歌传统梅圣俞又继承到了。而除此之外,梅诗还有自己独特的风格,即能够"本人情,状风物,英华雅正,变态百出,哆(宽和的样子)兮其似春,凄兮其如秋;使人读之,可以喜,可以悲,陶畅酣适,不知手足之将鼓舞也。"梅诗的这种强烈的感染力"可谓与乐同其苗裔者邪!"即和音乐是一脉相承,具有同样的效果。欧阳修在《六一诗话》中也曾赞赏梅诗是"覃思精微(思想深奥细密)""深远闲淡"。梅诗的这些特点,都是与当时的西昆体的柔靡、华艳、雕琢,"缀风月,弄花草"的诗风相对立的,因此它一时还不能为人所理解。但是欧阳修却把自己视为梅尧臣的知己。"余尝问诗于圣俞,其声律之高下,文语之疵病,可以指而告余也;至其心之得者,不可以言而告也,余亦将以心得意会,而未能至之者也。"诗歌创作和音乐一样是只能意会不好言传的,欧阳修自谦说,自己的诗歌创作虽达不到圣俞的水平,但是对圣俞的诗却能心领神会,正如"伯牙鼓琴,子期听之,不相语而意相知也。"这个典故出自《列子·汤问》:"伯牙善鼓琴,钟子期善听。伯牙鼓琴,志在高山,钟子期曰:善哉,峨峨兮若泰山。志在流水,曰:善哉,洋洋乎若江河。伯牙所念,于期必得之。"作者用这个典故,即是赞赏梅诗的成就,又是说明自己对梅诗的深刻理解。这正如作者在《水谷夜行》一诗中所说:"梅穷独我知,古货今难卖。"所

欧阳修的许多文章如《梅圣俞诗集序》《廖氏文集序》《送徐无党南归序》等，其开头都并不直接入题，而是先论述自己的某一观点，然后由对这一观点的层层深入的论述，逐渐转入自己所要说的中心问题上来。这篇文章也是一样，全文开始用了大半篇幅先议论了什么是音乐，音乐与人的情感的关系，音乐的社会功能，音乐的只可意会不可言传的深奥等。初看这些议论好似言不对题，但作者对音乐的论述只是为了更深入地论述诗歌。所以作者接着就论述了音乐和诗歌的关系，以及诗歌发展的沿革，然后由诗歌发展的兴盛衰败说到梅尧臣使诗歌创作重新复苏，这样文章的重点就自然而然地落在对梅尧臣诗的赞赏上。全文就这样有条不紊，侃侃而谈，一步一步地把主题引出。文章在赞赏梅诗时，还把梅诗和音乐贯穿在一起。梅诗与音乐是继承关系，"与乐同其苗裔者邪！"梅诗与音乐具有同样的作用，音乐是"使人可以喜，可以悲，或歌或泣，不知手足鼓舞之所然。"梅诗也是"使人读之，可以喜，可以悲，陶畅酣适，不知手足之将鼓舞也。"梅诗与音乐同样的深奥，音乐是善工者能"必得于心，应于手，而不可述之言也。"善听者"亦必得于心而会于意，不可得而言也。"梅诗也是工者"其声律之高下，文语之疵病，可以指而告余也；至其心之得者，不可以言而告也，"听者"亦将以心得意会"。这样全文在结构上前后呼应，在内容上也把前后融为一体，使对音乐的论述完全为对梅诗的论述服务，突出了梅诗所取得的巨大的、常人所不及的成就。

梅诗是宋代诗文革新运动的重要力量，它的成就，就是诗文革新运动的成就。所以这篇文章在当时与西昆派的斗争中，起了很大的战斗作用。

读李翱文

【题解】

作于景祐三年(公元 1036 年)。时作者离汴京赴夷陵贬所途中。作者欧阳修在本篇中借题发挥,抒发了因改革受到挫折的沉痛心情。文中说:"然翱幸不生今时,见今之事,则其忧又甚矣!奈何今之人不忧也?"真是感人肺腑之言,担心国家的命运。

在这篇文章中,欧阳修对"叹老嗟卑",专发个人牢骚提出反对意见,并提出应为国家,为民族的"行道之犹非"而担忧。写出了李翱破出个人圈子为国家命运担忧的思想光辉。文章结尾由古及今,抒发内心的愤慨,抨击吕夷简之流:"在位而不肯自忧,又禁他人使皆不得忧,可叹也夫!"把他的悯时忧国的思想感情,写得淋漓尽致,具有以情感人的魅力!

文章情感强烈,以情动人。手法多样,层层对比。以行文婉曲著称。开始欲扬先抑,从李翱的诸篇文章中独取《幽怀赋》,写出李翱文章的价值;再用李翱与韩愈的比较中,写出李翱不为个人遭遇不幸而愁叹,担心的是国家的安危;从宋与唐的对照中,得出宋代的社会危机"则其忧又甚矣",其危机超过唐代,紧扣题旨"愤世"。

【原文】

予始读翱《复性书》三篇[1],曰:此《中庸》之义疏尔[2]。智者诚其性,当读《中庸》;愚者虽读此,不晓也,不作可焉[3]。又读《与韩侍郎荐贤书》[4],以谓翱特穷时愤世无荐己者,故丁宁如此[5];使其得志,亦未必[6]。然以韩为,"秦汉间好侠行义之一豪俊",亦善论人者也[7]。最后读《幽怀赋》,然后置书而叹,叹已复读,不自休[8]。恨翱不生于今,不得与之交;又恨予不得生翱时,与翱上下其论也[9]。

凡昔翱一时人[10],有道而能文者莫若韩愈。愈尝有赋矣,不过羡二鸟之光荣,叹一饱之无时尔[11];推是心使光荣而饱,则不复云矣[12]。若翱独不然。其赋[13]曰:"众嚣嚣而杂处兮,咸叹老而嗟卑;视予心之不然兮,虑行道之犹非。"[14]又怪神尧以一旅取天下,后世子孙不能以天下取河北,以为忧[15]。呜呼,使当时君子皆易其叹老嗟卑之心为翱所忧之心,则唐之天下岂有乱与亡哉!

然翱幸不生今时,见今之事[16];则其忧又甚矣!奈何今之人不忧也?余行天下,见人多矣,脱有一人能如翱忧者,又皆贱远,与翱无异[17];其余光荣而饱者[18],一闻忧世之言⑲，不以为狂人，则以为病痴子，不怒则笑之矣⑳。呜呼，在位而不肯自忧，又禁他人使皆不得忧，可叹也夫！

景祐三年十月十七日，欧阳修书。

【注释】

①《复性书》三篇：《复性书》上、中、下三篇，为李翱关于人性论的哲学论文，主张性善情恶。他认为"人之性皆善"，要求去情以复性，这种观点成为宋代理学的先导。　李翱：字习之，为韩愈的弟子。陇西成纪（今甘肃秦安东）人，唐代哲学家、文学家，著有《李文公集》。

②此《中庸》之义疏尔：这不过是《中庸》之义的讲疏罢了。《仲庸》：《礼记》中的一篇，传说战国初子思（孔子的孙子孔伋）所作，以"中庸"之道为最高道德标准，至宋代，儒家把它与《大学》《论语》《孟子》并称为《四书》，成为经典。　义疏：对经义的疏解，说明。

③"智者"四句：聪明的人使其品德精诚了解性的含义，应读《中庸》原文；愚蠢的人即使读了《复性书》，也不了解说的是什么道理，因此可以不写这类的文章。

④《与韩侍郎荐贤书》：即《答韩侍郎书》。韩侍郎：即韩愈，他曾任吏部侍郎。

⑤特穷时愤世：只不过自己不得志，愤世嫉俗。　特：只。　丁宁：同"叮咛"，再三告说。

⑥使其得志，亦未必：假使他得志，也未必这样写。

⑦"然以韩"句：但李翱评韩愈是秦汉间的游侠豪俊之士，也算是善于评论人物。《答韩侍郎书》："（韩）愈所引拔，必须甚有文辞，兼能附己，顺我之欲者，此秦汉间尚侠行义之一豪隽也。"

⑧叹已复读，不自休：感叹了又读，不想停下来。　已：停止。　复：又。　休：停止。

⑨上下其论：反复讨论他的主张。

⑩凡：所有。　一时人：同时代人。

⑪赋：指韩愈写的《感二鸟赋》，赋中说："今是鸟也，惟以羽毛之异，非有道德智谋承顾问赞教化者，乃仅得蒙采擢荐进。光耀如此！"又说："感二鸟之无知，方蒙恩而入幸，惟进退之殊异，增余怀之耿耿。"　叹一饱之无时尔：感叹自己没有满足理想愿望的时机。

⑫"推是心"二句：以这种想法推断，如果荣耀了，满足了，那么就不再发这种牢骚了。

⑬赋：指李翱的《幽怀赋》。

⑭赋中说："众人聚集一起吵吵嚷嚷，都为我年老卑微而叹惜；回想我的心情却不是这样，而是忧虑实现抱负后仍不能扭转国家的命运。"

⑮"又怪神尧"三句：李翱又惊叹唐高祖能以一支军队而夺取天下，责怪他的子孙却不能以天下之力平定河北等藩镇之乱，并以为忧。　神尧：指唐高祖，李渊，

他谥号"神尧大圣大光皇帝"。《幽怀赋》:"当高祖之初起兮,提一旅之羸师。能顺天而用众兮,竟扫寇而截隋。"《幽怀赋》又云:"自禄山之始兵兮。岁周甲(六十年)而未夷。"是说唐代自安史乱后,河北、河南等仍被藩镇割据,战乱不息,唐朝几代皇帝始终不能收复。

⑯见今之事:指宋王朝自建国以来,东北地区有辽(契丹)、西北地区有西夏的不断侵扰,宋王朝每年给以大量财币以求苟安。

⑰脱有:即使有。　　贱远:指地位低微,居于僻远之人。《幽怀赋》:"哀予生之贱远兮。"与翱无异:处境与李翱一样。《旧唐书》本传记载李翱"性刚急,议论无所避。执政虽重其学,而恶其激讦,故久次不迁(升官)。"

⑱光荣而饱者:指显贵的当权者。

⑲一闻忧世之言:一听见为国事担忧的话。

⑳不怒则笑之矣:不是发怒,就是讥笑。

【集评】

明茅坤《唐宋八大家文钞》卷六十:其结胎全在感当时事上,归重于愤世。

清林云铭《古文析义》卷十四:文之曲折感怆,能令古今来误国庸臣无地生活。

【鉴赏】

李翱,字习之。唐代散文家,韩愈的学生。他发展了韩文平易的优点,曾被清人列入唐宋十大家之一,著有《李文公集》。李翱也是个哲学家,代表作是《复性书》上、中、下三篇。

《读李翱文》写于宋仁宗景祐三年(公元1036年)。当时,主张革新的范仲淹曾上"百官图",揭露当朝宰相吕夷简等人任人唯亲、用人不当、败坏朝政的卑劣行为,触怒了吕夷简,因而被贬官。欧阳修对此极为不平,便给当时的谏官高若讷写了《上高司谏书》一文,责备他身为谏官不仅不为范仲淹力谏,反而落井下石诋毁范仲淹。高若讷见书后甚为难堪、生气,便将此书上奏给宋仁宗,并进谗言,欧阳修因此也被贬为夷陵令。这篇文章就是在被贬夷陵途中所写。文中作者赞扬了李翱对时政的关心,并借题发挥,抒发了自己因改革而受挫的沉痛心情,愤怒谴责了守旧派"在位不肯自忧,又禁他人使皆不得忧。"的卑劣行为。此文与《上高司谏书》可谓是姊妹篇。如果能与范仲淹的《岳阳楼记》并读,更可获得相辅相成的效果。

这篇文章开头先写读完李翱三篇文章后的感受。第一篇是《复性书》。这是李翱的哲学论文。这篇论文以《中庸》为理论根据,把性和情分割开来,认为人性天生是善的而情是邪恶的,因此要求人们去情而复性,本性回复便可成为圣人。欧阳修却认为,《复性书》只是对《中庸》的注释而已。聪明人要想了解人的本性应当去读《中庸》原文,愚笨的人即使读了《复性书》也了解不了什么,因此大可不必写这样的文章。欧阳修主张"修身治人",强调教育的作用,反对空谈人性,因此对《复性书》的评价较低。第二篇是《与韩侍郎荐贤书》。这是李翱写给当时任吏部侍郎韩愈的一封信。欧阳修对此文也评价平平,认为这只是李翱怀才不遇之时怨恨世人没有推荐他的牢骚而已。如果他得了志,也就未必这样写了。只是李翱在信中称韩愈为"秦汉间好侠行义之一豪俊"还算得上是善于评论人物。第三篇是《幽怀赋》。欧阳修对此文给予了高度的评价,生动地抒写了读完此文后的感受。作者写道,读完此文便赞叹不已,赞叹后又重读此文。真是爱不释手。欧阳修此刻把李翱视为不世知己,深恨李翱不是生在今天,不能和他交游;又深恨自己不是生在李翱之时,不能与他深入地讨论问题。这部分在写法上有两点很值得我们借鉴。一是欧阳修对历史人物的评价能够做到一分为二。本文中心是要赞扬李翱,但对李翱的不足照样直言不讳地指出。既不掩饰李翱的缺点,也不掩饰自己对李翱的不满。这样文章中对李翱的赞扬倒反而更能为读者信服。二是欧阳修采用了先抑后扬、先贬后褒的手法。这种写法使文章显得手法多样、波澜起伏,也使读者读完意想不到的开端后又能逐步体会到令人信服的结论。

第二段,欧阳修把李翱的《幽怀赋》和韩愈的《感二鸟赋》相对照,以便更进一步突出李翱《幽怀赋》中所表现出的为国事而担忧的思想光辉。欧阳修对韩愈是十分推崇的,他从小就喜欢读韩愈的文章,后来还亲自补缀校订了《昌黎文集》,使韩愈的文章大行于世(可参见《记旧本韩文后》)。在此文开头评李翱的《与韩侍郎荐贤书》时,也认为李翱文中的"以韩为秦汉间好侠行义之一豪俊,亦善论人者也"。在本段开头也说"凡昔翱一时人,有道而能文者,莫若韩愈"。但

是欧阳修对韩愈的《感二鸟赋》中所流露出的思想却并不十分赞赏。《感二鸟赋》是韩愈借有人献二鸟以供皇帝赏玩之事,对最高封建统治者及邀宠取媚的小人进行辛辣的讽刺,同时他也把自己和二鸟对照,抒写了自己不得志的心情。欧阳修指出,韩愈不过是羡慕两只鸟的光荣,感叹自己不知何时能吃一顿饱饭(意即得志之愿望)。照此推理,韩愈如果荣耀了、满足了,他便不会再有牢骚。而李翱的《幽怀赋》则不然,他忧虑的不是自己年岁老大、官职卑小,而是"虑行道之犹非。"即忧虑的是人民生活的困苦,忧虑的是治国安邦之道不能实现。他感叹的是唐高祖能凭着太原的兵力取得天下,而他的后代子孙却不能凭着全国的力量来收复河北。

欧阳修深为李翱的精神而感叹,他说如果当时的人李翱那样"(虑行道之犹非",唐朝怎么会出现混乱,走向灭亡呢?

第三段,欧阳修由古及今,抒发内心的愤慨。欧阳修说,李翱幸亏不是生在今天,否则他会担忧、伤感得更厉害。言外之意就是揭露宋王朝时政的弊端、政治危机比李翱所目睹的唐王朝更严重。而当今如果有人像李翱一样能为国而忧,那他得到的结局会是或被摈弃于远方,或被"不以为狂人,则以为病痴子,不怒则笑之矣"。事实也正是如此,为国而忧的革新者范仲淹等人不都是一个个被贬黜了吗?作者不由为"光荣而饱者"即显贵的当权者的"在位不肯自忧,又禁他人使皆不得忧"。而发出了"可叹夫也!"的感人肺腑的愤怒感慨。这感慨也是表达了作者虽被贬而不消沉,他耿耿萦怀的仍是国家安危的崇高精神。

本文在表现形式上成功地运用了对比、衬托的手法。文章开头用的欲扬先抑的方法,实就是一种对比、衬托。作者通过对李翱三篇文章的对比评述,就突出了他《幽怀赋》的价值。第二段作者又以韩愈的赋与李翱的赋对比、衬托,这就更突出了李翱赋中所表现出来的思想光辉。第三段又以李翱所处的唐王朝与今天的宋王朝的时政相对比、衬托,这就更暴露出宋王朝的政治弊端,也便更好地抒发了自己的感慨。加之文章的论述环环相扣、层层深入,作者又融进了自己真挚的感情,这都有力地突出了文章的主旨,达到了以评古而为现实斗争服务的目的。

孙子后序

国学经典文库

唐宋八大家散文鉴赏

欧阳修卷

【题解】

本篇是为梅圣俞《孙子注》写的后序,写于仁宗庆历元年(公元1041年),作者时年三十五岁。

《孙子兵法》是孙武总结当世和过去的战争经验写成的。全书共十三篇,六千多字,广博精深,体系完整,论述了战争与政治、经济、自然条件的关系,揭示了战争中的重要规律,包含朴素的唯物主义和辩证法思想。在古代被称为"兵经",历来受到人们重视,注家众多也就不足为怪了。宋代学者在编纂《四库书目》时,根据诸多历史记载,确认了包括"三家孙子"在内的二十五家注者,而现今存有注本的只有曹操等十一家。梅圣俞注的《孙子》,注本失传,现存宋吉天保辑的《孙子十家注》中。

宋代许多文人注重研究军事并参与军事活动,比较著名的像寇准、范仲淹等都以统帅的身份驻守过边陲、抵御外侮。这种社会现实又鼓舞了其他文人。欧阳修对军事有过相当深入的研究,在他整个新政改革的理论中,就包括军事改革的主张。他提出四项改革措施,甚至对"御戎之策"的具体谋略都论述得十分周详,所以说,他对梅圣俞所注《孙子》的评价,应当是内行的知音之言,而不仅仅是一般的文评而已。

本文写得平易自然,在对比中突出了文章的主旨。先从评说"三家孙子"入手,指出"胶其说于偏见"的缺憾。以"三家孙子"为代表,概括了众多注者徒"见其书,又各牵于己见,是以注者虽多而少当也"的情况。然后以"独吾友圣俞不然"一句一转,从正面介绍梅注《孙子》的特色。欧阳修指出:"凡胶于偏见者皆抉去,傅以己意而发之,然后武之说不汩而明。"肯定梅注《孙子》忠实原作的精神。另外,本文语言精练、生动而幽默,尤其是对梅圣俞举止风度的描绘,虽寥寥数语却给人留下了深刻的印象。

【原文】

世所传孙武十三篇,多用曹公、杜牧、陈皥注,号"三家孙子"①。余顷与撰《四库书目》,所见《孙子》注者尤多②。武之书本于兵,兵之术非一,而以不穷为奇③宜其说者之多也。凡人之用智有短长,其施设各异,故或胶其说于偏见④,然无出所谓三家者。

三家之注,皥最后,其说时时攻牧之短⑤。牧亦慨然最喜论兵,欲试而不得者,其学能道春秋、战国时事，甚博而详⑥。然前世言善用兵称曹公。曹公尝与董、吕、诸袁角其力而胜之⑦，遂与吴、蜀分汉而王。传言魏之诸将出兵千里，公每坐计胜败，授其成算⑧，诸将用之，十不失一，一有违者，兵辄败北，故魏世用兵悉以《新书》从事⑨。其精于兵也如此。牧谓曹公于注《孙子》尤略，盖惜其所得，自为一书⑩。是曹公悉得武之术也。然武尝以其书干吴王阖闾，阖闾用之西破楚，北服齐、晋，而霸诸侯⑪。夫使武自用其书，止于强伯⑫；及曹公用之，然亦终不能灭吴、蜀。岂武之术尽于此乎，抑⑬用之不极其能也？

后之学者徒见其书，又各牵于己见，是以注者虽多而少当也。独吾友圣俞不然，尝评武之书曰："此战国相倾之说也，三代王者之师，司马九伐之法，武不及也⑭。"然亦爱其文略而意深，其行师用兵，料敌制胜亦皆有法，其言甚有次序；而注者汩之，或失其意，乃自为注，凡胶于偏见者皆抉去，傅以己意而发之，然后武之说不汩而明⑮。吾知此书当于三家并传，而后世取其说者，往往于吾圣俞多焉。

圣俞为人谨质温恭，衣冠进趋，眇然儒者也⑯。后世之视其书者，与太史公疑张子房为壮夫何异⑰。

【注释】

①孙武十三篇：即指《孙子》，又名《孙子兵法》，是我国现存最早的军事著作。作者孙武，字长卿，春秋后期齐国人，军事家。避乱到吴国，被吴王阖闾任为将，率军攻击楚国，名显诸侯。　　曹公：曹操，三国时魏国的创立者。　　杜牧：字牧之，世称小杜，晚唐著名诗人。　　陈皞：唐人。

②四库书目：为宋代翰林院崇文馆的藏书目录，欧阳修参与编撰。　　顷与：不久前参与。　　"尤多"下，一本有"至三十余家"五字。

③兵：指兵家，为先秦诸子百家之一。　　不穷：不置敌于绝境。　　《古司马兵法》："古者逐奔不过百步，纵绥不过三舍，是以明其礼也。不穷不能而哀怜伤痛，是以明其仁也"。

④或胶其说于偏见：有的拘泥于某种偏见的说法。

⑤"三家之注"三句：三家的注释以陈皞为最晚，他的说法往往批评杜牧的短处。

⑥"牧亦慨然最喜论兵"四句：杜牧慷慨而喜欢谈论兵法，跃跃欲试而没有机会，他所学能说明春秋战国时的事情，既详细又广博。　　杜牧除注《孙子》外，还有《原十六卫》《论战》等军事著作。

⑦董：董卓。　　吕：吕布。　　诸袁：指袁术、袁绍。上述诸人同曹操都是汉末割据一方的军阀。

⑧成算：已经计划好的谋略。

⑨《新书》：指曹操所著的军事著作《孟德新书》。

⑩"牧谓曹公"三句：杜牧说曹操所注《孙子》很简略，大概是珍惜自己的心得体会，而自成《孟德新书》一书。

⑪"然武尝以其书"四句:然而孙武曾经将书进献给吴王阖闾,阖闾用这本书。西边打败楚国,北边征服齐国、晋国,而称霸于诸侯。　　干:干谒,这里是献上。

⑫止于强伯:仅能称霸诸侯,不能统一天下。　　伯:即霸。

⑬抑:还是。

⑭相倾之说:互相倾轧的理论。　　三代:指夏、商、周。　　王者之师:《太平御览》卷二七一:"王者之师,有征无战。"　　司马:古代负责军政的官员。　　九伐之法:《周礼·夏官大司马》:"以九伐之法正邦国:冯弱犯寡,则眚之;贱贤害民,则伐之;暴内陵外,则坛之;野荒民散,则削之;负固不服,则侵之;贼杀其亲,则正之;放弑其君,则残之;犯令陵政,则杜之;外内乱,鸟兽行,则灭之。"

⑮汩:混淆。　　抉去:删掉或不采用。　　抉:剔出、剜出。　　傅:附加上。

⑯谨质温恭:谨严、质朴、温和、恭谦。　　衣冠进趋:衣饰、行动。　　进趋:小步向前。　　眇然:文质彬彬的样子。

⑰太史公:指司马迁。　　张子房:指留侯张良,字子房,为刘邦的谋士。《史记·留侯世家》太史公曰:"余以为其人计魁梧奇伟,至见其图,状貌如妇人好女。盖孔子曰:'以貌取人,失之子羽。'留侯亦云。"

【集评】

明茅坤《唐宋八大家文钞》卷四十七:序圣俞注《孙子》,故其议如此。

明归有光《欧阳文忠公文选》卷六:其文逸而远。

【鉴赏】

这篇文章是欧阳修修《崇文总目》时所作,大约时在康定元年或庆历元年。

《孙子》是春秋时孙武所著的重要军事著作,共十三篇。孙武,军事家,春秋时齐国人,曾辅助吴王阖闾称霸诸侯。后代有关《孙子》的注本很多,据《四库全书总目提要》说:"此书注本极伙,《隋书·经籍志》所载自曹操外,有王凌、张子尚、贾诩、孟氏、沈友诸家,《唐志》益以李筌、杜牧、陈皞、贾林、孙镐诸家,马端临《经籍考》又有纪燮、梅尧臣、王皙、何氏诸家。"本篇是欧阳修为梅尧臣《孙子注》所做的序言。

第一小节作者叙说当时《孙子》注本的状况及其看法。文中说,世间所流传的孙子兵法十三篇,多采用曹操、杜牧、陈皞的注本,号称为"三家孙子"。而作者不久前参与编纂《四库书目》时发现《孙子》的注本却非常多。孙武的书是兵家著作,兵家的战术并没有统一的模式,但是其中"以不穷为奇"即不把敌人搞到绝境的提法却很让人感到奇怪。《太平御览》卷二七〇引《古司马兵法》中说:"古者逐奔不过百步,纵绥不过三舍,是以明其礼也。不穷不能而哀怜伤痛,是以明其仁也。"战争的目的本在于消灭敌人,可是又提出"不穷不能",所以作者以为奇。既然兵书中都有些让人感到奇怪的提法,那么注者多而且看法各式各样也是正常的。人使用智谋不齐的,采取的措施也是不同的,所以有的注本就常拘泥于某些不正确的说

国学经典文库

唐宋八大家散文鉴赏

欧阳修卷

法,这样的注本是没有能超出所谓的"三家孙子"的。

第二小节作者重点介绍"三家孙子"以及自己对孙武学说的看法。文中说,三家的孙子注,陈皞年代最后,因此他的注本得以常常批评杜牧注本的不足。杜牧也是个特别喜欢谈论兵法的人,只是他一生未能亲临战场指挥过军队,他的学说能够上道春秋、战国时的事情,议论广博而详尽。然而前世最善于用兵的人还得称曹操。曹操曾经与董卓、吕布、袁绍、袁术多次作战,最后战胜他们,后又与吴、蜀分汉而鼎立。传说,魏国的诸将出兵在外,曹操常坐守计算胜败与否,授诸将以确定好的计划,诸将采用就十有九胜,一不按计行事,必然失败。所以魏国世代用兵都按着曹操写的《孟德新书》办事。杜牧说曹操注《孙子》所以太简略,原因是他把自己

用兵的心得都写进了《孟德新书》。曹操可算是全部得到了孙武的战术呀!作者对"三家孙子"的评述,明显的是更偏爱于曹操的注本。曹操不仅深通《孙子》,而且还能在实践中加以应用和充实。历史也证实,在诸多的《孙子》注本中,曹操的注本是最突出的,这也说明作者对军事学是做过深入地研究的。接着,作者笔锋一转,说到孙武兵书的局限性。文中说,孙武曾凭其著作求取于吴王阖闾,吴王也凭此西破楚,北服齐、晋,称霸于诸侯。但是即使孙武凭自己的兵书,也只是称强于诸侯,并不

能统一天下。等到曹操用孙武的兵书,也始终不能灭掉吴国和蜀国。难道孙武的兵术只能达到这种程度吗,或是其兵书还没有完全发挥其效能呢?作者用两个选择性的问句,给读者留下了思索的余地。战争的胜负是由多方面的因素决定的,诸如政治实力、经济实力、军事实力等等,战术运用的正确与否,只是诸多因素之一,所以任何一种战术都不是万能的。作者能看到这一点,对《孙子》一书予以实事求是的评价和适当的地位,可说是高瞻远瞩、难能可贵的。

第三小节作者扣住本文的宗旨,重点评论梅尧臣的《孙子注》。作者说,后代的学者,只知专力研究孙武的书,又拘泥于自己的某些偏见,所以注者虽多,却很少有恰当的。但是梅圣俞却不这样。圣俞曾评论孙武的书说:"此战国相倾之说也,三代王者之师,司马九伐之法,武不及也。"意即为《孙子》只是战国时的兵战之说,

夏、商、周三代君王用师之道,古代掌军权的司马的九伐之法,都是孙武兵书所不能及的。据《太平御览》卷二七一引陈琳书:"王者之师,有征无战。"《周礼·夏官大司马》:"以九伐之法正邦国:冯弱犯寡,则眚之;贼贤害民,则伐之;暴内陵外,则坛之;野荒民散,则削之;负固不服,则侵之;贼杀其亲,则正之;放弑其君,则残之;犯令陵政,则杜之;外内乱,鸟兽行,则灭之。"作者认为梅尧臣能恰当地评价《孙子》,并不等于贬低其价值。梅尧臣对《孙子》的文字简略而寓意深刻,对《孙子》中的行军用兵、料敌制胜的种种方法都是深赞不已。但是后代的注书,往往淆乱了原文的内容、次序,甚至歪曲其真意。于是梅尧臣就自己重新为《孙子》作注,把过去凡是拘泥于偏见的注都除去,再加上自己的见解并加以发挥,这样孙武的学说就更加发扬光大了。作者深信梅注将与三家孙子注并传,甚至后代可能还会更多地取用梅注的说法。作者在《圣俞会饮》诗中也曾赞圣俞说:"诗工镵刻露天骨,将论纵横轻玉钤(官印),遗编最爱孙武说,往往曹杜遭夷茇(铲除、消灭)。"梅尧臣是欧阳修在政治上和文学上的挚友,而在军事学上,他们又对《孙子》有共同的见解,可见两人情投意合、知之甚深。

梅圣俞是个温文尔雅、循循有礼的儒臣,不像个从武的人。后代人看了他的《孙子注》一定会像司马迁怀疑张良是个壮夫一样怀疑梅圣俞也是个武夫。据《史记·留侯世家》载,太史公曰:"余以为其人计魁梧奇伟,至见其图,状貌如妇人好女。盖孔子曰:'以貌取人,失之子羽。'留侯亦云。"文质彬彬的圣俞,对孙武的兵法能有如此深入的研究,可见确实是不能以貌取人的。宋代王朝重文臣不重武将,又由于当时外患深切,所以不少文臣都注重研究军事,如寇准、范仲淹、韩琦等。欧阳修自己不仅也深入研究《孙子》,并且在以后奉使河东、河北时,对攻守利弊、关隘、补给诸方面也都提出过重要的建议。所以欧阳修写这篇序文不仅仅是徇梅圣俞所托,也是自己对军事学的深入阐述。

欧阳修的这篇文章和其他文章一样老练圆熟。它由一般的《孙子》注本,说到"三家注本",再说到梅圣俞的注本,层层深入地突出了梅注与众不同的主旨。在叙述议论中间又溶进自己的一些观点,达到浑然天成的地步,体现出欧阳修文章的特色。

《苏氏文集》序

国学经典文库

唐宋八大家散文鉴赏

欧阳修卷

【题解】

苏舜钦,是欧阳修的朋友,倡导古文,他死后,皇祐三年(公元 1051 年),欧阳修整理他的遗稿,辑录成册后,写成此序,赞扬他的才华和品格,并对迫害苏舜钦的人作了委婉的指责。文中回顾诗文革新的历程,总结经验教训,极有史料价值。

在本篇中欧阳修分析了苏舜钦抱屈于世的原因,为他"奈何以一酒食之过,使废为民,而流落以死乎!"而鸣不平;为他"生于治世又能文,而竟以才废"而惋惜;更为他"同时得罪者,多复进用,独子美不幸早死"而悲哀。欧阳修在文中更赞赏子美的才华及独立自守,不趋世俗的人格。

欧阳修在文中还特别论述了苏舜钦对当时文风转变的贡献,又以唐太宗为例,提出政治和文章的盛衰并不完全一致这一文艺理论观点主张。

全文感情痛快淋漓,千古如见,读之具有强烈的感人力量。

【原文】

予友苏子美之亡后四年①,始得其平生文章遗稿于太子太傅杜公之家,而集录之以为十卷②。

子美,杜氏婿也,遂以其集归之,而告于公曰:"斯文,金玉也,弃掷埋没粪土,不能消蚀。其见遗于一时③,必有收而宝之于后世者④。虽其埋没而未出,其精气光怪已能常自发见,而物亦不能掩也⑤。故方其摈斥⑥摧挫、流离穷厄之时,文章已自行于天下,虽其怨家仇人,及尝能出力而挤之死者⑦,至其文章,则不能少毁而掩蔽之也。凡人之情,忽近而贵远⑧,子美屈于今世犹若此,其伸于后世宜如何也!公其可无恨⑨。

予尝考前世文章政理之盛衰,而怪唐太宗致治几乎三王之盛,而文章不能革五代之余习⑩。后百有余年,韩、李之徒出,然后元和之文始复于古⑪。唐衰兵乱,又百余年而圣宋兴,天下一定,晏然无事。又几百年,而古文始盛于今⑫。自古治时少而乱时多;幸时治矣,文章或不能纯粹,或迟久而不相及⑬。何其难之若是欤⑭?岂非难得其人欤? 苟一有其人,又幸而及出于治世,世其可不为之贵重而爱惜之欤?嗟吾子美,以一酒食之过,至废为民而流落以死⑮;此其可以叹息流涕,而为当世仁人君子之职位宜与国家乐育贤材者惜也!

子美之齿少于予⑯,而予学古文反在其后。天圣之间,予举进士于有司,见时学者务以言语声偶摘裂⑰,号为时文,以相夸尚⑱。而子美独与其兄才翁及穆参军伯长⑲，作为古歌诗杂文，时人颇共非笑之⑳，而子美不顾也。其后天子患时文之弊，下诏书讽勉学者以近古㉑。由是其风渐息，而学者稍趋于古焉。独子美为于举世不为之时，其始终自守，不牵世俗趋舍，可谓特立之士也㉒。

子美官至大理评事、集贤校理而废，后为湖州长史以卒㉓，享年四十有一。其状貌奇伟，望之昂然而即之温温，久而愈可爱慕㉔。其材虽高，而人亦不甚嫉忌，其击而去之者，意不在子美也㉕。赖天子聪明仁圣，凡当时所指名而排斥，二三大臣而下㉖，欲以子美为根而累之者，皆蒙保全，今并列于荣宠㉗。虽与子美同时饮酒得罪之人，多一时之豪俊，亦被收采，进显于朝廷㉘。而子美独不幸死矣，岂非其命也？悲夫！

庐陵欧阳修序。

【注释】

①子美：即苏舜钦，宋代的古文家，诗文都有成就，欧阳修《六一诗话》，称其"笔力豪俊，以超迈横绝为奇"。

②杜公：指杜衍，苏舜钦岳父，庆历四年任宰相，五年因苏舜钦事罢知兖州，皇祐元年，进位太子太傅。

③见遗于一时：被动句，被一时遗弃。

④宝之：把它当作珍宝。

⑤"虽其埋没"二句：借丰城剑气的典故写苏氏文章虽遭冷遇问，但其文采意气不能尽掩。《晋书·张华传》记载张华见斗牛二星座间常有紫气，问雷焕，雷焕说是丰城宝剑的精光上彻于天。于是张华派雷焕为丰城令，焕到后掘狱屋基，果在地中得龙泉、太阿两宝剑。

⑥摈斥：受排挤。

⑦挤之死者：置之死地。

⑧忽近而贵远：忽视近代的，重视古代的。《汉书·扬雄传赞》："桓谭曰：凡人贱近贵远。"

⑨"子美屈于"句：写子美文必伸于后世。　屈于今世：在当今不得重视。

⑩"而怪"二句：而奇怪的是唐太宗治理天下几乎达到古代尧舜禹三王的盛况，而文章不能革除齐梁等朝代时的浮靡文风及残余习气。　五代：指宋、齐、梁、陈、隋。

⑪韩、李：指韩愈、李翱，提倡古文运动。　元和：唐宪宗(李纯)年号。韩愈、李翱从事文学活动的主要时期。

⑫几百年：将近百年。指宋代开国至天圣以后。宋代古文运动至欧阳修才成为风气，开始兴盛。

⑬迟久而不相反：指好的文章，又出现太晚，赶不上太平盛世。

⑭何其难之若是欤：为什么困难到这样呢？

⑮"以一酒食"二句：却因为一顿酒食的过错被诬陷，以致削职为民，流落外地死去。据《续通鉴长编》卷一五三记载，庆历四年秋，苏舜钦在进奏院供职时，他按时俗，用卖公家废纸钱设宴聚饮，席间王益柔醉作傲歌。御史中丞王拱辰得知后，

让下属鱼周询、刘元瑜劾奏此事,最后,苏舜钦以"监守自盗"罪名,以至削职为民,王益柔等人降职。王拱辰很高兴说:"吾一举网尽矣。"又王圣涂《渑水燕谈录》卷七曰:"苏子美庆历末谪居姑苏,以诗自放。一日观鱼沧浪亭,有诗云:我嗟不及游鱼乐,虚作人间半世人。识者以为不祥,未几果卒,年四十一,士大夫嗟惜之。"

⑯子美之齿少于予:苏子美的年龄比我小。 　　齿:年龄。 少:小,年轻。于:比。

⑰声偶:指讲究平仄、对偶。 　　摘裂:割裂。这是指责"时文"。

⑱以相夸尚:以此互相夸耀。 　　尚:尊崇。

⑲才翁:苏舜元,字才翁,诗风豪迈。 　　参军伯长:穆修,字伯长,郓州(今山东东平)人,宋代古文运动的先驱者,曾任泰州司理参军。

⑳非笑:非难,嘲笑。

㉑"其后天子"二句:指宋仁宗担忧"时文",于天圣十年、明道二年、庆历四年,多次发下诏书,革除文弊,勉励学习古文的传统。 　　近古:似古,仿效古文。

㉒特立:操守自立,不被世俗牵着走。《礼记·儒行》:"其特立独行,有如此者。"

㉓后为湖州长史以卒:苏舜钦被废为民后,曾寓苏州,闲居沧浪亭。两年后任湖州长史,死于任上。

㉔"其状貌"三句:他形体相貌雄伟奇特,望他觉得很高大,接近他却觉得温和,越久越令人爱慕。《论语·子张》:"望之俨然,即之也温。"

㉕"其击而去"句:那些人排斥驱逐他的原因,其目的不在子美一人身上,在于打击范仲淹、杜衍等新政推行者。 　　其:指代词,那些人,指保守派王拱辰等人。击、去:打击、驱逐。

㉖二三大臣:指杜衍、范仲淹、富弼等,他们都被保全下来。

㉗令并列于荣宠:现在全都恢复了荣誉和信任。杜、范、富诸公,他们在皇祐初年即被起用。

㉘进显于朝廷:那些与子美同时饮酒获罪的人,现在都复职任用。指王洙、王益柔、宋敏求等。

【集评】

明茅坤《唐宋八大家文钞》卷四十五:予读此文往往欲流涕,专从悲悯子美为世所摈死上立论。

清刘大櫆《古文辞类纂·诸家集评》:沉着痛快,足为子美舒其愤懑。

【鉴赏】

这是欧阳修为其好友苏舜钦的文集所写的序。"序"是写在书籍或文章前面的文字。其初,"序"也有写在书或文章后面的,如《史记》中的《太史公自序》。后来就都放在书、文之前了。宋王应麟《辞学指南》中说:"序者,序典籍之所以作。""序"中常常要写著书立说的缘起,该书的要旨、体例,介绍写作的经过,作者的传略,以及对某些问题的见解、感想等。起初,"序"一般都是作者自作,后来逐渐出现

国学经典文库

唐宋八大家散文鉴赏

欧阳修卷

请人作序和为别人作序。"序"的体式不一,因人因事而异,有的偏重于记叙,有的偏重于议论,有的偏重于抒情。欧阳修所写的序,大多为记事、议理、抒情兼备的优美散文。

苏舜钦(1008~1048)字子美,原籍梓州铜山(今四川中江县)人,生于开封。宋代著名诗人、散文家。早年即与穆修等人一起提倡古文,反对当时文坛上以"西昆体"为代表的形式主义文风,是北宋诗文革新运动的倡导者之一。曾任蒙城、长垣县令及大理评事、集贤校理等职。主张改革弊政,抗击外来侵略,支持范仲淹的"庆历新政"。遭到保守派的诬陷打击。在任集贤校理时,按旧例用进奏院卖故纸的公钱设宴娱宾客,被御史中丞王拱辰及其属下所弹劾,以"监守自盗"的罪名受到撤职除名的处分。寓居苏州,二年后任湖州长史,不久去世。

本文写于宋仁宗皇祐三年(公元1051年),可分为四段:

第一段叙写《苏氏文集》编辑的情况,高度称颂苏文的价值。作者谈到,在其好友苏舜钦去世四年之后,才从太子太傅杜衍家得到他一生所写的文章遗稿。于是加以整理,编辑成文集十卷。并将编好的文集送还杜家。杜衍是苏舜钦的岳父,官至宰相,致仕后进位太子太傅。《宋史》本传称他"好荐引贤士,而沮止侥幸",与苏舜钦同属以范仲淹为首的改革派。苏舜钦的早逝,给他带来极大悲痛。为了安慰这位老人,欧阳修在归还文集时,对苏舜钦的文章作了高度评价。作者将苏文比作金玉,认为即使抛弃埋没在粪土之中,也不会消磨腐蚀。尽管一时被抛弃,后世一定会被人们当作珍宝收藏起来。作者又用丰城剑气的典故来形容苏文的光辉。《晋书·张华传》载,张华见斗、牛二星间常有紫气,请教于精通天象的雷焕,雷说此为宝剑之精,上彻于天。后果在丰城地下,掘得龙泉、太阿宝剑一双。作者认为,苏文犹如龙泉、太阿宝剑一样,精气光怪已经常常表现发射出来,任何东西也掩盖不住。接着进行逻辑推理,从生前及身后两个方面对苏文加以充分肯定。苏舜钦生前遭受排挤摧残,颠沛流离,处于困境之中,他的文章早已自然风行于天下,即使他的怨家仇人,以及竭力要把他置于死地而后快的人,也不能加以损毁掩盖。按照一般人的情理,大都轻今而重古,苏舜钦生前身居下位,其文尚且如此被人喜爱,可以想见,其身后将会更加受人重视。作者在这一段由于采取了比喻、典故引用、逻辑推理等方法,不仅将苏文的价值充分表现出来,文笔也十分生动形象、富有说服力。

第二段论述文体改革的艰难,在于人才的难得,对苏舜钦被埋没深表痛惜。作者考察了前代文章与政治的兴衰变化,指出唐太宗李世民治理天下,几乎达到夏禹、商汤、周文武三代圣王那样的兴盛局面。可是其文章不能革除宋、齐、梁、陈以及隋代以来浮靡文风的残余习气。后经一百多年,到了唐宪宗元和年间,韩愈、李翱等人出来倡导古文运动,古文传统才得以恢复。唐末五代,社会动乱,浮艳文风又盛行起来。又经过一百多年,大宋王朝建立,国家统一、社会安定,文坛上盛行的却是以"西昆体"为代表的形式主义文风。又经过几乎一百年,正是由于苏舜钦等人倡导诗文革新运动,古文才于今兴盛起来。欧阳修在这里揭示了一个重要社会现象,即文学与政治之间常常出现不相适应的情况。作为观念形态的文学,归根到底是政治经济的反映,但文学自身有其独立的发展规律。政治的升平,经济的繁荣,并不一定马上带来文学的兴隆。作者指出文学与政治之间不相适应的情况,旨在说明文体改革的艰难。认为自古以来，治时少而乱时多，幸而出现治时，文章不是不能精粹，就是长久赶不上时代步伐。文体变革所以如此艰难，就在于振兴文风的人才难得。如果一旦产生这样的人才，且有幸出现于治世，社会上就应该重视他、爱惜他。接着作者指出，他的好友苏舜钦正是这样的人才，却因一顿酒食的小小过错遭受打击，以至削职为民，流落外地而死。这不仅使自己痛心流泪，也为那些担当要职应该为国家培育人才的仁

人君子们感到痛惜。在这一段，作者将苏舜钦置于文体变革的历史长河中，旨在说明苏舜钦的遭受打击，不仅是他本人的不幸，而且是时代的不幸，国家的不幸。为其感到痛惜的不应只是他的好友，也应是一切有正义感的人士。这样表达，不仅突现了苏舜钦的形象，也使作者所表达的感情更加浓烈感人。

第三段论述苏舜钦在北宋诗文革新运动中的重大贡献，颂扬他不媚时俗的大无畏精神。作者首先指出，苏舜钦年龄比自己小，学习古文反在自己之前。欧阳修被公认为北宋诗文革新运动的领导者，苏舜钦倡导古文还在他的前面，这就表明苏舜钦是当时诗文革新运动的一位先驱者。接着对宋初文坛浮艳文风进行了揭示。作者回忆道，宋仁宗天圣年间，他在礼部参加进士考试，发现当时学做文章的人专门追求声律对偶，摘取割裂古人文句，称为"时文"，并以此互相夸耀。这里所谈到的文风，是由杨亿、刘筠等当时一些御用文人煽起来的，他们噪聚馆阁，更迭唱和，编辑《西昆酬唱集》。所写的文章，骈四俪六，雕章琢句，浮艳空泛，号称"昆体"，风靡文坛达数十年之久。针对"西昆体"的风行，苏舜钦与其兄苏舜元（字才翁）以及穆修（字伯长，参军是其官职）等人一起创作古体诗歌及杂文，即使遭受时人的非难和讥笑也在所不顾。后来宋仁宗赵祯也担忧"时文"的不良影响，曾几次颁布诏书，劝导勉励学者用心于古文。正是由于苏舜钦等人的倡导，加上最高统治者的劝勉，

浮靡文风才逐渐消失,学者才逐渐趋向古文。这是对苏舜钦在诗文革新运动中的作为及其成就的充分肯定。最后指出,苏舜钦"为于举世不为之时",并且始终坚持自己的主张,不被世俗所左右,可以称得起是一位具有独立见解的非凡之人。对苏舜钦在诗文革新中的开创作用及其不媚世俗的大无畏精神进行了高度颂扬。在这一段里,作者采用了正反烘衬的手法。以自身年龄比苏大,学习古文反在其后,从正面烘衬苏舜钦对诗文革新的开创作用;以时俗的非议讥笑,从反面烘衬苏舜钦的大无畏精神,从而更加突现了苏舜钦的形象。

第四段揭示苏舜钦遭受打击的真正原因,对其不幸遭遇深抱不平。作者首先对苏舜钦的生平加以概述。接着对其相貌为人做了介绍。苏舜钦相貌雄奇魁伟,乍看显得高傲,接近却又和蔼可亲。相处越久,越觉得可爱。这样的人,才能虽高,也不会被人嫉妒忌恨,但却遭受到诬陷打击,原因何在?"其击而去之者,意不在子美也。"事实确实如此。据《续通鉴长编》卷一百五十三载:"庆历四年十一月甲子,监进奏院右班殿直刘巽、大理评事集贤校理苏舜钦并除名勒停。……先是杜衍、范仲淹、富弼等同执政,多引用一时闻人,欲更张庶事。御史中丞王拱辰等不便其所为,而舜钦,仲淹所荐,其妻又衍女也。少年能文章议论,稍侵权贵。会进奏院祠神,舜钦循前例用鬻故纸公钱,召妓女开席会宾客。拱辰廉得之,讽其属鱼周询、刘元瑜等劾奏,因欲动摇衍。事下开封府治,于是舜钦及巽俱坐自盗……同时斥逐者,多知名士,世以为过薄,而拱辰等方自喜曰:'吾一举纲尽矣'。"由此看来苏舜钦遭受打击,是当时官场改革派与保守派激烈斗争的表现,是"庆历新政"遭受失败的结果。可是后来,受苏舜钦事件株连而被指名排斥的人,从范仲淹、杜衍、富弼以下,都被保全下来,恢复了荣誉和信任。就是那些与苏舜钦同时饮酒获罪的人,大都是一时杰出人才,也被录用,在朝廷担任要职。只有苏舜钦身遭不幸而去世,确实令人悲伤。这里作者又采用了对比烘衬的手法。首先以苏的品格为人,反衬其不幸遭遇,品格如此高尚,为人如此和蔼可亲,却受到诬陷打击,不能不叫人为其抱不平。接着以范、杜、富等人与其对比,苏舜钦本来是范、杜、富等人的替"罪"者,这些人后来都恢复了荣誉,受到恩宠,只有苏舜钦抑郁而死,这就更令人为其不平。作者虽然将苏的不幸归之于命运,但其不平之情溢于言表。

在这篇序文中,欧阳修将其好友苏舜钦放在北宋王朝激烈的政治斗争及当时文坛所开展的诗文革新运动之中进行评述。对其文章作了高度评价,对其对诗文革新的贡献做了充分肯定,对其遭受打击、抑郁而死的不幸遭遇表示了深切同情。由于采用了比喻、对比、烘衬等多种手法,不仅突现了苏舜钦的形象,作者所表达的观点也十分鲜明。文中还将叙事、议理、抒情有机地结合起来,叙事文笔省净,议理犀利酣畅,抒情真挚动人。读后不仅使人对苏舜钦的历史地位及其文章的价值有所认识,而且对北宋王朝的政治斗争、当时文坛所开展的诗文革新运动也有所了解,对作者悼念亡友的真挚感情也有所感受。

《梅圣俞诗集》序

国学经典文库

唐宋八大家散文鉴赏

欧阳修卷

【题解】

梅圣俞,名尧臣,宣州宣城(今安徽宣城)人,世称宛陵先生。博学工诗,不遇而卒。欧阳修的好友。梅死后,欧阳修将他的诗编为《梅圣俞诗集》,成十五卷,并在嘉祐六年(公元 1061 年)又改写了这篇序言。

在序中,欧阳修对梅尧臣穷困的一生表示深切的同情和不平,王文康公竟叹二百年来所未有,以此对他的诗给予很高的评价。

欧阳修在本篇中提出"穷而后工"的创作观,认为诗人"内有忧思感愤之郁积,其兴于怨刺",而后才能写出好诗来。见解精辟,千古难易之论,对后代诗人的创作很有影响。

此篇为欧阳修最得意文字。切人切事,中复有波澜,议论高超。文章开头以议论入手,提出"穷而后工"的论断,借以引起下文;中间悲其"穷",言其"工",一往情深;而后结出作序缘由,全文不拘一格,有叙有议,蕴藏着深厚的感情。

【原文】

予闻世谓诗人少达而多穷①。夫岂然哉②?盖世所传诗者,多出于古穷人之辞也。凡士之蕴其所有③,而不得施于世者,多喜自放于山巅水涯之外④,见虫鱼草木⑤、风云鸟兽之状类,往往探其奇怪;内有忧思感愤之郁积,其兴于怨刺⑥,以道羁臣寡妇之所叹⑦,而写人情之难言;盖愈穷则愈工⑧。然则非诗之能穷人,殆穷者而后工也⑨。

予友梅圣俞,少以荫补为吏⑩,累举进士⑪,辄抑于有司⑫,困于州县⑬,凡十余年。年今五十⑭,犹从辟书,为人之佐⑮,郁其所蓄,不得奋见于事业⑯。其家宛陵⑰,幼习于诗。自为童子,出语已惊其长老。既长,学乎六经仁义之说。其为文章,简古纯粹,不求苟说于世⑱,世之人徒知其诗而已。然时无贤愚,语诗者必求之圣俞;圣俞亦自以其不得志者,乐于诗而发之;故其平生所作,于诗尤多。世既知之矣,而未有荐于上者⑲。昔王文康公⑳尝见而叹曰:"二百年无此作矣㉑!"虽知之深,亦不果荐也。若使其幸得用于朝廷,作为雅颂㉒,以歌咏大宋之功德,荐之清庙㉓,而追商、周、鲁颂之作者㉔,岂不伟欤?奈何使其老不得志而为穷者之诗,乃徒发于虫鱼物类、羁愁感叹之言?世徒喜其工㉕,不知其穷之久而将老也,可不惜哉!

圣俞诗既多,不自收拾。其妻之兄子谢景初㉖,惧其多而易失也,取其自洛阳至于吴兴以来所作㉗,次为十卷㉘。予尝嗜圣俞诗㉙,而患不能尽得之;遽喜谢氏之能类次也㉚,辄序而藏之㉛。

其后十五年㉜,圣俞以疾卒于京师㉝。余既哭而铭之㉞,因索于其家,得其遗稿千余篇,并旧所藏,掇其尤者六百七十七篇㉟,为一十五卷。呜呼!吾于圣俞诗论之详矣㊱,故不复云。庐陵欧阳修序。

【注释】

①达:显达。　　穷:穷困,不得志。

②夫岂然哉:难道是这样吗?　　然:这样。

③蕴其所有:蕴藏着知识学问,理想抱负。

④"多喜"句:常常喜欢漫游山水以自遣。

⑤虫鱼草木:《论语·阳货》:"小子何莫学夫诗,诗可以兴,可以观,可以群,可以怨,迩之事父,远之事君,多识于鸟兽草木之名。"

⑥兴于怨刺:产生怨恨、讽刺的情绪,作为诗歌。《汉书·礼乐制》:"周道始缺,怨刺之诗起。"

⑦羁臣寡妇:指忧思孤独。　　羁臣:被贬谪的官吏。

⑧愈穷则愈工:诗人越是穷困不得志,创作出来的作品就越有成就。

⑨"然则"句:既然这样,那么就不是诗能使诗人穷困,大概是诗人穷困后才能写出高明的作品。　　然则:固定词组,可译为"既然这样,那么……"。　　殆:大概。

⑩荫补为吏:凭祖先的功勋而封官。梅尧臣荫袭他叔父梅询的官位,任为河南主簿。

⑪累举进士:多次参加进士考试。

⑫辄抑于有司:常常被主考官所压制。　　辄:每每,常常。

⑬困于州县:只能在州县做小官。

⑭今:有"即将""快乐"的意思。

⑮犹从辟书,为人之佐:他接受了聘书,为人僚属。　　辟书:聘请书。庆历八年(公元1048年),梅尧臣应晏殊的招聘,赴任陈州镇安军节度判官。　　佐:辅佐,指僚属。

⑯郁其所蓄:压抑着自己的学识、本领。

⑰宛陵:今安徽宣城。

⑱不求苟说于世:不求以苟且迎合来换取世人的欢心。　　说:同"悦",高兴。

⑲荐于上:向朝廷皇帝推荐。　　上:皇帝。

⑳王文康公:王曙,字晦叔,文康是他的谥号,宋仁宗时的宰相。

㉑"二百年"句:宋代《独醒杂志》卷一记载,王曙曾对梅圣俞说:"子之诗有晋宋遗风,自杜子美没后二百余年不见此作。"

㉒雅颂:指像《雅》《颂》一类的作品。《诗经》分为《风》《雅》《颂》三部分。其

中《雅》《颂》为当时有关王政和颂功德的作品。

㉓荐之清庙:把它们奉献给祖先。　荐:奉献。　清庙:宗庙。

㉔而追商、周、鲁颂之作:比得上《商颂》《周颂》《鲁颂》的作品。　追:比得上,赶上。

㉕世徒喜其工:世人只是喜欢他的诗篇的技巧。　徒:只,只是。　工:指诗篇写作技巧。

㉖谢景初:为谢绛之子,与梅尧臣是连襟。

㉗吴兴:在今浙江湖州,梅尧臣曾居留此地。

㉘次为十卷:编成十卷。　次:编。

㉙嗜:特别爱好。

㉚遽:遂,立刻。　类次:分类编排。

㉛辄序而藏之:就为它写了这篇序,把它珍藏起来。

㉜其后十五年:宋仁宗嘉祐五年(公元 1060 年)。

㉝卒:死。《礼记·曲礼》:"大夫死曰卒。"

㉞余既哭而铭之:我痛哭之后为他写一篇墓志铭。欧阳修有《梅圣俞墓志铭》。

㉟掇:采取,选择。　其尤者:其中最优秀的。

㊱吾于圣俞诗论之详矣:欧阳修在《梅圣俞稿后》及《六一诗话》等作品中,都论述过梅尧臣诗歌的成就。

【集评】

明茅坤《唐宋八大家文钞》卷四十五:绝佳。

清吴楚材、吴调侯《古文观止》卷十:"穷而后工"四字,是欧公独创之言,实千古不易之论。通篇写来,低昂顿挫,一往情深。"若使其幸得用于朝廷"一段,尤突兀争奇。

【鉴赏】

本篇是欧阳修于嘉祐六年(公元 1061 年)为已去世一年的北宋诗人梅尧臣(字圣俞)诗集而写的序言。梅尧臣是欧阳修志同道合的莫逆之交,也是北宋诗文革新运动的积极参与者。梅尧臣在文坛上享有盛誉而在诗歌创作上成就尤大,南宋刘克庄在《后村诗话》中推之为宋诗的"开山祖师",欧阳修对他更十分推崇(可参见《书梅圣俞稿后》)。然而,梅尧臣在仕途上却很不得志,最后郁郁成疾而死。欧阳修在这篇序言中高度评述了梅尧臣的诗歌才能和创作成就,表达了对友人的无比倾慕及对友人贫困处境的深切同情。

序文开篇并没有先提及梅尧臣,而是论述诗歌创作与生活的关系。世上一般人认为,诗人极少是得志的达官贵人,而多是穷困潦倒不得志的人。作者针对这种看法指出,这种情况产生的缘由是因为传世的佳诗大多是古代穷困不得志的人的作品。这些人空有才学和政治抱负而不得施展,于是他们只能寄情于山水、虫鱼、

草木、风云、鸟兽倾诉自己怀才不遇或被贬谪的忧情。事情往往是这样，一个人在困厄中对社会便会有更深刻的认识，他的怨愤之情也必然充沛。"诗以言情"，没有真情便没有诗，这种情愈深，在创作上取得的成就也就会愈大。所以，作者指出，"非诗之能穷人，殆穷者而后工也"，就是并不是诗能够使人穷困，而是由于穷困潦倒不得志才能写出好诗。欧阳修的这一见解在《薛简肃公文集序》中也提到过："至于失志之人，穷居隐约，苦心危虑，而极于精思，与其所感激发愤，唯无所施于世者，皆一寓于文辞。故曰，穷者之言易工也。""诗穷而后工"可谓是欧阳修总结的诗歌创作的规律。这个规律不仅适用于诗歌，也适用于其他文学创作。它是对司马迁说的"孔子厄而作《春秋》；屈原放逐，乃赋《离骚》；左丘失明，厥有《国语》；孙子膑脚，兵法修列。"这一客观现象的理论总结，也是对韩愈在《荆潭唱和诗序》中的"欢愉之辞难工，而穷苦之辞易好"的概括与引申。这一理论的阐述对我们了解古代诗词为何多愁怨之情以及封建社会的腐朽实质都有一定的积极意义。

　　第二段作者叙述了梅尧臣一生的不幸遭遇，以及他在文学创作方面的才华和成就，并表现了对他处境的同情和期望。梅尧臣年轻时凭借先辈的功名只做了一个小官。虽后来屡次应进士考试，但总是被主考官所压抑，所以只能长期屈居州县小吏。如今他虽年已近五十，但还只能接受地方官的聘书，当人家的幕僚，满腹才学不能在事业上发挥，只能抑郁在心中。梅尧臣幼年时就学习写诗，当时他的诗就已使成年人惊叹不已。成年后他写出的文章简练、古朴、纯正、精当，从不苟且随和讨取世俗的欢悦。但当时的人只知他的诗写得好，所以只要谈到诗，必定向他请教。他

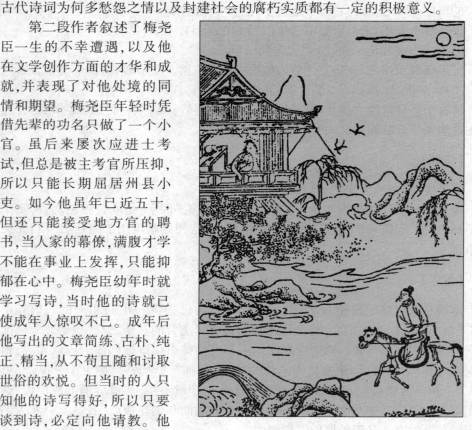

自己也经常把不得志的感情用诗抒发出来，所以他的诗写得尤其多。当时的人虽然了解他，但却没人向朝廷推荐他，特别是王文康公虽曾称赞他的诗为"二百年无此作矣"，但始终也没有推荐过他。叙述至此，我们看到，作者把叙事、抒情融为一体，使对梅圣俞不幸遭遇、贫困处境的同情和对其文学才能、创作成就的赏赞，郁跃

然纸上了。另外,这些叙述又紧紧扣住了第一段的议论。梅圣俞的不幸遭遇点出"穷","圣俞亦自以其不得志者,乐于诗而发之"并取得成就又说明"诗穷而后工"。这样,第一段中看似与本序无甚关系的议论,此时已与梅圣俞的生平和诗歌创作紧紧扣在一起了。作者就是这样匠心独运、巧夺天工,把文章结构安排得奇特而又天衣无缝。接着,作者又通过对梅尧臣前途的设想和期望,进一步抒发自己的感慨。欧阳修设想,如果梅尧臣能得到朝廷的重用,做些《雅》《颂》一类的诗,为大宋王朝歌功颂德那该是多么扬眉吐气的伟大事业呀!为什么他到老也不能得志而只能写些穷困潦倒者的诗,去借虫、鱼一类的东西抒发羁旅愁苦的感叹。世人只知喜欢他诗作的技巧,岂不知人生短暂,他在长期穷困潦倒中就要衰老了,这不是很痛惜的事吗?行文真是抑昂顿挫,一往情深,充分体现出作者对梅尧臣的同情和惋惜。这里我们也应该看到,《诗经》中的雅、颂其实并无多少价值,它只是在封建社会中被认为是诗歌的最高典范。欧阳修期望梅尧臣能写雅、颂,做一个为大宋朝廷歌功颂德的御用文人,则反映了他时代和阶级的局限,是不可取的。

　　第三段作者叙述了收藏梅尧臣诗作并为之写此序的经过。第四段是上文写完十五年,梅尧臣死后的补写。作者叙述自己悲痛地为梅尧臣写了墓志铭并进一步收集整理了他的诗稿,说明自己在其他诗论中已详细地论述了梅诗的成就,此序中就不再重复了。欧阳修对梅诗的评述可参见《书梅圣俞稿后》及《六一诗话》。

　　这篇序文以"诗穷而后工"为主线,先论"诗穷而后工",次写梅圣俞之"诗穷而后工",最后提出序意作结,将议论、叙事、抒情巧妙地糅为一体,具有极强的说服力和艺术感染力。本序语言平易清新、简洁流畅、跌宕多姿,体现了欧阳修散文的主要特色。

《集古录》目序

【题解】

《集古录》是我国现存的研究金石文字的最早著作,今存十卷,有作者欧阳修四百余篇跋文,而本篇是嘉祐七年(公元 1062 年)写的一篇总序。它是了解历史,研究历史发展的重要文物。据《四库全书总目提要》:"(欧阳)修始采摭佚遗,积至千卷,撮其大要,各为之说。"又据欧阳修写给书法家蔡君谟的信所说"十有八年,而得千卷。"在本篇也说:"上自周穆王以来,下更秦、汉、隋、唐、五代,外至四海九州、名山大泽、穷崖绝谷、荒林破冢、神仙鬼物,诡怪所传,莫不皆有,以为《集古录》。"综上所述可见其"勤至矣,然亦可谓富哉。"欧阳修在这篇序言中,肯定了古代文物的价值远远超过犀像珠玉,并表现作者对其执着的爱好"是我所好,玩而老焉可也"。全文表现了作者对古文物的爱好,肯定金石文字的价值,并回顾《集古录》成书经过。

在结构上以"好"字、"聚"字贯穿全篇,通过对比反复论证,极为严谨。全文风格苍劲,王安石读后称曰:"读之可以辟疟鬼。"

【原文】

物常聚于所好,而常得于有力之强①。有力而不好,好之而无力,虽近且易,有不能致之。

象、犀、虎、豹,蛮夷山海杀人之兽,然其齿角皮革,可聚而有也②。玉出昆仑,流沙万里之外,经十余译乃至乎中国③。珠出南海,常生深渊,采者腰绠而入水④,形色非人,往往不出,则下饱蛟鱼⑤。金矿于山,凿深而穴远,篝火馈粮而后进⑥,其崖崩窟塞,则遂葬于其中者,率常数十百人。其远且难而又多死祸,常如此。然而金、玉、珠玑,世常兼聚而有也。凡物,好之而有力,则无不至也⑦。

汤盘,孔鼎⑧,岐阳之鼓⑨,岱山、邹峄、会稽之刻石⑩,与夫汉、魏已来圣君贤士桓碑、彝器⑪、铭、诗、序、记,下至古文、籀、篆、分、隶诸家之字书⑫,皆三代以来至宝⑬,怪奇伟丽、工妙可喜之物。其去人不远,其取之无祸。然而风霜兵火,湮沦磨灭,散弃于山崖墟莽之间未尝收拾者⑭,由世之好者少也。幸而有好之者,又其力或不足,故仅得其一二,而不能使其聚也。

夫力莫如好,好莫如一⑮。予性颛而嗜古,凡世人之所贪者皆无欲于其间,故得一其所好于斯⑯。好之已笃⑰,则力虽未足,犹能致之。故上自周穆王以来⑱,下更秦、汉、隋、唐、五代,外至四海九州、名山大泽、穷崖绝谷、荒林破冢、神仙鬼物,诡怪所传,莫不皆有,以为《集古录》[19]。以谓传写失真,故因其石本轴而藏之[20],有卷帙次第而无时世之先后[21]。盖其取多而未已,故随其所得而录之[22]。又以谓聚多而终必散,乃撮其大要,别为录目,因并载夫可与史传正其阙谬者[23],以传后学,庶益于多闻[24]。

或讥予曰:物多则其势难聚,聚久而无不散,何必区区于是哉[25]?予对曰:足吾所好,玩而老焉可也。象、犀、金、玉之聚,其能果不散乎?予固未能以此而易彼也[26]。

庐陵欧阳修序。

【注释】

①"物常聚"二句:一切古代文物常常聚集在爱好者的手里,要得到它常常靠能力和强烈地追求。　　好:喜爱,爱好。　　力:力量,包括能力、势力、财力。

②蛮夷:古代对南方、东方少数民族的称呼,此指偏远荒僻地区。　　齿犀皮革:指象牙、犀角及虎豹的皮革。

③昆仑:即昆仑山,以出玉著名。《尚书·胤征》:"火炎昆冈,玉石俱焚。"流沙:沙漠。　　十余译:十多处语言不同地区。　　中国:中原。

④南海:南海产珠。《初学记》引沈怀远《南越志》:"海中有大珠,明月珠,水晶珠。"　　采者腰组而入水:采珠的人腰系大绳入水寻找。　　组:粗绳。

⑤饱蛟鱼:使蛟鱼饱,指采珠的人被蛟鱼吃掉。　　蛟鱼:指鲨鱼,能吃人。

⑥篝火餱粮而后进:淘金的人拿着火把,带着干粮进洞采金。　　餱:干粮。

⑦凡物,好之而有力,则无不至也:一切珍奇之物只要喜爱它而且有能力,就没有不到手的。

⑧汤盘:相传为商汤沐浴之盘,上刻铭文。《史记·正义》:"汤沐浴之盘而刻铭为戒。"又《礼记·大学》:"汤之《盘铭》曰:'苟日新,日日新,又日新。'"孔鼎:相传为孔子先世正考父之鼎,上亦有铭文。《左传》其鼎铭云:"一命而偻,再命而伛,三命而俯,循墙而走,亦莫予敢侮。"李商隐《韩碑》诗:"汤盘孔鼎有述作,今无其器存其词。"

⑨岐阳之鼓:唐初在陕西凤翔发现的石鼓,共十枚,刻有长篇文字(籀文),为我国最早的石刻文字。

⑩岱山:即泰山。秦始皇巡游泰山、邹峄山、会稽时,都于其上刻石碑记功。

⑪桓碑:大石碑。　　彝器:祭祀用的礼器。

⑫古文:指秦以前文字。　　籀:籀书,即大篆。　　篆:篆书,即小篆。分:八分书。　　隶:即隶书。　　字书:指字帖。

⑬三代:指夏、商、周。　　至宝:最珍贵的宝物。

⑭兵火:指战火,战争。　　湮沦:埋没丧失。　　墟莽:废墟草丛。

⑮夫力莫如好,好莫如一:能力不如爱好,爱好不如专一。　　一:专一。

⑯颛:同"专"。　　　所贪者:金、银、珠、玉等物。　　斯:那些,指古代文物。

⑰笃:真诚,一心一意。

⑱周穆王:西周第五代帝王。欧阳修在跋文中说:"盖余集录后得此铭,当作《录目序》时,但有《伯囧铭》'吉日癸巳'字最远,故叙言'自周穆王以来'。叙已刻石,始得斯铭,乃武王时器也。"

⑲《集古录》:其著录最早的拓本为《毛伯敦铭》,传说是周武王时的彝器。经欧阳收集编辑而成的《集古录》,今存十卷,有作者四百余篇跋文,对历代史实做了大量的考证。

⑳故因其石本轴而藏之:就把它们的拓本做成卷轴藏起来。　　　石本:即拓本,用薄纸覆在金石碑刻等器物上,经过拍打,使之凹凸分明,然后着墨,在纸上显出文字、图像。

㉑有卷帙次第而无时世之先后:编有卷轴号码却没有按时代先后编次。帙:包书的套子。

㉒"盖其"二句:因为还要不断收集,所以没有按时代编排。　　　已:停止。

㉓阙谬:缺漏失误的。　　　阙:同"缺",缺漏。

㉔庶益于多闻:大概对扩大见闻有好处吧。　　　多闻:《论语·为政》:"多闻阙疑,多见阙殆。"

㉕何必区区于是哉:为什么专心于这些东西呢?

㉖以此而易彼:把这种爱好换为那种爱好。　　　此:这种,指聚集古代文物。彼:那种,指聚集象牙、犀角、金玉等物。

【集评】

明茅坤《唐宋八大家文钞》卷四十七:欧公之好言如此,近览王廷尉古书画题跋亦煞有欧阳公风致,然亦以有力而强,故能如此耳。

清林云铭《古文析义》二编:把一个好字,一个聚字,缭绕盘旋到底,如走盘之珠,圆转不穷。

【鉴赏】

《集古录》是欧阳修所收集的古代金石文字(青铜器和碑石上铭刻的文字)专集。是现存最早的研究金石的著作。作者在《与蔡君漠求书集古录序书》中谈道:"盖自庆历乙酉逮嘉祐壬寅(1045～1062),十有八年,而得千卷。"今存十卷本,收有作者四百多篇跋文。本文是一篇总序,作于宋仁宗嘉祐七年(公元1062年)。文中肯定了金石文物的价值,介绍了《集古录》的编辑情况,表现了作者不同流俗的志趣和学术研究的执着精神。可分为前后两部分。

第一部分揭示爱好和能力是收聚物品的前提条件,并以象犀珠玉与金石文物对比,从正反两面加以说明。文章一开始,就明确提出,收聚物品,需要两个前提条件:一是爱好,二是能力。有了爱好和足够的能力,物品即会得聚。有能力而无爱好,或有爱好而无能力,物品即使近在身边、且易到手,也不能得聚。作者分别以象犀珠玉与金石文物作例证,对上述观点进行说明。首先指出,象犀虎豹虽是边疆地区深山大海中的吃人野兽,然而象牙、犀角、虎豹的皮革可以被人们收聚占有。美玉产在昆仑山,从万里沙漠以外,途经十多个不同语言的国家,才运到中国。珍珠产在南海,常生在深水底下,采珠人腰系大绳入水寻求,形貌弄得不成人样,往往有进无出,被水下沙鲨吞食。黄金从深山里开采,要挖很深的洞穴。人们举着火把,带着干粮进洞开采,山崖崩塌、洞穴堵塞,就被埋在里面,一埋常常数十人以至上百人。采集金、玉、珍珠,路途远,困难大,且多伤亡。情况虽然经常如此,但它们常被世人统统收聚起来加以占有。这就充分印证了作者的观点:大凡物品,爱好它并有能力,便会无所不至。接着指出,商汤时的铭盘,孔子先世的铜鼎,岐山的石鼓,泰山、邹峄、会稽的石刻,与汉魏以来杰出帝王、人士的大石碑、祭器、铭文、诗歌、序跋、碑记,以至蝌蚪文、籀文、篆文、八分书、隶书等各家字

帖,都是夏、商、周以来最宝贵的文物,是怪奇伟丽,精工巧妙的可爱物品。它们离开人们不远,收集也无危险,却被埋没磨损于风霜兵火之下,散弃于山崖、废墟、草丛之中,不曾被人收集。这是由于世上爱好的人少,幸而有了爱好者,又因能力或许不够,只能得到其中一两件,不能使它们全部聚集起来。这就又一次对作者的观点作了印证。无可辩驳的事实,从正反两方面证明,收聚物品需要爱好和能力。作者正是具备了这样的条件,才从事《集古录》的编辑工作的。这样,文章就十分自然地过渡到第二部分对《集古录》的介绍。

第二部分阐述作者不同流俗的志趣爱好,介绍《集古录》的编辑情况。为阐明自己的志趣爱好,作者首先对物品收聚的两个前提条件加以比较,认为能力不如爱好,爱好不如专一。接着阐述自己志趣爱好的与众不同,认为自己生性愚笨而好古,凡是世人所贪图的东西,自己都不感兴趣,所以能够专心一意地爱好金石文物。爱好到了极点,即使能力不够,也能得到它,从而编成《集古录》专集。接着对《集

古录》的编辑情况加以介绍。《集古录》所收集的金石文物,从时代上讲,上自周穆王,下经秦、汉、隋、唐、五代。从地域上讲,外至四海九州、名山大湖、悬崖深谷、荒林古坟,包括传说中的神仙鬼怪用品,以及来历奇特的物件,无所不有。从编辑方法上讲,作者认为传抄容易失真,便将文物的拓本制作成卷轴加以收藏。卷轴按得到先后编排,而无时代顺序。这是因为东西多,收集工作还未完成,所以暂按得到先后进行编排。作者又考虑到,东西收集多了,终必散失,于是选取其中重要的,分条写成目录。因与史传同时记载,所以可以纠正它们的缺漏失误。把它传给后世学习的人,也许对扩大见闻有好处。作者致力于金石文物的收集,却受到世人的非议,说什么东西多势必难以收存,收存时间久了无不散失,何必把精力投放在这上面?作者反驳说,满足自己的爱好,赏玩它们到老,就可以了。收聚象牙、犀角、黄金、美玉这些东西,果真就不散失吗?自己本来就不能用个人这种志趣去换取世人那种爱好。通过对世人非议的反驳,进一步表现了作者志趣爱好上的反流俗精神。

这篇序言在写作方法上颇具特色。

结构严谨,逻辑严密。文章一开始,作者就明确提出自己的观点,即收聚物品需要爱好和能力。接着分别以象犀珠玉和金石文物为例,从正反两方面对自己的观点进行阐述印证。文章前半部对世人的爱好与否进行揭示,意在反衬后半部所阐发的作者在志趣爱好上的反流俗精神。而《集古录》的编辑正是这精神的体现,文章也就自然过渡到对《集古录》的介绍。既然编辑《集古录》体现了反流俗精神,必然受到世人的非议。文章结尾对非议者的反驳,不仅进一步表现了作者志趣爱好的与众不同,而且回应了前面像犀珠玉与金石文物之比,从而将前后两部分很好地结合起来。全文围绕爱好和聚散反复论述,一环紧扣一环,结构十分严谨,逻辑也很严密。正如林西仲所评论的:"把一个好字,一个聚字,缭绕盘旋到底,如走盘之珠,圆转不穷。"

两相对比,相得益彰。文中既有物与物之比,以象犀珠玉比金石文物;又有人与人之比,以世人比作者自己。象犀珠玉被公认为世界上最贵重的物品,文中却说,金石文物胜过象犀珠玉。这就充分显示出金石文物价值的可贵。对于像犀珠玉,世人拼命贪求,作者无欲其间;对于金石文物,世人任其散弃,作者专心收聚。这就充分表现出作者志趣爱好上的反流俗精神。正是由于物与物相比、人与人对照,相得益彰,相映成趣,从而使文章的主题思想表达得十分鲜明。

语言古朴,风格苍劲。文中不论是对采集金玉玑珠所遇艰险情况的描述,还是对历代金石文物的列举,或是对《集古录》编辑情况的介绍,全都不厌其烦,如实写来。但求其实,不求其华,既无骈辞俪语,更无比喻夸饰,语言十分古朴,风格也很苍劲。欧文向以风神姿媚取胜,此文却充满苍古之气,因其为金石文物专集《集古录》的序言,两者在风格上必须相称。

记旧本韩文后①

【题解】

这是一篇书跋。本文当作于嘉祐末年。本篇以一部珍藏多年的韩愈文集的由来始末为线索,记述了自己学习韩文提倡韩文再到倡导古文运动的经过,总结自己学习古文的经验体会,是研究北宋诗文革新运动和作者创作道路的珍贵资料。文中极力推崇"韩氏之文之道",称它是"万世所共尊,天下所共传而有也。"表现了作者欧阳修在学问上持之以恒,不顾世俗好恶,不急名誉,不干势利,"其志先定"而后学成的奋斗精神;文中又写宋初骈俪文盛行,古文不受重视,韩愈的文章也因无人提倡而湮没。"不见者二百年,而后大施于今"这样的变化过程,说明一个作家的作品,只要"道胜"思想内容价值高,就不会被磨灭,相反会受到万世的喜爱,而且"其久而愈明"这样一个道理。这些思想观点与《答吴充秀才书》《与乐秀才书》等文所说的"道胜者文不难而自至""其充于中者足,而后发乎外者大以光"的主张是完全一致的。

全文语言平易朴实,字里行间流露出对旧本韩文的珍爱之情。

【原文】

予少家汉东②。汉东僻陋,无学者;吾家又贫,无藏书。州南有大姓李氏者,其子尧辅颇好学,予为儿童时多游其家③。见有弊筐贮故书在壁间④,发而视之,得唐《昌黎先生文集》六卷,脱落颠倒无次序⑤。因乞李氏以归⑥。读之,见其言深厚而雄博。然予犹少,未能悉究其义,徒见其浩然无涯若可爱⑦。

是时,天下学者杨、刘之作,号为时文⑧,能者取科第、擅名声,以夸荣当世⑨;未尝有道韩文者。予亦方举进士,以礼部诗赋为事⑩。年十有七,试于州,为有司所黜⑪。因取所藏韩氏之文复阅之,则喟然叹曰⑫:"学者当至于是而止尔⑬!"因怪时人之不道,而顾己亦未暇学,徒时时独念于予心⑭:以谓方从进士干禄以养亲⑮;苟得禄矣,当尽力于斯文,以偿其素志⑯。

后七年,举进士及第,官于洛阳,而尹师鲁之徒皆在,遂相与作为古文⑰。因出所藏《昌黎集》而补缀之⑱,求人家所有旧本而校定之。其后天下学者亦渐趋于古⑲,而韩文遂行于世。至于今,盖三十余年矣,学者非韩不学也,可谓盛矣。

呜呼!道固有行于远而止于近,有忽于往而贵于今者⑳。非惟世俗好恶之使然,亦其理有当然者㉑。而孔、孟惶惶于一时,而师法于千万世㉒。韩氏之文,没而不见者二百年㉓，而后大施于今。此又非特好恶之所上下㉔；盖其久而愈明，不可磨灭，虽蔽于暂而终耀于无穷者，其道当然也。

予之始得于韩也，当其沉没弃废之时。予固知其不足以追时好而取势利㉕；于是就而学之，则予之所为者，岂所以急名誉而干势利之用哉㉖？亦志乎久而已矣。故予之仕，于进不为喜、退不为惧者㉗，盖其志先定而所学者宜然也㉘。

集本出于蜀㉙，文字刻画颇精于今世俗本，而脱谬尤多㉚。凡三十年间，闻人有善本者㉛，必求而改正之。其最后卷帙不足，今不复补者，重增其故也㉜。予家藏书万卷，独《昌黎先生集》为旧物也。呜呼！韩氏之文之道，万世所共尊，天下所共传而有也㉝。予于此本，特以其旧物而尤惜之㉞。

【注释】

①记旧本韩文后：写在旧本韩愈文集之后，即通常所谓"跋"。

②家：名动，家住在。　　汉东：汉水以东，指随州。欧阳修四岁丧父，叔父欧阳晔任随州推官，因而欧阳修就全家迁到随州。

③大姓：有地位的家族。

④弊筐：破筐。　　故书：古旧书。

⑤《昌黎先生文集》：即韩愈文集。韩愈自称河北昌黎人。后人就以籍贯称他为韩昌黎。《宋史·欧阳修传》："修游随，得唐韩愈遗稿于废书籁中，读而心慕焉，苦志探颐，至忘寝食。"

⑥因乞李氏以归：于是就求李家给我，拿回家中。　　因：于是。

⑦徒见其浩然无涯若可爱：只是感到它广博无边，似乎很令人喜爱。　　徒：只。

⑧杨、刘之作：杨亿、刘筠等人的作品。《四库全书总目提要》："田况《儒林公议》称亿在两禁，变文章之体，刘筠、钱惟演辈皆从而学之，时号杨、刘。"他们文风华靡，雕章丽句。　　时文：在当时流行的文章。

⑨能者：能写时文的人。

⑩以礼部诗赋为事：把礼部规定的诗体赋体作为学习内容。

⑪试于州，为有司所黜：在随州应试，被主考官除名，不予录取。

⑫复阅之：再读韩愈文集。　　喟然：叹息的样子。

⑬学者当至于是而止尔：治学的人应该达到这样的境界才能停止！　　是：指代词，此，指韩文的成就。

⑭"因怪"三句：于是责怪当时人不称道韩文，但自己也没有空暇钻研它，只是自己心里老是单单想着这件事。　　顾：但。

⑮"以谓"句：认为自己正准备考进士求俸禄来赡养母亲。　　干禄：求俸禄，即求官。

⑯斯文：这种文章，指韩愈的文章。　　以尝其素志：以此来实现自己平时的志向。

⑰徒:等人,指尹洙等。　　相与作为古文:共同写作古文。天圣八年欧阳修中进士后,任西京留守推官,在洛阳和尹洙、梅尧臣、谢绛等一起作古文。

⑱补缀:修补。

⑲渐趋于古:逐渐趋向于写作古文。

⑳"道固有"二句:一种主张、学说本来就有在远处流传却在近处不流行,在过去被忽视却在现在受尊重的这种情况。　　道:为古代思想家经常使用的一个概念,其含义相当广,此指主张、学说。　　往:过去。

㉑"非惟"二句:不仅是社会上一般人的好恶使它这样,而且按事理也有应当如此的情况。

㉒"而孔、孟"二句:孔子、孟子在当时惶惶不安地周游列国,很不得志,但后来他们的学说却为千万代人们所效法。　　师法:效法。

㉓没而不见:埋没而不传于世。　　见:同"现"。

㉔此又非特好恶之所上下:这又不只是世俗好恶所能左右的。

㉕"予固知"句:我本来知道不能以它(韩文)来迎合当时世俗的喜好来取得高官厚禄。

㉖"于是就"三句:在那时接触韩文学习韩文,那么我的所作所为,又哪里是想用它来作为求名求利的手段呢?

㉗进:升官。　　退:降官,被贬斥。

㉘"盖其志"句:大概是由于自己的志向已事先确定,而所得的学问也使我应该如此吧。

㉙蜀:指四川。当时中原战乱,前、后蜀比较安定,故不少文人、学者奔往蜀地,刊刻了一些书籍。

㉚于:表比较,比。　　脱缪:脱漏,错误。

㉛善本:好的刊本。

㉜"其最后"三句:它最后残缺几卷,现在不再补上的原因,是为了保持原样,不轻易增加。　　卷帙不足:卷数不足,指有残缺。　　重:难,不轻率。　　故:旧的,指剩余的残本。

㉝"韩氏之文之道"三句:韩愈的文章与思想主张,是万代所共同尊崇的,是天下所共同传诵的。柳开《应责》:"吾之道,孔子、孟轲、扬雄、韩愈之道;吾之文,孔子、孟轲、扬雄、韩愈之文也。"苏轼《潮州韩文公庙碑》对韩愈文章与思想评价:"文起八代之衰,而道济天下之溺。"

㉞特以其旧物而尤惜之:只因为它是我的古文物就特别爱惜。　　特以:只因。

【集评】

清张伯行重订《唐宋八大家文钞》卷六:韩吏部文章昭垂天壤,至今炳如日星,然在当时知好者少。公去文公仅百余载,而韩文犹湮没未彰。盖五代文弊,而宋初杨、刘绮丽之习,有以蔽之也。公自儿童即知好之,得诸李氏敝筐中,乞以归,爱之终身,于万卷中独为旧物。后之学者,称文章必曰"韩欧",盖其生来根器与韩契合,固非习之所能移耳。

【鉴赏】

　　"旧本韩文"即《昌黎先生文集》,是唐代古文运动的主要倡导者韩愈的文集,为其弟子李汉编辑。韩愈,字退之,河南河阳人,河北昌黎是韩姓的郡望,故亦自称"昌黎韩愈"。韩愈是杰出的散文家、诗人,为我国散文的发展做出了重大贡献。这篇文章是欧阳修为其所藏的旧本韩文写的后记,写作时间大约是宋英宗治平年间。文中追述了作者学习韩文的经历以及北宋诗文革新运动发展的过程,表现了作者善于学习前人的优秀遗产,敢于坚持、追求真理的精神。欧阳修写此文时,距他提倡诗文革新运动之时已有三十多年,这篇文章对研究欧阳修文学思想及北宋诗文革新运动的发展是有重要意义的。

第一段作者记叙了自己少年时期偶得《昌黎先生文集》的情况。这部书当时是装在一个朋友家墙壁间的破竹筐中,已脱落颠倒、次序很乱。这一情况的记叙间接说明韩愈、柳宗元在中唐时期掀起的古文运动已经衰落,盛行于五代的形式主义骈体文重新抬头,韩文已不被人重视。然而欧阳修读后却觉得韩文"深厚而雄博"、"浩然无涯"。虽然由于年轻还不能全部懂得它的含义,但仍是爱不释手,并决定将它作为自己学习、追求的目标。对此,在《宋史·欧阳修传》中,也有类似的记载:"修游随(即文中指的汉东随州),得唐韩愈遗稿于废书籍中,读而心慕焉,苦志探赜(探究深奥的道理),至忘寝食"。

第二段作者介绍当时的形势、风气以及自己为发扬韩文而积极进取的决心和经过。宋初,以杨亿、刘筠等为首的大官僚文人以写《西昆酬唱集》而闻名,被称为西昆派。他们以"雕章丽句,脍炙人口"相标榜,多写一些应酬唱和、脱离现实、专门追求形式技巧的诗文,号称为"时文"。这种"时文"是科举考试的主要科目,只要能写"时文",便可以得到功名,为世人所称赞。欧阳修十七岁时曾应试,但由于文章不合时宜"为有司所黜"。此时他再读韩文,对韩文便有了更深刻的认识,不由而叹曰:"求学的人应该达到这种境界,才能算达到目的。"于是他责怪当时之人不称道韩文,然而他自己没有空暇钻研,也没有能力发扬,于是他暗下决心先学"时文"以获取禄位。欧阳修此时学"时文"的目的只是为了把它当作一块敲门砖,门敲开了,爵位得到了,这块砖也就丢弃了,他也就可以专心致力于韩文的钻研与发扬了。

第三段欧阳修写他为推行古文运动的努力和取得的成就。欧阳修考中进士在京都为官后,便丢弃了敲门砖全力推行古文运动。他一方面整理校定所藏的《昌黎文集》;一方面和尹师鲁、梅尧臣、谢绛等人一道致力于写作古文,推行古文。前后经三十年的努力使"韩文遂行于世","学者非韩不学也"。这段记叙很简单,但是它灌注了欧阳修半生的精力。这期间,他除自己创作大量文从字顺、简洁流畅、跌宕多姿的散文外,更重要的是团结、奖引和培植了许多著名作家,如三苏、王安石、曾巩,使古文彻底击溃了"时文",取得完全的胜利。这场运动在我国文学史上占有极其重要的地位。

第四段欧阳修根据韩文没而复盛的事实,阐明"道"即使可能暂时泯没,但其生命力必将永存的道理。为说明这一点,作者举了孔子、孟子为了推行他们的学说游说列国却没有人接受,但后却把他们尊为师表、供人效法的事实,再结合"韩氏之文,没而不见者二百年,而后大施于今。"的事实,深刻说明,道"非惟世俗好恶之使然",而又"非特好恶之士所上下"。欧阳修所说的"道"在文中主要是指孔孟儒家之道,但我们也可以理解成学术上的一种观点或一种体系,那么,作者讲的道理对我们就能具有很大的启发意义。任何观点、思想的确立不是都得经这一检验的过程吗?实践中检验是正确的真理将永远是真理。

第五段作者说明自己发扬韩文的目的和从中受到的教益。欧阳修学习发扬韩文,不是为了赶时髦,不是为了名誉,不是为了权势,而是认定韩文是做学问的正确目标。为了这个目标,他可以不顾世俗的好恶坚持不懈地向前迈进,"进不为喜,退

147

不为惧"；而韩文的思想反过来又促使他勇往而不屈。作者这种追求真理的精神是值得我们赞扬的。

最后，作者又进一步说明了自己校补韩文的情况、原则和对韩文的钟爱之情。世传的韩文本子脱漏和错误较多，所以作者多方收集善本来加以订正，但原则是保持原样，不轻率增加，这表现出作者对先辈的尊重。作者写自己家中藏书万卷而唯《昌黎先生集》是旧本，然尤惜之，这又更突出了对韩文的钟爱之情。

这篇文章时而叙述，时而议论和抒情；但都以自己珍藏的一部旧本韩文为线索，将全文融为一个整体。本文语言朴实，没有丝毫掩饰做作的地方。尤为突出的是全文在叙述中自始至终都溶有浓厚的感情，如对"脱落颠倒无次序"的韩文的索要，对"浩然无涯"的韩文的敬叹和推广，校对韩文时的多方收集善本，增补韩文时的慎重，对旧本韩文的珍藏，字里行间都透露出作者对韩文的敬仰和珍爱之情。

张子野墓志铭①

【题解】

作于宋仁宗康定元年(公元 1040 年)。这是一篇感情沉痛的悼念文章。开头写子野之卒宜铭;次叙友朋离合聚散,已可哀叹;再写家世及历仕;后写子野的为人;结尾对子野应亨通而困顿,应长寿而短命发出感叹。总之,通篇以交游的聚散生死感叹成文,结构灵活自由,一唱三叹,荡气回肠,读之很有艺术感染力。

【原文】

吾友张子野既亡之二年,其弟充以书来请曰:"吾兄之丧将以今年三月某日葬于开封,不可以不铭;铭之莫如子宜②。"呜呼!予虽不能铭,然乐道天下之善以传焉③。况若吾子野者,非独其善可铭,又有平生之旧,朋友之恩,与其可哀者,皆宜见于予文。宜其来请于予也。

初,天圣九年予为西京留守推官④。是时,陈郡谢希深、南阳张尧夫与吾子野,尚皆无恙⑤。于时一府之士皆魁杰贤豪,日相往来,饮酒歌呼,上下角逐,争相先后,以为笑乐;而尧夫、子野退然其间,不动声气,众皆指为长者。予时尚少,心壮志得,以为洛阳东西之冲,贤豪所聚者多,为适然耳⑥。其后去洛来京师,南走夷陵,并江汉,其行万三四千里⑦,山砠水埤,穷居独游,思从曩人,邈不可得⑧。然虽洛人,至今皆以谓无如向时之盛。然后知世之贤豪不常聚而交游之难得,为可惜也。初在洛阳时,已哭尧夫而铭之⑨;其后六年,又哭希深而铭之⑩;今又哭吾子野而铭之。于是又知非徒相得之难,而善人君子欲使幸而久在于世亦不可得也⑪。呜呼!可哀也已!

子野之世曰:赠太子太师,讳某,曾祖也⑫;宣徽北院使、枢密副使、累赠尚书令,讳逊,皇祖也⑬;尚书比部郎中,讳敏中,皇考也⑭;曾祖妣李氏,陇西郡夫人;祖妣宋氏,昭化郡夫人,孝章皇后之妹也;妣李氏,永安县太君⑮。

子野家联后姻,世久贵仕⑯,而被服操履甚于寒儒⑰。好学自力,善笔札⑱。天圣二年举进士,历汉阳军司理参军,开封府咸平主簿,河南法曹参军⑲。王文康公、钱思公、谢希深,与今参知政事宋公⑳,咸荐其能。改著作郎,监郑州酒税,知阆州阆中县,就拜秘书丞㉑。秩满,知亳州鹿邑县㉒。宝元二年㉓二月丁未以疾卒于官,享年四十有八。子伸,郊社掌坐;次从;次幼,未名。女五人,一适人矣。妻刘氏,长安县君㉔。

子野为人,外虽愉怡,中自刻苦;遇人浑浑,不见圭角㉕,而志守端直,临事敢决。平居酒半脱帽垂头,童然秃且白矣㉖。予固已悲其早衰,而遂止于此,岂其中亦有不自得者耶㉗?

子野讳先,其上世博州高堂人㉘;自曾祖已来,家京师而葬开封,今为开封人也。

铭曰:

嗟夫,子野! 质厚材良。孰屯其亨? 孰短其长㉙? 岂其中有不自得,而外物有以戕㉚? 开封之原,新里之乡㉛,三世于此,其归其藏㉜。

【注释】

①张子野:张先(公元992～1039年),字子野,开封人。他与北宋词人张先生活在同时代,又同名同字。周密《齐东野语》卷十五:"本朝有两张先,皆字子野。"墓志铭:记叙死者生平的文章,刻在石碑上,放在棺前,埋入墓中。《欧阳文忠公集》共收墓志铭八十一篇。

②铭之莫如子宜:给他写墓志铭,没有谁比你更合适。　铭:名动,写墓志铭。　莫:无指示代词,没有谁。　子:你,指欧阳修。

③然乐道天下之善以传焉:但是很乐意记述天下的善行把它传给后世。《论语·季氏》:"益者三乐,乐节礼乐,乐道人之善,乐多贤友,益矣。"

④天圣九年:公元1031年。天圣,宋仁宗的年号。西京留守推官:西京(洛阳)河南府长官的僚属,掌管审案刑狱等事务。

⑤陈郡谢希深:谢绛(公元994～1039年),字希深,其先祖为阳夏(今河南太康)人,属陈郡,又封阳夏男,故称陈郡人。　南阳张尧夫:张汝士(公元997～1033年),字尧夫,开封襄邑人,任过大理寺丞与河南府司录。　恙:疾病。

⑥角逐:竞争胜负。　退然:恬退静观的样子。　冲:通行的大道。适然:当然。

⑦"其后去洛"三句:以后,离开洛阳到京城开封任职,走遍了长江汉水一带,行程有一万三四千里。欧阳修贬夷陵令,后调任乾德令,皆经长江、汉水流域。并:依傍,沿着。

⑧"山砠"四句:写离散寂寞无聊。　山砠:山顶为石的土山。水厓:水边。曩人:昔日的人物。　邈:远。

⑨"初在洛阳"二句:张汝士死于明道二年(公元1033年),欧阳修于同年与尹洙合写《河南府司录张君墓志铭》,后嘉祐二年(公元1057年)他又作《河南府司录张君墓表》。

⑩"其后"二句:张汝死后六年(公元1039年),谢绛去世,欧阳修于次年作《尚书兵部员外郎知制诰谢公墓志铭》。

⑪"于是又知"二句:于是我明白不仅找到这样的朋友很难,即使有道德的好人幸运地长久活在世上也是很难得的。

⑫世:家庭世系。　太子太师:官名,古代太子的师傅;宋不常设此官,多用

于封赠。其谓,曾祖张某,封赠为太子太师。

⑬"宣徽北院使"数句:祖父张逊,曾任宣徽北院院使、枢密副使、累官封赠为尚书令。　宣徽北院使:官名,总领内务及朝会宴享等事。　枢密副使:枢密院设枢密使、枢密副使,掌管全国军事。　尚书令:尚书省长官,唐初为宰相之职,宋时为封赠之官。　皇祖:对死去的祖父的尊称。

⑭尚书比部郎中:官名,掌管帐籍等职的官员。　皇考:对死去父亲的尊称。其谓父亲张敏中,曾任尚书省比部郎中。

⑮"曾祖妣李氏"数句:曾祖母李氏封赠陇西郡夫人;祖母宋氏封赠为昭化郡夫人,她就是孝章皇后的妹妹;母亲李氏,封赠为永安县太君。　妣:旧称死去的母亲。《礼记·曲礼》:"生曰父母,死曰考妣。"　孝章皇后:宋太祖之妻宋氏。

⑯"子野"二句:子野的家庭与皇后有亲戚关系,几代都当大官。

⑰"而被服"句:但他的穿着和举止好像一个贫苦的读书人。　操履:行为,举动。

⑱善笔札:善写文章。一说善于书法。　笔札:笔纸。

⑲汉阳军:治所在今湖北汉阳。　司理参军:掌管司法审案等职的属官。　咸平:在今河南通许。　主簿:掌管文书等职的属官。　河南:河南府,治所在今河南洛阳。　法曹参军:掌管审理案件的属官。

⑳王文康公:王曙,字晦叔,河南(洛阳)人。曾官枢密使、拜同中书门下平章事(宰相),卒谥文康。　钱思公:钱惟演,"思"为他的谥号。　宋公:宋庠,当时任参知政事(相当副宰相)。

㉑著作佐郎:官名,掌管修纂皇家日历等职。　监酒税:官名,掌管茶盐酒税及冶铸等事务。　阆中县:今属四川。　秘书丞:秘书省的属官,掌管图书、国史、实录、天文历数等。

㉒秩满,知亳州鹿邑县:任期满后,做亳州鹿邑县令。　鹿邑县:今属河南。

㉓宝元二年:宋仁宗年号,公元 1039 年。

㉔"子伸"数句:长子张伸,任郊社掌坐;次子张从;还有一个小儿子,年幼还没有起名。女儿五个,一个已嫁人。妻子刘氏,封赠为长安县君。　郊社掌坐:官名,太常掌管巡视四郊及社稷祭坛扫除等职。掌坐为其属官。

㉕遇人浑浑,不见圭角:对人厚道,不露锋芒。　浑浑:厚道的样子。　圭角:圭玉的棱角,义指锋芒。《礼记·儒行》郑注:"去己之大圭角。"

㉖童然秃且白矣:头顶秃了,鬓毛白了。　童然:年老头秃的样子,光光秃秃的。

㉗中:指内心。

㉘"子野"二句:子野,名先,他的老祖宗是博州高堂人。　高堂:今山东高唐。文中"高堂"应为"高唐"。

㉙质厚材良,孰屯其亨?孰短其长:张先品质忠厚,才能优良,他应亨通而困顿,应长寿而短命,谁使他这样的呢?　屯:困顿。　亨:亨通。　短、长指

寿命短,寿命长。

　㉚戕:残害。

　㉛"开封之原"二句:指张先墓葬于开封的郊外,新里这个地方。

　㉜"三世于此"二句:指三代人都葬于此。　　藏指埋葬肉体。

【集评】

　明茅坤《唐宋八大家文钞》卷五十七:总写交游之情,而自任及乐善宛然言外。

　清刘大櫆《唐宋八大家文百篇》:以交游之聚散生死,感叹成文,淋漓郁勃。

　清沈德潜《唐宋八大家文读本》:叙交游聚散死生,有山阳闻笛之感,而子野可铭处自见。

　清姚范《援鹑堂笔记》卷四十四:欧公黄梦升、张子野《墓志》最工。

【鉴赏】

　这篇墓志铭中的张子野,名先,字子野,与北宋著名词人张先(公元990~1078年)生活在同一时代,又同名同字,但比他少活了四十年。从文中我们可以清楚地了解这位张子野的家世和生平:张子野生于宋太宗淳化二年(公元991年),因病于宋仁宗宝元二年(公元1039年)二月去世,享年四十八岁。他祖籍博州高堂(今山东高唐县),从曾祖以后一直住在京城开封,并葬在那里,所以应该算作开封人。

　张子野的曾祖张某,封赠为太子太师;祖父张逊,曾任宣徽北院使、枢密副使,累功封赠为尚书令;父亲张敏中,曾任尚书比部郎中。他的曾祖母李氏,封赠为陇西郡夫人;祖母宋氏,是宋太祖孝章皇后的妹妹,封赠为昭化郡夫人;母亲李氏,封赠为永安县太君。

　张子野于仁宗天圣二年(公元1024年)中进士,历任汉阳军(治所在今湖北蔡甸区)司理参军(掌管狱讼),开封府咸平(今河南通许县)主簿(掌典领文书),河南府(治所在今河南洛阳市)法曹参军(掌管刑法)。后来由于文康公王曙、思公钱惟演、兵部员外郎谢希深和参知政事宋庠,都推荐他有能力,才改任著作佐郎(掌管汇编"日历",即每日时事),郑州(治所在今河南郑县)酒税监官,阆州阆中(今四川阆中市)知县,又调到京城任秘书丞(掌管图书经籍)。任期满后,作亳州鹿邑(今河南鹿邑县)县令,一直到病逝。他的长子张伸,任郊社掌坐;次子张从;还有一个尚未取名的幼子。他有五个女儿,一个已经出嫁。他的妻子刘氏,封赠为长安县君。

　当然,一篇墓志铭如果只是把死者的家世及历任写得很详细,也不能算作一篇好文章。好的墓志铭应该写出死者的风貌品格,并从中表达作者的思想感情。这篇文章做到了这两点,正如清人沈德潜评论此文所说:"叙交游聚散死生,有山阳闻笛之感("山阳闻笛"为怀念故友之典,见《晋书·向秀传》),而子野可铭处自见(《唐宋八大家古文》)。

　作者在一开头就以哀婉痛惜的笔调,点明为"吾友张子野"写墓志铭的缘由:一是"其善可铭",二是"有平生之旧,朋友之恩",三是有"其可哀者"。整篇文章就是

国学经典文库

唐宋八大家散文鉴赏

欧阳修卷

从"善""旧""哀"这三方面来展现张子野的风貌品格,并寄寓了作者真挚沉痛的悼念之情。

第二段是全文的重点段落,它以刻骨铭心的"平生之旧"——老朋友的交情为骨架,采用多种艺术手段,一方面突出了张子野是一个"魁杰贤豪""善人君子",一方面抒发了交游聚散生死的悲痛。首先,作者把张子野放在当时闻名于世的谢希深和张尧夫等魁杰贤豪中来写。天圣九年(公元 1031 年)欧阳修在洛阳任西京留守推官时,他们几乎每天聚会畅饮,举行各种娱乐比赛,争先恐后不肯服输;而张尧夫和张子野却沉静地退在一边,不争输赢,不动声气,大家都称他们为"长者"。这里的"长者",是对谨厚者的尊称,据《韩非子·诡使》:"重厚自尊,谓之长者。"这样,张子野

的才能便不言而喻,其恭谨稳重、质朴敦厚的品格,也就烘云托月般地形象地表现出来了。其次,作者还用对比映衬的手法来写失去张子野的零落痛惜之感。在"尚皆无恙"之时,"日相往来,饮酒歌呼,上下角逐,争相先后,以为笑乐",其聚会之乐写得何等酣畅热烈;而后来"去洛来京师"遭贬,"山砠水崖,穷居独游,思从曩(往昔)人,邈不可得",其离散之苦,相形之下又是多么深切沉痛。再写朋友一个个逝去,"已哭尧夫而铭之","又哭希深而铭之","今又哭吾子野而铭之",其生死之悲愈加哀痛不已了。再次,作者还用了层层铺垫、层层加深的写法,从"予时尚少,心壮志得,以为洛阳东西之冲,贤豪所聚者多,为适然耳",到"然后知世之贤豪不常聚,而交游之难得,为可惜也",再到"于是又知非徒相得之难,而善人君子,欲使幸而久在于世,亦不可得也。呜呼!可哀也已!"那痛己痛友的感情抒发得可谓淋漓尽致了。这一段写得极为委曲哀婉,一唱三叹,感人肺腑。

如果说第二段重在写交游抒情,对张子野的"长者"的才能品格还只是轮廓式的勾画,那么在下文中,作者就经意地做了关于这方面的具体补充。如在叙述了张子野的家世之后,作者写道:"子野家联后姻,世久贵仕,而被服操履,甚于寒儒。好

学自力,善笔札。"意思是说:子野的家庭与皇后有亲戚关系,几代常当大官,但他的装束和举止却好像一个贫苦的读书人。他好学用功,善于写文章。又如在叙述了张子野的仕历之后,作者专门写了一段张子野的为人:外表虽然显得快活,而内心很刻苦;对人厚道,不露锋芒;但品格端庄正直,处理事情很果决。在这一段,作者还特别描绘了一个肖像细节:"平居酒半,脱冠垂头,童然秃且白矣",一个未老先衰的形象和作者的悲凉凄婉之情全出纸上。接着作者以疑问的语气说:我本来就可怜他身体早衰,而现在竟这样去世了,难道他内心有不得志的悲痛吗? 从内容上看,文章由写张子野之"善"转而写其"哀";从结构上看,与前文写交游相呼应,故友之旧、痛惜之情一脉相承。

在写到张子野的"可哀者"时,作者的感情便不能遏制了,他在铭文中,由一声饱含着无限伤痛的悲叹而直接地倾吐出来:啊,子野! 他有忠厚的品质,优良的才能。是什么阻碍了他本来应有的畅达之路? 是什么缩短了他本来应有的健康长寿? 难道是他心中不得志的郁闷吗? 难道是人世外物对他的摧残伤害吗? 在这结尾的铭文中,友情、善迹与可哀者融为一体,并且着力突出了"可哀者"。一连串的诘问,不仅把文章的感情推向高潮,而且使文章的思想意义得以深化。它让我们在对作者提出的疑问的思考中认识到:张子野这样难得的厚质良材,在四十八岁时便郁闷而死,无疑是一个悲剧,一个社会性的悲剧!

在这篇文章中,作者写"旧"和"善",用的是直接叙述描写的方法;而写"其可哀者",用的却是揣测式的虚写的方法。这是由张子野的内向性格决定的,他"外虽愉悦,中自刻苦;遇人浑浑,不见圭角"。然而以他那样杰出的才能,生平只是做到参军、主簿、著作佐郎、秘书丞、县令,显然是大材小用,难以施展。倘若不得志的痛苦能袒露于外,或许还可以得到一些解脱,而他却又偏偏深藏在心中,怎能不抑郁成病以至中年丧生呢! 所以作者用揣测式虚写的方法,就极为真实、极富于个性地表现了张子野的"哀",达到了人物性格感情与表现手法的高度统一。

黄梦升墓志铭

国学经典文库

唐宋八大家散文鉴赏

欧阳修卷

【题解】

作于庆历三年(公元 1043 年)。欧阳修的友人黄梦升好学笃志,却一生郁郁不得志。死后他的弟弟黄渭请欧阳修为他作铭,其目的为将梦升"有志难伸"告给后人。本文作者选取与梦升交游的三个片断:由少负盛气;到虽不得志,而意气尚在;再到他不得志以死,而独有文章在,三个人生阶段,描写了一位才能杰出却屈于下位,"有志难伸"的知识分子形象,并对梦升一生壮志未酬,发出了沉痛的悲叹。深刻反映现实社会压抑人才现状。所以茅坤说它以"交游感慨为志"。

【原文】

予友黄君梦升,其先婺州金华人,后徙洪州之分宁①。其曾祖讳元吉,祖讳某,父讳中雅,皆不仕。黄氏世为江南大族。自其祖父以来,乐以家赀赈乡里②,多聚书以招四方之士。梦升兄弟皆好学,尤以文章意气自豪。予少家随州③,梦升从其兄茂宗官于随;予为童子,立诸兄侧,见梦升年十七八,眉目明秀,善饮酒谈笑。予虽幼,心已独奇梦升。

后七年,予与梦升皆举进士于京师。梦升得丙科④,初任兴国军永兴主簿,怏怏不得志,以疾去⑤。久之,复调江陵府公安主簿⑥。时予谪夷陵令,遇之于江陵⑦。梦升颜色憔悴,初不可识。久而握手嘘哦⑧,相饮以酒;夜醉起舞,歌呼大噱⑨。予益悲梦升志虽衰而少时意气尚在也⑩。

后二年,予徙乾德令⑪。梦升复调南阳主簿。又遇之邓间⑫。常问其平生所为文章几何,梦升慨然叹曰:"吾已讳之矣!穷达有命,非世之人不知我,我羞道于世人也⑬。"求之,不肯出⑭。遂饮之酒。复大醉起舞歌呼,因笑曰:"子知我者。"乃肯出其文。读之,博辩雄伟,其意气奔放若不可御⑮。予又益悲梦升志虽困而独其文章未衰也。

是时,谢希深出守邓州⑯,尤喜称道天下士。予因手书梦升文一通,欲以示希深⑰。未及,而希深卒,予亦去邓。后之守邓者皆俗吏,不复知梦升。梦升素刚,不苟合;负其所有,常怏怏无所施。卒以不得志死于南阳⑱。

梦升讳注,以宝元二年四月二十五日卒⑲,享年四十有二。其平生所为文曰《破碎集》《公安集》《南阳集》,凡三十卷。娶潘氏,生四男二女。将以庆历四年某月某日葬于董坊之先茔。其弟渭泣而来告曰:"吾兄患世之莫吾知,孰可为其铭?"

予素悲梦升者，因为之铭曰：

予尝读梦升之文，至于哭其兄序之词曰⑳："子之文章，电激雷震；雨雹忽止，阒然灭泯㉑。"未尝不讽诵叹息而已。嗟夫，梦升！曾不及序！不震不惊，郁塞埋葬㉒。孰与其有，不使其施㉓？吾不知所归咎，徒为梦升而悲㉔。

【注释】

①婺州：今浙江金华。　　徙：迁居。　　洪州，今江西南昌。　　分宁：属洪州，今江西修水。

②乐以家赀赈乡里：黄家喜欢用家财帮助乡亲。　　赀：同"资"，钱财，财物。赈：救济。

③予少家随州：我年轻时家住在随州。　　家：动词，家住。　　随州：今在湖北随县。

④后七年：欧阳修于天圣八年（公元1030年）中进士甲科。　　丙科：宋代举进士分甲科、乙科、丙科。《日知录》卷十六："甲乙丙科，始见《汉书·儒林传》，平帝时，岁课博士弟子，甲科四十人为郎中，乙科二十人为太子舍人，丙科四十人补文学掌故。"

⑤兴国军永兴：在今湖北阳新县。　　主簿：次于县令的官吏，掌管文书簿籍、印鉴等。　　怏怏：不满意，不服气。　　以疾去：因生病离职。　　去：离开。

⑥复：指又复职。　　江陵府：在今湖北江陵。　　公安：县名，即今湖北公安。

⑦时予谪夷陵令，遇之于江陵：当时我被贬为夷陵县令，在江陵遇到他。夷陵：今湖北宜昌。　　之：代词，指黄梦升。

⑧久而握手嘘哦：过了一会儿才互相握手叹气。　　嘘哦：叹气。

⑨歌呼大噱：高歌大笑。　　噱：大笑。《说文》："噱，大笑也。"

⑩"予益"句：我更加为梦升志向虽受到挫折但年轻时的气魄却还存在而感到悲痛。　　益：更加。

⑪后二年：欧阳修于景祐四年（公元1037年），自夷陵改官乾德令，次年赴任，与梦升在邓州（今河南邓州市）相遇。　　乾德：在今湖北老河口市。

⑫南阳：今河南南阳。

⑬"吾已讳之矣"四句：我已经不再写文章了！困穷和通达是命运决定的，不是世上的人不了解我，而是我不好意思向世人讲述。讳之：指不写文章。　　穷达有命：班彪《王命论》："穷达有命，吉凶由人。"

⑭不肯出：不肯拿出文章来。

⑮博辩：指文章内容广博善于辩论。

⑯谢希深：谢绛，字希深，杭州富阳人，以文著称，为欧阳修的友人。详见《张子野墓志铭》注。

⑰"予因"二句：我于是亲手抄写了梦升的一篇文章，想给希深看。　　一通：

156

一篇。　　示:给谁看。

⑱卒:终于。

⑲宝元二年:公元 1039 年。　　宝元:宋仁宗年号。

⑳"予尝"二句:我曾经读过梦升的文章,看到他为痛哭侄儿黄庠写的悼词说。
兄子庠:黄庠,字长善,梦升之侄,博学,聪明过人,名动一时。景祐元年进士,
因病早卒。《宋史·文苑传》:"黄庠,字长善,洪州分宁人,名声动京师,所作程文,
传诵天下,闻于外夷,近世布衣罕匹也。"

㉑"电激雷震"三句:是说其文章犹如雷电一样气势磅礴,但很快销声匿迹(暗
喻黄庠早死)。阒然:寂静的样子。

㉒"曾不及庠"三句:是说黄梦升的命运不及黄庠,默默无闻,忧愁不得志。

㉓熟与其有,不使其施:是谁赋予他才能意气,而又不能使他施展出来。
其:第三人称代词,他,指黄梦升。

㉔吾不知所归咎,徒为梦升而悲:我不知道该归罪于谁,只能替梦升悲叹而已。
归咎:归罪。《左传》:"无所归咎。"

【集评】

宋陈善《扪虱新话》卷一:公作《黄梦升墓志铭》,称黄梦升哭其兄子庠之词曰:
子之文章,电激雷震,雨雹忽止,阒然灭泯。公堂喜诵之,祭文盖用此耳。黄梦升所
作虽不多见,然观其词句多奇可喜,正得所谓千军万马之意。

明茅坤《唐宋八大家文钞》卷五十七:叙生平交游感慨为志。

清刘大櫆《古文辞类纂·诸家集评》:欧公叙事之文,独得史迁风神,此篇遒宕
古逸,当为墓志第一。

清吴闿生《桐城吴氏古文读本》碑志类第八:此文音节之美,句句可歌。

清姚范《援鹑堂笔记》卷四十四:欧文黄梦升、张子野《墓志》最工。而《黄志》
尤风神发越,兴会淋漓。

【鉴赏】

欧阳修一生为友人撰写了大量的墓志铭,其中不乏能突出人物特点的、叙事与
抒情水乳交融的佳作,《黄梦升墓志铭》便是一篇。清代散文家刘海峰评论说:"此
篇遒宕古逸,当为墓志第一"(《唐宋文举要》中)。这篇文章是否确为"墓志第一",
当然可以见仁见智,然而就其描绘人物个性的鲜明生动、展示人物心灵的深刻细
微、抒发感情的缠绵痛切来说,在众多的墓志铭中确实不同一般。

这篇墓志铭写于庆历三年(公元 1043 年)。作者在序文的一头一尾,简要地介
绍了黄梦升的先世和家室:其祖先是婺州金华(今浙江金华市)人,后来迁徙到洪州
分宁(今江西修水县)。其曾祖黄元吉、祖父黄某、父亲黄中雅,都没有做过官。黄
氏历代都是江南大族,从其祖父起,乐于用财物帮助乡邻,购聚了很多图书来招引
四方的读书人。在这样家庭的影响下,梦升兄弟都很爱学习,特别对自己的文章和

胸怀引以为自豪。黄梦升娶妻潘氏,有四个男孩两个女孩。

序文的中间几段写黄梦升的生平,这是全文最重要、也是最精彩的部分。作者没有用一般墓志铭惯用的简历式的写法,而是通过记述自己与黄梦升的三次交往来展示黄梦升三种不同的境遇。而这三种不同境遇,恰似连续的三幅图画,典型地再现了黄梦升的一生。第一次交往是在随州(治所在今湖北随县)。那时作者还小,站在各位兄长旁边,"见梦升年十七八,眉目明秀,善饮酒谈笑。"只两三笔,

一个年轻才子的风流倜傥、志得意满的形象,就出现在我们面前了。第二次交往是在江陵(今湖北江陵县)。那时作者与黄梦升都已考中进士,梦升举丙科(宋代举进士分为甲、乙、丙三科),先任命为兴国军永兴(今湖北阳新县)主簿,后调江陵府公安(今湖北公安县)主簿。主簿只是典领文书、办理事务的小官,在宋代职任更轻,因此黄梦升"怏怏不得志"。作者记下了见面时的情景:黄梦升面容憔悴,刚见面时都认不出来了,过了好久才彼此握手叹气。两人一直饮酒到深夜,黄梦升喝得酩酊大醉,手舞足蹈,又唱又笑。寥寥几笔,就把一个充满不得志的郁闷和悲愤的知识分子形象描绘出来。此时的黄梦升和几年前的黄梦升对照何等鲜明:当初他"眉目明秀",而现在却"颜色憔悴",甚至到了"不可识"的地步;当初他"饮酒谈笑",表现的是意气风发、壮志在胸,而现在的"夜醉起舞,歌呼大噱",却是在借酒宣泄内心深处的痛苦。第三次交往是在邓州(治所在今河南邓州市),那时黄梦升调任邓州所属南阳县(今河南南阳市)主簿。这次见面时,作者曾问他一生写了多少文章,他感慨地叹气说:"我已经不想提这些了!穷困或通达是命运决定的,不是世上的人不赏识我,而是我总不好意思让别人知道。"作者求看他的文章,他也不肯拿出来。请他喝酒,他又喝得大醉,起身舞蹈,大唱大叫。他苦笑着对作者说:"你

是了解我的人。"这才肯拿出他的文章来。他的文章内容广博,善于辩论,风格雄伟,气势奔放不可抗拒。对这次见面的记写,除了像第二次一样的痛摧肺腑的"大醉起舞歌呼"的场面,又多了一番痛摧肺腑的关于文章的对话。过去"尤以文章意气自豪"的黄梦升,现在却说出了"讳之矣""穷达有命""羞道于世人"这样的话,可见他长期备受压抑,已近绝望。然而就在这样的境况中,他写的文章仍然是"博辩雄伟,其意气奔放若不可御",这表明在他的心灵深处其实是意气犹存的,只是由于素来刚直,不随便讨好人,只能怀抱着才能,不得施展的机会,所以心情极度忧郁,才说出那样自我嘲解的话。而酒醉起舞、歌呼大噱,就是他被扭曲心态的反映,就是他被压抑感情的爆发。黄梦升终于因不得志于宝元二年(公元 1039 年)四月二十五日死在南阳。一个有着杰出才能的有志之士,刚四十二岁,就被黑暗的社会吞噬了。他身后留下的是三十卷未被社会知晓的文章著作。

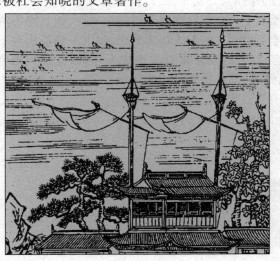

作者在记叙黄梦升从"尤以文章意气自豪"到"卒以不得志死"的一生时,充满了深刻的理解和心酸的同情,除了字里行间之外,还在记述每次交往后,都用议论抒情的文字来直接表现。如在第一次写道:"予虽幼,心已独奇梦升。"在第二次写道:"予益悲梦升志虽衰,而少时意气尚在也。"在第三次写道:"予又益悲梦升志虽困,而独其文章未衰也。"从"独奇"到"益悲",这是感情的沉痛变化;从"益悲"到"又益悲",这是感情的逐渐深化;这一变一深,就把作者对黄梦升不幸的理解和同情,表现得极为缠绵和痛切了。

文章最后的铭文,是作者思想感情的集中抒写。铭文说:我曾经读过黄梦升的文章,看到他为痛哭侄儿黄庠写的悼词:"你的文章像电光闪耀、雷霆震响,像暴雨倾泻、冰雹骤降。可是这一切忽然停止了,听不见一点声音,找不到一点踪迹。"我反复诵读,叹息不已。唉,梦升!你还赶不上黄庠!你的文章还没有震惊世人,你便忧郁地死去埋葬。是谁赋予你才能,却又不使它施展发扬?我不知道该归罪给谁,只能徒然为你悲伤。这段铭文写得也非常精彩,本来黄梦升哭侄儿的悼词就已十分沉痛,而现在作者将它再翻进一层用以悼念黄梦升,其悲悼之情更是加倍地沉痛了。

从以上简要的分析,我们可以看出作者的写作艺术:第一,作者选取与黄梦升三次交往中最富有个性特点和典型意义的片断,按时间顺序连缀起来,以简洁而又纡徐的笔墨,概括而又具体的反映了一位才能杰出却屈居下位、穷愁潦倒的知识分子的一生。第二,作者以黄梦升一生中引为自豪的、却又使他郁塞埋葬的"文章意气"为贯穿全篇的思想内容的主线,又以"饮酒"为贯穿三次交往的细节来突出主线,再加上三次交往后以及铭文的议论抒情,使得文章结构严谨,内在联系紧密,重点突出,主题鲜明。第三,作者使用了肖像描写、行动描写、语言描写、心理描写等多种艺术手法来表现人物,特别是两次描写醉舞歌唱的场面,不仅使人物的外貌栩栩如生地展现在读者面前,而且深入展示了人物的内心世界,揭开了人物灵魂深处的隐痛,具有很强的艺术震撼力。

最后还要捎带谈到一点的是,从这篇文章中,我们可以看到欧阳修对人才的重视和推崇。当他读了黄梦升的文章后,就亲手抄写了一篇想推荐给"尤喜称道天下士"的邓州太守谢希深,以使黄梦升得到重用。然而遗憾的是,还没来得及,谢希深就死去了。欧阳修当时不过是个县令,他只能为黄梦升,以及像黄梦升一样的许多怀才不遇而卒的友人徒为悲伤,写下一篇篇代为不平的墓志铭。所以,当他在做了京官以后,特别注重推举选拔人才,以至宋代散文的其他五大家——三苏和王安石、曾巩,都曾得到过他的扶掖。

南阳县君谢氏墓志铭

【题解】

作于庆历五年（公元1045年）。作者欧阳修为友人梅圣俞之妻而作。文中从治家、知人、忧世三个方面着笔，描绘一位贤妻的形象，她不但善持家务，安贫乐道，同时还富有远见，能以交友之道规劝丈夫，更显示出谢氏高卓的见识。全文借梅圣俞口吻来写，感情真挚自然，在墓志铭文类中别具一格。

【原文】

庆历四年秋，予友宛陵梅圣俞来自吴兴①，出其哭内之诗而悲曰②："吾妻谢氏亡矣。丐我以铭而葬焉③。"予未暇作。居一岁中，书七八至④，未尝不以谢氏铭为言⑤。且曰：

吾妻，故太子宾客讳谢涛之女，希深之妹也⑥。希深父子为时闻人而世显荣。谢氏生于盛族，年二十以归吾⑦，凡十七年而卒。卒之夕，敛以嫁时之衣⑧。甚矣，吾贫可知也。然谢氏怡然处之。治其家，有常法：其饮食器皿虽不及丰侈，而必精以旨⑨；其衣无故新，而浣濯缝纫必洁以完⑩；所至官舍，虽卑陋，而庭宇洒扫必肃以严；其平居语言容止，必怡以和⑪。吾穷于世久矣，其出而幸与贤士大夫游而乐，入则见吾妻之怡怡而忘其忧。使吾不以富贵贫贱累其心者，抑吾妻之助也。吾尝与士大夫语，谢氏多从户屏窃听之⑫，闲则尽能商榷其人才能贤否及时事之得失⑬，皆有条理。吾官吴兴，或自外醉而归⑭，必问曰："今日孰与饮而乐乎⑮？"闻其贤者也，则悦⑯；否，则叹曰："君所交皆一时贤隽，岂其屈己下之耶⑰？惟以道得焉，故合者尤寡。今与是人饮而欢耶⑱"是岁，南方旱⑲，仰见飞蝗而叹曰："今西兵未解⑳，天下重困，盗贼暴起于江淮，而天旱且蝗如此。我为妇人，死而得君葬我，幸矣。"其所以能安居贫而不困者，其性识明而知道理㉑，多类此。呜呼，其生也迫吾之贫，而殁也又无以厚焉！谓惟文字可以著其不朽㉒，且其平生尤知文章为可贵，殁而得此，庶几以慰其魂，且塞予悲㉓。此吾所以请铭于子之勤也。

若此，予忍不铭㉔？

夫人享年三十七，用夫恩封南阳县君㉕。二男一女。以其年七月七日卒于高邮㉖。梅氏世葬宛陵㉗，以贫不能归也，某年某月某日葬于润州㉘之某县某原。铭曰：

高崖断谷兮，京口之原㉙！

山苍水深兮，土厚而坚！
居之可乐兮，卜者曰然㉚。
骨肉虽土兮，魂气则天㉛！
何必故乡兮，然后为安？

【注释】

①宛陵：今安徽宣城，梅尧臣的故乡。　　　吴兴：今属浙江湖州市。

②哭内之诗：指悼亡诗。　　　内：指妻子。

③丐我以铭而葬焉：请求我写篇墓志铭来安葬她。　　　丐：乞求，请求。

④居一岁中，书七、八至：在一年之中，他来了七八封信。　　　书：指梅尧臣的来信。

⑤"未尝"句：没有不说到谢氏墓志铭的。

⑥太子宾客：官名，东宫官员之一。　　　谢涛：字济之，富阳人，累官西京留守御史台，太子宾客。　　　希深：谢希深，以文学知名，累官至兵部员外郎，封阳夏男。

⑦归吾：嫁吾。　　　归：古代女子出嫁曰归。

⑧敛以嫁时之衣：用出嫁时的衣裳装殓。　　　敛：同"殓"，给死者穿衣入棺。

⑨而必精以旨：但一定做得有味，收拾得精美。

⑩浣濯缝纫必洁以完：一定清洗得干干净净，缝补得整整齐齐。浣濯：洗涤。

⑪必怡以和：都很和悦从容。

⑫户屏：门户、屏风。

⑬"闲则"句：过后，她对某人的才能、品德好坏以及时事的得失都能做出评价。贤否：好坏。

⑭官吴兴：在吴兴做官。　　　官：名动，做官。　　　或：有时。

⑮今日孰与饮而乐乎：今天跟谁饮酒这么快乐呢？　　　孰与：即"与孰"。孰：谁。

⑯闻其贤者也，则悦：听说是与贤能的人饮酒，就高兴。　　　其：指代词，指贤能的人。　　　悦：高兴。

⑰岂其屈己下之耶：难道能委屈自己来结交这些人吗？

⑱"惟以道"三句：只以道德为标准结交朋友，所以合得来的人很少，现在却和这些人饮酒怎么能感到快乐呢？　　　尤寡：特别少。

⑲是岁：指庆历四年，两浙、淮南、江南皆大旱。

⑳西兵未解：指当时西夏的战争威胁没有解除。

㉑其性识明而知道理：是因为她见识高明而且懂得道理。性识：指见识。

㉒著其不朽：表彰她的不朽。

㉓"庶几"二句：大概可以安慰她的灵魂，而且弥补我的悲痛。塞：此指弥补。

㉔若此，予忍不铭：像这种情况，我能忍心不写吗？

㉕用夫恩封南阳县君：因丈夫的荫恩封为南阳县君。　　　用：因。

㉖高邮:今属江苏。
㉗梅氏世葬宛陵:梅家的历代祖先都安葬在宛陵。
㉘润州,今江苏镇江市。
㉙断谷:陡峭的山谷。　　　京口:今江苏镇江。
㉚居:指埋葬。
㉛魂气则天:灵魂飞上天。

【集评】

明茅坤《唐宋八大家文钞》卷五十七:法度恰好。
明唐顺之《宋大家欧阳文忠公文钞》卷二十九:叙女德简,叙书词纤悉。

【鉴赏】

　　本文是作者欧阳修在庆历五年(公元1045年)给友人梅尧臣的亡妻谢氏写的一篇墓志铭。文章从治家、知人、忧世三方面的典型事例着笔,写出了一位安贫乐道、富有远见的妇女形象,突破了某些墓志铭专门炫耀丈夫的官衔声势合作无原则吹捧的庸俗作法。

　　通篇文章以梅尧臣的话作为主体,这样更使人感到情真意切,加重了铭文的分量,也表现了新颖的格调。文章开首一段在简单地交代了写此铭文的背景情况之后,接着便引出大段的梅尧臣的原话,他全面地介绍了其妻子谢氏的一生。

　　谢氏出身于世代显贵荣耀的家庭。是个大家闺秀。二十岁上嫁给梅尧臣,开始过着贫穷的生活。十七年后,在她去世时,竟连一件像样的好衣服都没有,只好用出嫁时穿的衣服装敛,可见其生活之艰辛。这里作者借助梅尧臣短短的几句话,概括性地道出了谢氏出嫁十七年中贫寒困苦的生活。然而,作者接着写道,这种窘迫

穷困的生活并没有压倒这位坚强的女性。谢氏不仅安贫乐道，而且治家有方。她总是以愉快的心情对待这种处境，虽然贫困交加，她却料理如常。从衣食住行的各方面，都做得周到细致，井井有条。她既勤劳又贤惠，说话举止和悦从容。对其丈夫来说，有这样一位体贴入微的好妻子，使他在外不受贫富的纠缠，回到家里也感到温暖而忘掉了忧愁。作者在这里通过梅尧臣的这些质朴的述说，道出了谢氏在贫困的生活中与丈夫——一个州县小吏相依为命，表现出这位大家闺秀的难能可贵之处。接下去，作者写道，谢氏不仅治家有方，而且很有见识和知人。她对周围的人和丈夫接触的人总能够做出公允的评价，而且言之有条有理。她总是提醒和告诫丈夫，要结交贤能的人做朋友，要志同道合。使丈夫从她的这些话中得到有益的启发。谢氏的这些独到的见解，在当时社会中实在难得。谢氏临终时，恰逢蝗虫成灾，她抬头看一眼飞蝗叹气说道："今西兵未解，天下重困，盗贼暴起于江淮，而天旱且蝗如此。我为妇人，死而得君葬我，幸矣。"如今战争未平，天下困苦，江淮一带很不安定，而又有蝗虫成灾。我是一个妇女，死了能得到丈夫的埋葬，就算万幸了。寥寥数语，形象而生动地勾画出这位颇有见识的女性面对现实深深的忧世之情。她一生不贪求富贵，在贫困中度日，死而无怨，只求得丈夫的安葬，便心满意足了。作者接着引梅尧臣的话说："她之所以能安于贫困而不苦闷，是因为她见识高明而又懂得道理。"事实也的确如此，这位坚强又善良的女性不正是靠着这种精神支持走完了她平凡的一生吗？

文章到此，作者道出了写这篇墓志铭的缘由。梅尧臣继续说道，我虽无力隆重地安葬妻子谢氏，但文章可以显出她的品质，她生时特别懂得文章可贵，死了能得到记叙她品质的文章，大概可以告慰她的灵魂、弥补我的悲伤了。这便是梅尧臣请求作者欧阳修写这篇墓志铭的原因。

这篇墓志铭全文以梅尧臣的话作为主体，不仅使人觉得感情真切，而且开了为妇女作墓志铭的一条新途径。文章写得十分朴实自然，语言平易，没有雕琢的痕迹。文虽简，而含意丰富，耐人寻味。这里没有什么伟大的业绩，一切都是那样的平平常常，然而读后又是那样的动人心弦。

作者在文章的写法上很有特点。他没有直接歌颂主人翁的为人，而是通过记叙他们夫妻生活中的几件事，使文章层次分明，错落有致，感情充沛。

资政殿学士户部侍郎文正范公神道碑铭 并序

【题解】

作于至和元年(公元 1054 年)。时作者守母丧居颍州。本文叙述范仲淹一生学行大节,赞颂他的志趣、际遇及其功业,刻画出一位以天下为己任的一代名臣的形象。文章大开大合,气势极盛,全文寄托作者无限的敬佩、惋惜、哀痛之情,所以苏轼称此文说"读之至流涕"。

本文成稿后经韩琦审定,而为富弼反对,范公家属也不满意,文章刻于石碑时,被范仲淹之子范纯仁删掉了范、吕"欢然相约"数句,欧阳修对此十分不满,声称范公碑刻应"以家集为信",反映了他对写作一丝不苟的求实态度。

【原文】

皇祐四年五月甲子①,资政殿学士、尚书户部侍郎汝南文正公薨于徐州②,以其年十有二月壬申③,葬于河南尹樊里之万安山下④。

公讳仲淹,字希文⑤。五代之际世家苏州⑥,事吴越⑦。太宗皇帝时吴越献其地⑧,公之皇考从钱俶朝京师,后为武宁军掌书记以卒⑨。公生二岁而孤,母夫人贫无依,再适长山朱氏⑩。既长,知其世家,感泣⑪,去之南都⑫,入学舍,扫一室,昼夜讲诵。其起居饮食,人所不堪,而公自刻益苦⑬。居五年,大通六经之旨⑭,为文章论说,必本于仁义。祥符八年举进士⑮,礼部选第一,遂中乙科⑯,为广德军司理参军⑰,始归迎其母以养。及公既贵,天子赠公曾祖苏州粮料判官讳梦龄为太保,祖秘书监讳赞时为太傅,考讳墉为太师,妣谢氏为吴国夫人⑱。

公少有大节⑲,于富贵贫贱毁誉欢戚不动其心,而慨然有志于天下。常自诵曰:"士当先天下之忧而忧,后天下之乐而乐也。"其事上遇人,一以自信,不择利害为趋舍⑳。其所有为,必尽其方㉑,曰:"为之自我者当如是,其成与否有不在我者,虽圣贤不能必,吾岂苟哉㉒。"

天圣中㉓,晏丞相荐公文学,以大理寺丞为秘阁校理㉔。以言事忤章献太后旨㉕,通判河中府㉖。久之,上记其忠,召拜右司谏㉗。当太后临朝听政时,以至日大会前殿,上将率百官为寿,有司已具。公上疏,言天子无北面,且开后世弱人主以强母后之渐,其事遂已㉘。又上书,请还政天子,不报㉙。及太后崩,言事者希旨㉚,多求太后时事,欲深治之。公独以谓太后受托先帝,保祐圣躬,始终十年,未见过失,宜掩其小故以全大㉚德。初,太后有遗命,立杨太妃代为太后㉜。公谏曰:太后,母号也,自古无代立也,由是罢其册命㉝。

是岁大旱蝗,奉使安抚东南。使还,会郭皇后废,率谏官御史伏阁争,不能得,贬知睦州,又徙苏州㉞。岁余,即拜礼部员外郎㉟、天章阁待制㊱,召还,益论时政阙失,而大臣权幸多忌恶之㊲。居数月,以公知开封府㊳。开封素号难治㊳,公治有声㊴,事日益简,暇则益取古今治乱安危为上开说。又为百官图以献,曰:任人各以其材而百职修,尧舜之治不过此也。因指其迁进迟速次序曰:如此而可以为公,可以为私,亦不可以不察。由是吕丞相怒,至交论上前,公求对辨,语切,坐落职知饶州㊶。明年,吕公亦罢㊷。公徙润州㊸,又徙越州㊹。而赵元昊反河西㊺,上复召相吕公,乃以公为陕西经略安抚副使㊻,迁龙图阁直学士。

是时新失大将㊼,延州危㊽。公请自守鄜延扞贼㊾,乃知延州。元昊遣人遗书以求和,公以谓无事请和难信,且书有僭号,不可以闻㊿,乃自为书告以逆顺成败之说,甚辩。坐擅复书夺一官[51],知耀州[52],未逾月,徙知庆州[53]。既而四路置帅[54],以公为环庆路经略安抚招讨使、兵马都部署。累迁谏议大夫、枢密直学士[56]。

公为将,务持重,不急近功小利。于延州筑青涧城[57],垦营田[58],复承平、永平废寨[59],熟羌归业者数万户[60]。于庆州城大顺[61],以据要害,又城细腰胡芦[62],于是明珠、灭臧等大族皆去贼为中国用[63]。自边制久隳[64],至兵与将常不相识,公始分延州兵为六将,训练齐整,诸路皆用以为法。公之所在,贼不敢犯[65]。人或疑公见敌应变为如何,至其城大顺也[66],一旦引兵出,诸将不知所向,军至柔远,始号令告其地处,使往筑城,至于版筑之用,大小毕具,而军中初不知[67]。贼以骑三万来争,公戒诸将:战而贼走,追勿过河。已而贼果走,追者不渡,而河外果有伏。贼失计,乃引去[68]。于是诸将皆服公为不可及。

公待将吏,必使畏法而爱己。所得赐赉,皆以上意分赐诸将,使自为谢。诸蕃质子,纵其出入,无一人逃者[70]。蕃酋来见[71],召之卧内,屏人彻卫,与语不疑[72]。公居三岁,士勇边实,恩信大洽[73]。乃决策谋取横山,复灵武[74],而元昊数遣使称臣请和,上亦召公归矣[75]。

初,西人籍为乡兵者十数万,既而黥以为军[76]。惟公所部,但刺其手,公去兵罢,独得复为民。其于两路既得熟羌为用[77],使以守边,因徙屯兵就食内地[78],而纾西人馈挽之劳[79]。其所设施,去而人德之,与守其法不敢变者,至今尤多。

自公坐吕公贬[80],群士大夫各持二公曲直。吕公患之,凡直公者皆指为党,或坐窜逐[81]。及吕公复相,公亦再起被用,于是二公欢然相约,戮力平贼[82]。天下之士皆以此多二公[83]。然朋党之论,遂起而不能止。上既贤公可大用,故卒置群议而用之[84]。

庆历三年春,召为枢密副使,五让不许,乃就道。既至,数月,以为参知政事[85],每进见必以太平责之[86]。公叹曰:"上之用我者至矣,然事有先后,而革弊于久安,非朝夕可也。"既而,上再赐手诏,趣使条天下事[87];又开天章阁召见,赐坐,授以纸笔,使疏于前[88]。公惶恐避席[89],始退而条列时所宜先者十数事上之[90]。其诏天下兴学取士,先德行不专文辞[91];革磨勘例迁以别能否[92];减任子之数而除滥官[93];用农桑考课守宰等事[94]。方施行,而磨勘、任子之法,侥幸之人皆不便,因相与腾口[95]。而

166

疾公者亦幸外有言⑯，喜为之佐佑⑰。会边奏有警，公即请行，乃以公为河东陕西宣抚使⑱。至，则上书愿复守边，即拜资政殿学士，知邠州，兼陕西四路安抚使。其知政事才一岁而罢⑲，有司悉奏罢公前所施行，而复其故⑩。言者遂以危事中之⑩，赖上察其忠，不听。

是时，夏人已称臣，公因以疾请邓州⑩。守邓三岁，求知杭州，又徙青州⑩。公益病，又求知颍州，肩舆至徐，遂不起⑭。享年六十有四。方公之病，上赐药存问⑮。既薨，辍朝一日⑯。以其遗表无所请⑰，使就问其家所欲，赠以兵部尚书⑱，所以哀恤之甚厚。

公为人外和内刚，乐善泛爱，丧其母时尚贫，终身非宾客食不重肉⑲。临财好施，意豁如也⑩；及退而视其私，妻子仅给衣食⑪。其为政所至，民多立祠画像⑫。其行已临事，自山林处士、里间田野之人，外至夷狄，莫不知其名字，而乐道其事者甚众。及其世次、官爵，志于墓，谱于家，藏于有司者⑬，皆不论著。著其系天下国家之大者，亦公之志也欤⑭。

铭曰：

范于吴越，世实陪臣⑮。俶纳山川，及其士民。范始来北，中间几息⑯。公奋自躬，与时偕逢⑰。事有罪功，言有违从。岂公必能，天子用公⑱。其艰其劳，一其初终。夏童跳边，乘吏急安⑲。帝命公往，问彼骄顽。有不听顺，锄其穴根。公居三年，怯勇隳完。儿怜兽扰，卒俾来臣⑫。夏人在廷⑫，其事方议。帝趣公来，以就予治⑫。公拜稽首，兹惟艰哉。初匪其艰，在其终之⑫。群言营营，卒坏于成⑫。匪恶其成，惟公是倾⑫。不倾不危，天子之明⑯。存有显荣，殁有赠谥，藏其子孙，宠及后世。惟百有位，可劝无怠⑫。

【注释】

①皇祐四年：公元1052年。　　五月甲子：五月二十日。

②资政殿学士：官阶名，正三品。　　户部侍郎：户部主管官的副职，掌管军国财政收支、州县废置、户口增减等。　　汝南：郡名，今河南省汝南县，为范姓郡望。文正：范仲淹死后的谥号。　　徐州：今江苏徐州。

③其年十有二月壬申：同年12月1日。　　有：同"又"。

④河南：指河南府，今河南洛阳。　　尹樊里、万安山：为范仲淹祖坟之地。

⑤讳：即名字。

⑥五代之际世家苏州：据《范文正集》补编《家传》："其先邠州也。高祖隋，唐懿宗时调官处州丽水县丞，因徙家江南，遂为苏州吴县人。"

⑦事吴越：指在吴越国做官。　　吴越：五代时钱镠建立之国。下文"钱俶"即是钱镠的孙子。

⑧"太宗皇帝"句：宋太宗太平兴国三年五月，吴越王钱俶归服宋朝，献其两浙十三州之地。钱俶受封为淮海国王。

⑨"公之皇考从钱俶朝京师"二句：据《范仲淹年谱》："父墉从钱俶归宋，任武宁军节度掌书记。"　　皇考：对死去父亲的尊称。　　武宁军：今江苏铜山。　　掌书记：为节度使的幕僚。　　卒：死。

⑩再适长山朱氏：再嫁给长山（今山东长山）朱家。　　再适：再嫁。范仲淹在朱家时，改名为朱说。

⑪"既长"二句：《年谱》："年二十三，询知家世。"

⑫去之南都：离开朱家到南都去。　　去：离开。　　之：到。南都：宋代改宋州为应天府，称南京，今河南商丘。

⑬"其起居饮食"三句：据《宋史·范仲淹传》："昼夜不息，冬月惫甚，以水沃面；食不给，至以糜粥继之。人不能堪，仲淹不苦也。"

⑭六经：指《易》《诗》《书》《春秋》《礼》《乐》六部儒家经典著作。

⑮祥符八年：即大中祥符（宋真宗年号）八年（公元1015年）。

⑯"礼部选第一"二句：范仲淹登礼部进士第一，殿试时，中乙科第九十七名。　　礼部：当时进士试由礼部主持。　　乙科：举人于礼部试后，再经殿试，中者分甲乙科。

⑰广德军：在今安徽广德。　　司理参军：主管讼案审讯侦查之事，官九品。

⑱赠：封赠。宋代高级官员追封祖先三代。范仲淹的曾祖范梦龄，仕吴越粮料判官，宋赠封为太保徐国公；他的祖父范赞时，曾任秘书监，宋赠封为太傅唐国公；他的父亲范墉，赠封为太师周国公。赠封三代，"荣宗耀祖"。

⑲大节：《论语·泰伯》："临大节而不可夺也。"注："大节，安国家，定社稷。"

⑳"其事上遇人"三句：指他对待皇上或同事，一概按照自己观点对人对事，从不因个人利害改变态度。　　一：一概，完全。

㉑必尽其方：一定想方设法，都要全力去办。　　方：方法，能力。

㉒"为之自我者"四句：其谓由我负责的就必须这样办，而事情能否成功并不完全决定于我，即是圣贤办事也不一定能成功，我怎么能苟且敷衍呢？

㉓天圣：宋仁宗年号（1023～1032）。

㉔"晏丞相"二句：天圣四年，范仲淹任大理寺丞，时范仲淹因母丧去官，晏殊请范仲淹管理府学，除丧服后又推荐范为秘阁校理。　　晏丞相：晏殊，时任应天府知府。

㉕忤：抵触。天圣七年冬至日，太后准备临朝受贺，仁宗将率百官上寿，为范仲

168

淹谏阻。范又上书请太后还政,故触怒太后。　　　　章献太后:宋真宗妻刘皇后,真宗死后,仁宗尚幼,她垂帘听政。

㉖河中府:治所在今山西永济。范仲淹于天圣七年(公元1029年)任河中府通判。

㉗召拜右司谏:明道二年(公元1033年)三月,太后死,仁宗于四月诏范为右司谏。　　　　右司谏:谏官,正七品。

㉘"当太后临朝"八句:追叙前事。据《长编》卷一〇八:"天圣七年十一月癸亥,冬至,上率百官上皇太后寿于会庆殿,乃御天安殿受朝。秘阁校理范仲淹奏疏言,天子有事亲之道,无为臣之礼,有南面之位,无北面之仪。若率亲于内,行家人礼可也。今顾与百官同列,亏君体,损主威,不可为后世法。疏入不报。又奏疏请皇太后还政,亦不报。遂乞补外,寻出为河中府通判。"　　　　至日:冬至日。　　　　有司已具:指办事官员已做好准备。　　　　北面:指朝拜。古代帝王坐北面南,所以说皇帝无北面朝拜之礼。　　　　渐:事物发展的开始。　　　　已:停止。

㉙"又上书"三句:范仲淹后又上书,请章献太后归政于仁宗,也没有同意,于是范仲淹就请求外任,为河中府通判。　　　　不报:留下奏书,不予答复。

㉚崩:帝王的死。　　　　言事者:指谏官。　　　　希旨:指迎合旨意。

㉛"公独以"数句:据《长编》卷一一二:"太后崩,言者多追斥垂帘时事,右司谏范仲淹言于帝曰:太后受遣先帝,保佑圣躬,十余年矣,宜掩其小故,以全大德。"

㉜"太后有遗命"二句:指章献太后临死时下诏尊杨太妃为太后,参议政事。其企图在于她死后免受攻击。　　　　杨太妃:真宗的杨淑妃。《宋史·后妃传》:"杨淑妃益州郫人。真宗崩,遗制以为皇太妃。始仁宗在乳褓,章献使妃护视,凡起居饮食,必与之俱,所以拥佑扶持,恩意勤备。章献遗诰,尊为皇太后,居宫中,与皇帝同议军国事,阁门趣百僚贺。"

㉝由是罢其册命:因此废除了册封的诏令。　　　　册命:册封的命令。据《朱子全书》:"郊祀、宗庙、太子皆有玉册,皇后用金册,宰相、贵妃皆用竹册。"据史料记载,仁宗仍尊杨太妃为皇太后,只删去"同议军国事"之语。《长编》卷一一二:"仲淹初闻遗诏以太妃为皇太后,参决军国事,亟上疏言,太后母号也,未闻因保育而代立者。今一太后崩,又立一太后,天下且疑陛下不可一日无母之助矣。时已删去参决等语,然太后之号讫不改,止罢其册命而已。"

㉞郭皇后废:明道二年仁宗废郭后,时宰相吕夷简,主废立之议。御史中丞孔道辅率谏臣范仲淹等谏阻不获,且又面责吕夷简,结果孔道辅贬秦州,范仲淹贬睦州(今浙江建德)。《年谱》:"二年癸酉,十二月,郭皇后废,率谏官御史伏阙谏,诏出知睦州。"　　　　郭太后:应州金城(今山西应县)人,天圣二年(公元1024年)立为皇后。因与受宠的尚美人相争,怒批其颊,而误打了仁宗,遭废。《宋史·后妃传》:"仁宗郭皇后,其先应州金城人,平卢军节度使崇之孙也。天圣二年,立为皇后。其后尚美人、杨美人俱幸,数与后忿争,一日尚氏于上前有侵后语,后不胜忿,批其颊,上自起救之,误批上颊,上大怒。入内都知阎文应因与上谋废后。……后遂废,于是中丞孔道辅率谏官御史范仲淹、段少连等十人伏阁言后无过,不可废。道辅等俱被黜责。"　　　　又徙苏州:《年谱》:"景祐元年甲戌,年四十六。是岁春正月,出守睦

州。夏六月壬申,徙苏州。"

㉟礼部员外郎:《宋史·职官制》:"礼部郎中员外郎,参领礼乐祭祀,朝会宴享,学校贡举之事,有所损益,则审订以次谘决。"又曰:"尚书诸司员外郎为正七品。"

㊱天章阁:收藏宋真宗御制文集、御书的地方。《宋史·职官志》:"天章阁,天禧四年建,在会庆殿之西龙图阁之北。明年,仁宗即位,修天章阁毕,以奉安真宗御制,以在位受天书祥符,改曰天章,取为章于天下之义。天圣八年置待制。"

㊲大臣权幸多忌恶之:范仲淹经常议论朝政得失,遭权臣忌恨。阙:同"缺"。

㊳"居数月"二句:景祐二年(公元 1035 年)十二月,范兼知开封府,距还京前后共三月。

㊴开封素号难治:开封府素以"难治"著称。据史料记载,吕夷简等人欲用繁杂事务缠绕范仲淹,使他无暇顾及朝政,才让范知开封府。

㊵公有治声:范仲淹有善政的美名。张次功《名臣传》:"仲淹明数通照,决治如神。京师谣曰:朝廷无忧有范君,京师无事有希文。"

㊶"又为百官图"数句:时吕夷简执政,任用一些亲信门人。景祐三年(公元 1036 年),范仲淹上呈百官图,指出任用官员中的升迁速度、次序,论斥哪些是公道的,哪些是挟私的。吕夷简得知大为不满。两人又在仁宗面前发生争论。其后范又献四论,劝仁宗选贤任能,吕借此诉范为越职言事,离间君臣,荐引朋党。范更加反驳,斗争越发激烈,于是范被贬知饶州(今江西鄱阳)。 百官图:《宋史·范仲淹传》,景祐三年五月:"时吕夷简执政,进用者多出其门。仲淹上百官图,指其次第曰:如此为序迁,如此为不次,如此则公,如此则私。况进退近臣,凡超格者不宜全委之宰相。夷简不悦。他日,论建都之事,仲淹曰:洛阳险固,而汴为四战之地;太平宜居汴,即有事必居洛阳,当渐广储蓄,缮宫室。帝问夷简,夷简曰:此仲淹迂阔之论也。仲淹乃为四论以献,大抵讥切时政,且曰:汉成帝信张禹不疑舅家,故有新莽之祸,臣恐今日亦有张禹坏陛下家法。夷简怒斥曰:仲淹离间陛下君臣,所引用皆朋党也。仲淹对益切,由是罢知饶州。" 语切:直言不讳。 坐:获罪。

㊷"明年"二句:景祐四年(公元 1037 年)四月,吕夷简与他人有隙,被罢去相位,出京外任。《宋史·仁宗纪》:"景祐四年夏四月甲子,吕夷简、王曾、宋绶、蔡齐罢。"

㊸润州:今江苏镇江。

㊹越州:今浙江绍兴。

㊺赵元昊反河西:宝元元年(公元 1038 年),西夏主元昊称帝。元昊本姓李,宋太祖淳化二年(公元 991 年),赐其祖父李继迁改姓赵。

㊻经略安抚副使:掌管一路军政民政的副职。范仲淹任此职为康定元年(公元 1040 年)的事。

㊼是时新失大将:康定元年(公元 1040 年)正月,元昊攻延州,俘获鄜延、环庆两路副都总管刘平和鄜延副都总管石元孙。

㊽延州危:当时西夏围延州城已七日,时逢大雪。 延州:今陕西延安市。

㊾鄜延:鄜州和延州,当时属陕西路,常受西夏威胁。 扞:抵抗。 贼:

指西夏。

　　⑤僭号:指元昊称帝后自立年号。　　　以闻:上报给皇帝。

　　⑤坐擅复书:犯了擅自复信的罪。　　　夺一官:削去一个官职。

　　⑤耀州:今陕西耀州区。

　　⑤庆州:今甘肃庆阳市。

　　⑤四路置帅:庆历元年(公元1041年),为加强边防,抗击西夏,分陕西路为秦凤、泾原、环庆、鄜延四路,各设经略安抚使。

　　⑤招讨使:主管招讨杀盗贼之事。

　　⑤枢密直学士:备皇帝顾问咨询。

　　⑤青涧城:今陕西清涧县,为当时军事要地,范仲淹采纳种世衡建议,在此筑城。

　　⑤垦营田:开垦军田。

　　⑤复:修复。

　　⑥熟羌:指当地定居的羌民。据《宋史》记载,范仲淹在陕西深得羌人的"亲爱"。　　　归业:归来从事农业生产。

　　⑥城大顺:在大顺修筑城。　　　城:名词动用词,修城。下句"城"同此用法。大顺:今甘肃庆阳市北一百五十里。范仲淹以马铺寨为基地扩建此城。据《宋史》:"庆之西北马铺寨,当后桥川口,在贼腹中,仲淹欲城之。"

　　⑥城细腰胡芦:修筑细腰、胡芦两城。均在今庆阳市西北部胡芦河附近。

　　⑥明珠、天藏:都是当地少数部族。

　　⑥边制:边防制度。　　　隳:破坏。宋初为了限制将帅权力,兵制十分腐败,将不专兵,兵不识将,都是临时组合,战斗力极不强。

　　⑥"公之所在"二句:张次功《名臣传》:"(仲淹)日久训练,号为精兵焉。贼闻之,第戒曰:'无以延州为意,今小范老子(指仲淹)腹中有数万甲兵,不比大范老子(指范雍)可欺。'"又据《渑水燕谈录》:"范文正以龙图阁直学士帅邠延泾庆四郡,威德著闻,夷夏耸服。蕃部率称曰龙图老子,至于元昊亦以此呼之。"

　　⑥大顺:据《清一统志》:"甘肃庆阳府,大顺城,在安化县(今庆阳)北150里。"范仲淹考虑大顺地势险要,敌兵必会来争夺,因此用了偷筑的谋略。

　　⑥"军至柔远"数句:据《资治通鉴长编》,当时范仲淹拿出事先准备的各种建筑工具,十天之内就筑好了城。　　　柔远:今甘肃安化。　　　版筑之用:筑城的工具。

　　⑥"贼以骑"几句:据《资治通鉴长编》西夏得知偷筑后,派三万骑兵来抢夺,并假装败北,设下埋伏。于是范仲淹告诫诸将:敌败勿追,所以没有中计。西夏失策,故引兵退去。　　　走:逃跑。　　　引:带。

　　⑥赍:赐予。其意是说主帅借用皇帝的名义把所得的赏赐分给诸将,以得军心。

　　⑦"诸蕃质子"三句:让少数民族留宋的人质,随意进出,也没有一人逃跑。诸蕃质子:臣服宋朝的少数民族部落首领要送自己的儿子作为抵押。　　　质子:人质。

⑦蕃酋：少数民族的首领。

⑦"屏人彻卫"二句：撤去侍卫，单独与他讲话，不起疑心。　　彻：同"撤"。

⑦恩信大洽：恩德信义广泛施行。

⑦横山：在陕西北部，当时为西夏的经济要地。　　灵武：今甘肃灵武，当时为西夏的政治中心。张次功《名臣传》："公（范仲淹）与韩琦协谋，必欲收复灵武、横山之地，……元昊大惧，遂称臣。"

⑦上亦召公归：庆历三年三月，元昊向宋称臣。四月，召范仲淹还朝任枢密副使。

⑦西人：指陕甘两地的百姓。　　籍：按户籍征集兵员。　　乡兵：一种战时为兵，平时为民的地方武装，以为防守。　　黥：刺字，以防逃跑。

⑦两路：指鄜延路、环庆路。

⑦屯兵：指驻边部队。　　就食内地：指从边地撤回内地。范仲淹以边地归顺的少数部族，可自为防守，春夏两季把驻军调回附近内地，以节省军用费用。

⑦纾：缓和。《说文》："纾：缓也。"　　馈挽：指送军粮服劳役。

⑧坐吕公贬：即上文景祐三年范仲淹上百官图等与吕夷简争论事。　　坐：因。

⑧直公者：认为范仲淹有理的人。指支持范仲淹的余靖、尹洙及作者自己，他们当时都被斥逐。

⑧戮力：尽力。

⑧多：称赞。《汉书·灌夫传》："士亦以此多之。"

⑧置：搁置。不采纳。

⑧参知政事：于庆历三年（1043）八月范仲淹任参知政事。

⑧必以太平责之：必以实现治国平定天下的责任要求他。

⑧趣使：促使。　　趣：同"趋"，催促。　　条：条陈。

⑧使疏于前：让范仲淹当面写奏疏。

⑧避席：离开座位。

⑨条列时所宜者十数事：即《答手诏条陈十事》。

⑨其诏：指庆历三年仁宗根据范仲淹建议所下的诏书。

⑨革：革除。　　磨勘例迁：宋代朝廷有磨勘司，规定任内每年勘验其功劳过失，吏部复查后，决定迁转官阶，叫磨勘，当时初定文官五年武官七年都得升官，后来每逢皇帝生日、郊祀也要升官。范仲淹认为磨勘例迁周期太快，应加以限制。

⑨任子：宋初定任子之法，让一定品级以上官员子弟，受荫得到一定的官职。后来皇帝生日、郊祀等都加封荫，当时封荫范围太广，仁宗采纳范仲淹削减任子之法的建议，下令加以限制。

⑨用农桑考课守宰：用所管辖地区的农事来考核地方官的政绩，上述内容皆为庆历新政的中心要点。

⑨侥幸之人：指当时有权势的大官僚。　　腾口：群起攻击之意。

⑨疾公者：指宰相夏竦。　　外有言：指攻击新政的言论。

⑨喜为之佐佑：很愿意替外界的不满做渲染、夸张。

⑨⑧会边奏有警:指辽和西夏发生战事。当时范仲淹施行新政,受到朝廷内保守势力的攻击,宰相夏竦伪造证据,诬说范与富弼准备废仁宗另立皇帝,于是两人不安于朝,适逢辽与西夏有战事,遂借此请求外任。据《资治通鉴长编》百五十:"……夏竦怨介(石介)斥己,又欲因是倾弼等,乃使女奴阴习介书,久之习成,遂改伊周曰伊霍,而伪作介为弼撰废立诏草,飞语上闻。帝虽不信,而仲淹、弼始恐惧,不敢自安于朝,皆请出按西北边,未许。适有边奏,仲淹固请行,乃使宣抚陕西河东。"

⑨⑨其知政事才一岁而罢:自庆历三年八月任参知政事至庆历五年元月罢掉此职。

⑩⑩而复其故:指废除新政,一切恢复旧法。

⑩①危事:指被诬陷的朋党、专权、废仁宗另立皇帝等事。

⑩②"是时"三句:据《资治通鉴长编》四十九:"庆历四年五月丙戌,元昊始称臣,自号夏国主。"又《年谱》:"庆历五年乙酉,年五十七岁,十一月,诏以边事宁息,盗贼衰止,罢公陕西四路安抚使,并罢富弼安抚,其实谗者谓石介谋乱,弼将举一路兵应之,故也。公先引疾求解边任,遂改知邓州。"这时新政彻底失败。当时欧阳修任河北转运使,曾上书谏阻,因此欧阳修更为新政的反对者仇恨,诬以罪,降贬滁州。邓州:今河南邓州市。

⑩③青州:今山东青州。《年谱》:"皇祐三年辛卯,年六十三岁。是岁公以户部侍郎知青州。"

⑩④颍州:今安徽阜阳。《年谱》:"四年壬辰,年六十四。春正月戊午,徙知颍州。"肩舆:轿子,此指乘轿。徐:徐州,今江苏北部。

⑩⑤存问:问候。《史记·高祖本纪》:"至栎阳,存问父老。"

⑩⑥薨:古代诸侯及三品以上大臣死,称薨。辍朝:皇帝停止上朝办公,以示哀悼。

⑩⑦遗表:大臣于临死前上皇帝的表文。无所请:没有个人的请求。

⑩⑧兵部尚书:兵部长官,无实职,为寄禄官。

⑩⑨不重肉:每餐不同时食用两样肉菜。《渑水燕谈录》卷二:"范文正公知邠州,暇日率僚属,登楼置酒。未举觞,见缞绖数人,营理丧具,公亟令询之,乃寄居士人卒于邠,将出殡近郊,赙殓棺椁,皆所未具。公怃然。即撤宴席,厚赒给之,使毕其事。坐客感叹,有泣下者。"又卷四:"范文正公轻财好施,尤厚于族人。既贵,於姑苏近郭,买良田数千亩为义庄,以养群从贫者。择族人长而贤者一人,主其出纳,人日米一升,岁衣缣一匹,嫁娶丧葬,皆有赡给,聚族人仅百口。公没四十年,子孙贤令,至今奉公之法,不敢废弛。"

⑩⑩意豁如也:胸襟开阔,豪放。《史记·高祖本纪》:"爱人喜施,意豁如也。"《集解》引服虔曰:"豁,达也。"

⑩①及退而视其私二句:指范仲淹为官廉洁,家中生活清贫。

⑩②其为政所至二句:指范仲淹为官有政绩,关心人民疾苦,受到百姓的爱护。《宋史》:"为政尚忠厚,所至有恩,邠、庆二州之民与属羌皆画像立生祠祀之。及其卒也,羌酋百人哭之如父,斋三日而去。"

⑬藏于有司：指范仲淹的政绩已被国家收录。

⑭著其二句：其谓"应慨然志于天下。"又作者说："此碑直系天下国家大事，后人固不必于此求范公官次也。"

⑮陪臣：诸侯的臣子。此指范仲淹的祖先世代为吴越之臣。

⑯几息：指范仲淹家世衰微，几乎灭绝。

⑰与时偕逢：生逢其时。

⑱岂公必能二句：难道范仲淹一定能成功吗？但皇上总是重用他。

⑲夏童二句：指宋朝边政衰弱，西夏元昊兴兵反叛。　　夏童：对西夏赵元昊的蔑称。　　跳边：指于边地骚扰。　　怠安：因安定而松弛。失掉警惕性。

⑳公居三年四句：其谓范仲淹于陕西执政三年，将士兵怯弱的变为勇敢，使毁坏的城池完整，边民爱戴，强敌驯服，都来归顺。　　兽扰：猛兽驯服。《周礼·夏官》："服不氏掌养猛兽而教扰之。"俾来臣，使边族归顺，称臣。

㉑在廷：指归服称臣。

㉒帝趣公来二句：皇帝催促范仲淹快回京以成就巩固我王朝的统治。

㉓初匪其难二句：开始并不难，难的是有始有终。《诗经·大雅·荡》："靡不有初，鲜克有终。"　　匪：同"非"。

㉔营营：往来盘旋的样子。此指谗言纷多。《诗经·小雅·青蝇》："营营青蝇。"　　卒坏于成：指新政终于功败垂成。

㉕匪恶其成：指谗害者的目的不在于仇恨新政的成效，而着重于对范公个人的攻击。　　恶：恨。

㉖不倾不危二句：没有被推倒，被危害，那是天子英明所致。

㉗惟百有位二句：其谓范仲淹的一生政绩，可以激励百官不怠懈国家大事。
有位：官吏。

【集评】

明茅坤《唐宋八大家文钞》卷五十一：欧得史迁之髓，故于叙事处裁节有法，字不繁而体已完。

清何焯《义门读书记》：叙范、吕本末，特微而显，公文之至者。

【鉴赏】

神道碑，是立于墓道的一种碑文，亦称"神碑"。宋高承在《事物纪原》中说："晋宋之世始有神道碑，天子及诸侯皆有之。"可见神道碑比一般碑文等级高。范仲淹曾任参知政事（副宰相），官位显赫，他死后给他立神道碑，是符合当时封建社会统治者的规定的。欧阳修写这篇文章，标题用的是"资政殿学士户部侍郎文正范公神道碑铭"，不仅从文种上与一般碑文加以区别，在对范仲淹的称呼上也做了推敲和润色。"文正范公"是朝廷赐予范仲淹的卒谥。"户部侍郎"是掌管全国土地、户籍、赋税、财政收支等事务的长官之副（正职称尚书，副职称侍郎），范仲淹曾担任此类高级职务。"资政殿学士"是接近皇帝、参与机要的一种官名。作者在"神道碑铭"前面加上这三个附加词，是为了显示范仲淹当时的地位，表示作者对范仲淹的一种尊崇。

从神道碑铭标题的拟定，我们就可看出作者与死者之间的关系不同寻常。据史书记载，范仲淹比欧阳修年长十八岁，但他们在政治上是志同道合的挚友。庆历三年（公元1043年）九月，任参知政事的范仲淹奉诏条陈十事，提出了"明黜陟、抑侥幸、精贡举、择长官、均公田、厚农桑、修武备、减徭役、覃恩信、重命令"等十项改革主张，史称"庆历新政"，遭到当时朝廷大官僚集团的反对，斗争极为尖锐，在这场政治斗争中，欧阳修坚决站在范

仲淹一边。景祐三年，范仲淹被贬谪，欧阳修写了《与高司谏书》为范仲淹辩护，触怒了保守派，也被贬为峡州夷陵县令。神道碑铭主要是介绍死者的生平事迹，为其歌功颂德，树碑立传。由于欧阳修与范仲淹有那么一层亲密的关系，由他来撰写碑铭，是名正言顺，理所当然的了。

范仲淹享年六十四岁，家境出身贫寒，自幼刻苦好学，胸有大志，中进士后，为国效忠尽职，忧国忧民，力图革新，一生中，不仅有显著的文功武绩，而且还是一位博学多才的文学家，诗词散文都写得很好，他写的《岳阳楼记》，便是千古传诵的佳作。给这样一位地位显要，在政治上历尽沧桑，才学兼优的名人写碑铭，概括出他一生的光辉业绩，做出正确的评价，是一件颇不容易的事。由于欧阳修熟悉了解范仲淹，他饱含激情用他那一支生花妙笔，写得有声有色，真实可信，成为一篇不可多得的碑铭。

这篇不足三千字的神道碑铭，在写作上具有许多特点。

内容翔实，真实可信，是这篇神道碑铭的第一个特点。作者采用倒叙的手法，先写范仲淹的逝世，后用顺叙的方法，介绍他的出身，学习情况，仕途生涯，武场业绩，高贵品德，最后用韵文做出全面评价，把范仲淹一生的主要事迹介绍得比较全面，评价十分中肯。纵读全文，像新闻通讯一样，人和事都写得实实在在，真实可信，无一句空洞浮夸的言辞，神道碑铭属记叙性文体，以记人叙事为主，真实是其生命，对这一写作特点，作者是把握得很好的。

主旨显豁，选材精当，是这篇神道碑铭的另一特点。范仲淹是位博学多才，能文能武的人，作者在确立文章的主旨时，是作了提炼的，以歌颂政绩武功品德为主，而将其文学方面的成就予以省略，这不是作者的疏忽和遗漏，而是为了把范仲淹塑造成为一个政治人物的光辉形象。史料记载，范仲淹的一生，其政治军事成就是大

于文学成就的,作者确立这一主旨是有当时政治背景的。由于作者在主旨方面进行了推敲和提炼,歌颂的重点则显得鲜明突出。

其次,作者在选择材料说明主旨时是十分精当的。从全文看,作者从范仲淹的家世写起,从他的出生,一直写道:"公益病,又求知颍州,肩舁至徐,遂不起。享年六十有四。"前前后后共写了范仲淹六十多年的事迹,在篇幅不长的碑铭中,如果选材不精当,是难以反映出范仲淹在政治军事品德方面的主要事迹的。我们仅以最后一段来分析,就可看出作者在选材方面所下的功夫了。这一段的观点是"公为人,外和内刚,乐善汎爱。"歌颂范仲淹为人的品质。为了说明范仲淹"外和内刚,乐善汎爱",作者只从范仲淹一生的事迹中截取了:"丧其母时尚贫,终身非宾客,食不重肉。临财好施,意豁如也。及退而视其私,妻子仅给衣食。"所选材料不多,但事情典型,寥寥数语,就把范仲淹为人"外和内刚,乐善汎爱"的品德反映出来了。

寓情理于事实是这篇神道碑铭又一特点。范仲淹是欧阳修的良师益友,两人志同道合,交情深厚,对范仲淹的病故,欧阳修是极其悲痛的。作者是满怀激情来悼念亡友的,但碑铭通篇直接议论和抒情则很少,而是寓情理于事实,让事实来表达作者的情怀。写范仲淹年少时家境贫寒,处境艰难,而依然刻苦好学,只写了"公生二岁而孤,母夫人贫无依,再适长山朱氏。既长,知其世家,感泣,去之南都,入学舍,扫一室,昼夜讲诵。"无一句议论,但范仲淹不怕困难,刻苦好学的精神跃然纸上。范仲淹去世后,上至天子,下至平民,无不哀悼,作者也没直抒胸臆,而仍然让事实说话:"方公之病,上赐药存问,既薨,辍朝一日。""其百政所至,民多立祠画像""自山林处士,里闾田野之人,外至夷狄,莫不知其名字"。作者寓情于事的写作手法,比直接议论和抒情,更为感人。

纵观全文,作者把人、事、情融为一体,具体而概括地歌颂了范仲淹一生主要的丰功伟绩,寄托了作者无限的哀思,作者在立意、选材、达意等方面的许多技巧,是值得我们借鉴和学习的。

徂徕石先生墓志铭

【题解】

本篇写于治平二年（公元1065年），作者任吏部侍郎、参知政事，时年五十九岁。石介既是欧阳修的老朋友，又是他的前辈。这篇墓志铭概括了石介一生的作为，对其高尚的品德予以赞扬。

北宋大中祥符初年，杨亿、刘筠、钱惟演的《西昆酬唱集》问世。与这种轻靡的诗风相同，他们那四六切对工整的时文，也被人们称为"西昆体"，垄断了文坛。北宋文坛一时逆流横行。石介则是攻击"西昆体"的急先锋，为时最早，可以称为古文运动的先驱者。他撰文《怪说》，将西昆之风，与佛老相提并论，斥之为"三怪"。这对于打击西昆文风排斥佛老，以振兴儒学起到了一定的作用。

石介一生敢说、敢作、敢为；做官为清官廉官；为学则切实实用；教授则循循善诱、弟子众多，与欧阳修的"经世致用"主张不谋而合。因此，欧阳修对石介的为人，为文，为学十分钦敬，赞之曰："岂止学者师，谓宜国之蓍"。

全篇文章围绕"鲁之人不称其官而称其德"这个中心论点展开议论。先写先生的大志和"经世致用"的治学态度，再写仕途经历及政治表现，接写对古文运动的贡献和教授弟子的成果，最后一段突出了先生清廉的高风亮节。全文充满了对前辈的崇敬缅怀之情，文章引用石介的典型事例言行，既突出了形象，又增强了论证的力量。另外，对先生的廉洁并没有正面去写，而是用"先生既没，妻子冻馁不自胜"一句从侧面描写，其效果十分鲜明。

【原文】

徂徕先生，姓石氏，名介，字守道，兖州奉符人也①。徂徕，鲁东山；而先生非隐者也，其仕尝位于朝矣②。鲁之人不称其官而称其德，以为徂徕鲁之望，先生鲁人之所尊，故因其所居山以配其有德，称之曰徂徕先生者，鲁人之志也③。

先生貌厚而气完，学笃而志大，虽在畎亩④，不忘天下之忧。以谓："时无不可为，为之无不至；不在其位，则行其言。吾言用，功利施于天下，不必出乎己；吾言不用，虽获祸咎，至死而不悔⑤。"其遇事发愤作为文章，极陈古今治乱成败，以指切当世⑥；贤愚善恶，是是非非，无所讳忌。世俗颇骇其言，由是谤议喧然，而小人尤嫉恶之，相与出力必挤之死⑦。先生安然不惑不变，曰："吾道固如是。吾勇过孟贲矣。"不幸遇疾以卒。既卒，而奸人有欲以奇祸中伤大臣者，犹指先生以起事⑧，谓其诈死而北走契丹矣,请发棺以验。赖天子仁圣,察其诬,得不发棺,而保全其妻子。

先生世为农家。父讳丙,始以仕进,官至太常博士。先生年二十六举进士甲科,为郓州观察推官、南京留守推官⑨。御史台辟主簿,未至,以上书论赦罢不召⑩。秩满,迁某军节度掌书记⑪。代其父官于蜀,为嘉州军事判官⑫。丁内外艰去官,垢面跣足,躬耕徂徕之下,葬其五世未葬者七十丧⑬。服除,召入国子监直讲⑭。是时兵讨元昊,久无功,海内重困⑮;天子奋然思欲振起威德,而进退二三大臣,增置谏官、御史,所以求治之意甚锐⑯。先生跃然喜曰:"此盛事也。雅颂吾职,其可已乎⑰?"乃作《庆历圣德诗》以褒贬大臣,分别邪正,累数百言⑱。诗出,太山孙明复⑲曰:"子祸始于此矣。"明复,先生之师友也。其后所谓奸人作奇祸者,乃诗之所斥也⑳。

先生自闲居徂徕,后官于南京,常以经术教授。及在太学,益以师道自居,门人弟子从之者甚众。太学之兴,自先生始。其所为文章,曰某某者若干卷。其斥佛老、时文,则有《怪说》《中国论》,曰:"去此三者,然后可以有为㉑。"其戒奸臣、宦、女,则有《唐鉴》,曰:"吾非为一世监也㉒。"其余喜怒哀乐,必见于文。其辞博辩雄伟,而忧思迢远。其为言曰:"学者学为仁义也。仁急于利物,义果于有为。惟忠能忘其身,惟笃于自信者乃可以力行也。"以是行于己,亦以是教于人。所谓尧、舜、禹、汤、文、武、周公、孔子、孟轲、扬雄、韩愈氏者㉓,未尝一日不诵于口。思于天下之士皆为周孔之徒,以致其君为尧舜之君,民为尧舜之民,亦未尝一日少忘于心。至其违世惊众,人或笑之,则曰:"吾非狂痴者也㉔。"是以君子察其行而信其言,推其用心而哀其志。

先生直讲岁余,杜祁公荐之天子,拜太子中允㉕。今丞相韩公又荐之,乃直集贤院㉖。又岁余,始去太学,通判濮州㉗;方待次于徂徕㉘,以庆历五年七月某日卒于家。享年四十有一。友人庐陵欧阳修哭之以诗,以谓待彼谤焰熄然后先生之道明矣㉙。先生既没,妻子冻馁不自胜。今丞相韩公与河阳富公分俸买田以活之㉚。后二十一年,其家始克葬先生于某所。将葬,其子师讷与其门人姜潜、杜默、徐遁等来告曰:"谤焰熄矣,可以发先生之光矣。敢请铭。"某曰:"吾诗不云乎?'子道自能久'也㉛。何必吾铭?"遁等曰:"虽然,鲁人之欲也。"乃为之铭曰:

徂徕之岩岩㉜,与子之德兮,鲁人之所瞻!

汶水之汤汤㉝,与子之道兮,逾远而弥长!

道之难行兮,孔孟亦云遑遑㉞!

一世之屯兮,万世之光㉟!

曰吾不有命兮,安在夫桓魋与臧仓㊱?

自古圣贤皆然兮,噫! 予虽毁其何伤!

【注释】

①徂徕先生:即石介(1005~1045),北宋兖州奉符(今山东泰安东南)人,字守道,世称徂徕先生。天圣进士。历郓州观察推官、南京留守推官、嘉州军事判官等。

丁母忧，居徂徕山下，以《易》教授。入为国子监直讲。庆历中为太子中允、直集贤院。时范仲淹、富弼、韩琦同为执政，欧阳修等为谏官，他作《庆历圣德诗》，颂扬新政人物，与孙复、胡瑗同倡"以仁义礼乐为学"，并称"宋初三先生"。论文主张文统与道统统一，反对颓靡浮华文风。著有《徂徕集》。《宋史》卷四百三十二有传。

兖州：即兖州市，在山东省。

②"徂徕"四句：徂徕便是孔子在鲁登过的东山，然而，先生并非山中隐士，他曾经在朝做官。　　徂徕：山名，在山东泰安市东南。　　东山：《孟子·尽心上》："孔子登东山而小鲁"。

③"鲁之人"二句：鲁地人不看重他的官职，而是称颂他的品德，以为徂徕是鲁地名山，先生为鲁人所崇敬，因此以其居住的山比喻他的道德，称他为"徂徕先生"，是鲁人的意愿。　　望：古代诸侯祭祀境内的名山大川的专称。

④畎亩：田间。　　畎：田中水沟。

⑤"吾言用"六句：如果我的主张被采用，功效利益就会普及天下，不一定非要自己出头露面；我的主张不被采用，即使获得灾祸罪责，也至死而不悔。　　祸咎：灾害罪过。　　咎：罪过。

⑥指切：针对。

⑦相与：共同，一齐。　　挤：逼迫使屈从。

⑧孟贲：传说中能生拔牛角的勇士。　　奸人：指夏竦等人。　　先生以起事：指孔直温谋反，石介被牵连一事。庆历七年，徐州人孔直温谋反败露后，在其家发现有与石介来往的书信，夏竦与石介有隙，乘机陷害，并打击推荐石介的大臣杜衍，到处散布流言，说石介已亡命契丹，得病死亡是假的，提出要开棺验尸。龚鼎臣以全族性命担保，吕居简也仗义执言，几百位有正义感的官员力保求情，才免予开棺。

⑨进士甲科：北宋科举，进士及第分甲、乙、丙三科。　　推官：为州府的属官。有文职武职两类。

⑩"御史台"三句：御史台召他为主簿，没有上任，就因上书议论大赦事被罢官。景祐二年(公元1035年)二月，御史中丞杜衍推荐石介任御史台主簿。十一月，宋仁宗下诏大赦，录用五代诸国后嗣，石介还未到任就上书反对，因此触怒仁宗，被罢官。

⑪某军：指镇南军，军治在今江西南昌县。

⑫"代其父"二句：又代替父亲在蜀地做嘉州军事判官。　　嘉州：州治在今四川乐山市。

⑬"丁内外艰"四句：因父母病逝离开职务，尽其孝道而过着简朴的生活，亲自在徂徕山下耕田，安葬了五代以来没有安葬的七十个亲族。　　丁：旧时称父母丧为丁忧。丁父丧称外艰，丁母丧称内艰。　　去官：离职，封建官制规定，父母丧事期间必须辞官守服，为尽孝。　　垢面跣足：封建社会礼教要求，孝子在丧服期间，不打扮修饰，为哀悼尽孝之举。　　垢：污秽。　　跣：光着脚。

⑭服除：表示丧期结束。　　国子监：封建社会最高学府，唐宋两代以国子监总辖国子、太学、四门等学。　　直讲：为博士的助教，辅助其讲解经术。

⑮"是时"三句：这时朝廷以兵讨伐西夏元昊久而无功，全国为之困扰。　　元昊：宝元元年（公元 1038 年）赵元昊在西夏称帝，公然打起反叛朝廷的旗帜，不断打败宋朝边防军队。

⑯"天子奋然"句：天子奋然想要振起威德，罢免几个大臣，提拔几个大臣，增置谏官和御史，欲要治好国家的心意十分急迫。

⑰"先生跃然"句：先生高兴得跳起来说："这是大好事啊！写出雅颂一类的诗歌正是我该做的事，难道可以停止不写吗？"

⑱《庆历圣德诗》："众贤之进，如茅斯拔；大奸之去，如距斯脱。"大奸：指夏竦等人。

⑲孙明复：晋州平阳（县治在今山西临汾）人，举进士不中，退居泰山，著书讲学。宋史有传。

⑳"其后"二句：后来所说挑起大祸的奸人，就是这诗中所指斥的人。

㉑时文：指华丽对偶、内容空虚的"西昆体"，它是宋初举子应试的规定文体。去此三者：指佛、老、时文。

㉒"其戒奸臣"句：他规劝朝廷不要被奸臣、宦官、女色所迷惑，著有《唐鉴》一书，其中说："我不仅仅是为一世做鉴戒啊"。

㉓"所谓"句：唐朝韩愈提出道统观念，从尧、舜到孔、孟，认为自己是孟子的继承者。北宋古文运动领袖发展其学说，如欧阳修等人（包括石介）认为自己是韩愈的继承者。

㉔"至其违众惊世"三句：以至他的言行违背世俗，使大家惊奇。有人讥笑他，他便说："我不是狂人、傻子。"　　违众惊世：指写作《庆历圣德诗》一事。

㉕太子中允：太子属官，属詹事府，负责太子侍从礼仪，核审奏章文书等事项。杜祁公：指杜衍。

㉖韩公：即韩琦。　　集贤院：宋朝管理秘书、图书的机构，设有学士、直学士、修撰、校理等职位。　　直：即值，在岗。

㉗濮州：治所在今山东省鄄城北旧城。

㉘待次于祖徕：停在祖徕等待成行。

㉙哭之以诗：指为悼念石介作的五言古诗《读祖徕集》《重读祖徕集》。

㉚富公：指富弼。

㉛子道自能久：此句出自五言诗《重读祖徕集》："子道自能久，吾言岂须镂？"

㉜岩岩：形容山高峻貌。　　《诗经·鲁颂·闷宫》："泰山岩岩，鲁邦所瞻"。

㉝汤汤：河水浩大貌。

㉞遑遑：即皇皇，形容心神不宁。　　《孟子·滕文公下》："孔子三月无君，则皇皇如也。"

㉟一世之屯兮：即当世处境困难啊。　　屯：处境困难。

㊱桓魋：孔子路过宋国，桓魋想谋杀孔子。孔子说：“天生德于予，桓魋其如予何？”（见《论语·述而》）

【集评】

明唐顺之《唐宋八大家文钞·欧阳文忠公文钞》卷二十五：此文极其变化。

清储欣《唐宋十大家全集录·六一居士全集》第三十四卷：石先生读书好事，虽非中道，然近乎圣门之狂志，文亦疏宕利时艺，但惜其多宋调耳。

清爱新觉罗·弘历《唐宋文醇》卷二十五：刘梦得曰：石守道与欧文忠，同年进士，名相连，皆第一甲。国初，诸儒但守传注。自孙明复为《春秋》发微，稍出己意。守道师之，及为《庆历圣德诗》，遂臧否卿相。孙明复闻之曰：‘为天下不当如是，祸必自此始。’

清沈德潜《唐宋八大家文读本》卷十三：略位称德，正是重先生处，此史氏书法也。文亦有泰山岩岩气象，秉正嫉邪，其刚劲之概，可以想见。然含蕴不深，卒以语言文字贾祸，身后犹腾谤焰也。孙明复之言，故有远见。

清何焯《义门读书记》下卷：其气象甚宏伟，然后来廓落之弊，亦自此开。不如胡先生墓表为隐当而称情也。

先生貌厚而气完（至）吾勇过于孟轲矣。　长史云：提出先生直道取祸处，先重写一大段。

其遇事发愤作为文章。　长史云：此处虚提。

既卒而奸人有欲以奇祸中伤大臣者，犹指先生以起事。

长史云：死后事倒提在前。　以奇祸中伤大臣，谓朋党也。

安在夫桓魋与臧仓（至）末。长史云：公之直亦甚矣。

《山晓阁选宋大家欧阳庐陵全集》卷三引清孙琮评：守道秉正嫉邪，其立朝梗概，多劲直果毅，大为群奸所忌。永叔不录其官，不表其字，而特以徂徕石先生称，便有不尊其位而尊其德之义，此命意其高也。既以徂徕立论，所以篇中言躬耕徂徕，言闲居徂徕、言待次於徂徕，处处提掇，回顾有情。至前以鲁人之志起手，从以鲁人之欲收煞，明尊其德者乃当世之公心，而非一人之私誉。开阖照应，尤极严密，而行文清疎辣，不愧史才。

清方苞《诸家评点古文辞类纂》卷四十六：笔阵酣恣，辞繁而不懈。

清浦起龙《古文眉诠》卷六十一：感慨激发在《圣德诗》，归宿在师道，国论人望，具见於此，此誌当与石推官二书合参。

清蔡世远《古文雅正》卷十：石守道正孔子所谓狂也，信道笃，而议论发皇。下之，可以成就人才；上之，可以裨补朝廷。亦其停蓄不深，涵养未至，故动多龃龉。仁宗为有宋极盛之世，犹多谤燄，呜呼，难哉！欧公极力推尊，文笔健畅，读之能令顽廉懦立。

清刘大櫆《诸家评点古文辞类纂》卷四十六：反复推衍徂徕之独立学古处，分明圆足，尤妙在起处十行已尽其生平。

清王元启《读欧记疑》卷一：语语精切，一语移用不到他人身上。"徂徕鲁东山；而先生非隐者也"。读墓志文，入首处最宜著眼，看他各篇各样，不容移易之法。"世俗颇怪骇其言"。此节活画出徂徕先生气岸。"谓其诈死而北走契丹矣；请发棺以验"。此等盖属奇事，法应备书。"躬耕徂徕之下"，与章首"徂徕"字相应。"葬其五世未葬者七十棺"。葬至七十丧，亦事之仅见者。"乃作《庆历圣德诗》以褒贬大臣"。所谓"遇事发愤，作为文章"。"乃诗之所斥也"。应前"奸人欲以奇祸中伤"。"其所为文章"。"为"集本误作"谓"。"察其行而信其言，推其用心而哀其志"。行不符则言为妄言，心不笃则志为虚志。此一节摹写刻切，字字须眉毕现，非徂徕不足当之。"庆历五年"。是岁乙酉。"后二十一年"，是为治平三年丙午。"鲁人之欲也"。仍归到鲁人身上，与首章相应。

清张裕钊《濂亭文集》卷四十六：发端以远得逸，而以雄直之气行之，神气萧飒而兀岸，乃欧文所罕者。

清吴汝纶《桐城吴先生文集》卷四十六：此欧文之极有气势者。

近人林纾《古文辞类纂选本》卷六：此篇文猝读之，似为徂徕不平而发者，实则非是。徂徕一生秉直而任气，为群小所忌，此君子处世常有之事，不足为奇。且徂徕生时亦已自信其言之可以得祸，发棺之议，祸事间不容发，公文初不以此为异也。通篇主意，欲发明其生平之言论。处处述他言论，却处处加以制断，方煞得住，而文气亦为之凝敛而不散泛。欧公铭墓，于本人之事迹不多

者，则用架空，似空中有实，如子野之志是也。徂徕在宋儒中为代表人物，虽与程、朱异派，终不失为君子。且其言论慷慨，为之志铭者，不能不述。述之过详，则文体累重，故于言下在为之收束。能收束，便斩截；不能收束，即见繁重。此自在灵心慧腕，方能恣其所言。文开手叙徂徕之所以见称，语语庄重，大类左氏之释经，是公文之长处。其下须看其叙徂徕语，无句不有收束，主客分明。盖志既属公，则以公言为主，而徂徕之言行，似转为客，此由驾驭灵活。故志中之主人翁，虽事迹繁夥，一

经烹炼安顿,皆绰有余地。俗手不知驾驭之法,专叙本人事迹,有同钞胥,此又岂成为大家耶?

【鉴赏】

本文是作者欧阳修为其前辈石介写的墓志铭。作于治平二年(公元1065年),时石介去世已有二十多年。石介是北宋古文运动的先驱者,也是"庆历新政"的积极鼓吹者。作者对他推崇备至,文中对石介的一生给予了极高的评价。"不称其官而称其德"是统率全文的中心主题。作者正是从这一中心出发而全面展开,分别从志向、政治态度、教学和写作实践等方面叙述了石介的功德,突出了石介的高风亮节。

篇首第一二两段,作者概括地介绍了主人翁其人。"徂徕先生,姓石氏,名介,字守道,兖州奉符人也。"徂徕,乃山名,是古代鲁国的东山。接着作者叙道:石介先生并不是山中隐士,他曾经在朝廷做官。鲁国的百姓并不看重他的官职而是称颂他的品德,因为徂徕是当地的名山,故用徂徕山来称谓石介,"徂徕先生"便因此而得名,可见称石介为徂徕先生是鲁地人民的意愿。徂徕先生相貌忠厚、精神完美、学问扎实、志向远大,不忘为天下人操心。石介先生说过:"时无不可为,为之无不至。"没有不能办事的时代,没有办不到的事情。如果人不为官,那么就要用言语来宣传自己的主张。因此,他碰到大事情便努力写出文章,尽力陈述古今治乱成败的情况与原因,用来告诫当代人。他对世间的明智与愚蠢、善良与丑恶、对的与错的,都不加掩饰毫无讳忌地讲出来。世上俗人怕他、诽谤他,小人们特别嫉恨他,他们联合起来要把他排挤到绝境。而石介先生却始终泰然处之,既不感到迷惑,也不改变主张。他大声疾呼:"吾道固如是。吾勇过孟贲矣。"——我的主张本来就如此,我的勇敢超过了勇士孟贲。然而他不幸染疾病死了。就是在他身后,那些奸人们仍不放过他,还在恶意地中伤他。而皇上仁慈英明,洞察了奸雄们的诬蔑,并保全了先生的妻子儿女。这一段,作者着重写出了先生刚直不阿的性格特征。

文章的第三段,作者介绍石介的身世。他家世代务农,直到父辈才开始做官。先生二十六岁中进士甲科,任郓州观察推官、南京留守推官等,先后经历了若干次升降变迁,后应召入京城任国子监直讲。适逢朝廷用兵讨伐西夏元昊久久没有成功,全国困苦,天子为振作威风,治理好国家,提拔和斥退了几个重要大臣,增设了谏官和御史。对于这些,先生表达了由衷的高兴之情,写下了《庆历圣德诗》来褒贬大臣、分别邪正,共几百字。其锋芒所指,奸人惧怕,先生的祸患便从此开始了。

接着一段,作者介绍了徂徕先生的学问至深。先生从未开始做官起,就经常给人讲经传术。担任国子监直讲以后,更一心教学,太学的兴旺发达,从他开始。他写的文章,成集成卷。他排斥佛教、道教和时文,他劝诫朝廷不要被奸臣、宦官、女色所迷惑,他将喜怒哀乐统统写成文章。他的文辞,内容广博,善于辩论,风格宏伟,而且思考至深。先生曰:"学者学为仁义也。仁急于利物,义果于有为。惟忠能忘其身,惟笃于自信者乃可以力行也。"意即:学习,便是学习做仁义的事。仁,急于

唐宋八大家散文鉴赏

欧阳修卷

造福于社会；义，敢于有所作为。只有忠诚才能忘我，只有真正相信自己的人才可以努力办好事情。先生不仅以此去教导别人，他自己也实践着这些话。他想跟天下读书人一起成为周公、孔子的信徒，帮助君主成为尧舜那样的君主，这是先生所念念不忘的。如此执着的追求，虽招致有人的讥笑，但正直的人们相信他的话并且同情他。

最后一段，作者满怀深情地写道："谤焰熄矣，可以发先生之光矣。"待到诽谤之言消散时，先生的主张和品格必将大放光芒。先生担任直讲一年之后，又做了集贤院直学士，后被任命为濮州通判，正在徂徕等候上任时，于庆历五年七月某日在家中去世了，享年四十一岁。然而在他死去二十一年之后，他的家里才能把他正式安葬在某地。其时，先生的儿子石师讷和几名学生请求作者为先生写个墓志铭，于是作者挥笔写下了铭文："徂徕之岩岩，与子之德兮，鲁人之所瞻！"高高的徂徕山与先生的品德一样啊，为鲁地人所瞻仰！作者以他笔触道出了鲁国的百姓对这位德高望重的学者深深地爱戴和敬仰。作者奋力呼出：徂徕先生的一生虽然处境艰难，但他的精神将万代永放光芒！

整个铭文写的气势充沛，感情深沉而真挚，评价虽高而毫无溢美之词，朴实大度，引证和评说兼并，恰当而全面地评述了徂徕先生的一生。

故霸州文安县主簿苏君墓志铭

【题解】

这是为唐宋八大家之一苏洵写的一篇墓志铭,作于治平四年(公元1067年),时作者任亳州知州。

文中主要叙述苏洵的文学成就,强调"盖其禀也厚,故发之迟;志也悫,故得之精"突出他的天赋及一生笃诚的志向、刻苦的学习精神。

作者关于苏洵发愤求学大器晚成的一段刻画极为生动,读之使人想到:苏老泉二十七,始发愤读书及第的事迹,并受到启发。文笔生动,人物形象鲜明,栩栩如生。

【原文】

有蜀君子曰苏君,讳洵,字明允,眉州眉山人也①。君之行义②,修于家,信于乡里,闻于蜀之人,久矣。当至和、嘉祐之间,与其二子轼、辙,偕至京师,翰林学士欧阳修得其所著书二十二篇献诸朝③。书既出,而公卿士大夫争传之。其二子举进士,皆在高等,亦以文学称于时④。

眉山在西南数千里外,一日父子隐然名动京师,而苏氏文章遂擅天下⑤。君之文,博辩宏伟,读者悚然想见其人⑥。既见,而温温似不能言⑦;及即之⑧,与居愈久而愈可爱;间而出其所有,愈叩而愈无穷⑨。呜呼,可谓纯明笃实之君子也!

曾祖讳祐;祖讳杲;父讳序,赠尚书职方员外郎,三世皆不显⑩。职方君⑪三子,曰澹,曰涣,皆以文学举进士;而君少,独不喜学,年已壮,犹不知书。职方君纵而不问,乡间亲族皆怪之。或问其故,职方君笑而不答,君亦自如也。年二十七,始大发愤,谢其素所往来少年⑫,闭户读书为文辞。岁余,举进士,再不中⑬,又举茂材异等不中⑭。退而叹曰:"此不足为吾学也。"悉取所为文数百篇焚之,益闭户读书,绝笔不为文辞者五六年。乃大究六经、百家之说,以考质古今治乱成败⑮、圣贤穷达出处之际⑯。得其粹精,涵畜充溢,抑而不发⑰。久之,慨然曰:"可矣。"由是下笔,顷刻数千言,其纵横上下,出入驰骤,必造于深微而后止⑱。盖其禀也厚,故发之迟⑲;志也悫,故得之精⑳。自来京师,一时后生学者皆尊其贤,学其文以为师法。以其父子俱知名,故号"老苏"以别之。

初,修为上其书,召试紫微阁㉑,辞不至,遂除试秘书省校书郎㉒。会太常修纂建隆以来礼书,乃以为霸州文安县主簿,使食其禄,与陈州项城县令姚辟同修礼书㉓。为《太常因革礼》一百卷。书成，方奏未报㉔，而君以疾卒。实治平三年四月戊申也㉕。享年五十有八。天子闻而哀之，特赠光禄寺丞，敕有司具舟载其丧归于蜀㉖。

君娶程氏，大理寺丞文应之女。生三子：曰景先，早卒；轼，今为殿中丞直史馆；辙，权大名府推官㉗。三女皆早卒。孙曰迈、曰迟。有《文集》二十卷，《谥法》三卷。

君善与人交，急人患难，死则恤养其孤，乡人多德之。盖晚而好《易》，曰："《易》之道深矣，汨而不明者㉘，诸儒以附会之说乱之也；去之，则圣人之旨见矣㉙。"作《易传》，未成而卒。治平四年十月壬申㉚，葬于彭山之安镇乡可龙里。

君生于远方，而学又晚成，常叹曰："知我者惟吾父与欧阳公也。"然则非余谁宜铭？铭曰：

苏显唐世，实栾城人㉛。以宦留眉，蕃蕃子孙。自其高曾㉜，乡里称仁。伟欤明允，大发于文！亦既有文，而又有子㉝。其存不朽，其嗣弥昌。呜呼明允，可谓不亡。

【注释】

①有：无实义，语首助词。　　苏洵：1009～1066，字明允，号老泉，眉州眉山人。27岁始发愤为学，至和嘉祐年间与二子苏轼、苏辙至京师，因得翰林学士欧阳修赏识，名动京师。与其二子在文学史上并称"眉山三苏"。　　眉州眉山：眉山故址在今四川彭山区南部。

②行义：行为道义。

③献诸朝：即献之于朝，向朝廷献它（二十二篇）。　　诸：兼词，之于。之：代词，它，指二十二篇文章。　　于：介词，向。据《避暑录话》："……嘉祐初，安道守成都，文忠为翰林，苏明允父子自眉州走成都，将求知安道。安道曰：'吾何足以为重？其欧阳永叔乎。'乃为作书办装，使人送之京师，谒文忠。文忠得明允父子所著书，亦不以安道荐之非其类，大喜曰：'后来文章当在此。'极力推誉，天下于是高此两人。"

④"其二子举进士"三句：苏轼、苏辙于嘉祐二年欧阳修知贡举时中进士。《诚斋诗话》："欧公知举，得东坡之文，惊喜，欲取为第一，又疑为门人曾子固之文，恐招物议，抑为第二。"

⑤隐然：威重的样子，多用于叹赏人才等国家之重者。《后汉书·吴汉传》："隐若一敌国矣。"

⑥读者悚然想见其人：读过他的文章的人都惊叹不止，读其书能感觉到他的风貌。《史记·孔子世家》太史公曰："余读孔氏书，想见其为人。"

⑦温温似不能言：温和得好像不会说话。　　温温：柔和的样子。《诗经·小雅·宾之初筵》："宾之初筵，温温其恭。"

⑧即：接近。《诗经·卫风·氓》："匪来贸丝，来即我谋。"

⑨"间而"二句：偶尔发表他的见解，越是辩论深入，就越觉得层出不穷。叩：发问，辩论。《论语·子罕》："我叩其两端而竭焉。"

⑩不显:指没有官位。苏序的职方员外郎是死后因子孙官位而得到的封赠。

⑪职方君:即苏序。

⑫谢:辞谢。　　素:平时。　　少年:指少年朋友。

⑬再不中:指多次不中第。　　再:两次,此指多次。

⑭茂材异等:宋代进士科以外的制科名。苏洵《寄梅尧臣书》:"自思少年尝举茂才,夜起裹饭携瓶,待晓东华门外,逐队而入,屈膝就席,俯首就案。其后每思至此,即为寒心。"

⑮考质:考察。

⑯穷达出处:挫折、顺利、出仕、隐居。

⑰抑而不发:抑制自己不写文章。

⑱必造于深微而后止:一定要达到深微的境界而后才停止。　　造:达到。

⑲盖其禀也厚,故发之迟:大概是因为他先天的条件优厚,因此显露得迟。禀:天赋,指先天的条件。

⑳志也悫,故得之精:志向笃诚,因此能得到精华。　　悫:笃诚,坚定。

㉑紫微阁:中书省的办事地方。

㉒除:任命。　　秘书省:掌管图籍的中央官府。

㉓太常:太常寺,主管礼乐祭祀的机关。　　建隆:宋初年号。　　姚辟:字子张,景祐进士。

㉔未报:没有批复。

㉕治平三年:公元1066年。　　四月戊申:四月二十五日。

㉖敕有司具舟载其丧归于蜀:皇上命令主管人员准备船载着他的灵柩送回四川。　　敕:帝王的诏书命令。　　具:准备。

㉗权:暂时代理。

㉘汩而不明者:混乱不清的原因。　　汩:混乱。

㉙去之,则圣人之旨见矣:除去诸儒附会之说,《易》的深刻旨意才能发现。

㉚十月壬申:十月二十七日。

㉛"苏显唐世"二句:唐栾城(今河北栾城)人苏味道,唐初为凤阁侍郎,因事贬为眉州刺史。《苏氏族谱》:"唐神尧初,长史苏味道刺眉州,卒于官。一子留于眉,眉之有苏氏自此始。"

㉜高曾:高祖、曾祖。

㉝子:指苏轼、苏辙。

【鉴赏】

这是欧阳修为著名的散文家苏洵写的墓志铭。文中记述了苏洵的家世、生年、学识与品德,以及对朋友重义气的美德。突出了他在文学上的成就和刻苦治学的精神。同时,尤其侧重记述他发愤求学、大器晚成的经历,写得极为具体而生动。

古人写墓志铭,一般以先世的事迹写起,似乎这也成了一种模式,本文亦套此模式。先介绍苏君情况,侧重写其家世渊源,写了苏君的二个儿子以文章著称于世,受人尊重。有这样一个开头,再转入介绍苏洵本人,要显得得更有依据,更有意义。

文章在为其主人显示了身份和家世的基础上,进一步写了苏洵在文学上的成就和得到的声誉并进行了客观评价。首先对他的文章给予高度赞扬。作者欧阳修写道,苏洵的文章以善辩论、风格宏伟而著称,然而苏君却是一个温文尔雅、朴实内向的人,与其接触多了越觉得他可爱,越和他辩论,越觉得他学识渊博,思维敏锐,具有高深的造诣。作者发出惊叹之语,他才真正称得上"纯明笃实之君子也"! 这是作者

对苏洵的文学成就及他的为人的极高评价。在文风上显示出的锋芒和生活中的性格内向、温文尔雅的气质,恰恰表明了苏洵性格中的二个侧面。从这里我们可以看出,作者对苏洵推崇备至,赞美之词,溢于言表。作者在文中引苏洵的话说"知我者惟吾父与欧阳公也。"说明他们两人之间了解甚深,而更多的是文学上和精神上的契合。

写到此处,作者有意将笔拓开,进一步写出了苏君的经历。他的成名,并不一帆风顺。苏洵兄弟三人,两个哥哥均已中进士,唯他最小,唯他贪玩,不知读书,而其父从不责怪。亲戚朋友都为此而奇怪,他自己却从不在乎。直至二十七岁,他才开始省悟,开始发奋读书。作者记叙了他有趣的两件事:一是他二次考进士而不中;二是他五六年不提笔作文,而潜心于研究六经和百家学说,考证古今治乱的成功失败的原因和圣贤们的挫折、顺利、出仕、退隐的变迁。这两件事记叙了一个古代知识分子从失败的教训中觉悟的过程,也就是从追求功名的罗网中解放出来,走出了一条学者的真正治学之道。正是因为他几年的刻苦攻读,广学博览,大量积累和总结,打下了坚实的基础,他才获得了深远幽微的境界,得到了人们的尊重,他高超的文章才成为后人学习的楷模。这里作者既揭示了一条哲理又为我们描述了一个真正学者的治学之道。重于广积,而不在于薄收。积累得越多、越厚,基础就越

扎实,才能取之不尽用之不竭,受益无穷。这样做,如果没有坚定的意志也是不能成功的。这里作者对苏洵的治学精神大加赞赏,几百篇文章全部烧掉,闭门读书,而五六年不提笔,这对一个意志不坚定的人来说是很难做到的。而苏洵恰恰是看准了方向,坚持下去,这种性格正是他成功的重要原因。文章接着又写了苏洵一生中的坎坷经历,他最终没有得到朝廷的重用。写成的《太常因革礼》一百卷,刚刚呈送朝廷,自己却因病而死,时年方五十八岁。文章最后又交代了苏洵的家族及丧葬后事的情况。这些并非闲笔。作者赞誉他的为人,他经常帮助别人解决困难,代友人抚养遗孤,同乡人感激他。就是这样一位有才华为人忠厚的君子之人,却终生不得志,作者在文中露出了微怨之情。

作者在死者面前,挥笔倾注了深重的悼念之情,从各方面对他的一生给予了公正的评价,使他的形象活脱脱地呈现在读者面前。这篇铭文,写的具有远见。苏洵的文学成就自有文章传世,又有后人承继,可谓虽死犹生。整个文章充满了对苏洵的推崇、热爱,对苏君坎坷的一生寄予了无限的同情。全文写的朴实无华,情真意切。

国学经典文库

唐宋八大家散文鉴赏

欧阳修卷

泷冈阡表①

【题解】

欧阳修曾于父亲欧阳观死后,在皇祐五年(公元 1053 年),写过《先君墓表》,但未刻石;后于熙宁三年(公元 1070 年),他在青州任知州时,再经修改,写成这篇《泷冈阡表》,并刻在他父亲墓前石碑上。本文以"廉""孝""仁"三方面,褒崇先祖,写出仁人孝子之心,语语入情,千古如见。作者又从"守节""恭俭""深明大义"三个方面描写其母,文中极力称颂父母生前的美德,表达了作者对其父母的怀念。

文中写作者欧阳修为官后,积极改革,不求苟合,同情人民,这些都跟其父的遗训与母亲的教诲有关,以使自己身居高位。但文中也反映了欧阳的"光宗耀祖"和因果报应的观念。

本文开头以"有待"立意,文中以"太夫人语中传述一二"写出父亲的廉洁、孝顺与仁厚,又表现出母亲的节俭与安于贫贱的美德,叙事怀人,情真意切。语言清新质朴,别具一格。文中记述母亲追忆父亲生时情景的一段,细致亲切,感情真挚,其风格别开生面。这种写法,深刻影响明代归有光的创作风格,如他的《项脊轩志》《先妣事略》等。

【原文】

呜呼!惟我皇考崇公②,卜吉于泷冈之六十年③,其子修始克表于其阡④。非敢缓也,盖有待也⑤。

修不幸,生四岁而孤⑥。太夫人守节自誓,居穷,自力于衣食,以长以教⑦,俾至于成人⑧。太夫人告之曰:"汝父为吏,廉而好施与⑨,喜宾客。其俸禄虽薄,常不使有余,曰:'毋以是为我累⑩。'故其亡也,无一瓦之覆、一垄之植,以庇而为生。吾何恃而能自守耶⑪?吾于汝父,知其一二,以有待于汝也⑫。自吾为汝家妇,不及事吾姑,然知汝父之能养也⑬。汝孤而幼,吾不能知汝之必有立,然知汝父之必将有后也⑭。吾之始归也⑮,汝父免于母丧方逾年⑯。岁时祭祀,则必涕泣曰:'祭而丰,不如养之薄也⑰。'间御酒食⑱,则又涕泣曰:'昔常不足,而今有余,其何及也⑲。'吾始一二见之,以为新免于丧适然耳⑳。既而其后常然,至其终身未尝不然。吾虽不及事姑,而以此知汝父之能养也。汝父为吏,尝夜烛治官书㉑,屡废而叹。吾问之,则曰:'此死狱也,我求其生不得尔㉒!'吾曰:'生可求乎?'曰:'求其生而不得,则死者与我皆无恨也;矧求而有得耶㉓!'以其有得,则知不求而死者有恨也!夫常求其生,犹失之死;而世常求其死也㉔。'回顾乳者抱汝而立于旁㉕,因指而叹曰:'术者谓我岁行在戌将死㉖。使其言然,吾不及见儿之立也,后当以我语告之。'其平居教他子弟,常用此语。吾耳熟焉,故能详也。其施于外事,吾不能知;其居于家,无所矜饰㉗,而所为如此。是真发于中者耶㉘!呜呼!其心厚于仁者耶㉙!此吾知汝父之必将有后也。汝其勉之!夫养不必丰,要于孝;利虽不得博于物,要其心之厚于仁㉛。吾不能教汝,此汝父之志也。"修泣而志之㉜,不敢忘。

先公少孤力学㉝。咸平三年进士及第㉞。为道州判官㉟,泗、绵二州推官㊱,又为泰州判官㊲,享年五十有九,葬沙溪之泷冈㊳。太夫人姓郑氏,考讳德仪㊴,世为江南名族。太夫人恭俭仁爱而有礼,初封福昌县太君㊵,进封乐安、安康、彭城三郡太君㊶。自其家少微时㊷,治其家以俭约,其后常不使之㊷,曰:"吾儿不能苟合于世㊸,俭薄所以居患难也。"其后修贬夷陵㊹,太夫人言笑自若,曰:"汝家故贫贱也,吾处之有素矣㊺。汝能安之,吾亦安矣。"

自先公之亡二十年㊻,修始得禄而养㊼。又十有二年,列官于朝,始得赠封其亲㊽。又十年,修为龙图阁直学士、尚书吏部郎中,留守南京㊾。太夫人以疾终于官舍㊿,享年七十有二。又八年,修以非才,入副枢密,遂参政事。又七年而罢[51]。自登二府[52],天子推恩,褒其三世[53]。盖自嘉祐以来[54],逢国大庆,必加宠锡[55]。皇曾祖府君,累赠金紫光禄大夫、太师、中书令;曾祖妣[57],累封楚国太夫人;皇祖府君[58],累赠金紫光禄大夫、太师、中书令兼尚书令;祖妣,累封吴国太夫人;皇考崇公,累赠金紫光禄大夫、太师、中书令兼尚书令;皇妣,累封越国太夫人。今上初郊[59],皇考赐爵为崇国公,太夫人进号魏国[60]。

于是小子修泣而言曰:呜呼!为善无不报,而迟速有时,此理之常也。惟我祖考,积善成德,宜享其隆。虽不克有于其躬[61],而赐爵受封,显荣褒大,实有三朝之锡命[62]。是足以表见于后世,而庇赖其子孙矣[63]。乃列其世谱,具刻于碑。既又载我皇考崇公之遗训,太夫人之所以教而有待于修者,并揭于阡。俾知夫小子修之德薄能鲜[64],遭时窃位,而幸全大节,不辱其先者,其来有自。

熙宁三年[65],岁次庚戌,四月辛酉朔[66],十有五日乙亥[67],男推诚保德崇仁翊戴功臣[68]、观文殿学士[69]、特进、行兵部尚书、知青州军州事、兼管内劝农使、充京东东路安抚使、上柱国、乐安郡开国公[70],食邑四千三百户,食实封一千二百户[71],修表。

【注释】

①泷冈:地名,在江西永丰县沙溪南凤凰山上。　　　阡表:即墓碑文。

②皇考:对死去父亲的尊称。《离骚》:"朕皇考曰伯庸。"　　崇公:欧阳修的父亲欧阳观,字仲宾,因儿子的缘故,追封为崇国公。《鹤林玉露》卷一:"欧阳公居永丰县之沙溪,其考崇公葬焉。所谓泷冈阡是也。厥后奉母郑夫人之丧归合葬,载青州石镌阡表,石绿色,高丈余,光可鉴。"

③卜吉:占卜以择吉日,指埋葬。　　　六十年:自宋真宗祥符四年(公元1011年),至神宗熙宁三年(公元1070年),正六十年。

④克表于其阡:才能作墓表立在墓道上。　　克:能,能够。表:名动,作墓表。

⑤有待:有所等待。指作者等待自己成名后皇帝给祖先有所追封。沈德潜曰:"一篇以有待作主。"

⑥孤:古时以年幼无父为孤。《行状》:"皇考之捐舍,公才四岁,太夫人守节自誓,而教公以读书为文,及公成人,太夫人自力衣食,不以家事累公,使专务于学。"又曰:"公幼孤,家贫无资,太夫人以荻画地,教以字书。"

⑦以长以教:抚养我,教育我。　　长:养育。《诗经·小雅·蓼莪》:"长我育我。"

⑧俾:使得。

⑨廉而好施与:为官清廉又好帮助周济别人。

⑩毋以是为我累:不要因为这财物坏了我的清廉。欧阳修《七贤画序》:"某为儿童时,先姑尝为某曰:吾归汝家时极贫,汝父为吏至廉,又于物无所嗜,喜宾客,不计其家有无以具酒食,在绵州三年,他人皆多买蜀物以归,汝父不营一物,而俸禄待宾客亦无余。"

⑪"故其亡也"四句:指欧阳观死时,没有留下一处房屋,一块田地,生活上没有依靠,我凭什么不再嫁能守节呢?　　覆:覆盖。垅:田埂,指田地。

⑫以有待于汝也:对于你有所期待啊!　　汝:你,指欧阳修。

⑬"自吾"三句:指我嫁到你们家时,没有赶上侍奉我的婆婆,但我知道你父亲很孝养父母。　　姑:妇女对丈夫的母亲称呼。　　能养:指尽孝。《礼记·祭义》:"曾子曰:'孝有三:大孝尊亲,其次弗辱,其下能养。'"

⑭有立:有成就。　　有后:指有成就的子孙。沈德潜曰:"能养、有后双提。"

⑮归:古时女子出嫁称"归"。《诗经·召南·鹊巢泛》:"之子于归,百两将之。"

⑯免于母丧:指守母丧期满。古代父母死后规定服丧三年。　　方逾年:刚刚过了一年。

⑰"祭而丰"二句:指死后祭祀丰厚,还不如在生前供养微薄呢!《韩诗外传》七:"曾子曰:'往而不可还者,亲也;至而不可加者,年也。是故孝子欲养而亲不待也,木欲直而时不待也。是故椎牛而祭墓,不如鸡豚逮亲存也。'"

⑱间御酒食:有时进用酒食。　　御:用。

⑲"昔常不足"三句:其谓母亲生前因生活困难不能很好奉养,如今条件好了,已来不及用丰盛的酒食来侍奉父母。

⑳以为新免于丧适然耳:以为新近免除丧服偶然如此罢了。　　适然:偶然这样。

㉑治官书:处理官府的文书。此指处理判案的文书档案。

㉒死狱:该判死罪的案子。　　不得耳:指无法免除他的死刑。

㉓矧求而有得耶:况且,确实有想为他求生路而能够找到办法的。　　矧:况且。

㉔"夫常求其生"三句:虽然治狱者常为罪犯求其生路,但仍不免误判死刑;何况世上有的治狱者常常总想把人处死呢。

㉕乳者:奶妈。

㉖术者谓我岁行在戌将死:占卜的人说我将在戌年死去。 术者:占卜的人。 岁行在戌:古代以干支纪年,指戌年。

㉗无所矜饰:指平易朴质,没有一点虚假做作的样子。 矜饰:装模作样。

㉘发于中:发于内心。

㉙厚:重视。

㉚夫养不必丰,要于孝:奉养老人不一定要衣食丰厚,最重要的是孝顺。要:重要。

㉛"利虽"二句:为百姓谋利益的事虽然限于条件不能普及于大众,关键在于要有深厚的仁爱之心。 博:普及。

㉜修泣而志之:我流着眼泪记住这些话。 志:记住。

㉝先公:对死去父亲的尊称。

㉞咸平三年:公元 1000 年。 咸平:宋真宗年号(998~1003)。

㉟道州:今湖南道县。 判官:州郡属官,掌管文书。

㊱泗:泗州,今江苏盱眙东北。 绵:绵州,今四川绵阳市。 推官:州郡属官,掌管审案刑狱事务。

㊲泰州:今江苏泰州市。

㊳沙溪:今江西永丰南凤凰山北,欧阳修的家乡。

㊴考讳德仪:她(郑氏)的父亲名叫德仪。

㊵福昌:县名,今河南宜阳西。 太君:宋朝制度,按不同职务等级,其母可分别封为国太夫人、郡太夫人、郡太君、县太君等。

㊶乐安:今山东博兴西南。 安康:今陕西汉阴西。 彭城:今江苏徐州。

㊷少微:指家境贫寒。

㊸苟合于世:指苟且迎合世俗生活。

㊹修贬夷陵:宋仁宗景祐三年(公元 1036 年),范仲淹因反对吕夷简而贬官,欧阳修为之抗争,斥责谏官高若讷,遂被贬夷陵令,其母曾随欧阳修赴任。

㊺吾处之有素矣:我过贫寒的生活已经习惯了。 素:平素,经常。

㊻自先公之亡二十年:天圣八年(公元 1030 年),欧阳修考取进士后,任西京留守推官,获取俸禄。距其父死(公元 1011 年),正好二十年。

㊼得禄而美:指欧阳修于天圣八年,中进士为西京留守推官,始获官禄。

㊽"又十有二年"三句:过了十二年(公元 1041 年),欧阳修在朝任官,亲属得到赠封。庆历元年十一月,仁宗行郊祀(祭天)礼,欧阳修被加官骑都尉,家属才得到封赠。

㊾"又十年"三句:宋仁宗皇祐二年(公元 1050 年),欧阳修任龙图阁直学士、尚书吏部郎中出知应天府兼南京留守。 龙图阁直学士:侍从皇帝的文官。龙

193

图阁是宋朝收藏图书典籍的馆阁之一，保管皇帝的御书、典籍等。设有学士等官。直学士，其品位仅次于学士。　尚书吏部郎中：官名，掌管官员的任免、赠封等事。　留守南京：宋代，西京、南京、北京各置留守一人，以知府兼任。南京为应天府（今河南商丘）。

㊿太夫人以疾终于官舍：欧阳修母亲郑氏死于宋仁宗皇祐四年（公元 1052 年）。

(51)"又八年"五句：宋仁宗嘉祐五年（公元 1060 年），欧阳修任枢密副使，次年为参知政事，即相当于副宰相，治平四年罢知亳州（今安徽亳州市）。　副枢密：即枢密副使，为中央军事机关的副长官。参政事：实际上为副宰相，与宰相同议政事。　又七年而罢：宋英宗治平四年（公元 1067 年）欧阳修罢任参知政事，出知亳州。

(52)二府：指枢密院和中书省。中书省和枢密院，为宋代最高的文武政事机关，并称二府。

(53)三世：指曾祖、祖、父母三代。

(54)嘉祐：宋仁宗年号。

(55)必加宠锡：指皇帝施恩赐封爵位。　锡：同"赐"。

(56)"皇曾祖府君"四句：先曾祖父，累加封赠金紫光禄大夫、太师、中书令。府君：子孙对祖先的敬称。　累赠：指最后封赠的官位。下文"累封"同义。金紫光禄大夫：汉时官名，魏晋时有加金印紫绶的，故称。宋朝为三品散官。太师、中书令：宋代皆为褒赠之官，无实职，下文的"尚书令"同此。

(57)曾祖妣：曾祖母。

(58)皇祖府君：指祖父。

(59)今上初郊：宋神宗于熙宁元年登基即位，同年 11 月第一次举行祭天大典。古时帝王郊祀时，众官都有晋级封赠。　郊：祭天。

(60)进号魏国：指改越国太夫人为魏国太夫人。

(61)虽不克有于其躬：虽然不能直接享受到这种施恩。　躬：亲自。

(62)三朝：指仁宗、英宗、神宗三朝。　锡命：赐予宠命。

(63)见：同"现"。　庇赖：护佑，庇护。

(64)能鲜：能力微小。

(65)熙宁三年：指作表时间为熙宁三年四月十五日，即公元 1070 年 5 月 27 日。庚戌是此年的干支。

(66)四月辛酉朔：这一年四月初一的干支属辛酉。　朔：旧历每月初一日。

(67)十月五日乙亥：乙亥是该月十五日的干支。

(68)推诚、保德、崇仁、翊戴：这些都是宋代赐给皇子、皇亲及臣僚的褒奖之词。

(69)观文殿学士：宋代官制，宰相免职以后授观文殿资政殿学士大学士。欧阳修曾任参知政事（副宰相），所以授观文殿学士。

(70)特进：宋代文散官的第二阶，正二品。　行：兼职，特指以大官职兼小官职。　　　兵部尚书:尚书省六部之一,掌管武官选用和兵籍、军械、军令等事务。
　　知青州军州事:宋代派朝臣管理州一级地方行政,兼管军事,简称"知州"。
青州:在今山东青州市。　　　管内劝农使:宋代为州官的兼职,主管农事。　　　京
东东路:宋地方分域名称。辖管今山东中部、东部地区。　　　安抚使:宋代为一路
的军政民政长官。有节制兵马、赏罚官吏等权力。上柱国:为宋朝十二级勋官的最
高一级。　　　开国公:宋代封爵十二级的第六等。
　　○71食邑:享用封地的租税。　　　食实封:指实际封给的食邑。宋代规定,食邑
从一万户至二百户,食实封从一千户至一百户,有时可以特加。

【集评】

　　明薛瑄《薛文清公读书录》卷七:凡诗文出于真情则工,昔人所谓出于肺腑者是
也。如三百篇、《楚辞》、武侯《出师表》、李令伯《陈情表》、陶靖节诗、韩文公《祭兄
子老成文》、欧阳公《泷冈阡表》,皆所谓出于肺腑者也,故皆不求工而自工。

　　明茅坤《唐宋八大家文
钞》卷五十八:幼孤而欲表父
之德也,于其母之言,故为得
体。

　　清张伯行重订《唐宋八
大家文钞》卷六:人之欲显扬
其亲,谁无此心哉?公幼孤,
承画荻之教,至于遭时居显
位,使其先世锡爵受封,可谓
荣矣。然古今荣亲者亦多,
而以文章传其令德,垂诸百
世而不朽如公者,有几人哉?
述父之孝与仁,即一二事而
想其生平,所以享为善之报
也。

　　清沈德潜《唐宋八大家
古文读本》:"不特不铺陈己
之显扬,并不实陈崇公行事,
兄从太夫人语中传述一二,
而崇之为孝子仁人,足以庇
赖其子孙者,千古如见,此至
文也。若出近代钜公,必扬
其先人为周、孔矣。

　　清林西仲:以死后之贫验其廉,以思亲之久验其孝,以治狱之叹验其仁。

此文是欧阳修为记载表彰其父的"学行德履"所写的墓表。泷冈在今江西省永丰县南。其父欧阳观卒于大中祥符三年（公元1010年），欧阳修早在皇祐年间即作有《先君墓表》，然未刻碑。此文是熙宁三年（公元1071年）欧阳修在青州任上将《先君墓表》精心修改而成，与原文相距近二十年。时作者已六十四岁。

《泷冈阡表》生动地叙写了作者幼年丧父，家境贫寒，依靠母亲辛勤扶育，以及其父为官清廉，宅心仁厚，表里如一的品德。真切地表达了作者为官作宰能不苟合于世，完全有赖于父亲的盛德遗训和母亲的谆谆教诲。反映出作者在一定程度上能同情人民，有志改革弊政的思想，与其幼年贫困生活经历及家庭教育有关。但文中反复强调的光宗耀祖的封建意识和为善必报的迷信思想，则不可取。

本文向以感情真挚，描写细腻著称。人物描写极富特色，具有很强的艺术感染力。人物描写特点之一，运用间接描写的笔法，侧笔烘托出人物的思想性格。墓表，旨在记载人物的"学行德履"，最易按人物生卒年月、主要履历及其功德，按部就班，平铺直叙。而作者却不落俗套，别具一格，并不实陈崇公之事，只从太夫人语中传述一二，娓娓道来，如叙家常，其父盛德遗训可闻，其母之贤达自见。使人感到自然亲切，如见其人，如闻其声。例如，其母叙父亡之后，"无一瓦之覆，一垄之植，以庇而为生。吾何恃而能自守邪？"太夫人在如此窘迫的困境中能持节"自守"，以至"修贬夷陵"，仍"言笑自若"，安然处之，其精神支柱，就是与崇公共同的寄托："有待"，即寄希望于子之立。而这一期待，则源于"知汝父之能养"，"知汝之必有立"，"知汝父之将有后也"。因其父"能养"，能尽孝德，根据封建的因果报应说，有德者必有后，"为善之效无不报"，"故不在身者，必在子孙，或晦于当时者，必显于后世"（欧阳修《孙氏碑阴记》），其子必有所作为，子孙后代必能光大门楣，显赫后世，下文即以修"得禄而养"，"列官于朝"的一系列官禄为据，反衬出作者所以能光宗耀祖，是由于"其来有自"，都在于祖宗积德的缘故。作者明写其母教之有待，己之禄位，其实笔笔都蕴含着对其父盛德的赞誉，透露出敬仰之情。侧面烘托与正面描述的交相运用，更突出了其父的盛德遗训。使首尾圆合，人、事、情、理融为一体，含蓄委婉，真切感人。

人物描写特点之二，不事藻饰，用白描的艺术手法描绘人物的语言、神态，并融情于描写之中。通过太夫人的娓娓而谈，寥寥数语，则声色毕现。例如写其父之"能养"："岁时祭祀，则必涕泣曰：'祭而丰不如养之薄也'，间御酒食，则又涕泣曰：'昔常不足而今有余，其何及也！'涕泣之声，音犹在耳；由"祭而丰"，想到"养之薄"，由"今有余"想到"昔常不足"，拳拳孝心，令人感佩。又如写其父为吏"尝夜烛治官书，屡废而叹"，绘声绘色，使人如临其境，如闻其声，其父忧国忧民，忠心尽职的形象，如在眼前。"此死狱也，我求其生不得尔，""求其生而不得，则死者与我皆无恨也，矧求而有得邪！"将其父不满狱治的黑暗，为官仁厚，不苟于世俗的美德，表达得淋漓尽致，"则死者与我皆无恨也"，更显情深语挚。尤为出色的是，作者用极

国学经典文库

唐宋八大家散文鉴赏

欧阳修卷

其精炼的笔墨,抓住人物富有特征的细节,悉心描绘:"回顾乳者抱汝而立于旁,因指而叹曰:'术者谓我岁行在戌将死,使其言然,吾不及见儿之立也。后当以我语告之。'""回顾""指而叹"的细节描写,将其父对现实不满却又无能为力,死之将至却不及见子成材,只能寄希望于嗷嗷待哺的幼子的复杂心情描写得逼真传神,可谓"借一斑而略知全貌,以一目尽传精神。"其文之言更是字字悲怆,句句传情。

作者运用多种艺术手法着力描绘人物,使其父的清廉仁厚与其母的仁爱贤达交相辉映,互相衬托,将父子之情,母子之爱水乳交融般地融为一体,渗透于字里行间,成为一篇声情并茂、感人肺腑的佳作。

祭资政范公文

【题解】

本文作于景祐四年(公元1052年),即范仲淹病逝后作者写的一篇祭文。时年作者四十六岁。是年三月壬戌丁母夫人忧,归颍州。

范仲淹是欧阳修的前辈和同志,他为改革宋朝积贫积弱的局面而推行新政,但由于保守派官僚的诬陷和反对,新法只贯彻了一年多即告失败。对于他的逝世,欧阳修悲痛万分。作者写此文以表哀悼,祭文歌颂了范仲淹"持方入圆",坚持正道的高尚品德,驳斥了保守派的诬蔑,激励同道化悲痛为力量,以此来慰藉死者。

全文反复出现"呜呼公乎",其内涵意义逐层深入。它将范的品德,与小人对范的攻击,以及范仲淹于逆境中的斗争对比来写,真实而生动地再现了"身动谤随"的处境,既表达了作者鲜明的爱憎又突出了范公的高尚和小人的渺小。最后以"自公云亡,谤不待辨,愈久愈明,由此可见"作结,更能振奋存者。

全文四字一句,多次换韵,哀音促节,悲痛慷慨,既情真意切,又格调高昂。

【原文】

月日,庐陵欧阳修谨以清酌庶羞之奠①,致祭于故资政殿学士、尚书户部侍郎范文正公之灵②,曰:

呜呼公乎!学古居今,持方入圆,丘、轲之艰,其道则然③。公曰"彼恶",公为好讦④;公曰"彼善",公为树朋⑤;公所勇为,公则躁进⑥;公有退让,公为近名⑦。谗人之言,何其可听?先事而斥⑧,群讥众排;有事而思,虽仇为材⑨。毁不吾伤,誉不吾喜;进退有仪,夷行险止⑩。

呜呼公乎!举世之善,谁非公徒?谗人岂多?公志不舒⑪。善不胜恶,岂其然乎⑫?成难毁易,理又然欤⑬?

呜呼公乎!欲坏其栋,先摧榱橑⑭,倾巢破觳,披折傍枝⑮。害一损百,人谁不罹⑯?谁为党论,是不仁哉!

呜呼公乎!易名谥行⑰,君子之荣。生也何毁,没也何称?好死恶生,殆非人情。岂其生有所嫉,而死无所争?自公云亡,谤不待辨⑱,愈久愈明,由今可见。始屈终伸,公其无恨!写怀平生,寓此薄奠。

【注释】

①清酌:酒。　　　庶羞:各种美味食物。　　　奠:祭品。

②范文正公:即指范仲淹(989~1052),字希文,江苏苏州人。北宋著名政治家。其行事品德功业,概见《范文正公墓志铭》。　　灵:在天之灵。

③学古句:你学习古代的先贤却生活在当今的现实,用方正的品德去适合圆滑的世俗。孔子、孟子提倡儒道何其艰难啊,然而他们的学说却是正确的。　　持方入圆:屈原《离骚》:"何方圆之能周兮,夫孰异道而相安?"此化用其意。　　丘:孔子名丘。　　轲:孟子名轲。　　然:对。

④公为好讦:小人们便说你喜爱揭发攻击别人。

⑤树朋:结成朋党。　　景祐三年(公元1036年)宰相吕夷简挟私攻击范仲淹"越职言事,离间君臣,引用朋党"。欧阳修为此于庆历四年撰文《朋党论》,予以驳斥。

⑥躁进:急躁冒进。

⑦近名:沽名钓誉。

⑧先事而斥:在事件发生之前便遭排斥。指景祐三年(公元1036年),范仲淹被贬饶州一事。

⑨有事句:朝廷发生了大事便想起了他,即使是仇人也承认他的才能。　　宝元元年(公元1038年),西夏赵元昊反叛,夺取了夏、银、绥等十四个州。朝廷便任命范仲淹为陕西经略安抚副使,领兵御敌。范仲淹复职时,他的政敌吕夷简对仁宗说:"仲淹长者,朝廷方将用之,岂可但复旧职?"

⑩有仪:意谓有标准、法度。　　夷:平安。

⑪谗人句:说坏话的人虽然不多,却使您有志难伸。　　岂多:不多。

⑫岂其然乎:难道真是这样吗?

⑬理又然欤:道理本来如此?

⑭栋:栋梁,指房屋大梁。　　桷榱:椽木,方形的椽为桷。

⑮鷇:刚孵化出壳不久的小鸟。　　披:分裂开。　　折:折断。　　傍:通"旁"。这几句是说要除去范仲淹,先除他的支持者。

⑯罹:遭到祸殃。

⑰谥:封建社会,人死后另给一个称号概括其一生的作为,叫作谥号。赠谥号后,称其谥而不称原名,所以叫易名。

⑱自公云亡句:自从您离开人间,毁谤便烟消云散。

【集评】

明茅坤《唐宋八大家文钞》卷五十九:范公与公同治同难,故痛独深。

《山晓阁选宋大家欧阳庐陵全集》卷一引清孙琮评:将范公一生遭遇写作四段:一段言其被谗,二段言其不得遂志,三段言其善类中伤,四段言其身后自明,此四段也。然四段实止两意:前三段是一意,大概谓其身前被谗;后一段是一意,大概谓其死后自明,此两意也。

清浦起龙《古文眉诠》卷六十二:全为罹党论抒愤,言之不足,长言之也。辁方

国学经典文库

唐宋八大家散文鉴赏

欧阳修卷

199

而轮圆,祭文中正体逸调。

清王元启《读欧记疑》卷一:公能穷极小人妒贤之所(按:"所"字恐为"状"字之误),所慨乃在人才消长,世运升降之关,故邈然无际。李汉称韩退之"洞视万古,悯恻当世",公文庶可踵武。盖即寻常哀祭之文中所流露者□□,岂绨章绘句之□□所能。"谁为党论,是不仁哉"。此节兼为尹师鲁、苏子美□流陨涕,盖以党论斥逐善人,公一生最伤心处,故愤痛独深。

清王文濡《评校音注古文辞类纂》卷七十四:文正一生,包括殆尽,移置他人不得。

【鉴赏】

本文作于皇祐四年(公元 1052 年)。资政,范仲淹卒前任资政殿学士。范仲淹是"庆历新政"的主持者,由于新政损害了权贵的利益,故遭到激烈的反对。革新派代表人物均受到诬陷、迫害,范仲淹被罢相贬官,于皇祐四年五月二十日去世。"庆历新政"以失败而告终。欧阳修是新政的积极支持者,故其对范仲淹之死所表达的悲痛激越之情,就不仅仅局限于个人的友谊,《资政殿学士户部侍郎文正范公神道碑铭》所言:"初匪其难,在其终之,群言营营,卒坏于成,"以及本文所揭示的"善不胜恶","成难毁易",都充分表达了作者对庆历新政失败的悲愤。因此,这篇祭文不同于作者所著《祭苏子美文》《祭石曼卿文》,或以巧妙的艺术构思引人入胜;或以浓郁的抒情色彩扣人心弦,而是以强烈的议论色彩,"发胸中之思,论世俗之事",伸张正义,议论是非,既是对范仲淹的褒扬与祭奠,亦是声讨奸佞的战斗檄文。作者以鲜明的爱憎,将二者巧妙地融为一体。此为本文一个突出的特点。

作者一改其他祭文烘托渲染的笔法,文章一开头,就以褒贬分明的感情,直言其事,因事明理。首先赞扬范仲淹所推行的新政,是"学古居今",奉行了古圣先贤

之道，虽历尽艰难坎坷，为世所不容，如同孔子、孟子为推行王道奔走呼号而终无成，但是，"其道则然"，改革的信念却矢志不移。对范仲淹主持改革给予了高度的评价。同时，作者又将矛头指向置革新于死地的反对派，愤怒揭露其对范仲淹的攻击是恶意诽谤，是"谗人之言"。作者用一系列排比句，一针见血地指出："公曰彼恶，公为好讦；公曰彼善，公为树朋；公所勇为，公则躁进；公有退让，公为近名：谗人之言，其何可听！"排比句中又两两对举，将保守派无孔不入，无所不用其极的卑劣行径暴露无遗，真是"欲加之罪，何患无辞？"作者笔之所至，可谓锋芒毕露，痛快淋漓。

随后，作者笔锋一转，面对保守派的诬陷，范仲淹却从不为称誉或谗毁所动，"毁不吾伤，誉不吾喜"，总是"进退有仪"，按一定的原则办事，避险就夷。作者对范仲淹的赞誉与对反对派的无情揭露，形成了鲜明的对照，在善与恶的对比中，是非曲直，了了分明。于此，作者将庆历新政的失败，范仲淹遭受的厄运，归结为"善不胜恶"，"成难毁易"。并于悲愤之中，痛声质问："善不胜恶，岂其然乎？成难毁易，理又然欤！"这无疑是对邪恶势力的深刻揭露与愤怒声讨。

紧接着，作者又用类比的方法进一步揭露反对派的卑劣手段及险恶用心："欲坏其栋，先摧椓楗；倾巢破觳，披折傍枝"，正如想破坏房屋的栋梁先摧毁其椽木；折去傍枝，覆巢之下无完卵一样，反对派以苏舜钦进奏院之狱来倾毁杜衍与范仲淹，继杜、范罢相之后，凡支持新政者均以朋党之罪被罢黜，无一幸免。其目的是"害一损百"，摧毁新政。作者痛斥其朋党之诬是蓄意构陷，"谁为党论，是不仁哉！"（反对派代表人物吕夷简以朋党攻击范仲淹，庆历四年，欧阳修作《朋党论》专辩其事，并在《唐六臣传》中说："呜呼！始为朋党之论者，谁欤？甚乎作俑者也，真可谓不仁之人哉！"）

在对反对派的揭露与痛斥之后，作者又将笔锋一转，于结尾一段盛赞范仲淹。其谥号"文正"，正是对其品德的高度评价，其生前虽遭谗毁，但死后受到称誉，"始屈终伸"，功过是非不辩自明。作者以宽慰之情寄托哀思，告慰亡灵。

综上所述，可以看出，作者始终将对范仲淹的褒扬与对反对派的揭露相交替，善恶相对，爱憎分明，有很强的论辩性和战斗性。

此外，在论述中，引经据典，援古论今，显示出庄重典雅的风格。在语言表达上，吸取骈文所长，运用排比、对偶等句式，音韵铿锵，具有很强的艺术表现力，增强了议论的气势。

祭尹师鲁文

国学经典文库

唐宋八大家散文鉴赏

欧阳修卷

【题解】

本篇作于庆历八年(公元 1048 年),时年作者四十二岁。

本文记叙尹师鲁以高尚的道德修养、卓越的学识和"焯若星日"的文章知名于世,然而却不为世所容,终生困顿。他默默忍受,直到离开人世。作为宋代诗文革新运动的领袖欧阳修和共同提倡古文的战友尹师鲁,有一致的政治理想和追求,有共同的文学观点和爱好,在与保守派的斗争中结下了深厚的友谊。本文表达了作者对亡友的景仰和怀念之深情。

全篇短句为多,哀音促节,便于抒发作者的悲痛与感慨。文章三呼师鲁,层层递进,真可谓情痛于肺腑,感发自中心!

【原文】

维年月日,具官欧阳修谨以清酌庶羞之奠,祭于亡友师鲁十二兄之灵①曰:

嗟乎师鲁!辩足以穷万物②,而不能当一狱吏;志可以挟四海,而无所措其一身③。穷山之崖,野水之滨,猿猱之窟,麋鹿之群,犹不容于其间兮,遂即万鬼而为邻④。

嗟乎师鲁!世之恶子之多,未必若爱子者之众。何其穷而至此兮,得非命在乎天而不在乎人⑤。方其奔颠斥逐,困厄艰屯,举世皆冤,而语言未尝以自及⑥。以穷至死,而妻子不见其悲忻⑦。用舍进退、屈伸语默,夫何能然,乃学之力⑧。至其握手为诀,隐几待终,颜色不变,笑言从容⑨。死生之间,既已能道于性命;忧患之至,宜其不累于心胸⑩。自子云逝,善人宜哀,子能自达,予又何悲。惟其师友之益⑪,平生之旧,情之难忘,言不可究⑫。

嗟乎师鲁!自古有死,皆归无物;惟圣与贤,虽埋不没。尤于文章,焯若星日⑬。子之所为,后世师法。虽嗣子尚幼⑭,未足以付予,而世人藏之,庶可无于坠失⑮。子于众人,最爱予文,寓辞千里,侑此一罇⑯,冀以慰子⑰,闻乎不闻。尚飨。

【注释】

①维年月日句:某年某月某日,本官欧阳修恭敬地以清酒和各色美味食物的祭品,祭奠于亡友师鲁十二兄的灵位。   十二兄:唐宋时期盛行按家族中第四代(即同一曾祖父)同辈兄弟的年龄大小排名次。为表示亲近,朋友间往往以排行相

称。师鲁居第十二。

②辩:好学而思辨。 穷:探究。

③志可以句:你的志向可以挟起大海,却不能安置自身立足于社会。 措:安置。

④犹不容于句:犹且不能包容在它们之间啊,就只能离开人世与鬼为邻。兮:啊。 即:来到。

⑤穷:穷困,指政治上失意。 非命:指多舛的命运。

⑥方其奔颠句:当你被斥逐而颠沛,困厄艰难,世人都知道你是冤枉,而你却从未提及。

⑦悲忻:悲伤快乐,这里只有悲伤的意思。 忻:同"欣"。

⑧夫何能然句:怎么能做到这样呢?是由于学识的作用。 然:如此,这样。力:力量、作用。

⑨及其句:等到和你执手诀别的时候,你谈笑自如,平静地靠着桌子离开了人世。 诀:诀别,死别。 隐几:靠着桌子。可参阅《尹师鲁墓志铭》:"得疾,无医药,舁至南阳求医。疾革,隐几而坐,顾稚子在前,无甚怜之色;与宾客言,终不及私。"

⑩死生之间句:生死之际,你能达观地看透生命的规律;忧患到来,也不能拖累你的心胸。 通:通达,达观。 累:拖累影响。

⑪益:同谊。

⑫究:探究、表白。

⑬尤于文章:尤其他们所写的文章像太阳星斗一样闪耀发光。 焯:显明。引申为闪耀之意。

⑭嗣子:指继承家业的儿子。 嗣:接续、继承。

⑮坠失:坠落、散失。

⑯侑此一罇:请你喝这一杯吧。 侑:助,劝人吃喝。此处意是请喝酒。罇:通"樽",古代盛酒器具。

⑰冀以慰子:希望以此安慰您。

【集评】

明归有光《震川先生集》卷十:哀以愤。

《山晓阁选宋大家欧阳庐陵全集》卷一引清孙琮评:文虽分作六段,其实只是一意相贯,大概言其困阨穷窘如此之至,却能安于天命,处之泰然、随其所遇,达于生死,则是师鲁已是达人,欧公又何用悲伤?惟其交友之情,所以一词远奠。通篇联贯之意,实是如此,不得看作散索也。

清张伯行重订《唐宋八大家文钞》评语卷六:师鲁与公始倡为古文词,相知最厚,摈斥而死,故公特写其磊落之致、悲怆之思,抑扬跌宕,绰有情致。

清爱新觉罗·弘历《唐宋文醇》卷三十:尹师鲁名洙,少以儒学知名,举进士。

宋世古文,洙与穆修实始振起其衰。自元昊不庭,洙未尝不在兵间,练习兵事,深晓兵法,以右司谏知渭州兼领泾原路经略公事。会郑戬为陕西四路都总管,遣刘沪、董士廉城水洛,以通秦渭援兵。洙以为城砦多则兵势分,是以前此屡困于贼,今何可又益城,奏罢之。时戬已解四路,而沪等督役如故,洙召之不至,代之不受,乃使狄青械沪、士廉下吏。戬论奏不已,卒城水洛。士廉诣阙,上书讼洙。诏遣御史刘湜就鞫、不得他罪。湜文致之,贬洙监均州酒税,感疾而卒,修祭文所谓"辩足以穷万物,而不能当一狱吏"者也。尝谓明刑所以弼教,而察狱所以平冤。汉承秦弊,古义荡然,虽相如萧何,将如周勃,亦辄付系。延至末代,狱吏成风,惟希意指之所向,不揉其情辞而丽以法,转以法就其情辞。意见既立,虽孔、孟不得为完人,而苏、张无所措其舌。矜名节者,恚极而不得辨;达生死者,休焉而不与辨;闇且弱者,呐呐然辨而不能辨;强且明者,喋喋然辨而不听其辨。所以古人画地为牢誓不入,刻木为吏义不对也。以此承君上之意指,则一狱成而万事必有受其害者矣;以此承权臣之意指,则万事隳而宗社亦且受其害矣。贤如宋仁宗,尚使尹洙被文致于狱吏,以称于后世也,可不惧哉!

清王元启《读欧记疑》卷一:"而其穷而至此兮"。"而"集本作"何"。"举世皆冤,而语言未尝以自及"初董士廉以水洛事讼师鲁,御史刘湜鞫之,欲致之死。既贬后,孙甫过之,对榻语几月,无一语及湜。甫问之,师鲁曰:"湜与洙本无他怨,其希执政意,欲害洙,湜盖不能自立耳。"甫服其识量。"握手为诀,隐几待终"。时范希文守南阳,驰书与别。范公以其迁谪失意,令朱炎往开论之,笑曰:"洙死矣,何希文犹以生人见待?"遂隐几卒。急使人报范,范至,忽举头曰:"早与君别,何用复来?"以手拱揖而逝。祭文"举世皆冤""握手为诀"等句,皆实事也。

清王文濡《评校音注古文辞类纂》卷七十四:意义叠生,大气包举,尤能善用虚字。

近人高步瀛《唐宋文举要》甲编卷六:"嗟乎师鲁!辩足以穷万物……遂即万鬼而为邻"。一起如风雨波涛之骤至,为一篇之胜。"能非命在乎天而不在乎人",伏下通乎性命意。"维年月日……得非命在乎天而不在乎人"。以上言其穷困至死,然亦由于天命。"方其奔颠斥逐……宜其不累于心胸"。以上言其不以得失死生动心。"自子云逝……言不可究"。以上言师鲁虽不以死生为念,而朋友不能忘情。"嗟乎师鲁!自古有死……庶可无于坠失"。以上言其文章必传。"子于众人……闻乎不闻?尚飨"。以上致祭。

【鉴赏】

此文作于庆历八年(公元 1048 年)。尹洙,字师鲁,欧阳修初宫洛阳时与之相识,遂成为政治、文学上的挚友,情同兄弟,亲如手足。欧阳修称之为"兄弟交"。欧阳修写作古文,亦受尹洙影响。《记旧本韩文后》载:"官于洛阳,而尹师鲁之徒皆在,遂相与作为古文。"尹洙被诬告贬官困厄而死,年仅四十六岁。身后家无余资,子女皆幼。欧阳修深为同情与不平,以对亡友诚挚之情写了《尹师鲁墓志铭》及此篇祭文。

古人论诗文，讲究波澜开合，曲折多变。写长篇，大开大合，写短篇亦要"尺水兴波"。本文不过四百余字，却写得有开有合，波澜起伏，曲折生姿。

作者起笔不凡，于祭文套语之后，悲愤之情凌空而来，高声哀叹："嗟呼师鲁！辩足以穷万物，而不能当一狱吏；志可以挟四海，而无所措其一身。"尹洙辩才过人，志量宏大，其身却不能为世所容，悲愤不平之气如风雨波涛之骤至，如江河之倾泻，一开篇，就把感情推上高峰，以奔放的气势震撼人心。紧接着，以"穷山之崖，野水之滨，猿猱之窟，麋鹿之群犹不容于其间兮，遂即万鬼而为邻"的形象化描绘，意谓天地之大，竟无以容身，这样一个才志奇伟之人，却落得"与万鬼为邻"的悲惨境地，天理何在？至此，作者悲愤之情达到高潮。然而，作者并不任感情恣意驰骋，而是立即收束。所谓"鼓气以势壮为美，势不可以不息；不息则流宕而忘返。亦犹丝竹繁奏，必有希声窈眇，听之者悦闻；如川流迅激，必有洄洑逶迤，观之者不厌。"（唐·李德裕《文章论》）作者二呼师鲁，语势则趋于舒缓；"世之恶子之多，必未若爱子者之众"，亡友被"恶"人诬陷，惨遭厄运，但"爱子者"毕竟居多数，此足以得到宽慰，感情从高潮流向平缓。然而亡友既受"众"之爱戴，又"何其穷而至此"！又于咫尺兴波，于平缓之中掀起微澜。但是苍天野水，无理可申，作者于无奈之中，只能归之于天命："得非在乎天，而不在乎人？"以归之天命为友宽解，为己宽解，又一次将感情予以收束，控制。然而这万般无奈的压抑之情，却愈显其悲愤。短短一小段文字，一波三折，开合变化于转瞬之间，却又"出人意外，在人意中"，感情表达得顺乎情理，自然得当，毫无矫揉造作之感。

本文的第二个突出特点：叙中有议，寓情于事，事、理、情水乳交融。本文与《尹师鲁墓志铭》为同期所作，可以互见。在墓志铭中，作者既"述其文"、又"述其学"、还"述其议论"，认为"此三者，皆君子之美，然在师鲁，犹为末事。"唯"其大节乃笃于仁义，穷达祸福，不愧古人。"本文第二段，作者就以极其洗练的笔墨，叙述了尹洙遭受贬弃，"困厄"，然却"颜色不变，笑言从容"，超然大度的气节。叙

述中，层层对比，叙中有议。作者对亡友的赞誉之情，跳跃于字里行间。例如，尹洙被贬，"困厄艰屯"，"举也皆冤，而语言未自及"；"以穷至死，而妻子不见其悲欣"；"自子云逝，善人宜哀"，而"子能自达"，尹洙超凡脱俗、豁然大度，坚守气节可见一斑。正如欧阳修《论尹师鲁墓志》所言："上书论范公而自请贬，临死而语不及私，则平生忠义可知也，其临穷达祸福不愧古人又可知也。"作者又以亡友"握手为诀，

隐几待终"的生动事例，写其生死从容，知命不累："死生之间，既已能通性命，忧患之至，宜其不累于心胸。"（宋沈括）《梦溪笔谈》：师鲁"后移邓州，是时范文正公守南阳，师鲁忽手书与文正别，仍属以后事。文正极讶之，使掌书记朱炎诣见。师鲁已沐浴衣冠而坐，见炎来道文正意，乃笑曰：何希文（范仲淹字）犹以生人见待，洙死矣。遂隐几而卒。炎使人驰报，文正至，哭甚哀。师鲁忽举头曰：早已与公别，安用复来？文正惊问所以，师鲁笑曰：死生常理，希文岂不达此。又问其后事，尹曰：此在公耳。乃揖希文，复逝。俄倾又举头顾文正曰：亦无鬼神，亦无恐怖。言讫长往。"）而尹洙之所以能"用舍进退，屈伸语默"将生死置之度外，"乃学之力"——深得古人仁义之道。这是作者对亡友美德的高度评价和归结。也正是尹洙这种"穷达祸福"的精神境界，使作者从悲痛中解脱出来："子能自达，予又何悲！"并将对亡友的全部感情寄托于其文章垂世不朽，"焯若星日"。概括而简洁的叙事，画龙点睛的议论，渗透于字里行间的抒情，水乳交融，言简而意深。

　　言简意深的内容，波澜起伏的情感，加上富有韵律美的语言，使本文形神兼备，具有很强的艺术感染力。

祭石曼卿文①

【题解】

作于治平四年(公元 1067 年),为作者在诗友石曼卿死后二十六年写的一篇悼念祭文。时作者六十岁,罢参知政事,出任亳州知州。

本文从三个方面悲歌抒怀,首先赞叹亡友身死而声名不朽必传后世;再哀悼亡友生前抱负不凡,死后坟墓荒凉,表示沉痛悲哀,最后回顾往日交情,更增感伤。文中作者三次感叹"呜呼曼卿",音节悲痛,笔意驰骋。王安石称此篇写作风格时说:"其清音幽韵,凄如飘风急雨之骤至。"(《欧阳永叔集·附录》卷一)良有以也。

【原文】

维治平四年②,七月日,具官欧阳修③,谨遣尚书都省令史李敭④,至于太清⑤,以清酌庶羞之奠⑥,致祭于亡友曼卿之墓下,而吊之以文,曰:

呜呼曼卿! 生而为英,死而为灵⑦。其同乎万物生死,而复归于无物者,暂聚之形⑧;不与万物共尽,而卓然其不朽者⑨,后世之名。此自古圣贤,莫不皆然;而著在简策者⑩,昭如日星⑪。

呜呼曼卿! 吾不见子久矣,犹能仿佛子之平生。其轩昂磊落⑫,突兀峥嵘⑬,而埋藏于地下者,意其不化为朽壤⑭,而为金玉之精⑮,不然,生长松之千尺,产灵芝而九茎⑯。奈何荒烟野蔓,荆棘纵横,风凄露下,走燐飞萤⑰? 但见牧童樵叟,歌吟而上下,与夫惊禽骇兽⑱,悲鸣踯躅而咿嘤⑲。今固如此,更千秋而万岁兮,安知其不穴藏狐貉与鼯鼪⑳? 此自古圣贤亦皆然兮,独不见夫累累乎旷野与荒城㉑!

呜呼曼卿! 盛衰之理㉒,吾固知其如此;而感念畴昔㉓,悲凉凄怆,不觉临风而陨涕者㉔,有愧乎太上之忘情㉕! 尚飨!

【注释】

①石曼卿(994~1041):名延年,河南商丘人,北宋诗人。他一生不得志。《宋史》:"延年为人跌宕任气节,读书通大略,为文劲健,于诗最工而善书。……喜剧饮,……然与人论天下事,是非无不当。"

②维:发语词,无实义。　　治平四年:公元 1067 年。　　治平:宋英宗的年号。

③具官:具有官爵品级者的省称,欧阳修当时的官职为观文殿学士、刑部尚书、

知亳州军州事。

④尚书都省：即尚书省，主管全国行政的中央官署。　　令史：管理文书工作的官。　　李敭：当时在尚书省任令史，生平不详。

⑤太清：石曼卿的故乡，今河南商丘南。石曼卿墓地在河南太清乡。

⑥清酌：酒。　　庶羞：各种美味食品。《仪礼·公食大夫礼》："上大夫庶羞二十。"

⑦英：不凡的才能。《礼记·礼运》："大道之行也，与三代之英。"郑玄注："英，俊选之尤者。"《淮南子·泰族训》："智过万人者谓之英。"　　灵：神灵。《尸子》："天神曰灵。"

⑧暂聚之形：临时聚合的形体。

⑨"不与"二句：其谓身体不存在了，但英名是不朽的。　　卓然：卓越高超的样子。

⑩著：写，记载。　　简册：史书。　　简：古时用来写字的。

⑪昭如日星：像日月星辰一样地清楚。

⑫轩昂：形容人的气度不凡。　　磊落：心地光明坦率。

⑬突兀峥嵘：高而不平。此指人才特别优异。

⑭朽壤：腐朽的土壤。

⑮为金玉之精：是像金玉一样长存不坏。

⑯灵芝：一种稀有菌类药用植物。古人认为"瑞草"。《汉书·武帝纪》："芝生殿房中，九茎。"

⑰走燐：旧时指鬼火。实际是飘荡着的磷火，动物骨骼含有磷，因磷氧化而产生的火光。

⑱与夫：以及，还有。

⑲踯躅：跺脚，表示感情激动。《荀子·礼论》杨注："踯躅，以足击地也。"呦嘤：鸟鸣声。极写墓地的荒凉情景。

⑳貉：一种像狐狸的野兽。　　鼯：飞鼠，形似松鼠，会飞。　　鼪：黄鼠狼。

㉑"此自古"二句：盛衰的变化，死后的凄凉，古来圣贤也是如此。　　累累：重叠相连的样子。《古诗十九首》："松柏冢累累。"荒城：指坟墓。

㉒盛衰：昌盛和衰败，此指人的生与死。

㉓畴昔：从前，往日。

㉔陨涕：落泪，指自己怀念故人而落泪。

㉕"有愧"句：《世说新语·伤逝》："圣人忘情，最下不及情，情之所钟，正在吾辈。"　　太上：最上，即圣人。指圣人能达到不动情的境界，而自己因怀念故人而动情流泪，与圣人相比，因此有愧。

【集评】

明茅坤《唐宋八大家文钞》卷五十九：凄清逸韵（调）。

清张伯行重订《唐宋八大家文钞》卷六:似骚似赋,亦怆亦达。

清储欣《唐宋八大家类选》卷十四:运长短句,一气旋转。

【鉴赏】

石曼卿,名延年,宋州宋城(今河南商丘)人。据《宋史》本传记载:"延年为人跌宕任气节,读书通大略,为文劲健,于诗最工而善书。……喜剧饮,然与人论天下事,是非无不当。"其为人与文章,均得欧阳修推崇与赞许。两人情意笃深,为至交之友。延年死后,欧阳修曾为之撰写墓碑,对其怀才不遇,深表同情。他在《石曼卿墓表》中写道:"曼卿少亦自豪,读书不治章句,独慕古人奇节伟行非常之功,视世俗屑屑无动其意者。自顾不合于时,乃一混以酒。然好剧饮,大醉,颓然自放。由是益与时不合。……其为文章,劲健称其意气。"《祭石曼卿文》是石曼卿死后二十六年(公元1067年),欧阳修为其祭墓所作。作者以极其洗练的笔墨,表达了对亡友深沉的哀思与沉痛的悼念。通篇洋溢着低回凄咽的情调和浓郁的抒情色彩,具有强烈的艺术感染力。

"感人心者,莫先乎情。"此文真挚深沉的情感,是通过运用多种艺术手法加以表现的。

首先,作者的思想感情,不是一泻无余,而是运用三个并列的自然段,三呼曼卿,逐层表达。一呼曼卿,叹其声名,卓然不朽。赞扬他"生而为英,死而为灵",其名传后世,而"不与万物共尽"。二呼曼卿,赞其为人,"轩昂磊落",不流世俗;悲其坟墓,满目凄凉,惨不忍睹。三呼曼卿,感念往昔,悲痛欲绝。只能临风陨涕,忘情叹息。三呼三叹,感伤之情,如江河之水,奔涌而下,同时,又条分缕晰,将赞颂、哀思、痛悼之情表达得层层深入,井然有序,把感情一步步地推向高潮。

其次,作者运用多种抒情方式,将直接抒情与间接抒情交替使用,相互结合,使之水乳交融。一呼曼卿与三呼曼卿两段,作者直抒胸臆:"生而为英,死而为灵","卓然其不朽者,后世之名",敬仰、赞誉之情溢于言表;"感念畴昔,悲凉凄怆,不觉临风而陨涕者,有愧乎太上而忘情",哀痛之情表达得痛快淋漓。而第二自然段,二呼曼卿,则多用间接抒情的方式。先用一连串生动的比喻,托物寓情。愿亡友之灵"不化为朽壤",而"为金玉之精",或"生长松之千尺,产灵芝而九茎",对亡友的景仰之情,跃然纸上。而后,描绘了亡友墓地的凄惨景象:"荒烟野蔓,荆棘纵横,风凄露下,走磷飞萤","牧童樵叟,歌吟而上下","惊禽骇兽,悲鸣踯躅而咿嘤"。这满目凄凉的景象,恰恰是作者内心悲凄之情的真实写照。"一切景语,皆情语也"(王国维《人间词话》),通过景色的烘托渲染,借凄凉之景,抒凄楚之情,可谓情景交融,物我双会。这一间接抒情手法的运用,使感情表达得更为委婉曲折,扣人心弦。

其三,对比联想,往还顾盼。清魏禧《目录论文》曰:"文之感慨痛快驰骤者,必须往而复还。往而不还则势直气泄,语尽味止;往而复还则生顾盼,此呜咽顿挫所以出也。"本文通篇围绕一个情字做文章,但表达却不拘泥。作者文思纵横,笔力疏放,时而写"万物生死""盛衰之理",时而念亡友"卓然不朽";时而赞亡友"突兀峥嵘"之气度,时而与"古之圣贤"作比;时而写今日墓地之凄凉,时而念"千秋万岁"后之惨状;时而抒此刻之情,时而"感念畴昔",从今到古,由近及远,又由远及近,由古至今,"往而复还",将思想感情表达得"呜咽顿挫",跌宕起伏,显示出欧阳修之散文"变化开合,因物命意,各极其工"(吴充《欧阳公行状》)的艺术特色。

此外,本文用散文笔法来写韵文,骈散结合,抑扬顿挫,富有韵律之美和气势之美。如行云流水般的语言,也使作者思想感情表达得酣畅淋漓。

述梦赋①

【题解】

本篇写于景祐元年前后(公元1034年),此时欧阳修召试学士院,授馆阁校勘,时年二十八岁。

欧阳修于天圣六年拜谒汉阳军知军胥偃,得到赏识和栽培。天圣七年,跟随胥公在京师考取了国子监和国学解试的两个第一名;天圣八年参加礼部考试被翰林学士、知贡举晏殊取为第一名。三月御试崇政殿,取甲科第十四名,被任命为西京留守推官,从此踏入仕途。天圣九年(公元1031年)与胥偃的女儿结婚,明道二年(公元1033年)三月妻子去世,之后作者写下了这篇悼亡赋。

全赋感情真挚、悲哀婉转,表现了作者对亡妻思念的深厚情意。作者先抒发思念亡妻的哀痛之情,他与爱妻已是"生死两茫茫",无论是行走四方还是静坐思念都不能与之相见,"可见惟梦兮",道出了求梦的原因。再写与亡妻相见的梦境,写得缠绵悱恻、朦胧虚幻,把作者惊喜而迷惘的心理写得活灵活现。"尺蝼怜予兮为之不动,飞蝇闵予兮为之无声",连动物都为他的思念之情所深深感动,这种侧面衬托,使感情显得更为哀婉。最后写梦的作用及追求的迫切心情,回应篇首。

本文在写法上充分发挥了赋文的特点,以白描手法,多次换韵,感情层层推进;反复咏诵,展现作者哀痛的心灵世界而打动读者。全赋句式变化灵活,其押韵方式是:波、阿、何、他、沱、多(为歌韵);无、疏、臾(鱼虞通押);声、惊、灯(庚、蒸通押);想、妄(养、漾上去通押);白、瘠、惜(陌韵);迟、时、之(支韵)。

【原文】

夫君去我而何之乎②?时节逝兮如波。昔共处兮堂上,忽独弃兮山阿。

呜呼,人羡久生,生不可久,死其奈何!死不可复,惟可以哭;病予喉使不得哭兮,况欲施乎其他③!愤既不得与声而俱发兮,独饮恨而悲歌④;歌不成兮断绝,泪疾下兮滂沱⑤!行求兮不可过,坐思兮不知处⑥,可见惟梦兮,奈寐少而寤多⑦!

或十寐而一见兮⑧,又若有而若无,乍若去而若来,忽若亲而若疏。杳兮,倏兮,犹胜于不见兮,愿此梦之须臾⑨。

尺蝼怜予兮为之不动⑩,飞蝇闵予兮为之无声。冀驻君兮可久⑪,恍予梦之先惊。梦一断兮魂立断,空堂耿耿兮华灯!

世之言曰:"死者澌也⑫。"今之来兮,是也,非也?又曰:"觉之所得者为实,梦

211

之所得者为想。"苟一慰乎予心，又何较乎真妄？

绿发兮思君而白，丰肌兮以君而瘠⑬，君之意兮不可忘，何憔悴而云惜⑭？愿日之疾兮，愿月之迟，夜长昼兮，无有四时。虽音容之远矣，于恍惚以求之。

【注释】

①赋：是一种形式比较自由灵活的韵文，篇幅长短不限，句子以四言、六言为主而允许有错落参差，韵脚的转换，押韵的方式也多变化。从风格上说，赋一般都比较讲究文采，多用铺张手法。

②"夫君去我"四句：您离我而去往何方？时光像流水一样逝去。回首往昔相处在堂上，忽然您独自抛弃人世葬在山岗。　夫：发语词。　君：您，称呼已亡的爱妻。　去：离开。　何之：往什么地方。　山阿：山岗。　凹处，指墓地。屈原《楚辞·山鬼》："若有人兮山之阿，被薜荔兮带女罗"。

③"病予喉"二句：我喉咙嘶哑，哭不出声啊，还能用什么方法来补偿！　兮：啊，感叹词。　况：况且。

④"愤既不得"二句：悲愤不能用哭声发泄啊，只能强忍悲痛，长歌当哭。

⑤"歌不成兮"二句：悲歌哽咽啊，泪水像大雨一样流淌。　滂沱：形容雨大，这里指泪水多。

⑥"行求兮"二句：四方奔走啊却找不到您；坐在家中思念你却不见你的模样。

⑦寐：入睡。　寤：醒。

⑧"或十寐而一见兮"四句：此四句是描写思念亡妻的恍惚迷离的梦境。

⑨"杳兮"句：渺茫而易逝的梦境啊，还要胜过不能见到你，多么希望能有这样的梦境，纵然片刻也好。　杳：缥缈幽深。　倏：忽然，一眨眼。

⑩尺蠖：尺蠖蛾的幼虫。　《尔雅义疏·释虫》："其行先屈后伸，如人布手知尺之状，故名尺蠖。"

⑪"冀驻君兮可久"四句：只希望能长时间留住你啊，可是我忽然从梦中惊醒。梦境中断而心情立刻感到凄凉，空荡的大堂上只有耀眼的明灯。

⑫澌：消失干净。　郑玄《礼记注》："死之言澌也，精神澌尽也。"

⑬瘠：瘦弱。　此处指因思念而身体消瘦。

⑭"君之意"二句：忘不了你那情意啊，纵然身体憔悴又有什么可惜？

【鉴赏】

赋是文体的一种。刘勰《文心雕龙·诠赋》曰："然赋也者，受命于诗人，拓宇于楚辞也。"就是说，赋是由《诗经》《楚辞》发展而来的。《诗经》是赋的渊源，《楚辞》是赋的近源。赋的主要特点是铺陈事物，这一特点贯穿了从汉到唐宋的整个赋史。从形式上看，赋予诗一样都是押韵的。一般说诗以四言为主，赋则字数不拘，但多数以四言六言为主。赋往往咏物说理，借景抒情，其性质介于诗与散文之间。赋的形式从汉代到唐宋有几次大的演变。汉代赋是古赋，又叫辞赋。一般篇幅较长，多采用问答体形式，韵文中夹杂散文。用词喜用僻字。六朝赋是俳赋，又叫骈赋。一般篇幅比较短小，除用韵与汉赋相同外，骈偶、用典是其显著特点。所谓骈赋，实际上是押韵的骈体文。六朝赋到后期有明显的诗歌化的趋势，多夹用五七言诗句，到唐宋更盛，可说是骈赋的变种。唐宋时期科举考试采用的一种试体赋叫律赋。律赋比骈赋更追求对仗工整，并注意平仄和谐。其最明显的特点是对押韵有严格的限制，特别讲究程式，近乎一种文字游戏。受古文运动的影响，中唐以后古文家作的赋称为文赋。逐渐以散代骈，句式参差，押韵也不拘泥。在形式上不像汉赋那样一味重视铺排和藻饰，而是用散文笔法写赋，通篇贯穿散文的气势，重视清新流畅。实际上文赋已十分接近散文了。杜牧的《阿房宫赋》、苏轼的《前赤壁赋》、欧阳修的《黄杨树子赋》《秋声赋》及本文都反映出唐宋文赋的特点。

此赋为明道二年（公元1033年）作。是岁正月，欧阳修因公赴开封，事后又往随州探望叔父欧言晔，于三月返回洛阳。此时夫人胥氏产后未逾一月而病逝。作者十分悲痛，作《述梦赋》及《绿竹堂独饮》诗抒发深切的悼念之情。《绿竹堂独饮》中"人生暂别客秦楚，尚欲泣泪相攀邀，况兹一诀乃永已，独使幽梦恨蓬蒿"之句，与本文有异曲同工之妙，可一并阅读。此赋以梦为文眼，借梦寄托对亡妻的眷念，感情真挚深厚,凄切感人。

梦是作者情之所寄,意之所泄,然而作者的笔触却不拘于梦境本身,而是充分发挥赋铺陈之所长,用婉曲的笔法,极尽烘托渲染之能事,缘情布境,创造出一种魂系梦绕的气氛。此为本文艺术特色之一。文章一开篇,作者就以"夫君去我何之兮",尽情宣泄其失去爱妻的悲痛之情。随即用"昔共处兮堂上,忽独弃山阿,"的对偶句,以"共处"和"独弃"的鲜明对比,烘托出作者的孤寂与悲凉。第二自然段梦境是描写的中心,但作者仍不直接写梦,而是用逐步推进的方法,着力铺陈渲染其心情的悲痛。人"生不可久","死不可复","唯可以哭"。但又欲哭而无声:"病予喉使不得哭",只有"饮恨而悲歌"。却又"歌不成兮断绝,泪疾下兮滂沱",以至"行求兮不可过,坐思兮不知处",写得如泣如诉,将作者涕泣不禁、悲痛欲绝,行坐都无从寻觅,感情无所寄托的情状,描绘得细腻而真切。通过侧笔描写,层层蓄势,表明"惟梦"才能解忧,梦境是作者感情的唯一寄托。足见其思念之切,感情之深。

梦是本文着力描绘的内容,作者运用多种艺术手法,浓墨重彩,把梦境描绘得扑朔迷离,并尽情抒发对梦境的追求,富有动人心魄的艺术感染力。此为本文特色之二。作者描绘梦境主要运用了如下表现方法:

一是运用排比句,连用六个"若"字,极写梦之迷离恍惚。"或十寐而一见兮,又若有而若无;乍若去而若来,忽若亲而若疏"。"有""无""去""来""亲""疏",一一相对,把梦时隐时现的幻觉,作者欲求之而不得的心情表达得惟妙惟肖。

二是用一系列表示时间的词汇,写梦境的短暂和难以捉摸。"乍""忽""杳兮倏兮""须臾",极言梦之稍纵即逝,这就更令人心驰神往。尽管梦境是如此短促朦胧,但"犹胜于不见",作者愿在这"须臾"的梦境中得到片刻藉籍,足见其对亡妻眷恋之深。

三是用拟人和夸张的笔法缘情布景,借景抒情。"尺蠖怜予兮为之不动,飞蝇闵予兮为之无声","尺蠖""飞蝇"竟然也被作者的深情所感染,怜悯作者的思忆,而停止活动,于无声中令作者尽情享受与亡妻相见的愉悦。"情以景传","情哀则景哀,情乐则景乐",作者赋昆虫以生命,明写其与人相通的灵性,实则字字言情。

四是直抒胸臆,画龙点睛。作者心驰神往,将全部感情寄托于梦中与亡妻相见,以至于"梦一断兮魂立断",不惜身心憔悴,"绿发兮思君而白,丰肌兮以君而瘠",甚至愿天无四时之分,日疾而月迟,夜长而昼短,以便有更多的时间在夜梦中与亡妻相见。最后一段以绝妙的联想,激越的情感,将全文推向高潮,成为全文的画龙点睛之笔,亦为惊人之笔。

无论是侧面烘托还是直接抒怀,作者始终围绕一个"梦"字做文章,句句是情,字字关情。而这感人之情又通过骈散相间、参差错落而富有韵味的外在形式,表达得淋漓尽致。

秋声赋

【题解】

　　《秋声赋》是欧阳修的一篇重要作品,在文学史上具有一定地位。这篇赋作于嘉祐四年(公元 1059 年),作者已五十三岁。由于三次被贬和官场上的勾心斗角,他对仕途生活已感厌恶,思想上日趋保守,打算辞官归田。这篇赋反映了作者思想上消极伤感的苦闷情绪。"思其力之所不及,忧其智之所不能","奈何以非金石之质,欲与草木而争荣。"这篇赋主旨是悲秋,并以"情"字为骨。开头连用几个形象比喻,描写无形的秋声,写得有声有色;中间采用传统赋的铺张手法描绘渲染,大发议论,融会着作者对政治生活的慨叹;末尾情景交融,作者发出"念谁为之戕贼,亦何恨于秋声!"那童子呢,却已经"垂头而睡"了,只有虫声唧唧与作者的叹息应和。深化了悲秋的主题,写得最妙。不愧成为历来传诵的名作。

【原文】

　　欧阳子方夜读书①,闻有声自西南来者,悚然而听之②,曰:"异哉!"初淅沥以萧飒③,忽奔腾而砰湃④,如波涛夜惊,风雨骤至。其触于物也,铮铮铮铮⑤,金铁皆鸣;又如赴敌之兵,衔枚疾走⑥,不闻号令,但闻人马之行声⑦。予谓童子:"此何声也?汝出视之!"童子曰:"星月皎洁,明河在天⑧,四无人声,声在树间。"

　　予曰:噫嘻悲哉!此秋声也!胡为而来哉⑨?盖夫秋之为状也:其色惨淡,烟霏云敛;其容清明,天高日晶;其气栗冽,砭人肌骨;其意萧条,山川寂寥⑩。故其为声也,凄凄切切,呼号奋发。丰草绿缛而争茂⑪,佳木葱茏而可悦⑫;草拂之而色变,木遭之而叶脱⑬;其所以摧败零落者,乃其一气之余烈⑭。夫秋,刑官也⑮,于时为阴⑯;又兵象也⑰,于行为金⑱;是谓天地之义气⑲,常以肃杀而为心。天之于物,春生秋实。故其在乐也,商声主西方之音⑳;夷则为七月之律㉑。商,伤也,物既老而悲伤㉒;夷,戮也,物过盛而当杀㉓。

　　"嗟夫! 草木无情,有时飘零㉔;人为动物,惟物之灵㉕,百忧感其心,万事劳其形㉖,有动于中,必摇其精㉗。而况思其力之所不及,忧其智之所不能;宜其渥然丹者为槁木㉘,黟然黑者为星星㉙。奈何非金石之质,欲与草木而争荣㉚?念谁为之戕贼㉛,亦何恨乎秋声㉜!"

　　童子莫对㉝,垂头而睡。但闻四壁虫声唧唧,如助予之叹息。

①欧阳子:作者自称。　　方:刚才,正当。　　西南:《太平御览》卷九引《易纬》:"立秋,凉风至。"注:"西南方风。"

②悚然:惊恐的样子。

③淅沥:雨声。　　萧飒:风声。

④砯湃:同"澎湃",汹涌的波涛声。

⑤铮铮铮铮:金属相击的声音。

⑥衔枚疾走:古代行军时为了防止因喧哗而暴露目标,让士兵嘴里衔着一只筷子似的东西,叫"枚"。　　走:跑。

⑦但:只。

⑧明河:即银河,银白的天河。

⑨胡为:何为,怎样。　胡:疑问代词,何。

⑩"盖夫秋"九句:写秋天的景色和感受。　　夫:表示将发表议论。　　状:景象。　　霏:纷扬。　　敛:聚集。　　日晶:阳光灿烂。　　慄冽:寒冷。砭:本指用石针扎进皮肤治病,此指"刺"义。宋玉《九辩》:"悲哉,秋之为气也;萧瑟兮草木摇落而变衰,憭慄兮若在远行,登山临水兮送将归,泬寥兮天高而气清,寂寥兮收潦而水清。"

⑪绿:丰茂。

⑫葱茏:草木青翠茂盛的样子。

⑬拂之、遭之:碰上秋气。　之:皆指秋气。

⑭一气:指秋气。　　余烈:余威。古人认为秋主杀,秋天使草木摧败零落。

⑮夫秋,刑官也:秋天,是掌管刑法官员用刑的季节。　　刑官:古代称刑部为秋官。

⑯于时为阴:在时令上属于阴。古人以春夏为阳,秋冬为阴。《汉书·律历志》:"秋为阴中,万物以成。"

⑰又兵象也:它又是战争的季节。古代秋季练兵,以之征伐,所以称"兵象"。《汉书·刑法志》:"秋治兵以狝。"

⑱于行为金:在五行上属于金。　　行:五行,金、木、水、火、土。古人认为四季变化是五行"相生"的结果,并把五行分属四季,秋属金。陈子昂《感遇》诗:"金天方肃杀,白露始专征。"

⑲天地之义气:指刚正之气。《礼记·乡饮酒义》第四十五:"天地平凝之气,始于西南而盛于西北,此天地之尊严气也,此天地之义气也。"

⑳商声主西方之音:商声代表西方之音。　　商声:宫、商、角、徵、羽五声之一。五声也分配于四时,商属秋;五声又与五行相配,商属金,主西方之音。

㉑夷则为七月之律:夷则是七月的声律。　　夷则:十二律(黄钟、大吕、太簇、夹钟、姑洗、仲吕、蕤宾、林钟、夷则、南吕、无射、应钟)之一。古代将"十二律"与十

二个月相配,夷则与七月对应。《礼记·月令》:"孟秋之月,其音商,律中夷则。"又《史记·律书》:"七月也,律中夷则。夷则,言阴气之贼万物也。"

㉒"商,伤也"三句:商,就是悲伤(古人同声通训),万物衰老就产生悲伤的思想感情。《史记·正义》引《白虎通》:"夷,伤也;则,法也。言万物始伤被刑法也。"

㉓"夷,戮也"三句:夷,是诛杀的意思,物类过盛就该消灭。

㉔"草木无情"二句:草木是没有感情的,尚且有时要飘落凋零。

㉕"人为动物"二句:人是动物,而且是动物中最有灵性的。《尚书·泰誓》:"惟人万物之灵。"

㉖百忧感其心,万事劳其形:各种忧虑使人精神感伤,各种事务使人形体劳苦。

㉗有动于中,必摇其精:内心动摇不定,必然要消损他的精气。中:内心。精:精气,元气。

㉘渥然丹者:指容颜红润,比喻年轻力壮,青春年华。意思是说难怪人们的红颜忽然变得像枯木一样。 渥然:青春年华的样子。《诗经·秦风·终南》:"颜渥丹。" 槁木:枯木,比喻体衰年老。《庄子·齐物》篇:"形固可使如槁木,而心固可使如死灰乎?"

㉙黟然黑者为星星:黑发忽然变成白发。 黟(黝)然黑者:指乌亮的头发,比喻年轻。 星星:斑白。形容须发花白。左思《白发赋》:"星星白发,生于鬓垂。"

㉚金石之质:指坚固不坏的人的质体(一指品质)。《古诗十九首》:"人生非金石,焉能长寿考。"其二句谓为什么要用并不像金石那样坚硬的体质,去和草木争荣呢?

㉛念谁为之戕贼:其意谓人和草木不一样,是因为自己忧劳太甚,残害了自己。戕贼:残害。

㉜亦何恨乎秋声:又何必怨恨那凄凉的秋天呢! 乎:同"于"。

㉝莫对:没有什么回答的。

【集评】

明茅坤《唐宋八大家文钞》卷六十:萧瑟可诵,虽不及汉之雅而词致清亮。

清吴调侯、吴楚材《古文观止》卷十:秋声,无形者也。却写得形色宛然,变态百出。末归于人之忧劳,自少至老,犹物之受变,自春而秋,凛乎悲秋之意,溢于言表。结尾虫声唧唧,亦是从声上发挥。绝妙点缀。

清姚永朴《文学研究法》卷二著述:欧阳子《秋声赋》,虽曰小品,而情致未尝不缠绵。

清过珙《古文评注》:此讽世不必忧而故自忧,是作赋本意。又说:"秋声本无可写,却借其色、其容、其气、其意,引出其声"一种感慨苍凉之致,凄然欲绝。

【鉴赏】

本篇写于宋仁宗嘉祐四年(公元 1059 年)。此时,欧阳修已五十三岁。虽已官居高位,但由于仕途坎坷,屡遭贬谪,加上"庆历新政"失败,政治上不能有所作为,因此,欧阳修十分抑郁、苦闷。《秋声赋》恰恰是其苦闷心情的真实写照。文中悲秋的感伤情调、对人生的感叹,固然反映了封建文人消极的思想情绪,但是其艺术上的成就,却历来受到高度评价,为人传诵。其主要艺术特色有如下两方面:

一、以比兴起笔,托物寓情,创造出声情并茂、情景交融的艺术境界。《秋声赋》是一篇优美的赋体散文诗,它运用诗歌创作比兴的艺术手法,托物寓情,在对秋声绘声绘形的描写之中,融注于作者对人生的感叹。首先,作者写秋,却不直接写有形的秋景,而是以比兴起笔,先写无形的秋声。文章一开头,作者就用扣人心弦的笔调,于静穆的秋夜中,亮出一个令人"悚然"的秋之"声",并寻声而觅,连用三个生动形象的比喻,把所

闻之声比作"初淅沥以萧飒""忽奔腾而砰湃"的"波涛""骤至"的"风雨"和"赴敌疾走"的"人马之行声"。这一连串的比喻,烘托渲染出秋之到来的气势,将无形的秋声写得形色宛然,变态百出,给人以丰富的想象和身临其境般的感受。写秋不是"观"秋,而是"听"秋,充分调动读者视与听的通感作用,于秋的声响中去领略秋的意境、秋的韵味,可谓作者的神来之笔。

接着,作者从对秋声的虚写,转入实写。第二自然段,用赋体散文铺陈的艺术手法,写出秋之"色""容""气"与"意",以此唤出秋之声。其中"惨淡""清明""慄冽""萧条"等词语的精心选用,着意描绘出秋的枯寂与萧瑟,与前文凄切的秋声,形成和谐统一的整体,恰到好处地表达出作者独特的感受。在实写秋声之后,作者

的笔触并没有停留在秋的霜寒风凄的描绘上，而是用酣畅的笔墨，状物拟人，把秋比作"刑官""兵象"。"刑官"即司寇，掌握刑法；而从阴阳二气来说，"兵象"主持肃杀。无怪乎在其淫威之下，昔日"绿缛而争茂"的"丰草"，"拂之而色变"；"葱茏而可悦"的"佳木"，"遭之而叶脱"。秋之于人，本是无形的，然而在作者笔下，却变得有声有形，活灵活现，不仅听得见，看得着，而且还能感受到它生命的律动。巧妙的比兴、丰富的想象、纵横驰骋的思路，把读者引入一个个峰回路转、柳暗花明又一村的新天地。使读者不仅看到秋之肃杀的缘由，而且进一步去领略"秋之为义"。

通过对秋声的"形容摹写""反复讽咏"，层层蓄势之后，作者从第三自然段起，笔锋一转，从"物之秋"转而写"人之秋"，尽情抒发对秋的哀叹，对人生的感慨。"草木无情，有时飘零，人为动物，惟物之灵"，阐发了写此赋的本意，并进而抒发了"百忧感其心，万事劳其形，有动于中，必摇其精"的慨叹。说明人之秋，朱颜变枯，黑发变白，正如丰草之变色，佳木之叶脱，是长年忧劳所至，亦是不以人的意志为转移的客观规律。"奈何以非金石之质"，去与草木争一日之荣呢？至此，作者悲秋之意，溢于言表，作者对人生的感伤之情，表达得淋漓尽致。

文章到此，本可驻笔。然而作者又巧妙地宕开一笔，掀起余波，写静夜之中唧唧的虫声。既与开头秋声入笔相照应，又如截奔马，将激越的感情加以收束，引向平缓。使感情的表达波澜起伏，余音袅袅，收到"言有尽而意无穷"之效。作者借助于比兴的艺术手法，通过巧妙的艺术构思，将声与形、情与景融为和谐统一的整体，在诗情画意般的艺术境界中，使人获得高致的美感享受。

二、以散体为主，辅以骈偶，音调和谐，富有韵律之美。本文突破了六朝至唐代骈赋、律诗凝重板滞的格式，吸取了骈文的长处，全文以散体为主，间用骈偶，使句式整齐而富有变化。例如："其色惨淡，烟霏云敛；其容清明，天高日晶；其气慄冽，砭人肌骨；其意萧条，山川寂寥"。四字一顿，句式整齐，音韵铿锵。又如"丰草绿缛而争茂，佳木葱茏而可悦"；"思其力之所不及，忧其智之所不能"，"宜其渥然丹者为槁木，黟然黑者为星星"等严格的对偶句与散句相交错，句式的长短相间，骈散错落，加上用韵的变化，使文章抑扬顿挫，声调和谐，读来朗朗上口，充分显示出其内在的韵律之美，表现了欧阳修散文独特的语言艺术风格。

六一居士传

【题解】

作于熙宁三年(公元 1070 年),作者年六十四岁。此文写他年老思归退居故乡的心情,表达晚年生活情趣。

作者于文中描写游乐于书、金石遗文、琴、棋、酒五物之中,并赞赏这五物带来的欢乐胜于"阅大战""响九奏"带来的欢乐。但文中字里行间也流露出对自己没有建立值得称道的政绩感到惋惜;对自己不被重用,表示不满。

全文以问答的形式,抒发作者晚年的心态和生活情趣。风格疏淡,别具一格。

【原文】

六一居士初谪滁山,自号醉翁①。既老而衰且病。将退休于颍水之上②,则又更号六一居士。

客有问曰:"六一,何谓也?"居士曰:"吾家藏书一万卷,集录三代以来金石遗文一千卷③,有琴一张,有棋一局,而常置酒一壶。"客曰:"是为五一尔,奈何?"居士曰:"以吾一翁,老于此五物之间,是岂不为六一乎?"客笑曰:"子欲逃名④者乎?而屡易其号。此庄生所诮畏影而走乎日中者也⑤;余将见子疾走大喘渴死,而名不得逃。"居士曰:"吾固知名之不可逃,然亦知夫不必逃也;吾为此名,聊以志我之乐尔⑥。"客曰:"其乐如何⑦?"居士曰:"吾之乐可胜道哉!方其得意于五物也⑧,太山在前而不见,疾雷破柱而不惊⑨;虽响九奏于洞庭之野⑩,阅大战于涿鹿之原⑪,未足喻其乐且适也。然常患不得极吾乐于其间者,世事之为吾累者众也。其大者有二焉,轩裳珪组劳吾形于外⑫,忧患思虑劳吾心于内,使吾形不病而已悴,心未老而先衰,尚何暇于五物哉?虽然,吾自乞其身于朝者三年矣⑬,一日天子恻然哀之,赐其骸骨,使得与此五物偕返于田庐,庶几偿其夙愿焉。此吾之所以志也。"客复笑曰:"子知轩裳珪组之累其形,而不知五物之累其心乎?"居士曰:"不然。累于彼者已劳矣,又多忧;累于此者既佚矣,幸无患。吾其何择哉?"于是与客俱起,握手大笑曰:"置之,区区不足较也。"

已而叹曰:"夫士少而仕,老而休,盖有不待七十者矣⑭。吾素慕之,宜去一也。吾尝用于时矣⑮,而讫无称焉⑯,宜去二也。壮犹如此,今既老且病矣,乃以难强之筋骸,贪过分之荣禄,是将违其素志而自食其言⑰,宜去三也。吾负三宜去⑱,虽无五物,其去宜矣,复何道哉!"

熙宁三年九月七日,六一居士自传。

【注释】

①谪滁山:指庆历六年(公元 1046 年),欧阳修贬为滁州(今安徽滁州市)知州。　醉翁:欧阳修在滁州时自称的号,时年四十岁。参见《醉翁亭记》。

②将退休于颍水之上:欧阳修从皇祐元年(公元 1049 年)任颍州(今安徽阜阳)知州时,欣赏其西湖的风景,就有退居于颍的思想,并与梅尧臣相约,作为晚年退休之地,治平四年(公元 1067 年),他便在颍州卜地建宅,准备退休居住。

③金石遗文:欧阳修著有《集古录》一千卷,收录上古三代至唐五代的金石拓本,为我国最早的有关金文、石刻文字的专著。

④逃名:逃避声名。指耿介之士避名声而不居。《后汉书·法真传》:"友人郭正称之曰:法真名可得闻,身难得而见,逃名而名我随,避名而名我追。"

⑤此庄生所诮畏影而走乎日中者也:这就是庄子所讥笑的那种怕见影子而在中午行走的人。《庄子·渔父》:"人有畏影恶迹而去之走者,举足愈数而迹愈多,走愈疾而影不离身。自以为尚迟,疾走不休,绝力而死。不知处阴以休影,处静以息迹,愚亦甚矣。"　乎:于,在。　日中:中午。

⑥"吾为此名"二句:我做这些事(指看书、抄拓本、弹琴、棋、饮酒)很快乐,姑且自号"六一"来记下我的快乐。

⑦其:指代词,我。欧阳修自指。

⑧五物:指书,金石遗文、琴、棋、酒。

⑨"太山"二句:《鹖冠子·天则》:"一叶蔽目,不见太山;两耳塞豆,不闻雷霆。"又刘伶《酒德颂》:"静听不闻雷霆之声,熟视不睹泰山之形。"表示心中有所专注,一切都感觉不到了。

⑩响九奏于洞庭之野:在洞庭大原野上奏起九韶仙乐。《庄子·至乐》:"咸池九韶之乐,张之洞庭之野。"　九奏:即九韶,传说虞舜时的音乐。

⑪阅大战于涿鹿之原:在涿鹿山前观看激烈战斗场面。《史记·五帝本纪》载:黄帝与蚩尤大战于涿鹿之原,黄帝胜,被诸侯推为天子。涿鹿:今河北涿鹿。

⑫轩裳珪组:官员的装束、用物等,借指官场的事务。　轩:大夫的马车。珪:古代帝王诸侯所执的长形玉板,上圆下方,用以表信符。　组:丝带,用以系印。

⑬吾自乞其身于朝者三年矣:据记载从熙宁元年(公元 1068 年)起,欧阳修多次请求退休,都没获准。　乞其身:即"乞骸骨",古代官员告老辞退称乞骸骨,有归死故乡的意思。

⑭不待七十者矣:(人老退休)往往有等不到七十岁的人。《礼记·檀弓》:"七十不俟朝。"

⑮用于时:指做官,并取得皇帝信任。

⑯无称:没有值得称道的政绩。

⑰素志：平时的志向。欧阳修早年在洛阳任留守推官时，就认为年老应该退休。

⑱吾负三宜去：我具备这三条应该离职的理由。　　负：具备。

【集评】

宋朱熹《朱子语类》卷一百三十九：得到晚年，自作《六一居士传》，宜其所得如何，却只说有书一千卷，集古录一千卷、琴一张、酒一壶、棋一局与一老人为六，更不成说话，分明是自纳败阙。

明茅坤《唐宋八大家文钞》卷四十七：文旨旷达，欧阳公所自解脱在此。

清张伯行重订《唐宋八大家文钞》卷六：欧公晚年寓意之文。东坡集多得此解。

【鉴赏】

本篇作于熙宁三年（公元 1070 年）。当年七月，作者由青州知州改任蔡州知州，九月到蔡州（今河南汝南县），自号"六一居士"。此时的作者在政治上想摆脱忧劳烦扰，早就有急流勇退的思想，又加上与王安石的政见不合，于是他一直接连上表请求退休。本文就反映了作者晚年的生活情趣和心理状态。

全文第一小节，作者先介绍了自己的二个别号"醉翁""六一居士"。"醉翁"是庆历六年他被贬滁州（今安徽滁县）时的自号（可参见《醉翁亭记》）。皇祐元年，欧阳修知颍州（今安徽阜阳县）时，称赞颍州西湖的风景，就和梅尧臣相约，作为晚年退休之地。熙宁元年，欧阳修又在颍州修建房屋，准备退居。现他"既老而衰且病，将退休于颍水之上，则又更号六一居士。"滁州有滁山，颍州有颍水，合起来就表示出作者晚年想摆脱世间烦扰、寄情山水的思想。

第二小节，作者采用主客问答形式，借客人的提问，先说明自己称六一居士的含义，即晚年在家中陪伴一老翁自己的是一万卷书，一千卷金石遗文，一张琴，一盘棋，一壶酒。从这个称号的含义，我们一方面可以体察出作者晚年只赖于这五种物品的孤寂无聊的生活，另一方面也可看出作者想摆脱烦扰、凭此安度晚年的乐趣。但客人仍就作者多次更改称号提出疑问："你大概是想逃避名声的人吧，这正像庄子所讽刺的那个害怕影子而在太阳底下奔跑的蠢人。我将看到你也要狂跑，喘气干渴而死，而名声是不可逃避的呀。"据《庄子·渔夫》载："人有畏影恶迹而去之走者，举足愈数而迹愈多，走愈疾而影不离身。自以为尚迟，疾走不休，绝力而死。不知处阴以休影，处静以息迹，愚亦甚矣。"对这个道理，作者不是不知道，所以他说："我本知道名声不能逃避，但我也知道不必逃避。我起这个名字，只是要记下我的乐趣罢了。"由此引发，作者便开始抒写自己晚年陶醉于五种物品的乐趣，就是当此时，泰山在面前也看不见，炸雷劈破屋柱也不惊慌；即使在洞庭大原野奏起九韶仙乐，在涿鹿山前观看激烈战斗场面，也比不上这样快乐舒适。但是目前，作者还苦于不能在这些物品里面尽情享乐。其原因一是"轩裳珪组（官员的车马、服式、印信等，这里借指官场事物）劳吾形于外"，二是"忧患思虑（忧郁、祸患和各种思虑）劳

222

吾心于内。"这样使得作者虽没生病而外貌已显得憔悴,虽还没太老而精神却已衰竭,还有什么空暇陶醉于这五种物品呢？可见作者对官场生活已十分厌倦,因此急于退休过安闲的隐居生活。虽然作者目前还没能退休,但是他坚信,由于他向朝廷告老辞退已三年,朝廷总会能予批准,那时回到田园享受与五种物品交融之乐的愿望一定能实现;所以起下这个六一居士的名号来表达自己向往的乐趣。客人又问:"你知道官场事务劳累身体,就不知道这五种物品也劳累精神吗？"于是作者接着分析,长期被官场拖累已经很觉劳苦了,而且还有很多忧患缠身;为这五种物品吸引是精神上得到安逸,而且没有祸患。两者相比,当然是选择后者了。

从第二小节的主客问答之中,我们看到了作者晚年消极隐退的思想。欧阳修年轻时意气风发、豪情满怀。他以天下为己任,立志改革时弊,是范仲淹"庆历新政"运动的积极参与者。在文学上,他团结、提挈一大批优秀文人,反对"西昆体",倡导"古文"运动,被公认为文坛的领袖。但是,随着政治上的一次次受挫,一次次被放逐,他心灰意懒了。虽晚年被重新起用,官位也很高,但朝政的腐败,官场的尔虞我诈,加上志同道合的挚友的相继去世,使他再展宏图的幻想破灭了,思想开始消极、苦闷,甚至对王安石的变法也持了消极对立的态度。欧

阳修从勇于改革到消极悲观,在政治生涯中可谓是虎头蛇尾、有始无终。这固然暴露了他思想上的弱点,但我们也应看到这也是当时社会和历史的局限,所以对欧阳修我们也不能过分地苛求。

在主客对话的基础上,作者最后又进一步总结了自己想退隐的三条理由。一是年轻时出去做官,年老了退休,不一定非得等到七十岁,这是人生的规律。二是自己任职期间并没有值得称赞的成绩。三是自己壮年时就想退职(欧阳修中年以后的诗文就多有辞官归田的思想),现在年老体弱就不能再贪图过分的荣耀俸禄了。作者说,具备这三条理由,即使没有五种物品的吸引,也应该离职了。言外之意是更何况有与这五种物品共处的乐趣呢？三条理由表面上看正当、充分,但字里

行间却流露着作者对仕宦生活的厌倦。

欧阳修写完此文后的第二年便获取退休住到颍州，人们本期望他能在优游自娱、颐养天年之际，能为后世写下更多的优美诗文，可惜次年便遽然长逝了。

这篇文章在传记文中是别具一格的。它没有具体叙述自己一生的主要经历，而是由自己晚年更名六一居士的由来说到自己的乐趣，又说到自己渴望退休的心情及对现实生活的厌倦。由于文章采用了汉赋的主客问答方式，所以很便于逐层推进地阐述这种思想和情趣，而且也使行文跌宕多姿、情感深切。本文的语言也是既平易晓畅又形象深刻。如作者写他陶醉于五种物品之时说"太山在前而不见，疾雷破柱而不惊；虽响九奏于洞庭之野，阅大战于涿鹿之原，未足喻其乐且适也。"这比喻极为生动，它既喻为自然界的各种声响又喻为社会官场的嘈杂事物。作者能置之而不顾，深刻说明他对五种物品的乐而不倦和专心致志。

卖油翁

【题解】

本文记叙陈尧咨善射的故事,说明熟能生巧的道理。同时将卖油翁与陈尧咨对照来写,更给人以深刻启迪。"山外青山楼外楼",人应有自知之明,不要囿于一己的小天地自傲自大,故步自封。

本篇短小却写得生动活泼,富有幽默感。文中对卖油翁的神态、答话和他熟练的沥油动作都写得十分传神,陈尧咨的自负和对卖油翁的态度无不写得惟妙惟肖,使人物形象跃然纸上。

【原文】

陈康肃公尧咨善射,当世无双,公亦以此自矜①。尝射于家圃,有卖油翁释担而立,睨之,久而不去②。见其发矢十中八九,但微颔之③。康肃问曰:"汝亦知射乎?吾射不亦精乎?"④翁曰:"无他⑤,但手熟尔。"康肃忿然曰:"尔安敢轻吾射!"翁曰:"以我酌油知之。"乃取一葫芦置于地,以钱覆其口,徐以杓酌沥之,自钱孔入而钱不湿⑥,因曰:"我亦无他,惟手熟尔。"康肃笑而遣之⑦。此与庄生所谓解牛、斫轮者何异⑧。

【注释】

①陈康肃公句:陈尧咨善于射箭,当时没有人能赶上他,他也因此而自夸。
陈康肃公:名尧咨,真宗朝曾为宰辅,康肃为其谥号。   自矜:自夸。
②家圃:家园,庭院兼种菜蔬。   释担:放下担子。   睨之:斜着眼睛看他射箭。
③但微颔之:只是略微点点头。
④康肃问曰句:康肃公问道:"你也懂得射箭吗?我射箭不也是很准的吗?"
精:准确。
⑤无他:没有什么特别的地方。
⑥覆其口:盖在葫芦嘴上。   酌沥之:用勺舀满油然后滴下。乃取句:就拿来一个葫芦放在地上,用铜钱盖在葫芦嘴上,慢慢地用勺舀油,再将油滴成一条线,从钱孔注入葫芦而铜钱不被油沾湿。
⑦遣之:打发他离开。

225

⑧解牛、斫轮：《庄子·养生主》有"庖丁解牛"的故事。《庄子·天道》有"轮扁斫轮"的故事。庄子认为，长期从事某一技艺，可以熟能生巧，达到出神入化的境界。

【集评】

清林景亮《评注古文读本》：篇法是篇以戒矜作柱，前路写"矜"字，后路写不必"矜"。起数语从"善射"叙入，是为叙事兼问难法。是文亦为辩体。其在陈尧咨一面，语皆作傲然口吻，在卖油翁一面，语皆作冷隽口吻。二者间出，遂生奇趣。而前篇辨物理，兹篇辨事理，又同而不同者也。

章法　　通篇分三段。自起句至"自矜"为第一段，此段以善射作柱，惟"善射"，故"自矜"；自"尝射矜家圃"至"但手熟尔"为中段，此段以卖油翁之轻视尧咨作柱，而以"睨之""微颔"逼出"手熟"二字；自"康肃忿然"以下为末段，此段以"酌油"作柱，为"手熟"之证。

句法　　"汝亦知射乎"二语，为宕句法。

字法　　"睨"字、"颔"字、"笑"字均称量而出，"笑"字又与"睨"字、"颔"字作呼应。

【鉴赏】

本篇选自《欧阳文忠公集·归田录》。《归田录》是欧阳修晚年辞官退居颍州时所作，因名"归田"，笔记体裁，共115条，《卖油翁》是其中之一条。《归田录》所录多为作者亲身经历之朝廷及士大夫琐事，议事说理，寓意深刻。

《卖油翁》通过记述一个生活中的小故事，说明任何一技之长都是熟能生巧之理。此篇的写法，作者不采用议论笔法来说理，而以叙述笔法，铺写故事来说理，寓

理于故事中。篇幅虽简短，然而首尾完整，情节清晰，运用了叙述、描写的表达方式，内容富有生活情趣。《卖油翁》体现了欧阳修散文的易、简的风格，具有风格的易、简美。易、简风格突出表现在三方面，其一方面，章法的易简。具体表现在以下几点：第一，结构精简，布局轻盈精巧。《卖油翁》全文篇幅不加标点共 135 个字，可谓百字文。单就如此精短的结构而言，已可对作者的精当的谋篇布局能力钦佩。拿来与冗长、拖沓的布局、谋篇之文相比，足见欧阳修不愧为写文构思化繁为简的典范。读者从文中可见到，易简的结构里，作者所设计的故事的开头，结尾，过渡，层次等都体现了易、简，凡无须的浮枝都删除，无冗赘故而轻巧，无繁枝故而精悍，这是作者精而又精构思的结晶。第二，着眼于易简，选材重实忌虚。在百字文内考虑材料的剪裁，需要作者具有高度的概括能力，选材受篇幅所限，立足于选择有效的材料，而所谓有效材料也需删繁就简，突出重点。本篇所选材料偏详于卖油翁，偏略于陈尧咨，这是就对照而言的。从全文看，用于描写卖油翁的材料或是用于描写陈尧咨的材料，都是选择了既简易却有说服力的材料，以简易材料办实事，重实避虚，求"实"为作者的写作原则，"简而有法"也是他所赞成的，而《卖油翁》在选材上正是体现了作者的这些主张。其二方面，描写手法的易、简，着重于简笔描绘人物。对陈尧咨主要采用神态描写，陈的言语不多，统共说了三句话，"汝亦知射乎？吾射不亦精乎？"及"尔安敢轻吾射！"但陈的傲慢、蔑视卖油翁的神态即栩栩如生。对卖油翁主要采用动作描写，择其酌油的动作描写恰如卖油人的身份，描绘传神，使读者如身临其境。可见，作者描写人物形象，力在省笔墨，功在传神，看似简笔，笔笔工精。这种描写风格堪称于精简处见美。其三方面，运用语言讲究易、简，《宋史·欧阳修传》曰："其言简而明"，简易、平淡、自然、省净是欧阳修文章的语言风格之美处。《卖油翁》语言的遣词造句洗练，简约无一赘语，作者都做了精择。在遣词方面，选词通俗简易，接近口语，如人物对话用语，"康肃问曰：'汝亦知射乎？吾射不亦精乎？'翁曰：'无他，但手熟尔。'康肃忿然曰：'尔安敢轻吾射！'翁曰：'以我酌油知之。'"对话中的词语都简明通俗，毫无艰涩之词。再如描写卖油翁酌油一段的语言用词，同样接近口语，顺畅自然。为了使词语平易通俗，还注意少用虚词，是为使语言更合乎口语，简便易懂。在造句方面，全文都为短句，最长单句只有十个字组成。短句结构简易轻便，表义言简义明。可以说，《卖油翁》是古文运用短句的范文，值得今人称颂、借鉴。

六一诗话（选三则）

一

【题解】

《六一诗话》是一部重要的文艺理论著作，是我国最早的一部诗话，对后世影响很大。欧阳修晚年告老归田，更号为"六一居士"，故称为《六一诗话》。这部书共二十八条，大体分为两个方面，一、主张作者要深入实际社会生活，强调作品要反映现实生活；二、主张诗歌要锤炼雕琢。作者于书前小序说："居士退居汝阴而集，以资闲谈"，以此论当是欧阳修于熙宁四年（公元 1071 年）退居颍州时而作。

这则诗话，以宋人补杜诗不及原作之佳的小故事，称赞杜甫用字之精确，从正面说明炼句炼字的重要性，同时又从侧面给所谓"昆体""时文"以辛辣的讽刺，"虽一字，亦不能到也。"由此可见古人写诗即使一个字也不轻易下笔。

【原文】

陈舍人从易当时文方盛之际①，独以醇儒古学见称②，其诗多类白乐天③。盖自杨、刘唱和④、《西昆集》行⑤，后进学者争效之，风雅一变⑥，谓之"昆体"。由是唐贤诸诗集几废而不行⑦。陈公时偶得杜集旧本⑧，文多脱误。至《送蔡都尉》诗云："身轻一鸟"，其下脱一字⑨。陈公因与数客各用一字补之：或云"疾"⑩，或云"落"，或云"起"，或云"下"，莫能定⑪。其后得一善本，乃是"身轻一鸟过"。陈公叹服，以为"虽一字，诸君亦不能到也⑫。"

【注释】

①陈舍人从易：陈从易，字简夫，北宋晋江人，著有《泉山集》二十卷。　舍人：官名，专为皇帝起草诏令。　从易：宋仁宗时官中书舍人。　时文：指当时流行的骈体文。

②独从醇儒古学见称：独自凭着坚守纯正的儒者，被世人所称誉。　醇儒：学识精粹的儒者。　醇：同"纯"。　见称：被称。见，表被动。

③白乐天：白居易，字乐天，唐代大诗人。

④杨、刘：杨亿、刘筠。二人都是西昆体的代表人物。

⑤西昆集：即《西昆酬唱集》，是杨亿、刘筠等十七位诗人唱和的诗集。

⑥风雅一变："风""雅"的传统诗风为之一变。此指"西昆体"空虚靡丽的文风统治文坛。

⑦由是：从此。　唐贤诸诗集：指唐朝著名诗人如李白、杜甫、白居易等人的诗集。　废：废弃。　不行：不流行，失传。

⑧杜集旧本：《杜甫诗集》的旧版本。

⑨《送蔡都尉》：即杜甫五古《送蔡希鲁都尉还陇右因寄高三十五书记》中有"身轻一鸟过，枪急才人呼"，描写蔡希鲁武艺高强。诗中蔡希鲁为哥舒翰军中将官。

⑩或：无定代词，有的。下"同"。

⑪莫：无定人称代词，没有谁。

⑫诸君：各位先生。指补杜诗脱字的几个人。

二

【题解】

孟郊、贾岛为中唐诗人，一生穷困不得志，郁郁而死。两人都以苦吟著称，苏轼称他们为"郊寒岛瘦"。这则诗话，作者借用别人的话，充分肯定了孟郊、贾岛的诗对穷苦生活的反映和这两位诗人备尝苦寒生活的体验。欧阳修认为这样的诗句，如果不是亲身经历，是写不出来的，主张写诗要有生活，要有真情实感。但字里行间，似乎也流露出对这样诗句的不以为然。

【原文】

孟郊、贾岛皆以诗穷至死①，而平生尤自喜为穷苦之句。孟有《移居》诗云："借车载家具，家具少于车。"乃是都无一物耳②。又《谢人惠炭》云："暖得曲身成直身③。"人谓非其身备尝之④，不能道此句也。贾云："鬓边虽有丝，不堪织寒衣⑤。"就令织得⑥，能得几何！又其《朝饥》诗云："坐闻西床琴，冻折两三弦⑦。"人谓其不止忍饥而已，其寒亦何可忍也⑧。

【注释】

①孟郊、贾岛：两人都为唐代诗人。孟郊（751～814），字东野，湖州武康人。曾获韩愈赏识，著有诗集十卷（《新唐书艺文志》），传于世。　贾岛（779～843）：字浪仙，当过僧人，法号无本，自称碣石山人。还俗后任长江主簿，著有《长江集》十卷。

②都无一物耳：极言贫穷。　都：总共。

③暖得曲身成直身：其谓因天气寒冷冻得肢体蜷曲不能伸开，因有了炭火取暖，才得舒展。

④备尝：全都亲自经历过。

⑤"鬓边"二句:为贾岛《客喜》诗句,其意思是说鬓边虽说有白发如丝,但不能织成御寒的衣物。极写客居他乡的穷困生活。

⑥就令:即使。

⑦冻折:冻断。

⑧不止:不只。　　止:通"只"。　　其寒:那种寒冷。

三

【题解】

这则诗话重点谈诗歌艺术特点,主要提出了鉴赏诗歌三个方面的观点:一是"意新语工",就是要求诗歌要有创造性,富有新意,语言要生动、含蓄;二是"状难写之景如在目前",使读者有身临其境的感受;三是"含不尽之意见于言外",指其诗能引起读者的联想,发人深省,余味无穷。

【原文】

圣俞①常语予曰:"诗家虽率意,而造语亦难②。若意新语工,得前人所未道者,斯为善也③。必能状难写之景,如在目前;含不尽之意,见于言外④,然后为至矣⑤。贾岛云:'竹笼拾山果,瓦瓶担石泉⑥。'姚合云:'马随山鹿放,鸡逐野禽栖。'⑦等是山邑荒僻、官况萧条,不如'县古槐根出,官清马骨高'⑧为工也。"

余曰:"语之工者固如是⑨;状难写之景,含不尽之意,何诗为然⑩?"

圣俞曰:"作者得于心,览者会以意,殆难指陈以言也⑪。虽然,亦可略道其仿佛⑫。若严维'柳塘春水漫,花坞夕阳迟'⑬,则天容时态,融和骀荡⑭,岂不如在目前乎?又若温庭筠'鸡声茅店月,人迹板桥霜'⑮,贾岛'怪禽啼旷野,落日恐行人'⑯,则道路辛苦,羁愁旅思⑰,岂不见于言外乎?"

【注释】

①圣俞:北宋著名诗人梅尧臣,字圣俞。

②造语:指锤字炼句。

③斯为善也:这才算好。　　斯:这。

④指诗要含蓄。　　见:同"现"。

⑤至:顶点,成功。

⑥贾岛诗句见《题皇甫荀蓝田厅》,此二句只写山野的景物,不能表现作者所要表现的山城荒凉。

⑦姚合诗句见《武功县中作》,此二句诗只能写出荒凉景物,不能表现出官员落没的内容。　　姚合:与贾岛同时诗人。《唐才子传》说他诗善写"下邑官况,萧条山县,荒凉风景"。

⑧"县古"二句:出处不详。其上句描写官府既古老又陈旧失修。古代官府前

多植槐树,槐根突出地面,状写官厅古旧;下句马匹瘦骨嶙嶙,状写官吏的清贫。所以说此二句诗比贾岛、姚合的诗写得好。

⑨固如是:固然如此。

⑩何诗为然:哪些诗达到了这样的境界呢?

⑪殆难指陈以言也:几乎难以具体地说清楚。　　殆:大概,几乎。　　指陈:指示,陈述。

⑫略道其仿佛:简要地说个大概。

⑬平维:字正文,越州山阴人,中唐诗人,所引二句诗见《酬刘员外见寄》诗。此二句写春光明媚,万物欣欣向荣的气象。诗中用池塘水满、翠柳笼罩、夕阳红几个景物"状难写之景如在目前"。

⑭天容时态,融和骀荡:春天的气候暖和舒畅,显出一派生机勃勃的景象。　　骀荡:春意盎然貌。南朝齐谢朓《直中书省》:"朋情以郁陶,春物方骀荡。"

⑮温庭筠:字飞卿,晚唐诗人、词人。所引二句见《商山早行》诗。此二句诗通过写鸡声、茅店、月色、人迹、板桥、浓霜等景色,来表现寄居村野小店的旅客听到鸡声即起来动身赶路的情形。

⑯"怪禽啼旷野"二句:见《暮过山村》诗。它通过怪鸟啼鸣,日暮路远,渲染黑夜赶路的恐怖。这些诗句都能使读者感到有"含不尽之意见于言外"的意境,所以说写得好。

⑰羁愁旅思:写漂泊外地的愁闷,思念故乡的心情。

【鉴赏】

《六一诗话》成集于宋熙宁四年后,此时欧阳修已退休居颍州。原书只称诗话,后人根据欧阳修晚年自号六一居士而改称《六一诗话》。"诗话"这一体裁开创了

231

论诗的新的表现形式,其内容不只拘于论诗,还涉猎诗人的经历轶闻、诗的流派渊源、作诗的声韵对偶等无所不谈,有独特精辟之见解。篇幅结构短小精悍,简便灵活。《六一诗话》共计 28 则,今选此则在"诗话"中具有代表性,是作者采用问答形式漫谈诗歌鉴赏。

文章开端即洋溢出对话的随意亲切的气氛,把读者引入议论的境界。梅尧臣(圣俞,北宋著名诗人)从诗人的切身体验,精辟地提出了鉴赏诗歌的三个观点,一为"意新语工",二为"状难书之景,如在目前",三为"含不尽之意,见于言外"。这三个观点包含了诗歌鉴赏的一些基本观点。"意新语工"即评价诗歌内容的立意和语言技巧,内容求新应为先提,内容与技巧并重,内容与形式需辩证统一。鉴赏如此,创作亦如此。这一见解与今日的诗歌鉴赏原则仍为一致。说明古人写诗从理论上已很重视内容与形式的统一,所以梅尧臣的:"意新语工"见解很有理论价值。而欧阳修与梅尧臣的见解是共同的,他在《梅圣俞诗集序》中提出的"穷而后工"与"意新语工"应相提并论,富有积极的思想性。"状难书之景,如在目前"即诗歌描景状物必须生动传神,传神之笔贵在"神",无论诗歌,无论散文,都需琢磨"神"韵,展现诗文的风格韵味。描景状物若果不能传神,又何以体现诗歌的风格境界。描景状物之传神也不可脱离创作者本身的精神境界。欲求笔底传神,作者必先入境界。所以古人视诗歌之传神为最高美学范畴。这种鉴赏诗歌的见解无疑是艺术的、美学的。描景状物之美,美在诗歌之传神,也谓创作人心灵美的化身。"含不尽之意,见于言外",即诗歌须蕴含诗意,使人联想到诗句以外的境界。这就阐述了有关诗歌艺术的美学问题。诗歌必须是形象的,富有感染力的,追求诗的境界应为诗歌创作的最高目的。诗歌借藉文字创造美的意境,但又绝非只就于文字和形象,正如文中所说的"作者得于心,览者会以意,殆难指陈以言也。"意即如司空图所言"象外之象""景外之景""味外之旨",让读者生发一串联想,去琢滋辨味,沉浸于难以用语言表达得出的含蓄的不可穷尽的美学韵味中,正如船山《古诗评选》云:"诗固自有络脉,但不从文句得耳。""于无言之表寻其意之起止,固垒垒若贯珠。"所以,"含不尽之意,见于言外"正是阐明了诗歌所创造的含蓄不尽,无迹可求的最高艺术境界。这种艺术境界须得"览者会以意",经读者的辨思进行艺术的再创造,在联想中,读者与作者发生"神"韵上的共鸣,收到最佳美学效果。文章的第一段里所提出的鉴赏诗歌的这三个见解,不仅具有理论价值,而且是诗人实践的极宝贵的诗歌创作经验所谈。《六一诗话》论及这些观点,这对诗歌鉴赏和创作予以很多有益的启迪。

本文的章法采用对话的形式来写,对话问、答兼可,灵活多变。对话易在文内创造一种轻松、亲切的气氛,这种娓娓对话探讨议论的方式,对读者有极自然的感染力,读者如身临其境,聆听双方的生动、深刻的交谈。作者于一来一往的对话中传达了诗歌评论的精辟见解,而读者从中收到直接教益。另外,对话所创造的气氛具有一种情韵美,这种美感是通过对话双方的口吻、语气措词等透现出来的,这种情韵荡漾在文章里,使文章笼罩一层亲密相知的纱幕,使交谈者、听者都沐浴在温煦的氛围中。对话也是一种很好的社交语言表达形式,它具有实录感,真实可信。

唐宋八大家散文鉴赏

苏洵卷

韩　愈　等◎著

线装书局

花戊卷

苏洵简介

苏洵(1009~1066),字明允,亦称"老苏",世称"苏文公"。眉州眉山(今四川省眉山市)人。宋代著名散文家,"唐宋八大家"之一,著有《嘉祐集》二十卷。官任秘书省校书郎、文安县(在今河北省)主簿。《宋史》四百四十三卷《文苑》五有传。

苏洵少年不学,二十七岁才下决心读书,苦读多年,宋仁宗庆历七年(公元1047年),举进士及茂才异等,皆不中。回家后,把以往写的文章全部烧掉,闭门不出,更加用功读书,读通"六经""百家"之文,这时下笔写文章,顷刻即能写几千字。宋仁宗嘉祐初年,苏洵和他的儿子苏轼、苏辙一同进京,晋谒翰林学士欧阳修。欧阳修很赏识他的文章,认为即使贾谊、刘向之文,也并不比苏洵写得好,于是把苏洵的二十二篇文章(《几策》二篇、《权书》十篇、《衡论》十篇)呈献皇帝,因享盛名,一时许多文人学士争相传诵模仿他的文章。宰相韩琦也认为他的文章写得好,向朝廷推荐他,召试舍人院,他托辞有病,不应试,于是授他秘书省校书郎,后为霸州文安县主簿,任上,与陈州项城(今河南项城市)县令姚辟同修《太常因革礼》一百卷,书成后就去世了。

苏洵对《孟子》《战国策》研究很深,受其影响很大。苏洵的文章风格纵厉雄奇,尤其擅长策论,论点鲜明,论据有力,语言锋利,善于用比。曾子固称他的文章"烦能不乱,肆能不流。其雄壮俊伟,若决江河而下也;其辉光明白,若引星辰而上也"(《苏明允哀辞》)。《六国论》是这方面的代表作。此外,苏洵的记叙文虽然不多,但也有一些优秀的篇章,如《木假山记》《张益州画像记》,特别是《送石昌言使北引》表达了苏洵不辱民族气节的爱国主义思想。

苏洵和他的儿子苏轼、苏辙都是北宋有名的文学家,都被列入"唐宋八大家",世人并称之为"三苏"。"三苏"的诗、赋、词、文写得都有很高成就,但就苏洵讲,其主要文学成就在散文方面。他们的散文,在我国星汉灿烂的文学史上,占有重要地位。

审 势①

【题解】

本文详细审察宋朝的形势,从而提出治理国家的政策。作者认为治理国家,必须首先确定"所上(尚)",而定所上须先审察国家形势的强弱,方能针对政弊,制定挽救时局的国策。作者认为宋朝国势强,只因施行弱政,方使自己处于势强政弱的地位,若要改变这种局面,只有用威以济其弱。这是一篇优秀的论说文,论点明确,论据有力,结构严谨,层次清楚,论析透彻。作者善于用譬服人。以秦国的强,说明强甚而不已则折;以周朝的弱,说明弱甚而不已则屈。又用善养生者,根据性之阴阳而投之以药石;善治国者,根据势之强弱而为之谋。又用齐威王作例,说明能用其威以济其弱,国势即可由弱转变为强。作者正是通过这些生动的事实,说明宋朝的政弱是可以改变的,一赏罚,一号令,一举动,以数年的强政,上之以威,参之以惠,宋朝之势可以复强。虽然作者提出宋朝国势的强并不确切,但因论说雄辩有力,却能使人信服。最后用齐桓公称霸以刑,晋文公称霸以德,说明先审天下之势,即可应天下之务,紧扣主题,重申审势的重要意义。

【原文】

治天下者定所上②。所上一定,至于万千年而不变,使民之耳目纯于一,而子孙有所守,易以为治③。故三代圣人,其后世远者至七八百年④。夫岂惟民之不忘其功以至于是,盖其子孙得其祖宗之法而为据依,可以永久⑤。夏之上忠,商之上质,周之上文⑥。视天下之所宜上而固执之,以此而始,以此而终,不朝文而暮质,以自溃乱⑦。故圣人者出,必先定一代之所上。周之世,盖有周公为之制礼,而天下遂上文⑧。后世有贾谊者说汉文帝,亦欲先定制度,而其说不果用⑨。今者天下幸方治安,子孙万世帝王之计不可不预定于此时⑩。然万世帝王之家,常先定所上,使其子孙可以安坐而守其旧⑪。至于政弊,然后变易其小节,而其大体卒不可革易,故享世长远而民不苟简⑫。

今也考之于朝野之间,以观国家之所上者,而愚犹有惑也⑬。何则天下之势有强弱,圣人审其势而应之以权⑭。势强矣,强甚而不已则折⑮;势弱矣,弱甚而不已则屈⑯。圣人权之,而使其甚不至于折与屈者,威与惠⑰。夫强甚者,威竭而不振;弱甚者,惠亵而下不以为德⑱。故处弱者利用威,而处强者利用惠。乘强之威以行惠,则惠尊;乘弱之惠以养威,则威发而天下震栗⑲。故威与惠者,所以我节天下强弱之势也㉑。然而不知强弱之势者,有杀人之威而下不惧,有生人之惠而下不喜㉑。何者?威竭而惠亵故也。故有天下者,必先审知天下之势,而后可与言用威惠。不先审知其势,而徒曰我能用威、我能用惠者,末也㉒。故有强而益之以威,弱而益之以惠,以至于折与屈者,是可悼也㉓。譬之一人之身,将欲乳药饵石以养其生㉔,必先审观其性之为阴,其性之为阳,而投之以药石。药石之阳而投之阴,药石之阴而投之阳,故阴不至于涸,而阳不至于亢㉕。苟不能先审观己之为阴与己之为阳,而以阴攻阴,以阳攻阳,则阴者固死于阴,而阳者固死于阳,不可救也㉖。是以善养身者,先审其阴阳;而善制天下者,先审其强弱以为之谋㉗。

昔者周有天下,诸侯太盛。当其盛时,大者已有地五百里,而畿内仅不过千里,其势为弱㉘。秦有天下,散为郡县,聚为京师㉙。守令无大权柄,伸缩进退,无不在我,其势为强㉚。然方其成、康在上,诸侯无小大,莫不臣伏,弱之势未见于外㉛。及其后世失德,而诸侯禽奔兽遁,各固其国以相侵攘㉜,而其上之人卒不悟,区区守姑息之道而望其能以制服强国,是谓以弱政济弱势㉝,故周之天下,卒毙于弱㉞。秦自孝公,其势因已骎骎焉日趋于强大㉟。及其子孙,已并天下,而亦不悟,专任法制,以斩挞平民,是谓以强政济强势㊱,故秦之天下,卒毙于强。周拘于惠而不知权,秦勇于威而不知本,二者皆不审天下之势也㊲。

吾宋制治,有县令,有郡守,有转运使㊳,以大系小,丝牵绳联,总合于上㊴。虽其地在万里外,方数千里,拥兵百万㊵,而天子一呼于殿陛间,三尺竖子驰传捧诏㊶,召而归之京师,则解印趋走,唯恐不及㊷。如此之势,秦之所恃以强之势也㊸。势强矣,然天下之病,常病于弱㊹。噫!有可强之势如秦,而反陷于弱者,何也㊺?习于惠而怯于威也,惠太盛而威不胜也㊻。夫其所以习于惠而惠太甚者,赏数而加于无功也;怯于威而威不胜者,刑弛而兵不振也㊼。由赏与刑与兵之不得其道,是以有弱之实著于外焉⁴⁸。何谓弱之实？由官吏旷惰，职废不举，而败官之罚不加严也⁴⁹；多赎数赦，不问有罪，而典刑之禁不能行也⁵⁰；冗兵骄狂，负力幸赏，而维持姑息之恩不敢节也⁵¹；将帅覆军，匹马不返，而败军之责不加重也⁵²；羌胡强盛，凌压中国，而邀金缯，增币帛之耻不为怒也⁵³。若此类者，大弱之实也。久而不治，则又将有大于此，而遂浸微浸消，释然而溃，以至于不可救止者乘之矣⁵⁴。然愚以为弱在于政不在于势，是谓以弱政败强势⁵⁵。今夫一舆薪之火，众人之所惮而不敢犯者也⁵⁶。举而投之河，则何热之能为⁵⁷？是以负强秦之势，而溺于弱周之弊，而天下不知其强焉者，以此也⁵⁸。虽然，政之弱，非若势弱之难治也。借如弱周之势，必变易其诸侯而后强可能也⁵⁹。天下之诸侯，固未易变易，此又非一日之故也⁶⁰。若夫弱政，则用威而已矣，可以朝改而夕定也⁶¹。

夫齐，古之强国也，而威王，又齐之贤王也⁶²。当其即位，委政不治，诸侯并侵，而人不知其国之为强国也⁶³。一旦发怒，裂万家封即墨大夫，召烹阿大夫与常誉阿大夫者⁶⁴，而发兵击赵、魏、卫，赵、魏、卫尽走请和⁶⁵，而齐国人人震惧，不敢饰非者⁶⁶。彼诚知其政之弱，而能用其威以济其弱也。况今天子之尊，借郡县之势，言脱于口而四方响应，其所以用威之资固已完具⁶⁷。且有天下者患不为，焉有欲为而不可者⁶⁸？今诚能一留意于用威，一赏罚，一号令，一举动，无不一切出于威⁶⁹。严用刑法而不赦有罪，力行果断而不牵众人之是非⁷⁰。用不测之刑，用不测之赏，而使天下之人视之如风雨雷电，遽然而至，截然而下，不知其所从发，而不可逃遁⁷¹。朝廷如此，然后平民益务检慎，而奸民猾吏亦常恐恐然惧刑法之及其身，而敛其手足，不敢辄犯法⁷²。此之谓强政。政强矣，为之数年，而天下之势可以复强。愚故曰：乘弱之惠以养威，则威发而天下震栗。然则以当今之势，求所谓万世为帝王，而其大体卒不可革易者，其上威而已矣⁷³。

或曰：当今之势，事诚无便于上威者⁷⁴。然孰知夫万世之间，其政之不变而必曰威耶⁷⁵？愚应之曰：威者，君之所恃以为君也。一日无威，是无君也。久而政弊，变其小节，而参之以惠，使不至若秦之甚可也⁷⁶。举而弃之，过矣⁷⁷。或者又曰：王者任德不任刑，任刑，霸者之事，非所宜言⁷⁸。此又非所谓知理者也。夫汤、武皆王也⁷⁹，桓、文皆霸也⁸⁰。武王乘纣之暴，出民于炮烙斩刖之地，苟又遂多杀人多刑人以为治，则民之心去矣⁸¹。故其治一出于礼义⁸²。彼汤则不然，桀之德固无以异纣，然其刑不若纣暴之甚也⁸³。而天下之民化其风，淫惰不事法度⁸⁴。《书》曰："有众率怠弗协⁸⁵。"而又诸侯昆吾氏首为乱⁸⁶。于是诛锄其强梗怠惰不法之人，以定纷乱⁸⁷。故《记》曰："商人先罚而后赏⁸⁸。"至于桓、文之事，则又非皆任刑也。桓公用管仲，仲之书好言刑，故桓公之治常任刑⁸⁹。文公长者，其佐狐、赵、先、魏⁹⁰，皆不说以刑法，其治亦未尝以刑为本，而号亦为霸⁹¹。而谓汤非王而文非霸也，得乎⁹²？故用刑不必霸，而用德不必王，各观其势之何所宜用而已⁹³。然则今之势，何为不可用刑？用刑何为不曰王道？彼不先审天下之势，而欲应天下之务，难矣。

【注释】

①审势：本篇为预测宋朝形势，提出救弊方法的《几策》之一，重在审察宋朝的

形势。大约写成于宋仁宗至和二年(公元 1055 年)。

②上:通"尚"。崇尚,尊重。

③所上一定句:所崇尚的一定下来,到了千万年也不变化,使人民的耳目纯正统一,使子孙有所遵守,容易用它来治理。　　　纯:纯正,纯粹。　　　一:统一,一致。"一"本是数词,在这里活用为动词。

④三代:指夏、商、周。　　　圣人:旧指品德最高尚,智慧最超群,被世人所尊崇的人。君主时代,用作对帝王的尊称。　　　七八百年:公元前十一世纪周武王灭商后建立周朝,至公元前 256 年为秦所灭,共历八百多年。

⑤夫岂惟民之不忘其功句:难道只是人民不忘掉他的功劳才达到这样,大概他们的子孙得到他们祖宗的法制作为依据,可以历时长久。　　　夫:语首助词。表示议论发端。　　　岂:副词。表示反问。　　　惟:副词。相当于"只有""只是"。

是:指示代词。这样。　　　盖:副词。大概。

⑥夏:朝代名。相传为夏后氏部落领袖禹子启所建立的我国第一个奴隶制国家。传到桀时为商汤所灭。　　　忠:忠诚。　　　商:朝代名。公元前十六世纪商汤灭夏后建立的奴隶制国家。传到纣时,被周武王所灭。　　　质:质朴。　　　周:朝代名。公元前十一世纪周武王灭商后建立。公元前 256 年为秦所灭。　　　文:文华。

⑦视天下之所宜上句:观察天下所应该尊崇的就坚持执行它,从这开始,从这终止,不能早晨尊崇文华,到了晚上尊崇质朴,因此自己造成崩溃昏乱。　　　宜:应该,应当。　　　固:坚持。　　　溃乱:散乱,昏乱。

⑧周公:西周初大臣。姬姓,名旦。文王之子,武王之弟。因采邑在周(今陕西岐山北),称为周公。曾助武王灭商。武王死后,成王年幼,由他摄政。其兄弟管叔、蔡叔、霍叔等人不满,联合武庚和东方夷族反叛。他先向召公等表明心迹,稳定内部,又亲自率军东征,平定叛乱。传说他摄政七年,后归政于成王。　　　遂:于是,就。

⑨后世有贾谊者句:后代有贾谊劝说汉文帝,也想先制定制度,然而他的劝说终于没有被采用。　　　说:游说,劝谏。　　　贾谊(前 200~前 168):西汉政论家。洛阳(今河南洛阳)人。十八岁时读通百家之书,以文才出名。二十岁时被文帝召为博士,升太中大夫。他曾多次上疏,批评时政。终被排挤,贬为长沙王太傅。

汉文帝:即刘恒(前 202~前 157)。前 180~前 157 年在位。高祖十一年(前 196年)他被立为代王。吕后死后,周勃等平定诸吕叛乱,他被迎立为文帝。

⑩幸:幸运,侥幸。　　　方:副词。正在。　　　治安:谓政治清明,社会安定。

⑪安坐:安稳地坐着。谓不劳神费力。　　　旧:旧制,已定的制度。

⑫至于政弊句:至于政治上的弊病,然后改变它的小枝节,而它的大纲领终于不可以改变,所以他的后世长远享受而人民不草率简略。　　　卒:终于,竟。

革易:革除改变。　　　苟简:草率而简慢。

⑬朝野:朝廷与民间。　　　愚:自称谦辞。

国学经典文库

唐宋八大家散文鉴赏

苏洵卷

239

⑭何则句：为什么天下的形势有强弱，圣人审察它的形势，用权力来适应它。何则：为什么。多用于自问自答。　　应：对应，适应。

⑮甚：厉害，严重。　　已：停止。　　折：折断。

⑯屈：屈辱，屈服。

⑰威：威势，威严。　　惠：恩惠。

⑱竭：尽，完。　　亵：亵渎，表示轻慢。

⑲这句的意思是：凭着强的威势来实行恩惠，那么恩惠就受到尊重；凭着弱的恩惠来培养威势，那么威势发作天下震动发抖。

⑳故威与惠者句：所以威势和恩惠，是我用来节制天下强弱形势的。　　所以：用来，用以。　　节：节制。

㉑生人：使人生，使动用法。

㉒徒：空，白白地。　　末：非根本，不重要的事。引申为下策。

㉓益：增加。　　折：折断，指强者。　　屈：弯曲，指弱者。　　悼：悲伤。

㉔譬之一人之身句：比如一个人的身体，要想吃药服石来滋养他生命。譬：譬喻，比喻。　　乳药：吃药。　　饵石：服食玉、石类的药物如丹砂、石膏、石钟乳等。传说久服可以延年成仙。

㉕药石之阳而投之阴句：药石的阳性，投给阴性使用，药石的阴性，投给阳性使用，所以阴性不至于枯竭，阳性不至于过甚。　　涸：竭，尽。　　亢：极，过甚。

㉖苟：连词。如果，假设。　　攻：治疗。　　固：副词。一定，必然。

㉗是以：连词。因此，所以。　　制：控制，掌握。　　以为：作为，用作。谋：计谋，计策。

㉘畿内：古称王都及其周围千里以内的地区。后泛指京城管辖的地区。

㉙秦：朝代名。我国封建社会历史上第一个统一王朝。前221年秦王嬴政统一六国后建立秦朝，国都咸阳（今陕西咸阳东北）。秦二世元年（前209年），爆发陈胜、吴广领导的农民大起义。前206年为刘邦所灭。　　郡县：郡和县的并称。秦始皇统一中国，分国内为三十六郡，为郡县政治之始。　　京师：指国都。

㉚守令：郡的长官称守，县的长官称令。

㉛然方其成康在上句：但是当周朝成王、康王居王位时，诸侯国无论大小，没有不称臣服从的，弱的形势没有显现在外面。　　方：当，在。　　成：即周成王。姬姓，名诵。武王之子。年幼时即王位，由叔父周公旦摄政。传说七年后周公还政于他。　　康：即周康王。姬姓，名钊。成王之子。在位期间政治比较稳定，史书称成康之际，天下安宁，刑措四十年不用。　　臣伏：称臣服从。　　见：显现。

㉜这句的意思是：到了它的后代失去了恩德，诸侯国像鸟类一样奔跑，像兽类一样逃遁，各自固守他的国家，并且相互侵扰。

㉝而其上之人卒不悟句：然而那些居于上位的君王终于不觉悟，拘泥地把守着苟安的途径，希望他们能够制服强国，这叫作用弱势来救治弱势。　　区区：拘泥，局限。　　姑息：犹苟安。　　是谓：这叫作。　　济：救治，拯救。

㉞毙:死,灭亡。　　于:介词。引出动作行为的处所、时间和对象。

㉟孝公(前381~前338):战国时秦国国君。嬴姓,名渠梁。秦献公子。前361~前338年在位。即位后励精图治,重用商鞅,实行变法,秦国日益富强起来。
　　骎骎:疾速貌。　　焉:形容词词尾。……的样子。

㊱斩挞:斩杀与鞭挞。借指用刑法镇压。

㊲这句的意思是:周朝拘泥于恩惠却不知道权变,秦朝敢于用威力却不知道根本,两个朝代都不审察天下的形势。

㊳吾宋制治句:我们宋朝制定治理的方法,有县令,有郡守,有转运使。　　转运使:为一路或数路的地方长官。一路统率几个州或郡,一郡统率几个县。

㊴以大系小句:用大的联系小的,如丝线牵动和绳索联结,全都汇合到皇上那里。　　总:副词。全。

㊵方:古代称面积的用语。方数千里,即方圆数千里或纵横数千里。

㊶而天子一呼句:然而天子在宫殿上一声令下,三尺高的小子捧着诏书飞驰传送。　　殿陛:宫殿上和石陛下。喻君子和臣子相见之际。　　竖子:对人的鄙称。犹今言"小子"。

㊷召而归之京师句:召他回到京城,他就解下印绶疾步行走,唯恐来不及。
　　解印:解下印绶。谓辞免官职。　　趋走:古礼。小步疾行,以示庄敬。

㊸恃:依赖,仗着。

㊹病:毛病,弊病。

㊺噫:文言叹词。表示悲痛或叹息。

㊻习于惠而怯于威句:习惯于恩惠而害怕使用威力,恩惠太多而威力不够。
　　怯:畏惧,害怕。　　盛:极,甚。　　不胜:不足,不超过。

㊼数:多次。　　刑弛:刑律松弛。

㊽由赏与刑句:由于赏赐刑罚与用兵的不得其法,因此有弱的事实显露在外面。　　实:实际,事实。　　著:显露,显现。

㊾何谓弱之实句:什么是弱的事实?由于官吏疏懒,职务废弃不办事,然而败坏官职的处罚不更严厉。　　旷惰:犹疏懒。　　不举:不举办,不进行。　　败官:败坏官职。谓居官不法。　　加:更。

㊿多赎数赦句:多方赎罪,数次赦罪,犯罪不依法处分,然而常刑所禁例的不能实行。　　赎:赎罪。抵偿、弥补所犯罪过。　　不问:不追究,不依法处分。　　典刑:常刑。《书·舜典》:"象以典刑。"孔传:"象,法也。法用常刑,用不越法。"

(51)冗兵骄狂句:闲散的军队骄傲狂妄,自恃其力,希望赏赐,而朝廷维持姑息的恩惠,不敢有所节制。　　冗兵:闲散的军队。　　负力:自恃其力。

(52)这句的意思是:将帅覆没军队,一匹马没有返回来,然而打败仗的责惩,不更重。

(53)羌胡强盛句:羌族和匈奴族强盛,欺凌压迫中国,然而对求取金银财物,增加贡品的耻辱,不敢发怒。　　羌胡:指我国古代的羌族和匈奴族。用以泛称我国古代西北部的少数民族。　　　邀：求取。　　　金缯：黄金和丝织品。泛指金银财物。
币帛：古代用于祭祀、进贡、馈赠的礼物。

⑤久而不治句：长此下去却不能治理，又将有大于这些的事情，于是逐渐衰弱，逐渐消亡，瓦解溃败，以至于达到不可救药的程度，也就随之而来了。　　　浸：逐渐。　　　释然：瓦解貌。

⑤是谓：这叫作。　　　败：毁坏，败坏。

⑤今夫一舆薪之火句：今天有一车柴火烧成火，大家害怕的不敢去碰它。舆：车箱。泛指车。　　　薪：柴。　　　惮：畏惧，害怕。

⑤则何热之能为：那么还能热什么呢？　　　何热：热什么。疑问句中代词"何"作宾语前置。　　　为：句末语气词。表示反问或感叹。

⑤是以负强秦之势句：因此倚仗强秦的形势，却陷没在弱周的弊病中，而天下不知道它的强，原因在这里。　　　负：依靠，依仗。　　　溺：淹没，陷没。

⑤虽然：虽然如此。　　　变易：改变，变换。　　　借如：假如。

⑥这句的意思是：天下的诸侯，固然不容易变换，此又不是一天的缘故。

⑥若夫：至于。　　　而已：罢了，算了。

⑥齐：古国名。周初封国。姜姓。开国君主是吕尚，建都营丘（今山东淄博市东北）。春秋时齐桓公为王时成为霸主。传到齐威王时为战国七雄之一。前221年为秦所灭。　　　威王：即齐威王（？～前320），战国时齐国国君。田氏，名因齐，一作婴齐。前356～前320年在位。任用邹忌为相，田忌为将，孙膑为军师，国势强盛，成为战国七雄之一。

⑥当其即位句：当他即位的时候，把政权委托给属臣，办事很不周全，诸侯国一齐来侵犯，别人不知道他的国家是强国。　　　委政：付以政柄。　　　不洽：不周全。

⑥裂：割，分。　　　封即墨大夫：据《史记·田齐世家》："威王召即墨大夫而语之曰：'自子之居即墨也，毁言日至。然吾使人视即墨，田野辟，民人给，官无留事，东方以宁。是子不事吾左右以求誉也。'封之万家。"　　　召烹阿大夫与常誉阿大夫者：据《史记·田齐世家》："召阿大夫，语曰：'自子之守阿，誉言日闻。然使使视阿，田野不辟，民贫甚。昔日赵攻甄，子弗能救；卫取薛陵，子弗知。是子以币厚吾左右以求誉也。'是日，烹阿大夫及左右尝誉者，皆并烹之。"

⑥赵：古国名。战国七雄之一。先祖为晋国六卿之一。和韩、魏瓜分晋国。前403年被周威烈王承认为诸侯。前223年为秦所灭。　　　魏：古国名。战国七雄之一。开国君主魏文侯是毕万的后代。和赵、韩一起瓜分晋国。前403年被周威烈王承认为诸侯。前225年为秦所灭。　　　卫：古国名。始封之君为周武王弟康叔。原为大国，前660年被翟击败，迁都楚丘（今河南滑县），成为小国。前254年为魏所灭。后来秦助其复国，前209年为秦所灭。　　　尽走请和：全都跑来请求讲和。

⑥饰非：掩饰错误。

⑥资：凭借。　　　完具：完整，完备。

⑥且有天下者句：况且拥有天下的人，担忧的是不做，哪里有想做却不可以做

的呢？　　　焉：疑问代词。怎么，哪里。

⑥⑨这句的意思是：如今确实能够一心留意在用威上，统一赏罚，统一号令，统一举动，没有不是一切都出于威力的。

⑦⓪这句的意思是：严格执行刑法而不赦免有罪的人，用力做出果断处理，不受众人的是非所牵制。

⑦①用不测之刑句：运用难以意料的刑法，运用不可知的赏赐，使天下的人看到它们，就像风雨雷电，突然就到来，明白的下达，不知它从哪发出，不可以逃避。　　不测：难以意料，不可知。　　遽然：突然，快速。　　截然：界限分明貌。逃遁：逃走，逃避。

⑦②益：副词。更，更加。　　务：致力，从事。　　检慎：检点谨慎。　　及：到，至。　　敛：收整，约束。　　辄：总是。

⑦③然则以当今之势句：那么这样凭着今天的形势，求得所说的万代做帝王，他的大的纲领终于不可以革除改变，他崇尚威力罢了。然则：转折性连词。那么这样。

⑦④无：通"毋"。不，不要。

⑦⑤这句的意思是：然而谁知道万代中间，他的政治不变化，一定要说是威力的作用呢？

⑦⑥久而政弊句：时间长了，政治上出现弊病，改变它的小的枝节罢了，参与进恩惠，使不至于像秦朝那样厉害就可以了。　　参：参加，参与。

⑦⑦举而弃之句：推举又抛弃了它，是错误的。之：第三人称代词。它，指威力。　　过：错误，过失。

⑦⑧王者：行王道的人。　　任：任用。　　霸者：称霸的人。宜：合适，适宜。

⑦⑨汤：商朝开国君王。子姓，名履、天乙、太乙，又称武汤、成唐、成汤。原为商族领袖，得伊尹，用为相，国势逐渐强大，并积蓄力量，准备灭夏。后经过十一次出征，一举灭夏，建立商朝。武：即周武王，西周王朝的建立者。姬姓，名发。他继承父亲周文王的遗志，联合庸、蜀、羌等族，誓师伐纣。他亲自率军东征，牧野（今河南汲县北）之战取胜，遂灭夏，建立西周王朝。

⑧⓪桓：即齐桓公（？～前643），春秋时齐国国君。姜姓，名小白。齐襄公弟。前685～前643年在位。即位后以管仲为相，进行一系列改革，使国力富强，成为春秋时期第一个霸主。　　文：即晋文公（前697～前628），春秋时晋国国君。姬姓，名重耳。献公子。公元前636～公元前628年在位。即位后整顿内政，增强军队。平定周室内乱，迎立襄王复位，威信大增，确立了霸主地位。

⑧①武王乘纣之暴句：周武王趁商纣王的暴虐，把人民从炮烙、斩杀、砍脚中拯救出来，假使用多杀人，多惩罚人来治理，那么民心就失去了。　　纣：商朝末代国王。子姓，名受。帝乙之子。史称他凶残暴虐，诸侯百姓多反叛之。周武王率军讨伐他，决战于牧野，他兵败自焚，商朝遂灭亡。　　炮烙：纣王所用酷刑之一。青铜柱，下加之炭，令有罪者行焉，辄堕炭中。　　刖：将脚砍掉的一种酷刑。

㉒一出：完全出于。

㉓桀：夏朝末代国王。姒姓，名履癸。帝发之子。亦称夏桀。为政暴虐，百姓不堪，诸侯多叛之。被商汤所败，他出奔南巢（今安徽巢县东南）而死，夏朝即灭亡。

㉔这句的意思是：天下的百姓受那风俗的感化，淫乱、懒惰，不按照法律制度办事。

㉕书曰句：《尚书》说：有众人聚集，懒惰不合治。　　书：即《尚书》。相传由孔子编选，记录远古至春秋战国这段历史。后被儒家尊崇为经典著作。　　有众率怠弗协：见《尚书·汤誓》。孔安国《传》："众下相率为怠惰，不与上和合。"

㉖昆吾氏：即昆吾国。《史记·楚世家》："昆吾氏，夏之时尝为侯伯，桀之时汤灭之。"其后以国为氏。据《殷本纪》："汤自把钺以伐昆吾，遂伐桀。"

㉗强梗：骄横跋扈。

㉘记：即《礼记》，书名。儒家经典之一。秦汉以前各种礼仪论著的汇编。相传由西汉戴圣编纂。

㉙桓公用管仲句：齐桓公重用管仲，管仲的书《管子》，喜欢讲刑法，所以桓公的治理经常任用刑法。　　管仲（？～前645）：春秋时齐国大臣。名夷吾，字仲，一字敬仲，颍上（今安徽省）人。由鲍叔牙推荐，被齐桓公任为相。他在齐国进行改革，从此国力大振，使齐国成为春秋时第一个霸主。　　仲之书：指《管子》一书。相传为管仲所著，实系后人托名之作。内容比较庞杂。

㉚文公长者句：晋文公是个德高望重的人，他的辅佐狐偃、赵衰、先轸、魏犨。　　狐：即狐偃（？～约前622），春秋时晋国卿。名偃，字子犯。公子重耳（即晋文公）舅父。随从重耳流亡在外十九年，后佐重耳返国即位，进行军政改革，制定争霸策略，确立了晋文公的霸主地位。　　赵：即赵衰（？～前622），春秋时晋国大夫。嬴姓，赵氏，字子余。亦称赵成子。随从公子重耳在外流亡十九年，助重耳回国即位，又助文公创建霸业。　　先：即先轸（？～前627），春秋时晋国卿。采邑在原（今河南济源西北），也称原轸。初为下军佐，后任中军元帅，掌握军政大权，助晋文公成就霸业。　　魏：即魏犨，春秋时晋国大夫。姬姓，魏氏，名犨，亦称魏武子。随重耳出亡十九年，回国后又助文公成就霸业。

㉛皆不说以刑法句：都不喜欢用刑法，他们的治理也不曾以刑法做根本，然而他的称号也是霸主。　　说：喜欢，高兴。　　未尝：不曾。

㉜这句的意思是：如果说商汤不是王，晋文公不是霸主，可以吗？

㉝各观其势之何所宜用而已：各自观察他的形势适宜用什么罢了。

【集评】

明茅坤《唐宋八大家文钞》卷一百十二：宋以忠厚立国，似失之弱，而苏氏父子往往注议于此，以矫当世。看他回护转换，救首救尾之妙。王遵岩曰：老泉此论，于宋煞是对病之药，惜乎当时之不能用也。

清储欣《评注苏老泉集》卷一：此篇为宋策治内，其归宿在尚威。又：老苏先生，真当年医国手。又评:《审势》《审敌》,贾生以来一人而已。赏滥刑弛而兵不振,虽尧舜不能平治天下。然嘉祐之世,最号太平,所谓厝火积薪,而火未及燃也。未几,介甫得窥其隙,以耸动人主,而宋之为宋危矣。使嘉祐君臣早自振作,明罚训兵,赏不加于无功,则后人无所藉口以薄其祖宗,何至有新法之祸哉?

清沈德潜《唐宋八大家文读本》卷十七:储同人云:"上下古今,须有不可磨灭之言,而后可以慑服千古。如此篇,周以弱政济弱势,秦以强政济强势,而宋以弱政败强势,盖言之不可磨灭者也。子厚之论封建也,秦有叛民而无叛吏,汉有叛国而无叛郡,唐有叛将而无叛州。以一言综一代,其精凿与老苏同,所以磨灭不得。"尚威乃一篇之主,此为弱宋言,真对症发药,非谓从古治天下者。总以尚威用刑为上理也。周公曰:平易近民,民必归之。孔子曰:道之以德,齐之以礼,有耻且格,独非纯王之治乎?读古人书,正须相度时势。宋君臣间,实处弱势,老泉挟此以耸动人主。立言不得不然,犹贾生对汉文,云厝火置之积薪之上,而未及然也。此策亦全学长沙。

清浦起龙《古今眉诠》卷六十三:定所尚,一篇之案。所尚者,因势而制其趋之术也。苏氏刑名之学,开自老泉,此篇其家学之祖也。要为弱宋发药,无以易其说矣。说此文,漫以弱字当宋者,误也。强弱势也,威惠政也。周则势与政俱弱,秦则势与政俱强。宋乃势强政弱,参有周秦之形,政弛而势亦不振矣。故须以政起之,添一折戗,恰得节节融通,不然则混。

【鉴赏】

苏洵,字明允,号老泉,少不习文,二十七岁时才下决心认真读书。宋仁宗庆历七年(公元1047年)举进士不第。回家后,把以往写的文章全部烧掉,闭门不出,发愤攻书,直到通晓《六经》《百家》之说,下笔顷刻数千言。仁宗嘉祐初年,与其子苏轼、苏辙同到京师,晋谒翰林学士欧阳修。欧阳修很赏识他的文章,认为:就是贾谊、刘向的文章,也并不比苏洵写得好。于是,欧阳修把苏洵的二十二篇文章(《几策》二篇、《权书》十篇、《衡论》十篇)呈献皇帝。因此苏洵一时享有盛名,许多文人学士争相传诵,模仿他的文章。这篇《审势》就是《几策》之一。所谓"几策",也就是书生几案之策。文章写于苏洵布衣之时,故有此称。

苏洵虽是布衣书生,却胸怀大志。这篇论文就是论述如何使宋朝强盛的治理之策。《审势》,就是洞察国家的形势。只有对国家的形势了如指掌,才能对症下药提出行之有效的政策。

文章开始,苏洵首先提出"治天下定所尚"的道理,也就是要有一个精神支柱。"所尚一定,至于千万年而不变,使民之耳目纯于一,而子孙有所守,易以为治。"如"夏之尚忠,商之尚质,周之尚文。"所谓"忠",就是竭诚,尽己之心为忠。《论语》:臣事君以忠。《孟子》:教人以善谓之忠。《书》:大小之臣咸怀忠良。所以忠者,就是一切臣子应对君王忠诚无欺,甚至以身为君尽忠。所谓"质",就是质朴、诚实、正直。《论语》:质直而好义。君子义以为质。所谓"文",道之显者曰文。谓礼乐法度教化之迹也。指周公制礼,一切行事皆有法度的意思。苏洵认为一个朝代应"定所尚",使臣民有所遵循。"以此而始,以此而终,不朝文而暮质,以自溃乱。"天下自然会大治。接着苏洵批评汉文帝,开始赏识贾谊,待贾谊献策"欲先定制度",也就是贾谊请定正朔、易服色、制法度、兴礼乐。文帝又听信谗言,不用贾谊之策,而贬为长沙王太傅。

　　苏洵由古代说到当朝,也应当有所尚。但当世究竟应该尚什么?却使人迷惑不解。老泉指出:天下形势有强有弱,"故处弱者利用威,而处强者利用惠。乘强之威以行惠则惠尊,乘弱之惠以养威则威发而天下震栗。故威与惠者,所以裁节天下强弱之势也。"如不能审势制策,则物极必反。"势强矣,强甚而不已(止)则折;势弱矣,弱甚而不已则屈(尽)。"如果不审察强弱之势,用杀人来示威而下人不惧,或者有救活人的恩惠而下人不喜。接着苏洵又把

治国之策,比如人的服药石以求养生之道。应当是以阳攻阴,以阴攻阳方为有效。如果"以阴攻阴,以阳攻阳,则阴固死于阴,而阳者固死于阳,不可救也。"这里举例以药石养生是迂腐的思想,不值一谈。苏洵接着又举出古代周、秦不善审势而亡的例子。如周时大封诸侯,诸侯强者有地五百里,而周王才有地千里,周王与众诸侯相比已处弱势。在武王以后,成王、康王之时,"诸侯无小大,莫不臣伏,弱之势未见于外。"以后就不行了,诸侯互相侵伐,周王还不悟,不知施威,还想以德制服强国,"是谓以弱政济弱势,故周之天下卒毙于弱。"可是"秦有天下,散为郡县,聚为京

师,守令无大权柄,伸缩进退,莫不在我,其势为强。"但后来历代秦王,往往还"专任法制以斩打平民",也就是施威。"是谓以强政济强势,故秦之天下卒毙于强。"苏洵在这里对周、秦形势的分析颇有见解,有独到之处,确实属于高见,具有较强的说服力。

举出古代的例子是借鉴,是为了帮助分析当前宋朝的形势和制定国策,这是本文的宗旨。苏洵认为宋朝当前的形势与当时秦的国势相同,皆属于强势。"然天下之病,常病于弱。"这是什么原因呢?"习于惠而怯于威也,惠太甚而威不胜也。"如官吏腐败无能而赏罚不明,屡屡迁就而不问罪;将军打败仗,甚至全军覆没而不加重罪;赏赐不少却给了那些无功之人;羌胡强盛,凌压中国,岁邀币帛数十百万而不知辱。象这些都是"太弱之实也"。苏洵认为"弱在于政,不在于势,是谓以弱政败强势。"老泉作为一个布衣,对天下之势了如指掌,不仅表现了他忧国忧民的爱国热忱,并显示出了他胸怀大略,确是个治世英才。

苏洵认为当时宋的形势是强势,而施行的却是弱政。他认为政弱比势弱易治。"若夫弱政,则用威而已矣,可以朝改而夕定也。"为了使人信服,苏洵举出了齐威王的例子。齐威王时,齐国是强国,也就是处于强势。但"当其即位,委政不治,诸侯并侵。""邹忌讽齐王纳谏"后,威王深悟,从此不再听信逸言,并重视调查研究,掌握一手材料后,召来即墨(齐邑,今山东平度市)大夫说:"卿治即墨地方以来,说你坏话的人很多,可是遣使了解,人民丰衣足食,即墨太平无事。看来是你没给我左右的大臣行贿,才招来如此诽谤之言,你真是个好大夫。"立即加封即墨大夫万户。同时又召来阿(今山东阳谷县东)地方的大夫说:"自从你守阿地以来,说你好话的人日多,可是遣使到阿地视察,却是一团糟。人民贫困不堪,田野荒芜。赵攻鄄子时你不救,卫取薛陵子时你又不知,说明你只管自己升官发财,而不管其他。要这样的官吏干什么!"即日将阿大夫及朝中经常赞誉阿大夫的大臣处以烹刑。由于齐威王赏罚分明,施以威政,国内大治。于是发兵击赵、魏、卫,赵、魏、卫尽走请和,齐国强盛一时。齐国所以强盛,完全是由于齐威王"彼诚知其政之弱,而能用其威以济其弱也。"

接着苏洵直接提出当朝的政策,那就是"用威"。具体做法有三:"一赏罚,一号令,一举动。""严用刑法而不赦有罪,力行果断而不牵众人之是非。用不测之刑,用不测之赏,而使天下之人,视之如风雨雷电,遽然而至,截然而下,不知其所从发而不可逃遁。"使"奸民猾吏,亦常恐恐然惧刑法之及其身,而敛其手足,不敢辄犯法。"苏洵认为"此之谓强政。政强矣,为之数年,而天下之势,可以复强。"苏洵提出的治宋国策,正是齐威王强盛之策,可立见成效。

为了证明自己提出的国策是正确的,又故意提出一些非议之难。如有人认为:"王者任德不任刑。任刑,霸者之事,非所宜言。"苏洵驳斥这种说法是不知治国之道。他举出古者王与霸的例子来说明。如周武王以礼义治国而王,成汤则是先罚(用刑)而后赏。由于当时形势不同,所以二者做法迥异,却都是历史上著名的王者。齐桓公与晋文公都是历史上知名的霸主,但做法也不同。齐桓公用管仲,以刑治国而霸。但晋文公与其左右大臣狐偃、赵衰、先蔑、魏犨等皆不悦刑法，故文公却以德政称霸业。所以任德或用刑，关键在"审势"，"彼不先审天下之势，而欲应天下之务难矣。""故用刑不必霸，而用德不必王，各观其势之所宜用而已。然则今之势，何为不可用刑？用刑何为不曰王道？"

这篇论文论点鲜明，论据有力，特别苏洵善于用譬，更易服人。全文语言犀利，文章风格纵厉雄奇。评论家认为苏老泉长于策论，其言甚当。曾巩曾赞誉他的文章"烦能不乱，肆能不流，其雄壮俊伟，若决江河而下也；其辉光明白，若引星辰而上也"（《苏明允哀辞》）。这个评论是确切的。

审　敌①

【题解】

此文与《审势》是姊妹篇,专论宋朝的对外政策。开篇点题,"中国,内也;四夷,外也。忧在内者,本也;忧在外者,末也"。作者一针见血指出宋朝向匈奴岁输币帛以苟安的投降主义政策,表面是外忧,实际是内忧,并发出不知天下是否能久安无变的疑问。接着全面分析匈奴入侵中原的历史,认为匈奴入侵中原是其本性,然而它暂时并无吞并中国之实力,所以用势相逼,以求我之厚赂,并将蓄其锐而伺吾隙以伸其所大欲。作者对匈奴形势的分析极为透彻,进而提出"我勿赂而已"的主张。作者认为勿赂则变疾而祸小,赂之则变迟而祸大。可谓是肺腑之言。作者用汉七国的形势,比喻当时宋朝与匈奴的形势,因他看透了匈奴一声二形三实的伎俩,认为今者匈奴之祸,不若七国之难制,这就将宋朝对匈奴勿赂应战的道理,有理、有利、有节地一步步摆开,可谓论点明确,论据确凿有力。作者引古证今,尤具说服力。

【原文】

中国,内也;四夷,外也②。忧在内者,本也;忧在外者,末也③。夫天下无内忧必有外惧,本既固矣,盍释其末以息肩乎④?曰未也⑤。古者夷狄忧在外,今者夷狄忧在内⑥。释其末可也,而愚不识方今夷狄之忧为末也⑦。古者夷狄之势,大弱则臣,小弱则遁;大盛则侵,小盛则掠⑧。吾兵良而食足,将贤而士勇,则患不及中原,如是而曰外忧可也⑨。今之蛮夷姑无望其臣与遁,求其志止于侵掠而不可得也⑩。北胡骄恣,为日久矣,岁邀金缯以数十万计⑪。曩者幸吾有西羌之变,出不逊之语,以撼中国⑫。天子不忍使边民重困于锋镝,是以虏日益骄而赂日益增⑬,迨今凡数十百万而犹慊然未满其欲,视中国如外府,然则其势又何止数十百万也⑭。夫赂益多,则赋敛不得不重,赋敛重则民不得不残⑮。故虽名为息民,而其实爱其死而残其生也⑯。名为外忧,而其实忧在内也。外忧之不去,圣人犹且耻之,内忧而不为之计,愚不知天下之所以久安而无变也⑰。

古者匈奴之强,不过冒顿⑱。当暴秦刻剥,刘项战夺之后,中国溢然矣⑲。以今度之,彼宜遂入践中原,如决大河,溃蚁壤⑳,然卒不能越其疆以有吾尺寸之地,何则㉑?中原之强,固百倍于匈奴,虽积衰新造,而犹足以制之也㉒。五代之际,中原无君,晋瑭苟一时之利,以子行事匈奴㉓,割幽燕之地,以资其强大㉔。孺子继立,大臣外叛，匈奴扫境来寇㉕，兵不血刃，而京师不守，天下被其祸㉖。匈奴自是始有轻中原之心，以为可得而取矣㉗。及吾宋景德中，大举来寇，章圣皇帝一战而却之，遂与之盟以和㉘。夫人之情，胜则狃，狃则败，败则惩，惩则胜㉙。匈奴狃石晋之胜，而有景德之败，惩景德之败，而愚未知其所胜，甚可惧也㉚。

虽然，数十年之间，能以无大变者，何也？匈奴之谋必曰：我百战而胜人，人虽屈而我亦劳㉛。驰一介入中国，以形凌之，以势邀之，岁得金钱数十百万㉜。如此数十岁，我益数百千万，而中国损数百千万，吾日以富，中国日以贫，然后足以有为也㉝。天生北狄，谓之犬戎㉞。投骨于地，狺然而争者，犬之常也㉟。今则不然，边境之上，岂无可乘之衅㊱，使之来寇，大足以夺一郡，小亦足以杀掠数千人，而彼不以动其心者，此其志非小也㊲。将以蓄其锐而伺吾隙以伸其所大欲，故不忍以小利而败其远谋㊳。古人有言曰：为虺弗摧，为蛇奈何㊴？匈奴之势日长炎炎㊵。今也柔而养之，以冀其卒无大变，其亦惑矣㊶。

且今中国之所以竭生民之力以奉其所欲，而犹恐恐焉惧一物之不称其意者，非谓中国之力不足以支其怒耶㊷。然以愚度之，当今中国虽敝，万无有如石晋可乘之势者，匈奴之力虽足犯边，然今十数年间，吾可以必无犯边之忧㊸。何也？非畏我也，其志不必犯边也。其志不止犯边，而力又未足以成其所欲为，则其心惟恐吾一旦绝其好，以失吾之厚赂也㊹。然而骄傲不肯少屈者何也㊺？其意曰：邀之而后固也㊻。鸷鸟将击，必匿其形㊼。昔者冒顿欲以攻汉，汉使至，辄匿其壮士健马㊽。故兵法曰：辞卑者进也，辞强者退也㊾。今匈奴之君臣，莫不张形势以夸我，此其志不欲战明矣。阖庐之入楚也，因唐蔡㊿；勾践之入吴也，因齐晋[51]。匈奴诚欲与吾战耶，曩者陕西有元昊之叛[52]，河朔有王则之变[53]，岭南有智高之乱[54]，此亦可乘之势矣。然终以不动，则其志之不欲战又明矣。吁！彼不欲战，而我遂不与战，则彼既得其志矣[55]。兵法曰：用其所能，行其所欲，废其所不能，于敌反是[56]。今无乃与此异乎[57]？

且匈奴之力，既未足以伸其所大欲而夺一郡杀掠数千人之利，彼又不以动其心，则我勿赂而已[58]。勿赂而彼以为辞，则对曰："尔何功于吾，岁欲我赂，吾有战而已，赂不可得也[59]。虽然，天下之人必曰：此愚人之计也。天下孰不知赂之为害，而勿赂之为利，顾势不可耳[60]。愚以为不然。当今夷狄之势，如汉七国之势[61]。昔者高祖急于灭项籍，故举数千里之地以王诸将[62]。项籍死，天下定，而诸将之地，因遂不可削。当是时，非刘氏而王者八国[63]。高祖惧其且为变，故大封吴楚齐赵同姓之国以制之[64]。既而信越布绾皆诛死，而吴楚齐赵之强，反无以制[65]。当是时，诸侯王虽名为臣，而其实莫不有帝制之心[66]。胶东、胶西、济南又从而和之，于是擅爵人，赦死罪，戴黄屋[67]，刺客公行，匕首交于京师，罪至彰也，势至逼也[68]。然当时之人，犹且徜徉容与，若不足虑[69]。月不图岁，朝不计夕，循循而摩之，煦煦而吹之，幸而无大变[70]。以及于孝景之世，有谋臣曰晁错，始议削诸侯地以损其权[71]。天下皆曰诸侯必且反[72]。错曰：固也。削亦反，不削亦反，削之则反疾而祸小，不削则反迟而祸大，吾惧其不及今反也[73]。天下皆曰：晁错愚。吁！七国之祸，期于不免，与其发于远而祸大,不若发于近而祸小^⑭。以小祸易大祸,虽三尺童子皆知其当然^⑮。而其所以不与错者,彼皆不知其势将有远祸,与知其势将有远祸,而度己不及见,谓可以寄之后人以苟免吾身者也^⑯。然则错为一身谋则愚,而为天下谋则智。人君又安可舍天下之谋而用一身之谋哉^⑰?

今日匈奴之强不减于七国,而天下之人又用当时之议,因循维持以至于今,方且以为无事^⑱。而愚以为天下之大计不如勿赂,勿赂则变疾而祸小,赂之则变迟而祸大。畏其疾也,不若畏其大;乐其迟也,不若乐其小。天下之势,如坐弊船之中,骎骎乎将入于深渊^⑲。不及其尚浅也舍之,而求所以自生之道,而以濡足为解者,是固夫覆溺之道也^⑳。圣人除患于未萌,然后能转祸而为福。今也不幸,养之以至此,而近忧小患,又惮而不决,则是远忧大患,终不可去也^㉑。赤壁之战,惟周瑜、吕蒙知其胜^㉒;伐吴之役,惟羊祜、张华以为是^㉓。然则宏远深切之谋,固不能合庸人之意,此晁错所以为愚也。虽然,错之谋犹有遗憾,何者?错知七国必反而不为备反之计^㉔。山东变起,而关内骚动^㉕。今者匈奴之祸,又不若七国之难制。七国反,中原半为敌国;匈奴叛,中国以全制其后,此又易为谋也^㉖。

然则谋之奈何?曰:匈奴之计不过三:一曰声,二曰形,三曰实。匈奴谓中国怯久矣,以吾为终不敢与之抗^㉗。且其心尝欲固前好而得厚赂以养其力。今也遽绝之,彼必曰:战而胜,不如坐而得赂之为利也^㉘。华人怯,吾可以先声胁之,彼将复赂我^㉙。于是宣言于远近:我将以某日围某所,以某日攻某所^㉚。如此谓之声。命边郡休士卒,偃旗鼓,寂然若不闻其声^㉛。声既不能动,则彼之计将出于形。除道剪棘,多为疑兵以临吾城^㉜。如此谓之形。深沟固垒,清野以待,寂然若不见其形。形又不能动,则技止此矣。将遂练兵秣马,以出于实^㉝。实而与之战,破之易耳。彼之计必先出于声与形,而后出于实者。出于声与形,期我惧而以重赂请和也^㉞。出于实,不得已而与我战,以幸一时之胜也。夫勇者可以施之于怯,不可以施之于智^㉟。今夫叫呼跳踉以气先者,世之所谓善斗者也^㊱。虽然,蓄全力以待之,则未始不胜^㊲。彼叫呼者声也,跳踉者形也,无以待之,则声与形者亦足以乘人于卒^㊳。不然,徒自弊其力于无用之地,是以不能胜也^㊴。韩许公节度宣武军。李师古忌公严整,使来告曰:吾将假道伐滑^㊵。公曰:尔能越吾界为盗耶?有以相待,无为虚言。滑师告急,公使谓曰:吾在此,公安无恐。或告:除道剪棘,兵且至矣。公曰:兵来不除道也。师古计穷,迁延以遁^㊶。愚故曰:彼计出于声与形而不能动,则技止此矣。与之战,破之易耳。方今匈奴之君有内难,新立,意其必易与^㊷。邻国之难,霸王之资也,且天与不取,将受其弊^㊸。贾谊曰^㊹:"大国之王,幼弱未壮,汉之所置傅相,方握其事^㊺。数年之后,大抵皆冠,血气方刚,汉之傅相,以病而赐罢^㊻。当是之时,而欲为安,虽尧舜不能^㊼。"呜呼!是七国之势也。

【注释】

①审敌:本篇为《几策》之一,重在审察宋朝的对外政策。约写于宋仁宗至和二年(公元1055年)。

②中国内也句:中原是内部,四方的少数民族是外部。　　　中国:中原地区。四夷:古代华夏族对四方少数民族的统称。含有轻蔑之意。

③本:事物的根基或主体。　　末:非根本的、次要的事。多与本对言。

④夫天下无内忧句:天下没有内部的忧虑,一定有外部的恐惧,根基既然牢固了,何不放下那些次要的事以休养生息呢?　　盍:副词。表反诘。犹何不。释:放下。　　息肩:休养生息。

⑤末也:不可以的。

⑥夷狄:古称东方部族为夷,北方部族为狄。常用以泛称除华夏族以外的各族。

⑦释其末可也句:放下那不重要的可以,然而我不知道当今夷狄的忧虑是次要的。　　愚:我。谦称。　　方今:当今,现时。

⑧古者夷狄之势句:古时候夷狄族的趋势,太弱就臣伏,小弱就逃走,太强盛就入侵,小强盛就掠夺。　　臣:臣服。名词用如动词。

⑨吾兵良而食足句:我们兵器精良,粮食充足,将帅贤能,士兵勇敢,那么祸患不到中原地区,像这样而说外忧是可以的。　　中原:广义指黄河流域一带。如是:像这样。

⑩今之蛮夷姑无望其臣句:如今的蛮夷。姑且不要希望他们臣伏与遁逃,要求他们的志向停止在入侵和掠夺,都不可以得到。　　蛮夷:古代对四方边远地区少数民族的泛称。　　姑:姑且,暂且。

⑪北胡骄恣句:北方匈奴骄横放纵,日子已经很长久了,每年求取金银财物用数十万计算。　　胡:古代称北方和西方的民族如匈奴等为胡。　　邀:求取,希望得到。　　金缯:黄金和丝织品。泛指金银财物。

⑫曩者幸吾有西羌之变句:从前幸亏我国有西羌的变乱,发出傲慢无礼的言语,用来动摇中原。　　曩:从前。　　西羌:我国西方少数民族名。分布在今甘肃、四川、青海一带。秦汉时部落众多,总称西羌。　　不逊:傲慢无礼。

⑬锋镝:刀刃和箭镞。借指战争。　　是以:连词。因此,所以。　　虏:对敌人的蔑称。　　日:一天天。　　益:更加。

⑭迨:等到,到。　　慊然:不满足貌。　　外府:外库。与王室的仓库称内府相对。　　然则:那么这样。

⑮夫赂益多句:钱财给得越多,那么征收赋税不得不重,赋税征收得重,人民不能不受到伤害。　　益:副词。渐渐地。　　赋敛:征收赋税。

⑯这句的意思是:所以虽然名义上为了使人民得到休养生息,而其实是吝惜他们的死亡却残害他们的生命。

⑰外忧之不去句:外部的忧患不能除去,圣人尚且以为是耻辱,内部的忧患不做谋划,我不知道天下可以长久安定并且没有变化。圣人:旧指品德最高尚,智慧最超群,被世人所尊崇的人。　　计:盘算,谋划。

⑱匈奴:亦称胡。我国古代北方民族之一。　　冒顿(?～前174):匈奴单于,

前209—前174在位。姓挛鞮。秦二世元年(前209年)弑其父头曼自立。即位后整顿内政,建立军政制度,东灭东胡,西击月支,并夺取楼兰、乌孙、呼揭等二十六国地,北占丁零,南并楼烦,并进占秦之河南地(今河套一带),势力强大。西汉初,常南下侵扰,对西汉王朝形成严重威胁。

⑲当暴秦刻剥句:正当暴虐的秦朝侵夺剥削,刘邦和项羽用战争夺取王位以后,中国忽然衰败了。　秦:朝代名。我国封建社会历史上第一个统一王朝。前221年秦王嬴政统一六国后建立秦朝,国都咸阳(今陕西咸阳东北)。秦二世元年(前209年)爆发了陈胜、吴广领导的农民大起义。前206年为刘邦所灭。　刘:即刘邦(前256~前195),西汉王朝的建立者。字季,沛县(今属江苏)人。秦末起兵响应陈胜、吴广的起义,后与项羽进行争夺王位的战争,前202年,战胜项羽,即皇帝位,建立汉朝。死后庙号"太祖高皇帝"。　项:即项羽(前232~前202),秦末农民起义领袖。名籍,字羽。下相(今江苏宿迁西)人。秦末从叔父项梁在吴(今江苏苏州)起义。项梁死后,他为上将军,灭秦军主力于巨鹿(今河北平乡西南)。随后与刘邦争夺天下,兵败自刎。　溘:疾速。溘然,状衰落。

⑳以今度之句:用今天的情况揣度它,匈奴应该前进,入侵践踏中原,就会像黄河决口,堤岸因蚁穴而被冲破。　度:揣度,推测。　宜:应该,应当。　遂:前进,前往。　溃:水冲破堤埂。　蚁壤:犹蚁穴。

㉑然卒不能越句:然而终于不能跨越他的疆界,占有我们一尺一寸的土地,为什么?　卒:副词。终于,竟。　何则:为什么。多用于自问自答。

㉒中原之强句:中原的强盛,确实超过匈奴百倍,虽然长期衰弱,政权重新建立,然而尚且足够制服他们。　固:副词。的确,确实。　于:介词。表示比较。　积衰:长期衰弱。　新造:指新建立政权。　之:第三人称代词。指匈奴。

㉓五代之际句:五代的时候,中原没有君主,后晋石敬瑭贪求一时的利益,用儿子的身份事奉匈奴。　五代:五个朝代。宋以后称后梁、后唐、后晋、后汉、后周为五代,是为后五代。　晋:指后晋。朝代名,五代之一。公元936年后唐河东节度使沙陀部人石敬瑭勾结契丹贵族,灭唐称帝,建都汴(今河南开封),国号晋,史称后晋。　瑭:即石敬瑭(892~942),五代后晋王朝的建立者,公元936~942年在位。沙陀部人,后唐时为河东节度使,镇守太原。称帝后,割燕云十六州与契丹,岁献帛三十万匹,并称契丹主为"父皇帝",自称"儿皇帝"。　苟:贪求。　行事:办事,从事。

㉔幽燕:地区名。唐以前属幽州,战国时属燕国,故称幽燕。今河北北部及辽宁一带。　资:资助,帮助。

㉕孺子继立句:皇子继承帝位立为君王,大臣对外反叛,匈奴倾其境内全力来侵犯。　孺子:古代称天子、诸侯、世卿的继承人。这里指石敬瑭的儿子,后晋出帝石重贵。　大臣外叛:指大臣杨光远诱契丹入侵,使后晋灭亡。　寇:侵犯。

㉖血刃:血沾刀口。谓杀戮。　京师:京城。指汴州。　被:蒙受,遭受。

唐宋八大家散文鉴赏

苏洵卷

㉗自：从。　　　是：指示代词。这时。

㉘及吾宋景德中句：到了我宋朝景德年间，大规模地来侵犯，真宗皇帝一次战斗就打退了他们，于是和他们结盟来和解。　　宋：朝代名。公元960年赵匡胤代后周称帝，国号宋，定都开封，史称北宋。　　景德：宋真宗的年号。　　章圣皇帝：《宋史·真宗纪》："真宗应符稽古神功让德文明武定章圣元孝皇帝。"简称章圣皇帝。　　却：退。　　遂：副词。于是，就。

㉙狃：习以为常而不加重视。　　惩：因受打击而引起警戒或不再干。

㉚匈奴狃石晋之胜句：匈奴安于攻取后晋石家的胜利，因而有景德的失败，惩戒景德的失败，我不知他将要取得的胜利，是很可怕的。　　甚：副词。很，非常。

㉛屈：屈服，屈辱。　　劳：劳累，劳苦。

㉜驰一介入中国句：派一个人进入中原，用形势欺侮他，用势力要挟他，每年得到金银数十百万。　　一介：一个人。　　凌：凌驾，欺侮。　　邀：要挟。

㉝益：增加。　　有为：有所作为。

㉞北狄：原指古代的狄族。因其主要居住在北方，故称。后用为对北方各少数民族的泛称。　　犬戎：旧时对我国少数民族的蔑称。

㉟猖然：状犬争斗、叫嚣貌。　　常：通例。

㊱今则不然句：现在却不这样，边境上，难道没有可趁的间隙。然：指示代词。这样。　　岂：副词。表示反问。难道，怎么。　　衅：间隙，破绽。

㊲使之来寇句：假使他来侵犯，大规模地进攻可以夺取一个郡，小规模地进攻足够杀伤虏掠几千人，他不能因此动心的原因，这是他的志向不小。　　郡：古代的行政区域。秦灭六国，正式建立郡县制，以郡统县，分天下为三十六郡。

㊳这句的意思是：将要用以积蓄他的锐气，窥伺我的缝隙来伸展他的大欲望，所以不忍心因为小的利益而败坏他的长远谋略。

㊴古人有言曰句：古人说过：作为小蛇，不去摧毁它，它成为大蛇，怎么办呢？　　虺：泛称小蛇。　　奈何：怎么办。

㊵日长：一天天增长。　　炎炎：气势兴盛貌。

㊶今也柔而养之句：现在柔顺地养育它，以希望它最终没有大的变化，那也太疑惑了。　　冀：希望。

㊷且今中国句：况且现在中原所以竭尽人民的财力，奉献上他们所想要的东西，仍然惊恐的怕一样物品不合他们的心意，不是说中原的力量不够用以支撑他的愤怒。　　生民：人民。　　犹：副词。还，仍然。　　恐恐焉：恐惧的样子。"焉"作形容词词尾，……的样子。　　非谓：不是说。

㊸这句的意思是：然而让我来揣度它，当今中国虽然破败，绝对没有像后晋石敬瑭可趁的形势，匈奴的力量虽然足够侵犯边境，然而今后十余年时间，我可以说一定没有侵犯边境的忧虑。

㊹惟：只有、只是。　　绝：断绝。

㊺少：稍微。

254

㊻邀之而后固也：求取贿赂而后巩固。

㊼鸷鸟将击句：鸷鸟将要攻击，一定隐藏它的外形。　　鸷鸟：一种凶猛的鸟。匿：隐藏，躲藏。

㊽辄：副词。每每，总是。

㊾这句的意思是：所以兵法说：言辞卑怯的，要进攻；言辞强硬的，要退却。

㊿阖庐（？～前496）：春秋时吴国国君。姬姓，名光。一作阖闾。前514～前496年在位。使勇士专诸刺杀吴王僚而自立为王。后被勾践败，重伤而死。楚：古国名。春秋时诸侯国。芈姓，始祖鬻熊。春秋时曾为霸主。前223年为秦所灭。　　唐、蔡：春秋时小国名。据《史记·吴太伯世家》："吴王阖庐谓伍子胥、孙武曰：'始子之言郢未可入，今果如何？'二子对曰：'……王必欲大伐，必得唐、蔡乃可。'"

(51)句践（？～前465）：春秋时越国国君。前496～前465年在位。曾被吴王败于椒，屈辱求和。他卧薪尝胆，励精图治，经过十年生聚，十年教训，转弱为强，最后灭亡吴国，称霸诸侯。　　吴：古国名。姬姓。始祖是周太王之子太伯、仲雍。建都于吴（今江苏苏州）。春秋后期，国力始强，曾一度攻破楚国，战胜越国。前473年为越所灭。　　齐：古国名。周初封国。姜姓。开国君主是吕尚。建都营丘（今山东淄博市东北）。前221年为秦所灭。　　晋：古国名。周初分封的诸侯国。姬姓。开国君主是周成王弟叔虞。建都于唐（今山西翼城西）。前四世纪中叶为韩、赵、魏三家所分。

(52)元昊：西夏主，为拓跋族，宋赐姓赵。宋仁宗宝元初（公元1038年）僭号，据有河内外列郡二十二，宋封为夏国主，在国内称帝。

(53)河朔：地区名。泛指黄河以北。　　王则（？～1048）：北宋仁宗时河北士兵起义首领。涿州（今河北涿州市）人。在贝州发动兵变，他被推为东平郡王。建国号为安阳，年号得圣。后被俘就义。

(54)岭南：地名。指五岭以南地区。　　智高：即侬智高。宋羁縻广源州（今越南高平省广渊）的壮族首领。宋庆历元年（公元1041年）建立"大历国"政权。皇祐四年（公元1052年）起兵反宋，攻陷邕州（今南宁），自立为"仁惠皇帝"，改年号为启历。皇祐五年，宋派大将狄青征讨，兵败不知所往。

(55)吁句：唉！他不想战，而我就不与他战，那么他便得到他的志愿了。　　吁：叹词。表示惊疑、惊叹。　　既：副词。即，便。

(56)这句的意思是：兵法说：用他所能够做的，实行他想得到的，废弃他所不能做的，对于敌人，和这正好相反。

(57)今无乃与此异乎句：如今恐怕和这不同吧？　　无乃：莫非，恐怕是。表示委婉测度的语气。　　乎：语气词。用在句末表示疑问或反问。

(58)而已：罢了，算了。

(59)彼以为辞：他们会把这个当作借口。　　尔：你们。指匈奴。

(60)孰：疑问代词。谁。　　顾：副词。表示轻微转折。而，不过。

(61)七国:为吴、楚、赵、胶西、济南、菑川、胶东七国。汉高祖刘邦封刘濞为吴王,封刘交为楚王,封刘友为赵王,封刘印为胶西王,封刘辟光为济南王,封刘贤为菑川王,封刘雄渠为胶东王。

(62)昔者高祖句:从前汉高祖急于灭掉项羽,所以拿出数千里的地方,分封诸将为王。　高祖:即汉高祖刘邦。　王:封王。名词用如动词。

(63)非刘氏而王者八国:齐国,高祖四年封韩信齐王。楚国,高祖五年封韩信楚王。淮南王,高祖四年封英布淮南王。赵国,高祖四年封张耳赵王。燕国,高祖五年封卢绾燕王。梁国,高祖五年封彭越梁王。代国,高祖五年封韩王信代王。长沙王,高祖五年封吴芮长沙王。

(64)高祖惧其且为变句:高祖害怕他们将要作乱,所以大封吴、楚、齐、赵同姓的诸侯国来制约他们。　且:副词。将要。　变:事变,兵变。

(65)既而信越布绾皆诛死句:不久韩信、彭越、英布、卢绾都被诛杀死亡,吴、楚、齐、赵同姓诸侯国的强盛,反而没有什么可以制约他们的。　无以:古汉语中的习惯句式。谓没有什么可以拿来。

(66)帝制之心:做皇帝的心思。

(67)擅爵人:擅自给人封爵位。　黄屋:天子的车盖用黄缯为里。

(68)至:副词。极,最。　彰:明显,显著。　至逼:十分危险,极其紧迫。

(69)徜徉:安闲自得貌。　容与:从容闲舒貌。　不足:不值得,不必。

(70)月不图岁句:过一个月不考虑一年,过了早上不算计晚上,规规矩矩地安抚他,和颜悦色地吹捧他,侥幸地是没有大的变化。图:考虑,想。　循循:遵循规矩貌。　煦煦:和悦貌。

(71)以及于孝景之世句:到了汉景帝的时候,有个谋臣叫晁错,开始议论削减诸侯国的封地来减少他们的权力。　孝景:即汉景帝刘启(前188~前141)。西汉皇帝。前157~前141年在位。　晁错(前200~前154):西汉政治家。颖川(今河南禹县)人。文帝时,任太常掌故,得太子(即景帝)信任。景帝即位,任御史大夫。吴楚等七国以诛晁错为名,发动武装叛乱,他被杀。

(72)这句的意思是:天下人都说诸侯一定将要反叛。

(73)固:本来,的确如此。　疾:快,急速。　迟:缓慢。　不及:不如。

(74)七国之祸句:唉!七国的祸患,预料是不能避免的,与其发生在远时而祸害大,还不如发生在近时而祸害小些。　期:预料,料想。

(75)易:换。　当然:应当这样。

(76)而其所以不与错者句:然而他们所以不赞许晁错,他们都不知道那时的形势将有远时的灾祸,或知道那时的形势将有远时的灾祸而猜度自己来不及看见,认为可以寄托在后人身上,苟且免除吾自己身上的灾祸。　不与:不赞同,不赞许。

皆:都,全。　不及:赶不上,来不及。

(77)人君:君主、帝王。　安可:怎么可以。

(78)因循:沿袭,继承。　方且:方才。

⑦弊:破,坏。　　骎骎:渐进貌。

⑧不及其尚浅也舍之句:不如它还在浅的地方舍弃它,然后求得可以自己生存的道路,如果用沾湿脚做解释,是坚持沉没的道路。舍:放弃,舍弃。　　濡足:沾湿脚。　　覆溺:沉没。

⑧惮:怕,畏惧。去:除掉,去除。

⑧赤壁之战:赤壁在湖北蒲圻县长江南岸。汉末,曹军南下,刘备联合孙权,与周瑜在此处合力击败曹操。

周瑜(175~210):三国时吴国大将。字公瑾,庐江舒县(今安徽舒城)人。协助孙策创立孙吴政权。后辅佐孙权,任前部大都督。建安十三年(公元208年),曹操率军南下,他坚决主战,亲率大军破曹兵于赤壁。　　吕蒙(178~219):三国时吴将。汝南富陂(今安徽阜南东南)人。字子明。从孙策、孙权转战各地,任横野中郎将。后随周瑜大破曹操于赤壁。

⑧伐吴之役:晋初起兵攻吴之战。　　羊祜(221~278):西晋大臣。字叔子,泰山南城(今山东费县西南)人。魏末任相国从事中郎,参与司马昭的机密。晋武帝代魏后,与他筹划灭吴。　　张华(232~300):西晋大臣。字茂光,范阳方城(今河北固安南)人。晋初任中书令,散骑常侍,力劝武帝定灭吴之计。　　以为是:认为正确。

⑧错知七国必反而不为备反之计:晁错知道七国一定反叛,却不做防备反叛的计划。

⑧山东:华山以东,指吴楚七国。　　关内:函谷关以内,指汉朝都城长安。

⑧这句的意思是:七国反叛,中原地区的一半沦为敌国;匈奴反叛,以完整的中原在他的后面制服他,这又容易做出谋划的。

⑧抗:抵抗,抗衡。

⑧今也遽绝之句:现在突然断绝了给他的厚赂,他一定说:战争得胜,不如坐着得到厚赂的有利。遽:猝然,忽然。

⑧这句的意思是:华夏人胆怯,我可以先用声音威胁他们,他们将再次厚赂我。

⑨宣言:犹扬言。指故意散布某种言论。

⑨休:休养。　　偃:藏匿。　　寂然:安静的样子。

⑨这句的意思是:清理道路,剪除荆棘,多设疑兵来到我的城下。

⑨秣:饲养,喂养。

⑭期:预料,料想。

⑮这句的意思是:勇敢的人可以用给他施加胆怯来调整,不可以用给他施加聪明来调整。

⑯今夫叫呼跳踉句:现在叫喊跳跃以气势为先的人,世上所称为善于争斗的人。　　跳踉:跳跃。

⑰未始:犹没有,未必。用于否定词前,构成双重否定。语气较肯定句委婉。

⑱无以待之句:没有什么可以对待它,那声与形也足够趁人在仓促中得逞。

卒:通"猝"。仓促,突然。

⑲不然句:不这样,白白地耗尽他的力量在没用的地方,因此不能取胜。

徒:副词。徒然,白白地。　　弊:竭尽,耗尽。

⑩韩许公节度宣武军句:韩弘任宣武节度使,李师古妒忌他的严整,派人来告诉韩弘说:我将要借道去讨伐滑。　　韩许公:韩弘。唐匡城人。官至宣武节度使。讨平吴元济,封许国公。　　宣武军:包括宋州、亳州、颍州。　　李师古:唐代李纳子,以荫署青州刺史,嗣为节度使。　　假:借。　　滑:地名。治所在今河南滑县。

⑪这句的意思是:李师古的计谋穷尽了,拖延一些时间逃回去了。

⑫方今匈奴之君句:当今匈奴的君主,国内有难,他新登上君位,意料他一定容易对付。　　内难:内乱。一般指国家内部的变乱。难:nàn。　　新立:新登上君位。　　与:对付。

⑬邻国之难句:邻国有难,是称霸称王的凭借,况且上天给的好机遇却不争取,将要受到它的危害。　　资:凭借。

⑭贾谊(前201~前169):西汉政论家。洛阳(今河南洛阳东)人。汉文帝时任博士、太中大夫。后被排挤,贬为长沙王太傅。

⑮大国之王句:大国的君王,年幼没有长大,汉朝所设置的傅相,才掌握他的国事。　　傅相:古称辅导国君、诸侯王的官。汉诸侯国有太傅,景帝令诸侯王不得治国,改丞相曰相,通称傅相。

⑯冠:名词动用。行冠礼。古代的一种礼仪。男子二十岁举行冠礼,表示已经成人。

⑰当是之时句:当这个时候,想要安宁,就是尧舜做天子也不能办到。　　尧、舜:传说中远古部落联盟的首领。古史传说中的圣明君主。

【集评】

明茅坤《唐宋八大家文钞》卷一百十二:揣料匈奴胁制中国之状,极尽事理,非当时熟睹而经筹者,安能道此?

清储欣《评注苏老泉集》卷一:此靖康之势也。然仁宗时,元昊一叛,海内骚动,君臣旰食者十余年,况契丹乎?当日韩、富诸公,相继秉政,岂不知勿赂之为利?而后日,子孙之忧将在乎此,特计无所出耳!此又不可不知。老苏先生,宰相才也,吾

于《几策》二道决之。仁宗制科得二苏,喜曰:吾为子孙得两宰相。盖其原本家学如此。苏氏之不用,似关宋气运,非人之所能为也。贾太傅推恩分王一著,实可施行。苏先生父子策西北事,细细按之,究竟无下手处,非才不逮,难易异也。要其见微知著,则一矣。

清沈德潜《唐宋八大家文读本》卷十七:勿赂主战,一篇大旨。敌之所以要我,与我之所以待敌,一一曲中其情。所料者契丹,而后日金人愚宋之术,已预见其肺腑矣。上匹贾生治安策,夫何愧焉?《几策》二篇,公之本领识见,已具于此。故先以献欧阳公,而于《上田枢密书》复提出言之。此生平得意作也。

清浦起龙《古文眉诠》卷六十三:百曲千盘,如行九折坂,而大段则前言敌患之深,中后皆言探敌情而制之之术。苏家父子言边事兵事,家令不能过,要旨无出此篇者,真有用文章。老泉诸权书亦策也,太近纵横家,少冲和气。录存《几策》,纲要见矣。

【鉴赏】

这篇论文是苏洵《几策》之二,与《审势》是姊妹篇。前篇是论内政之策,该篇是论对外之策,都是使宋朝强盛的重大国策。这不仅表现苏老泉胸怀雄才大略,是难得的栋梁之材,也充分体现出了一个布衣之士炽烈的爱国之情。《审势》是论内政,《审敌》是论外交。其实内政与外交是辩证的统一。如政强国盛,则外敌不敢入侵;如对外强策,则内政必然会相辅相成。

这篇《审敌》,是洞察敌我的形势,提出对敌之策,是所谓知彼知己,百战百胜。文章开始首先提出:"中国,内也。四夷,外也。忧在内者,本也。忧在外者,末也。"这里提出了一个重要的道理,一个国家的强弱,关键在内政,这是"本也"。内政决定对外之策。苏洵这个观点是颇有见识的。文中批评宋朝对北胡、西羌的骄恣一再迁就,致使每年输给金、缯以数十万计。虽然如此,北胡、西羌尚"未满其欲"。这种局面表面看来是外忧,实际是内忧。因为"贿益多则赋敛不得不重,赋敛重则民不得不残,故虽名息民,而其实爱其死而残其生也。名为外忧,而其实忧在内也。"这个道理是显而易见的。苏洵在这里是以万民口舌发出的疾呼!继而他叹息道:这样下去,"愚不知天下之所以久安而无变也。"

接着苏洵从历史上分析匈奴的形势变迁。匈奴最盛之时在冒顿时期。冒顿,汉初匈奴的单于(首领),东斥东胡,西破月氏,大扩其疆土。曾南下围汉高祖刘邦于白登(山名,在今山西大同县东),汉与和亲,且纳岁币。当时,匈奴虽骚扰我边境,然终不敢入侵中原。这是什么原因呢?因为"中原之疆,固皆百倍于匈奴,虽积衰新造而犹足以制之也。"也就是说中原势强,足以制止匈奴入侵。但到了后五代晋石敬瑭之时,向匈奴称臣,并割幽燕之地给匈奴,"孺子继立,大臣外叛,匈奴扫境来寇,兵不血刃,而京师不守,天下被其祸。匈奴自是始有轻中原之心,以为可得而取矣。"但是兵骄必败。在宋真宗景德年间,匈奴又"大举来寇,章圣皇帝一战而却之,遂与之监以和。"目前匈奴吸取了过去的经验教训,认为"我百战而胜人,人虽屈而我亦劳。"不如派使者入中国,"以形凌之,以势邀之,岁得金钱数十百万。"如此数十年以后,"吾日以富,中国日以贫,然后足以有为也。"苏洵对匈奴的分析是深刻的、合理的,也是击中了宋的时弊。

苏洵认为匈奴入侵中原是其本性,正是"天生北狄,谓之犬戎,投骨于地,狺然(犬吠声)而争者,犬之常也。"可是近来匈奴却不来犯,这是什么原因呢?因为匈奴"此其志非小也,将以蓄其锐而伺吾隙,以伸其所大欲,故不忍以小利而败其速谋。"速,鹿的足迹。速谋,就是逐鹿中原的大谋。《史记》:"秦失其鹿,天下共逐之。"以鹿喻天子之位。"今也柔而养之,以冀其卒无大变,其亦惑也。"苏洵接着分析了匈奴的当前形势,拨开表面现象,看到匈奴的实质是不愿战。其理由是:一、"其志不止犯边也。其志不止犯边,而力又未足以成其所欲为。""故不忍以小利而败其速谋。"二、"鸷鸟将击,必匿其形。昔者冒顿欲以攻汉,汉使至,辄匿其壮士健马。……今匈奴之君臣,莫不张形势以夸我,此其志不欲战明矣。"三、古时入侵者往往乘危打劫或乘隙而入。如吴王阖闾攻楚。原因是蔡昭侯朝楚,楚令尹子常不加礼而求赂,蔡侯怨之,以其子质于吴,乞师伐楚。于是吴王阖闾与蔡侯、唐侯联兵攻楚,大败楚师。越王勾践伐吴,是乘吴伐齐与晋争霸主,一举而灭吴。目前匈奴如欲侵伐中原,宋朝已有很多可乘之隙。如仁宗宝元元年陕西赵元昊僭称帝,国号大夏。又如仁宗庆历七年十一月,河朔贝州(今河北清河县)贼王则据城反。再如仁宗皇祐元年九月,岭南广源州(今越南凉山西北与广西龙州县接界)蛮侬智高反寇邕州(今广西邕宁区)。这些内乱都给匈奴以可乘之机。"然终不以动,则其志之不欲战又明矣。"苏洵在分析了匈奴形势以后,提出了对敌之策,那就是"我勿赂而已。"因为"彼不欲战,而我遂不欲战,则彼得其志矣。"如我勿赂而匈奴责怪,"则对曰尔无功于吾,岁欲吾赂,吾有战而已,赂不可得也。"当然这样做有人会说:"此愚人之计也。天下孰不知赂之为害,而勿赂之为利,顾势不可耳。"也就是说匈奴骄势逼迫所致。苏洵断然否定了这种观点。

苏洵对当前夷狄之势,认为正如昔日汉朝七国之势。昔者汉高祖刘邦为了鼓励将士尽快打败项羽,故大将有功就加封千里之地来给予奖励。可是项羽败死天下平定后,诸将之地遂不可削。当时"非刘氏而王者八国"。刘邦为了抑制异姓,"故大封吴楚齐赵同姓之国以制之。"既而汉高帝十一年正月,吕后杀淮阴侯韩信,夷三族。二月梁王彭越废,徙蜀,三月杀之,枭首洛阳,下诏收视者捕之,醢其肉以赐诸侯。黥布大恐,发兵反。十二年冬十月,帝破布军于蕲西(今湖北蕲春县),布亡走,长沙王臣诱而诛之。又燕王卢绾谋反,帝特遣樊哙以相国将兵讨之,绾亡入匈奴。但是"信、越、布、绾皆诛死,而吴、楚、齐、赵之强,反无以制。"当时诸侯王虽名为臣,而其实都藏有称帝之心。"于是擅爵人(擅自加爵封官)、赦死罪、戴黄屋(天子之车)、刺客公行、匕首交于京师,罪至彰也,势至逼也。"至汉景帝时,有谋臣晁错献策,"削诸侯地以损其权。"群臣皆认为如此行事,诸侯必反。晁错说:"固也。削亦反,不削亦反,削之则反疾而祸小,不削则反迟而祸大。"苏洵认为错谋深远,因为"七国之祸,期于不免,与其发于远而祸大,不若发于近而祸小。"

　　当今匈奴的形势,不减于七国之势。苏洵认为"不如勿赂。勿赂则变疾而祸小,赂之则变迟而祸大。畏其疾也,不若畏其大,乐其迟也,不若乐其小。"老泉比喻宋的形势"如坐弊船之中,骎骎(马行疾貌)乎将入于深渊,不及其尚浅也舍之,而求所以自生之道,而以濡足为解者,是固夫覆溺之道也。"这里比喻宋形势危急,应果断地及早做出决策,决不能优柔寡断,听人是非。苏洵认为"宏远深切之谋,固不能合庸人之意。"如"赤壁之战,惟周瑜吕蒙知其胜,伐吴之役,羊祜、张华以为是。"周瑜,吴领兵元帅。吕蒙,吴偏将军。羊祜,晋征南大将军,张华,晋武帝时中书令。伐吴之役,是羊祜上疏请伐吴,晋主同意,但议者多认为不可,唯杜预与中书令张华与晋主意合。晋兵终于灭吴,赤壁之战终于败曹。苏洵这里又评论晁错,认为他献谋是正确的,但不应合庸人之意,景帝未坚持不果断,"错知七国必反,而不为备反之计。"结果七国问罪,晁错被诛,甚可惜也。

　　苏洵认为"今者匈奴之祸,又不若七国之难制。"他看透了匈奴的伎俩,认为"匈奴之计不过三:一曰声,二曰形,三曰实。"所谓声,就是炫耀武力虚张声势,使中原惧怕,而后复赂。我方则"命边郡休士卒,偃旗鼓,寂然若不闻其声。"声不动,彼将继之以形。所谓形,就是装出要进军的样子,"除道剪棘,多为疑兵以临吾城,如此谓之形。"我方则"深沟固垒,清野以待,寂然若不见其形。"彼形又败,最后出于实。所谓实,就是最后无奈真的出兵了。因为敌方技穷,出兵属于无奈,我方则枕戈以待早有准备,所以"实而与之战,破之易耳。"

接着苏洵又举例来证明声与形均是讹诈。一个斗殴者,往往"叫呼跳踉"以势逼人。"叫呼者声也,跳踉者形也。"对手如果胆怯,就必然要败。否则,将"徒自弊其力于无用之地,是以不能胜也。"再如唐顺宗永贞元年,李师古伐滑的故事。当时德宗新崩,处于国丧,师古乘机欲侵吞邻郡之地,遂发兵屯西境以威胁滑州(今河南滑县)。当时德宗崩的诏书尚未下达。滑州节度使李元素的牙将义成自长安还得知此事,元素为了讨好师古以示无外,遣使密以遗诏告知。师古心怀叵测,乃集将士们说:"圣上万福,而元素忽传遗诏,是反也,宜击之。"遂杖笞元素使者,并发兵屯于曹州(今山东菏泽市)。且告假道于汴(今河南开封市)以攻滑。汴州宣武节度使韩弘,早识破李师古的阴谋,怒为使者说:"汝能越吾界而为盗耶,有以相待,无为空言。"后元素遣使向汴告急。韩弘说:"吾在此,公安无恐。"后来军情报告说李师古军剪除荆棘,铺平道路,看来要出兵了,军队不久将来到。韩弘说:"兵来,不除道也。"师古黔驴技穷,且闻顺宗已即位,不得已而退去。所以,"彼计出于声与形而不能动,则技止此矣,与之战,破之易耳。"况且"方今匈奴之君,有内难新立……邻国之难,霸王之资也。且天与不取,将受其敝。"这里说匈奴国中有难,这是天与我的良机,错过此机,终将受害。正如贾谊所说的,大国之王,幼弱未壮,仅置傅相握事。数年之后,君王长到成年就晚了。最后苏洵大声疾呼道:"当是之时,而欲为安,虽尧舜不能。呜呼!是七国之势也。"应该当机立断,不可贻误国事,这是关系宋朝强弱存亡的大事。

这篇《几策·审敌》,对匈奴的形势从古至今分析得极为透彻,正所谓知彼知己,百战百胜。文章论点明确,就是勿略准备抗敌。文中引用古例恰切,具有很强的说服力。宋朝向来就有主战派与主和派之争,后来发展到南宋秦桧杀害忠臣岳飞而卖国求荣。看来苏洵这篇《几策·审敌》确是高瞻远瞩深谋远虑的治国的根本大策。

心　术①

【题解】

　　这是一篇阐述为将之道的议论文,论点明确,论证严谨,层次清楚。作者开门见山,提出"为将之道,当先治心"的中心论点,紧接着围绕中心论点展开论述,阐明怎样治心,即提高主将的思想修养和军事素质。依次论述治心、尚义、养士、智愚、料敌、审势、出奇、守备这一套战略战术。既讲论将、论兵、论战的待战"大道",又讲战时为将之道、战时用兵之道、战时运思之术的待战"小道"。文章包含着很多朴素的军事辩证法思想,如"未战养其财,将战养其力,既战养其气,既胜养其心","知理而后可以举兵,知势而后可以加兵,知节而后可以用兵","吾之所短,吾抗而暴之,使之疑而却;吾之所长,吾阴而养之,使之狎而堕其中"等等,这些军事思想对今天的战争仍然有借鉴意义。大量运用排比、对偶的句式,造成一种宏大的气势,增强文章的感染力。

【原文】

　　为将之道,当先治心②。泰山崩于前而色不变,麋鹿兴于左而目不瞬③,然后可以制利害,可以待敌④。

　　凡兵上义⑤;不义,虽利勿动。非一动之为害,而他日将有所不可措手足也⑥。夫惟义可以怒士,士以义怒,可与百战⑦。

　　凡战之道,未战养其财,将战养其力,既战养其气,既胜养其心。谨烽燧,严斥堠⑧,使耕者无所顾忌,所以养其财;丰犒而优游之,所以养其力⑨;小胜益急,小挫益厉,所以养其气⑩;用人不尽其所欲为,所以养其心⑪。故士常蓄其怒,怀其欲而不尽⑫。怒不尽则有余勇,欲不尽则有余贪。故虽并天下,而士不厌兵,此黄帝之所以七十战而兵不殆也⑬。不养其心,一战而胜,不可用矣。

　　凡将欲智而严,凡士欲愚。智则不可测,严则不可犯,故士皆委己而听命,夫安得不愚⑭?夫惟士愚,而后可与之皆死。

　　凡兵之动,知敌之主,知敌之将,而后可以动于险⑮。邓艾缒兵于蜀中⑯,非刘禅之庸⑰,则百万之师可以坐缚,彼固有所侮而动也⑱。故古之贤将,能以兵尝敌,而又以敌自尝,故去就可以决⑲。

　　凡主将之道,知理而后可以举兵,知势而后可以加兵,知节而后可以用兵⑳。知理则不屈,知势则不沮,知节则不穷。见小利不动,见小患不避。小利小患,不足以

263

辱吾技也⑳。夫然后可以支大利大患⑳。夫惟养技而自爱者,无敌于天下。故一忍可以支百勇,一静可以制百动㉓。

兵有长短,敌我一也。敢问吾之所长,吾出而用之,彼将不与吾校;吾之所短,吾蔽而置之,彼将强与吾角,奈何㉔?曰:吾之所短,吾抗而暴之,使之疑而却㉕;吾之所长,吾阴而养之,使之狎而堕其中㉖,此用长短之术也。

善用兵者,使之无所顾,有所恃㉗。无所顾,则知死之不足惜;有所恃,则知不至于必败。尺箠当猛虎,奋呼而操击㉘;徒手遇蜥蜴,变色而却步㉙,人之情也。知此者,可以将矣。袒裼而按剑,则乌获不敢逼㉚;冠胄衣甲,据兵而寝,则童子弯弓杀之矣㉛。故善用兵者以形固。夫能以形固,则力有余矣㉜。

【注释】

①心术:此书为作者军事理论著作《权书》的第一篇,论为将之道的。《权书》是一部系统研究军事上战略战术问题的著作,共十篇,包括:《心术》《法制》《强弱》《攻守》《用间》《孙武》《子贡》《六国》《项籍》《高祖》。

②为将之道句:作将军的基本原则,应当首先治理他的心性。　治心:指思想意识修养和军事素质的提高。

③泰山崩于前句:泰山倒塌在面前,却颜色不改变,麋鹿突然从左边起身,却眼睛不眨动。　麋鹿:鹿的一个种类,形体比鹿稍大,俗称"四不像"。　瞬:眨眼。

④这句的意思是:然后可以控制利害得失,可以对付敌人。

⑤上:通"尚",崇尚。

⑥非一动句:不是一有行动就成为灾害,而是他日将要有行动时不好安排指挥。　措:安放。　不可措手足:不可以安放手脚。引申为不可以指挥调动。

⑦这句的意思是:只有正义可以激怒士兵,士兵因为正义而激怒,可以参与上百次的战斗。　夫:语首助词,无意义。

⑧谨烽燧句:严密地注视着边防线上的烽火和烽烟,认真地做好放哨、侦察工作。　烽燧:古代边防报警的两种信号,白天用烽烟,夜晚用烽火,昼则燔燧,夜乃举烽。　斥堠:亦作"斥候",斥,远,候,侦察。

⑨这句的意思是:使种田的人没有什么顾忌,用来积蓄他们的财物;有丰厚的犒劳奖赏,使他们悠闲舒适,用来滋养他们的力量。

⑩小胜益急句:取得小的胜利更加严格,遇到小的挫折更加振奋,用来培养他们的士气。　益:更加。　急:严格,严厉。　厉:振奋。

⑪这句的意思是:用人不要用尽他所想要做的事,用来培养他的心志。

⑫这句的意思是:所以士兵经常蕴藏着他的愤怒,怀抱他的欲望而不能完全满足。

⑬故虽并天下句:所以虽然吞并了天下,而士兵不厌烦作战,这就是黄帝打了七十次战斗而士兵不懈怠的原因。　黄帝:传说为中华民族的始祖,姓姬,号轩

辕氏、有熊氏,曾先后打败炎帝和蚩尤。　　殆:通"怠"。懈怠。

⑭这句的意思是:有了智谋就不可以猜测,有了严厉就不可以侵犯,所以士兵都把自己委托给将军而听从命令,怎么能不愚昧呢?

⑮敌之主:敌人的人君。　　动于险:在危险处行动。　　于:介词,在。

⑯邓艾缒兵句:魏将邓艾率军入蜀,士兵用绳子系着滑下山去。邓艾:字士载,三国时任魏镇西将军。于景元四年(公元263年)率军偷渡入蜀,从阴平经过无人的山区七百余里,山高谷深,士兵用绳子挂下去。　　缒:用绳子系住吊下去。

⑰刘禅(207~271):字公嗣,小字阿斗,刘备子,223年继位为蜀汉后主,公元263年被魏所灭,出降后被封为安乐公。为政昏庸无能。

⑱这句的意思是:那么百万大军可以坐着把他们捆起来,他确实有所轻慢才行动的。

⑲故古之贤将句:所以古代有才能的将领,能够用兵力试探敌人,而且还能够以敌兵检验自己,因此是离开还是坚持就可以决定了。　　尝:试探,试验。

⑳这句的意思是:凡是主将的道理,知道有理然后可以发兵行动,知道形势然后可以增加兵力,知道节制然后可以使用兵力。

㉑小利小患句:小的利益,小的害处,不值得辱没我的技艺。技:技艺。此指用兵之法。

㉒支:处理,应付。

㉓这句的意思是:所以一时忍耐可以对付百种勇敢,一时安静可以制止百次行动。

㉔吾之所短句:我方的短处,我掩蔽起来放在一边,敌方将要勉强和我较量,怎么办?　　角:较量,角斗。　　奈何:如何,怎么办。

㉕日吾之所短句:我方的短处,我不掩饰地列举出来,让它暴露,使敌方疑心而退却。　　抗:举。　　暴:显露。

㉖吾之所长句:我方的长处,我暗地里隐蔽它,使敌人轻忽地落入它的中间。养:隐蔽。　　狎:轻忽。《左传·昭公二十年》:"水懦弱,民狎而玩之,则多死焉。"杜预注:"狎,轻也。"

㉗这句的意思是:善于用兵的人,使士兵没有什么顾忌,有所依靠。

㉘尺棰当猛虎句:用一尺长的鞭子抵挡猛虎,大声地叫喊并执持还击。棰:棍棒或鞭子。　　操:执持,拿着。

㉙徒手遇蜥蜴句:空着手遇见四脚蛇,脸色变了向后退走。　　蜥蜴:一种爬行类动物,俗称"四脚蛇""四不像"。

㉚袒裼而按剑句:脱去上衣,裸露肢体,手按宝剑,就是勇士乌获也不敢逼近。乌获:战国时期秦国的大力士,据说能举千钧之重,受到秦武王的宠用。

㉛冠胄衣甲句:戴着头盔,穿着铠甲,按着兵器睡大觉,就是童子也能拉开弓射杀他。冠、衣:名词用作动词。戴帽、穿衣。据:按着。　　弯弓:挽弓,拉弓。

㉜这句的意思是:能够凭借形势来巩固自己,那么力量就有余地了。

【集评】

明茅坤《唐宋八大家文钞》卷一百十三：此文中多名言，但一段段自为文节，盖按古兵法与传记而杂出之者，非通篇起伏开阖之文也。

清储欣《评注苏老泉集》卷一：逐段说去，自有次第。

又：上义，是用兵本。

清吴楚材、吴调侯《古文观止》卷十：此篇逐节自为段落，非一片起伏首尾议论也。然先后不紊，由治心而养士，由养士而审势，由审势而出奇，由出奇而守备，段落鲜明，井井有序，文之善变化也。

清乾隆三年敕编《唐宋文醇》卷三十四：《易·师上六》曰："大君有命，开国承家，小人勿用。"朱子作《本义》谓："小人虽有功，亦不可使之得有爵士，但优以金帛可也。异日又曰：小人既一例有功，爵士何能不及，只是勿更用与谋议经画耳。"林希元谓：小人立功，不得不一例赏以爵邑，若一例赏以爵邑，又恐播恶于众，不若于行师之初，不用之为愈。我圣祖仁皇帝谓：林氏之说，深合卦意焉。尝谓君子虽箪食豆羹之细，犹必励舍生取义之节，况乎军旅之事，国之大事也？而顾惟利所在，不以义为衡，尚诡道诈力，曰兵事然也。若然则行师者，当专用小人矣。周公何以曰小人勿用？孔子何以曰必乱邦哉！今观苏洵云："凡兵上义，不义虽利勿动，非一动之为害，而他日将有所不可措手足。"固于师卦之旨有合也。夫义者，利之和也。《易》曰："利有攸往，利涉大川。"惟其义之至，乃真利之大。失义即失利，此非特虚言其理也。迨至于不可措手足之日，而后知其果然失利，而悔已晚也！为此者，必自小人矣。未有师中之丈人，而肯为国家动不义兵者也。且兵者，刑也。《国语》所谓"大刑用甲兵"，是也，必也。矢石所加，其人皆罪应死，而后可以用兵。是故王者之师，有赦弗诛之人，无滥诛之人。弗诛者，胁从罔治也；其诛者，皆不可并生者也。兵交锋接，曷由区分之，使铢两不差乎？要其为我所杀者，无无罪之人，则可断也。我之士卒，岂能无一伤且死？伤然且死，即已纳之于忠义之城，而死已荣于生，伤已荣于全矣！非杀之也，夫然兵乃可以动。且夫王者之于死狱也，犹将求其生而不得，然后死者与我皆无憾。夫狱之死者，一二人耳，而乃如是，若夫行师，则所杀者，必非止一二人也。转使千百无罪之人，履肠涂脑而不顾，岂圣人好生之德，亦有时而息？而民之无辜，圣人亦有时而杀哉？惟其天戈所指，必不至杀一不辜。故谓之曰：王者之师，若见利忘义，虽以此得天下，正伯夷、伊尹与孔子之所以必不为也。况其苟一时之胜，自以为利，而未见他日之害者哉！苏洵曰："凡兵上义"，未已也，凡兵上仁。

近人林纾评《嘉祐集》：惟义可以怒士，是鼓众以勇也；养技而自爱，是大将养勇之道。此二语，虽孙吴不能过。

【鉴赏】

苏洵有《权书》十篇，《心术》是第一篇。其他九篇是《法制》《强弱》《攻守》《用间)《孙武》《子贡》《六国》《项籍》《高祖》。这是一组系统研究战略战术的著作。叶梦得《避暑闲录》说："苏明允(洵字)本好言兵,见元昊叛,西方用事久无功,天下事有当改,因挟其所著,嘉祐初来京师"。所挟之著就有《权书》十篇。欧阳修读后大为赏识,并推荐给仁宗,苏洵因此名声大震。苏洵自己也说《权书》是研究"古人已往成败之迹",以"深晓其义",以图"施之于今"的(《上韩枢密书》),可见是有所为而发的。雷简夫则说:"《权书》十篇,讥时之弊"(《上韩忠献书》)。了解这些,对阅读《权书》各篇是有益的。

心术一词,含义较复杂。《管子》有《心术》篇,以虚静之说讲养心治国之道。苏洵《心术》,讲将领的心理修养,制下待敌之道,以及运思、机权之术。

文章首先论"将":"为将之道,当先治心"。治心,就是心理修养。作者认为,主将的心理品质最重的有二:第一,超人的镇定,临大事而不乱,"泰山崩于前而色不变";第二,极度的沉静,能有效地排除一切干扰,"麋鹿兴于左而目不瞬"。能如此,就能把握利害得失,能够抵御敌人。孙子讲将的修养有"智、信、仁、勇、严"(《孙子兵法·计篇》),苏洵也讲智与严,这些属于智能与品德修养,但他认为镇定和沉静的心理素质更为重要。这就是今人所称的大将风度。

其次论"兵":"凡兵上义",上(尚)义就是崇尚正义,"不义,虽利勿动",把正义性作为军事行动的准则,如非义举,那就"胜有所不取,败有所不避"(《项籍》)。尚义之说,自古而有,但苏洵并非重复迂阔之论,他是义利统一论者,认为"义利、利义相为用,天下运诸掌矣"(《利者义之和论》)。他是从利的目的出发提出尚义原则的,因为背义逐利的战争只能获一时之利,最终将弄到"不可措手足"的地步,那就大不利了。依义而行,则可尽天下之大利。因为"惟义可以怒士",怒士,就是激励士气,"士以义怒,可以兴百战",正义之师将无敌于天下。

再次论"战":"凡战之道"有四养:"未战养其财,将战养其力,既战养其气,既胜养其心"。四养之说,显然有"讥时之弊"的意义。宋王朝积贫积弱,原因很多,而不能"使耕者无所顾忌",兵冗而供给贫乏,用人"赏数而加于无功"(《衡论·审势》),都是重要原因。他提出的四养的办法正是:"谨烽燧,严斥堠(斥堠:侦察,侯望),使耕者无所顾忌,所以养其财;丰犒而优游之,所以养其力;小胜益急(抓紧),小挫益厉(激励),所以养其气;用人不尽其所欲为,所以养其心"。这四养中,最重要的是"养心"——培养和保持士兵积极的心理状态、高昂的战斗意志。"用人不尽其所欲为",暗合了现代管理学适量刺激、不断刺激的理论。不断刺激,则能保持士气而有"余勇",适量刺激,则时常有所追求而有"余贪",士兵永远保持旺盛的斗志,"故虽并天下,士不厌兵",这就是"黄帝之所以七十战而兵不殆"的道理(七十战未必有出处)。反之,"不养其心,一战而胜",士兵既骄且怠,"不可用矣"。

以上论"将""兵""战",着眼大处,讲为将、治兵、待战之大道。以下再论将、兵、战,讲战时为将之道、战时用兵之道、战时运思之术。临战之将应"智而严",士则应愚,这样士兵才能委身听命,与将共生死。苏洵将智士愚的论点当然不好,但要求士兵应绝对服从和无条件执行命令则是合理的。战时用兵,在于五知。知敌,应"知敌之主,知敌之将",然后"与贤将战则持之,与愚将战则乘之"(《法制》)。"乘之"就是抓住敌将的弱点"动于险"而出奇制胜。三国时邓艾由阴平道"缒(用绳子拴住吊下去)兵于蜀中",穿越了蜀道天险攻灭蜀国。他之所以敢于如此,就在于看透了蜀后主"刘禅之庸"。能知敌则"去就可以决"。还要知己,在自己则应"知理""知势""知节",理是事理,知义之所在为知理,势是战略形势,要知自己所处的形势,节指军事指挥中应掌握的法度节度,能正确确定作战方案,调度兵力为知节。"知理而后可以举兵(起兵赴敌),知势而后可以加兵(加兵于敌),知节而后可以用兵(指挥作战)。知理而不屈(不因非义而为敌所屈),知势而不沮(不会处于不利之势而丧失士气),知节而不穷(不会陷入绝境)"。知己知彼,知节是关键,也是其他四知的目的和表现。苏洵认为,"知节"之将,能"忍"能"静",具有"泰山崩于前而色不变,麋鹿兴于左而目不瞬"的心理品质。在战机到来之前,能以忍待勇,以静制动,不因小利小患暴露作战方略,以应付大利大患。能如此就可以"无敌于天下"。

　　战争中运思之术,文章提出两点:一是避实击虚和暴短阴长的辩证思考,一是"有所恃"和"以形固"的辩证关系。

　　"兵有长短",谁都想用长避短以避实击虚。但战争是双方的事,"吾之所长,吾出而用之,彼将不与我校;吾之所短,吾蔽而置之,彼将强与我角,奈何?"兵有奇正,兵不厌诈,苏洵认为,要用用长避短之正,需设暴短阴长之奇:"吾之所短,吾抗而暴之,使之疑而却;吾之所长,吾阴而养之,使之狎而堕其中"。在《法制》篇中,他设想了具体做法:"当敌之冲,人莫不守,我以疑兵,彼愕不进。虽告之曰:'此无人',彼不信也。"这使人油然想起《三国演义》中孔明西城却敌的情节。这是暴短。"偃旗仆鼓,寂若无气,严戒兵士,敢哗者斩。时令老弱,登埤示怯。乘解突击,其众可走。"这是阴长。苏洵认为,暴短阴长才能达到用长避短的目的。

　　"善用兵者"要使部队"无所顾(顾虑)""有所恃(凭仗)",打仗才能勇敢。一切有利条件如地形之固、兵器之利都是"所恃",凭所恃可以坚定斗志,鼓舞士气,正如一个人,"尺棰(鞭子)当猛虎,奋呼而操击;徒手遇蜥蜴,变色而却步"。有恃则勇,无恃则怯,"人之情也"。这是事物的一个方面。如果以为"有所恃"而麻痹涣散,其"所恃"将不可恃,这也正如一个人,袒裼(脱去上衣,光着身子)而按剑,则乌获(古代大力士)不敢逼;

冠胄衣甲(戴着头盔身穿金甲),据兵而寝,则童子弯弓杀之矣"。善用兵者注意发挥有利条件的精神作用,以振起军心,巩固阵容,这就是"以形固",能用有利的形势

巩固自己,"则力有余矣"。这是苏洵对用兵应"有所恃"而不可徒恃的辩证认识。

读这篇文章,感到它是美的。美在何处呢?它不以生动取胜,不以雄辩取胜,不以语言取胜,也不以构思取胜。它的美在于真,它说的是真正之理,切实之论。真,是美之根,得此美根,能不美吗?

文章没有起承转合,如信马郊野,任其所至,但都围绕中心,肆而不流。"如大云之出于山,忽布无方,倏散无余;如大川之滔滔,东至于海源"(张方平《文安先生墓表》),这就是老苏文章的特色。

文章的语言风格十分鲜明:起语多"凡"字,使行文理足气壮;转接多"然后""而后""故",语气果断斩截;全篇多短句而少语词,语调峻急,锋不可犯。正是这些,造成了一种踔厉风发的文气。

六　国①

国学经典文库

唐宋八大家散文鉴赏

苏洵卷

【题解】

本文题旨为在借古讽今。当时宋朝是统一天下的王朝,但对北方辽国、西北方西夏的进扰,却采取投降主义的贿赂政策,使得人民赋税繁重,国库空虚,国家逐渐走向衰落。作者写此寓意深刻的文章,讽谏宋王朝以六国为借鉴,无使为积威之所劫,封天下之谋臣,礼天下之奇士,对抗外辱,摆脱六国灭亡的厄运。写作上的特点,一是感情真挚热烈。作者怀着忧国忧民的满腔爱国热忱,以真理在握的充分自信,以犀利的语言和雄辩的事实,抒发自己的真实感情,深深地打动着读者的心。二是观点鲜明,论证严谨,论析透彻。开篇破题,指出六国破灭,弊在赂秦,排出"兵不利"与"战不善"的原因。接着作者从赂秦与不赂秦两个方面进行解说,指出赂秦则力亏,不赂秦者因失强援不能独完。最后回应前文,通过总结六国灭亡的历史教训,希望宋仁宗礼贤下士,重振国威。全文紧紧围绕一个"赂"字,层层挖掘,一气呵成,将赂秦必亡的道理论说的十分透析,具有不可辩驳的说服力。

【原文】

六国破灭②,非兵不利,战不善,弊在赂秦③。赂秦而力亏,破灭之道也④。或曰:六国互丧,率赂秦耶⑤?曰:不赂者以赂者丧,盖失强援,不能独完⑥,故曰:弊在赂秦也。

秦以攻取之外,小则获邑,大则得城⑦。较秦之所得,与战胜而得者,其实百倍⑧;诸侯之所亡,与战败而亡者,其实亦百倍⑨。则秦之所大欲,诸侯之所大患,固不在战矣⑩。思厥先祖父,暴霜露,斩荆棘,以有尺寸之地⑪。子孙视之不甚惜,举以予人,如弃草芥⑫。今日割五城,明日割十城,然后得一夕安寝⑬。起视四境,而秦兵又至矣。然则诸侯之地有限,暴秦之欲无厌⑭,奉之弥繁,侵之愈急,故不战而强弱胜负已判矣⑮。至于颠覆,理固宜然⑯。古人云:以地事秦,犹抱薪救火,薪不尽,火不灭⑰。此言得之⑱。

齐人未尝赂秦,终继五国迁灭⑲,何哉?与嬴而不助五国也⑳。五国既丧,齐亦不免矣㉑。燕、赵之君,始有远略,能守其土,义不赂秦。是故燕虽小国而后亡,斯用兵之效也㉒。至丹以荆卿为计,始速祸焉㉓。赵尝五战于秦,二败而三胜㉔,后秦击赵者再,李牧连却之,洎牧以谗诛,邯郸为郡,惜其用武而不终也㉕。且燕、赵处秦革灭殆尽之际,可谓智力孤危,战败而亡,诚不得已㉖。向使三国各爱其地,齐人勿附

于秦，刺客不行，良将犹在㉗，则胜负之数，存亡之理，当与秦相较，或未易量㉘。

呜呼！以赂秦之地封天下之谋臣，以事秦之心礼天下之奇才㉙，并力西向，则吾恐秦人食之不得下咽也㉚。悲夫！有如此之势，而为秦人积威之所劫㉛，日削月割，以趋于亡㉜。为国者，无使为积威之所劫哉㉝！

夫六国与秦皆诸侯，其势弱于秦，而犹有可以不赂而胜之之势㉞。苟以天下之大，下而从六国破亡之故事，是又在六国下矣㉟。

【注释】

①六国：本文是《权书》的第八篇。六国：即战国末期齐、楚、燕、韩、赵、魏六国。
②破灭：毁灭，灭亡。
③这句的意思是：不是兵器不锋利，仗打得不好，弊病在于贿赂秦国。
④这句的意思是：贿赂秦国而国力亏损，这是走向毁灭的道路。
⑤互：并。　丧：灭亡，失败。　率：一概，都。
⑥这句的意思是：不向秦进行贿赂的因为向秦进行贿赂的而灭亡，大概是失去强有力的援助，不能独自保全。
⑦秦以攻取之外句：秦国除以战争攻取之外，小的就得到县邑，大的就得到城郡。　邑：人民聚居之处，大曰都，小曰邑。泛指村落、城镇。
⑧较秦之所得句：比较秦国由贿赂所得的，与战争取胜而得到的，实际多一百倍。　其实：实际情况，事实上。
⑨亡：失掉，失去。
⑩则秦之所大欲句：那么秦国的最大欲望，诸侯的最大祸患，本来就不在于战争了。　患：灾祸，祸害。　固：本来。
⑪思厥先祖父句：思念他们的祖先及父辈，冒着霜露，斩除有刺的灌木，得以占有尺寸般的土地。　厥：第三人称代词。他们的。　荆棘：山野丛生的有刺小灌木。
⑫予：给予。　草芥：比喻轻微的、没价值的东西。　芥：小草。
⑬一夕：一夜。　安寝：安睡。
⑭无厌：没有满足。　厌：通"餍"，满足。
⑮奉之弥繁句：奉送给他们的越多，侵占我们越急迫，所以不用战争而强弱胜败的局势已经判别出来了。　弥：益，更加。　繁：多，盛。　判：区别，区分。
⑯至于颠覆句：直到灭亡，道理本来就应该这样。　颠覆：颠坠覆败，灭亡。　宜然：应该这样。
⑰古人云句：古人说：用割让土地侍奉秦国，就好像抱着柴去救火，柴不烧尽，火是不会熄灭的。此语出自《战国策·魏策》："孙臣谓魏王曰：'以地事秦，譬犹抱薪而救火也，薪不尽则火不止。'"
⑱得：适宜，得当。

⑲迁灭：秦兵攻入齐国国都临淄，把齐王建迁移到共地，齐国灭亡。

⑳与嬴：帮助秦国嬴氏。秦王姓嬴。

㉑这句的意思是：楚、燕、韩、赵、魏五个国家既然已经灭亡了，齐国也不会幸免的。

㉒是故燕虽小句：因此燕国虽然是小国却最后灭亡，这是用兵作战的效果。　是故：因此，所以。　斯：指示代词。这。

㉓至丹以荆卿为计句：到了太子丹用荆轲刺杀秦王为计策，才加速了自己的灾祸。　丹：即燕太子丹。曾在秦国做人质，后逃归。前227年，派荆轲入秦刺杀秦王，事情败露，荆轲被杀。第二年，秦王大举攻燕，加速了燕国的灭亡。太子丹被杀。　荆卿：即荆轲（？～前227），战国时卫国人，刺客。入燕，被太子丹尊为上卿，故时人称作荆卿。

㉔这句的意思是：赵国曾经与秦国交战五次，失败二次，胜利三次。

㉕后秦击赵句：后来秦国再次攻击赵国，李牧率军接连击退秦军，等到李牧因谗言被杀害，赵都邯郸成为秦国的一个郡，可惜赵国运用武力却没有坚持到底。　李牧（？～前228）：战国末年赵将，英勇善战，因功封武安君。后因赵王中秦反间计，被杀害。　洎：及，到。　牧以谗诛：据《史记·李牧传》："赵王迁七年，秦使王翦击赵，赵使李牧、司马尚御之。秦多与赵王宠臣郭开金，为反间，言李牧、司马尚欲反。赵王乃使赵葱及齐将颜聚代李牧，李牧不受命。赵使人微捕得李牧斩之，废司马尚。后三月，王翦因急击赵，大破杀赵葱，虏赵王迁及其将颜聚，遂灭赵。"

㉖且燕赵句：况且燕国和赵国处在秦国消灭诸侯国几乎完了的时候，可以说智谋力量处于孤弱危险的境地，战败而灭亡，实在是不得已的。　革灭：消灭，灭亡。　殆尽：几乎罄尽。殆：将近，几乎。

㉗向使三国句：假使先前韩、魏、楚三国各自爱惜他们的土地，齐人不要亲附秦国，刺客不去行刺，良将还活着。　向使：假使从前。　向：从前。　刺客：指荆轲。　良将：指赵将廉颇和李牧。

㉘这句的意思是：那么胜败的定数，生存与灭亡的道理，当和秦互相比较，或者是不容易度量的。

㉙呜呼句：唉！用贿赂秦国的土地分封给天下的谋臣，用侍奉秦国的诚心，有礼貌地对待天下才能出众的人。　礼：名词动用，指以礼相待。　奇才：亦作"奇材"。指才能非常之人，才能出众之人。

㉚这句的意思是：六国联合向西抗击秦国，那么我恐怕秦国人要吞并六国是咽不下去的。

㉛悲夫句：可悲啊！有这样的形势，却为秦人积聚的威力所胁迫。　夫：感叹语气词，用于句尾，表示感叹语气。　劫：威逼，胁迫。

㉜这句的意思是：一天天削弱一月月割让，以此趋向灭亡。

㉝为国者：治理国家的人。

㉞之之：前一个"之"为第三人称代词，作"他，他的"。后一个"之"为语助词，无义。

㉟苟以天下之大句：如果以统一天下的大国，向下效法六国破败灭亡的旧事，这是又在六国以下了。　苟：如果，假如。用以表示推测或希望。　故事：旧事，先例。

【集评】

明茅坤《唐宋八大家文钞》卷一百十三：一篇议论，由《战国策》纵人之说来，却能与《战国策》相伯仲，当与子由《六国论》并看。

清储欣《评注苏老泉集》卷一：谓此悲六国乎？非也。刘六符来求地，岁币顿增，五城十城之割，如水就下，直易易耳。借古伤今，淋漓深痛，文钞谓忽入正论，犹花似雾中看也。　又：此篇当与《几策·审敌》参看。

清徐乾学《古文渊鉴正集》卷四十七：稔悉情势，步步深入，归到大意，如千钧一发，壁垒皆新。升菴杨慎曰：六国纵约，特欲摈秦而已，曾不能出一师，以为秦患，故秦得以闭关避敌，养其全力者十五年，故能制胜而无弊。诸侯所以摈之，适所以成其王业耳。故老泉曰封谋臣，礼贤才，以并力西向，则臣恐秦人食之不得下咽也。仲默何景明曰：老泉论六国赂秦，其实借论宋赂契丹之事，而宋卒以此亡，可谓深谋先见之识矣。臣（高）士奇曰：赂秦必亡，理也。然韩、魏与秦最逼，齐、楚、燕、赵莫为之援，势不得不效地以自免，韩、魏亡而四国亦随之。小苏《六国论》尝及此意，茅坤谓两篇宜合看，良然。

清林云铭《古文析义》卷十四：林西仲曰：韩、魏、楚三国，与秦接壤，赵稍远而燕、齐尤远，以兵力较之，皆弱于秦。迨合纵之约既散，而秦挟远交近攻之策，肆其蚕食，则地之远近而祸之迟速分焉。割地所以求罢兵，所谓白刃在前，不顾流矢，非韩、魏、楚之行赂皆愚，而赵、燕、齐之不赂独智，易地则皆然也。厥后赂者先亡，而不赂者后灭。本以地之远近递及，非以赂不赂故分先后，亦自然之势也。但赂秦则国愈弱，其亡愈速，战国策士常言之。老泉此论，实为宋赂契丹，借来做个事鉴。以为宋有天下之大，与六国弱于秦不同，尤不待赂。其结穴全在篇末一段，感慨含蓄，坊本不解，皆以篇中思厥先祖父一段，谓全为宋人痛哭，似宋人亦曾割地赂契丹者。按幽蓟等十六州，乃五代石敬瑭所割，非自宋始。太宗高梁河战后，而契丹南侵，互相胜负，并未尝有赂之也。真宗咸平六年，契丹求关南地，因而有澶渊之役，时寇准劝帝亲征，欲击之使献幽蓟。值帝厌兵，许以银币三十万讲和，岁以为常。仁宗庆历二年，契丹又如前请，复使富弼增银币二十万，亦未尝以地赂之也。惟是岁币增至五十万，民力何堪？势必至于贫弱。老泉所言，行六国破亡故事者，指岁币也，且深惜澶渊之役，不从寇准邀击，故论《六国》，段段点出用兵，寓意最深。若神宗熙宁七年，从王安石言，割地界辽东西，失地七百里时，老泉已卒九年矣，于何知之？盖老泉卒于英宗治平之三年也，读史者庶不为坊评所惑乎！

清浦起龙《古文眉诠》卷六十三：赂字篇眼，紧粘后祸，为鉴警时也。若就六国言六国,不如次公中肯,而警时则此较激切。以地赂,以金缯赂,所赂不同而情势同,读之魄动。

清谢有煇《古文赏音》卷九:秦欲无厌,六国非不知之,然卒不能并力拒秦者,一曰偷安,一曰贪近利。偷安,则不能自强其政;贪近利,则互相残伐。自败其盟,以至力弱势涣,不得不析而入于秦,此赂秦之所由然也。追原祖宗得地之艰,而子孙视之不甚惜,真堪恸哭矣。文中感慨处,明为时事起见,盖自岁币日增,其究不至于割地不止。老泉能作《辨奸论》于安石未相之先,岂不将国家事势,熟筹于意中也。

清汪基辑《古文喈凤新编》卷七:齐、楚、燕、韩、赵、魏六国纵散而割地事秦,秦卒以次灭韩、赵、魏、楚、燕、齐。老泉借论,以慨时事。三晋亦以近秦先为所并。劈头以赂秦二字断定,下又于异中推言其同。韩先赂秦而先亡,魏、楚亦以地赂秦而亡,赵、燕、齐不赂秦而亦灭。赂不赂异,而破灭则同,故复设为问答以明之。宋当真、仁之间,虽未割地界辽,而银币皆出之于地,三十万不已,增至五十,不亦犹地之屡割无厌邪?老苏此论,伤今吊古,无限深情。读至末段,直欲唾壶击碎。

清乾隆三年敕编《唐宋文醇》卷三十四:宋仁宗增岁币于契丹,当时皆谓:契丹无厌之求,奚其可从?竭中国膏血,不足以为赂矣!于是志士扼腕耻之。洵作《几策·审敌》篇,极言当绝其使,勿与岁币,而《权书》内又作《六国》论,以先发其端焉。夫仁宗之所以为仁,而非小贤之所能测者,正在和契丹一事。伯宗曰:川泽纳汙,山薮藏疾,瑾瑜匿瑕,国君含垢,天之道也。仁宗之不忍斗其民,有大王之遗风矣。彼安知南渡偏安百数十年,中原之民无一日之忘宋者,乃仁宗深仁厚泽之所留遗哉!《审敌》篇不足录,此论六国事则确切不移,故存之。

清唐德宜《古文翼》卷七:以赂秦做主,而又补出不赂者以赂者丧,是非利害,了然如指诸掌。至其气雄笔健,段落紧密,尤自出人头地。篇末一结,若预烛南宋之主和,而深为奇慨,识更远到。

近人林纾评《嘉祐集》:观诸侯之割地赂秦,非谋诎智昏,出于不得已也,即不割亦未必不亡。老泉持论,不为无见。末数语,阴指契丹,特借题发挥耳。

近人高步瀛《唐宋文举要》甲编卷八:宋真宗景德元年,与契丹主(圣宗)为澶渊之盟,宋输辽岁币银十万两,绢二十万匹。仁宗庆历二年,契丹遣萧英刘六符至宋,求关南十县地。富弼再使契丹,卒定盟,加岁币银绢各十万两匹,且欲改称献或纳,弼皆不可。仁宗用晏殊议,竟以纳字许之,此宋赂契丹之事也。至于西夏亦复有赂。庆历三年,元昊上书请和,赐岁币绢十万匹,茶三万斤。见《宋史》真宗、仁宗本纪、寇准、曹利用、富弼等传及《续资治通鉴长编》。此虽非割地,然几与割地无异,故明允慨乎其言之也。

【鉴赏】

宋仁宗嘉祐二年,苏洵及其二子同年考取进士,因此苏洵给自己的文集定名《嘉祐集》。《六国论》是《嘉祐集》里《权书》十篇的第八篇,原题无"论"字,为后世选文者所增。据苏辙《历代论·引》里说:"予少而力学:先君,予师也;亡兄子瞻,予师友也。父兄之学皆以古今成败得失为议论之要,以为士生于世,治气养心,无恶于身,推是以施之人,不为苟生也。不幸不用,犹当以其所知著之翰墨,使人有闻焉"(《栾城后集》卷七)。可见三苏的文章是以史论为主的,而这篇《六国论》又是苏洵的代表作。

这篇文章写得笔力雄健,议论果决,主张鲜明,有如老吏断狱,斩钉截铁。文章开头一句便揭明全篇主旨:"六国破灭,非兵不利,战不善,弊在赂秦"。这十五个字真是一针见血,案断如山。六国被秦国灭掉了,原因在哪里? 不是由于武器不好,仗打得不好,毛病全出在割让土地贿赂秦国上。接着申说道:"赂秦而力亏,破灭之道也,"这句话进一步说明"赂秦"的害处在哪里。然后又提出敌论诘难说:"六国互丧,率赂秦耶?"立即写出驳论:"不赂者以赂者丧,盖失强援,不能独完,故曰弊在赂秦也。"这几个句文字不多,但是层层转折,最后又归到"弊在赂秦"上,逻辑严密,开合自如,无懈可击。进一步更对比六国不赂而战的损失与不战而赂的丧失,秦国攻占所得的土地与不战而得的土地,相差百倍! 于是得出结论说:"则秦之所大欲,诸侯之所大患,固不在战矣。"文章对于六国的情况逐一做了交代,用历史事实证明赂秦之非计和抗战者可以后亡的道理。文章最后指出只要六国当时能够团结一致抗秦，拿赂秦的土地封赏有功的谋臣良将，恐怕秦国的日子便不好过了。可惜的是六国被秦国的威势给震慑着了。主持国事的人千万不要被敌人的威势震慑住呀。

结尾处更明白指出，六国和秦都是诸侯之国，六国的国势比秦国弱，但还有可以不亡的办法。现在拿一个一统天下的国家，居然也走上六国赂秦的覆辙，那不是连六国都不如了吗？这一点正是苏洵立论的目的之所在——借六国的教训讽喻北宋王朝。

古人论史的文章，不一定是要做出历史的结论，有如现代的史学家对于历史事实，探讨其发展的规律那样，往往是有一得之见，能够言之成理，持之有故，论证严密，能够自圆其说就行。这篇文章立论的目的在于借古讽今，揭露六国赂秦以求苟安之非计，形象地写道："今日割五城，明日割十城，然后得一夕安寝。起视四周，而秦兵又至矣。"这样"日削月割"非得终至灭亡不可。用这一历史教训警告北宋王朝对邻国契丹和西夏采取绥靖妥协政策的不当。

北宋建国之初采用"先南后北"的战略，虽然统一了中国，但未能收复被石敬瑭割给契丹的燕云十六州。宋太宗两次征辽失利后，宋王朝从此便再也不敢兴师北伐了，因而契丹的铁骑经常蹂躏河东、河北地区。辽国对北宋采用和战两手，和便索地、索币、索茶、索绢，战便任意掠夺子女玉帛。北宋王朝既然不敢坚决抵抗，于是只好采取妥协的办法，以财赂敌，求得短期苟安。宋真宗景德元年（公元1004年），朝廷应允每年给契丹银十万两，绢二十万匹。宋仁宗庆历二年（公元1042年），契丹要求割地，结果又每年增给银十万两，绢十万匹。次年宋朝又应允每年赠给西夏银十万两，绢十万匹，茶叶三万斤。统治者任意压榨人民，"取之尽锱铢"，除供养王朝以及权贵以外，"花钱买苟安"，以维护自己的反动统治，他们认为这是聪明的办法。

苏洵的《六国论》把割地赂敌的得失利害，说得再清楚不过了，但是反动统治者并不理睬。苏洵的《权书》曾于嘉祐年间给欧阳修读过，并得到欧阳公的赏识，所以《权书》十篇在1056年左右已经写成，并已流传于世，可是在此以后，北宋王朝照样纳币割地希图苟安，而不知改弦更张。宋神宗八年（公元1075年），即苏洵逝世后九年，辽又胁宋割地，北宋王朝又割让河东七百里之地给辽国。苏洵有知，亦将含恨九泉，"愤王之不能一悟，俗之一改"焉。

项　籍①

【题解】

本文评述秦末农民起义军领袖项羽的成败得失。作者认为项羽有取天下之才,而无取天下之虑,故身经百战,最终死于垓下。作者认为项羽的失策主要在先救赵,而没先入秦,若急引军趋秦,据咸阳,制天下,则天下之势定矣。项羽由于救赵的牵制,使刘邦先入咸阳数月,秦人尽归汉,使天下之势在汉不在楚。作者以问答形式,回答能入秦乎?如救赵何?说明入秦易耳,入秦可一举解赵之围,而收功于秦也。作者引证历史上攻其必救之故事,说明项羽由失策而导致的失利、失败。行文大量排比,文章开头一段运用四组排比句:第一组是"……有取天下……,而无取天下……"。第二组是"不有所……,不可以……"。第三组是"……有所不……"。第四组是"其来……,其去……"。通过这四组排比句,形成一种难以阻挡的气势,增强文章的感染力。

【原文】

吾尝论项籍有取天下之才,而无取天下之虑②;曹操有取天下之虑,而无取天下之量③;刘备有取天下之量,而无取天下之才④。故三人者,终其身无成焉。且夫不有所弃,不可以得天下之势⑤;不有所忍,不可以尽天下之利⑥。是故地有所不取,城有所不攻,胜有所不就,败有所不避。其来不喜,其去不怒,肆天下之所为,而徐制其后,乃克有济⑦。

呜呼!项籍有百战百胜之才,而死于垓下,无惑焉⑧。吾于其战钜鹿也,见其虑之不长,量之不大,未尝不怪其死于垓下之晚也⑨。方籍之渡河,沛公始整兵向关⑩,籍于此时,若急引军趋秦,及其锋而用之,可以据咸阳,制天下⑪。不知出此,而区区与秦将争一旦之命⑫,既全钜鹿,而犹徘徊河南、新安间⑬,至函谷,则沛公入咸阳数月矣⑭。夫秦人既已安沛公而仇籍,则其势不得不强而臣⑮。故籍虽迁沛公汉中而卒都彭城⑯,使沛公得还定三秦⑰,则天下之势,在汉不在楚。楚虽百战百胜,尚何益哉⑱?故曰:兆垓下之死者,钜鹿之战也⑲。

或曰:虽然,籍必能入秦乎?曰:项梁死,章邯谓楚不足虑⑳,故移兵伐赵,有轻楚心㉑,而良将劲兵,尽在钜鹿。籍诚能以必死之士,击其轻敌寡弱之师,入之易耳㉒。且亡秦之守关,与沛公之守,善否可知也㉓。沛公之攻关,与籍之攻,善否又可知也。以秦之守,而沛公攻入之,沛公之守,而籍攻入之,然则亡秦之守,籍不能入哉？

或曰：秦可入矣，如救赵何㉔？曰：虎方捕鹿，羆据其穴，搏其子㉕，虎安得不置鹿而返㉖？返则碎于羆明矣㉗。军志所谓攻其必救也㉘。使籍入关，王离、涉间必释赵自救㉙，籍据关逆击其前，赵与诸侯救者十余壁蹑其后，覆之必矣㉚。是籍一举解赵之围，而收功于秦也㉛。战国时，魏伐赵，齐救之，田忌引兵疾走大梁，因存赵而破魏㉜。彼宋义号知兵，殊不达此，屯安阳不进，而曰待秦敝㉝。吾恐秦未敝，而沛公先据关矣，籍与义俱失焉。

是故古之取天下者，常先图所守㉞。诸葛孔明弃荆州而就西蜀，吾知其无能为也㉟。且彼未尝见大险也，彼以为剑门者，可以不亡也㊱。吾尝观蜀之险，其守不可出，其出不可继，兢兢而自完，犹且不给，而何足以制中原哉㊲？若夫秦、汉之故都，沃土千里，洪河大山，真可以控天下，又乌事夫不可以措足如剑门者，而后曰险哉㊳？

今夫富人，必居四通五达之都，使其财布出于天下，然后可以收天下之利㊴。有小丈夫者，得一金，椟而藏诸家，拒户而守之㊵。呜呼！是求不失也，非求富也。大盗至，劫而取之，又焉知其果不失也㊶？

【注释】

①项籍：本文是作者军事理论著作《权书》的第九篇，论项羽因失策而导致失败。项籍（前232~前202）：字羽，秦末下相（江苏省宿迁市西）人。从叔父项梁起义。项梁死后，秦将章邯围赵，楚怀王任宋义为上将军，任他为次将，率军救赵。宋义逗留四十六日不进，他杀死宋义，率军救赵，在巨鹿之战中摧毁秦军主力。秦亡后，自立为西楚霸王，并大封诸侯王。在楚汉战争中被刘邦击败，自杀。

②吾尝论项籍句：我曾经议论项羽有夺取天下的才能，却没有夺取天下的计谋。　而：转折连词，犹却，然而。　虑：思考，谋划。

③曹操（155~220）：字孟德，谯（今安徽亳县）人。东汉末年，在镇压黄巾起义中，逐步扩充军事力量。建安十三年，位至宰相。曹丕称帝后，追尊为武帝。量：气度，气量。

④刘备（161~223）：字玄德，涿县（今属河北涿州市）人。东汉远支皇族。在军阀混战中扩充实力，于建安十三年（公元208年），联合孙权，大败曹操于赤壁，占领荆州，夺得益州和汉中。公元221年称帝，国号汉。历史上亦称作蜀汉。

⑤且夫不有所弃句：况且不有所抛弃，就不能得到天下的有利形势。　且夫：犹况且。　有所：古代汉语中的习惯句式。"所"是特殊指示代词，与"有"连用，意思是"有……的"。

⑥忍：忍耐，容忍。　尽：全部得到。

⑦其来不喜句：他来了不欢喜，他离去不愤怒，放纵天下人的作为，然后在他的后面慢慢地制服，就能够有所成就。　肆：不受拘束，纵恣，放肆。　徐：缓慢，迟缓。　制：约束，控制。　克：能够。　济：成功，成就。

⑧呜呼句：唉！项羽有百战百胜的才能，却死在垓下，没有什么疑惑的。

垓下:在今安徽省灵璧县东南。项羽从这里突围到乌江(今安徽和县东北),自杀。

⑨吾于其战句:我对于他在钜鹿的作战,看到他思考问题不长远,气量不够大,没有不怪他死在垓下已经晚了。　　钜鹿:在今河北省平乡县。当时为赵国都城。时秦将章邯围钜鹿,楚怀王派宋义、项羽率军救助,宋义至安阳不进,项羽杀宋义率军渡漳水救助赵国。在巨鹿打败秦军主力。　　未尝:未曾。

⑩方籍之渡河:当项羽率军渡过漳水,沛公开始整顿军队向函谷关进发。河:指漳水,亦称漳河,在巨鹿南,今湮。　　沛公:指刘邦,因刘邦起兵于沛(今江苏沛县),故称沛公。　　关:指函谷关,在河南省灵宝市西南。

⑪籍于此时句:项羽在这时,如果赶紧率军奔赴秦地,趁着他们军队的旺盛士气来利用他们,可以占据咸阳控制天下。　　若:如果。　　引军:率领军队。趋:奔赴,投身。　　及:介词。乘,趁。　　咸阳:在今陕西西安市长安区西。当时为秦的都城。

⑫不知出此句:不知道从这想办法,却微不足道地和秦的将领争夺一天的生命。　　区区:小,少。形容微不足道。　　一旦:一天之间。

⑬而:然而,却。　　犹:尚且,还。　　新安:今河南省渑池县东。

⑭则:连词。犹原来,早已。

⑮夫秦人句:秦国人既然已经被刘邦安抚,就仇视项羽,那么他势必不得不勉强臣服。

⑯这句的意思是:所以项羽虽然将沛公迁移到汉中,终于选择彭城为都城。

⑰使沛公得还定三秦:使沛公得以回军安定三秦之地。　　三秦:项羽分关中地为三,封章邯为雍王,辖咸阳以西之地;封司马欣为塞王,辖咸阳以东至黄河之地;封董翳为翟王,辖上郡之地。三地统称为三秦。

⑱尚何益哉:还有什么好处呢?

⑲兆:预示。

⑳项梁死句:项梁死后,章邯认为楚军不值得忧虑。　　项梁(?～前208):下相(今江苏宿迁西南)人,秦末农民起义军领袖。陈胜起义后,他与项羽在吴起义,有兵八千人,自号武信君。因轻敌而战死在定陶。　　章邯(?～前205):秦将,任少府,率军镇压秦末农民起义军,后在巨鹿被项羽打败,投降,封为雍王。楚汉战争中兵败自杀。

㉑移兵:调动军队。　　轻:轻视。意动用法。认为轻。

㉒这句的意思是:项羽确实能以抱定必死决心的战士,攻击那轻视敌人而又少又弱的军队。攻入秦国是很容易的。

㉓这句的意思是:况且趋于灭亡的秦国把守函谷关,与沛公的把守函谷关,谁守得好与守不好是可以知道的。

㉔如救赵何:"如……何"是古代汉语中的习惯句式,意即"对……怎么办?"

㉕虎方捕鹿句:老虎正在捕捉鹿,马熊占据老虎的洞穴,捕捉它的小老虎。罴:熊的一种,体大,毛棕褐色,能爬树和游泳。也叫马熊、人熊。　　搏:扑上去

抓。

　　㉖虎安得不置鹿而返：老虎怎么能不放下鹿而回来呢？　　安：怎么，岂。
置：搁置，放下。

　　㉗返则碎于罴明矣：回来就被马熊撕碎，这是很明白的。　　于：被。

　　㉘军志所谓攻其必救也：兵书所说的攻打它一定要救助的。　　军志：记载军
事的著作。《孙子·虚实篇》："故我欲战，敌虽高垒深沟不得不与我战者，攻其所
必救也。"

　　㉙使籍入关句：假使项羽入函谷关，王离、涉间一定放开赵国救助自己的国都。
王离、涉间：围攻赵都钜鹿的秦将。

　　㉚籍据关逆击句：项羽据守函谷关迎击在秦军的前面，赵国与救赵的诸侯军十
几个营垒的军队追赶在秦军的后面，秦军的灭亡是注定的。　　逆击：迎击。
壁：军垒。　　蹑：追随。覆：覆灭，灭亡。

　　㉛是籍一举句：这是项羽一次行动解除了对赵国的围困，对于秦国又取得大的
胜利。　　一举：谓一次行动。　　收功：取得成功。

　　㉜战国时句：战国时期，魏国进攻赵国，齐国去救赵国，齐将田忌率军急速跑向
魏国大梁，于是保存住赵国又打败了魏国。　　魏、赵、齐：均为战国时期的强国。

田忌：战国时齐将，又作田期、田期思。曾率军在桂陵（今河南长垣西北）、马陵
（今山东莘县西南）大败魏军。因与齐相邹忌不和，出奔楚。　　大梁：魏国都城，
在今河南开封市西北。魏惠王三十一年（前339年），自安邑（今山西夏县西北）迁
都于此。

　　㉝彼宋义号知兵句：那个宋义号称懂得兵法，极不懂得这些，驻扎在安阳不进
军，却说等待秦军疲敝。　　宋义：楚怀王手下将领。项梁立楚怀王的孙子名心的
为楚怀王。项梁死后，秦将章邯围赵都钜鹿，楚怀王命宋义为将，率军救赵。他驻
扎安阳不进军，项羽问他，他说：今秦攻赵，战胜则兵疲惫，我趁他疲惫时进攻；战不
胜，我引兵进攻，一定击破秦军。不如让秦赵先斗。项羽说：以秦兵的强，攻新造的
赵国，他势必打破赵国。赵国打破了，秦兵更强。有什么疲惫可趁。于是项羽斩宋
义头。　　号：号称。殊：副词。甚，极。

　　㉞常先图所守：常常要先考虑他所把守的地方。　　图：考虑，计议。

　　㉟诸葛孔明句：诸葛亮放弃荆州到西蜀去，我知道他不能有什么作为。　　诸
葛孔明（181~234）：即诸葛亮，字孔明，琅琊阳都（今山东沂南南）人。东汉末，隐居
邓县隆中（今湖北襄阳西），刘备三顾茅庐，请他出为军师，辅佐刘备建立西蜀政权，
任宰相。　　荆州：汉武帝所设十三刺史部之一，辖境约今湖北、湖南及河南、贵
州、广东、广西的一部。东汉治所在汉寿（今湖南常德市东北）。三国时荆州处三国
接壤地带，兵争激烈。刘表为荆州刺史，治襄阳。刘备占领荆州，治南郡，今湖北江
陵县。　　西蜀：四川。

　　㊱剑门：位于四川剑阁县北，地势险峻。

　　㊲兢兢而自完句：战战兢兢地想自我保全，尚且不能够供给，又怎么能够控制

中原呢？　　兢兢：小心谨慎貌。　　自完：自己保全。　　犹且：尚且。　　给：供给,供养。　　足以：完全可以,够得上。

㊳若夫秦汉句：像那秦、汉的旧都,有千里之广的肥沃土地,有大河大山,真正可以控制天下,又哪里用治理那不可以立脚的像剑门的地方,然后还说是险要啊。

洪河：大河。　　乌：疑问副词。犹何,哪里。　　措足：立足,置身。

㊴这句的意思是：现在的富人,一定居住在交通便利的都市,使他的财富流通到天下,然后可以收取天下的利益。

㊵有小丈夫句：有一个小丈夫,得到一块金子,用匣子装起来藏在家中,关起门来把守它。　　椟：匣子。用如动词,用匣子装。　　诸：文言句中,代词"之"和介词"于"连用的合音字。拒：关闭。　　户：单扇门。

㊶焉知：哪里知道。　　果：确实,真的。

【集评】

明茅坤《唐宋八大家文钞》卷一百十三：苏氏父子往往按事后成败立说。而非其至。然其文特雄,近《战国策》。

清储欣《评注苏老泉集》卷一：似非论项籍也,特借籍以明取天下者,当先图所守。而关中之守之可恃,以为固耳,然而知其意者,鲜矣。富贵思故乡,乌江谢亭长,其为人何如耶？吾固曰：项籍有取天下之才,而无取天下之志。

近人林纾评《嘉祐集》：论项籍宜舍赵而取关中,固是快论,然赵亡则秦之士气益壮,诸侯尤胆慑,万不能蹑章氏之后。项籍悬军深入,成败未可知也。至论武侯之弃荆州而取蜀,言固有理,势则不然。荆州四战之地,吴魏分据南北,不易守也。隆中一对,已预言其不可,非临时弃之。至论蜀中,守不可出,出不可继,诚为确论。

近人高步瀛《唐宋文举要》甲编卷八：汪曰：只就客设譬喻,结案不说客,正意不更归到主,作法奇变。

【鉴赏】

《项籍》是苏洵《权书》第九篇。项籍即项羽,楚国贵族出身。秦二世元年(前209年),随叔父项梁起兵反秦。项梁与秦将章邯大战于定陶,兵败身死。"章邯已破项梁军,则以为楚地兵不足忧,乃渡河击赵,大破之",又追围钜鹿(《史记·项羽本纪》)。楚怀王"乃以宋义为上将军,项羽为次将,范增为末将,北救赵。令沛公西略地人关。与诸将约：先入定关中者王之"(《史记·高祖本纪》)。宋义军行至安阳(山东曹县),屯兵不进,"项羽曰：'……疾引兵渡河,楚击其外,赵应其内,破秦必矣。'宋义曰：'不然……今秦攻赵,战胜则兵罢,我承其敝,不胜则我引兵鼓行而西,必举秦矣……'"项羽杀宋义,自为上将军,"威震楚国,名闻诸侯",引兵渡河,破釜沉舟,战斗中"楚战士无不以一当十",而"诸侯军救钜鹿者十余壁……皆从壁上观"。已破秦军,"项羽召见诸侯将,入辕门,无不膝行而前,莫敢仰视。项羽由是始为诸侯上将军,诸侯皆属焉"(《项羽本纪》)。钜鹿一战建立了他在诸侯中的霸主地位。项羽引兵而西,过新安,坑杀秦降兵二十余万。至函谷关,方知沛公刘邦已破咸阳。刘邦入关后"秋毫不敢有所近",与秦父老约法三章,秦人大喜,唯恐沛公不为秦王。项羽入关后屠咸阳,烧秦宫室,所过无不残破,秦人大失望。关中阻山河四塞,地肥饶,据此可以制天下,有人建议项羽都于此,但他见秦宫已烧,又心思东归,便自立为西楚霸王,都彭城(徐州)。又怕刘邦据关中会取得天下,不封刘邦在关中则怕负约(先入定关中者王之)而天下叛,于是以"巴蜀亦关中地也"为说辞,封刘邦为汉王,王巴、蜀、汉中,又三分秦地为雍、塞、翟,分封秦降将章邯、司马欣、董翳,"以距塞汉王"。但不久刘邦就出汉中,击败章邯等三人,定关中,并东下与项羽争天下,经过数年的楚汉战争,项羽终于被重围于垓下(今安徽灵璧南),拔剑自刎。这就是本文所评论的基本史实。

文章开篇突兀而起,发为宏大之论:"吾尝论项籍有取天下之才,而无取天下之虑;曹操有取天下之虑,而无取天下之量;刘备有取天下之量,而无取天下之才。故三人者,终其身无成焉。"张方平论苏洵文"如大云之出于山""如大川之滔滔"(《文安先生墓表》),正指这种廓大莫测的议论,和一泻千里的气势。文章中心是论项羽有"才"(作战才能)无"虑"(战略眼光),却拉出曹操、刘备作陪衬,造成强大的声势,并推出:"才","虑""量"三字,作为评价天下英雄的标准,为全文立起纲目。其中"虑"又是全文的议论中心。接着,文章就"虑"与"量"铺开议论:"不有所弃,不可以得天下之势;不有所忍,不可以尽天下之利"。"弃"与"忍"是量,量是为"得天下之势","尽天下之利"之虑服务的。凡有悖于得天下之大势大利的利应"弃":"地有所不取,城有所不攻,胜有所不就,败有所不避"。凡有悖于大势大利之举应"忍":"其来不喜,其去不怒",不以有所增益而喜,也不以有所损亡而怒。而以取天下之大虑大量静观天下纷争,谋定而后动,后发制人,才能成就大事。

以上发为虚论,这虚论正为以下实论张目。文章先声后实,使论事顺理而成章。

"呜呼!"一叹而转入实论。"项籍有百战百胜之才,而死于垓下,无惑焉(没有什么不可理解的)",这是前人未发之论。"吾于其战于钜鹿也,见其虑之不长,量之不大,未尝不怪其死于垓下之晚也。"紧扣"虑""量"二字发论,语更惊人。自古论钜鹿之战,无不盛称项羽为英雄,论垓下之围,则为之发出英雄末路之叹。苏洵将这些一笔扫倒,出人意表,读者不能不急切读下去,以索其解。从"方籍之渡河"至"楚虽百战百胜,尚何益哉",具体论项羽之无虑:不知直趋秦京,占据天下有利形势,"而区区与秦将争一旦之命",而使沛公先入关,此其一。既入关,又东归建都彭城,尽管迁沛公于汉中,仍"使沛公得还定三秦",此其二。至此,"则天下之势,在汉不在楚",尽管百战百胜,仍难免于垓下之死。

这就是苏洵的"项籍论"。但其论说是否已经圆满通达、无隙可乘呢?于是作者荡开笔锋,一辩再辩,使文章波浪叠起,层层深入。一辩:"籍必能入秦乎?"先从形势论:"以必死之士,击其轻敌寡弱之师,入之易耳。"再从逻辑推:沛公攻秦关入之,项羽攻沛公关入之,"然则亡秦之守,籍不能入哉!"论证果断有力,无可辩驳。再辩:"秦可入矣,如救赵何?"先譬喻明理:"虎方捕鹿,罴据其穴搏其子,虎安得不置鹿而返?返则碎于罴明矣。"这就是兵书上讲的"攻其必救"(见《孙子兵法·虚实篇》)。接着据理论事:如果项羽入关,则围赵的秦将王离、涉间"必释赵自救",项羽与诸侯乘势夹击,必能覆灭秦军,赵自然得救。再引史为证:战国时田忌用孙膑之计,围魏救赵,一举而存赵破魏(事见《史记·孙子列传》)。田忌、项羽一样救赵,田忌围魏为得计,项羽不知趋秦是失策。项羽破釜沉舟与宋义坐待秦敝一样,贻误入关良机,文章的评断是:"籍与义俱失焉。"

文章至此,论项羽已完,似该收束了,却又突然撒开,推出诸葛亮,另出一番议论,另起一种境界。笔法奇变。"是故古之取天下者,常先图所守。诸葛孔明弃荆州而就西蜀,吾知其无能为也。"先图所守即先建立根据地。建安十六年,益州牧刘璋迎刘备使攻张鲁,刘备乘势攻刘璋取成都并都于此。北魏时有个叫崔浩的人曾论此事说:"……弃荆州,退入巴蜀,守穷崎岖之地,僭号边夷之间,此策之下者……"(见《北史·魏修之传》),苏洵认为这是"先图所守"造成的战略失误。然后以蜀之险与秦之大险比较,论"先图所守"则不可得天下之势;以"居四通五达之都"的富人与拒户守金的小丈夫比,喻"先图所守"则不可以尽天下之利,终将失其

国学经典文库

唐宋八大家散文鉴赏

苏洵卷

所守。这一段借诸葛论刘备,指出他"终其身无成"的原因,回应开头。关于最后一段,《唐宋文举要》引汪武曹评说:"只就客设譬喻结案,不说客,正意不更归到主,作法奇变。"《古文辞类纂》引刘海峰评:"作结更不回顾,烟波渺茫"。今人也赞其结得潇洒。所评是否切当?读者不妨自为新说。

　　本文的艺术特色,一是以气取胜,大量使用排比,造成磅礴的雄辩气势,有荀子文章气概;二是针线细密,才、虑、量、弃与忍、势与利,构成一个理论系统,总归于一个"虑"字,全篇文字,或明或暗,无一处不紧扣"虑"字阐发,如人体脉络,布于全身又总归于一;三是开合变化,波澜迭起,文章一层波澜,论证一层深入,直待圆满通达而后已。文中评人论事的观点,今人未必完全同意,但老苏文笔精锐,论证周全,使欲驳者无处下笔。

高　祖①

国学经典文库

唐宋八大家散文鉴赏

苏洵卷

【题解】

本文赞叹汉高祖刘邦的深谋远虑和远见卓识。作者采用欲扬先抑的手法，说他："挟数用术以制一时之利害，不如陈平；揣摩天下之势，举指摇目以劫制项羽，不如张良。"甚至讥讽他"乃木强之人"，将刘邦一贬到底。然后笔锋一转，推出作者的论点"高帝之智，明于大而暗于小"，文章开始从抑转为扬。作者从两方面描写刘邦的深谋远虑。首先，他预知有吕氏之祸，但却不铲除吕后，利用吕后的特殊地位，以辅佐幼子而制天下，并安排周勃为太尉，以控制吕氏。其次，高祖为削吕氏之党权，命杀樊哙。樊哙帮助高祖争夺天下立下大功，并在鸿门宴上救出刘邦，仅因他娶吕后妹为妻，刘邦恐其为祸而找借口斩杀他。但罪状未显露，真假不可知，况且高帝不会因一女子斩杀功臣，这就暗示出高祖杀樊哙有政治目的，是为铲除吕氏一党之强将，以摧毁吕氏祸乱的中坚力量。作者只列举高祖于病危时安排周勃为太尉和杀樊哙这两件事，可看出高祖忧之远及虑之深也。

【原文】

汉高帝挟数用术，以制一时之利害，不如陈平②；揣摩天下之势，举指摇目以劫制项羽，不如张良③。微此二人，则天下不归汉④，而高帝乃木强之人而止耳⑤。然天下已定，后世子孙之计，陈平、张良智之所不及，则高帝常先为之规画处置，以中后世之所为，晓然如目见其事而为之者⑥。盖高帝之智，明于大而暗于小，至于此而后见也⑦。

帝尝语吕后曰⑧："周勃厚重少文，然安刘氏，必勃也，可令为太尉⑨。"方是时，刘氏既安矣，勃又将谁安耶⑩？故吾之意曰：高帝之以太尉属勃也，知有吕氏之祸也⑪。

虽然，其不去吕后，何也？势不可也。昔者武王没，成王幼，而三监叛⑫。帝意百岁后，将相大臣及诸侯王有武庚禄父者，而无有以制之也⑬。独计以为家有主母，而豪奴悍婢不敢与弱子抗⑭。吕后佐帝定天下，为大臣素所畏服，独此可以镇压其邪心，以待嗣子之壮⑮。故不去吕后者，为惠帝计也⑯。

吕后既不可去，做削其党以损其权，使虽有变而天下不摇⑰。是故以樊哙之功，一旦遂欲斩之而无疑⑱。呜呼！彼岂独于哙不仁耶⑲？且哙与帝偕起，拔城陷阵，功不为少矣⑳。方亚父嗾项庄时㉑，微哙诮让羽，则汉之为汉，未可知也㉒。一旦人有恶哙欲灭戚氏者,时哙出伐燕,立命平、勃即军中斩之㉓。夫哙之罪未形也,恶之者诚伪未必也㉔。且高帝之不以一女子斩天下之功臣亦明矣㉕。彼其婆于吕氏,吕氏之族,若产、禄辈皆庸才,不足恤㉖。独哙豪健,诸将所不能制,后世之患,无大于此矣㉗。

夫高帝之视吕后也,犹医者之视堇也,使其毒可以治病,而无至于杀人而已矣㉘。樊哙死,则吕氏之毒将不至于杀人,高帝以为是足以死而无忧矣㉙。彼平、勃者,遗其忧者也㉚。哙之死于惠之六年也,天也㉛。彼其尚在,则吕禄不可绐,太尉不得入北军矣㉜。

或谓哙于帝最亲,使之尚在,未必与产、禄叛。夫韩信、黥布、卢绾㉝,皆南面称孤,而绾又最为亲幸㉞,然及高祖之未崩也,皆相继以逆诛㉟。谁谓百岁之后,椎埋屠狗之人,见其亲戚乘势为帝王而不欣然从之耶㊱?吾故曰:彼平、勃者,遗其忧者也。

【注释】

①高祖:一作《高帝》。为作者军事理论著作《权书》的第十篇,说明汉高祖有取天下之虑,与项羽形成鲜明对比。高祖:尊号太祖高皇帝,故称高帝。即刘邦(前256～前195),字季,沛县(今江苏)人。在秦末农民起义中,起兵于沛。在楚汉战争中与项羽争夺天下,后击败项羽,称帝。

②汉高祖挟数句:汉高祖持有策略运用权术,以控制有利时机的利害关系,不如陈平。　　挟:握持,操持。引申为持有。　　数、术:策略,计谋,权术。　　一时:谓难得的时机或时刻。　　陈平(?～前178):汉初阳武(今河南原阳东南)人。陈胜起义,他投魏王咎,为太仆。后从项羽入关,任都尉。又归刘邦,任护军中尉。为刘邦谋士,多次用计使刘邦趋利避害。汉朝建立,封曲逆侯。惠帝、吕后时任宰相。吕后死,与周勃定计,诛杀诸吕,迎立文帝,任宰相。

③揣摩天下句:研究天下的形势,举手指挥,摇目策划,用威力控制项羽,不如张良。　　揣摩:揣度,研究。　　劫制:用威力控制。　　项羽(前232～前202):名籍,下相(今江苏宿迁西南)人。秦末农民起义军领袖,与叔父项梁在吴(今江苏苏州)起义。在楚汉战争中与刘邦争夺天下,兵败自杀。　　张良(?～前186):字子房,传为城父(今安徽亳县东南)人。汉初大臣。在楚汉战争中为刘邦出谋划策,多被刘邦采纳。汉朝建立,封留侯。

④微:假如没有。　　则:连词。犹就,那么。

⑤木强:质直刚强。　　止:停止,终止。

⑥则高帝常先为句:高帝常常先替他们筹划安排,以符合他的后代的所作所为,明白的程度就如同眼睛看见这个事的发展,而进行筹划处理的。　　规画:筹划,谋划。　　处置:安排,处理。中:符合。　　晓然:明白貌。　　为之:第一个"为之"中的"之"作第三人称代词,他们,指后世子孙;第二个"为之"中的"之"作指示代词,这,指规划处置。

⑦盖高帝之智句:大概高帝的智慧,对于大事明白,对于小事不明白。到了这里方才显现出来。　　盖:连词。连接上一段话,表示原因。　　暗:愚昧,不明白。　　见:显现。

⑧尝:曾经。　　吕后(前241~前180):汉高祖皇后。名雉,字娥姁。曾辅佐刘邦争夺天下,其子惠帝即位,由她执掌朝政。惠帝死后,分封诸吕为王侯,控制政局。执政十六年。

⑨周勃厚重少文句:周勃敦厚持重缺少文采,然而安定刘姓的,一定是周勃,可以让他做太尉。　　周勃(?~前169):沛县(今属江苏)人。秦末从刘邦起义,以军功为将军,封绛侯。吕后死后,他与陈平定计,诛杀诸吕,迎立文帝,任右宰相。
厚重:敦厚持重。　　太尉:官名,为三公之一,掌军权。

⑩方是时句:在这个时候,刘姓已经安定下来,周勃又将要安定谁呢?　　方:介词。当,在。　　将谁安耶:疑问句中,疑问代词"谁"作宾语要前置。即"将安谁耶"。

⑪属:委托;嘱咐。　　吕氏之祸:刘邦死后,吕后辅佐惠帝,掌握政权,用侄吕产、吕禄掌握南北军大权,实移刘姓政权归吕姓,故称"吕氏之祸"。

⑫昔者武王没句:从前周武王死了,成王年幼,三监之地发生叛乱。　　武王:即周武王,西周王朝的建立者,姬姓,名发。　　成王:即周成王,名通。其父周武王死时,他年幼,由叔父周公旦摄政。后周公归政于他。　　三监叛:周武王灭商后,将商旧都封给商纣王子武庚,以继殷祀,又分商地为三:殷都以北为邶国,封武王弟霍叔;殷以东为卫国,封武王弟管叔;一殷以西为鄘国,封武王弟蔡叔。令三个弟弟监视武庚,称为三监。周武王死后,武庚乘机联合三监反周。

⑬帝意百岁后句:高帝的意思是,自己死后,将相大臣和诸侯王有像武庚那样的人,却没有什么可以制裁他们的。　　百岁:死的讳称。　　武庚禄父:商纣王的儿子,名武庚,字禄父。周武王灭商后,封他为殷君,以继殷祀。武王去世,他乘机勾结三监叛周,被周公平定,他也被杀。

⑭这句的意思是:独自考虑,认为家里有主母,就是强横的奴才和凶悍的婢女也不敢与弱小的主子抗争。

⑮吕后佐帝句:吕后辅佐高帝平定天下,被大臣们平时所惧怕,唯独这样可以镇压他们的邪恶念头,以等待嗣子的壮大。　　为:被。　　独:副词。仅仅,唯独。　　嗣(子):古代指帝王或诸侯正妻所生的长子。

⑯惠帝:即汉惠帝刘盈。前194~前188年在位。在位期间由母后吕雉掌权。　　计:计虑,考虑。

⑰这句的意思是:吕后既然不可以除掉,所以削弱她的党羽以减少她的权力,使得虽然有变乱发生而天下不动摇。

⑱是故以樊哙句:因此以樊哙的功劳,有朝一日竟然想杀掉他就不迟疑。
是故:连词。因此,所以。　　一旦:有朝一日。　　遂:副词。终于,竟然。　　疑:迟疑,犹豫。

⑲彼岂独于哙不仁耶:他难道仅仅对樊哙不仁慈吗?

⑳偕:共同。

㉑方亚父嗾项庄:当范增在鸿门宴上指使项庄舞剑斩杀刘邦时。亚父:即范增(前277~前204),项羽谋士,居郾(今安徽桐城南)人。初属项梁,后属项羽,被尊为亚父。他屡劝项羽杀刘邦,项羽不听。后项羽中反间计而疏远他,他愤而离去。嗾:嗾使,指使。项庄:项羽军中武士,善舞剑。据《史记·项羽本纪》:"范增起,出,召项庄,谓曰:'君王为人不忍,若(汝)入前为寿,寿毕,请以剑舞,因击沛公于坐,杀之。'"

㉒微哙诮让羽句:假如没有樊哙责问项羽,那么汉朝之所以成为汉朝,不可以知道。诮让:责问。

㉓恶:诽谤,中伤。戚氏:戚夫人为汉高祖妃,生子如意,封赵王。因与吕后争立太子,被吕后嫉恨。高祖死,吕后将她斩去四肢,剜眼熏耳,饮以哑药,置于厕中,称为"人彘"。即斩之:立即在军营中斩杀她。

㉔形:显示,流露。必:肯定,断定。

㉕以:介词。表示原因。明:明显。

㉖彼其娶于吕氏句:他从吕氏族内娶妻,吕氏族内,像吕产、吕禄这些人都是才能平庸的人,不值得忧虑。于:介词。从。产:即吕产,吕后侄,吕后掌权时,掌南军军权。禄:即吕禄,吕后侄,吕后掌权时,掌北军军权。恤:忧虑。

㉗这句的意思是:只有樊哙势力强大,诸将所不能够制服,后世的祸患,没有比这更大的了。

㉘夫高帝之视句:高帝看待吕后,就像医生看待乌头一样,使它的毒可以治病而不至于杀人罢了。堇:药名,即乌头,有毒。而已矣:语气词连用。犹罢了。

㉙这句的意思是:樊哙死后,那么吕氏的毒害将不至于杀人,高帝认为这样,足以使他死后而没有担忧的了。

㉚遗其忧者也:遗留高帝忧患的人。其:第三人称代词,指高帝。

㉛天也:天意啊。

㉜绐:欺骗。入北军:吕后掌权,兵权掌握在其侄吕产、吕禄手中,太尉周勃无兵权。吕后死,周勃、陈平设计胁迫郦寄骗吕禄交出将印,归赵做王。吕禄交出将印,太尉周勃得以入北军。

㉝韩信(?~前196):淮阴(今江苏清江西南)人。初属项羽,后归刘邦,被任为大将。在楚汉战争中多次立功,被刘邦封为齐王。汉朝建立,改封楚王,后降为淮阴侯,被吕后所杀。黥布(?~前195):即英布,因坐法黥面,输骊山,故又称黥布。初属项羽,后归刘邦,封淮南王。汉初,举兵反,被杀。卢绾(前247~前193):丰(今属江苏)人。随刘邦起义于沛,为将军,官太尉,封燕王。汉初,举兵叛,逃往匈奴,后死于匈奴。

㉞皆南面称孤句:都坐北面南而坐称王,而卢绾又最受宠幸。南面:古代

坐北朝南为尊位,故用以指居帝王或诸侯、卿大夫之位。　　称孤:称王,称帝。

㉟崩:古代称帝王、皇后之死。　　以逆诛:因为叛逆被诛杀。

㊱谁谓百岁之后句:难道说高祖死后,盗墓杀狗这些人,看见他的亲戚乘机得势做皇帝,却不高兴地跟从吗?　　谁:副词。表示反问,相当于"难道""哪"。

椎埋:盗墓。　　欣然:喜悦貌。

【集评】

宋吕祖谦《古文关键》卷下:此篇须看抑扬反复,过接处,将无作有,以虚为实。

宋谢枋得《文章轨范》卷三:此论因高祖命平、勃,即军中斩樊哙事有所见,遂作一段文字。知有吕氏之祸,而用周勃,不去吕后,二事皆是穷思竭虑,刻苦作文,非浅学所到,必熟读暗记,方知其好。　　又:此篇以高帝命平、勃,即军中斩樊哙一事,立一篇议论。斩樊哙如一篇题目,命周勃为太尉一事,如论之原题。高帝不去吕后者,正为惠帝计。斩樊哙可以去吕氏之党,制吕氏之变,论之主意。

明茅坤《唐宋八大家文钞》卷一百十三:虽非当汉成败确论,而行文却自纵横可爱。

清储欣《评注苏老泉集》卷一:唐荆川曰:高帝死而吕后独任陈平,未必不由不斩哙一著。且哙不死,其助禄、产之叛亦未必。观其谯羽鸿门与排闼而谏,哙亦似有气岸而能守正者,岂可以屠狗之雄而遽逆其诈哉?苏氏父子兄弟,往往以事后成败,摭拾人得失,类如此。用吕氏以制天下,用周勃以制吕氏之祸而安刘。揣摩高帝之智,可八九中矣。规画区处,莫若用勃,而以平佐之。公却不循成说,实以斩哙一节,此犹高帝所或然者,独谓哙必与禄、产叛,为已甚耳!扬之而在云,抑之而在渊,文人胸中之奇不可禁御如此,亦克畏也哉!

清林云铭《古文析义》卷十四:林西仲曰:此论全为汉高欲斩樊哙一节,推其为吕后之党。评者以为深文,按哙以吕媭为妇,其与高帝最亲者,亦以吕后故耳。高帝晏驾,则惟吕后之言是用,诚何待论?观吕媭闻吕禄弃军,怒而弃珠玉宝器于堂下,则哙不死,助产、禄等,亦何待论?况帝既命平、勃斩哙,而平、勃畏吕后,械哙以归,而吕后赦之。其怨帝而德吕后,又情所必至者。老泉所云吕禄不可给数语,皆不易之论也。但惠帝不早崩,吕后未必临朝称制,致危刘氏。高帝虽有明识,能料生,岂能料死?乃执安刘氏一语,遂以为知吕氏之祸,复以不去吕氏,为镇压诸侯王之计。不思当时诸侯王如信、越、豨、布等六七公,尽就诛灭,原无武庚禄父之患,而惠帝年登十七,亦非幼冲,何资镇压?且前此易储之举,万一留侯不为画策,四皓不就征招,则赵王必立,时尚不及十龄,资谁镇压耶?愚谓高帝必不知有吕氏之祸;若知之,未有不去之者。周勃安刘氏一语,不过以天下初定,勃之才能,安国家耳!非有必也,此则老泉之深文处。独其文之起落转接,灵妙无敌,不得以其论之偏而弃之。

清谢有炜《古文赏音》卷九:从"安刘氏"三字得间,而以斩哙为证。立论有根据,然要识得老泉,列此于《权书》本意。

近人林纾评《嘉祐集》:高祖之不去吕后,犹霍光之不能发觉霍显也。诛灭骨肉,此甚难之事,亦只有用一可恃之人。冀其成全后嗣,未必即知吕氏为祸之巨。从事后推测,大似有理。

【鉴赏】

《高祖》是《权书》最后一篇,论证汉高帝刘邦之智是:"明于大而暗于小",是别人所不能及的。

开篇欲昂故抑,先论他"暗于小"处:"挟数用术,以制一时之利害,不如陈平;揣摩天下之势,举指摇目,以劫制项羽,不如张良"。陈平是刘邦的奇谋之士,多次用计使刘邦避害趋利。"挟数用术"就是掌握规律(常道),使用奇谋。"制一时之利害"说在一时期内控制形势趋利避害。张良是刘邦身边的决策性人物,刘邦曾说:"运筹策帷帐之中,决胜于千里之外,吾不如子房(张良字)"(《史记·高祖本纪》),"举指摇目",指点流观,是指挥作战的形象描述。在政治、军事方面,刘邦不如陈平、张良,"微此二人,则天下不归汉。而高帝乃木强之人而止耳。"将刘邦一贬到底,读者自难信服。这样再急转直下,行文才显得有力,文章才有波澜。"然天下已定,后世子孙之计,陈平、张良智之所不及,则高帝常先为之规画处置,以中后世之所为,晓然如目见其事而为之者。"陈平、张良之智可谓大矣,但如何使天下长治久安,就是他们"智之所不及"的了,与刘邦相比,他们仍是"小智"。至此,作者才推出他的论点说:"盖高帝之智明于大而暗于小",到这里才表现出来。

如何论证呢?作者抓住《史记·高祖本纪》中的一个细节加以发挥:刘邦病危,向吕后交代身后的人事安排时曾说:"周勃重厚少文,然安刘氏者必勃也,可令为太尉。"苏洵探幽发微,认为刘氏已安,所谓周勃安刘,不安于今日,而安于将来。"高帝之以太尉属勃者,知有吕氏之祸也。"安刘就是灭吕。这虽属揣测之词,却非绝无道理,《高祖本纪》接着写:"吕后复问其次,上曰:'此后亦非而所知也'"。刘邦生前还坚持要废太子刘盈(吕后生)而改立赵王如意,这都可说明刘邦对吕后心怀戒备。为什么不除掉吕后呢?"势不可也",太子不能废,吕后就不可除,这已成"势"之必然。刘邦看到这一点,病中对戚夫人叹道:"吕后真而主矣。""为我楚舞,吾为若楚歌",歌曰:"鸿鹄高飞,一举千里。羽翮已就,横绝四海……虽有矰缴,尚安所施!"(《史记·留侯世家》)太子已不可废,不能不为太子计,要安太子不能无吕后。西周初,武王灭纣,封纣的儿子武庚禄父于纣故都以继殷祀,又分商地为三,分封武王的弟弟管叔、蔡叔、霍叔,令其监视武庚,称为三监。武王死,成王幼,三监以为周公将不利于成王,武庚乘机联合三监等反周。苏洵认为:刘邦鉴于此,以为除掉吕后,则他死后出了武庚禄父那样的人,就将无法制服,有吕后在,那些如豪奴悍婢一样的不驯之臣,就不敢抗逆幼弱的皇帝。只有吕后才能镇压其邪心,以待惠帝成人。

去吕后将遗后世患,任吕氏也将遗后世患。苏洵认为,刘邦的办法是"削其党""损其权","使虽有变而天下不摇",具体措施就是杀樊哙。樊哙是刘邦同乡,"与帝偕起,拔城陷阵,功不为少矣",一旦要杀他却毫不犹豫,怎么解释呢?"彼岂独于哙不仁邪?"鸿门宴上,亚父嗾使(唆使)项庄舞剑以乘势击杀刘邦,"是日微哙奔入营诮让项羽,沛公事几殆"(《史记·樊哙列传》),其功如此,又有什么罪要杀他呢?《樊哙列传》说:"其后卢绾反,高帝使哙以相国击燕。是时高帝病甚,人有恶哙党于吕氏,即上一日宫车晏驾,则哙欲以兵尽诛灭戚氏、赵王如意之属。高帝闻之大怒,乃使陈平载绛侯(周勃)代将,而即军中斩哙。"苏洵故意将"党于吕氏"的话隐去,留待后说,使文章曲折有致。文章分析说:"夫哙之罪未形也,恶之者诚伪未必也",樊哙之罪没有形成事实,而告发(恶是毁谤,苏洵借用,只是告发的意思)的人是诚是伪也不一定,此为杀樊哙一不可解;刘邦是开国之君,不会"以一女子斩天下之功臣",此二不可解。不可解而可解的秘密,在于他"娶于吕氏(吕氏妹吕媭)",被认为"党于吕氏",而一旦吕氏叛乱,诸吕"皆庸才不足恤(虑),独哙豪健,诸将所不能制,后世之患,无大于此矣。"这是杀樊哙的真正原因。

在苏洵看来,刘邦对吕后是既利用又限制,他形象地比作:"高帝之视吕后也,犹医者之视堇也",堇是一种毒药,适量可治病,过量则杀人,刘邦正是"使其毒可以治病,而无至于杀人",而"樊哙死,则吕氏之毒,将不至于杀人,"这样他就可以"死

而无忧"了。但他没有料到,"陈平畏吕后,执哙诣长安。至则高祖已崩,吕后释哙,使复爵邑"(《樊哙列传》)。苏洵的结论是:"彼平、勃者,遗其忧者也。"但事实上樊哙终身未反,那么这一结论就只能是逻辑结论而不是历史结论,所以作者再深入一步:"哙之死于惠之六年也,天也",天意使他没有赶上机会。樊哙死后九年诸吕乱。"使其尚在,则吕禄不可绐(哄骗),太尉不得入北军矣"。当时情况是:"吕禄、吕产欲发乱关中……赵王禄、梁王产各将兵居南北军……太尉绛侯勃不得入军中主兵。曲周侯郦商老病,其子寄与吕禄善……使人劫郦商,令其子寄往绐说吕禄曰:'高帝与吕后共定天下,刘氏所立九王,吕氏所立三王,皆大臣之议,事已布告诸侯,诸侯皆以为宜。今太后崩,帝少,而足下佩赵王印,不急之国守藩,乃为上将,将兵留此,为大臣诸侯所疑。足下何不归将印,以兵属太尉?……'吕禄信然其计……遂解印属典客,而以兵授太尉。"如果有樊哙助吕禄,周勃将难以取得军权。到底樊哙会不会叛乱呢?"或谓哙于帝最亲(此语也见于《史记·樊哙列传》),使之尚在,未必与产、禄叛"。作者认为,"于帝最亲"不能说明樊哙不会叛乱,他拿卢绾为例作类比论证:卢绾也是刘邦"最为亲幸"的,父辈就"相亲爱",两人同日生,长大"又相亲爱",后来其亲幸则是"群臣莫敢望"的(《史记·卢绾列传》),但在高祖生前就"以逆诛"了。以此理推,"谁谓百岁之后,椎埋屠狗之人(樊哙屠狗出身),见其亲戚乘势为帝王,而不欣然从之邪?"其实,樊哙之妻吕媭正是吕氏之乱的幕后人物,《吕太后本纪》载,吕禄想"以兵授太尉"时曾"过其姑吕媭,媭大怒,曰:'若为将而弃军,吕氏今无处矣……'"如此看来,樊哙在未必与乱,更未必不与乱,所以结论仍然是:"彼平、勃者,遗其忧者也。"

　　这篇文章的观点,后人多不以为然,但它绝非无根之谈。熟悉《史记》的人应承认,其论说是很有见地的。

　　文章以纡余委宛见长,论事曲折多变;所涉史实极复杂,论说纷而不乱。它先在一抑一昂的波折中提出论点;而后分析史记,指出刘邦预知吕氏之乱;一转,论吕氏必乱,而吕后不可去;再转,论吕后不可去而必削其党,引出杀樊哙;三转,论杀樊哙之无理;四转,论不杀樊哙则遗后世忧;最后一结,樊哙必杀。结论是:陈平、张良不杀樊哙,是遗高祖身后之忧。这一结论的背后是:高祖杀樊哙是大智。这是文章的真正结论。

　　苏洵评欧阳修文章说:"执事之文,纡余委备,往复百折,而条达疏畅,无所间断,气尽语极,急言竭论,而容与闲易,无艰难劳苦之态"(《上欧阳内翰第一书》)。用这段话评价他的《高祖》一文,也是恰当的。

御　将①

国学经典文库

唐宋八大家散文鉴赏

苏洵卷

【题解】

本文主要阐述驾驭将领的原则和方法。写作上的特点是层次清晰,结构严谨。开篇提出中心论点"御将难而御才将尤难"。作者认为将有两种,一种是贤将,一种是才将。驾驭贤将靠信任,驾驭才将靠智慧。下面作者分层进行论述,先以虎豹作例,说明选将不可求全责备,要唯才是用。接着重点论说御将的具体方法,又分古今两个小层次,而且有详有略。略写古代先王御将要结以重恩,示以赤心,美田宅,丰饮馔,以极其口腹耳目之欲,而折之以威。详写近代御将有两种方法,一是勿先赏以邀其成功,一是先赏,所以使人。这样就把议论不断引向深入。作者认为不能一概而论,要根据才之大小,才大者先赏,才小者后赏,并以饲骐骥与饲鹰的方法不同做比喻,使议论得出圆满的结论。最后作者引证汉高祖善于御将而成功的史实,进一步说明自己提出的量才行赏的方法是可行的。作者善于运用生动的比喻进行说理,使人感到议论时不枯燥乏味,增强文章的说服力和感染力。

【原文】

人君御臣,相易而将难②。将有二,有贤将,有才将,而御才将尤难。御相以礼,御将以术③。御贤将之术以信,御才将之术以智④。不以礼,不以信,是不为也;不以术,不以智,是不能也⑤。故曰:御将难,而御才将尤难。

六畜,其初皆兽也⑥。彼虎豹能搏能噬,而马亦能蹄,牛亦能触⑦。先王知能搏能噬者不可以人力制,故杀之;杀之不能,驱之而后已⑧。蹄者可驭以羁绁,触者可拘以楅衡⑨,故先王不忍弃其材,而废天下之用⑩。如曰是能蹄,是能触,当与虎豹并杀而同驱⑪,则是天下无骐骥,终无以服乘耶⑫。先王之选才也,自非大奸剧恶,如虎豹之不可以变其搏噬者⑬,未尝不欲制之以术,而全其才,以适于用⑭。况为将者,又不可责以廉隅细谨,顾其才何如耳⑮。汉之卫⑯、霍⑰、赵充国⑱,唐之李靖⑲、李勣⑳,贤将也。汉之韩信㉑、黥布㉒、彭越㉓,唐之薛万彻㉔、侯君集㉕、盛彦师㉖,才将也。贤将既不多有,得才者而任之可也。苟又曰是难御,则是不肖者而后可也㉗。

结以重恩,示以赤心,美田宅,丰饮馔,歌童舞女,以极其口腹耳目之欲㉘,而折之以威,此先王之所以御才将者也㉙。近之论者,或曰:将之所以毕志竭力,犯霜露、蹈白刃而不辞者,冀赏耳③。为国家者,不如勿先赏以邀其成功③。或曰:赏,所以使人;不先赏,人不为我用②。是皆一隅之说,非通论也③。将之才固有小大,杰然于庸将之中者,才小者也③。杰然于才将之中者,才大者也。才小志亦小,才大志亦大。人君当观其才之小大,而为制御之术以称其志,一隅之说,不可用也③。夫养骐骥者丰其刍粒,洁其羁络,居之新闲,浴之清泉,而后责之千里③。彼骐骥者其志常在千里也,夫岂以一饱而废其志哉③?至于养鹰则不然,获一雉,饲以一雀,获一兔,饲以一鼠③。彼知不尽力于击搏,则其势无所得食,故然后为我用③。才大者,骐骥也,不先赏之,是养骐骥者饥之而责其千里,不可得也;才小者,鹰也,先赏之,是养鹰者饱之而求其击搏,亦不可得也。是故先赏之说,可施之才大者;不先赏之说,可施之才小者,兼而用之可也。

昔者汉高帝一见韩信,而授以上将,解衣衣之,推食哺之④。一见黥布,而以为淮南王,供具饮食如王者。一见彭越,而以为相国。当是时,三人者未有功于汉也。厥后追项籍垓下,与信、越期而不至,捐数千里之地以界之,如弃敝屦④。项氏未灭,天下未定,而三人者已极富贵矣。何则?高帝知三人者之志大,不极于富贵,则不为我用。虽极于富贵,而不灭项氏,不定天下,则其志不已也④。至于樊哙、滕公、灌婴之徒则不然④,拔一城、陷一阵,而后增数级之爵,否则终岁不迁也④。项氏已灭,天下已定,樊哙、滕公、灌婴之徒,计百战之功,而后爵之通侯④。夫岂高帝至此而啬哉?知其才小而志小,虽不先赏不怨。而先赏之,则彼将泰然自满,而不复以立功为事故也④。噫!方韩信之立于齐,蒯通、武涉之说未去也④。当是之时,而夺之王,汉其殆哉④!夫人岂不欲三分天下而自立者?而彼则曰:汉王不夺我齐也。故齐不捐,则韩信不怀;韩信不怀,则天下非汉之有④。呜呼!高帝可谓知大计矣。

【注释】

①御将:是《衡论》的第二篇。讲御将的原则与方法。　　御:指驾驭。

②人君御臣句:君主驾驭大臣,驾驭宰相容易,驾驭将领困难。人君:君主,帝王。

③术:君主控制和使用臣下的策略,手段。

④这句的意思是:驾驭贤将的策略靠信用,驾驭才将的策略靠智慧。

⑤这句的意思是:不用礼,不用信任,是不去做;不用策略,不用智慧,是不能够做。

⑥六畜:指马、牛、羊、鸡、狗、猪六种家畜。

⑦搏:捕捉。　　噬:啮啃,咬。　　蹄:名词作动词用,即用蹄子踢。　　触:用角顶物。

⑧后已:然后也就算了。　　已:罢了,算了。

⑨蹄者可驭句:用蹄子踢的马,使用上马笼头和马缰绳,就可以驾驭;用角顶物

的牛,用横木缚在角上,就可以拘束它。　　　羁绁:马笼头和马缰绳。　　　楅衡:加在牛角上的横木,用以控制牛以防触人。一说楅设于角,衡设于鼻。

⑩故先王不忍句:所以先王不忍心抛弃它们的才能,废弃了天下人的使用。材:才能,才干。

⑪这句的意思是:如果说,这样能用蹄子踢,这样能用角顶,应当同虎豹一起猎杀,同时赶走。

⑫则是天下句:那么这样天下就没有骏马,最终没有什么可以用作车马的。骐骥:骏马。　　　无以:古汉语中的习惯句式。意思是"没有什么可以用来……"。　　　服乘:指车马。

⑬自:连词。假如。

⑭这句的意思是:未尝不想用计谋来制服它,保全它的才能,以适合于使用。

⑮况为将者句:况且作为将军的,又不可以用端方不苟、细致谨慎来指责他,看他的才能怎么样罢了。　　　况:连词。何况,况且。　　　廉隅:比喻端方不苟的行为、品性。　　　何如:如何,怎么样。用于陈述或询问。

⑯卫:卫青(?～前106),字仲卿,平阳(今山西临汾县南)人。汉武帝时大将,封长平侯。他前后七次出击匈奴,解除了匈奴对汉王朝的威胁。

⑰霍:霍去病(前140～前117),河东平阳(今山西临汾县南)人。西汉名将,官至骠骑将军,封冠军侯。他前后六次出击匈奴,解除了西汉初年以来匈奴对汉王朝的威胁。

⑱赵充国(前137～前52):字翁孙,汉上邽(甘肃天水市西南)人。熟悉匈奴和羌族的情况。武帝、昭帝时,任后将军,击退匈奴贵族的进扰。宣帝时,封营平侯,击退羌族贵族的进扰,在西北屯田,对当地农业生产的发展起了一定作用。

⑲李靖(571～649):本名药师,京兆三原(今陕西三原东北)人。唐初军事家,唐高祖时任岭南道抚慰大使。太宗时,历任兵部尚书、尚书右仆射等职,先后击败东突厥、吐谷浑,封卫国公。

⑳李勣(594～669):本姓徐,名世勣,字懋功,曹州离狐(今山东东明东南)人。初从翟让起义,参加瓦岗军,后降唐,任右武侯大将军,封曹国公。贞观三年(公元629年)与李靖出击东突厥,因功封英国公。高宗时官至司空。

㉑韩信(?～前196):汉淮阴(今江苏清江西南)人。初属项羽,继归刘邦,被任为大将。在楚汉战争中,他助刘邦破赵取齐,平定三秦,被刘邦封为齐王,后与刘邦会合,击灭项羽于垓下(今安徽灵璧南)。汉朝建立,改封楚王。后有人告他谋反,降为淮阴侯,后被吕后所杀。

㉒黥布(?～前195):汉六县(今安徽六安东北)人。姓英,因受黥刑,故又称黥。秦末率骊山刑徒起义,属项羽,封九江王。楚汉战争中归刘邦,封淮南王。汉初举兵反,战败逃江南被杀。

㉓彭越(？~前196)：字仲，昌邑(今山东金乡西北)人。参加秦末农民起义，后归刘邦。楚汉战争中，率兵从刘邦击项羽于垓下(今安徽灵璧南)，封梁王。汉朝建立后，被告谋反，为刘邦所杀。

㉔薛万彻：汾阴(今山西荣河县北)人。唐代大将，跟唐高祖，屡立战功。后因谋反诛。

㉕侯君集(？~643)：豳州三水(今陕西旬邑)人。唐初大将，初从李世民作战，官至左虞候、车骑将军。太宗时官至兵部尚书。后与太子承乾谋反，被杀。

㉖盛彦师：虞城(今河南虞城县西南)人。唐代大将。以战功封葛国公。后以罪诛。

㉗苟又曰句：假使又说：这很难驾驭，那是不肖的然后可以使用。　　苟：假使。

㉘这句的意思是：用深重的恩德结交他，用赤诚的心给他看，用美好的田地住宅，丰盛的饮食，歌童舞女，来极力满足他口腹耳目的欲望。

㉙这句的意思是：而且用威力来折服他，这是先王用来驾驭才将的办法。

㉚近之论者句：近来议论的人，或者说：将军所以用尽心志，竭尽全力，冒着霜露，踩着刀口而不推辞的原因，希望得到赏赐罢了。　　毕：竭尽，用尽。　　犯：冒着、不顾。　　蹈：踩，践踏。

㉛邀：迎候。

㉜这句的意思是：有人说：有奖赏，是用来指使人；不先赏赐，人不被我使用。

㉝是皆一隅句：这都是一个方面的说法，不是通达的议论。一隅：指一个角落。亦泛指事物的一个方面。

㉞这句的意思是：将领的才能本来就有小有大，杰出然而出于庸将之中的，是才小的。

㉝人君当观其才句：君主应当观察他的才能的大小，为其制定驾驭的方法以符合他的志向，片面的说法，不可以采用。　　称：符合。

㊱夫养骐骥者句：那养千里马的，要丰富它的饲料，清洁它的马笼头，居住在新的马厩里，洗着清洁的泉水，然后督促它跑千里远的路途。　　夫：语首助词。刍粒：有粒的饲草。　　羁络：马笼头。　　闲：指马厩。　　责：责令，督促。

㊲这句的意思是：那千里马的志向常常在跑千里，怎么能因为一次吃饱而废弃它的志向呢？

㊳雉：野鸡，山鸡。

㊴彼知不尽力句：它知道不尽力击捕，那它势必没有地方得到食物吃，所以然后被我使用。　　无所：没有地方，没有处所。

㊵昔者句：从前汉高祖一看见韩信，授他上将的职务，脱下自己的衣服给他穿，推让自己的美食让他吃。　　汉高帝(前256~前195)：即汉高祖刘邦。字季，沛

县(今属江苏)人。西汉王朝的建立者。 衣:第二个衣作动词用,即穿衣。
哺:咀嚼,吃。

㊶厥后追项籍句:刘邦后来追项羽到了垓下,跟韩信、彭越约定时期,他们不来,舍弃几千里的地方给他们,就像抛弃一双破鞋。 项籍(前232~前202):即项羽。秦末农民起义军领袖。名籍,字羽。下相(今江苏宿迁西南)人。秦末从叔父项梁起义。项梁战死后,楚怀王任他为次将,与上将宋义率军救赵。至安阳宋义不进,他杀死宋义,率军渡漳水救赵,在巨鹿之战中摧毁秦军主力。秦亡后,他自立为西楚霸王。在楚汉战争中被刘邦打败,最后死于垓下。 捐:放弃,舍弃。
畀:给,给予。 敝屣:破鞋。比喻废物。

㊷已:停止。

㊸樊哙(?~前189):沛县(今属江苏)人。随刘邦起义,以军功封贤成君。在鸿门宴上怒斥项羽,使刘邦得以逃脱。汉朝政权建立后任左丞相,封舞阳侯。
滕公:即夏侯婴(?~前172)。沛县(今属江苏)人。少与汉高祖友善,从高祖起兵,任太仆,后封汝阴侯。因其曾任滕令,故亦称滕公。 灌婴(?~前176):睢阳(今河南商丘)人。秦末从刘邦起义,转战各地。汉朝建立,任车骑将军,封颍阴侯。后与陈平、周勃共同平定吕氏的叛乱,迎立文帝,任太尉,后任丞相。

㊹终岁:终年,整年。

㊺通侯:据《汉书·百官公卿志》,秦爵有彻侯,汉避武帝讳,改为通侯。

㊻而先赏之句:如果先奖赏他们,那么他们将安然地自己满足,并且不再把建功立业作为事业的缘故。 泰然:安然。形容心情安定。 复:再。

㊼噫句:唉!当韩信在齐地自立之时,蒯通、武涉的劝说他也没有离去。
蒯通:即蒯彻。范阳(今河北定兴北固城镇)人。曾劝说韩信背叛刘邦自立。惠帝时,为丞相曹参宾客。 武涉:盱眙(属安徽)人。项羽派他劝韩信中立,三分天下。韩信不听。

㊽当是之时句:当这个时候,如果夺取他的王爵,汉朝就危险啦! 殆:危亡,危险。

㊾这句的意思是:所以齐地不舍弃,那么韩信就不会怀念汉恩;韩信不怀念汉朝的恩德,那么天下就不会归汉所有。

【集评】

明茅坤《唐宋八大家文钞》卷一百十四:老苏论御才将以智,而引汉高待韩、彭一着,似痛切矣,独不思宋祖御诸将,更有处分。智之一字,绝非至理。

清储欣《评注苏老泉集》卷二:于将之中分贤与才,又于才之中分大与小,文字如此,才生生不穷。 又:将韩信善将将,一语入思,议衍成此论。

清沈德潜《唐宋八大家文读本》卷十七:从贤将引出才将,于才将中,分出才大才小二项,后引高祖为御才大者之证。正喻相生,反复曲畅,此亦纵横家之术也。

近人林纾评《嘉祐集》:论汉初诸将,尽能揭其心事,并能揭高祖之心绪,聪明直到绝顶。苏家议论高人处,往往如此。

【鉴赏】

本文中心是论述驾驭将领的道理和方法。

全篇思想内容可分为三个层次。

第一自然段是第一层次,主要论点是"御将难,而御才将尤难"。苏洵认为,君主驾驭宰相容易,驾驭将领难。因为将领有两种,一种是贤良的,一种是才能突出的。驾驭贤将的方法是信任,驾驭才将则必须用智慧和手腕。君主对贤将不信任,那是主观上不去作,因为容易做到;而对才将不用智慧和手腕,则是做不到,因为难。

第二、三自然段为第二层次。这一部分内容主要是论述选取将领的标准和原则,即"用将以才"。作者由自然界的虎豹、牛马这一侧面写起,然后转入选用将领的正面。虎豹本性凶残,擅长搏斗,伤人吃人,非人力所能制服,所以只有杀掉或驱逐。牛马虽然也有以犄角抵人、以蹄子踢人的野性,但人力可以制服,给牛角缚上横木,给马戴上辔缰,它们就能为人服务。故而不能弃才废用。任用将领也是这个道理。除了像虎豹那样危害人的大奸大恶,只要是有用之才,就不能用"廉隅细谨"去求全责备,要唯才是用。品德优异的贤将固然可贵,但不可多得;有卓越军事才能的才将虽然难驾驭,却不能舍弃不用。八百年前的苏洵,当时能够提出唯才是用、对才将不求全责备的主张,真是大胆而难能可贵,也有积极的现实意义,值得称道。

第四、五、六、七、八自然段是第三层次。这一层次主要阐明"御将以术"的具体方法,是本文思想内容的主要部分。作者首先指出,历代君主驾驭才将之法是"施恩以极欲",即以封赏土地、住宅、饮馔、歌童、舞女来满足将领的欲望,从而达到笼络之目的。接着,作者提出"今之论者"对封赏将领的两种相反看法,把议论引向深入。一种认为,将领作战出生入死,目的是得到封赏,所以为国家利益考虑,不要先封赏,利用其渴望封赏的心理,诱使、逼迫将领不断地建立新战功。另一种认为,君主封赏人,目的在于用人,那么,将领有战功就要先封赏,否则,将领就不会继续卖命。苏洵认为,"先封赏"论、"不先封赏"论,都是片面的一隅之见。在否定上述两种看法的基础上,作者正面提出自己的看法。苏洵认为将领的才能有大有小,才大的志向高远,才小的志向也小。君主应该根据他们才能大小区别对待,确定不同的驾驭办法,满足他们各自的欲望。苏洵的这一思想,应该说是客观的、辩证的,立论精当。如何确定对才能大小不一样的将领的封赏办法?作者援用饲养骏马和猎鹰的事例进行阐述。骏马才大,志在千里,饲养条件再好,它也不会放弃其高远之志。猎鹰才小志短,容易满足,所以饲养原则是量其捕获多少而给食。驾驭将领的办法与此类似,故而对才大志高的才将要先封赏,对才小志短的将领采取不先封赏的办法。至此,作者关于驾驭将领的方法圆满地论述完结。最后一段,作者援引汉高祖刘邦驾驭韩信、英布、彭越、樊哙、夏侯婴、灌婴的历史事实,说明刘邦深得御将之道,既用他们之才,又得驾驭之法。韩信、英布、彭越是才大志高的才将,所以不惜王之、相之,先行封赏,为我所用。樊哙、夏侯婴、灌婴才小志小,不先封赏,也能为我所用。

《御将》一文,对议论文写作,提供了许多值得我们学习和借鉴的宝贵经验:

首先,结构开合断续,极尽曲折变化。议论文运用逻辑思维,它的结构是作者思维、思路的运行轨迹。本文思路体现出由"总"到"分",最后又归于"总"的逻辑思维特点。文章的第一层次言简意繁,覆盖全文内容,坐压全篇。这是总论、总说,体现逻辑思维的综合、概括。第二层次提出选任将领要"顾才适用",这是对第一层次的展开,是分说,体现逻辑思维的分析。第三层次指出御将的具体方法,是对第一层次的具体论述和再展开,也是分说。文章的最后一段使用事例,分别对第二、三层次的思想内容作了印证,同时呼应开头,收束全文,这是总括。从整体上看,逻辑思维的总—分—总的特点,造成了本文层次明晰、结构严谨。从局部自然段的安排来看,开合断续,曲折变化,臻于绝妙。第一段说御将难,第二段却跳到自然界的虎豹、牛马,间隔、跨度很大。这是一开、一断。第四段说古代君主的御将之法,第五段却跳到"今之论者"的"先赏"与"不先赏"上面。这又是一开一断,但"封赏"的内涵又将这两段连结为一体,所以又是暗合、暗续。第六段作者从正面阐述御接之法,第七段却说到饲养骏马和猎鹰上面,这也是行文上的一个明显的开、断,但同前面内容仍是一致,又是暗续。最后一段对于前面的所有内容都是续和合。通观全文,如走龙蛇,开合断续,曲折隐现,极尽变化。这正如刘熙载所言:"章法不难续而难于断,……明断,正取暗续也"(《艺概·文概》)。《御将》一文,可谓深得断续之法。"风行水上,涣,此亦天下之至文也"(《仲兄字文甫说》),用苏洵自己的这句话,来评说《御将》的结构,也许是再准确不过的了。

其次,善用比喻,说理形象。议论文以说理为主,往往容易流于枯燥抽象,使人难以卒读。本文在说理之中常插入比喻,以此来改变说理的沉闷气氛。《御将》先后用了两个比喻。为了说明"唯才是用",作者将"不可以人力制的虎豹比作不可任用的大奸大恶,把虽有野性但可制御的牛马比作有才可用的将领。"在阐明"人君当观其才之小大,而为之制御之术"时,作者以饲养猎鹰之方比喻对才小志小将领的驾驭之术;以饲养骏马之方比喻对志大才大将领的驾驭之术。这些比喻生动贴切,说理深入浅出。这种变抽象为形象、变一般为具体的比喻说理方法,很有艺术魅力。它的功用在于以感染力增强议论文的说服力,同时使人感到议论不单调,说理具有立体感。读苏洵的政论文章不觉说教味,恐怕这与他善于用事、善于取比不无关系。

任　相①

国学经典文库

唐宋八大家散文鉴赏

苏洵卷

301

【题解】

本文论述了君主任用宰相的道理。作者认为宰相的作用远胜于将领,将领只是一个大的官吏,而宰相是所有官吏效仿的榜样,是影响和决定国家命运前途的重要人物,所以作者主张任用宰相要待之以礼而重责之。作者褒宰相贬将领的思想是宋朝重文轻武政策的反映,有一定的片面性,但他强调对宰相要礼法并用的主张,突破了儒家刑不上大夫的思想局限,还是有一定的进步意义的。在写作上能围绕中心论点多侧面剖析,层层展开论述,使论证严密而紧凑,令人信服。作者为了说明任用宰相要待之以礼而重责之的道理,首先列举史实作证,用离席、下舆、亲问、亲吊,描写古代君主待宰相的厚;用不起、出府、思过,说明古代君主待宰相的无私。然后转入说理,从各种角度分析。礼薄而责重,宰相不会心服;责轻而礼重,宰相又会松懈。最后得出,只有接之以礼而重责之,宰相才能无怨言地尽忠于朝廷而不恤其私。论说的道理合情合理,令人叹服。此文是针对宋朝现实有感而发,具有现实讽谏意义。

【原文】

古之善观人之国者,观其相何如人而已②。议者常曰:将与相均③。将特一大有司耳,非相侔也④。国有征伐,而后将权重;有征伐无征伐,相皆不可一日轻。相贤邪,则群有司皆贤而将亦贤矣;将贤邪,相虽不贤,将不可易也。故曰:将特一大有司耳,非相侔也。

任相之道与任将不同。为将者大概多才而或顽顿无耻,非皆节廉好礼不可犯者也⑤。故不必优以礼貌,而其有不羁不法之事,则亦不可以常法御⑥。何则⑦?豪纵不趋约束者,亦将之常态也。武帝视大将军,往往踞厕⑧,而李广利破大宛,侵杀士卒之罪,则寝而不问⑨。此任将之道也。若夫相必节廉好礼者为也,又非豪纵不趋约束者为也,故接之以礼而重责之⑩。古者相见于天子,天子为之离席起立;在道为之下舆;有病亲问;不幸而死,亲吊⑪。待之如此其厚,然其有罪,亦不私也⑫。天地大变,天下大过,而相以不起闻矣⑬。相不胜任,策书至而布衣出府免矣⑭;相有他失,而栈车牝马,归以思过矣⑮。夫接之以礼,然后可以重其责而使无怨言⑯。责之重,然后接之以礼而不为过[17]。礼薄而责重,彼将曰:主上遇我以何礼?而重我以此责也,甚矣[18]。责轻而礼重,彼将遂弛然不肯自饬[19]。故礼以维其心,而重责以勉其怠,而后为相者莫不尽忠于朝廷而不恤其私[20]。

吾观贾谊书,至所谓"长太息"者,常反复读,不能已[21]。以为谊生文帝时,文帝遇将相大臣不为无礼[22]。独周勃一下狱,谊遂发此[23]。使谊生于近世,见其所以遇宰相者,则当复何如也[24]?夫汤武之德,三尺竖子皆知其为圣人,而犹有伊尹、太公者为师友焉[25]。伊尹、太公非贤于汤武也,而二圣人者特不顾以师友之,以明有尊也[26]。噫!近世之君,姑勿责于此[27]。天子御坐见宰相而起者有之乎?无矣[28]。在舆而下者有之乎?亦无矣。天子坐殿上,宰相与百官趋走于下,掌仪之官名而呼之,若郡守召胥吏耳[29]。虽臣子为此亦不过,而尊尊贵贵之道,不若是亵也[30]。

夫既不能待之以礼,则其罪之也,吾法将亦不得用[31]。何者?不果于用礼,而果于用刑,则其心不服[32]。故法曰:有某罪而加之以某刑。及其免相也,既曰有某罪而刑不加焉,不过削之一官,而出之大藩镇[33]。此其弊皆始于不为之礼[34]。贾谊曰:"中罪而自弛,大罪而自裁[35]。"夫人不我诛,而安忍弃其身,此必有大愧于其君[36]。故人君者必有以愧其臣,故其臣有所不为[37]。武帝尝以不冠见平津侯,故当天下多事,朝廷忧惧之际,使石庆得容于其间而无怪焉[38]。然则必其待之如礼,而后可以责之如法也[39]。且吾闻之,待以礼而彼不自效以报其上,重其责而彼不自勉以全其身,安其禄位、成其功名者,天下无有也[40]。彼人主傲然于上,不礼宰相以自尊大者,孰若使宰相自效以报其上之为利[41]?宰相利其君之不责而丰其私者,孰若自勉以全其身,安其禄位、成其功名之为福[42]?吾又未见去利而就害、远福而求祸者也[43]。

【注释】

①任相:是《衡论》的第三篇。主要讲述任用宰相的道理。

②古之善观句:古代善于观察人家的国家的,观察他们的宰相是怎么样的人罢了。 何如:如何,怎么样。用于陈述或设问。 而已:助词。犹罢了。

③均:相等。

④将特一大有司句:将军只是一个大官吏罢了,不能和宰相相提并论。特:仅,只是。 有司:官吏。古代设官分职,各有专司,故称。 耳:语气词。相当于"而已""罢了"。 侔:相等,齐。

⑤为将者句:作为将军的,大概多有才能,然而有的顽钝无耻,不都是有气节廉洁,喜好礼仪不可侵犯的。 而:连词。表示转折。犹然而,却。 顽顿:犹顽钝。顿通"钝"。圆滑无骨气。 节廉:谓严正不贪。

⑥故不必句:所以不必用礼节优待和敬重他,他有不遵循礼法和不合法度的事,那么也不可以用固定的法律来处理他。 不羁:谓行为不遵循礼法。 不法:不合法度,违法。 常法:固定的法律、制度。

⑦何则：为什么。多用于自问自答。

⑧武帝（前156～前87）：即汉武帝刘彻。汉景帝子，前140～前87年在位。

踞厕：坐在厕屋里。一说，坐于床侧。

⑨而李广利句：李广利击破大宛，攻击杀死士兵的罪，就压下去不过问。李广利（？—前88）：西汉中山（今河北定县）人。妹李夫人为汉武帝所宠，因封广利为贰师将军，率军越过葱岭攻破大宛国，取得善马三千余匹而归。　　大宛：古国名。为西域三十六国之一，北通康居，南面和西南面与大月氏接，产汗血马。约在今俄罗斯中亚费尔干纳盆地。　　寝：谓湮没不彰，隐蔽。

⑩若夫相句：至于宰相必然由节廉好礼的人担任，又不能用豪强放纵不受约束的人去担任，所以要用礼来接待他，并且要赋予他重大的责任。　　若夫：至于。用于句首或段落的开始，表示另提一事。

⑪这句的意思是：古代宰相被天子召见，天子为他离开座席起立；在路上为他下车；有病亲自去探问；不幸死去，亲自去吊唁。

⑫待之如此其厚句：接待他这样的深厚，然而他有罪，也不讲私情。　　私：偏爱，宠爱。

⑬天地大变句：天地有大的变动，天下有大的过错，而宰相以不出任官职传布出去。　　天地大变：指日蚀山崩等大的自然灾害，古代把它归罪于宰相。　　不起：不出任官职。

⑭相不胜任句：宰相不胜任官职，皇帝的命令到了，宰相穿着布衣走出相府被免去官职。　　策书：古代书写帝王任免官员等命令的简策。

⑮相有他失句：宰相有其他过失，乘坐陋车劣马，回去思考他的过错。栈车牝马：谓陋车劣马。栈车指用竹木制成的车，不张皮革，为士所乘。牝马指雌性的马。

⑯夫接之以礼句：用礼来对待他，然后可以加重他的责任而使他没有怨言。夫：发语词。用在句首，表示议论发端。

⑰这句的意思是：责任重大，然后接受他的礼就不算过分。

⑱遇：对待。

⑲责轻而礼重句：责任轻而礼遇重，他将会松弛下来不肯自行整肃。　　弛：松懈，松弛。　　自饬：自行整肃，警诫。

⑳这句的意思是：所以用礼来维系他的心，用重大的责任来勉励他不能懈怠，然后做宰相的没有不对朝廷尽忠心又不顾惜他的私事。

㉑贾谊（前200～前168）：西汉洛阳（今河南洛阳东）人，他曾多次上疏，批评时政，被大臣周勃、灌婴等排挤。为西汉时期政论家、文学家。　　长叹息：大声长叹，深深地叹息。　　已：停止。

㉒文帝（前202～前157）：即汉文帝刘恒。前180～前157年在位。吕后死后，周勃等平定诸吕之乱，他以代王入为皇帝。　　为：是。

㉓独周勃一下狱句:只是周勃一被关进牢狱,贾谊就发出这个议论。　　周勃(?~前169):沛县(今属江苏)人。秦末从刘邦起义,以军功为将军,封绛侯。汉初从刘邦平定韩王信、陈豨和卢绾的叛乱。吕后死,与陈平等人诛杀诸吕,迎立文帝,任右宰相。后因人诬,下狱,旋释出。

㉔这句的意思是:假使贾谊生活在近代,看见他们这样对待宰相,那应当又怎么样呢?

㉕夫汤武之德句:那汤王、武王的贤德,三尺高的小孩都知道他们是圣人,尚且有伊尹、太公作为老师和朋友。　　汤:又称武汤、武王、成汤等。商朝的建立者。任用伊尹执政,经十一次出征,成为当时强国,后一举灭夏,建立商朝。　　武:即周武王。姬姓,名发。继承其父文王遗志,联合庸、蜀、羌、微、卢等族,率军东攻,遂灭商,建立西周王朝,建都于镐(今陕西西安西南)。伊尹:商初大臣。名伊,尹是官名。传说奴隶出身,原为有莘氏女的陪嫁之臣,汤用为"小臣",后任以国政,帮助汤王破夏建商。　　太公:即吕尚。姜姓,吕氏,名望,一说字子牙。西周初年官太师,辅佐武王灭商有功,封于齐。有太公之称,俗称姜太公。

㉖伊尹句:伊尹、太公并非比汤王、武王贤德,而二位圣人却不顾忌以老师朋友对待他们,以表明有尊崇。　　特:却,竟。　　不顾:不考虑,不顾忌。

㉗噫句:唉!近代的君主,暂且不把责任放在这上。　　噫:表示悲痛或叹息。

㉘这句的意思是:天子坐在皇帝的位置上,看见宰相而起来的有吗?没有了。

㉙天子坐殿上句:天子坐在宝殿上,宰相和百官在下面奔走,掌管司仪的官按名字呼叫,就像一郡长官召集小吏罢了。　　郡守:郡的长官,主一郡之政事。胥吏:官府中的小吏。

㉚虽臣子为此句:即使臣子这样做也不算过分,但尊重尊者,贵重贵者的道理,不像这样的轻慢无礼。　　尊尊贵贵:头一个尊和贵做动词用,第二个尊和贵做名词用。即尊重尊者、贵重贵者。亵:轻慢,不庄重。

㉛这句的意思是:既然不能用礼对待他,那么他有罪处罚时,我的法律将也不能够用。

㉜何者句:为什么这样说?不在用礼上果断,而在用刑上果断,那他内心不会服气。　　果:果敢,有决断。

㉝大藩:古代指比较重要的州郡一级的行政区。

㉞这句的意思是:这些弊病都开始于不用礼来对待他。

㉟自弛:自己放弃职务。　　自裁:自杀。语见贾谊《治安策》:"其有中罪者,闻命而自弛,上不使人颈戛而加也。其有大罪者,闻命则北面再拜,跪而自裁,上不使捽抑而刑之也。"

㊱夫人不我诛句:人家不责罚我,怎么忍心抛弃他自己,这一定对于他的君主有极大的惭愧。　　不我诛:不责罚我。否定句中代词我做宾语要前置。

㊲这句的意思是:所以人家君主一定有对他的臣子感到惭愧之处,所以他的臣子有所不做的理由。

㊳平津侯:即公孙弘(前200~前121)。字季,西汉菑川(今山东境内)薛人。汉武帝时任宰相,封平津侯。　　石庆:万石君石奋子。汉武帝时为宰相,醇谨无所作为。

㊴然则:连词。那么这样。　　待之如礼:依礼对待他。如:依照。

㊵这句的意思是:况且我听说,用礼来待他,而他不自己效力来报答他的君主,给他很重大的职责,而他不自己勉励以保全他自己,安享他的俸禄爵位,成就他的功名的,天下没有。

㊶彼人主傲然于上句:那君主高傲地居于上位,不礼遇宰相,以自己为尊大的人,怎么比得上让宰相自己效力以报答君主最有利呢?　　傲然:高傲貌。　　孰若:怎么比得上,何如。表示反诘语气。　　为利:最有利。为:比较句中,谓语动词,含有"最""更"的意思。

㊷这句的意思是:宰相利用他的君主的不责备来丰富他的私利的,怎么比得上自己勉励以保全他的身子、安享他的禄位,成就他的功名最幸福呢?

㊸这句的意思是:我又没看见过离开利益靠近祸害,远离幸福追求灾祸的人。

【集评】

明茅坤《唐宋八大家文钞》卷一百十四:任相以礼。

清储欣《评注苏老泉集》卷二:不果于用礼,因亦不果于用刑,是犹宋室之厚。又:慷慨不及贾生,读之亦复可感。

清沈德潜《唐宋八大家文读本》卷十七:即贾谊《治安策》意而曲畅言之,中间不重于用礼,亦不果于用刑,去相而出之大藩镇,此犹宋代之厚,以后更不可问矣。君臣一德,协恭交赞,令人怀古而慨然也。

近人林纾评《嘉祐集》:宰相之去座始于宋太祖,自是以下,天子待相之礼略杀。此论似有激而谈,然亦不刊之说。

【鉴赏】

题目是文章的眼睛。如题目所示,本文中心是议论任用宰相之道。全文洋洋千余言,概括起来,作者阐述了两个问题。

第一,宰相在治理国家中的作用。苏洵认为,宰相既关系国家的前途命运,又影响、左右着国家的所有官员。在他看来,无论平时或战时,相的作用比将大,二者不可等同。今天,我们很难完全同意他的这一观点。宰相的作用固然重要,将的作用也不可轻视,他们只有职能上的差别,在治理、保卫国家这一点上,他们的作用同等重要,缺一不可。苏洵把相的作用绝对化,就失之偏颇,流露出一定的学究气味。

当然,这也是宋代重文轻武政策的一个反映。

第二,任用宰相的原则。在任用的标准上,苏洵认为,宰相必须由廉洁、守节操、好礼仪的人来充当,而将根本没有资格。苏洵的思想是儒家正统思想,因此他的选相条件带有浓厚的孔孟道统色彩。这似乎也无可厚非。但他认为将"顽钝无耻""豪纵不趋约束",因而"不必优以礼貌",实在偏激得很,反映出他"褒相抑将"的思想倾向。在对待态度上,苏洵主张君主对宰相要"接之以礼","责之以法";必须先施礼遇,后责以法;强调礼遇和法责要宽严适度,掌握分寸。这是本文的思想核心。苏洵"礼法并用"的任相主张,突破了儒家"刑不上大夫"的思想樊篱,这无疑是积极的、进步的,是他崇尚法制思想的反映。

《任相》是一篇成功的政论之作,在写作上有突出特色,给我们不少启迪。

其一,善用对比衬托。对比衬托作为一种表现技巧,它是作者思想认识方法的外现。在文章中,它常表现为甲乙两体,以其中一体作主导,另一体为副属,以副衬主,从而达到鲜明地表现主体的目的。论证宰相的作用大,就以将的作用小作衬托。阐述任相以贤,就用将之不贤作衬托。阐明对宰相"待之以礼",就以当

时君主的无礼作衬托。文章最后,在说明君主采用不同的对待方法可以导致不同的效果时,分别用利与害、福与祸做对比。一段之中有对比,前后之间有对比,这种方法贯穿文章始终,产生了强烈对比效果,作者所要表达的正面观点得到了强化和突现。这是造成本文观点鲜明、表现畅达的主要原因。

其二,对中心论点善做多侧面论证。写议论文,难在对中心论点的论证。议论文的主旨,"扩之为千言,约之为一言"(刘熙载《艺概·文概》)。"扩",就是对主

国学经典文库

唐宋八大家散文鉴赏

苏洵卷

旨的展开,对主旨的分析。只有展开,主旨才能深入。作者提出"接之以礼","责之以法"的中心论点之后,即紧紧围绕"礼""法"二字展开分析。文章指出,君主对宰相礼遇轻而责罚重,宰相不会心服;礼遇重而责罚轻,宰相就会懈怠。所以施礼遇为了维系他的心,施重责为了激励他而不至懈怠。这是从道理的角度对主旨进行正面论证。作者引用汤、武以伊尹、太公为师友的事例,说明对宰相要"接之以礼"。引用近世君主对宰相"有某罪不加某刑",说明应该"责之以法"。这是从现实的角度对主旨中的两个方面进行反面论证。由此可以看出,作者或用事,或用理,不断变换角度,从不同侧面"切入",对主旨展开"冲击",一波接一波,一浪高一浪,回环往复,确有"惊涛扑岸"的气势。论证侧面虽多,思想却凝聚于主旨,神气始终贯一。这种多角度、多侧面论证,不仅使中心论点深入透辟,也使结构跌宕起伏,富于变化。本文的论证技巧令人叹服,不是大手笔,确实不易达到如此炉火纯青的境界。

　　人们在评论苏洵的文章时,常以雄浑峭拔称之。细读他的《六国论》《心术》之后,必然会得出这一结论。但《任相》似挑灯夜话,娓娓而谈,边叙边议,平易质朴,流畅明快,使我们看到了苏老泉文章风格的另一面。

重　远^①

【题解】

作者针对北宋时期边郡官吏"招权鬻狱",百姓则"多怨而易动"的时弊,指出朝廷由于没有正确认识边郡对国家安全的重要性,因此将边郡作为安置谪官的场所,边郡之官被认为是失职之庸人,凡朝廷稍所优异者,不愿往边郡任职,致使边郡地区贪官专其利,而齐民受其病,这是国家祸乱的根源。作者提出应慎重选择边郡官吏的主张,这在当时是有积极的进步意义的。作者运用生动形象的比喻进行说理,如用腹心、手足相救助比喻天下的形势,说明武王的不泄迩、不忘远是因为知天下之势,使抽象的道理形象化。作者论述近之可忧未若远之可忧的原因,及远近官吏的选择,都采用强烈的对比手法,把北宋政权对内地和边郡的不同态度鲜明地表现出来了。

【原文】

武王不泄迩,不忘远,仁矣乎^②?曰:非仁也,势也^③。天下之势犹一身^④,一身之中,手足病于外,则腹心为之深思静虑于内,而求其所以疗之之术^⑤;腹心病于内,则手足为之奔掉于外,而求其所以疗之之物^⑥。腹心手足之相救,非待仁而后然^⑦。吾故曰:武王之不泄迩,不忘远,非仁也,势也。势如此其急,而古之君独武王然者,何也^⑧?人皆知一身之势,而武王知天下之势也。夫不知一身之势者,一身危;而不知天下之势者,天下不危乎哉?秦之保关中,自以为子孙万世帝王之业^⑨,而陈胜、吴广乃楚人也^⑩。由此观之,天下之势远近如一^⑪。

然以吾言之,近之可忧,未若远之可忧之深也^⑫。近之官吏贤邪,民誉之歌之;不贤邪,讥之谤之^⑬。誉歌讥谤者众则必传,传则必达于朝廷,是官吏之贤否易知也。一夫不获其所,诉之刺史^⑭,刺史不问,则裹粮走京师,缓不过旬月^⑮,挝鼓叫号,而有司不得不省矣^⑯。是民有冤易诉也。吏之贤否易知,而民之冤易诉,乱何从始邪^⑰?

远方之民,虽使盗跖为之郡守^⑱,梼杌、饕餮为之县令^⑲,郡县之民,群嘲而聚骂者,虽千百为辈,朝廷不知也^⑳。白日执人于市,诬以杀人,虽其兄弟妻子闻之,亦不过诉之刺史^㉑。不幸而刺史又抑之,则死且无告矣^㉒。彼见郡守县令据案执笔,吏卒旁列,箠械满前,骇然而丧胆矣^㉓。则其谓京师天子所居者当复如何^㉔?而又行数千里,费且百万,富者尚或难之,而贫者又何能乎?故其民常多怨而易动。吾故曰:近之可忧,未若远之可忧之深也。

国家分十七路,河朔、陕右、广南、川峡实为要区㉕。河朔、陕右,二虏之防,而中国之所恃以安㉖。广南、川峡,货财之源,而河朔、陕右之所恃以全㉗。其势之轻重如何哉?曩者北敌骄恣,西寇悖叛,河朔、陕右尤所加恤,一郡守、一县令,未尝不择㉘。至于广南、川峡,则例以为远官,审官差除,取具临时,审谪量移,往往而至㉙。凡朝廷稍所优异者,不复官之广南、川峡,而其人亦以广南、川峡之官为失职庸人,无所归,故常聚于此。呜呼!知河朔、陕右之可重,而不知河朔、陕右之所恃以全之地之不可轻,是欲富其仓而芜其田,仓不可得而富也㉚。矧其地控制南夷、氐蛮,最为要害㉛。土之所产又极富夥,明珠大贝,纨绵布帛,皆极精好㉜,陆负水载,出境而其利百倍㉝。然而关讥、门征、傔雇之费,非百姓私力所能办㉞,故贪官专其利,而齐民受其病㉟。不招权、不鬻狱者,世俗遂指以为廉吏矣㊱;而招权鬻狱者,又岂尽无?呜呼!吏不能皆廉,而廉者又止如此,是斯民不得一日安也㊲。方今赋取日重,科敛日烦,罢弊之民不任,官吏复有所规求于其间矣㊳。淳化中,李顺窃发于蜀,州郡数十望风奔溃㊴;近者智高乱广南,乘胜取九城如反掌㊵。国家设城池,养士卒,蓄器械,储米粟以为战守备;而凶竖一起,若涉无人之地者,吏不肖也㊶。

今夫以一身任一方之责者,莫若漕刑㊷。广南、川峡既为天下要区,而其中之郡县又有为广南、川峡之要区者,其牧宰之贤否,实一方所以安危㊸。幸而贤则已。其戕民黩货,的然有罪可诛者,漕刑固亦得以举劾㊹。若夫庸陋选耎不才而无过者,漕刑虽贤明,其势不得易置㊺,此犹弊车羸马而求仆夫之善御也㊻。郡县有败事,不以责漕刑则不可;责之,则彼必曰:败事者某所,治某所者,某人也,吾将何所归罪㊼?故莫若使漕刑自举其人而任之。他日有败事,则谓之曰:尔谓此人堪此职也,今不堪此职,是尔欺我也㊽。责有所任,罪无所逃,然而择之不得其人者盖寡矣㊾。其余郡县虽非一方之所以安危者,亦当诏审官俾勿轻授㊿。赃吏、冗流勿措其间,则民虽在千里外,无异于处畿甸中矣㊿。

【注释】

①重远:本文是《衡论》的第四篇,说明国家应重视边远地区。

②武王不泄迩句:周武王不忽视近地,不忘记远处,是仁吗? 武王:即周武王。姬姓,名发。继承其父文王遗志,联合庸、蜀、羌、微、卢等族,率军东攻,灭亡商朝,建立西周王朝。 泄:通"媟"。狎侮,轻慢。《孟子·离娄下》:"武王不泄迩,不忘远。" 迩:近。 矣乎:语气词连用,加强疑问语气。

③势:形势,趋势。

④犹:如同,好比。

⑤一身之中句:一人身体之中,手脚病在外,那么肚腹和心脏在内为它深深地思念,静静地考虑,探求能够治疗它的方法。 腹心:肚腹和心脏,皆人体重要器官。 术:方法,手段。

⑥腹心病于内句:肚腹和心脏病在内,那么手脚为它在外奔走腾跃,探求能够

治疗它的物品。　　掉:助词。用在动词后边,表示动作的完成。

⑦然:代词。如此,这样。

⑧势如此其急句:形势这样的重要,而古代的君主只有武王这样做,为什么呢?　　急:要紧,重要。　　何:疑问代词。为什么,什么缘故。

⑨秦之保关中句:秦朝保守着关中,自以为是子孙万代帝王的基业。　　秦:朝代名。我国历史上第一个专制主义中央集权的封建王朝。　　关中:古地名。一称函谷关以西地区,又称秦岭以北范围。

⑩陈胜(?~前208):字涉,阳城(今河南登封东南)人。秦末农民起义领袖。秦二世元年(前209),他被征屯戍渔阳(今北京密云西南),同吴广在蕲县大泽乡(今安徽宿县东南)发动同行戍卒九百人起义,动摇秦朝的统治。失利后被叛徒杀害。　　吴广(?~前208):字叔,阳夏(今河南太康)人。秦末农民起义领袖。秦二世元年(前209),同陈胜在大泽乡发动同行戍卒九百人起义。后为部将杀害。　　楚:古国名。芈姓,始祖鬻熊。西周时立国于荆山一带,建都丹阳(今属湖北)。

⑪如一:一律,一样。

⑫然以吾言之句:然而以我说,近处的应该忧虑,比不上远处的应该忧虑更加深重。　　未若:不如,比不上。

⑬誉:称赞,赞美。　　歌:歌颂,赞美。　　讥:讥刺,非议。　　谤:议论,毁谤。

⑭一夫不获句:一个人不能得到他的所有,上诉到刺史那里。　　刺史:古代官名。原为朝廷所派往各地督察之官,后沿为地方官职名称。

⑮刺史不问句:刺史不过问,就包上干粮跑到京城去,最慢不过十天一月。　　不问:不过问,不询问。　　京师:指朝廷。　　缓:迟,慢。

⑯挝鼓叫号句:敲打着鼓,呼叫号哭,官吏不得不察看。　　挝:敲,打。有司:官吏。古代设官分职,各有专司,故称。　　不省:不察看。

⑰乱何从始邪:祸乱从哪里开始呢?　　何从:从哪里。疑问句中,疑问代词"何"作宾语时要前置。

⑱盗跖:春秋战国之际人民起义领袖。名跖,一作蹠,旧时被诬称为盗跖。郡守:郡的长官,主一郡之政事。秦废分封设郡县,郡置守、丞、尉各一人。宋以后郡改府,知府亦称郡守。

⑲梼杌:传说为远古的恶人"四凶"之一。或谓即鲧。《左传·文公十八年》:"舜臣尧,宾于四门,流四凶族浑敦、穷奇、梼杌、饕餮,投诸四裔,以御螭魅。"又"颛顼氏有不才子,不可教训,不知话言,告之则顽,舍之则嚚,傲很明德,以乱天常,天下之民谓之梼杌。"　　饕餮:相传为尧舜时的四凶之一。　　县令;一县之行政长官。

⑳郡县之民句:郡县的老百姓,群体嘲笑,聚众谩骂的虽然有千百人,朝廷也不知道。　　辈:量词。多指人。

㉑这句话的意思是:白天在集市上抓人,诬告他杀人,即使他的兄弟妻子听见了,也不过上诉到刺史。

㉒抑:冤屈,冤枉。

㉓彼见郡守句:他们看见郡守县令依凭案几拿着笔,吏卒在两旁站立,棍杖器械列满前庭,害怕得丧失了胆量。　　箠:鞭子;棍杖。　　骇然:惊讶的样子。

㉔这句话的意思是:那么他认为京城是天子所居住的地方,应当又怎么样呢?

㉕国家分十七路句:国家的行政区划分为十七路,河朔、陕右、广南、川峡实际上是重要区域。　　路:宋元时行政区域名。宋时的路,犹明清的省。　　河朔:古代泛指黄河以北的地区。　　陕右:今陕西、甘肃一带与西夏接壤地区。　　广南:指汉夷杂居的两广地区。是朝廷所用珍宝的主要产地。　　川峡:指四川和湘西地区。盛产粮棉,是边防军需的供应基地。

㉖河朔句:河朔、陕右,是辽和西夏二路敌军的防线,中国所以依赖他们得到安全。　　二虏:对辽和西夏的蔑称。　　中国:中原。　　恃:依赖,凭藉。

㉗这句的意思是:广南、川峡地区,是财货的源泉,河朔、陕右依仗它们得以保全。

㉘曩者句:从前北部敌人骄傲放纵,西部敌人侵犯背叛,对河朔、陕右格外要慎重,一个郡守,一个县令,未尝不经过选择。　　曩:从前。　　悖叛:背叛。

㉙至于广南句:至于广南、川峡地域的官吏,按旧例为远处做官的人,考察提拔和职务任命,都是临时决定,贬官放逐和遇赦调迁,常常到这里。　　例:成例,旧例。　　审官:考察提拔官吏。　　差除:官职任命。　　窜谪:贬官放逐。量移:多指官吏因罪远谪,遇赦酌情调迁近处任职。

㉚知河朔句:知道河朔、陕右应该重视,却不知道河朔、陕右所赖以保全的地域不应该轻视,是想要丰富它的粮仓却荒芜它的田地,粮仓不能够得到丰富的粮食。芜:乱草丛生。

㉛矧其地句:况且这些地方控制着南方边远地区、西北及长江中游以南地区,最是要害的地方。　　矧:况且。　　南夷:旧指南方少数民族,又指南方边远地区。　　氐:我国古代民族。居住在今西北一带。　　蛮:我国古代对长江中游及其以南地区少数民族的泛称。

㉜夥:多。　　明珠:光泽晶莹的珍珠。　　大贝:贝的一种。上古以为宝器。纨:白色细绢。　　锦:有彩色花纹的丝织品。　　布帛:供裁制衣着用品的材料。

㉝这句的意思是:陆路背负,水路运载,出境后他的利益增加百倍。

㉞然而关讥句:然而边关稽查、关卡征税、雇车船载运的费用,不是老百姓自己的力量所能办到的。　　关讥:边关稽查盘问。《孟子·梁惠王下》:"关市讥而不征。"集注:"讥,察也。关市之吏,察异服异言之人,而不征商贾之税也。"　　门征:边境上关卡所征的税。　　傲雇:谓雇车船载运。　　私力:指自己的力量。

㉟齐民:犹平民。　　病:损害。

㊱不招权句:不弄权,不受贿而枉断官司,普通人就指着认为是清廉守正的官吏。　　招权:揽权,弄权。　　鬻狱:受贿而枉断官司。　　世俗:俗人,普通人。

311

㊲止:只。　　　斯民:指老百姓。

㊳方今赋取日重句:当今赋税的索取一天比一天加重,科派一天比一天频繁,疲劳困敝的老百姓不能忍受了,官吏在这中间又有所谋求索取。　　　科敛:犹科派。　　　罢弊:疲劳困敝。罢:通"疲"。

㊴淳化中句:淳化年间,李顺暗中发兵于蜀,数十个州郡望见起义军的影子就逃散。　　　淳化:宋太宗(赵光义)年号(990~994)。　　　李顺:北宋初期川峡地区农民起义首领。淳化年间随姐夫王小波参加农民起义军,王小波牺牲后,他被推为领袖。义军攻克成都,他被推为大蜀王,建元应运。宋政府派军镇压,成都被攻陷,他被杀害。　　　奔溃:逃散,败逃。

㊵近者智高乱广南句:近来智高在广南作乱,乘胜夺取九座城市就像反手掌一样容易。

智高:即侬智高。宋时为广南西路源州的壮族首领。宋庆历元年(公元1041年),势力扩展到傥犹州(今广西靖西市东部),建立"大历国"政权。后占据安德州(今靖西市境)。建立"南天国"政权,年号景瑞。皇祐四年(公元1052

年)起兵反宋,自立为"仁惠皇帝",改年号为启历。次年,朝廷派大将狄青征讨之,智高败退而走。　　　九城:横、贵、浔、龚、藤、梧、封、康、端诸州。

㊶凶竖:凶恶的小人。　　　涉:经历。　　　不肖:不成材,不正派。

㊷漕刑:官名。宋元时漕运司及漕司简称漕。管理催征税赋、出纳钱粮、办理上供以及漕运等事的官署或官员。

㊸其牧宰之贤否句:其中州县长官是否贤德,实在关系一方的平安与危险。　　　牧宰:泛指州县长官。州官称牧,县官称宰。

㊹其戕民黩货句:其中伤害百姓,贪污纳贿,确实有罪可以诛逐的,漕刑本来也可以检举弹劾。　　　戕:杀害,伤害。　　　黩货:贪污纳贿。　　　的:的确,确实。劾:弹劾。揭发他人的罪状。

㊺若夫庸陋句:至于平庸浅陋、怯懦不前、没有才能又没有过失者,漕刑虽然贤明,那势必不能改变位置。　　若夫:至于。用于句首或段落的开始,表示另提一事。　　选耎:怯懦不前。"选"通"巽"。　　易置:改设,更换,改变位置。

㊻弊车:破车。　　蹇马:瘸马。　　仆夫:驾驭车马之人。

㊼这句的意思是:郡县有失败的事情,不去责怪漕刑就不应该;责怪他,那么他一定说:失败的事发生在某地,治理某地的是某人,吾又把罪过归给什么人?

㊽堪:能承受。

㊾这句的意思是:责任有人担任,罪责没人逃脱,然而选择不能得到那样人是很少的。

㊿其余郡县句:其余的郡县虽然不是可以使一方土地平安和危险的,也应当告诉审官使之不要轻率授权。　　审官:考察提拔官吏的官员。　　俾:使。

(51)赃吏句:贪污受贿的官吏、不堪任事的庸人,不要安置在这中间,那么老百姓虽然在千里以外,于处在京城地区没有什么区别。冗流:谓庸陋不堪任事的人。

畿甸:古代王都所领辖的千里地面称畿,离王城五百里的区域称甸服。后泛指京城地区。

【集评】

明茅坤《唐宋八大家文钞》卷一百十四:并切今世情事,录之以备举,子家经济之一。

清储欣《评注苏老泉集》卷二:愤当时轻川广之官,而为是言,今则幸无此弊。

清乾隆三年敕编《唐宋文醇》卷三十四:宋承唐弊,以边徼为迁谪之所,朝士有罪者,乃之官焉。"溥天之下,莫非王土;率土之滨,莫非王臣。"而以其远而莫之省,忧远方之百姓何辜?同是赤子,而独无父母之爱也。洵所论诚切中其弊矣,然谓近之可忧,不若远之可忧之深,则固不然。历代有兴有亡,秦则未尝兴也,其亡即兆于其兼并天下之日,而非不祀忽诸者也。是故秦事不可以例,后世"楚虽三户,亡秦必楚,天道也"。岂楚人剽悍之故哉?况此之所谓楚者,乃江淮间非蛮粤之远也。自三代以来,亡国者,乱必自近始,奚尝自山陬海澨蚕丛鬼区始哉?未有政明于上,民戴于下,而蛮夷能人而图中原者也。洵之语,无乃欲明重远之义,而不顾其论之偏转,开后世务远忽近之弊欤!至谓武王视天下之势如一身,真善言圣人者。然曰:"此势也,非仁也",则固未识仁矣。视天下之势如一身,正乃所以为仁,而曰:"是非仁",其将以煦煦为仁耶?

近人林纾评《嘉祐集》:苏家议论,警快条畅,眉目分明,读之未尝不竦然为动。近人方讲语体文字,试读此文,较语体如何?吾谓此等文,乃真正语体,惜瞆瞆者不之知也。

【鉴赏】

重远,意即君主要重视对边陲地区的统治。文章从国家安危的角度,阐明了内地和边陲的依存关系,强调对边陲加强控制的重要意义,并且明确提出了改革边陲地区行政管理的具体措施,反映出苏洵关于治国安邦的政治头脑与战略眼光。

在第一段中,苏洵认为内地和边陲是彼此依存、不可分割的整体。周武王治理国家,既不轻视内地又重视边远,这正是从天下整体形势出发的正确决策。内地和边陲的关系,如同一个人身体中腹心有病、手足就来救助,手足有病、腹心就来救援那样密切相关。君主如果不知道这个道理,国家就危险。秦王朝只注重防范关中,揭竿而起的陈胜、吴广却是边远的楚国人。这一教训是应该记取的。苏洵主张治理国家要从全局着眼,统筹兼顾,不可偏废局部,这是值得称赞的见解。

第二段,苏洵认为边陲比内地更应该引起重视。因为离京师近,内地百姓有冤屈易于得到解决,内地官吏的贤否朝廷容易知道,因而不易酿成变乱。边陲地区,即使柳下跖那样的强盗做郡守,贪婪凶残如猛兽那样的人当县令,百姓怨声鼎沸,朝廷也不会知道。百姓有冤无处诉,残害百姓的贪官污吏得不到惩处,所以这里的百姓怨恨官吏官府,很容易发生动乱。苏洵能够清醒地看到官民对立的现实,认为官吏的欺压是导致百姓反抗的主要原因,这就在客观上揭示了封建统治的罪恶本质和农民起义的根本原因。不能不承认,他的眼光是锐利深刻的。

第三段,苏洵从国家的整体出发,高屋建瓴的具体指明,在十七个政区中,河朔陕右是防御西夏和北辽外敌的前线,是保障中国安全的屏障,具有不可忽视的政治、军事意义;南广川峡是国家经济命脉之所在,河朔陕右依靠它才能保全。这种形势和依存关系,对于国家安全是何等重要!一个思想机敏、胸襟开阔、目光远大、见识卓绝的政治家和战略家形象,跃然纸上。这段内容承前启后,是本文的纲,也是作者的用意所在。

以下四段,对南广川峡边陲的官吏选任、经济物产、政治现状、改革办法,做具体分析。这是"重远"的具体内容。苏洵认为,由于西夏与北辽的经常侵扰,边患严重,所以朝廷对这一边陲要区,应引起高度重视,选任每一个郡守、县令都要十分审慎。与此相反,朝廷审定这一地区的官吏很随便,只是出于权宜之计,所以来这里的官吏往往是那些被贬谪者、被流放者,优秀官吏是不派去的。一些官吏也认为,这一边陲地区是没有作为的庸吏或被贬谪者的去处,根本不愿去。这是多么可悲可叹!苏洵认为,南广川峡治理好了,可以控制南方的夷狄,具有稳定后方的作用,政治意义显而易见。而且这里物产丰富,交通便利,对国家有重要的经济意义。令人痛心的是贪官污吏在这里大发横财,百姓深受其害。加之赋税苛重,勒索名目繁多,百姓已不堪忍受,政治危机日趋严重。这就造成了李顺、智高兴兵作乱的有利条件。在变乱中,州郡官吏望风逃窜,才使敌兵如入无人之境。出现这种局面,主要原因是官吏不称职。针对上述情况,苏洵提出了具体对策。第一,在南广川峡这一边陲要区中,确定出关乎一方安危的要害州郡,与一般州郡区别对待。第二,对要害州郡的长官实行监督和分权,扩大在该地区主管漕运的漕刑的权限,使漕刑具有弹劾地方长官的权力;对那些平叛不力者,漕刑可以撤其职并举任新长官。这样就可以破除推诿怠堕之风,激励进取之气,以改变局面。第三,对非要害州郡的长官，朝廷也不能轻授，特别不能让贪官污吏或平庸之辈去充任。苏洵认为，只要这样做，远在千里之外的百姓，就犹如在京城附近那样容易控制了。苏洵扩大漕刑权力的主张，尽管其用意可嘉，但这样做无异于增设许多钦差大臣，未免迂阔。他主张加强吏治以重远的指导思想，毕竟是有积极意义的。

《重远》不仅给人以思想启迪，在写作上也有独到之处，令人回味惊叹。

首先，文章前铺后顾，中起异峰，章法雄奇。全文思想轮廓可做这样归纳：内地与边陲是一个整体；边陲更应重视；当今的边陲形势十分严峻；应从改革入手加强控制。从文章的整体来看，第一二段侧重于一般道理的阐释，为第三段张本作铺垫，所以论述从容，行文纤缓。第三段转入现实，作者意气风发地纵论天下形势，一针见血地指出西北边陲与西南边陲的依存关系及其对国家安危的重要作用，立意脱颖而出，文势如异峰陡起，拔地而立。以后数段转换推进，都是对第三段内容的顾注和深化。如果说第三段是乐曲中的主旋律，那么第一二段和后四段则是从琴键上进出的连续不断的和弦。从布局上看，一二段和后四段前注后顾，如云如星，紧紧衬托第三段，拱卫第三段，第三段则居若北辰，全文文势呈现纤行——突起——纤行——峭收的波浪式运行轨迹。"兵形象水，惟文亦然。水之发源、波澜、归宿，所以示文之始、中、终，不已备乎？"（刘熙载《艺概·文概》）这段话就好像是专门评价《重远》而说的。写文章应该重视章法，重视布局。布局章法好，文章不大胜，也不会大败。读苏洵的文章，如入名山，如临大川，其重峦叠嶂的雄奇章法令人目不暇接，其奔腾不羁的魔幻文势令人叹服。据传，苏洵和苏轼、苏辙成名于世后，他们的家乡有两句歌谣："眉山出三苏，草木尽皆枯"。意思是说，家乡山川草木的神秀之气，都被他们父子三人摄入文章之中，以至草木都变枯了。这是对三苏文章才气的高度形象的赞评，可谓入木三分。

其次，论证推理，有物有序，天衣无缝。读过《重远》，觉得作者析理自然天成，绝无牵强附会的说教之感，具有一种摄人心魄的说服魅力。这种力量究竟来自什么地方？让我们以第一、二段为例做个简略分析。在第一段中，作者首先引用《孟子·离娄下》里的"武王不泄迩，不忘远"入论，引出内地和边陲这两个概念。接着使用一个贴切形象的比喻，证明内地与边陲跟腹心与手足的关系一样，彼此相关相救。之后用"故曰"提顿、小结，回应开头。这是该段论证的第一个小层次。作者用一个设问句领起下文，将"一身之势"导入"天下之势"，援引秦王朝因为只注重控制关中、忽视边远而失天下的事例，从反面证明"不泄迩、不忘远"。最后用"天下之势远近如一"一句话，概括前文正反两方面的意思，确立起本段要旨。作者使用引用、比喻、事例，做到了论证"有物"；先从正面阐述，再从反面说明，分步展开，思路清晰，这是论证"有序"；在第一小层次转换到第二小层次时，作者又用了过渡句衔接，使论证连贯浑一。第一段的整个论证，反映出作者思维由具体到一般的推理过程，是完整而典型的逻辑归纳法。第二段以"近之可忧未若远之可忧"起论，首先确立本段要旨。这是思维中的综合，论证上的总述。接着，作者用概括叙述的方式，指出内地官吏贤否朝廷易于知道，内地百姓冤屈易于解决，以"乱何从始也"反诘，完成第一小层次论证。作者又以具体叙述方式，把远方官吏的贪暴、百姓有冤无处诉的情状，生动逼真地再现于读者眼前，用"其地之民常多怨而动"一句概括收束，完成第二小层次论证。对于段首主旨来说，这两个小层次是逻辑上的分析，行文上的分述。整个第二段运用事实，持论有据，论证推理，分步展开，体现出逻辑思维由总到分的全过程，圆满地揭示出论点与论据间的因果关系，说服力极强。

　　从上边的分析，我们不难看出，苏洵这篇文章的说服魅力主要是由这样几点原因造成的：第一，他不摆架子，对读者取平易平等态度，读者因感到亲切而有一个良好的阅读心理状态。第二，他的议论有物有内容而不空泛，论点来自对事实的合理概括，自然天成而不牵强。第三，议论入微而不杂乱，有条有理而脉络清晰。第四，善用过渡、衔接和综合，行文前后回抱，浑然一贯，章法笔法奇绝。第五，论证推理，严合逻辑规律，天衣无缝。苏洵的文章，供我们学习借鉴的东西真是太多了。

申　法①

【题解】

本文为伸张法制而作。作者认为古代法简，今天法繁，古代法简靠人治，今天法繁靠法治。然而今天虽然法繁，执法之人却有法不依，所以社会上出现五种"习于犯禁而遂不改"的弊端，即欺骗之恶习不改，富商豪贾纳以大，出以小；奇货荡民，采珠贝之民溢于海滨，糜金之工肩摩于列肆；贱之凌贵而下之僭上，工商之家曳纨锦，服珠玉，不以爵列为等差；天下之吏负县官之势以侵劫齐民，吏之私使而从县官公籴之法；为吏而商，不征不罚等等。作者指出古代法简与今天法繁虽然相差悬殊，但求民之情以服其心却是一样的。有法不依，执法不严，是国家祸乱的根由，所以作者再次呼吁惩治五种犯法的弊端，以严明法纪，达到天下大治的目的。

【原文】

古之法简，今之法繁。简者不便于今，而繁者不便于古。非今之法不若古之法，而今之时不若古之时也②。先王之作法也，莫不欲服民之心③。服民之心，必得其情④。情然耶，而罪亦然，则固入吾法矣⑤。而民之情又不皆如其罪之轻重大小，是以先王忿其罪而哀其无辜，故法举其略，而吏制其详⑥。杀人者死，伤人者刑，则以著于法，使民知天子之不欲我杀人伤人耳⑦。若其轻重出入，求其情而服其心者，则属吏⑧。任吏而不任法，故其法简。今则不然，吏奸矣，不若古之良⑨；民偷矣，不若古之淳⑩。吏奸则以喜怒制其轻重而出入之，或至于诬执⑪；民偷则吏虽以情出入，而彼得执其罪之大小以为辞⑫。故今之法纤悉委备，不执于一，左右前后，四顾而不可逃⑬。是以轻重其罪，出入其情，皆可以求之法，吏不奉法，辄以举劾⑭。任法而不任吏，故其法繁。古之法若方书，论其大概，而增损剂量则以属医者，使之视人之疾，而参以己意⑮。今之法若鬻履，既为其大者，又为其次者，又为其小者，以求合天下之足⑯。故其繁简则殊，而求民之情以服其心则一也⑰。

然则今之法不劣于古矣，而用法者尚不能无弊⑱。何则⑲？律令之所禁，画一明备，虽妇人孺子皆知畏避⑳，而其间有习于犯禁而遂不改者，举天下皆知之而未尝怪也㉑。先王欲杜天下之欺也，为之度以一天下之长短，为之量以齐天下之多寡，为之权衡以信天下之轻重㉒。故度、量、权衡，法必资之官，资之官而后天下同㉓。今也，庶民之家刻木比竹，绳丝缒石以为之，富商豪贾内以大，出以小㉔。齐人适楚，不知其孰为斗，孰为斛，持东家之尺而校之西邻，则若十指然㉕。此举天下皆知之而未尝怪者一也。先王恶奇货之荡民,且哀夫微物之不能遂其生也,故禁民采珠贝㉖;恶夫物之伪而假真,且重费也,故禁民糜金以为涂饰㉗。今也,采珠贝之民溢于海滨,糜金之工肩摩于列肆㉘。此又举天下皆知之而未尝怪者二也。先王患贱之凌贵而下之僭上也,故冠服器皿皆以爵列为等差,长短大小莫不有制㉙。今也,工商之家曳纨锦,服珠玉,一人之身循其首以至足,而犯法者十九㉚。此又举天下皆知之而未尝怪者三也。先王惧天下之吏负县官之势以侵劫齐民也,故使市之坐贾,视时百物之贵贱而录之,旬辄以上㉛。百以百闻,千以千闻,以待官吏之私傰㉜;十则损三,三则损一以闻,以备县官之公籴㉝。今也,吏之私傰而从县官公籴之法,民曰公家之取于民也固如是,是吏与县官敛怨于下㉞。此又举天下皆知之而未尝怪者四也。先王不欲人之擅天下之利也,故仕则不商,商则有罚,不仕而商,商则有征㉟。是民之商不免征,而吏之商又加以罚。今也,吏之商既幸而不罚,又从而不征。资之以县官公籴之法,负之以县官之徒,载之以县官之舟,关防不讥,津梁不呵㊱。然则为吏而商,诚可乐也㊲。民将安所措手足㊳?此又举天下皆知之而未尝怪者五也。若此之类,不可悉数㊴,天下之人耳习目熟,以为当然,宪官法吏目击其事,亦恬而不问㊵。

　　夫法者,天子之法也。法明禁之,而人明犯之,是不有天子之法也,衰世之事也㊶。而议者皆以为今之弊,不过吏胥舞法以为奸,而吾以为吏胥之奸由此五者始㊷。今有盗,白昼持梃入室,而主人不之禁㊸,则逾垣穿穴之徒,必且相告而恣行于其家㊹。其必先治此五者,而后诘吏胥之奸可也㊺。

【注释】

①申法:本文是《衡论》的第七篇,论述怎样伸张法制。

②不若:不如,比不上。

③先王之作法句:先王制定法律,莫不是想得老百姓之心。　　服:得,降服。

④情:实情,情况。

⑤然:代词。如此,这样。　　固:副词。必,一定。

⑥而民之情句:百姓的情况又不都如他的罪名的轻重大小,因此先王怨恨他的罪名而且怜悯他的无辜,所以法律列举那些大的规则,而官吏制定那些详细的规则。　　是以:连词。因此。　　忿:愤怒,怨恨。　　哀:怜悯,同情。

⑦这句的意思是:杀人者要处死,伤害人者要受刑罚,而且在法律上明示出来,使百姓知道天子不想要我杀人伤人罢了。

⑧若其轻重句:假如他的罪行轻重有出入,访求他的实情而且使他从心里服从,就交给执法的官吏去处理。　　若:连词。假如,如果。　　属吏:谓交给执法官吏处理。

⑨这句的意思是:今天却不是这样,官吏很奸猾,不如古代的贤良。

⑩偷:浇薄,不厚道。　　淳:质朴,敦厚。

⑪吏奸句:官吏奸猾,则以自己的喜怒控制他的罪行轻重而有出入,或者达到捏造罪名,加以陷害。

⑫这句的意思是:百姓不厚道,那么官吏虽然按实情或出或入,他们可以依据他的罪恶的大小进行辩解。

⑬故今之法句:所以今天的法律细微详尽而完备,不执行统一规定,左右前后,四处观望却不可以逃避。　纤悉:细微详尽。

⑭是以轻重其罪句:所以他的罪行的轻重,他的情节的出入,都可以在法律上询问,官吏不遵奉法律,立即检举弹劾他。　辄:副词。立即,就。　举劾:举告弹劾。

⑮古之法若方书句:古时的法律就如同医书,议论它的大概,增加减少药物的剂量就属于医生的事了,使用它诊视人的疾病,而参考自己的意见。　方书:医书。

⑯今之法句:今天的法律就像卖鞋子,既制作大的鞋子,又制作稍大些的鞋子,又制作小的鞋子,以求适合天下人的脚。　鬻履:卖鞋子。

⑰这句的意思是:所以古今之法繁简虽然不同,而探求百姓的实情,使他们从内心服从,却是一致的。

⑱然则今之法句:那么今天的法律不比古代低劣,而运用法律的人尚且不能没有弊端。　然则:连词。连接句子,表示连贯关系。犹言"如此,那么"或"那么"。

⑲何则:为什么。多用于自问自答。

⑳律令之所禁句:法律条令所禁止的,一一条例,明确完备,虽然妇人和孩子都知道畏惧躲避。　画一:逐一,一一条例。

㉑这句的意思是:而其中有习惯于违犯禁令又终于不悔改的人,全天下都知道却不曾责怪他。

㉒先王欲度天下之欺句:从前的君王想要杜绝天下的欺骗,为他们制定计量长短的标准,以统一天下的长短,为他们制定计量物体多少的容器,以整齐天下的多寡,为他们制定称量物体轻重的器具,以明确天下的轻重。　度:计量长短的标准。　量:计量物体多少的容器。　权衡:称量物体轻重的器具。权,秤锤;衡,秤杆。

㉓资:凭借,依靠。

㉔今也句:今天,平民人家在木头、竹竿上刻画自制秤杆,以丝绳拴石头自制秤锤,富贵豪强的商人用大斗收进,用小斗放出。　缒:以绳拴物而垂下。　内:纳的古字。收进。

㉕齐人适楚句:齐国人到楚国,不知道什么是斗,什么是斛,拿着东家的尺去比较西家的物品,那么就好像十个指头不一般齐。　齐:古国名。前十一世纪周分封的诸侯国。姜姓,在今山东北部,开国君主是吕尚。　楚:古国名。芈姓。始祖鬻熊。西周时期诸侯国。　斛:旧时量器名。古代十斗为斛,后来改为五斗。

㉖先王恶奇货句:从前的君王讨厌珍奇的货物迷惑百姓,并且哀怜细小的东西不能实现它的生长,所以禁止百姓采集珍珠宝贝。恶:讨厌,憎恨。　荡:诱惑,

迷惑。　　珠贝:产珠之贝,泛指珍珠宝贝。

㉗恶夫物之伪句:讨厌物品的伪装而且假冒成真的,并且要很重的费用,所以禁止百姓用金粉去涂抹修饰。　　糜:碎烂,毁坏。糜金:把金粉碎。

㉘溢:满,充塞。　　摩肩:肩挨着肩。形容人多。　　列肆:成列的商铺。形容店铺多。

㉙先王患贱之凌贵句:从前的君王担心卑贱者侵犯高贵者,地位在下的僭越地位在上的,所以帽子、衣服和饮食用具都以官爵的序列为等级差别,长短大小莫不有一定的规定。　　僭:僭越。　　爵列:即爵位。　　等差:等级次序,等级差别。

㉚今也句:今天,工商人家穿着纨绮绣锦的服装,佩戴着珍珠和美玉,一个人的全身从头直至双脚,违犯法令规定处有十分之九。　　曳:穿着。　　服:佩带。循:沿着,顺着。

㉛先王惧天下之吏句:从前的君王惧怕天下的官吏仗恃县官的势力去欺凌威逼平民百姓,所以使之在集市上商人,审视当时各种货物的贵贱而记录下来,十天就向上汇报。　　负:仗恃,依靠。　　齐民:犹平民。　　坐贾:坐商。　　辄:副词。立即,就。

㉜百以百闻句:一百就以一百传布,一千就以一千传布,以等待官吏私人买进。闻:传布,传告;传扬。　　籴:买。

㉝十则损三句:十成就损失三成,三成就损失一成去传闻,以预备县官为公家买进谷物。　　籴:买进谷物。

㉞这句的意思是:今天,官吏私人买进却依从县官为公家买进谷物的做法,百姓以为公家从百姓中取物确实应该这样,于是官吏与县官在下面招惹怨恨。

㉟先王不欲人之擅天下之利句:从前的君王不想让人独揽天下的利益,所以做官的就不许经商,经商就要处罚,不做官的经商,经商就要征收赋税。　　擅:独揽,据有。　　仕:旧时称做官。　　征:指征收赋税。

㊱今也句:今天,官吏经商既能幸运地不被处罚,又能顺利地不被征收赋税,凭借着县官为公家买进谷物的做法,依恃着县官手下供役使的这些人,商品装载在县官的船上,关隘防守不去稽查盘问,沿海海口不去呵斥。　　关防:用兵防守的关隘。　　讥:稽查,盘问。　　津梁:指沿海海口。　　呵:呵斥,呵斥。

㊲诚:实在,的确。

㊳民将安所措手足:老百姓将怎么做呢?　　安:疑问代词。怎么,哪里。

㊴悉数:谓一一列举。

㊵天下之人句:天下的人耳朵听习惯了,眼睛看熟悉了,以为应当是这样,掌握刑宪典章和司法的官员亲眼看见这些事,也都安静地不去过问。　　恬:安静。

㊶法明禁之句:法律明确地禁止它,然而有人明显地违犯它,是没有了天子的法律,这是乱世的事情啊。　　衰世:衰乱的时代。

㊷斁法:枉法。

㊸梃:棍棒。

㊹则逾垣穿穴之徒句:那么爬墙头挖墙洞的盗贼,一定互相告知并且在他家中任意的胡作非为。　　逾:超过、越过。　　垣:墙。逾墙穿穴,喻偷盗行为。恣行:任意胡作非为。

㊺诘:问,追问。

【集评】

明茅坤《唐宋八大家文钞》卷一百十五:古今分款,荆川谓体如《盐铁》中,古今之异一段,良是。

清储欣《评注苏老泉集》卷二:任吏任法,烛照古今之变。五条尤重四、五,此二弊,惟宋为公行。

近人林纾评《嘉祐集》:五可怪之事,在老泉眼中以为怪,今则千倍百倍于此,惜老泉不之见也。然文字自明白警快,利于官文书。

【鉴赏】

本文选自苏洵《嘉祐集·衡论》。《衡论》包括十篇表达苏洵政治主张的议论文,本文是其中的第七篇。《衡论》的写作年代,当在至和二年(1055 年,苏洵四十七岁)以前。申法,是伸张王法的意思。《申法》这篇文章,是表达苏洵法律观点和主张的重要论著之一。其特点,主要有以下几个方面。

一、结构严谨,层次清晰

本文可分三段,第一段指出古今之法的异同。又可分四层,第一层,即文章的首句,"古之法简,今之法繁。"劈头提出古今之法不同在于繁简的观点,引起下面两层议论。第二层写古代"任吏不任法,故其法简"。用"今则不然",承上启下,自然过渡到第三层,写宋代"任法而不任吏,故其法繁。"第四层,以"方书"和"鬻履"为喻,指出古今之法繁简虽殊,但目的都是一致的,即"求民之情以服其心",概括古今之法的异同,是第一段的小结。

第二段,针砭五种不法之弊。可分三层,第一层,首先指出今法虽好,但用法不能无弊,自然引出第二层的五种弊端:第一,度量权衡不统一。特别是对于"富商豪贾内(纳)以大,出以小"十分不满。第二,采珠贝之民和鏐金(把金子碾为碎粉)涂饰之工甚多,未能禁绝。第三,人们的冠服器皿,不分爵列等差。特别是"工商之家,曳纨锦,服珠玉",苏洵对此非常痛恨。据《汉书·食货志》:汉王朝规定:"贾人不得衣丝乘车,重税租以困辱之。"宋代商人在这方面枉法者十有八九。第四,官吏们私自买卖却按照"公籴之法",从中获利,结怨天下。第五,官吏经商,不受罚,不交税,还享有优惠特权。第三层指出大家对这五种弊端熟视无睹,不加纠正。这一层缩束全段,实际是全段的小结。

第三段,主张除弊究奸,伸张王法。这一段可分四层,头一句"夫法者,天子之法也。"是第一层。指出宋代法的属性,意在表明法的权威性和普遍性。第二层指出有法不依，等于无法。第三层提出自己的看法，即"吏胥之奸，由此五者始。"与上段所论"五种不法之弊"相照应。第四层，提出自己的法律主张："其必先治此五者，而后诘吏胥之奸可也。"这一层是本段的小结，也可以说是全文的总结。综上所述，本文结构严谨，层次清晰，有条不紊，《申法》之题得到充分的表达；同时，本文段有小结，

篇有总结，绾攏作结，联结成篇，使文章间架结构稳固、紧密而又完整。从全文看来，正是一件结构完美的艺术品。

二、对比鲜明，讽喻深刻

本文通篇采用了对比法，通过鲜明的对比，借古讽今，针砭得非常深刻，这是本文的第二个特点。譬如，第一段用古今之法的对比，鲜明地表现出古今之法的异同，异在繁简，同在"以情服心"，十分明确。第二段，论述五种不法之弊，每种弊端都是通过对比表现出来的。例如第五种弊病，先写古代守法的情况："先王不欲人之擅天下之利也，故仕则不商，商则有罚；不仕而商，商则有征。是民之商不免征，而吏之商又加以罚。"然后写今日不法情况与之对比："今也，吏之商既幸而不罚，又从而不征，资之以县官公粲之法，负之以县官之徒，载之以县官之舟，关防不讥，津梁不呵。然则为吏而商，诚可乐也。民将安所措乎？此又举天下皆知之而未尝怪者，五也。"古代"仕则不商"，今日官吏不但经商，而且不受罚，不交税，还享有多种特权，相比之下，"今之弊"就鲜明地呈现了出来。以上两段多用古今对比，以古讽今，针砭时弊，效果甚好。第三段虽然未用"古今"对比，但也采用了其他对比的方法，例如："而议者皆以为今之弊，不过吏胥舣法（枉法。舣，枉曲）以为奸，而吾以为吏胥之奸，由此五者始。"通过"议者"的看法和"吾"的看法做对比，充分地显示出"吾"的看法深刻而全面。如此对比，同样收到良好的效果。

三、巧用比喻，生动形象

一般来说，议论文是比较概括、抽象的，如果在议论文中适当地使用比喻，用具体而形象的比喻来说明抽象的道理，那么，议论性的文字就较为生动形象了。本文正是如此。比如：第一段第四层："古之法若方书，论其大概，而增损剂量，则以属医者，使之视人疾而参以己意。今之法若鬻履，既为其大者，又为其次者，又为其小者，以求合天下之足。故其简繁则殊，而求民之情以服其心，则一也。"这里用了两个比喻，一是"方书"，把古之法比作医生的处方用书，只用其大略，至于具体处方，还要由医生根据病情而定；二是"鬻履"，把今之法比作买鞋，而鞋的型号繁多，应选其合足的来买。前者为了说明古代"任吏不任法，故其法简"，后者为了说明今日"任法不任吏，故其法繁"。然而二者也有共同之处，都是为民之需。作者又用此来比喻古今之法的相同之处："以情服心"。此处比喻复杂而巧妙。第二段用"持东家之尺而校之西邻，则若十指然"这个比喻，说明宋代度量衡之不统一。第三段用"今有盗白昼持挺（梃）入室，而主人不知之禁，则逾垣穿穴之徒，必且相告而恣行于其家。"这个比喻，说明"除弊究奸，伸张王法"的重要性。总而言之，在议论文中巧用比喻，既可深刻地说明抽象的道理，又能使文章生动形象，避免枯燥乏味，本文尚有借鉴之处。

老苏之文纵横雄奇，尤擅议论，语言犀利，善于用比，正如张方平所说，大有"贾谊明王道"的议论风格。

易　论

国学经典文库

唐宋八大家散文鉴赏

苏洵卷

【题解】

《易》为古代六经之一，是研究古代阴阳变化消长现象的一部经书。作者在此文中阐述了《易》的产生过程，"圣人惧其道之废而天下复于乱也"，因而作《易》，"以神天下之耳目，而其道遂尊而不废"。作《易》的方法是"观天地之象以为爻，通阴阳之变以为卦，考神鬼之情以为辞"。指出《易》的特点是深奥难懂，"童而习之，白首而不得其源"。正因为《易》的神秘莫测，故使天下人视圣人"如神之幽，如天之高。尊其人而其教亦随而尊"。这就是《易》所产生的社会效应。作者之《六经论》是一组互相关联的文章系列。本文采取纵横开阖的论证艺术，首先以《易》《礼》并论，进行横向比较，说明"圣人之道，得《礼》而信，得《易》而尊"的道理，这就将《易》和《礼》紧密地联系在一起了。紧接着又向纵深发展，分头论述《礼》《易》各自产生的历史背景、特点及作用。最后再收拢，指出圣人作《易》乃是"用其机权，以持天下之心，而济其道于无穷也"。首尾呼应，深化了《易》论的主题。

【原文】

圣人之道，得《礼》而信，得《易》而尊①。信之而不可废，尊之而不敢废。故圣人之道，所以不废者，《礼》为之明，而《易》为之幽也②。

生民之初③，无贵贱，无尊卑，无长幼。不耕而不饥，不蚕而不寒，故其民逸④。民之苦劳而乐逸也，若水之走下⑤。而圣人者，独为之君臣，而使天下贵役贱⑥；为之父子，而使天下尊役卑；为之兄弟，而使天下长役幼。蚕而后衣，耕而后食，率天下而劳之⑦一圣人之力，固非足以胜天下之民之众，而其所以能夺其乐而易之以其所苦⑧，而天下之民，亦遂肯弃逸而即劳，欣然戴之以为君师，而遵蹈其法制者，《礼》则使然也⑨。

圣人之始作《礼》也，其说曰：天下无贵贱，无尊卑，无长幼，是人之相杀无已也⑩。不耕而食鸟兽之肉，不蚕而衣鸟兽之皮⑪，是鸟兽与人相食无已也。有贵贱，有尊卑，有长幼，则人不相杀；食吾之所耕，而衣吾之所蚕，则鸟兽与人不相食。人之好生也甚于逸，而恶死也甚于劳⑫。圣人夺其逸死，而与之劳生⑬，此虽三尺竖子，知所趋避矣⑭。故其道之所以信于天下而不可废者，《礼》为之明也⑮。

虽然，明则易达，易达则亵⑯，亵则易废。圣人惧其道之废，而天下复于乱也，然后作《易》。观天地之象以为爻，通阴阳之变以为卦，考鬼神之情以为辞⑰。探之茫

324

茫⑱，索之冥冥⑲。童而习之，白首而不得其源⑳。故天下视圣人，如神之幽，如天之高，尊其人而其教亦随而尊。故其道之所以尊于天下而不敢废者，《易》为之幽也。

凡人之所以见信者，以其中无所不可测者也㉑；人之所以获尊者，以其中有所不可窥者也㉒。是以《礼》无所不可测，而《易》有所不可窥，故天下之人，信圣人之道而尊之。不然，则《易》者，岂圣人务为新奇秘怪以夸后世邪㉓？

圣人不因天下之至神，则无所施其教㉔。卜筮者㉕，天下之至神也。而卜者，听乎天而人不预焉者也㉖；筮者，决之天而营之人者也㉗。龟，漫而无理者也㉘，灼荆而钻之，方、功、义、弓，惟其所为，而人何预焉？圣人曰：是纯乎天技耳㉙。技何所施吾教，于是取筮㉚。夫筮之所以或为阳或为阴者，必自分而为二始㉜。挂一，吾知其为一而挂之也㉝；揲之以四，吾知其四而揲之也㉞。归奇于扐㉟，吾知其为一为二为三为四而归之也，人也㊱；分而为二，吾不知其为几而分之也，天也㊲。圣人曰：是天人参焉，道也㊳。道有所施吾教矣，于是因而作《易》，以神天下之耳目，而其道遂尊而不废㊴。此圣人用其机权，以持天下之心，而济其道于无穷也㊵。

【注释】

①圣人之道句：圣人的政治主张，因为得到《礼》而使人信服，因为得到《易》而使人尊崇。　圣人：旧指思想品德高尚，智慧超群，受到人们普遍尊敬的人。自儒家定于一尊以后，特指孔子为圣人。　道：政治主张或思想体系，即思想学说。

②故圣人之道句：圣人的政治主张所以不被废弃的原因，《礼》替它阐明，《易》替它隐秘。　明：证明，阐明。　幽：隐微，隐秘。

③生民：犹言人类诞生。

④蚕：名词用作动词，即养蚕。　逸：闲适；安乐。

⑤这句的意思是：老百姓厌恶劳作而喜欢安乐，就像水一样自然地流向低处。

⑥这句的意思是：然而圣人却为老百姓建立君臣关系，君贵臣贱，使天下尊贵者役使卑贱者。

⑦蚕而后衣句：养蚕而后就有了衣服穿，耕种而后就有了食物吃，率领天下的老百姓从事劳动。　而：连词，表承接。

⑧这句的意思是：一位圣人的力量，确实不能够胜过天下众多人的力量，然而圣人所以能够夺取百姓的逸乐，以他们的劳苦替代它。

⑨而天下之民句：而天下的百姓，也竟然肯抛弃逸乐去从事劳苦，高兴地拥戴他作为君主，作为师长，并且遵照他的法令制度，是《礼》使他们这样的。　遂：终于；竟然。　欣然：喜悦貌。　遵蹈：遵照执行。　法制：法令制度。然：这样。

⑩无已：无止境；无了时。

⑪食：名词用作动词。吃。　衣：名词用作动词。穿。

⑫这句的意思是：人的喜欢生存超过安逸，畏惧死亡超过劳苦。

⑬这句的意思是：圣人夺走他的贪图安逸和死亡，给予他付出劳动和生存。

⑭此虽三尺句:这个道理就是三尺高的小孩,也知道怎样趋利避害。　　趋避:指趋利避害;趋吉避凶。

⑮这句的意思是:因而圣人的思想学说所以在天下得到信服并不能被废弃的原因,《礼》替它阐述明白。

⑯达:通晓,明白。　　亵:轻慢,不庄重。

⑰观天地之象句:观察天地间的征兆用作爻,通晓阴阳的变化用作卦,察考鬼神的情状用作辞。　　爻:《周易》中组成卦的符号:"-"为阳爻,"--"为阴爻。阳爻代阳性,阴爻代阴性。爻含有交错和变化之意。　　卦:《周易》中一套有象征意义的符号。每卦由三爻组成。旧时常用卦来占卜。　　辞:文词,言词。《易经》有《系辞传》,每爻有爻辞,每卦有卦辞,用以说明卦爻的意义。

⑱茫茫:渺茫,模糊不清。

⑲冥冥:懵懂无知貌。

⑳童而习之句:童子时就学习它,学到头发白的时候还没有找到它的源头。
不得其源:用占卜来问吉凶,本来就是没有规律的,难以预知的,所以没有源头,也就无法找到它的源头。

㉑这句的意思是:大凡人们因此被信服的原因,是因为其中没有什么不可以推测的。

㉒这句的意思是:人们因此获得尊崇的原因,是因为其中有什么不可以窥测到的。

㉓不然句:如果不是这样,那么作《易》的事,难道是圣人一定要装出神奇怪异来夸耀于后世吗?　　务:一定,必须。　　为:做出,装出。　　秘怪:指潜藏而不经见过之神奇怪物。

㉔这句的意思是:圣人不凭借天下最神圣的学说,就无法施行他的教化。

㉕卜筮:古代预测吉凶,用龟甲称卜,用蓍草称筮。

㉖而卜者句:用龟甲占卜,完全听凭天命,人是不参预的。　　卜:古人用火灼龟甲,根据龟甲上的裂纹来预测吉凶。

㉗筮者句:用蓍草占卜,决定于天,而由人来经营的。　　筮:古人用蓍草占卜休咎或卜问疑难的事。　　营:经营。

㉘这句的意思是:龟的甲壳,漫漶而没有纹理。

㉙灼荆而钻之句:点燃荆条,烧炙钻刺后的龟甲,方、功、义、弓这四种卜兆,听凭它们任意所为,而人能参与什么呢?　　灼:烧;炙。　　钻:特指钻刺龟甲并用火灼以卜吉凶。　　方、功、义、弓:卜师四兆之称。《周礼·春官·卜师》:"卜师,掌开龟之四兆,一曰方兆,二曰功兆,三曰义兆,四曰弓兆。"宋王应麟《困学纪闻·周礼》:"卜师四兆。"翁元圻注引《周礼订义》载郑锷曰:"方兆者,占四方之事。""功兆者,占立功之事。""义兆者,占行义之事。""弓兆者,弓有射义,故后世有覆射之法。"又载薛士龙曰:"以意推之,丽于形者方也,谓之方兆,则言其上下阴阳之势;以力兴造者功也,谓之功兆,则言其废兴成败之理;度其宜者义也,谓之义兆,则言其

吉凶祸福之宜;能弛张者弓也,谓之弓兆,则言曲折长短之象。"

㉚圣人曰句:圣人说:这纯粹是上天的技巧。　　纯:纯粹;精纯。　　技:才能;技巧。

㉛这句的意思是:这种技巧怎么样能施行于我们的教化之中,于是采取筮法。

㉜夫筮之所以句:筮法因此有时为阳,有时为阴,一定从"分而为二"开始。分而为二:把筮草分作二份,以象天地。《周易·系辞上》讲筮法:"大衍之数五十,其用四十有九。分而为二以象两。"

㉝挂一句:挂起一根蓍草,我知道它为一而挂它的。　　挂一:《周易·系辞传》:"分而为二以象两,挂一以象三。"从两堆筮草中抽出一根来放在中间像天地人三才。

㉞揲之以四句:按照四根草为一组来区分,我知道它为四而分组的。　　揲:按定数更迭点查物品。　　四:分揲其蓍,皆以四四为数,以象四时。

㉟归奇于劫:将合并后的多余的蓍草夹在手指间。归:会集;合并。　　奇:零数,余数。　　劫:古代筮法,数蓍草卜吉凶,称每次将数剩零余的蓍草夹在手指间为劫。

㊱这句的意思是:我知道它是一根二根三根四根而夹在手指间,这些由人来决定。

㊲这句的意思是:把筮草分作两份,我不知道这两份蓍草是几根而分开的,这是由天来决定的。

㊳圣人句:圣人说:这是天意和人事相参与的,是宇宙万物的本原、本体。参:参与;参加。　　道:宇宙万物的本原、本体。《易·系辞上》:"一阴一阳之谓道。"韩康伯注:"道者,何无之称也,无不通也,无不由也,况之曰道。"《老子》:"有物混成,先天地生……吾不知其名,字之曰道,强为之名曰大。"《韩非子·解老》:"道者,万物之所然者,万理之所稽也。"

㊴道有所施句:为将宇宙万物的本原、本体施行于我们的教化之中,因而作《易》,使天下人的视听感到神奇,而圣人的思想学说就受到尊崇而不被废除。神:神奇;神异。《易·系辞上》:"阴阳不测之谓神。"　　耳目:犹视听,见闻。引申为审察和了解。

㊵此圣人句:这是圣人用他的机智权谋,来掌握着天下人的心,贯通他的学说使之永远无穷地传下去。　　机权:机智权谋。　　持:拿着,握住。　　济:流通;贯通。

【集评】

明茅坤《唐宋八大家文钞》卷一百十:文有烟波,而以《礼》为明,以《易》为幽。谓圣人所以用其机权,以持天下之心,过矣。

清储欣《评注苏老泉集》卷二:诸论中《易论》体制略方,而其所引,伸己意以说先王作礼处,为尤详矣。

清姚鼐《古文辞类纂》卷三：海峰先生(刘大櫆)云："出入起伏,纵横如志,甚雄而畅。"

【鉴赏】

《〈易〉论》是苏洵《六经论》之一。六经指经过孔子整理的《易》《礼》《乐》《诗》《书》《春秋》等儒家典籍。六经在先秦称六艺。《史记》引孔子曰："六艺于治一也。《礼》以节人,《乐》以发和,《书》以道事,《诗》以达意,《易》以神化,《春秋》以义。"汉代独尊儒术,尊儒家这些典籍为六经(《乐》有名无书,故亦称五经),认为它具有普遍永恒的意义,把它作为国家全部思想和政治生活必须遵循的指针。经过历代封建统治者的提倡和儒家学者的宣扬,六经成为人们顶礼膜拜的对象。

苏洵《六经论》是一个互相关联的文章系列。苏洵论六经独抒己见,不循旧说,在一定程度上破除了旧儒给六经制造的神秘感。由于《六经论》的观点和文风与荀子有相通相近之处,所以欧阳修称赞苏洵曰："子之《六经论》,荀卿子之文也。"

苏洵的《〈易〉论》以《礼》《易》同时并论,通过互相比照,论述了《易》的产生、特点和作用。全文分为五段。文章开篇《礼》《易》并提,指出《礼》《易》是圣人之道的两大支柱："得《礼》而信,得《易》而尊。"《易》《礼》二者一幽一明,相反相成,相济为用,使圣人之道得以施行。通过与《礼》的横向比较,说明了《易》对圣人之道的特殊作用。

第二段先承"得礼而信"而纵向展开,结合人类社会的发展变化,论述了礼的产生、特点及作用。借用圣人的口气,以无礼与有礼做了对比。说明初民无礼,而生活逸乐。但是"人之相杀无已","鸟兽与人相食无已",人的生命没有保证。有了礼,社会有了秩序,人靠劳动生活。"则人不相杀""鸟兽与人不相食",生活虽然劳苦,但生命有保证。而人之好生恶死之情又胜过好逸恶劳之情,在劳生与逸死之间,自然知道该如何选择了。通过纵向对比和层层剖析,最后得出圣人之道"之所以信于天下而不可废者,礼为之明也"的结论,与第一段相照应。

第三段再承"得《易》而尊"而纵向展开,论述了《易》的产生、特点和作用。虽然《礼》对圣人之道很重要,然而也有它的不足。因为"明则易达,易达则亵,亵则易废。"《礼》之所长,亦是《礼》之所短。"圣人惧其道之废而天下复于乱也,然后作《易》。"在点明圣人作《易》的目的之后,进一步说明了圣人作《易》的方法:"观天地之象以为爻,通阴阳之变以为卦,考鬼神之情以为辞。"爻是组成八卦的两个基本符号:长横(—)和短横(-)。长横代表阳,称阳爻;短横代表阴,称阴爻。人们认为长横象混一的天,短横象水陆两部分构成的地。所以说"观天地之象以为爻。"卦是古代占卜用的符号。因为它是由阳爻(—)和阴爻(-)相配合而成的,所以说"通阴阳之变以为卦"。辞指说明卦象的言辞。这些言辞是说明卦吉凶的,和鬼神迷信有关,所以说"考鬼神之情以为辞"。而《易》所探索的又是有关吉凶的渺茫的事物。这就形成《易》神秘难测的特点。一般人从童年学《易》到老也不能究其原委。正因为《易》这样神秘莫测,"故天下视圣人如神之幽,如天之高。"使人对圣人像对天神那样敬畏。人们尊崇圣人,圣人之教也随之为人们所尊崇。这里作者从人的心理出发,通过对因果关系的层层剖析说明,最后得出圣人之道"之所以尊于天下而不敢废者,《易》为之幽也"的结论,也与第一段相呼应。

第四段在二、三两段分论《礼》《易》之后,再以《礼》《易》并论,承上启下。先把人被人信任和获得尊崇的道理用到《礼》和《易》上,说明《礼》是透明的,"无所不可测",而《易》是深奥的,"有所不可窥",所以天下的人们"信圣人之道而尊之。"与第一段相照应,结清"得《礼》而信,得《易》而尊"的意思。然后笔锋一转单就《易》来发问:"不然,则《易》者,岂圣人务为新奇秘怪以夸后世邪?"过渡到下文对《易》的论述。

文章以《〈易〉论》为题,所以末段单就《易》来发论。先以"圣人不因天下之至神则无所施其教"回答了上段的问题。说明圣人作《易》并非"务为新奇秘怪以夸后世",而是借用天下最神奇的东西来施行教化。然后指出天下最神奇的是卜筮,而卜和筮是不同的:卜是根据龟甲被烧后的裂纹来预测吉凶,没有人的作用参与其间,所以说是"听乎天而人不予焉";筮则是根据蓍草的排列预测吉凶,而蓍草是由人排列的,所以说是"决之天而营之人"。进而通过对卜法和筮法的具体介绍,说明卜法只是一种技艺,不能借以施行圣的教化,而筮法是符合道的,可以施行圣人的教化,所以圣人就借筮来做《易》,使人感到神奇,这样圣人之道就被人们尊崇而不会废弃不行了。最后一语道破这实质上是圣人用机谋和权术来掌握天下的人心,使其道永远不会废弃不行。

在《〈易〉论》中,苏洵把《礼》《易》的产生完全归于圣人个人所作,当然是唯心的。但是他对初民社会的描述有些还是符合实际的。特别是他把人的社会关系和人类的物质生活放在一起来考虑,认为维护等级制度的礼是社会发展到一定阶段的产物。这些见解也是可贵的。他用"明则易达,易达则亵,亵则易废"说明《礼》同其他事物一样具有二重性。并说明有利即有弊,长处也会转化为短处,体现了观察事物的辩证观点。他指出圣人作《易》的目的是"以神天下之耳目",是"圣人用其机权,以持天下之心",把儒家视为神圣的《易》看作是神道设教的愚民手段和工具,不能不说是大胆的。

　　苏洵的《易》论不仅在内容上有深刻的见解和大胆的议论,而且在写作上也很有特色。给人印象最深的是那种"俯视一世之概"(清·刘大櫆语)。在《〈易〉论》中他从行圣人之道治理天下出发,结合人类历史发展的进程和行圣人之道的需要,居高临下地对《礼》和《易》的产生、特点及作用进行审视和评说,其立足点之高及目光之远大深邃,都是封建时代一般文人所不可企及的。其次是纵横开阖的论证艺术。文章开始先以《礼》《易》并论,进行横向比较,突出《礼》《易》各自的特点及作用。接着分别纵向展开,详论《礼》《易》的产生及其特点和作用。然后收拢,再用并行论述,结清开头提出的论点。最后单就《易》来发论,使对《易》的论述进一步深化,同时也关合题目,进一步突出了文章的中心。文章虽以《〈易〉论》为题,如果只就《易》论《易》,许多道理讲不清楚,文章用相当的篇幅以《礼》《易》并论,有相得益彰之妙。第三是语言运用极见功力。在《〈易〉论》中散句、偶句、排句交替使用,使文章的语言既有错综美和整体美,又富有奔放的气势。文章在谈《礼》的作用时,用了"一圣人之力,固非足以胜天下之民之众,而其所以能夺其所乐而易之以其所苦,而天下之民迹遂肯弃逸而即劳,欣然戴之以为君师,而遵蹈其法制者,礼则使然也",这一因果倒装的长句。句中既就圣人一面而言,又就天下之民一面而言;既有让步,又有转折,还有进层,整个句子既摇曳多姿,萦回曲折,又面面俱到,层层递进,充分地说明了礼的作用之大。在谈到礼的不足时,则用了"明则易达,易达则亵,亵则易废"三个互相关联的短句,从修辞来看又是用了接字法。句中连用三个表示因果关系"则"字,层层进行推论,一气贯注,明快有力。可见句子无论长短,都能各尽其妙。

礼　论

【题解】

《礼》为六经之一，是一部专门阐述人们社会行为的法则、规范及礼仪的著作。苏洵撰《六经论》，其风格与荀子相近，故欧阳修赞之曰："子之《六经论》，荀卿子之文也。"

【原文】

夫人之情，安于其所常为①，无故而变其俗，则其势必不从②。圣人之始作礼也③，不因其势之可以危亡困辱之者④，以厌服其心⑤，而徒欲使之轻去其旧，而乐就吾法，不能也⑥。故无故而使之事君⑦，无故而使之事父，无故而使之事兄。彼其初，非如今之人，知君父兄之不事，则不可也⑧，而遂翻然以从我者⑨，吾以耻厌服其心也⑩。彼为吾君，彼为吾父，彼为吾兄。圣人曰：彼为吾君父兄，何以异于我⑪？于是坐其君与其父以及其兄，而己立于其旁⑫，且俯首屈膝于其前以为礼，而为之拜⑬，率天下之人而使之拜其君父兄。夫无故而使之拜其君，无故而使之拜其父，无故而使之拜其兄，则天下之人将复嗤笑，以为迂怪而不从⑭，而君父兄又不可以不得其臣子弟之拜，而徒为其君父兄。于是圣人者，又有术焉以厌服其心，而使之肯拜其君父兄⑮。然则圣人者，果何术也⑯？耻之而已⑰。

古之圣人，将欲以《礼》治天下之民⑱，故先自治其身，使天下皆信其言曰：此人也，其言如是，是必不可不如是也。故圣人曰：天下有不拜其君父兄者，吾不与之齿⑲。而天下之人亦曰：彼将不与我齿也。于是相率以拜其君父兄，以求齿于圣人。虽然彼圣人者，必欲天下之拜其君父兄，何也？其微权也⑳。

彼为吾君，彼为吾父，彼为吾兄。圣人之拜不用于世㉑，吾与之皆坐于此，皆立于此，比肩而行于此，无以异也。吾一旦而怒，奋手举梃而搏逐之，可也㉒。何则㉓。彼其心常以为吾侪也，不见其异于吾也㉔。圣人知人之安于逸而苦于劳，故使贵者逸而贱者劳㉕。且又知坐之为逸，而立且拜者之为劳也，故举其君父兄坐之于上，而使之立且拜于下。明日，彼将有怒作于心者㉖，徐而自思之㉗，必曰：此吾向之所坐而拜之，且立于其下者也㉘。圣人固使之逸而使我劳，是贱于彼也㉙。奋手举梃以搏逐之，吾心不安焉。刻木而为人，朝夕而拜之，他日析之以为薪，而犹且忌之㉚。彼其始木焉，已拜之，犹且不敢以为薪。故圣人以其微权，而使天下尊其君父兄㉛，而权者又不可以告人，故先之以耻㉜。

331

呜呼！其事如此，然后君父兄得以安其尊而至于今，今之匹夫匹妇，莫不知拜其君父兄，乃曰：拜起坐立，礼之末也㉝。不知圣人其始之教民拜起坐立，如此之劳也。此圣人之所虑，而作《易》以神其教也㉞。

【注释】

①夫人之情句：人的性情，安心于他们惯常的行为。　　夫：语首助词，表示议论发端。

②这句的意思是：没有缘故而改变他的习俗，那他的趋势一定不会顺从地接受。

③圣人：旧指思想品德高尚，智慧超群，并被人们所普遍尊敬的人。自儒家定于一尊以后，特指孔子为圣人。

④势：权势。

⑤厌服：压服。

⑥这句的意思是：而就想使他们轻易地抛弃过去旧的习俗，能够愉快地接受我们新的做法，是不能够的。

⑦这句的意思是：没有缘故却使他去服侍君主。

⑧这句的意思是：他们当初的时候，不像今天的人，知道君主、父亲、兄长的不去服侍，是不可以的。

⑨遂：终于。　　翻然：改变貌。

⑩这句的意思是：我以什么是耻辱的道理，使他们内心信服。

⑪何以异于我：和我有什么区别呢？　　何以：疑问句中，疑问代词"何"作介词"以"的宾语前置。

⑫这句的意思是：于是让他的君主和他的父亲及他的兄长坐着，自己站立在他们的旁边。

⑬且俯首屈膝句：并且低头屈膝在他们面前而行礼，就叫作拜。俯首：低头。

⑭则天下之人句：那么天下的人将又讥笑，认为迂阔荒诞而不服从。　　则：连词。那么，就。　　复：多次，反复。　　嗤笑：讥笑。　　迂怪：迂阔荒诞；不合事理。

⑮这句的意思是：于是圣人又有方法以使他们信服，使他们肯拜他的君主、父亲、兄长。

⑯然则圣人句：那么圣人果然有什么方法呢？　　然则：那么这样。　　术：方法，技艺。

⑰耻之：使他们感到耻辱。耻：使动用法。使之耻辱。　　而已：助词。表示仅止于此。犹罢了。

⑱这句的意思是：古代的圣人，将要用礼治理天下百姓。

⑲齿：并列，在一起。

⑳微权：权之微妙者也。

㉑这句的意思是:圣人的拜,不被世人所用。

㉒这句的意思是:我有朝一日发怒,用力举起手,拿着棍棒去搏击并驱逐他,可以的。

㉓何则:为什么。多用于自问自答。

㉔彼其心句:他的心经常认为我们是同辈,看不见他们与我有什么不同。吾侪:我们这些同辈,同类的人。

㉕这句的意思是:圣人知道人们满足于安逸而厌恶于劳苦,所以使高贵的人安逸而卑贱的人劳累。

㉖明日句:不远的将来,他将有怒气从心里发作。　　明日:不远的将来。

㉗徐:慢慢地。

㉘必曰句:一定说:这是我原来请他们坐着向他们拜的,并且我是立在他们下面的。　　向:从前。

㉙这句的意思是:圣人固然使他们安逸而使我劳累,是认为我比他们低贱。

㉚刻木而为人句:将木头刻做人形,早晨和晚上拜它,日后劈开它用作柴火,而尚且忌讳它。　　他日:过些天;日后。　　析:劈开。　　薪:柴火。　　犹且:尚且。

㉛这句的意思是:所以圣人用他微妙的权术,使天下人尊崇他的君主、父亲、兄长。

㉜这句的意思是:而这种权术又不可以告诉人,所以先用耻辱来教育人。

㉝呜呼句:唉! 这件事情是这样的,然后君主、父亲、兄长得到安享他的尊崇到现在。现在的男子和妇女,没人不知道拜他的君主、父亲、兄长,就说:拜起坐立,是礼的最不重要的事情。　　匹夫:古代指平民中的男子。　　匹妇:古代指平民妇女。　　乃:就。　　末:非根本的,不重要的事物。

㉞此圣人句:这是圣人的考虑,因而作《易》,使他的教化显得神秘。　　神:事理玄妙,神奇。

【集评】

明茅坤《唐宋八大家文钞》卷一百十:老苏以礼为强世之术,即荀子性恶之遗,文甚纵横而议论颇僻矣。

清储欣《评注苏老泉集》卷二:鼓舞变化不测,其犹龙乎? 耻字权字主张上下半篇,礼为圣人之权,以耻服民而使之从之,大指如此,前后翻换生出多少波澜。偏在拜起坐立说礼。

近人高步瀛《唐宋文举要》甲编卷八:沈曰:"大意谓圣人之微权,在于教民知耻,而所以教民知耻者,在乎自治其身以作之,则而民自习而安之,此防微杜渐之意也。一气相生,递折而下,如泰山之云,起于肤寸,不崇朝而淜漫六合,是为宇内伟观。"高曰:"老苏《六经论》,亦自成一家言,其义一贯。《乐记》一篇,全从《礼论》生出。姚氏录五篇,而独遗《礼论》,不惟《乐论》无所附丽,即《易》《诗》两论,亦无

国学经典文库

唐宋八大家散文鉴赏

苏洵卷

根矣。亦犹今《诗选》,杜子美《古迹咏怀》五首,《诸葛大名垂宇宙》一首,为作者命意之归宿,而姚氏取前四首,独遗此首,皆不可解也。"

【鉴赏】

　　作者开篇指出圣人之始作礼的目的,是无故而使之事君,无故而使之事父,无故而使之事兄。为达此目的,圣人采取以耻厌服其心的策略,而使之肯拜其君父兄,以求齿于圣人。作者进一步指出圣人之所以必欲天下之拜其君父兄,乃是一种权谋,使"吾一旦而怒,奋手举梃而搏击之,可也。"这就不自觉地把封建社会大肆宣扬的礼教的实质乃是为巩固其统治的目的流露出来了。文章结构紧凑,层次清晰,语言流畅。作者通过生动形象的比喻,说明封建礼教对人毒害的深度,"刻木而为人,朝夕而拜之,他日析之以为薪,而犹且忌之……不敢以为薪"。事君父兄之拜起坐立,并非是礼的最主要内容,而作者却以之论礼,故前人认为此文论礼颇偏矣。

乐 论

国学经典文库

唐宋八大家散文鉴赏

苏洵卷

【题解】

本篇主要论述音乐的产生过程、特点和作用。全文分三大段,第一段通过对礼的易而难行的分析,潜伏一条圣人当别有所作以济其穷的暗线。第二段从告语之所不及引发出圣人从天地之间找到能阴驱而潜率之的乐以济其穷,暗线变成明线。第三段通过雨、日、风、雷的比较,渲染音乐的神奇作用。本文的写作很有特色:第一,构思巧妙。作者论乐。却从礼论起,通过礼"既行也,易而难久"的特点,埋下伏笔,为乐的产生做了铺垫,所以当圣人从天地之间找到阴驱而潜率之的乐以济其穷时,使人感到既是绝处逢生,但又不觉得意外,一切好似在情理之中。所以茅坤称其为"空中布景,绝处逢生"。第二,行文宛转曲折。文章开头连用"天下未知""天下未有""天下未肯"三个排比句,渲染礼之始作之难。接着以"头足不待明白而后识""寝食之不待告语而后从事"两个生动比喻,渲染礼行之易,文意有了一层转折。后又从"圣人欺我",说明礼的易而难久,文意又有了一层转折。作者通过排比句和比喻句的渲染,文意一转再转,写得生动活泼,所以茅坤称其"袅娜百折"。第三运用烘托渲染的艺术手法。末段论乐的神奇作用,作者没有平铺直叙地正面论证,而是通过雨、日、风、来进行烘托,以雷做比喻,文章连用三层排比,突现雷的使"凝者散、蛰者遂"的神奇作用,渲染出一种强大的气势,造成一种令人信服的艺术效果。

【原文】

礼之始作也,难而易行;既行也,易而难久①。天下未知君之为君,父之为父,兄之为兄,而圣人为之君父兄②;天下未有以异其君父兄,而圣人为之拜起坐立③;天下未肯靡然以从我拜起坐立,而圣人身先之以耻④。呜呼!其亦难矣⑤。天下恶夫死也久矣⑥,圣人招之曰:来!吾生尔⑦。既而其法果可以生天下之人⑧。天下之人,视其向也如此之危,而今也如此之安⑨,则宜何从⑩?故当其时,虽难而易行。既行也,天下之人视君父兄,如头足之不待别白而后识⑪,视拜起坐立,如寝食之不待告语而后从事⑫。虽然,百人从之,一人不从,则其势不得遽至乎死⑬。天下之人,不知其初之无礼而死,而见其今之无礼而不至乎死也,则曰圣人欺我。故当其时,虽易而难久。

呜呼!圣人之所恃以胜天下之劳逸者,独有死生之说耳⑭;死生之说不信于天下,则劳逸之说将出而胜之⑮;劳逸之说胜,则圣人之权去矣⑯。酒有鸩⑰,肉有堇⑱,然后人不敢饮食;药可以生死,然后人不敢以苦口为讳⑲。去其鸩,彻其堇,则酒肉之权,固胜于药⑳。圣人之始作礼也,其亦逆知其势之将必如此也㉑,曰:告人以诚,而后人信之㉒。幸今之时,吾之所以告人者,其理诚然,而其事亦然,故人以为信㉓。吾知其理,而天下之人知其事。事有不必然者,则吾之理不足以折天下之口,此告语之所不及也㉔。告语之所不及,必有以阴驱而潜率之㉕。于是观之天地之间,得其至神之机,而窃之以为乐㉖。

雨,吾见其所以湿万物也㉗;日,吾见其所以燥万物也㉘;风,吾见其所以动万物也㉙。隐隐谹谹而谓之雷者,彼何用也㉚?阴凝而不散,物蹙而不遂㉛,雨之所不能湿,日之所不能燥,风之所不能动,雷一震焉,而凝者散,蹙者遂㉜。曰雨者,曰日者,曰风者,以形用㉝;曰雷者,以神用㉞。用莫神于声,故圣人因声以为乐㉟。为之君臣父子兄弟者,礼也。礼之所不及,而乐及焉㊱。正声入乎耳,而人皆有事君事父事兄之心㊲。则礼者固吾心之所有也,而圣人之说,又何从而不信乎㊳?

【注释】

①这句的意思是:礼的开始创作,虽然难却容易推行;已经推行了,虽然容易却难以持久。

②这句的意思是:天下不知道君主的作为君主,父亲的作为父亲,兄长的作为兄长,然而圣人为他们区分出君主、父亲、兄长。

③天下未有句:天下没有办法区分他的君主、父亲、兄长有什么不同,然而圣人替他们制定拜起坐立的礼节。　　异:不同。

④天下未肯句:天下不肯像顺风倒一样跟从我拜起坐立,然而圣人亲身先做到以表示什么是羞耻。　　靡然:草木顺风而倒貌。

⑤呜呼句:唉!他的开始也够难的了。　　呜呼:叹词,表示悲伤。　　其:第三人称代词。

⑥恶:畏惧,憎恨。　　夫:那,远指代词。

⑦尔:第二人称代词。　　生尔:使动用法,使尔生。

⑧既而:不久。　　生天下之人:使动用法,使天下之人生。

⑨这句的意思是:天下的人,看他们过去这样的危险,而今天这样的平安。

⑩则宜何从:那么应该向哪里去?　　宜:应该;应当。　　何从:疑问句中代词"何"作宾语前置。

⑪这句的意思是:已经推行,天下的人看君主、父亲、兄长,就像头和脚不必等待分别明白然后认识。

⑫视拜起坐立句:看拜起坐立,就像睡眠吃饭一样不必等待告诉然后去实践。告语:告诉;诉说。　　事:实践;从事。

⑬虽然句:虽然这样有百人跟从,一个人不跟从,那么他势必不能仓促间就去死。　　势:形势,趋势。　　遽:仓促;匆忙。

⑭呜呼句:唉!圣人所以依凭胜过天下的劳累安逸的,只有死活的说法罢了。
恃:依赖,仗着。　　独有:只有;特有。

⑮这句的意思是:死活的说法不被天下人所相信,那么劳累安逸的说法将要出来胜过它。

⑯劳逸之说句:劳累安逸的说法取胜,那么圣人的权威就失去了。　　权:权力,威势。

⑰鸩:传说中的毒鸟,用它的羽毛泡的酒,能毒死人。

⑱堇:药名,即乌头,有毒。放在肉里,能毒死人。

⑲药可以生死句:药可以使要死的人活下来,然后人们不敢因为药的苦味作为忌讳。　　生死:使动用法,使要死的人活下来。讳:回避;顾忌。

⑳去其鸩句:去掉它的鸩毒,撤除它的堇毒,那么酒肉的威力,确实胜过药。
彻:通“撤”,撤掉。　　固:本来,确实。

㉑圣人之始句:圣人开始创作礼时,他也预先知道它的趋势的发展一定是这样。　　逆知:预知,逆料。

㉒这句的意思是:圣人说:告诉人的话要诚实,然后人们才会相信你的话。

㉓这句的意思是:幸亏当今的时候,我所用来告诉人的话,它的道理是诚实的,并且它的事情也是这样,所以人们认为可以相信。

㉔事有不必然者句:事情有不必这样的,那么我的道理不够用来折服天下人的嘴,这是告诉的话没有达到目的。　　折:折服。　　告语:告诉;述说。

㉕告语之所不及句:告诉的话没达到目的,一定有偷偷驱使和暗中率领的办法。　　阴:偷偷地;暗暗地。　　潜:秘密;暗中。于是观天地句:于是观察天地之间,得到那最神奇的机运,私自拿来作为乐。　　至:达到极点。　　机:时机,机会。　　窃:私下;私自。

㉗这句的意思是:雨,我看见它是用来湿润万物的。

㉘这句的意思是:太阳,我看见它是用来晒干万物的。

㉙这句的意思是:风,我看见它是用来吹动万物的。

㉚隐隐岔岔:象声词。多形容雷声。

㉛阴凝而不散句:阴气凝结而不散开,万物互相迫近而不能前进。　　蹙:接近;迫近。　　遂:前进;前往。

㉜这句的意思是:雨不能使它湿润,太阳不能使它干燥,风不能使它摇动,雷一震动它,凝结地散开了,蹙迫的前进了。

㉝以形用:用形象来起作用。

㉞以神用:用神来起作用。

㉟这句的意思是:作用没有比声音更神奇的了,所以圣人利用声音来做音乐。

㊱这句的意思是:为他区分君臣、父子、兄弟的,是礼。礼所不能达到的,而音乐可以达到。

㊲正声:纯正的乐声。

337

国学经典文库

唐宋八大家散文鉴赏

苏洵卷

㊳则礼者句：那礼确实是我心里所存在的，圣人的说法，又怎么能够不相信呢？

何从：犹怎么办。多用于对问题的抉择。

【集评】

明茅坤《唐宋八大家文钞》卷一百十：论乐之旨非是，而文情袅娜百折，无限烟波。

清储欣《评注苏老泉集》卷二：唐荆川曰："苏氏父子兄弟，于经术甚疏，故论《六经》处，大都渺茫不根。特其行文纵横，往往空中布景，绝处逢生，令人有凭虚御风之态。"以告语之所不及，逼入《乐》之阴驱潜率，云霞万变，丘壑千重，吾终日游玩忘忧，而莫能名其状矣。

清姚鼐《古文辞类纂》卷三：海峰先生（刘大櫆）云："后半风驰雨骤，极挥斥之致，而机势圆转如辘轳。"

近人高步瀛《唐宋文举要》甲编卷八：汪曰："应信字结。"

【鉴赏】

《〈乐〉论》是苏洵《六经论》之三。《乐》虽是六经之一，可是有名而无书。苏洵的《乐》论主要是论述音乐的产生、特点和作用。

美学家说，音乐是最能拨动人的心弦的艺术，它与人的内心情感直接联系着。先秦儒家很重视音乐的作用。孔子说："《乐》以发和"。又说："移风易俗，莫善于乐"。荀子还专门作了《乐论》，批驳墨家非乐的观点，强调音乐感化人心的作用，认为"声乐之入人也深，其化人也速。"苏洵的《〈乐〉论》和荀子的观点一脉相承，强调音乐潜移默化的特点和感化人心的作用，认为音乐可以弥补圣人说教之不足而济《礼》"易而难久"之穷。

全文可分三段。第一段对《礼》进行纵向观照，分析说明其易行而难久的特点，表明圣人当别有所作以济其穷。第二段说明《礼》之所以难久，在于"告语之所不及"，圣人从天地之间找到能"阴驱而潜率之"的音乐以济其穷。第三段说明音乐具有神奇的作用，能感化人心使天下信"圣人之说"而行圣人之《礼》。

对于苏洵《〈乐〉论》的论旨，古文家或不以为然，而对《〈乐〉论》的写作艺术则交口称赞。《〈乐〉论》在哪些方面使古文家倾倒呢？

一、行文宛转曲折，手法灵活多变。

苏洵论六经以《礼》为中心。所以《〈乐〉论》也首先对《礼》进行纵向观照，指出"《礼》之始作也，难而易行；既行也，易而难久"的特点。然后进行具体地分析说明：先以"天下未知""天下未有"和"天下未肯"的排比，总括《〈礼〉论》大意，说明《礼》之始作之难，而以感慨出之。接着总括《〈易〉论》有关内容，说明圣人利用人之好生恶死之情战胜人之好逸恶劳之情，使《礼》为天下人乐于接受，所以"虽难而易行"。文意有一层转折，手法也随之而变，在论述中插入圣人简短的话语，不仅使文章生动活泼，也为下文论"告语之所不及"设下伏笔。进而用"如头足之不待别

白而后识"，"如寝食之不待告语而后从事"两个极为通俗浅近的比喻，说明《礼》在既行以后之易。最后从事物的复杂性说明《礼》易行而难久。文意上又一层转折，手法上也由感性的比喻转换为理性的推论。一段文学，两层转折，手法有排比，有呼告，有感性的比喻，有理性的推论。真可谓是"袅娜百折"（茅坤语）了。

二、神思独运，出奇制胜。

文章第二段先承第一段的"则曰：'圣人欺我'"进一步分析说明《礼》易行而难久的原因。指出圣人之"死生之说不信于天下"，而人之好逸恶劳之情就会占上风，《礼》也就很难坚持。并以酒肉和药为喻，说明"死生之说不信于天下，则劳逸之说将出而胜之"的道理。文章至此，似乎已把

《礼》易行而难久的道理说尽，而《乐》还未曾从正面论及。文章如何写下去呢？作者则出人意外地指出："圣人之始作《礼》也，其亦逆知其势之将必如此也"。并经过分析说明，得出"此告语之所不及也"的结论。一方面与第一段中圣人的呼告相呼应，一方面结束关于《礼》的旧话而转入关于《乐》的新题。沈德潜在"圣人之始作礼也，其亦逆知其势之将必如此也"句下评曰"空中翻簸"。而茅坤则称之为"空中布景，绝处逢生"。可见文章转接之高妙。

三、纵横恣肆，雄奇奔放。

文章末段，论音乐神奇的作用。首先用"雨，吾见其所以湿万物也；日，吾见其所以燥万物也；风，吾见其所以动万物也"这气势磅礴的排比句，从天地之间人们都看得见的雨、日、风的作用说起，然后提出隐隐岐岐的雷的作用问题。指出雷具有使"雨之所不能湿，日之所不燥，风之所不能动"的"凝者散，蹙者遂"的神奇作用。进而指出"曰雨者，曰日者，曰风者"的特点是"以形用"，而"曰雷者"的特点是"以神用"。连用三层排比，来突出雷的神奇作用。从而得出"用莫神于声，故圣人因声以为乐"的结论。其势如暴风骤雨，又如江河奔腾。所以茅坤说有"无限烟波"，刘大櫆说它"风驰雨骤，极挥斥之致"。文章虽没有从正面对乐的作用展开充分的论述，这种磅礴雄辩的气势却给人一种不容置辩的印象，使它具有一种令人折服的力量。

诗　论

【题解】

　　《诗经》是先秦诗歌总集,相传经孔子删订,现存 305 篇。汉以后罢黜百家,独尊儒术,《诗经》被列为儒家经典之一。苏洵的《六经论》以礼为中心,本篇以诗礼相比照,说明诗的产生是以济礼之穷。作者认为礼之"好色不可为也","不可有怨于君父兄也",使人的正常感情受到抑制的时候,将产生"乱益甚而礼益败"的严重后果。为了疏导人的感情,使之"好色而不至于淫,怨而君父兄而无至于叛",所以圣人以诗之通以济礼之严。正是因为诗的疏通作用,在一定程度上缓和了社会矛盾。作者以桥和舟的巧妙比喻,生动形象地说明诗和礼之间的辩证关系,给人一种别开生面的感觉。

【原文】

　　人之嗜欲,好之有甚于生①,而愤懑怨怒,有不顾其死②,于是礼之权又穷③。礼之法曰:好色不可为也④,为人臣、为人子、为人弟,不可以有怨于其君父兄也⑤。使天下之人,皆不好色,皆不怨其君父兄,夫岂不善⑥?使人之情,皆泊然而无思⑦,和易而优柔⑧,以从事于此,则天下固亦大治⑨。而人之情又不能皆然。好色之心,欧诸其中⑩,是非不平之气,攻诸其外⑪,炎炎而生,不顾利害,趋死而后已⑫。噫!礼之权止于死生⑬。天下之事,不至乎可以博生者,则人不敢触死以违吾法⑭。今也人之好色,与人之是非不平之心,勃然而发于中,以为可以博生也⑮,而先以死自处其身,则死生之机固已去矣⑯。死生之机去,则礼为无权。区区举无权之礼,以强人之所不能,则乱益甚,而礼益败⑰。

　　今吾告人曰:必无好色,必无怨而君父兄⑱,彼将遂从吾言,而忘其中心所自有之情邪⑲?将不能也。彼既已不能纯用吾法,将遂大弃而不顾吾法⑳,既已大弃而不顾,则人之好色与怨其君父兄之心,将遂荡然无所隔限㉑,而易内窃妻之变,与杀其君父兄之祸,必反公行于天下㉒。圣人忧焉,曰:禁人之好色而至于淫,禁人之怨其君父兄而至于叛,患生于责人太详㉓。好色之不绝,而怨之不禁,则彼将反不至于乱㉔。

　　故圣人之道,严于礼而通于诗㉕。《礼》曰:必无好色,必无怨而君父兄。《诗》曰:好色而无至于淫,怨而君父兄而无至于叛。严以待天下之贤人,通以全天下之中人㉖。吾观《国风》㉗,婉娈柔媚,而卒守以正,好色而不至于淫者也㉘。《小雅》㉙,

悲伤诉蹜,而君臣之情卒不忍去,怨而不至于叛者也㉚。故天下观之曰:圣人固许我以好色,而不尤我之怨吾君父兄也㉛。许我以好色,不淫可也。不尤我之怨吾君父兄,则彼虽以虐遇我,我明讥而明怨之㉜,使天下明知之,则吾之怨亦得当焉,不叛可也。夫背圣人之法,而自弃于淫叛之地者,非断不能也㉝。断之始生于不胜,人不自胜其忿,然后忍弃其身㉞。故《诗》之教,不使人之情至于不胜也㉟。

夫桥之所以为安于舟者,以有桥而言也㊱。水潦大至,桥必解,而舟不至于必败㊲,故舟者,所以济桥之所不及也㊳。吁!《礼》之权穷于易达,而有《易》焉㊴;穷于后世之不信,而有《乐》焉㊵;穷于强人,而有《诗》焉㊶。吁!圣人之虑事也盖详㊷。

【注释】

①人之嗜欲句:人的嗜好与欲望,喜欢它有时超过了生命。　嗜欲:嗜好与欲望。多指贪图身体感官方面享受的欲望。好:喜好,喜欢。

②这句的意思是:愤恨怨怒,有时不顾念他的死。

③权:权力,引申为"作用"。　穷:尽;完。

④这句的意思是:礼的法则是:贪爱女色是不可以做的。

⑤为人臣句:做人的臣、做人的子、做人的弟,不可以有怨恨他的君主、父亲、兄长的想法。　其:第三人称代词。

⑥夫岂不善:难道不是很好吗?　夫:发语词,无义。　岂:难道。

⑦使人之情句:使人的感情,都很恬淡而没有思虑。　泊然:恬淡无欲貌。

⑧和易:温和平易。　优柔:宽和温厚。

⑨以从事于此句:以这样态度处理事情,那么天下确实能够达到大治。　大治:谓政治修明,局势安定。

⑩好色之心句:贪好女色的心,驱使在他的心中。　欧:同"驱",驱的古字。诸:"之于"的合音。

⑪这句的意思是:是非不能平衡的气愤,进攻他的外部。

⑫炎炎而生句:气势很大地生发起来,不顾及利害关系,奔赴死亡而后停止。炎炎:气势兴盛貌。　后已:而后停止。

⑬噫句:唉!礼的作用停止在死活上。　噫:叹词,表示叹息。

⑭这句的意思是:天下的事情,不达到可以获得生命的程度,那么一般人不敢触犯死亡来违犯礼的法则。

⑮今也人之好色句:今天人的贪好女色,与人的是非不平的心境,蓬勃地在心中发展,认为可以获得生。　勃然:兴起貌。

⑯这句的意思是:而先将自己的身体处在死的境地,那么死活的机会确实已经失去了。

⑰区区句:将微不足道的没有作用的礼推举出来,勉强让人去做他所不能做的事情,那么乱就更加严重,而礼就更加衰败。　区区:小;少。形容微不足道。

益:副词。更加。　　　甚:厉害;严重。

⑱今吾告人曰句:如今我告诉别人说:一定不要贪好女色,一定不要怨恨你的君主、父亲、兄长。　　　而:通"尔"。第二人称代词。你的。

⑲这句的意思是:他将于是听从我的话,而忘掉他心中所保留的自己的感情吗?

⑳彼既已不能句:他既然已经不能够全部采用我的法则,将于是彻底背弃我的法则而不顾惜。　　　纯:全;皆;都。　　　大:表示程度深。

㉑既已大弃句:既然已经彻底背弃而不顾惜,那么人的贪好女色与怨恨他的君主、父亲、兄长的思想,将最终放纵起来,没有什么可以隔离限制的。　　　荡然:放纵;无拘束。　　　隔限:隔离限制。

㉒而易内窃妻句:然而互换妻妾及私通的变故,与杀害他的君主、父亲、兄长的灾祸,一定在天下反而会公然进行。　　　易内:互换妻妾。　　　窃妻:男女私通。

公行:公然行动,公然进行。

㉓这句的意思是:圣人为此而忧虑,说道:禁止人贪好女色而达到了淫,禁止人埋怨他的君主、父亲、兄长,却达到了背叛,祸害的发生在于责备人家太周详。

㉔这句的意思是:贪好女色的不断绝,怨恨的不禁止,那他将反而不至于乱。

㉕这句的意思是:所以圣人的主张,在《礼》上严,在《诗》上通达。

㉖严以待句:用威严来对待天下的贤人,用通达来成全天下的中人。　　　贤人:有德行有才能的人。　　　中人:中等的人;平常人。

㉗《国风》:指《诗经》中诸侯国所辖各地域的乐曲,即今天所谓地方小调。共160篇,分属十五国风。

㉘婉娈柔媚句:婉曲柔和美好,而终于能恪守正道,喜好女色而没有达到淫。

婉娈:柔美貌。　　　柔媚:柔和美好,柔和妩媚。

㉙《小雅》:《诗经》中的雅诗多是贵族文人作品,小部分是民歌。共105篇,其中大雅31篇,小雅74篇。小雅比大雅稍晚,风格比较接近国风。

㉚悲伤诉蘁句:悲痛哀伤,怨恨痛骂,但是君臣间的感情,终于不忍心离去,有埋怨而没有达到背叛。　　　诉蘁:怨恨痛骂。　　　卒:终于。

㉛故天下之观云句:所以天下人观察后说道:圣人确实允许我喜好美色,而且不责怪我的埋怨君主、父亲、兄长。　　　尤:责备;怪罪。

㉜不尤我之怨句:不责备我的埋怨君主、父亲、兄长,那他们虽然可以虐待我,我公开地讥刺,公开地怨恨他们。　　　虐遇:虐待。　　　明:公开,不隐蔽。

㉝这句的意思是:背弃圣人的法则,而自绝于淫叛的境地,不是决断不能够。

㉞断之始句:决断的开始产生,是因为无法承受,人不能承受他的愤怒,然后忍心抛弃他自己。　　　不胜:无法承受;承受不了。　　　忿:愤怒;怨恨。

㉟这句的意思是:所以《诗》的教化,是不使人的感情到了无法承受的境地。

㊱这句的意思是:那桥之所以比船安稳的原因,是因为有了桥才这样说的。

㊲水潦大至句:大雨突然到来,桥一定被冲垮,而船不至于一定毁坏。　　　水

潦:大雨;雨水。

㊳故舟者句:所以船是用来弥补桥所不能达到的。 济:调剂;弥补;补益。

㊴吁句:唉!《礼》的权力穷尽于容易达到,然后产生了《易》。吁:叹词,表示感叹。

㊵这句的意思是:穷尽于后世的不信任,然后产生了《乐》。

㊶这句的意思是:穷尽于勉强人去做事,然后产生了《诗》。

㊷这句的意思是:唉!圣人考虑事情,大概是周详的。

【集评】

明茅坤《唐宋八大家文钞》卷一百十:说诗处愈支,而文自澎漾可观。

明陈仁锡《古文奇赏》卷二十:宋人有浑穆庞厚之气者,老苏一人而已。又:无数澎漾,总归确浑。杨慎:语意如片云凌乱,长空风生,卷而为一。

清储欣《评注苏老泉集》卷二:礼之穷《诗论》说得更猛大,较好色与怨,非圣人所以教人而礼之所必严者,非极穷则亦不可通也,此立言轻重之法。

【鉴赏】

《〈诗〉论》是苏洵《六经论》之四。《诗》是我国最早的诗歌总集。在先秦又称《诗三百》,后世被奉为经典,习惯上称为《诗经》。儒家对《诗》和《诗》教很重视。孔子说:"《诗》可以兴,可以观,可以群,可以怨。迩之事父,远之事君;多识鸟兽草木之名"(《论语·阳货》)。又说:"其为人也温柔敦厚,《诗》教也"(《礼记·经解》),把《诗》作为伦理道德修养的教科书。苏洵的《〈诗〉论》把《诗》放在六经这个总体中,以《诗》与《礼》相比照,分析论述了《礼》的局限和《诗》的特点。他从人情说出发,从调节疏导人的感情,缓和社会矛盾,稳定社会秩序来认识《诗》的作用,这就使文章有了新意。在写作上行文纡余宛转,析理精微周详,呈现出与《〈易〉论》和《〈乐〉论》不同的风采。

文章开始,首先从人情说起,指出礼法并不能完全制约人的感情,当人的爱憎之情达到不顾生死的程度时,《礼》就失去了作用。为了说明这个问题作者先摆出了《礼》的要求:"好色不可为也;为人臣,为人子,为人弟,不可有怨于其君父兄也"。接着作了两层假设:"天下之人皆不好色,皆不怨其君父兄";"人之情皆泊自然而无思,和易而优柔"这当然很好,天下也就太平了。这里一方面对《礼》的要求表示理解并适当肯定;另一方面,也是为下文的转折铺垫蓄势,避免了文章平直单调,也使论述显得从容不迫。然后指出这种假设是不能成立的。因为"人之情又不能皆然"。《礼》所提出的不许好色,不许有怨的一刀切绝对化的要求是脱离实际的。当人们情火中烧,怒气攻心的时候,就会"不顾利害,趋死而后已"。再就《礼》的作用来看,"礼之权止于死生"。当事情不到可以换取生命的时候,人们不敢冒死违反礼法;而今"人之好色,与人之是非不平之心,勃然而发于中",以为可以换取生命,"先以死自处其身"的时候,《礼》也就失去了作用。至此作者已把礼法不能完全制约人的爱憎之情的道理讲得很清楚,可是并没有就此停止,而是进一步指出如果举"无权之礼,以强人之所不能",必将造成"乱益甚而《礼》益败"的严重后果。

接着进一步说明《礼》对人要求太多、太严会走向反面,所以圣人之道"严于《礼》而通于《诗》。作者先以个人告白的语气重述了《礼》的要求,再以设问自答指出《礼》的说教不能使人"忘其中心所自有之情"。进而指出人们既然不能完全按《礼》的要求行事,发展下去将会"大弃而不顾吾法",而人的好色怨恨之心也就"无所隔限"了。这样各种丑行和祸乱"必公行于天下"。经

过这一番推论,然后转写圣人的忧思,借圣人之口说明《礼》之所以走向反面,"患生于责人太详"。如果不禁绝好色与怨恨,"反不至于乱",所以圣人以《诗》之"通"而济《礼》之"严"。这里作者以个人告白的语气重述《礼》的要求而借圣人的忧思分析《礼》的局限。这就使行文宛转变化,而避免了论述的平直单调。

然后正面阐述《诗》灵活变通的特点和调节疏导人情的作用。从而得出"《诗》之教,不使人之情至于不胜也"的结论。作者先以《礼》和《诗》的不同要求,说明《诗》灵活变通的特点。接着指出《礼》的严格要求适用于贤人,而《诗》的灵活变通可以保全一般人。说明对不同人的要求应有不同的层次。既不完全否定《礼》的严格要求,又突出了《诗》灵活变通的作用。析理精微而立论周详。然后以自己观《诗》的感受阐述了《诗》"好色而不至于淫""怨而不至于叛"的特点,以天下观《诗》的感受阐述了《诗》调节疏导人情的作用:人们看到圣人允许人们把好色之心和怨恨之情表现出来。人们的好色之心和怨恨情得到适当表现(宣泄),就不至于发展到淫与叛的程度。末后进一步分析人之所"背圣人之法,而自弃于淫叛之地"的原因,在于"人不自胜其忿",所以圣人的《诗》教就是调节疏导人的感情,使人不至在感情上达到不可承受的地步。说理深入而透辟,行文宛转而多变。

文章最后巧妙地以桥和舟比喻刻板固定的《礼》和灵活变通的《诗》。在一般情况下桥比舟安全可靠,作用更大。可是当洪水到来之际桥被冲垮的时候,那就要靠活动灵便的舟了。舟的作用是济桥之所不及,《诗》的作用也就是济《礼》之所不及了。最后再次点明《礼》与《易》《乐》《诗》的关系,赞叹圣人思虑周详,体现了作者重视事物相互联系的整体观点。

《〈诗〉论》集中地体现了苏洵的人情说。他认为《礼》的说教不能使人"忘其中

心所自有之情"。人们的好色之心和怨恨之情是禁绝不了的。对人们的好色之心和怨恨之情不能压制禁绝,而只能调节疏导。如果硬以《礼》"强人之所不能,则乱益甚而《礼》益败";"责人太详",就会走向反面。只有允许人们把好色之心和怨恨之情适当地表现(宣泄)出来,才不至于发展到淫叛的地步。圣人的《诗》教,就是调节疏导人的感情,使之不至达到不可承受的地步。苏洵这些看法体现了他的深识卓见。他的这些见解不仅在当时"存天理,灭人欲"的理学兴起的时候,显得特别可贵,就是在今天不是仍对我们有所启发吗?至于本文行文之宛转变化,析理之精微周详,以及比喻之生动巧妙,自然也是值得学习借鉴的。

管 仲 论

【题解】

管仲是春秋时期著名的政治家,他辅佐齐桓公改革国政,"九合诸侯,一匡天下",使齐国强盛起来,成为春秋时期的五霸之首。管仲为齐桓公成就霸业立下汗马功劳,历代史家无不称道管仲的才能和政绩。此文不落前人窠臼,对管仲没有歌功颂德,而是着重论述他死前没能荐贤以自代而导致齐国衰亡的政治错误。封建社会政权高度集中,有影响的政治家是国家的栋梁,他们的存亡直接影响政局的稳定,所以有远见的政治家都能荐贤自代,使事业后继有人。作者写此文的目的是告诫当代君王要重用贤才,以使国家强盛,政权稳固。这些见解对当时乃至今天都有积极的借鉴意义。此文立意新颖,作者善于运用丰富的历史资料,援古证今,以反复对比的艺术手法,纵横开阖,借宾论主,层层深入地推演,阐明选贤举能防止奸佞当道的重要观点,是史论当中的典范之作。

【原文】

管仲相桓公①,霸诸侯,攘夷狄②,终其身,齐国富强,诸侯不叛。管仲死,竖刁、易牙、开方用③,桓公薨于乱,五公子争立④。其祸蔓延,讫简公⑤,齐无宁岁。

夫功之成,非成于成之日,盖必有所由起;祸之作,不作于作之日,亦必有所由兆⑥。则齐之治也,吾不曰管仲,而曰鲍叔⑦;及其乱也,吾不曰竖刁、易牙、开方,而曰管仲。何则?竖刁、易牙、开方三子,彼固乱人国者⑧,顾其用之者,桓公也⑨。夫有舜,而后知放四凶⑩;有仲尼,而后知去少正卯⑪。彼桓公,何人也?顾其使桓公得用三子者,管仲也。仲之疾也,公问之相⑫,当是时也,吾以仲且举天下之贤者以对,而其言乃不过曰竖刁、易牙、开方三子非人情⑬,不可近而已。

呜呼!仲以为桓公果能不用三子矣乎?仲与桓公处几年矣,亦知桓公之为人矣乎?桓公声不绝于耳,色不绝于目,而非三子者,则无以遂其欲⑭。彼其初之所以不用者,徒以有仲焉耳⑮。一日无仲,则三子者,可以弹冠相庆矣⑯。仲以为将死之言,可以絷桓公之手足邪⑰?夫齐国不患有三子,而患无仲。有仲,则三子者,三匹夫耳⑱。不然,天下岂少三子之徒⑲?虽桓公幸而听仲,诛此三人,而其余者,仲能悉数而去之邪⑳?呜呼!仲可谓不知本者矣。因桓公之问,举天下之贤者以自代,则仲虽死,而齐国未为无仲也㉑。夫何患三子者?不言可也。

五霸莫盛于桓、文㉒,文公之才,不过桓公,其臣又皆不及仲。灵公之虐,不如孝公之宽厚㉓。文公死，诸侯不敢叛晋，晋袭文公之余威，得为诸侯之盟主者，百有余年。何者？其君虽不肖，而尚有老成人焉㉔。桓公之薨也，一乱涂地，无惑也㉕，彼独恃一管仲，而仲则死矣。

夫天下未尝无贤者，盖有臣而无君者矣㉖。桓公在焉，而曰天下不复有管仲者，吾不信也。仲之书㉗，有记其将死，论鲍叔、宾胥无之为人㉘，且各疏其短，是其心以为是数子者，皆不足以托国㉙，而又逆知其将死，则其书诞谩不足信也㉚。吾观史鳅㉛，以不能进蘧伯玉而退弥子瑕㉜，故有身后之谏㉝。萧何且死，举曹参以自代㉞。大臣之用心，固宜如此也。夫国以一人兴，以一人亡。贤者不悲其身之死，而忧其国之衰，故必复有贤者，而后可以死。彼管仲者，何以死哉㉟？

【注释】

①管仲相桓公：管仲给齐桓公做丞相。　　管仲（前？~前645年）：名夷吾，字仲。齐国大夫，春秋初期著名政治家，辅佐齐桓公成就霸业。　　桓公（前？~前643年）：即齐桓公，春秋时齐国国君，姓姜，名小白。前685年至前643年在位。在管仲辅佐下，成为春秋五霸之一。

②攘：抵御，驱逐，排斥。　　夷狄：泛指华夏族以外的各少数民族。夷：古称东方部族。狄：古称北方部族。

③管仲死句：管仲死后，竖刁、易牙、开方被重用。　　竖刁：齐桓公宠臣。为了能进入宫廷做宦官，自割生殖器。　　易牙：齐桓公宠臣。雍人，名巫，又称雍巫。善调味，喜逢迎，相传曾烹其子为羹以献齐桓公。　　开方：齐桓公宠臣。本是卫国公子，后抛弃双亲，事奉齐桓公。

④桓公薨于乱句：齐桓公死于内乱之中，五位公子为争夺王位而进行争斗。五公子：即公子武孟、公子元、公子潘、公子商人、公子雍。此五人皆为齐桓公宠姬所生。《左传·僖公十七年》记载："齐侯好内，多内宠，内嬖如夫人者六人，长卫姬生武孟，少卫姬生惠公，郑姬生孝公，葛嬴生昭公，密姬生懿公，宋华子生公子雍。公与管仲属孝公于宋襄公，以为太子。""管仲卒，五公子皆求立。"

⑤讫：通"迄"，到，至。　　简公：即齐简公，名壬。前484~前481年在位，后为左相田常所杀。

⑥祸之作句：祸乱的发生，不是发生在祸乱发生的时候，也一定有它所由此发生的迹象。　　兆：引申为事情发生前的征候或迹象。

⑦鲍叔：即鲍叔牙。春秋时期齐国大夫。他和管仲是少年时期的朋友，后辅佐公子小白，管仲辅佐公子纠。齐襄公被杀后，公子纠和公子小白回国争夺王位，公子纠失败被杀，管仲也成了俘虏。小白即位，即齐桓公。遂任命鲍叔牙为丞相，他坚辞不受，并向桓公推荐管仲。齐桓公任管仲为相，使齐国日益强盛，成为五霸之首。故世人皆称鲍叔为知人者。

⑧竖刁句：竖刁、易牙、开方这三个人，他们确实是搞乱国家的人。　　固：副词。确实。

⑨顾其用之句：但是能够重用他们的人，是桓公啊。　　顾：转折连词。但是。

⑩舜：传说中父系氏族社会后期部落联盟领袖。姚姓，有虞氏，名重华，史称虞舜。　　四凶：古代传说中的四个凶恶人物，因不服从舜的控制而被流放。《尚书·尧典》记载："流共工于幽州，放驩兜于崇山，窜三苗于三危，殛鲧于羽山，四罪而天下咸服。"《左传·文公十八年》记载："流四凶族，浑敦、穷奇、梼杌、饕餮，投诸四裔，以御螭魅。"孔传谓三苗即饕餮。杜预注谓浑敦即驩兜，穷奇即共工，梼杌即鲧。据《史记·五帝本纪》，舜流放四罪和四凶，为前后两件事。

⑪仲尼（前551年~前479年）：孔子名丘，字仲尼。孔子是春秋末期儒家学派的创始人。　　少正卯（前？~前498年）：复姓少正，名卯。春秋时期鲁国大夫。传说他聚徒讲学，使得孔门三盈三虚，因而得罪孔子，孔子任鲁国司寇，少正卯被杀。

⑫仲之疾也句：管仲患病期间，齐桓公问他谁可以做丞相。据《史记·齐太侯世家》记载，管仲病，桓公问："群臣谁可相者？"仲曰："知臣莫如君。"公曰："易牙何如？"仲曰："杀子以适君，非人情，不可。"公曰："开方如何？"对曰："倍亲以适君，非人情，难近。"公曰："竖刁如何？"对曰："自宫以适君，非人情，难亲。"

⑬非人情：指做事情不合乎人的情理。

⑭而非三子者句：如果不是这三个人，那么没有办法满足他的欲望。　　遂：成，满足。

⑮彼其初句：他们三人当初之所以不被重用的原因，只是因为有管仲在罢了。徒：仅仅，只是。

⑯一日无仲句：一旦管仲不在了，那么这三个人，就可以得意地弹去帽子上的灰尘互相庆贺了。　　弹冠相庆：《汉书·王吉传》："吉与贡禹为友，世称'王阳（王吉，字子阳）在位，贡公弹冠'，言其取舍同也。"弹去帽子上的灰尘互相庆贺，多为贬义，指坏人得意的样子。

⑰仲以为句：管仲以为一个将要死去的人的语言，就能够捆绑住桓公的手脚了吗？　　絷：拴，捆。

⑱匹夫：无知无识，有勇无谋的人。含轻蔑之意。

⑲这句的意思是：不然的话，天下难道缺少三子这样的人吗？

⑳悉数：尽数，全部。

㉑这句的意思是：因为桓公已经询问，管仲可以推举天下贤能之士来代替自己，那么管仲虽然死了，而齐国不能算是没有了管仲。

㉒五霸句：春秋五霸，没有谁比齐桓公、晋文公更强盛的了。　　五霸：指春秋时期先后称霸的五个诸侯，即齐桓公、晋文公、楚庄王、宋襄王、秦穆公。一说指齐桓公、晋文公、楚庄王、吴王阖闾、越王勾践。　　文：即晋文公（前697~前628），名重耳，献公子。因献公立幼子为嗣，出奔在外十九年，后由秦国派军护送回国即位。前636年—前628年在位。为春秋时期五霸之一。

㉓灵公：姓姬，名夷皋，晋文公之孙，晋襄公之子。前620年~前607年在位。

为政残暴无道。　　　孝公:姓姜,名昭,齐桓公之子。齐桓公死后,五公子争夺王位,齐国大乱,太子昭奔宋,由宋襄公派兵护送回国即位。前642年~前633年在位。

㉔不肖:不贤德,不正派。　　　老成人:年高德重而深孚众望之人。

㉕桓公之薨句:桓公死以后,齐国的内乱到了不可收拾的地步,这没有什么难以理解的。　　　一乱涂地:又作一败涂地,形容失败得十分惨重。

㉖这句话的意思是:天下并不是没有贤臣,大概是有贤臣而没有识别贤臣的国君去重用他们吧。

㉗仲之书:即《管子》。相传为管仲所著,实系后人伪托。

㉘宾胥无:春秋时期齐国的大夫。

㉙且各疏其短句:而且分别列举了他们的不足之处,这是他在心中认为,这几个人都不可以把国家托付给他们。　　　疏:指分条陈述。　　　不足:不可,不能。

㉚而又逆知句:而他又预先知道自己将要死去,那么这本书实在荒诞虚妄不能够使人相信。　　　逆知:预先知道。　　　诞谩:荒诞虚妄。

㉛史鳅:字子鱼。春秋时期卫国的大夫,以忠直敢谏著称。

㉜以不能进句:因为不能够进用蘧伯玉和斥退弥子瑕。　　　蘧伯玉:春秋时期卫国的大夫,有贤名。　　　弥子瑕:春秋时期卫国的大夫,善奉承,受卫灵公宠幸。

㉝身后之谏:死后以尸体相劝谏。据《孔子家语》记载,史鳅死前对儿子说:"吾仕卫不能进蘧伯玉退弥子瑕,是吾生不能正君,死无以成礼,汝置尸牖下,于我毕矣。"他的儿子照此办理,终于使卫灵公省悟过来。

㉞萧何(前?~前193):汉初大臣,对刘邦战胜项羽,建立汉朝起过重要作用,后为丞相。病故前曾向惠帝推荐曹参继任丞相之职。　　　曹参(前?~前190):汉初大臣,从刘邦起义,屡立战功。后继萧何为丞相。

㉟何以死哉:宾语前置句式,疑问代词"何"作介词"以"的宾语前置。凭什么就这样死了呢?

【集评】

宋吕祖谦《古文关键》卷下:老苏文率多是权书,惟此文句句的当,前亦可学,后不可到。此篇义理的当,抑扬反复,及警策处多。

宋真德秀《文章正宗》卷四:韩非子言,管仲将死,荐隰朋,而桓公不能用也,似亦未可深罪仲矣。又此文,桓公旧皆改威公,盖避钦宗讳也。老泉生在靖康之前,不应预知庙讳,必传写者追改之耳,今正之。

宋谢枋得《文章轨范》卷三:议论精明而断制,文势圆活而婉曲,有抑扬,有顿挫,有擒纵。场屋程文论,当用此样文法。先暗记侯王两集,下笔无滞碍,便当读此。

明茅坤《唐宋八大家文钞》卷一百十二:通篇只罪管仲不能临没荐贤,起起伏伏,光景不穷。

清储欣《评注苏老泉集》卷三：议论正而行阵甚坚。非常之才不恒有，仲荐一二老成人维持调护，以冀幸三子之不为变则可矣。如曰管仲之后复有管仲，则异日狐赵之徒，犹且莫与仲比肩，而况他人乎？

清徐乾学《古文渊鉴正集》卷四十七：正意全责仲不能举贤自代，独见其大，而行文极有法度。迂斋楼昉曰：老泉诸论中，唯此论纯正，开阖抑扬之妙，责管仲最深切，意在言外。闻脩王志坚曰：《馀冬序录》云：吾观《管子》《列子》《吕氏春秋》诸书，载仲临死之言，所以荐隰朋者不一而足，然则仲曷尝不举贤以自代哉？明允称仲书论鲍叔、宾胥无之短，而不及隰朋之长，何也？天之生朋以为夷吾舌也，其身死舌焉得生？仲有以知桓公之不能用其言矣。

清吴楚材、吴调侯《古文观止》卷十：通篇总是责管仲不能临殁荐贤，起伏照应，开阖抑扬，立论一层深一层，引证一段紧一段，似此卓识雄文，方能令古人心服。

清王应鲸《唐宋八大家公眼录》卷四：中段代管仲为谋，文章最高处。（谢叠山语）远远说起，逐节转换，逐层衬贴，逐段翻驳，千呼万唤，而后出之，遂使意无不尽，最可为学文楷范。（吕石门语）不知本一句，是前后关键。前以鲍叔陪起，鲍见管子，知本者也。后以史、萧二人衬结，史、萧荐贤，知本者也。两头夹出一管仲之不知本，亦是从《春秋》澄本清源之法生来。

清林云铭《古文析义》卷十四：林西仲曰：责管仲临死不举贤自代，以致威公用三子以乱国，持论似正。若论管子，天下才。施伯决其得志于未用之先，诸葛武侯以古今有数人物，亦取以自比，乃欲其临死再举一仲，谈何容易？且仲治齐时，严蔽明蔽贤之戒，故曰匹夫有善可得而举，何尝不以举贤为心？但未得有如仲者出耳！况威公末年，政事怠荒，仲既言三子不可近，而竟用之，即荐有贤如仲者以自代，亦未必用也！开元天宝，总一明皇，用姚、宋而治，用李、杨而乱。宰相岂甘受不举贤之罪乎？苏家立论，多自骋笔力，未必切当事情。惟文字高妙，层层翻驳不穷，确是难得。

清谢有炜《古文赏音》卷九：极是深文，却说得管仲无可置辩。看其开口喝破正旨，后用逐层推驳，笔之遒紧非常。

清汪基辑《古文喈凤新编》卷七：仲将死，劝公勿用竖刁三子，不听，卒致乱。人服仲之先见。老泉以其不能举贤自代论之。管仲天下才，固难多得，诚荐鲍叔、宾隰等自代，亦不致三人之乱着此。如此论，固云翻案，亦非深文。

【鉴赏】

本文选自《嘉祐集》卷八。这篇史论是苏洵评论历史人物的名作，评论的对象是春秋前期齐国名相管仲。

管仲，名夷吾，颖上（今安徽省颖上县）人。少时与鲍叔牙友善，后鲍叔牙事齐公子小白，管仲事公子纠。齐襄公昏庸被杀，二公子争夺王位，管仲为其主箭射小白，中衣带钩。小白最后获胜，立为桓公。桓公即位，想用鲍叔牙为相，鲍叔牙辞让，力荐管仲。桓公不记射钩前仇，竟任管仲为相，并尊称"仲父"。管仲辅佐桓公改革国政，"九合诸侯，一匡天下"（司马迁《史记·管晏列传》），使齐桓公成为春秋时代的第一个霸主。因此，历代史家与史论作者无不称道管仲的才能与政绩。然而苏洵的这篇《管仲论》却不落前人窠臼，着重论述了管仲政治上的失误。作者将桓公死后齐国连续一百多年的动乱归咎于管仲，指出他临终不能"举天下之贤者自代"的错误，从而表明了选贤举能防止奸佞当道的重要观点。

全文共为五个自然段。

第一段，概言管仲生前死后齐强之功和齐乱之祸。文章开笔先承旧说，言管仲生前之功。即辅佐桓公，称霸诸侯，抗击戎狄，使齐国富强，诸侯不敢反叛。然后转言管仲死后齐乱之祸。即竖刁、易牙、开方"三子"被重用，桓公死于叛乱之中，五个公子争夺王位，以至祸延简公，国无宁日，历时竟达一百五十余年。本段言功是宾，言祸是主，主宾皆关锁于管仲一身，为下文立论张本。

第二段，直陈齐国之乱，祸由管仲。管仲之罪全在此段，所以这是全文最重要的一段。但作者指责管仲，却先不说管仲，而是把自己参透的哲理以极其精炼的句式劈面提出："夫功之成，非成于成之日，盖必有所由起；祸之作，不作于作之日，亦必有所由兆。"作者以这种带有思辨色彩的哲理作为本段起笔，不仅醒豁警拔，辉耀全篇，而且还起着接上而生下的作用。结构上自然流转，足见举重若轻之功力。下文以一个"故"字带出管仲，明确指出齐国之乱，祸由管仲，即所谓"齐之治也，吾不曰管仲，而曰鲍叔；及其乱也，吾不曰竖刁、易牙、开方，而曰管仲。"这里的上句显然是承功"所由起"而言，是宾；下句则是承祸"所由兆"而言，是主。主宾仍关锁于管仲一身，揭出全文题旨。接着，作者以"何则"设问，拓开一笔，将题旨又转深一步，先责桓公，后责管仲。作者认为，桓公用"三子"而"乱人国"，桓公固然不对，但使桓公任用"三子"者却是管仲。为什么说是管仲使桓公用"三子"呢？因为管仲临终前，桓公询问他相国的人选，他却不能"举天下之贤者以对"，只是以"三子"做事违反人情，不可亲近之语搪塞而已。结果管仲既殁，齐国即乱。上文，作者先责桓公，再责管仲，最后又引证桓公"问相"的史实，这不仅用笔开合变而有序，而且借宾显主，还进一步说明了齐国之乱皆由管仲临终不能荐贤之所致。以下几段，便紧紧扣住此意，反复畅发，开合承转，愈转愈深。

第三段，指责管仲不懂治国之本。这一段紧承上文桓公用"三子"和"问相"事，展开论述。论证分三层，先开后合，先务虚后务实。第一层以"仲以为桓公果能不用三子矣乎"的设问引起下文。作者认为，管仲与桓公相处日久，深知桓公贪恋声色。而且管仲还知道，如果没有竖刁、易牙、开方这"三子"，那么也就没有人能够满足桓公的声色欲望。因此日后桓公用"三子"，势所必然。既然如此，管仲临殁而不举贤自代，这应该说是他的责任。第二层深入一步发问："仲以为将死之言，可以絷桓公之手足邪？"作者对这个问题的回答也是否定的。因为齐国不担心有"三子"，而担心没有管仲。有了管仲，这"三子"只不过是三个匹夫而已。言外之意是说，佞臣不足畏，可怕的是国无贤者，国既无贤，君自昏聩。所以管仲想以"将死之言""絷桓公之手足"也是不可能的。然后作者又退一步说，即使桓公侥幸能够听

351

进管仲的话而诛灭"三子",但天下类似"三子"之徒岂能"悉数而去之邪"？在这一警策有力的反问中，使人更清醒地看到管仲临殁而不能举贤自代的错误。以上两层都是放开一步，从桓公用"三子"的原因这个角度反复论述，说明选贤举能防止奸佞当国的重要。第三层则是合，作者在盘旋蓄势之后，一笔点出"管仲不懂治国之本"，并暗承第二段桓公"问相"事，设身置地，代管仲为谋，反跌出"举贤自代"的重要，道出管仲"不知本"的要害。

第四段，以晋文公来比照齐桓公，进一步说明齐国败乱，管仲无可逃责。这一段也是先开后合，由宾入主。先言晋国因有贤而强，后说齐国因无贤而败。援征史实，二相比照，更可见出贤者当国的重要。然后又合归于管仲，说管仲虽贤，桓公"独恃"，可是管仲却已经死了，齐国焉能不"一乱涂地"？因此，齐国败乱，管仲之责是无所逃脱的。

第五段，总结管仲临终不能荐贤自代的教训，垂戒后人。本段先说"夫天下未尝无贤者，盖有有臣而无君者矣。"即认为，天下不是没有贤臣，而是有贤臣却不被国君所用。根据这个前提，作者接着推论说，"桓公在焉，而曰天下不复有管仲者，吾不信也。"作者之所以"不信"，是因为天下并非无贤，而是有贤不用。其中微旨，虽明责桓公不能用贤，实暗责管仲不能荐贤。以上为本段第一层。第二层，批评《管子》以为国中无贤，再责管仲不能荐贤。据专门记载管仲言论的《管子》一书说，管仲临终前，曾评论过鲍叔牙、宾胥无、宁戚、孙在等大臣的为人，一一分析他们的缺点，认为皆不足以托付国事。唯独荐举"好上识而下问"（《管子·戒篇》）的隰朋，可是管仲又料定隰朋将随己早亡，不可能久理齐政，因此自己死后，齐国将无贤可代。《管子》的这些认识显然是违背客观事实的，所以苏洵认为《管子》一书"诞谩不足信"。第三层，援引春秋卫国大夫史䲡和汉丞相萧何临殁进贤为切证，说明大臣能否荐贤，全在其"用心"。而管仲临终之言和《管子》一书皆以为无贤可代，其"用心"可知矣！苏洵"据事以类义，援古以证今"（刘勰《文心雕龙·事类》），于此可见。第四层，总结教训，收束全文。"夫国以一人兴，以一人亡。贤者不悲其身之死，而忧其国之衰，故必复有贤者，而后可死。"这个教训可谓高出俗见,它不仅重申了大臣临终举贤自代的重要性,而且还用此冷隽之笔点醒全文,回应全篇。最后又承"而后可死"句结穴于"彼管仲者,何以死哉?"以震耀耳目的反问,再次关锁于管仲,不仅使全篇"能发异光,而且长留余味"(林纾《春觉斋论文·用收笔》)。

《管仲论》是一篇以意取胜的文章。作者论管仲其人,能够"扩前人所未发"(刘熙载《艺概·文概》),自出机杼,别开一境,令人耳目一新。破理且能顺势运斤,意贯始终;并善于运用丰富的史料多方类比,反复对照,纵擒开合,借宾论主,使立论一层深似一层。全文章句腾挪多变,奇诡莫测,起伏照应,极富雄辩恣肆的特点。因此,《古文观止》(卷十)评论本文为"卓识雄文",堪称的论。

明　论^①

【题解】

　　本文论述君主如何能够明察秋毫,治理天下。作者认为天下的事情很多,君主不可能都知道,那么怎样才能治理好天下呢? 回答是要专于其所及而及之,也就是抓住容易知道的事情,果断地处理,赏罚分明,使天下震惧,战战兢兢不敢触犯他的神威。这样推而广之,对于他所不知道的事情,起到警戒的作用,也就达到天下大治的目的。在这里作者阐述不足之处是,没有说明国家大事是决定国家生死存亡的大问题,君主必须掌握和处理好这些大事,只谈处理容易知道的事情是不够的。作者的逻辑思维能力强,推理很严密。如人的智虑有所及,有所不及,故贤人以其所及而济其所不及。圣人治天下以常,故无治而不治;贤人治天下以时,故无乱而不治。文章纵横恣肆,笔势神逸。议论时逻辑性强,层层深入,比喻时自然贴切。

【原文】

　　天下有大知,有小知^②。人之智虑,有所及,有所不及^③。圣人以其大知而兼其小知之功,贤人以其所及而济其所不及^④;愚者不知大知,而以其所不及丧其所及^⑤。故圣人之治天下也以常,而贤人之治天下也以时^⑥。既不能常,又不能时,悲夫殆哉^⑦! 夫惟大知,而后可以常;以其所及济其所不及,而后可以时^⑧。常也者,无治而不治者也;时也者,无乱而不治者也^⑨。

　　日月经乎中天,大可以被四海,而小或不能入一室之下,彼固无用此区区小明也^⑩。故天下视日月之光,俨然其若君父之威^⑪。故自有天地而有日月,以至于今,而未尝可以一日无焉^⑫。天下尝有言曰:叛父母,亵神明,则雷霆下击之^⑬。雷霆固不能为天下尽击此等辈也,而天下之所以兢兢然不敢犯者,有时而不测也^⑭。使雷霆日轰轰焉绕天下以求夫叛父母、亵神明之人而击之,则其人未必能尽,而雷霆之威无乃亵乎? 故夫知日月雷霆之分者,可以用其明矣^⑮。

　　圣人之明,吾不得而知也^⑯。吾独爱夫贤者之用其心约而成功博也,吾独怪夫愚者之用其心劳而功不成也^⑰。是无他也,专于其所及而及之,则其及必精;兼于其所不及而及之,则其及必粗^⑱。及之而精,人将曰:是惟无及,及则精矣。不然,吾恐奸雄之窃笑也^⑲。

　　齐威王即位,大乱三载^⑳。威王一奋,而诸侯震惧二十年,是何修何营邪^㉑? 夫齐国之贤者,非独一即墨大夫明矣^㉒;乱齐国者,非独一阿大夫与左右誉阿而毁即墨

354

者几人亦明矣㉓。一即墨大夫易知也,一阿大夫易知也,左右誉阿而毁即墨者几人易知也。从其易知而精之,故用心甚约而成功博也㉔。

天下之事,譬如有物十焉,吾举其一,而人不知吾之不知其九也㉕。历数之至于九,而不知其一,不如举一之不可测也,而况乎不至于九也㉖。

【注释】

①明论:写作时间不详。阐述君主如何明察下情,以其所及而济其所不及。

②知:同"智"。

③人之智虑句:人的智谋,有可以到达的,有不可以到达的。所及:可及。可以到达。

④圣人以其大知句:圣人用他的大智兼顾他的小智的功效,贤人用他所能够到达的接济他所不能够到达的。 圣人:旧指品德最高尚,智慧最超群,被世人所普遍尊崇的人。 兼:兼顾,兼并。 济:帮助,接济。

⑤丧:失掉,丧失。

⑥故圣人之治天下句:所以圣人治理天下用常法,贤人治理天下用时运。常:规律,准则。 时:时机,机会。

⑦悲夫殆哉:悲哀啊!危险啊! 夫、哉:语气词。表示感叹。 殆:危险。

⑧惟:只,只有。 而后:连词。然后。

⑨这句的意思是:运用常规的,没有什么事情不能够治理的;掌握时机的,没有什么祸乱不能够平息的。

⑩日月经乎中天句:日月在天的中间运行,它们的光芒大到可以照耀四海,小到或许不能够进入一室之内,它们确实不用这小小的小光明。 经:循行,经过。中天:高空中,当空。 被:加于……之上。 区区:小,少。

⑪俨然其若君父之威:庄严的样子像君主父亲的威严。 俨然:庄严的样子。 若:像,如同。

⑫未尝:不曾。

⑬尝:副词。曾经。 亵:亵渎。轻慢,不庄重。 之:第三人称代词。

⑭雷霆固不能句:雷霆固然不能为天下完全打击这一些人,而天下人所以小心谨慎的不敢触犯的原因,有时却有不可猜测的灾祸。 兢兢:小心谨慎。 测:估计,猜度。

⑮这句的意思是:假使震雷天天轰轰地回绕天下,寻求背叛父母、亵渎神明的人,去打击他,然而那些人未必能打击完,震雷的威力,莫非被亵渎了吗?所以知道日月震雷的处分,可以利用它就明白了。

⑯明:贤明,聪明。 不得:不能,不可。

⑰吾独爱夫贤者句:我只是喜爱贤人的用心简约而成功广泛,我只是奇怪愚人的用心劳苦却不能成功。 独:副词。仅,只有。 约:少,简约。 博:广泛。

⑱这句的意思是：这没有别的，专门用心在他可以到达的来达到它，那他达到的一定精通；同时在他们不能达到的来达到它，那他达到的一定粗略。　　兼：一起，同时。

⑲不然句：不这样，我恐怕奸雄之人要偷偷地耻笑。　　然：指示代词。这样。奸雄：本指淆乱是非的辩士。后多指弄权欺世，窃取高位的人。

⑳齐威王(？~前320)：战国时齐国国君。田氏，名因齐，一作婴齐。前356~前320年在位。任用邹忌为相，田忌为将，孙膑为军师，国势强盛，成为战国七雄之一。　　三载：三年。《史记·田敬仲完世家》作"九年"。

㉑威王一奋句：齐威王一振奋，诸侯震动害怕二十年，这是整治什么经营什么呢？　　何修何营：整治什么经营什么。疑问句中，代词"何"作宾语前置。

㉒齐国：古国名。周初封国，姜姓。开国君主是吕尚，建都营丘(今山东淄博市东北)。传到齐威王时，成为战国七雄之一。前221年为秦所灭。　　即墨大夫：据《史记·田敬仲完世家》记载：威王召即墨大夫而语之曰：自子之为即墨也，毁言日至。然吾使人视即墨，田野辟，民人给，官无留事，东方以宁。是子不事吾左右以求誉也。封之万家。

㉓乱齐国者句：祸乱齐国的人，不止一个阿大夫与左右赞美阿大夫而诽谤即墨的几个人也是明白的。　　阿大夫：据《史记·田敬仲完世家》记载：威王召阿大夫，语曰：自子之守阿，誉言日闻。然使使视阿，田野不辟，民贫苦。昔日赵攻甄，子弗能救；卫取薛陵，子弗知，是子以币厚吾左右以求誉也。是日烹阿大夫及左右尝誉者。　　毁：诽谤。

㉔从：自，由。　　甚：副词。很，非常。

㉕这句的意思是：天下的事情，比方有十件事物，我举出其中的一件，别人不知道我不知道其他的九件。

㉖历数之至于九句：一一列举到九件，而不知其中的一件，不如举出一件的不可以猜测，何况天下的事不止这九件呢。　　历数：一一列举，逐个说出。　　至：副词。止，仅。

【集评】

明茅坤《唐宋八大家文钞》卷一百十一：此是老泉本色学问。宋迂斋(楼昉)谓其意脉自《战国策》来，良是。苏子之明，明之小者也，伯者之所操切也。圣人之明，则以无心而虚，虚故能照，照则能普万物而不蔽。释氏之所谓寂生照，庄子之所谓泰宇定而天光发，皆此意也。

清储欣《评注苏老泉集》卷三：此直从威王治齐一事，衍出渠文。固云圣人之明，吾不得而知，儒者勿讥焉，可也。

清徐乾学《古文渊鉴正集》卷四十七：辞义精核处自凿凿不磨。禹脩方岳贡曰：此是人主用明之术，英主不可不知。

本文选自苏洵《嘉祐集》卷八。北宋中期,北方的辽契丹族和西夏贵族兴起,屡驱兵骚扰中原,真宗景德年间"澶渊之盟"后,宋廷岁向契丹纳银十万两,绢二十万匹,并割让晋阳(今太原)及亘桥(今河北雄县昌水)以南十县土地。仁宗庆历三年(公元 1043 年),西夏主和,宋廷反而向其纳银十万两,绢十万匹,茶三万斤。同时,北宋国内政事未修,贪吏弄权,地主豪夺,民怨载道。外扰内乱,朝廷却未能洞察。在这种情况下,苏洵满怀忧国之心,写下了不少旨在改革时弊,激扬政治的政论性文章,《明论》是其中之一。意在规谏宋仁宗要"有独知之虑",明而治国。

全文共分三段。

第一段包括一、二两节。是说"圣人治天下以常","贤人治天下以时",而愚人治天下只能失败。这里的关键是有没有"大知(即智)"和"小知(即智)"。为了说明这一问题,作者分别用圣人、贤人、愚人处事所得到的迥然不同的结果进行阐述:圣人有"大知"和"小知",故能"无治而不治",即所谓"常";贤人有"小知",即能"以其所及而济其所不及",故可"无乱而不治",即所谓"时";而愚人却"不知大知",又无"小知",必然会"以其所不及丧其所及,"故只能"悲",只能"殆"。这里,作者将治国者分成具有

"大知"和"小知"的圣人,具有"以其所及济其所不及"(即"小知")的贤人和"不知大知"而又无"小知"("以其所不及丧其所及")的愚人三个层次,目的是为下文张本。

第三段包括三、四两节。作者从"大知"引发,意在论述人君治国应当吸取的教训。每节各讲一层意思。第一,是把"日月之光"比若"君父之威",提出"自有天地而有日月",为人君者不可以"区区小明"而忘天下之大本。第二,是进一步说明"雷霆之威",也不能击尽背叛父母、轻慢神明之辈,即使天下"兢兢然不敢犯",也可能"有时而不测",故"用其明",才是治国之道。行文至此,作者引出了论题:治

国不能单凭"雷霆轰轰",而应"用其明"。

第三段包括四、五、六小节。作者用了近二分之一的篇幅,极力运笔于以明治国之道,辩理言策而寓箴规于其中,把论说的层次逐步提高。在论说方法上,作者紧紧扣住了一个"精"字,步步逼上。人君怎样才能实现明治呢?首先作者以不知"圣人之明"一句的略写,意在说明不企求人君能成为圣人,同时也说明从未有过"圣人之明"的人君。其言虽简,其意却赅。接着作者指出"独爱贤者"之君。贤者之所以"用心约而成功博",愚者之所以"用心劳而功不成",没有别的原因,而是因为贤者"专于其所及而及之,则其及必精",愚者却恰恰相反,"兼于其所不及而及之,则其及必粗"。"精"则"成功博","粗"则"功不成"。这里,作者不仅回扣了第一段中的贤者"以其所及而济其所不及",愚者"以其所不及丧其所及"的论点,而且进一步指出贤者的"专所及"和愚者的"兼不及",才分别是他们各自成功和失败的主要原因。因为只有"专所及而及之,则其及必精"。随后,作者又举出春秋战国时代的一个故事:齐威王九年(前348年),采纳相国邹忌之策,图举霸业,改革时政,用心选贤任能。他想知道邑守中谁贤谁不肖?同朝之人无不极口称阿(阿城,今山东阳谷县东北)大夫之贤,而贬即墨(今山东平度市东南)大夫。但威王派人实地调查二邑治状,却得出了相反的结论:即墨大夫专意治邑,开垦了荒地,获得了好收成,办事效率也高,只不过因为他不阿谀奉承,才有人说他的坏话;相反,阿大夫却以厚币精金贿王左右,才求得美誉。于是威王乃加封即墨大夫以万家之邑,严惩了阿大夫和受贿者。并选贤才,易郡守,黜陟幽明,使臣下"人人不敢饰非,各尽其诚"(《史记·田敬仲完世家》),一时国内大治,"一奋而诸侯震惧"。根据这个故事,作者认为,齐国并非是一个即墨大夫贤明,也非一个阿大夫可以乱国,因为一个即墨大夫和一个阿大夫是容易知道的,问题在于齐威王左右的朝臣们不贤明,而这些朝臣的不贤明却能为人君知道,这就是威王"精"的地方。所以他才能"用心甚约,而成功博"。论述至此,我们才对作者所说的"明",有了一个完整的认识,即:贤人之明。而所谓贤人之明,就是要有"小知",做到"以其所及济其所不及,"并且能"专于其所及而及之",这样就能够"其及必精"。做到这些,成功也就多了。显然,作者的这一思想是带有朴素的唯物主义观点的。最后,作者又举出一和九两个数字,说明了举其一而可知九的道理,强调了齐威王"而知而精"这一事例的代表性,含有明显的讽谏之意。

《明论》是一篇策论文章。立意精美宏丽,运笔浑灏自然,是其一大特点。全文不足六百字,但主题鲜明,论证剀切,机峰雄辩,格调高昂。"明"是全文的核心,但作者没有抽象地说"明",而是通过具体例证,举一反三,深入浅出地揭示治国之道,做到层层推进,让"明"这个轴心在文中滚动,简奥而圆转,言约而意足,既有针对性,又有说理性。落笔的巧妙处在于欲扬故抑,讽谏暗藏,促人细思寻绎。就文章本身来说,也称得上是一篇"其及必精"的策论。

上韩枢密书①

【题解】

作者为求官而给任枢密使的韩琦上书,但此书并不言及求官一事,却论古今形势。作者认为养兵不用是可怕的,天下未安之时,盗贼未尽,养兵固可铲除祸乱;然天下既平,盗贼已尽,兵不用,不义之心蓄而无所发,天下之患将杂然而出。作者以刘项争天下,及汉初七国之乱、吕氏争权为例,说明起兵容易收兵难的道理。作者分析宋朝的形势,认为祸患的根由是大臣好名而惧谤,故执法不坚,使天下之兵豪纵至此,而莫之或制也。有人认为兵久骄,绳之以法恐生乱,实则将严而兵股栗,是先王所以威怀天下之术也。最后希望韩公尽至公之心,严肃军纪,以厉威武以振其惰,使君臣之体顺,畏爱之道立。作者过于看重大臣个人的作用,在君权至上的封建社会,大臣又怎么能控制国家的局势呢?作者对韩琦寄予太深的希望,最后不能不失望。文章结构严谨,议论精慎,言辞激切,情真意浓,忧国忧民之心跃然纸上。

【原文】

太尉执事②:洵著书无他长,及言兵事,论古今形势,至自比贾谊③。所献《权书》④,虽古人已往成败之迹,苟深晓其义,施之于今,无所不可⑤。昨因请见,求进末议,太尉许诺,谨撰其说⑥,言语朴直,非有惊世绝俗之谈,甚高难行之论,太尉取其大纲,而无贵其纤悉⑦。

盖古者非用兵决胜之为难,而养兵不用之可畏。今夫水激之山,放之海,决之为沟塍,壅之为沼沚,是天下之人能之⑧。委江河,注淮泗,汇为洪波,潴为大湖,万世而不溢者,自禹之后未之见也⑨。夫兵者,聚天下不义之徒,授之以不仁之器,而教之以杀人之事。夫惟天下之未安,盗贼之未殄,然后有以施其不义之心,用其不仁之器,而试其杀人之事⑩。当是之时,勇者无余力,智者无余谋,巧者无余技,故其不义之心变而为忠,不仁之器加之于不仁,而杀人之事施于当杀⑪。及夫天下既平,盗贼既殄,不义之徒聚而不散⑫,勇者有余力则思以为乱,智者有余谋则思以为奸,巧者有余技则思以为诈,于是天下之患杂然出矣⑬。

盖虎豹终日而不杀,则跳踉大叫,以发其怒⑭;蝮蝎终日而不蜇,则噬啮草木,以致其毒⑮。其理固然,无足怪者⑯。昔者刘、项奋臂于草莽之间⑰,秦楚无赖子弟千百为辈,争起而应者,不可胜数⑱。转斗五六年,天下厌兵,项籍死,而高祖亦已老矣⑲。方是时,分王诸将,改定律令,与天下休息⑳。而韩信、黥布之徒㉑,相继而起者七国，高祖死于介胄之间而莫能止也㉒。连延及于吕氏之祸，讫孝文而后定㉓。是何起之易，而收之难也？刘、项之势，初若决河顺流而下，诚有可喜。及其崩溃四出，放乎数百里之间，拱手而莫能救也㉔。呜呼！不有圣人，何以善其后㉕？

太祖、太宗，躬擐甲胄，跋履险阻，以斩刈四方之蓬蒿㉖，用兵数十年，谋臣猛将满天下。一旦卷甲而休之，传四世而天下无变㉗。此何术也？荆楚、九江之地不分于诸将，而韩信、黥布之徒无以启其心也㉘。虽然天下无变，而兵久不用，则其不义之心蓄而无所发，饱食优游，求逞于良民㉙。观其平居无事，出怨言以邀其上㉚；一旦有急，是非人得千金，不可使也㉛。

往年，诏天下缮完城池㉜。西川之事，洵实亲见，凡郡县之富民，举而籍其名，得钱数百万，以为酒食馈饷之费㉝。杵声未绝，城辄随坏，如此者数年而后定㉞。卒事，官吏相贺，卒徒相矜，若战胜凯旋而待赏者㉟。比来京师，游阡陌间，其曹往往偶语，无所讳忌㊱。闻之土人，方春时，尤不忍闻㊲。盖时五六月矣，会京师忧大水，锄耰畚筑列于两河之墙㊳，县官日费千万，传呼劳问之声不绝者数十里，犹且眄眄狼顾，莫肯效用㊴。且夫内之如京师之所闻，外之如四川之所亲见，天下之势今何如也㊵？

御将者，天子之事也；御兵者，将之职也。天子者，养尊而处优，树恩而收名，与天下为喜乐者也，故其道不可以御兵。人臣执法而不求情，尽心而不求名，出死力以捍社稷，使天下之心系于一人，而己不与焉㊶。故御兵者，人臣之事，不可以累天子也㊷。今之所患，大臣好名而惧谤，好名则多树私恩，惧谤则执法不坚㊸。是以天下之兵，豪纵至此，而莫之或制也㊹。顷者，狄公在枢府㊺，号为宽厚爱人，狎昵士卒，得其欢心㊻。而太尉适承其后㊼。彼狄公者，知御外之术而不知治内之道，此边将材也。古者兵在外，爱将军而忘天子；在内，爱天子而忘将军。爱将军，所以战；爱天子，所以守㊽。狄公以其御外之心而施诸其内，太尉不反其道，而何以为治㊾？

或者以为兵久骄不治，一旦绳以法，恐因以生乱㊿。昔者郭子仪去河南，李光弼实代之(51)。将至之日，张用济斩于辕门，三军股栗(52)。夫以临淮之悍，而代汾阳之长者(53)，三军之士，竦然如赤子之脱慈母之怀，而立乎严师之侧，何乱之敢生(54)？且夫天子者，天下之父母也；将相者，天下之师也。师虽严，赤子不敢以怨其父母；将相虽厉，天下不敢以咎其君，其势然也(55)。天子者，可以生人杀人，故天下望其生，及其杀之也，天下曰：是天子杀之。故天子不可以多杀。人臣奉天子之法，虽多杀，天下无以归怨，此先王所以威怀天下之术也(56)。

伏惟太尉思天下所以长久之道，而无幸一时之名(57)，尽至公之心，而无恤三军之多言(58)。夫天子推深仁以结其心，太尉厉威武以振其惰(59)。彼其思天子之深仁，则畏而不至于怨；思太尉之威武，则爱而不至于骄。君臣之体顺，而畏爱之道立，非太尉吾谁望邪(60)！不宣(61)。洵再拜。

【注释】

①上韩枢密书：此信写于宋仁宗嘉祐元年（公元 1056 年）。韩枢密即韩琦

(1008~1075)，字稚圭，相州安阳(今属河南)人。仁宗时历任右司谏、枢密副使、枢密使、宰相。经英宗至神宗，执政三朝。封魏国公。　　枢密：枢密使的简称。据《宋史·职官志二》："枢密使，知院事，佐天子执兵政。"

②太尉：官名。秦至西汉设置，为全国军政首脑，后渐变为加官，无实权。至宋徽宗时，定为武官官阶的最高一级，但本身并不表示任何职务。亦用作对武官的尊称。枢密使为武官的最高等级，故亦称枢密使为枢密太尉。　　执事：对对方的敬称。

③贾谊(前200~前168)：西汉洛阳(今河南洛阳东)人。汉文帝时任博士，又迁太中大夫，后被贬为长沙王太傅。后为梁怀王太傅。他曾多次上疏，批评时政，为西汉著名政论家。

④权书：讲用兵之术的一组策论，共包括10篇文章：心术、法制、强弱、攻守、用间、孙武、子贡、六国、项籍、高祖。

⑤虽古人已往成败之迹句：虽然是古人以前取得成功和失败的事迹，如果深刻通晓它的道理，对于今天的事情能够施行，没有什么不可以的。　　苟：连词。如果，假使。　　义：合宜的道德、行为或道理。　　于：介词。引出动作的对象。

⑥昨因请见句：昨天由于请求接见，请求推荐我的文章，您允诺我的请求，谨慎的撰写那些言论。　　请见：宋代士人的一种礼节。据宋王闢之《渑水燕谈录》："国初袭唐末士风，举子见先达，先通牒刺，谓之请见。"　　末议：谦称自己的文章。

说：言论，主张。

⑦纤悉：细微详尽。

⑧今夫水激之山句：如今大水冲击山峦，放纵地流到海里，冲决堤防形成沟渠和田埂，堵塞后形成池塘，这是天下的人都能做到的。　　激：原指水势受阻后腾涌或飞溅。引申为水的冲击。　　沟塍：沟渠和田埂。　　壅：堵塞。　　沼沚：池塘。

⑨委江河句：积聚成江河，注入淮河泗水，汇聚成波涛，积蓄成湖泽，很多世代也不漫淌出来，从大禹以后没有看见过。　　委：积，聚积。　　潴：水积聚。禹：传说中古代部落联盟领袖。奉舜命治理洪水，因治水有功，被舜选为继承人。

⑩夫惟天下之未安句：只是天下没有安定，盗贼没有灭绝，然后才有用来施行那不义的心，使用那不仁的兵器，尝试那杀人的事情。　　惟：副词。只有，只是。

殄：灭绝，尽。

⑪这句的意思是：当这个时候，勇敢的人没有多余的力量，有智谋的人没有多余的谋略，有技巧的人没有多余的技能，所以那不义的心变化成忠实，不仁的兵器施加在不仁的行为上，杀人的事情施行在应当杀的人身上。

⑫及夫：等到。

⑬勇者有余力句：勇敢的人有多余的力量就思考用作祸乱，有智谋的人有多余的谋略就思考用作奸恶，有技巧的人有多余的技能就思考用作欺诈，于是天下的患祸就混杂着出现了。　　以为：用作，作为。　　杂然：混杂貌。

国学经典文库

唐宋八大家散文鉴赏

苏洵卷

⑭盖虎豹终日而不杀句:大概虎豹良久不杀死它,就会腾跃跳动,来发泄它的怒气。 跳踉:腾跃跳动。

⑮蝮蝎终日而不蜇句:蝮蛇、蝎子良久不蜇人,就噬吞啮啃草木,来输出它的毒素。 蝮:一种毒蛇。头呈三角形,体灰褐色,有毒牙。 蝎:一种节肢动物。后腹末端有毒钩,能蜇人。 致:送达。此指输出。

⑯这句的意思是:那道理本来就是这样,没有什么值得奇怪的。

⑰昔者句:从前,刘邦、项羽振臂而起,在草野间举行起义。 刘:即汉高祖刘邦(前256~前195),西汉王朝的建立者。 项:即项羽(前232~前202),秦末农民起义领袖。名籍,字羽,下相(今江苏宿迁西)人。 奋臂:振臂而起。常指举大事。 草莽:草野,民间。

⑱秦楚无赖子弟句:秦楚之际,无所依靠的从军者成百上千,争着起来响应的人,不能够计算过来。 秦楚:秦楚之际,自秦二世元年(前209年)至汉六年(前201年),先是陈胜起兵于蕲,在陈县(今河南淮阳)建立张楚政权,自号楚王;汉元年项羽自立为西楚霸王,都下邳(今江苏睢宁西北),汉六年国除。 无赖:无所依靠。 辈:量词。个。

⑲转斗:转战。 厌兵:厌战。

⑳分王诸侯句:分封诸将使称王,修定法律条令,让天下得以休养生息。 王:使动用法。使为王。 与:给予,授予。 休息:休养生息。

㉑韩信(?~前196):汉初诸侯王。淮阴(今江苏清江西南)人。秦末参加项羽义军,后归刘邦。勇敢善战,有谋略,在楚汉战争中战功赫赫,被封齐王,汉朝建立,改封楚王。有人告他谋反,被杀。 黥布:即英布(?~前195),汉初诸侯王。六县(今安徽六安东北)人。曾坐法黥面,故亦称黥布。秦末参加项羽义军,封九江王,后归刘邦,封淮南王。汉初,举兵反,被杀。

㉒相继而起者七国句:相继起来的有七国的叛乱,汉高祖死在战争中也不能够制止。 七国:指汉景帝时吴、楚、赵、胶西、济南、菑川、胶东七个诸侯国。 介胄:铠甲和头盔。穿铠甲戴头盔,指参加战斗。

㉓连延及于吕氏之祸句:连接延续到吕氏的祸乱,到汉文帝以后才安定下来。 吕氏:指汉高祖后吕雉及其侄吕产、吕禄等。 讫:通"迄"。至,到。 孝文:即汉文帝(前202~前157)刘恒。

㉔拱手:两手在胸前相合,表示无能为力。

㉕呜呼句:唉!没有圣人,怎么妥善处理那后来的事情? 呜呼:叹词。圣人:旧指品德高尚,智慧超群,被世人所尊崇的人。 何以:用什么,怎么。

㉖太祖、太宗躬擐甲胄句:太祖、太宗亲自穿戴铠甲和头盔,跋涉在艰难险阻之中,斩杀砍伐四方的荒草。 太祖:即宋太祖赵匡胤(927~976)。宋王朝的建立者,960~976在位。 太宗:即宋太宗赵炅(939~997),976~997在位。 躬擐甲胄:亲自穿上铠甲戴上头盔,言长官坐镇军中亲自指挥战斗。 跋履:谓旅途辛劳奔波。 斩刈:砍伐。 蓬蒿:蓬草和蒿草,泛指草丛。

362

㉗一旦卷甲而休之句：有朝一日收起武装而休兵，传代四朝，天下没有变化。 一旦：有朝一日。 卷甲：收起武装。谓撤退或休兵。 四世：宋太祖、宋太宗、宋真宗、宋仁宗四朝。

㉘荆楚、九江之地句：荆楚、九江的地域不分封给诸侯，那么韩信、黥布这些人，就没有什么可以启动他们的野心。 荆楚：指楚国旧地。因楚国最早的疆域约在古荆州一带，相当于今湖南、湖北。韩信封楚地，称楚王。 九江：地名。今安徽、湖北一带。黥布封九江王。 无以：无从，没有什么可以拿来。

㉙优游：游玩，悠闲自在。 求：寻找，搜寻。 逞：炫耀，显示。

㉚观其平居无事句：观察他平日没有事情的时候，口出怨言希望得到重视。 平居：平日，平素。 邀：希望得到，求取。 上：通"尚"。崇尚，看重。

㉛这句的意思是：一旦有了紧急事情，不是每人得到千金，不可以驱使的。

㉜诏：皇帝下命令。 缮完：原指修缮墙垣，亦泛指修缮。

㉝郡县：行政区划名，郡和县的并称。 籍：名册，户口册。活用为动词：登记。

㉞杵声未绝句：铁杵的声音还没有断绝，城墙就随后毁坏了，这样经过很多年才平定下来。 杵：原指舂米的棒槌，后泛指捣物的棒槌。 辄：立即，就。

㉟矜：自夸，自大。

㊱比来京师句：等到来到京城，走在路途中，他们往往相聚议论，一点没有什么顾忌。 比：及，等到。 京师：京城。 阡陌：原指田间小路，南北向的曰阡，东西向曰陌，犹言途径。其曹：他们。曹，辈。 偶语：相聚议论或窃窃私语。

㊲土人：世代居住本地的人。

㊳锄耰：古时种地的两种农具。锄用来锄草，耰用来平整田地。 畚筑：盛土和捣土的工具。 墙：同"堰"。城廓旁或河边的空地。

㊴县官日费千万句：县官每日耗费资金千万，传呼慰问的声音不断绝，延续数十里，况且侧目而视，像有所畏惧的样子，不肯效劳用力。 劳问：慰问。 睅睅：侧目相视貌。 狼顾：像狼一样的回头看。比喻有所畏惧。

㊵且夫：况且。承接上文，表示更进一层的语气。 何如：如何，怎么样。疑问句中，代词"何"作宾语前置。

㊶这句的意思是：大臣执行法律而不求取人情，用尽心力而不求取名誉，用出全力来捍卫国家，使天下的人心里联系在皇帝一人身上，自己不去参与。

㊷累：带累，牵累。

㊸这句的意思是：如今所害怕的是大臣喜好名利却害怕毁谤，喜好名利就多方树立私人的恩泽，害怕毁谤就会执法不坚决。

㊹而莫之或制也：然而没有谁或许能制止。

㊺顷者：不久以前，狄大人在枢密府任职。 顷：副词。近来，不久前。 狄：即狄青（1008～1057）。字汉臣，汾州西河（今山西汾阳）人。在对西夏战争中屡立战功，擢升大将。皇祐五年（公元1053年）升为枢密使同平章事，旋被排挤去职。

㊻狎昵：亲近，亲昵。

㊼而太尉适承其后：而太尉您正好接续在他的后面。　　适：正好，恰巧。

㊽所以战：因此而战斗。　　所以守：因此而防守。

㊾狄公以其御外之心句：狄公用他抵御外敌的忠心施行在对内的治理上，太尉您不反用其道，那么用什么方法来治理呢？　　诸：相当于"之于"。　　何以：用什么，怎么。疑问句中，代词"何"作宾语前置。

㊿或者以为兵久骄不治句：或者有人认为军队长久骄横不能治理，有朝一日用法律来纠正，恐怕因此会发生祸乱。　　绳：指按一定的标准去衡量和纠正。

51郭子仪（697～781）：唐朝大将。华州郑县（今陕西华县）人。安禄山叛乱时任朔方节度使，在河北击败史思明。肃宗即位后，因收复长安、洛阳有功，升中书令，封汾阳郡王。四朝为官，德宗即位，尊为尚父，罢兵权。　　李光弼（708～764）：唐朝大将。营州柳城（今辽宁朝阳南）人。安禄山叛乱时任河东节度使，与郭子仪进攻河北，又在太原击败史思明。因功封临淮郡王。

52张用济斩于辕门：据《资治通鉴》记载，李光弼代郭子仪为朔方节度使兵马元帅。郭子仪部将、左厢兵马使张用济屯河阳，光弼以檄召之，不至。光弼以数千骑东出汜水，用济单骑来谒，光弼责用济不时至，斩于军营中。　　股栗：恐惧貌。

53这句的意思是：用临淮王李光弼的强悍，来代替汾阳王郭子仪的温厚显贵。

54三军之士句：三军的将士，恐惧的如同婴儿脱离慈母的怀抱，站立在严厉的老师的旁边，有什么祸乱敢于发生呢？　　竦然：惊惧貌。　　赤子：指婴儿。乎：介词。用法相当于"于"。

55师虽严句：老师虽然严厉，孩子不敢因此埋怨他的父母；将相虽然严厉，天下人不敢因此责备他的君主，那形势是这样的。　　咎：责备。　　然：指示代词。这样。

56这句的意思是：大臣尊奉君主的法令，虽然多杀了人，天下人无从将怨恨归罪于他，这是先世君主所用的以威服和怀柔统治天下的方法。

57伏惟太尉句：念及太尉您多思考天下所以能长治久安的道理，不要侥幸一时的名誉。　　伏惟：下对上的敬词。　　念及：想到。　　幸：侥幸。

58至公：最公正，极公正。　　恤：忧悯。　　多言：犹言好讲闲话。

59这句的意思是：天子推广深厚仁义来结交他们的心，太尉严厉的推行威武来振作他们，不使懒惰。

60非太尉吾谁望邪：不是太尉您，我能寄希望于谁呢？　　谁望：希望谁。疑问句中，代词"谁"作宾语前置。

61不宣：不一一细说。旧时书信末尾常用此语。

【集评】

明唐顺之《文编》：前一段论兵骄之弊，后一段处骄兵之策，当是有用文字。

明茅坤《唐宋八大家文钞》卷一百八：老泉厌当时兵政之过弱，故劝韩魏公以诛戮。而其行文似西汉，疎宕雄辩可观。

明陈仁锡《古文奇赏》卷二十：千里之河，一拳砥柱，然后归遇圣人，接入宋事，骑龙手也。转楼昉评：议论精切，笔势纵横，开合变化，曲尽其妙，深识天下之势，而议论从韩非、孙武等书来。转茅坤评：时事一一如手指。

清储欣《评注苏老泉集》卷四：以驭骄兵责枢臣，以威武多杀为枢臣驭骄兵之策，犹良医之用乌喙、大黄，非此则顽疾不治也。为将大率尚严，非独宋也。虽使土人为兵，而以柔懦者将之，则平日偹匈仆隶之徒能暴横于乡里，而虽士大夫有受其侵轹者矣，况禁旅乎？筑凿隄防诸役，百姓力能胜之，而宋一以归之兵。可见宋时不特君臣如妇人孺子，而其待百姓亦以妇人孺子待之也。兵安得不骄，国安得不弱乎？

近人林纾评《嘉祐集》：此书为狄武襄发时，有疑武襄者，故此书曲为之解，言极平和详赡。余观今日之养兵直是养盗。夫盗果得养，有衣食可恃尚不为乱，乃竭天下膏脂，尽入诸大将之橐，而群盗仍不得食，则谓之专养盗魁耳！魁饱而群盗饥，虽未即反戈以掊其魁，而小民已遭鱼肉矣。所谓不义之心求逞于良民者，举天下皆是。如何，如何。

【鉴赏】

这篇文章是苏洵写给韩琦论兵事的书启。韩琦于宋仁宗嘉祐元年（公元1056年）任枢密使，苏洵于此年携带在蜀为官的张方平为他写的推荐信，偕二子苏轼、苏辙入京求仕。苏洵入京之后，曾先后向当时的宰臣富弼、文彦博、田况、韩琦等人上书言事。苏洵在这篇文章里广引古今，纵横辨析，阐述了自己对当时军事方面的主张，意在向新执兵权的韩琦建言献策，以矫正北宋初军事政策方面的失误和弊端。

苏洵在此文中，首先强调军队在卫国平乱中的重要作用，因此，军队的纪律与严格的管理、训练就显得非常重要。针对北宋前期军纪涣散，将骄卒惰的现状，作者指出这样的军队不仅不能卫国御敌，甚至会骚扰地方。认为"养兵不用（指不能

365

文章列举事例,阐明养兵不用之危害,诸多社会问题莫不导源于此。作者看到,率兵攻城野战,克敌制胜固然需要才能卓著的军事首领和训练有素的士卒,是很不容易的;倘若养兵不用,或用而不当,其后果更是不堪设想。苏洵这篇文章主要就是围绕"养兵""用兵"而深入展开的,为了透辟地剖析缘由,作者多方取喻,联系古今,并参之现实事例和作者的亲眼所见,反复推演,精辟辨析。作者从自然界中人们最熟悉的水谈起,在正常情况下,要把水放之沼沚河海,使其安流无害,只要开河导流就能办到;可是要像传说中的治水圣人大禹那样管理好、控制住洪水大波,恐怕就很困难了。人们如此熟悉、经常接触的水尚且这样,那么要掌握、控制住有头脑、有思想,勇猛强悍,手持兵器的军队就更不简单了。苏洵认为军队是聚集了天下好生事的人(所谓不义之徒,这是作者对封建军队的认识),又给他们以致人于死地的武器(所谓不仁之器),并且整天操练演习,教他们布阵杀敌的本领,如果没有严肃的纪律、严格的要求和必要的惩罚来约束,这是很危险的。所谓"兵者,凶器也,不可不慎用"(《韩非子·存韩》)就是这个意思。天下动乱,盗贼未尽之时,这些军队还可派用场,鼓励他们忠勇为国,用杀人的武器去镇压那些祸乱国家,残害人民的敌人;可是,天下既平,多养军队,如不严加管束,统驭有方,只会威胁自己,为害地方,其结果是灾难性的。这既非危言耸听,也非无端虚构,苏洵除了以楚汉相争和汉初封王的历史经验证其说外,还举了当时人所共知的现实事例为之分析:一是四川以兵卒修缮城池,费时数年,耗资百万,结果是"杵声未绝,城辄坠坏"。一是京师发大水,"锄耰畚筑列于两河之墉,县官日费千万,传呼劳问之声不绝者数十里,犹且睅睅狼顾,莫肯效用"。这样的军队又怎能尽到靖边卫国,抗衡辽和西夏呢?

苏洵上书韩琦,是向韩枢密进言统兵卫国的长久之道。作者指出,作为国家统领军队的枢密重臣,仅仅尽至公于国家是不够的。统兵需有方,驭部下也要讲究策略。狄青带兵御边,待兵恩惠宽厚,甚得军心,但他"不知治内之道",是有所欠缺的。只有恩威兼用,宽猛相济,树立畏(使兵士敬畏)爱之道才能奏效。作者为了阐释自己的见解,非常注意表现方法。本文结构整饬,议论精警,纵横剖析,广为取喻。苏洵抓住韩琦初掌枢密,正思整顿北宋军队中的骄惰积习的意念而进言献策,对其时废弛的军纪、涣散的军心和训练极差的素质痛加针砭,主张绳之以法,应当说是切中时弊,很有见地的。宋人叶梦得在《避暑录话》中说:"韩魏公(琦)至和(仁宗年号)中还朝为枢密使时,军政久弛,士卒骄惰,欲稍裁制,恐其忿怨而生变,方阴图以计之。会明允(苏洵字)自蜀来,乃探公意,遽为书(即这篇文章)显载其说,且声言教公先诛斩。公览之大骇,谢不敢再见,微以咎欧阳公(修)。富郑公当国,亦不乐之,故明允久之无成而归。"叶梦得这段话,道出了北宋前期军队中的恶习,这不仅证明了苏洵这个"颇好言兵""好为策谋"(曾巩《苏明允哀词》)之言论并非无的放矢,而且对其时军队的腐朽本质有深刻认识,也表明了他的看法与韩琦见解略同,只是苏洵所采用的方法似乎激切了些。

这篇文章的突出之处在于说理的透辟和议论的精到。作者不是枯燥辩说,缺乏形象;恰恰相反,苏洵在剖析道理时,取喻古今,层层辩论,如茧抽丝,步步深入,有条不紊。而所有这一切辨析、议论又始终伴以生动鲜明的形象和谨严的逻辑。此外,这篇文章气势充沛而连贯,如线穿珠玉,毫不间断,语言也极明快犀利。作者破题除囿于书信格式外,开篇即云"洵著书无他长,及言兵事,论古今形势,至自比贾谊。"开门见山,一气贯注,吐词明快,毫不谦让,很有几分"舍我其谁"的主体意识。论证之中,句句深入,层层推进,且多排比递进句式,以增强气势,间不容发,如:"非有惊世绝俗之谈,甚高难行之论。"以及"夫天下之未安……"一段皆可谓意急句促,言词滔滔。难怪韩琦阅读了苏洵的这篇文章"大骇",说不定当时就出了一身冷汗,这恐怕也是韩琦对苏洵只是称其文,礼其人而不用其言之故吧。这也难怪,苏洵写这篇文章,据叶梦得说是"苏明允本好言兵,见元昊(西夏王)叛,西方用事久无功,天下事有当改作,因挟其所著书,嘉祐初来京师"(《避暑录话》)。足见苏洵的文章本是有感而发,有为而作,且有较明确用世目的,绝非无病呻吟之作可比拟者。

上富丞相书

国学经典文库

唐宋八大家散文鉴赏

苏洵卷

【题解】

此文写于嘉祐元年(公元 1056 年)。富丞相即富弼,是参与"庆历新政"的重要人物之一。但由于新政触犯了贵族的特权和利益,很快就失败了,富弼等人皆贬官。至和二年(公元 1055 年)富弼再度入相而无建树,所以苏洵上书对他进行忠告。此书内容由三部分构成:"相公阁下"到"然而不能无忧"为第一部分,作者对富弼再度入相寄予厚望,愿其"与天下更始",可是富弼却因循守旧,无所作为。"盖古之君子"到"以殒其身"是第二部分,作者向富弼指出为政之道在于选贤授能、知人善任、善待僚臣。"伏惟阁下……"以下为第三部分,作者期望富丞相有所作为,并流露出求见获用之意以结束全篇。

【原文】

相公阁下①:往年天子震怒,出逐宰相,选用旧臣,堪付属以天下者②,使在相府,与天下更始③,而阁下之位,实在第三。方是之时,天下咸喜相庆,以为阁下惟不为宰相也,故默默在此④。方今困而后起,起而复为宰相,而又值乎此时也,不为而何为⑤?且吾君之意,待之如此其厚也,不为而何以副吾望⑥?故咸曰:"后有下令而异于他日者,必吾富公也⑦!"朝夕而待之,跂首而望之⑧,望望然而不获见也⑨,戚戚然而疑⑩。呜呼!其弗获闻也,必其远也⑪。进而及于京师,亦无闻焉。不敢以疑。犹曰:天下之人如此其众也,数十年之间如此其变也,皆曰贤人焉⑫。或曰:彼其中则有说也,而天下之人则未始见也⑬。然而不能无忧。

盖古之君子,爱其人也,则忧其无成⑭。且尝闻之,古之君子,相是君也⑮,与是人也,皆立于朝,则使吾皆知其为人皆善者也,而后无忧。且一人之身,而欲擅天下之事,虽见信于当世,而同列之人一言而疑之,则事不可以成⑯。今夫政出于他人而不惧,事不出于己而不忌,是二者,惟善人为能,然犹欲得其心焉。若夫众人,政出于他人而惧其害己⑰,事不出己而忌其成功,是以有不平之心生。夫或居于吾前,或立于吾后,而皆有不平之心焉,则身危。故君子之出处于其间也,不使之不平于我也⑱。

周公立于明堂以听天下⑲,而召公惑⑳,何者?天下固惑乎大者也㉑。召公犹未能信乎吾之此心也㉒。周公定天下,诛管、蔡,告召公以其志,以安其身,以及于成王㉓。故凡安其身者,以安乎周也㉔。召公之于周公,管、蔡之于周公,是二者亦皆

有不平之心焉。以为周之天下,公将遂取之也。周公诛其不平而不可告语者,告其可以告语者,而和其不平之心㉕。然则非其必不可以告语者,则君子未始不欲和其心㉖。天下之人,从仕而至于卿大夫,宰相集处其上,欲有所为,何虑而不成。不能忍其区区之小忿,以成其不平之衅㉗,则害其大事。是以君子忍其小忿,以容其小过,而杜其不平之心,然后当大事而听命焉㉘。且吾之小忿,不足以易吾之大事也,故宁小容焉,使无芥蒂于其间㉙。

古之君子,与贤者并居而同乐,故其责之也详;不幸而与不肖者偶,不图其大而治其细,则阔远于事情,而无益于当世㉚。故天下无事而后可与争此㉛,不然则否。昔者诸吕用事,陈平忧惧,计无所出㉜。陆贾入见说之,使交欢周勃。陈平用其策,卒得绛侯北军之助㉝,以灭诸吕。夫绛侯木强之人也㉞,非陈平致之而谁也。故贤人者致其不贤者,非夫不贤者之能致贤者也。曩者陛下即位之初,寇莱公为相,惟其侧有小人不能诛,又不能与之无忿,故终以斥去㉟。及范文正公在相府,又欲以岁月尽治天下事,失于急与不忍小忿,故群小人亦急逐之㊱。一去遂不复用,以殁其身㊲。

伏惟阁下以不世出之才,立于天子之下,百官之上,此其深谋远虑,必有所处,而天下之人,犹未获见㊳。洵,西蜀之人也,窃有志于今世,愿一见于堂上㊴。伏惟阁下深思之,无忽㊵。

【注释】

①相公:旧时对宰相的敬称。拜相者必封公,故称之曰相公。

②堪付属以天下者:可以把天下托付给他的人。堪:能够,可以。付属:托付。以:介词。把。

③与天下更始:给天下除旧布新。 与:给予,帮助。 更始:重新开始,除旧布新。

④这句的意思是:正当此时,天下都在相互庆贺,以为阁下不想做宰相,所以在此默然不语。

⑤这句的意思是:如今在困境中崛起,起而又再做宰相,而又值此时,无所作为是为什么呢?

⑥且吾君之意句:况且我君的情意,待你如此深厚,无所作为何以符合我的愿望? 意:情意,感情。 副:符合,相称。

⑦这句的意思是:所以都说,以后有命令下达而又不同于往日的人,必定是我富公。

⑧跂首:举踵延颈。比喻盼望之切。

⑨望望然:失望貌;扫兴貌。

⑩戚戚然:忧伤貌。

⑪其弗获闻也句:大概没有听到,一定是离得远。 其:副词,表推测、估计。大概,或许。

⑫这句的意思是:不敢怀疑,仍然说:天下人如此众多,数十年间如此变化,都说是个有贤能的人。

⑬这句的意思是:或者说:那其中有解释、说明,而天下人未能看见。

⑭这句的意思是:古代有贤德的人,爱那个人,而担忧他没有成就。

⑮相是:互以对方为是。

⑯且一人之身句:况且一人想独揽天下的事情,虽然被当世的人所信任,但同等地位的人说一句怀疑的话,事情就不能成功。　擅:独断专行,独揽。　同列:同一班列,同等地位,亦指地位相同者。

⑰若夫众人,政出于他人而惧其害己:如果是一般人,政令出于别人而担心其损害自己。　若夫:假如,如果。　众人:一般人,普通人。　政:政令,政策。

⑱故君子之出处于其间也句:所以有贤德的人进退在他们中间,不使他们对我产生不平之心。　出处:行进和静止;出仕和隐退。

⑲周公立于明堂以听天下:周公登上明堂处理全国政务。　立:登上某一地位。　明堂:古代帝王宣明政教的地方。凡朝会、祭祀、庆赏、选士等大典,都在此举行。　听:治理,处理政务。

⑳召公:一作邵公、召康公。周代燕国的始祖。名奭。因采邑在召(今陕西岐山西南),称为召公或召伯。曾佐武王灭商,被封于燕。成王时任太保,与周公旦分陕而治,陕以西由他治理。

㉑天下固惑乎大者也:天下人对大人物的所为本来就不理解。固:本来。惑:疑惑、怀疑。

㉒召公犹未能信乎吾之此心也:召公还没能相信我所说的这个不平之心的道理。

㉓这句的意思是:周公安定天下,杀管叔、蔡叔,把自己的志向告诉给召公,以便自己安身,并达到成王安心的目的。

㉔这句的意思是:因此周公安定自己,是为了安定周朝。

㉕这句的意思是:周公杀那有不平之心而又不能劝告的人,劝告那可以劝告的人,以便调和那不平之心。

㉖这句的意思是:然而不是那一定不可以劝告的人,那么有贤德的人未必不想调和那不平之心。

㉗衅:间隙、裂痕。

㉘听命:从命。

㉙且吾之小忿句:况且我的小怨恨,不值得来换我的大事,所以宁可在小事上容忍,使其间没有微小的不平之心。　不足:不配、不值得。　宁:宁可、宁愿。芥蒂:小草,比喻微小的。

㉚并居:并坐,相处。　偶:遇见。　阔远:离得远。

㉛无事:没有变故,多指没有战争、灾异等。

㉜昔者诸吕用事句:从前吕后的亲信吕产、吕禄等发动兵变,陈平忧虑害怕,想不出计策来。　诸吕:指汉代吕后的亲信吕产、吕禄等人。　用事:起兵,使用武力。　陈平:汉初阳武(今河南原阳东南)人。少时家贫,好黄老之术。陈胜起义,他投魏王咎,为太仆。后随项羽入关,任都尉。旋归刘邦,任护军都尉。汉朝建立,封曲逆侯。惠帝、吕后时任丞相。吕后死,他与周勃定计,诛杀吕产、吕禄等,迎立文帝,任丞相。

㉝绛侯:汉周勃以布衣从高祖定天下,赐爵列侯。食绛八千一百八十户,号绛侯。高祖崩,勃与陈平定计诛诸吕,立文帝,以功为右丞相。

㉞木强:质直刚强。

㉟这句的意思是:从前皇帝即位之初,寇准任宰相,只因身旁有小人不能杀,又不能与他们没有怨怼,所以终于因受排斥而罢相离去。

㊱及范文正公在相府句:待到范仲淹在相府执政,又想用短时间把天下的事情都处理好,失误在于急躁和不忍小的怨怼,所以一群小人也急于驱出他。　范文正公:即范仲淹(989～1052),北宋政治家,文学家。庆历三年(公元1043年)任参知政事,建议十事,主张建立严密的任官制度,注意农桑,整顿武备,推行法制,减轻徭役。因为保守派反对,不能实现。他亦罢去执政,出任陕西四路宣抚使,后在赴颍州途中病死。　岁月:指短时间。

㊲以殁其身:而了却终生。　殁:死去。

㊳伏惟阁下以不世出之才句:想到阁下以世上罕有的才能,居于天子之下,百官之上,这深谋远虑,必定有所用处,而天下人,还没有见到。　伏惟:下对上的敬词。多用于奏疏或信函。谓念及,想到。　不世出:不是每代都有,世所罕有。杰出。　处:安排,处理。

㊴窃:私自,多用作谦辞。　堂上:殿堂上。

㊵伏惟:表示希望、愿望。　无忽:不要忽略,不要不经心。

【集评】

宋吕祖谦《古文关键》卷下:此篇须看曲折抑扬,开合反复节奏好。

明茅坤《唐宋八大家文钞》卷一百八:老泉欲富公和处其下,以就其功名,似疑富公于并相僚贰间,有不相能者。

清储欣《评注苏老泉集》卷四:读此书如放舟于江湖,见来波之逐去波,而不一瞬停也。一遇洄激,怖不敢视。起一段,尤风雨送离岛屿窈冥矣。

清徐乾学《古文渊鉴》正集卷四十七:左萦右拂,极文章之胜,入正意处,隐跃不露,更觉深婉。荆川明唐顺之曰:全是论体有见文字。又曰:此文各自为片断,正与东坡文体不同,老泉之文大抵如此。闻脩王志坚曰:明允此书固善,然未免交浅言深,此富公之所以不以为然也。臣乾学曰:语气是勖以和衷,而小人之当决去,自在言表。

清乾隆三年敕编《御选唐宋文醇》卷三十五:韩、范、富诸贤在朝,宵小群目为党,实则各持所见而不相下。观欧阳修论杜衍、范仲淹等罢政事状,可见也。君子谋国,虽当涣其群以绝类,上之私,亦当得朋以收群策之力。元祐诸贤,率多不肯下人。他日,洛蜀各树旗帜以壻篁之,雅而有参商之形,不待恰壬搆扇,早已自相攻讦也。盖当日风尚如此,自韩、范、富诸公,已兆其端矣。洵之言,往往如蓍蔡,不止辨奸一论也。

近人林纾评《嘉祐集》:宛转翻腾,总为忧其无成四字而发,引周、召虽不无词,费然文势应尔,故亦不病。

【鉴赏】

苏洵从二十岁就开始参加科举考试,但是他失败了。约在三十岁前后再预进士试,仍然未中(欧阳修《苏明允墓志铭》)。但是,从现存的苏洵诗文来看,他并非凡庸之辈。按照益州知州张方平<用法不当>以及雷简夫等人对他的评价是"明王道"(《文安先生墓表》),有"王佐才","用之则为帝王师","岂惟西南之秀,乃天下之奇才耳"(邵博《闻见后录》)。如此独出的才能却不能通过考试,这正表明科举制度的严重缺陷。苏洵从自身的遭遇悟出了"此不足为学"的道理后,便"绝意于功名而自托于学术",开始了系统地研习《论语》《孟子》及韩子(愈)等人的著作,浸润咀嚼七八年之久,终于形成了自己的学问体系和文章风格。可是他既然有"忧天下之心"(雷简夫语)济天下之志,总得步入仕途,进入官场才有可能实现其襟抱。于是,他接受了张方平、雷简夫等人的劝告,于嘉祐元年入京求职,通过激赏他的欧阳修援手引荐,而受到丞相富弼的接见。这篇《上富丞相书》就是苏洵在见富弼之前写的。

富弼是参与"庆历新政"的重要人物之一。宝元元年(公元1038年),西夏赵元昊称帝以后,时常入侵,连年争战。庆历元年(公元1041年)的好水一战,宋军死伤百万之众。翌年,契丹乘元昊之乱进行要挟,威逼北宋岁增银绢各十万匹。鉴于对西夏、辽之战屡败,宋仁宗起用范仲淹、富弼、欧阳修等人革新朝政,以达到富国强兵之目的。范仲淹提出了从吏治、财政到农兵等一系列的改革措施,均为仁宗采纳,一时衰弱的宋代又显得气势颇盛,蒸蒸日上,这就是所谓"庆历新政"。但由于新政触犯了贵族的特权和利益,很快就失败了,范、富等人皆罢相。至和二年(公元1055年)富弼再度入相。明了了富弼两度入相的经过,就能帮助我把握苏洵此文的精髓。苏洵这篇文章由三部分结构而成:"相公阁下"到"然而不能无忧"为第一部分;"盖古之君子"到"以毁其身"是第二部分;"伏惟阁下……"以下为第三部分。

文章的第一部分,作者对富弼再度入相寄予厚望,冀其"与天下更始",重振富丞相庆历年间的革新、进取的锐志,以刷新朝政。可是年逾五十的富弼似乎已无"庆历新政"时之雄风,因循守旧,无所作为。史称富弼为相,"守典故,行故事"(《宋史·富弼传》)。大概他从反面吸取了"庆历新政"的经验,变得较为圆滑了。本来,当仁宗再度起用富弼时,朝野振奋,不仅苏洵寄以莫大的期望,而"天下咸喜相庆","士大夫相庆于朝"(《宋史·本传》),都盼望"庆历新政"再现,等待"后有下命而异于他日者"。但是富丞相的所作所为竟是令人"朝夕而待之,望望然而不获见也,戚戚然而疑。"结果竟是如此令人失望、丧气。最初苏洵以为自己穷处西蜀,消息不灵通,但是当作者"进而及于京师,亦无闻焉。"这又如何理解呢?不免使作者深感困惑,也隐约着作者对富弼的责备与批评。

文章的第二部分是本文的关键所在,意在向富丞相指出为政之道在于选贤授能、知人善任、善待僚臣。这部分一开头,苏洵即以拥戴爱护的口吻指出"古之君子,爱其人也,则忧其无成"。作为百官之长,帝王辅弼的丞相,"无成"是最大的失职与罪过。以"一人之身而欲擅天下事"显然是办不到的,这样,选贤授能,知人善任,放手地对有才能的官员委以重任,给他们创造必要的工作条件,用人勿疑,不猜不忌是很重要的。只有这样,朝纲始正,吏治始清,天下自然承平。苏洵

着重阐释了为相之重要,援古证今,举周公辅政为例,劝勉富弼要有周公的气度与胸怀,"忍小忿而容小过"。诛其当诛,赏其当赏,如此则君子道长,小人道消,大治天下,庶几可及。如果认为周公治天下与宋朝时代相去遥远,则寇莱公(准,宋真宗时宰相,力主抗辽,劝真宗亲征,后因遭谗罢相,贬死雷州)的故事就很接近,值得借鉴。苏洵指出,寇准为人是正直的,但他不诛小人,又不容小忿,虽然力图有所为,但遭小人暗算,反而被贬致死。范仲淹的"庆历新政"之败又失之于不忍小忿与急进。这些都是本朝旧事,至今记忆犹新,历历在目,值得富丞相记取。

本文的第三部分,作者以简赅的语言期望富丞相有所作为,并露出求见获用之意以结束全篇。

我国古代的散文,有着源远流长的优良传统,经历了曲折而复杂的发展过程。中唐韩愈柳宗元大力倡导古文运动,是散文发展的重要阶段,但晚唐五代,古文又发生了显著变化。宋初承袭"五代文弊",经王禹偁、穆修等人的努力,逐步扭转了残唐五代的浮艳文风。苏洵是北宋古文运动的推动者之,他强调写文章要"得乎吾心"(《太玄论》上),反对因袭前人,主张学习、取法先秦诸子散文和两汉古文(《上

田枢密书》）。读苏洵文章,最强烈的感受是雄辩的气势;最深刻的印象是言词地简直。这篇文章就具有这样的特质。苏洵写这篇文章时,据文章的结尾来看还没有见到富弼,而富处宰相之尊,苏洵不过西蜀一介布衣,揆之常理,苏洵此文应当尽量委婉恭谦一些。可是苏文恰恰相反,倒显得直截了当,雄辩恣肆。破题之后即云"方今困而后起,起而复为宰相,而又值乎此时也,不为而何为?"单刀直入,语言朴直而明快;抓住实质,说理周详而中肯。至于"朝夕待之……"以下几句,更是快语连珠,雄辩滔滔,气势磅礴,形成了先声夺人的氛围,增强文章的艺术感染力。在文章的第二部分,作者没有简单地重复咄咄逼人的表现手法,而以"盖古之君子爱其人也,则忧其无成"等一连串的历史事例入手,笔锋趋于缓和,将场面岔开,用拥戴爱护的口吻,以古讽今,娓娓阐述。至于"周公立明堂以听天下"一段,作者又以鞭辟入里的笔调,剖析诛大而忍小和宽猛相济的道理,这样使全文曲折多变,如山穷云起,避免板滞木直之弊。茅坤说:"苏氏父子兄弟,……其行文纵横,往往空中布景,绝处逢生,令人有凌云御风之态"(《唐宋文举要》),颇能道出苏洵文章的审美特征,用来品鉴此篇,也是很中肯綮的。

正因为苏洵这篇文章气势强劲,言词朴直,所以富弼读后"亦不乐之"(叶梦得《避暑录话》)。苏洵上书不会有什么理想的结果,也在意料之中。

上文丞相书

【题解】

嘉祐元年五月，苏洵陪同儿子轼、辙兄弟抵京参加礼部贡举考试。在京期间，他看到当年推行庆历新政的重要大臣文彦博等人再次入朝主政，感到非常振奋。因此，他先后上书当时在京任职的文彦博、富弼、韩琦、田况等朝廷重臣。苏洵上书文彦博的目的，是议政和自荐兼而有之。这封书信的主要内容是，作者针对当时吏治的弊端，阐述了关于取士贵广的重要主张及考核官吏的具体方法。苏洵认为治理天下之事，必须处理好"制始"与"制末"的关系。所谓"制始"，就是在事物的初始阶段就高度重视，这样就能得到"无后忧"的圆满成功。但是，天下之事是极其复杂的，有的"始不可制"，就要用"制末"的方法加以补救，切不可固执一端。他指出当时朝廷在吏治上存在的主要问题是"艰之于其始"，"贤者之难进"，因而冗官成灾。苏洵认为要"略其始而精于终"，即在选拔贤才时开始要放宽一些，待选出之后再给予严格考察。"略于始"，"贤者易进"；"精于终"，"不肖者易犯"。"夫易犯故易退，易进故贤者众"，从而达到"夫何患官冗"的目的。文章针对性强，议论精当，切中时弊。苏轼在《凫绎先生诗集序》中称苏洵的诗文"皆有为而作，精悍确凿，言必中当世之过"。从这封书信来看，苏轼的评价是相当准确和中肯的。文章在艺术上的突出特点是，作者善于运用例证和喻证的方法来说明抽象的道理，增强了说理的形象性和生动性。

【原文】

昭文相公执事①：天下之事，制之在始；始不可制，制之在末。是以君子慎始而无后忧②。救之于其末，而其始不为无谋，失诸其始而邀诸其终，而天下无遗事③。是故古者之制其始也，有百年之前而为之者也④。盖周公营乎东周，数百年而待乎平王之东迁也⑤。然及其收天下之士，而责其贤不肖之分，则未尝于其始焉而制其极⑥。盖常举之于诸侯，考之于太学，引之于射宫而试之弓矢，如此其备矣⑦。然而管叔、蔡叔，文王之子，而武王，周公之弟也。生而与之居处，习知其性之所好恶，与夫居之于太学而习之于射宫者⑧，宜愈详矣。然其不肖之实，卒不见于此时⑨。及其出为诸侯监国，临大事而不克自定，然后败露，以见其不肖之才⑩。且夫张弓而射之，一不失容，此不肖者或能焉⑪。而圣人岂以为此足以尽人之才⑫？盖将为此名以收天下之士，而后观其临事而黜其不肖⑬。故曰："始不可制，制之在末。"于此有

375

人求金于沙，敛而扬之⑭。惟其扬之也精⑮。是以责金于扬，而敛之则无择焉⑯。不然，金与沙砾皆不录而已矣⑰。故欲求尽天下之贤俊，莫若略其始；欲求责实于天下之官，莫若精其终⑱。

今者天下之官，自相府而至于一县之丞尉，其为数实不可胜计，然而大数已定⑲。余吏滥于官籍，大臣建议减任子、削进士以求便天下⑳。窃观古者之制，略于始而精于终，使贤者易进，而不肖者易犯㉑。夫易犯故易退㉒，易进故贤者众。众贤进而不肖者易退，夫何患官冗㉓！今也，艰之于其始㉔，窃恐夫贤者之难进，与夫不肖者之无以异也。

方今进退天下士大夫之权，内则御使，外则转运㉕。而士大夫之间，洁然而无过，可任以为吏者，其实无几。且相公何不以意推之？往年吴中复在犍为，一月而发二吏；中复去职，而吏之以罪免者旷岁无有也㉖。虽然，此特洵之所见耳！天下之大，则又可知矣。

国家法令甚严，洵从蜀来，见凡吏商者皆不征，非追胥调发，皆得役天子之夫㉗。是以知天下之吏犯法者甚众，从其犯而黜之，十年之后，将分职之不给㉘，此其权在御使、转运，而御使、转运之权，实在相公，顾甚易为也㉙。今四方之士，会于京师，口语籍籍，莫不为此，然皆莫肯一言于其上，诚以为近于私我也㉚。

洵西蜀之人，方不见用于当世，幸又不复以科举为意，是以肆言于其间，可以无嫌。伏惟相公慨然有忧天下之心㉛，征伐四国，以安天子，毅然立朝，以威制天下。名著功遂，文武并济，此其享功业之重，而居富贵之极，于其平生之所望，无复慊然者㉜。惟其获天下之多士而与之皆乐乎此，可以复动其志㉝。故遂以此告其左右，惟相公亮之㉞。

【注释】

①昭文相公执事：敬称。　昭文相公：唐朝设昭文馆，宋承唐制，以文丞相为昭文馆大学士，监修国史，故称文丞相为昭文相公。　执事：古时侍从左右供使令的人；旧时书信中用以称对方，谓不敢直陈，故向执事者陈述，表示尊敬。

②是以君子慎始而无后忧：所以有才德的人在事物开始时就慎重地对待，因而无有后顾之忧。　是以：连词，所以、因此。

③救之于其末句：在事物发展的后期加以补救，而在事物开始时不是没有谋划，在事情开始时失去的而希望在事物发展的后期能够得到，而天下没有遗漏之事。　于：介词，在。　为：是。　诸：之于。　邀：求取，希望得到。

④这句的意思是：所以古代的人制始，有在百年之前就着手做的。

⑤盖周公营乎东周句：周公营建东周，数百年后才等到周平王的东迁。盖：句首语气词。　周公：西周初年政治家。曾助武王灭商。武王死后，成王年幼，由他摄政。其兄弟管叔、蔡叔等人不服，联合武庚和东方夷族反叛。他出师东征，平定反叛，大规模分封诸侯，并营建洛邑（今河南洛阳）为东都。　周平王：东周国君，前770—前720年在位。申侯联合犬戎攻杀周幽王后，他被申、鲁、许等国

拥立于申。后东迁洛邑,依靠晋、郑两国夹辅立国,史称东周。

⑥这句的意思是:然而待到他收纳天下之士,而责求他们好坏之分,却没有在开始时而是在后期才进行严格考核。

⑦盖常举之于诸侯句:经常在诸侯中举荐他们,在太学考核他们,把他们带到射宫测试他们的箭法,如此全面。　太学:即国学,我国古代设于京城的最高学府。　射宫:天子为祭祀择士而举行大射礼之处。　其:句中语气词。备:齐全、完备。

⑧与夫居之于太学而习之于射宫者:与他们一起在太学里学习、在射宫里习箭。　夫:即彼,他们。居:坐。

⑨卒:究竟,终究。

⑩及其出为诸侯监国句:当他们被派出做诸侯监国时,面临大事而不能自己处理好,然后败露了,而现出不肖之才。　诸侯监国:代表天子监察诸侯行事。周武王灭商后,把商旧都封给纣子武庚,并以殷都以东为卫,由管叔监之;殷都以西为鄘,由蔡叔监之;殷都以北为邶,由霍叔监之;总称三监。文中所谓"诸侯监国",就是指的这段史实。　克:能。　见:现。

⑪这句的意思是:况且拉弓射箭,第一次不失误容易做到,这样的事不成材的人或许也能做到。

⑫而圣人岂以为此足以尽人之才:而圣人难道认为这就能充分表现出一个人的才能吗?　尽:努力表现。

⑬黜其不肖:贬退无才能的。

⑭这句的意思是:好比有人从沙里淘取金子,既要把含有金子的沙砾聚集在一起,又要进行筛选。

⑮惟其扬之也精:正因为把沙子扬出去了,所以才做到了精选。惟其:犹言正因为,表示因果关系。

⑯这句的意思是:因此在筛选中求金,而只聚集金沙就不须拣择。

⑰不然句:否则,金子与沙砾都不能求取罢了。　而已矣:句尾语气词,表示仅止于此,犹罢了。

⑱故欲求尽天下之贤俊句:所以想尽可能地获取到天下的贤俊,不如开始选拔时放宽些;要想考核天下官吏的实际才能,不如在选出后进行严格要求和考察。

略:简要、粗略。　　　责实:求实,符合实际。

⑲大数:大略数字。

⑳余吏:多余的官吏。　　　任子:因父兄功绩,得保任授予官职。

㉑这句的意思是:我观察古代人的治理方法,开始选拔时放宽些而选拔后严格考察,使好的官吏容易选进来,而无才能的官吏容易犯法。

㉒夫易犯故易退:容易犯法,因此容易罢免。退:罢免。

㉓这句的意思是:许多好的官吏选拔进来,而无才能的官吏容易罢免,忧虑什么官吏冗杂!

㉔艰之于其始:在开始时就要求很严格。艰:难。

㉕转运:转运使,掌握一路或数路财赋,有督察地方官吏的权力。

㉖往年吴中复在犍为句:从前吴中复在犍为任职,一个月内就遣送两个官吏;中复离职后,而官吏因罪免去职务的多年没有。　　犍为:古郡名,汉置,治所在僰道县(今四川省宜宾市),属益州。　　发:遣送、发配。　　旷岁:多年、长年。

㉗国家法令甚严句:国家法令很严,我从蜀地来,看见凡是官吏经商者一律不征税,不是追寇捕盗和征调的事,都要使役天子的百姓。　　凡:凡是,表示概括。　　追胥:追捕逃犯。　　调发:征调、征发。　　夫:旧指服劳役或从事某种体力劳动的人。

㉘将分职之不给:需要的分管官吏都将不足。　　将:副词,将要。　　分职:各司其职,各授其职。　　给:足。

㉙这句的意思是:而御使、转运的权力,实际上在相公手里,却很容易做到的。

㉚今四方之士句:现在各地之士,会集在京都,议论纷纷,没有一个不做此事,但是都不肯向皇上进一言,我确实认为他们好像都有个人顾虑。　　籍籍:众口喧腾貌。　　诚:确实。　　近于:近似于。　　私我:太爱自己了,引申为自私。私:爱、宠爱。

㉛伏惟:古代下对上的敬词。多用于奏疏或信函。谓念及、想到。慨然:感情激昂貌。

㉜无复慊然者:没有再不满足的。　　慊然:不满足貌。

㉝这句的意思是:只有得到天下众多的贤士而与他们都乐于此项事业,才可以再次鼓动他们的志气。

㉞左右:对文丞相的敬称,不直称对方,而称其身边的人,以示尊敬。　　惟相公亮之:希望相公体察我的这些建议。　　惟:句首语气词,表示希望。亮:亮察,敬词,多用于书信中,表示希望对方谅解的意思。　　之:指示代词,这、此。指上述见解。

【集评】

明茅坤《唐宋八大家文钞》卷一百八:今国家患冗吏之壅,而亦削进士之数,甚非计。盖亦用老苏之说,而精之于终也。

清储欣《评注苏老泉集》卷四:为始进者言,却详说精其终,一著以破其官冗之见。

近人林纾评《嘉祐集》:略始精终,二义识高于顶。

【鉴赏】

苏洵于嘉祐元年五月到达京师之后,颇为活跃,在半年多的时间内,先后上书当时在京任职的朝廷重臣富弼、文彦博、韩琦、田况等人;并向欧阳修、张方平、余青州等人也投了书信。这是因为当年推行庆历新政的重要大臣,除范仲淹、尹洙已去世外,文彦博等人再次入朝主政,使他感到异常振奋。苏洵在京城所写的诸多上书之内容不外有三:一为议政;一为论兵;一为自荐。苏洵写给韩琦的文章主要是论兵机和治军问题;上田况的文章是自荐其才能和文章;呈给富丞相之书是议政和澄清吏治等内容;而这篇写给文彦博丞相的书信则兼有论政和自荐的目的。虽然这些文章写于一年之内,但根据不同的上书对象和他们各自的职掌,上书的内容是完全不相同的。

文彦博"任将相五十年,名闻四夷……虽穷贵极富,而平居接物谦下,尊德乐善"(《宋史·本传》)。是年高德劭的重臣,综览朝政的宰辅。苏洵上给文彦博的这封书主要是阐释选用人才的重要意义及选才的方法问题。文章一开头,就提出了"制始"与"制末"的区别和联系。作者认为,举凡天下之事,都有一定的规律可循。所谓"制始",就是一开始就高度重视,牢牢抓紧,充分把握主动权。这样郑重其事地开始就能获得"慎始而无后忧"的满意结局。然而,天下之事至为复杂多变,并非一切规律都那么一致,易于掌握住,这就出现了所谓"始不可制"的问题,怎么办?"制末"就是补救性的措施了。"失诸其始而邀(求取)诸其终"是非常必要的,这就是人们常说的"失之东隅,收之桑榆"和"亡羊补牢"之意。

如果文章这样平衍枯燥地论说下去,任你辨析如何严密、精审、头头是道,也会令人感到兴味索然,难以卒读。苏洵当然深悟此中三昧。文章从"盖周公营乎东周数百年而待平王之东迁也"开始,将笔锋一转,从正面说理变为连篇取喻,演说历史,情调顿觉轻松,行文亦饶兴象,气韵也觉流畅。作者以周公对不安其位、兴风作浪的管叔、蔡叔,"未尝于其始焉而制其极"而让他们就其封地,待其败露之后始制之,以说明并非一切事物"制始"就一定比"制末"好,道理很清楚,事物的本质显露是有一发生、发展的过程,对于不同的对象,不同的事物,是采用"制始"还是"制末"那要视具体情况区别对待。因为管叔、蔡叔的身份很特殊,他们是文王之子,又是武王、周公之弟,当其罪过未败露时,是无法处置的。因此,作者提出了"始不可制,制之在末"的主张。紧接着,苏洵又以披沙取金为喻:"求金于沙,敛而扬之,"如果开始就要求行严,只要金,不要沙,那么就会"金与沙砾皆不录矣";倘若"扬之不精",金沙难分,也无从获得真金了。苏洵用淘沙取金人们稔熟的知识意在说明选取贤才要得法。文章指出:"欲求天下之贤俊,莫若略其始;欲求责实于天下之官,莫若精其终。"道理很简单,所谓"略于始"是说选取人才、贤俊开始不妨放宽一些,以期"使贤者易进",这正如淘沙金时先粗淘一样。但若不加淘汰,又失之于滥;"精于终"是很必要的。对官吏而言,"精于终"是指对选出者给予严格的要求和考察。显然这样的考察"不肖者易犯",是难以通过的,问题就好办了。"易犯故易退",结果将是"众贤进而不肖者易退",滥官冗员的问题自然不难解决。宋代的官吏为何冗滥成灾呢?是因为宋代的选官方式有违古制所致。作者指出:"今也艰之于其始,"这样使贤俊之辈也难进了,贤者难进,不肖自不待言,可均被放过,造成贤者"与夫不肖之无以异也",这样选拔人才当然问题很多。而"略于终"也是宋代选吏一弊,只要有机会混入官场,就可终身为官,无法再对其予以必要的制约和限制,因为"吏之以罪免者,旷岁无有"。但问题是否这样简单?难道当时的官吏都很好吗?其实不然。文章说:"洵自蜀来(京师),见凡吏商者皆不征,非追胥调发,皆得役天子之夫,是以知天下之吏犯法者甚众。"如此多的犯法官吏,却未受到应有的制裁,当然冗官成灾了。如采用苏洵之建议,对触犯法律的官吏"从其犯而黜之"。这样,"十年之后,将分职之不给(应有的官吏都不足)",冗官滥吏就不复存在了。丞相只要通过御史、转运使就能解决好官吏"精于终"的问题。

对于选士、考核官吏一类问题,其实人们早就议论纷纷,也都很清楚,解决的办法也有,似乎都不愿轻易建言,怕惹麻烦。苏洵觉得自己有责任、有义务向丞相上书言事,因为作者早在蜀中就"惶惶有忧天下之心"(邵博《闻见后录》)"好为策谋,……慨然有志于功名者也"(曾巩《苏明允哀词》)。他当然不会缄口沉默。再说,苏洵"不见用于当时,幸又不复以科举为意,是以肆言于其间,而可以无嫌。"就是说,作者无官累身,无所顾忌,不必患得患失,吞吞吐吐。

苏洵写文章讲究实用,绝非"徒托空言"者所能比拟的。他的儿子苏轼在《凫绎先生诗集序》中称苏洵的诗文"皆有为而作,精悍确苦,言必中当世之过。"参之苏洵这几封上给当权者的书,可以说是相当准确而中肯的。他的这篇文章,对宋选官用人中的弊病看得准,把问题的根源挖得很深,开出的方子也很对路,极有道理。欧阳修赞赏苏洵的文章"博于古而宜于今,实有用之文"(《荐布衣苏洵状》)并非溢美;雷简夫称誉他的文章"讥时之弊"(《闻见后录》)也是很有根据的。苏洵写文章强调要"得乎吾心"(《太玄论》上),说得透辟些,就是要讲真心话,写由衷之言。苏洵写给文丞相的这篇文章,就是他的内心感受,完全是自己对宋代吏治的真知灼见,确为"得乎吾心"之言。在艺术处理上,此文也有独到之处。破题先就天下之事的普遍规律入手,大谈"制始"之重要,这是"正";然则天下之事纷繁复杂,千变万化,绝非单一模式所能概括,从而引出"制末"的见解,这可谓奇。此文就是将"制始"与"制末"这一"正"与"奇"结合起来展开全篇的。就一般情况而言,都很重视"制始",但有时"制末"比"制始"显得更为必要,更易奏效一些。文章的第二部分就以大量的笔墨推阐"制末"。作者先以治理国家,诛除逆乱这样的大事为例证,进一步论证周公在治国、用人上"略于始,精于终"取得了圆满成功,是值得效法的历史经验;接着又以"披沙拣金"的普通常识,阐明"略于始,精于终"的办法有一定的普遍意义,用来淘汰官吏中之不肖之辈,也是适用的。苏洵为文,好用比喻,也很讲究取喻的艺术,通常总是把自然现象中事例与社会生活的例证结合起来运用。这篇文章就是把周公治国和披沙拣金这两类社会事例、自然事例参互使用的;他的《上韩枢密书》也是将治水和治军结合在一起予以对照的。这样,意在雄辩地证明作者欲论证的道理是放之自然界和社会科学领域皆无不通的真理,这既可增强文章的说服力,又避免了行文的单调乏味,可谓一石双鸟。

上欧阳内翰第一书①

【题解】

此信写于宋仁宗嘉祐元年(公元 1056 年),作者为献书求见而作。全文分三大段,第一段历叙范仲淹、欧阳修、富弼诸君子的离合,表达作者对圣贤君子的仰慕之情。第二段通过评论孟子、韩愈、李翱、陆贽、欧阳修等人的文章特色,表达作者对欧阳修极为崇敬的思想感情,这种自然感情的真实流露,丝毫没有谄媚之嫌。作者准确精练地概括孟子、韩愈、欧阳修三家文章的不同风格,讲得具体生动,很有见地,是本文的精彩部分。第三段叙述作者刻意历行的学习过程,以求得到欧阳修的了解和赏识。此信写得委婉曲折,情真意切,虽然是一封求荐信,但不卑不亢、不媚不谄,没有矫揉造作的表白,也没有趋炎附势的巴结,却把作者追逐贤良、崇尚正义的铮铮铁骨恰到好处地表露出来,读之令人回肠荡气,对作者不禁肃然起敬。

【原文】

内翰执事②:洵布衣穷居③,常窃自叹,以为天下之人,不能皆贤,不能皆不肖④,故贤人君子之处于世,合必离,离必合⑤。往者天子方有意于治,而范公在相府⑥,富公为枢密副使⑦,执事与余公、蔡公为谏官⑧,尹公驰骋上下,用力于兵革之地⑨。方是之时,天下之人,毛发丝粟之才⑩,纷纷然而起,合而为一⑪。而洵也自度其愚鲁无用之身,不足以自奋于其间,退而养其心,幸其道之将成,而可以复见于当世之贤人君子。不幸道未成,而范公西,富公北⑫,执事与余公、蔡公分散四出⑬,而尹公亦失势,奔走于小官⑭。洵时在京师,亲见其事,忽忽仰天长叹息⑮,以为斯人之去,而道虽成,不复足以为荣也⑯。既复自思念,往者众君子之进于朝,其始也必有善人焉推之,今也亦必有小人焉间之⑰。今之世无复有善人也则已矣,如其不然也,吾何忧焉⑱?姑养其心,使其道大有成,而待之何伤?退而处十年,虽未敢自谓其道有成矣,然浩浩乎其胸中,若与曩者异⑲。而余公适亦有成功于南方⑳,执事与蔡公复相继登于朝㉑,富公复自外人为宰相,其势将复合为一㉒。喜且自贺,以为道既已粗成,而果将有以发之也㉓。既又反而思,其向之所慕望爱悦之而不得见者,盖有六人,今将往见之矣。而六人者,已有范公、尹公二人亡焉㉔,则又为之潸然出涕以悲㉕。呜呼!二人者不可复见矣。而所恃以慰此心者,犹有四人也,则又以自解。思其止于四人也,则又汲汲欲一识其面,以发其心之所欲言㉖。而富公又为天子之宰相,远方寒士,未可遽以言通于其前㉗。而余公、蔡公,远者又在万里外㉘。独执

382

事在朝廷间,而其位差不甚贵,可以叫呼扳援,而闻之以言㉒。而饥寒衰老之病,又痼而留之,使不克自至于执事之庭㉚。夫以慕望爱悦其人之心,十年而不得见,而其人已死,如范公、尹公二人者。则四人之中,非其势不可遽以言通者,何可以不能自往而遽已也㉛!

执事之文章,天下之人莫不知之,然窃自以为洵之知之特深,愈于天下之人。何者?孟子之文,语约而意尽,不为巉刻斩绝之言,而其锋不可犯㉜。韩子之文㉝,如长江大河,浑浩流转,鱼鼋蛟龙,万怪惶惑,而抑遏蔽掩,不使自露㉞,而人望见其渊然之光,苍然之色,亦自畏避,不敢迫视㉟。执事之文,纡余委备,往复百折,而条达疏畅,无所间断㊱。气尽语极,急言竭论,而容与闲易,无艰难劳苦之态㊲。此三者,皆断然自为一家之文也。惟李翱之文㊳,其味黯然而长,其光油然而幽,俯仰揖让,有执事之态㊴。陆贽之文㊵,遣言措意,切近的当,有执事之实㊶。而执事之才,又自有过人者。盖执事之文,非孟子、韩子之文,而欧阳子之文也。夫乐道人之善,而不为谄者,以其人诚足以当之也㊷。彼不知者,则以为誉人以求其悦己也。夫誉人以求其悦己,洵亦不为也。而其所以道执事光明盛大之德,而不自知止者,亦欲执事之知其知我也㊸。

虽然,执事之名满于天下,虽不见其文,而固已知有欧阳子矣。而洵也不幸堕在草野泥涂之中㊹,而其知道之心,又近而粗成㊺,欲徒手奉咫尺之书,自托于执事㊻,将使执事何从而知之,何从而信之哉㊼?洵少年不学,生二十五岁,始知读书,从士君子游,年既已晚,而又不遂刻意厉行,以古人自期㊽,而视与己同列者,皆不胜己,则遂以为可矣㊾。其后困益甚,然后取古人之文而读之,始觉其出言用意,与己大异㊿。时复内顾,自思其才,则又似夫不遂止于是而已者[51]。由是尽烧曩时所为文数百篇,取《论语》《孟子》、韩子及其他圣人贤人之文[52],而兀然端坐,终日以读之者七八年矣[53]。方其始也,入其中而惶然,博观于其外,而骇然以惊[54]。及其久也,读之益精,而其胸中豁然以明,若人之言固当然者,然犹未敢自出其言也[55]。时既久,胸中之言日益多,不能自制[56],试出而书之,已而再三读之,浑浑乎觉其来之易矣[57]。然犹未敢以为是也。近所为《洪范论》《史论》凡七篇[58],执事观其如何?嘻!区区而自言,不知者又将以为自誉以求人之知己也[59]。惟执事思其十年之心,如是之不偶然也而察之[60]。

【注释】

①作者于至和元年(公元1054年)上书给张方平自荐,颇得赏识,被举荐为成都学官。后张方平将苏洵介绍给欧阳修,并为苏洵置装,派人送他进京。于是苏洵给欧阳修写了此信。欧阳修看了他的书信和22篇文章,非常欣赏他的才华,认为贾谊、刘向不能过也,并把他的文章呈献给仁宗皇帝。因此苏洵之名大振,一时文人学士争相效仿之。

②内翰执事:书信中常用的敬称。 内翰:欧阳修任翰林院学士,故以官职表敬称。 执事:办事人员。古代书信中为表示尊敬,不直接称呼对方姓名,而

让其左右办事人员代为转达。

③布衣:棉、麻等织物做成的衣服,古代平民百姓穿这种衣服,故以布衣指平民。　穷居:谓隐居不仕。

④不肖:不贤。

⑤这句的意思是:所以贤能的人和有道德的人生活在世界上,有聚合就一定有分离,有分离就一定有聚合。

⑥往者天子句:从前,当皇帝正有志于治理国家,范大人在宰相府供职。范公:即范仲淹(989～1052),字希文,江苏苏州人,大中祥符进士。北宋著名的政治家、文学家。宋仁宗庆历三年(公元1043年)任参知政事(副宰相)。

⑦富公:即富弼(1004～1083),字彦国,河南洛阳人。宋仁宗庆历三年(公元1043年)任枢密副使,掌西北边防军务。

⑧余公:即余靖(1000～1064),字安道,韶州曲江人。宋仁宗庆历三年(1043)担任右正言。　蔡公:即蔡襄(1012～1067),字君谟,兴化仙游人。官至端明殿学士。宋仁宗庆历三年任谏官。

⑨尹公驰骋上下句:尹大人在朝廷上下奔走,在战场上用力。　尹公:即尹洙。

⑩毛发丝粟:比喻极其平常而微小。

⑪纷纷然句:都纷纷起来,聚合在一起。　纷纷:众多貌。

⑫不幸道未成句:不幸的是道德学问还没有修炼成功,而范公离开京城往西而去,富公离开京城往北而去。　范公西:指宋仁宗庆历四年(公元1044年)六月,范仲淹出任陕西、河东宣抚使。　富公北:此指宋仁宗庆历四年八月,富弼出任河北宣抚使。

⑬分散四出:此指宋仁宗庆历五年(公元1045年),欧阳修出知滁州,余靖出知吉州,蔡襄出知福州。

⑭而尹公句:而尹公也失去势力,为小官的事务而奔忙。　尹公亦失势:此指尹洙被贬为监均州酒税。

⑮忽忽:迷惑,恍忽,失意貌。

⑯这句的意思是:认为这些人离开朝廷,自己的道德学问虽然修养成功,不再值得作为荣耀。

⑰这句的意思是:既而又自己思念,从前诸位君子能够进入朝廷,开始的时候一定有好人推荐他们,现在也一定有坏人离间他们。

⑱今之世句:当今之世,不再有好人也就罢了,如果不是这样,我忧伤什么呢?已矣:语气词连用,起加强语气作用。　何忧:疑问句中,疑问代词"何"作宾语前置。

⑲浩浩:旷远貌。　曩:从前。

⑳而余公句:而余公恰好此时在南方建立了功业。　成功于南方:侬智高反,以兵围广州。余靖任广南西路经制,击溃侬智高,迁工部侍郎,为广西路安抚

使。

㉑相继登于朝:此指宋仁宗至和元年(公元1054年),欧阳修复任翰林学士,蔡襄迁龙图阁直学士,知开封府。

㉒富公复自外入句:富公又从外地回到朝廷担任宰相,那势必将又会合一处。　自外入为宰相:此指宋仁宗至和二年(公元1055年),富弼回到朝廷任同中书门下平章事(宰相)、集贤殿大学士。

㉓这句的意思是:非常欢喜并且自己庆贺,认为道德学问已经粗略地成功,而果真将有发展的机会了。

㉔而六人者句:而六位大人中,已经有范公、尹公二位去世了。范公、尹公二人亡:范仲淹卒于宋仁宗皇祐四年(公元1052年),尹洙卒于宋仁宗庆历七年(公元1047年)。

㉕潸然:泪流的样子。

㉖思其止于句:思念的大人只有这四位了,就又急切地要见他们一面,以表达自己内心想要说的话。　汲汲:心情急切的样子。

㉗遽:仓促,匆忙。

㉘而余公句:而余大人、蔡大人,最远的人又在万里以外。　在万里外:当时余靖在广西,蔡襄出知泉州。

㉙独执事句:唯独您在朝廷,而职位比较起来不是太显贵,可以直接呼叫援引,用言语使能听见。　差:比较,稍微。　扳援:援引。

㉚而饥寒衰老句:但是饥寒衰老的病体,又因长久患病而停留下来,使不能够亲自到您的府第。　痼:久病。　不克:不能够。

㉛这句的意思是:那么四人中间,不是因为他的权势不可以匆忙地用言语来沟通,怎么可以不能够自己前往就忽然停止呢?

㉜孟子之文句:孟子的文章,语言简洁,意思完整,不用锐利尖刻的言辞,但它的锋芒不可触犯。　巉刻斩绝:形容说话或文辞尖刻。

㉝韩子:即韩愈(768~824),字退之,河南河阳人。唐代文学家。旧时列为唐宋八大家之首。官至吏部侍郎。卒谥文,世称韩文公。

㉞如长江大河句:像长江黄河,汹涌澎湃,鱼鳖蛟龙,万种怪物潜伏起来,使人惊惶迷惑,而遏止遮掩,不使它显露。　浑浩:水势盛大貌。　鼋:鼋鱼,即鳖。　蛟龙:古代传说中能发洪水的龙。

㉟这句的意思是:但人们望见它那深邃的光芒,苍绿的颜色,也自然畏惧退避,不敢逼近观看。

㊱执事之文句:您的文章,婉曲多姿,详细完备,回环往复,千转百折,却条理明达流畅,没有间隔或折断。　纡余:曲折延伸貌。形容歌声文章婉曲多姿。

㊲这句的意思是:气势和语言达到极点,明快的言论,完整的论述,却从容自得,安闲平易,没有艰难劳苦的表现。

㊳李翱(772~1841):字习之,赵郡人。贞元进士,官至山南东道节度使。谥

文。唐代著名散文家。

㊴其味黯然句：它的意味黯然而深长，它的光彩兴盛而幽静，曲折生动，平易近人，有您文章的情态。　　黯然：黑貌，感伤沮丧貌。　　油然：盛兴貌，舒缓貌。　　俯仰：原意指头一低一抬，这里指文章起伏变化。　　揖让：原指宾主相见的礼仪，这里指文章平易近人。

㊵陆贽(753~805)：字敬舆，浙江嘉兴人。唐大历进士，官至中书侍郎、同平章事。善骈文。

㊶这句的意思是：措辞表意，准确得当，有您文章的充实。

㊷这句的意思是：喜欢讲别人的好处，却不是为谄媚人，是因为这个人确实能够当得起这种赞誉。

㊸而其所以句：而他们所以称道您光明盛大的德行，却不能自己知道控制的原因，是想让您知道他们是了解我的。　　其：第三人称代词，在这里指苏洵。

㊹草野泥涂：指平民百姓的住处。

㊺这句的意思是：而他了解大道的心，近来获得初步的成就。

㊻欲徒手句：想要空手拿着这封信，把自己托付给您。　　咫尺之书：书信。周制八寸为咫，十寸为尺。古代书写用木简，信札之简长盈尺，故称。

㊼这句的意思是：将要使您从哪里知道我，从哪里信任我呢？

㊽而又不遂句：然而又不能够磨炼自己的意志，砥砺德行，用古人来期待自己。　　刻意厉行：出《庄子·刻意》："刻意尚行"。

㊾这句的意思是：看那些和自己在一起的人，都不胜过自己，就竟然认为可以了。

㊿这句的意思是：后来困境更加严重，然后取古人的文章来读它，开始觉得它们用词达意，与自己有很大的不同。

(51)夫：感叹语气词。　　而已：语气词连用，加强肯定语气。

(52)《论语》：孔子弟子及其后学对于孔子和他的弟子的言行的记录，共二十篇。《孟子》：孟轲及其弟子万章等著。

(53)兀然：静止貌。

(54)方其始也句：刚开始的时候，进入它的中间感到恐惧不安，广泛地观察它的外部，又令人感到惊讶。　　惶然：恐惧不安貌。　　骇然：惊讶的样子。

(55)这句的意思是：等到时间长了，读得更加精通，他的胸中豁然开朗起来，像人的言词本来就应该是这样的，然而还不敢自己发出他的言词。

(56)自制：自己限制。

(57)试出而书句：试着把它写出来，过后反复读它，像滔滔流水奔涌而至，觉得它的到来非常容易。　　浑浑：形容水流奔涌貌。出《荀子·富国》："若是则万物得其宜，上得天时，下得地利，中得人和，财货浑浑如泉源，汸汸如河海，暴暴如丘山。"

(58)《洪范论》：约作于宋仁宗皇祐三年（公元1051年）至嘉祐元年（公元1056年）之间，分叙、上、中、下、后叙等5篇。　　《史论》：约作于宋仁宗皇祐三年至嘉祐元年之间,分引、上、中、下等4篇。

⑨嘻句:唉!小人物进行自我介绍,不知道的人又将要认为是自我称誉以求得人家知道自己。　　区区:原意为小,少。自称谦辞。

⑩这句的意思是:希望您理解我多年的苦心,这样做不是偶然的,望您明察。

【集评】

明茅坤《唐宋八大家文钞》卷一百九:此书凡三段。一段历叙诸君子之离合,见己慕望之切;二段称欧阳公之文,见己知公之深;三段自叙平生经历,欲欧阳公之知之也。而情事婉曲周折,何等意气,何等风神!

清储欣《评注苏老泉集》卷四:老苏先生第一书。

清浦起龙《古文眉诠》卷六十三:上半离合曲折,处处以己身参会其间,世但作朝贤聚散观。抛弃求知本旨,则一半唐捐矣。惟其彼己交融,乃与所言知彼知己,前后一脉,不识匠心,未许为知言者。

清高宗弘历敕编《唐宋文醇》卷三十五:其论韩、欧、李、陆文字,不爽铢两。交必如洵之与修,乃可面誉而不为谄,自述所得而不为夸。

清唐德宜《古文翼》卷七:称欧阳公之文,又自叙其文,不过此二义,却从离合死生上说起,委婉入情。前幅几个"自"字,中幅几个"又"字,末幅几个"然犹"字,皆是以虚字为线,往复抑扬,以成章法。

近人林纾评《嘉祐集》:文千盘百折,不近于词,费者神定而笔随之,故能自圆其说。末一段论读文之功效,非曾尝其甘苦者,不复知也。

近人高步瀛《唐宋文举要》甲编卷八:汪曰:"茅评固然,然尤妙在第一段中,历叙诸君子离合,即将自己于道之成未成夹叙,既为第一段之线,又为第三段之根,则十年慕望爱悦诸君子之心,即十年求道之心,首尾融洽,打成一片矣。若第一段中止叙诸君子离合,见己慕望之切,不将己之于道,预为插入,至第三段乃始更端自叙,其于法不已疏乎?"吴先生曰:"执事之文章以下,论文绝精,前幅则颇伤繁。"

【鉴赏】

本文是苏洵文学创作中着意用力地一篇优秀作品,写作时间为宋仁宗嘉祐元年(公元1056年)。是年,苏洵年近五十,既未中进士,又非出身名门,乃"布衣穷居",一个默默无闻的读书人而已。此时,欧阳修任翰林学士,身居朝廷要职,专掌内命,参与机要,因而亦称"内翰"。他以自己的古文理论和创作,在文坛上正发起一场反对五代以来浮靡空泛文风的"新古文运动",成为北宋文坛领袖。怎样以文自通于这位德高望重的翰林学士,而又不落一般自荐文章的俗套,是苏洵着意用力的地方。从文中可以看出,全篇旨在评文述志,着重通过诸君子离合,巧妙地表述了自己仰慕贤人君子,刻苦完成"道"业的过程,使文章内容充实,言之有物而又婉曲精致、高雅脱俗。正是这篇文章,苏洵得到了欧阳修的赏识。他认为:就是贾谊、刘向的文章,也并不比苏洵写得好。于是欧阳修把苏洵的二十二篇文章(《几策》

387

二篇,《权书》十篇,《衡论》十篇)呈献给宋仁宗。苏洵由此而享有盛名。一时许多文人学士争相传诵、模仿他的文章。宰相韩琦也认为他的文章写得好,向朝廷推荐。朝廷召试舍人院,苏洵托辞有病,不应试,于是授他秘书省校书郎。

全篇文章共分三个部分。第一部分通过对诸君子离合的叙述,恳切地说明了自己上书欧阳修的原因。六位君子行踪的离合是一条明线,集中描绘了自己仰慕贤良的心情。同时夹叙自己"道"之成与未成,是一条暗线,为第二三部分作了伏笔。文章开头按一般书信方式行文,执事是书信中常用的敬辞,表示不敢直呼对方大名,而说让其左右办事的人员代为转达。"洵布衣穷居,尝窃有叹",很经济的几个字表明了自己的身份。"以为天下之人,不能皆贤,不能皆不肖。故贤人君子之处于世,合必离,离必合"。简洁明了的两句,似破空而来,很有气势的总领了全段文字的大意,同时也为下面文字立了依据。天下的人不可能都是贤才,也不可能都是奸佞,这是使贤人君子时而聚集,时而分散的原因。当然,苏洵这样从表面分析封建社会忠臣良将的得失,有他思想上的局限性。接下来,苏洵用三个时间内发生的事来具体叙述诸君子的离合。一是庆历三年(公元1043年)"天子方有意于治",于是范仲淹除参知政事(副宰相);富弼除枢密副使,分掌北方西方边防军事;欧阳修、余靖、蔡襄皆为谏官;尹洙以太常丞知泾州,旋以右司谏知渭州兼领泾原路经略部署。正是这个时候,贤豪毕至,天下才能细小平凡的人都"纷纷然而起,合而为一"。紧扣上文的"合"字。二是庆历四年至庆历五年(1044~1045),范仲淹出为陕西、河东宣抚使;富弼出为河北宣抚使;欧阳修出知滁州;余靖出知吉州;蔡襄出知福州;尹洙被贬监均州酒税。苏洵第一次出游京师,正好是庆历五年。他"亲见其事,忽忽仰天叹息,以为斯人之去,而道虽成,不复足以为荣也。"紧扣上文的"离"字。三是皇祐五年至至和二年(1053~1055),余靖迁工部侍郎;欧阳修迁翰林学士;蔡襄迁龙图阁学士;富弼为同中书门下平章事(宰相)。苏洵"喜且自贺",以为"道"即粗成,可以有用武之地了。稍翻历史,我们就可以知道,北宋中叶,阶级、民族、统治集团内部的矛盾十分尖锐。以范仲淹为首的开明派受到以吕夷简为首的守旧派的打击。景祐三年(公元1036年)范仲淹被贬,欧阳修出于义愤写了《与高司谏书》刺痛了守旧势力,被诬为"朋党",这就是北宋所谓党论之争。文中所述的离合正是发生在这个时间。富弼、尹洙、余靖、蔡襄以及范仲淹、欧阳修都是开明革新派。苏洵这样写自己慕望爱悦他们,无疑是表明自己的政治倾向。与此同时,苏洵在文中还将诸君子离合与自己"道"之成与未成相联系。"道"在这里可以理解为学业,即文学才能。诸君子离时,自己"道业未成"、诸君子合时自己"道有粗成"。这在以学为政、科举取士的封建时代是表明自己才能不可忽视的一个重要方面。在文学史上,这时候的欧阳修上继承韩、柳的文学方向,领导着北宋文坛,反对"时文"(骈体文),提倡"散文"的古文运动,并做出了相应的成绩。在当时"时文"风行的时代,苏洵这篇文章却采用"散文"手法写成,这不能不使欧阳修在精神上为之一振。无怪乎欧阳修在苏洵这次晋谒之后,极为称赞。

苏洵在文章的第二部分,迅速转到评文论学上来。他深知,只有论文精到公

允,才能表明自己"道有粗成"。"执事之文章,天下之人莫不知之;然窃自以为洵之知之特深,愈于天下之人"。由称赞欧阳修的文章而论及文坛先辈。孟子的文章"语约而意尽";韩愈的文章"深浩流转";李翱的文章自然流畅;陆贽的文章委婉深长。用孟、韩、李、陆的文章来衬托欧阳之文,以说明了解欧阳文章之深。不仅评文精当,而且使文章气势起伏、波澜开阔。

第三部分从"道有粗成"的角度叙述自己求学刻苦的经历。既然我很了解您,那也让您了解了解我吧。但文章妙在并不直接表白自己在文学上有何成就,而是从学习经历和体会两个方面加以抒发。苏洵少不习文,二十七岁才下决心读书。宋仁宗庆历七年(公元1047年),举进士不第回去后,把自己以往写的文章全部烧掉,闭门不出,更加用功读书,直到通晓"六经""百家"学说,最后终有所成。正如文中自述:"由是尽烧曩时所为文数百篇,取《论语》《孟子》、韩子及其他圣人、贤人之文,而兀然端坐,终日以读之者七八年矣。"

《邵氏闻见后录》卷十五载,雷简夫《上欧阳内翰书》曰:"伏见眉州人苏洵,年逾四十,寡言笑,淳谨好礼,不妄交游……,张益州一见其文,叹曰:司马迁死矣,非子吾谁与?简夫亦谓之曰:生王佐才也"。可见时人对苏洵评价甚高。

通观全篇,我们可以归纳出本文在写作上的特点:其一,文辞简洁明了,随言长短。如叙述诸公离合的几段文字。"尹公驰骋上下,用力于兵革之地","而尹公亦失势,奔走于小官"等。准确经济,抑扬顿挫,且长短合宜。其二,结构精致细密,行文婉曲而不失波澜。如叙诸君子离合与叙自己道之成与未成两者的安置上,结合得天衣无缝,同时也为下文作铺垫。先合,后离,再离而复合,随着这条线,写出了自己道之未成、道虽有成、道有粗成三个层次,从从容容,流畅婉转。这种特征极富宋人文章风味。它区别于唐文纵横开阖、奇峭突兀的特点,而更显得洋洋洒洒。其三,叙事、议论、抒情融于一体。叙事当中夹议论、夹抒情,但却不显生硬。如诸君子由合变离的一段叙事后,有一段议论"既复反思,念往者众君子之进入于朝,其始也,必有善人焉推之;今也,亦必有小人焉间之"。然后接两句反问,这两句反问即带浓厚的抒情色彩。又如"洵时在京师,亲见其事,忽忽仰天叹息"这是抒情,接着"以为斯人之去,而道虽成,不复足以为荣也"。又是发议论,而议论与抒情又同时围绕叙事展开,使文章情韵生动,感人至深。此外,文章以第一人称叙述,显得感情丰富,亲切自然。

上余青州书①

【题解】

本文是苏洵写给朝廷谏官余青州的一封信。首先援引了春秋时楚令尹子文，"三以为令尹而不喜，三夺其令尹而不怒"的不追逐名利而"安其自得"的高尚品德。接着又叙述了余青州在为官时，"奉使千里，弹压强悍"，"名声四溢于中原"的功绩，并赞美他虽为朝廷建立了卓异的功勋，但不论是"伏于南海"，还是"为东诸侯"都能不"自轻"，"自重"的高尚情操。进而又对当时社会，"达者安于逸乐而习为高岸之节"，"穷者""仰望贵人之辉光，则为之颠倒而失措"的这种追名逐利的现象，进行抨击。通过正反两方面的论证，阐明自己主张"轻富贵"，"安贫贱"，富贵"不可以求得而安其自得"的论点。最后抒发自己虽"尝有志于当世"，但因命运多舛，始终得不到恩遇的恺郁情怀。

【原文】

洵闻之：楚人高令尹子文之行②，曰：三以为令尹而不喜，三夺其令尹而不怒。其为令尹也，楚人为之喜；而其去令尹也③，楚人为之怒；己不期为令尹④，而令尹自至。夫令尹子文岂独恶夫富贵哉，知其不可以求得而安其自得⑤。是以喜怒不及其心，而人为之嚣嚣⑥。嗟夫，岂亦不足以见己大而人小邪！脱然为弃于人而不知弃之为悲⑦，纷然为取于人而不知取之为乐⑧，人自为弃我取我⑨；而吾之所以为我者如一⑩，则亦不足以高视天下而窃笑矣哉。

昔者，明公之初自奋于南海之滨，而为天下之名卿⑪。当其盛时，激昂慷慨论得失，定可否⑫，左摩西羌，右揣契丹⑬，奉使千里，弹压强悍，不屈之虏，其辩如决河流而东注诸海，名声四溢于中原，而磅礴于戎狄之国，可谓至盛矣。及至中废而为海滨之匹夫⑭，盖其间十有余年。明公无求于人，而人亦无求于明公者。其后适会南蛮纵横放肆，充斥万里而莫之或救⑮。明公乃起于民伍之中，折尺箠而笞之⑯，不旋踵而南方乂安⑰。夫明公岂有求而为之哉。适会事变以成大功⑱，功成而爵禄至。明公之於进退之事⑲，盖亦绰绰乎有余裕矣⑳。悲夫，世俗之人纷纷于富贵之间而不知自止，达者安于逸乐而习为高岸之节㉑，顾视四海饥寒穷困之士，莫不颦蹙呕哕而不乐㉒；穷者藜藿不饱，布褐不暖，习为贫贱之所摧折，仰望贵人之辉光，则为之颠倒而失措。此二人者，皆不可与语于轻富贵而安贫贱。何者？彼不知贫富贵贱之正味也㉓。夫惟天下之习于富贵之荣而怛于贫贱之辱者㉔，而后可与语此。

今夫天下之所以奔走于富贵者,我知之矣,而不敢以告人也。富贵之极止于天子之相⑤,而天子之相果谁为之名⑳,岂天为之名邪？其无乃亦人之自相名邪㉗。夫天下之官,上自三公至于卿大夫,而下至于士。此四人者,皆人之所自为也,而人亦自贵之。天下以为此四者,绝群离类㉘,特立于天下而不可几近㉙,则不亦大惑矣哉！盖亦反其本而思之,夫此四名者,其初盖出于天下之人出其私意,以自相号呼者而已矣㉚。夫此四名者,果出于人之私意所以自相号呼也,则夫世之所谓贤人君子者,亦何以异此。有才者为贤人,而有德者为君子,此二名者夫岂轻也哉？而今世之士,得为君子者,一为世之所弃㉛,则以为不若一命士之贵㉜,而况以与三公争哉！且夫明公昔者之伏于南海,与夫今者之为东诸侯也,君子岂有间于其间㉝,而明公亦岂有以自轻而自重哉㉞！

洵以为明公之习于富贵之荣,而狃于贫贱之辱,其尝之也㉟,盖以多矣。是以极言至此而无所迂曲㊱。洵,西蜀之匹夫,尝有志于当世,因循不遇㊲,遂至于老。然其尝所欲见者天下之士,盖有五六人。五六人者已略见矣,而独明公之未尝见,每以为恨。今明公来朝,而洵适在此,是以不得不见。伏惟加察㊳,幸甚！

【注释】

①上余青州书:给余青州的一封信。　　上:进献。　　　　余青州:余靖,字安道,韶州(今广东韶关市)曲江区人。宋仁宗庆历年间任右正言,会外语,曾三次出使契丹。

②楚人高令尹子文之行:楚国人崇尚令尹子文的品德。　　　　高:崇尚。　　　令尹:官名,楚国的宰相称令尹。　　　子文:即斗穀於菟,春秋时楚国人,在楚成王时做令尹二十七年,其间有几次罢官又被任命。

③去令尹:免除令尹官职。

④期:企求,希望。

⑤知其不可以求得而安其自得:知道富贵不可求得,而应安于所得到的。
求:谋求。

⑥是以喜怒不及其心句:因此喜怒不牵涉他的心,而众人因此怨恨。不满。
　及:牵连。　　嚣嚣:怨恨,不满。

⑦脱然为弃于人而不知弃之为悲:很轻快地被人家免职了,却不知免职是悲哀的。　　脱然:轻快地。　　弃:抛弃,此指免除官职。

⑧纷然为取于人而不知取之为乐:多次被任用而不知被任用是愉快的。
纷然:众多。

⑨人自为弃我取我:由别人决定免除我的官职,还是任用我。

⑩而吾之所以为我者如一:而我所以是我的原因,就是在任何情况下,我的态度都一样。　　　如一:一样。

⑪自奋于南海之滨,而为天下之名卿:指余青州受朝廷指派,负责广西路,与壮族首领侬智高交战,在邕州击败侬,智擒侬的母亲、弟弟、儿子,朝廷封他为集贤院

⑫激昂慷慨论得失,定可否:指余青州在庆历年间任右正言,在朝廷提出自己的意见。

⑬左摩西羌,右揣契丹:指余青州在任神武大将军时,多次奉命出使与西羌、契丹谈判,能揣摩对方,不辱使命。　摩、揣:即揣摩。

⑭及至中废而为海滨之匹夫:指余青州击败了侬智高,虽有功被提升为工部侍郎,但仍留在广西十多年。

⑮莫之或救:没有谁能解救那里。否定句代词做宾语前置。　或:语气词,加强否定。

⑯折尺箠而笞之:带领少数兵力去攻打。　折:握持,引申为带领。　尺箠:此指少数兵力。

⑰旋踵:掉转脚跟,喻时间短。　乂安:平安无事。亦作"艾安"。

⑱适会:适逢。

⑲进退:指升官、降官;任职、免职;出仕、退隐等。

⑳绰绰乎有余裕矣:态度从容,不慌不忙。　绰、裕:均为宽。

㉑高岸之节:高傲严峻的样子。　节:高峻的样子。

㉒颦蹙呕哕:忧愁痛苦。　颦蹙:皱眉,忧愁不快。　呕哕:呕吐,痛苦的样子。

㉓正味:本指纯正的滋味,此指真正的含意。

㉔习、忸:均为熟悉。

㉕富贵之极:最高的富贵。　天子之相:认为有天子的相貌。

㉖而天子之相果谁为之名:天子之相是谁给他命名的。　果:诚然,果真。名:命名,起名。用如动词。

㉗其无乃亦人之自相名邪:难道不也是人们相互命名的吗? 　其无乃:表示反诘,难道不是。

㉘绝群离类:超群出众。

㉙特立于天下而不可几近:在天下独立而不可接近。　特立:独立。几:近。

㉚号呼:呼叫。

㉛一为世之所弃:一旦被世上当权者抛弃。指不被任用、不被重用。

㉜命士:受爵命的士人。

㉝君子其有间于其间:君子难道在这期间有差别吗? 　有间:有距离、有差别。　其间:指这期间。

㉞亦岂有以自轻而自重哉:也难道有伏于南海而自轻,成为东诸侯而自重的情况吗? 　岂:用于反诘,表示否定。

㉟尝:经历。

㊱极言:直言。竭力说。

㊲因循不遇:因为不事进取而没有遇到被赏识的机会。意为不得志。

㊳伏惟:希望。　加察:体谅,明察。

【集评】

明茅坤《唐宋八大家文钞》卷一百九:论出处,气多奇崛处。

清储欣《评注苏老泉集》卷四:贤人君子之名信不轻于公卿、大夫、士矣。抑愚又为之说,曰贤人君子求则得之者也,公卿、大夫、士求未必得,得未必不失也。知此其于轻富贵而安贫贱也何有?

近人林纾评《嘉祐集》:文极纵恣,有策士气,是老泉本色。

【鉴赏】

本文是苏洵写给余青州的一封私信。余青州,余靖,字安道,韶州(今广东韶关市)曲江区人。"庆历中,仁宗锐意欲更天下敝事,增谏官员,使论得失,以靖为右正言。曾三使契丹,习外国语"(《宗史·本传》)。在这封信中,苏洵阐述了他的富贵贫贱人皆惑于其名,而自为轻重。富贵不可以求得,进退得宜。杨升庵评论此文说:"写出有道者胸次,优游独得,超然物表之致,令人击节欣赏"(《三苏文范》卷四)。

文章一开始就以楚人令尹子文的品行提出自己的观点:富贵不可以求得,应该安其所得。"脱然为弃于人而不知弃之为悲,纷然为取于人而不知取之为乐。人自为弃我取我,而吾之所以为吾如一。"高,这里是赞美、崇拜的意思。令尹子文,《论语·公冶长》:"令尹子文,三仕为令尹。"《集注》:"令尹,官名,楚上卿执政者也。"又见典故"斗穀于菟",春秋,楚人。父斗伯比生而弃诸野。虎乳之,复收养,楚人谓乳曰穀,虎曰于菟,因以为名。事成王,为令尹,字子文,亦称令尹子文,尝毁家以纾国难,三仕不喜,三已不愠,不为爵勉,不为禄勤,孔子称之曰忠(《中文大辞典》)。脱然,霍然;轻快的样子。纷然,众多的样子。

接着,作者对余靖的宦途功德作了概括的介绍,为后面的议论作铺垫。"自奋于南海之滨"，侬智高守广源州(治所在今越南高平省广渊)，是壮族首领。宋仁宗皇祐四年(1052)四月起兵反宋，五月攻陷邕州(今南宁)，自立为"仁惠皇帝"，改年号为启历。又自邕州沿江而下，攻破横、贵、浔、龚、藤、梧、封、康、端等州，所向皆捷，进而围广州，五十七日不下，北上进攻荆湖，至全州受挫，返回邕州。皇祐五年(1053)宋遣大将狄青征讨，败侬军于昆仑关归仁铺。智高退走云南大理，不知所终。当侬军攻破邕州时，朝廷余靖为秘书监知桂州(今桂林)，以广西路委靖经制。侬智高返回邕州，余靖估计他一定要联合交趾而威胁其他少数民族部落，于是约李德政会兵击侬于邕州，有功迁工部侍郎。及诸将班师回朝，独留余靖在广西，智擒侬智高的母亲、儿子和弟弟，送到京城。朝廷加封他为集贤院学士，所以"为天下名卿"。"激昂慷慨论得失，定可否"指余靖庆历年间在朝廷任右正言。"左摩西羌，右揣契丹"指余靖曾为左神武大将军，三次奉使契丹，与契丹谈判，不辱君命，而且懂得契丹语。"及至中废"指侬智高反宋被平息后，余靖虽有功，迁工部侍郎，但被留在广西达十年之久。作者在叙述了余靖的功业之后，进一步对世俗中的"达者"和"穷者"对富贵、贫贱的态度进行论述，指出这两种人不能轻富贵而安贫贱，是"不知富贵贫贱之正味"。天下之人都奔走于富贵之间，无论是富贵的最高者天子之相，还是三公、卿大夫，以及士，"绝群离类，特立于天下而不可几近"，他们的"名"都是人们出于私意而自相号呼的。在论述了上述观点之后，作者又转入歌颂余靖，赞美他伏于南海不自轻，成为名卿不自重的美德。

最后，作者谈到了自己"尝有志于当世"，但命运多舛，"因循不遇，遂至于老"。自己虽不算名士，但想拜见天下名士的想法已基本实现，只有余靖还未见着。在苏洵看来，天下名士只五六人。从苏洵的其他文章看出，他所谓的名士是指欧阳修、韩琦等主张庆历新政的人，"今明公来朝"是指余靖从青州任回朝任工部尚书。

本文与苏洵的其他文章不同，苏洵的其他文章大抵各为片段，一个片段说明一个问题，总起来说明他的观点。而本文却一气呵成，洋洋洒洒，似江河滔滔不绝。正如王阳明评论说："老泉行文多各自为片段，与东坡文体不同。此书独一意到底，气势弘放，有一泻千里之态"(《三苏文范》卷四)。

上王长安书①

国学经典文库

【题解】

本文是苏洵在嘉祐元年(公元 1056 年)三、四月之交写给长安判府王拱辰的信。苏洵因在科举、仕途中屡不遂意,于是潜心研究学问,教导苏轼、苏辙二子。此信是苏洵携二子入京参加礼部贡举试的途中写的。信中指出当今社会,"天子之尊,至于不可指,而士之卑,至于可杀"的君贵士轻的现象,是不正常的。并引用春秋时卫懿公崇爱鹤,不爱士而导致亡国的教训。说明君、民关系搞不好,将会危及国家政权,国君应正确对待士,发挥其作用。又指出当今"世衰道丧",天下士"学之不明,持之不坚"也是"士甚贱"的重要原因;而扭转士的地位,一定要由贤公卿、贤士去"振其前","奋其后"。最后希望王长安能善待自己及二子。

【原文】

判府左丞阁下:天下无事②,天子甚尊,公卿甚贵,士甚贱。从士而逆数之,至于天子,其积也甚厚③,其为变也甚难。是故天子之尊,至于不可指④,而士之卑,至于可杀⑤!呜呼,见其安而不见其危⑥,如此而已矣!

卫懿公之死⑦,非其无人也,以鹤辞而不与战也⑧;方其未败也⑨,天下之士,望为其鹤而不可得也⑩;及其败也,思以千乘之国,与匹夫共之而不可得也⑪。人知其卒之至于如此⑫,则天子之尊,可以慄慄于上⑬;而士之卑,可以肆志于下⑭,又焉敢以势言哉⑮!夫士之贵贱,其势在天子⑯;天子之存亡,其权在士⑰。世衰道丧⑱,天下之士,学之不明⑲,持之不坚⑳,于是始以天子存亡之权㉑,下而就一匹夫贵贱之势㉒。甚矣,夫天下之惑也㉓。持千金之璧,以易一瓦缶㉔,几何其不举而弃诸沟也㉕。古之君子,其道相为徒㉖,其徒相为用㉗,故一夫不用乎此㉘,则天下之士相率而去之㉙,使夫上之人有失天下士之忧㉚,而后有失一士之惧㉛。今之君子幸其徒之不用㉜,以苟容其身㉝,故其始也轻用之㉞,而其终也亦轻去之㉟,呜呼,其亦何便于此也。

当今之世,非有贤公卿,不能振其前,非有贤士,不能奋其后㊱。洵从蜀来㊲,明日将至长安,见明公而东。伏惟读其书而察其心㊳,以轻重其礼㊴,幸甚!幸甚!

唐宋八大家散文鉴赏 苏洵卷

【注释】

①王长安:长安判府左丞,知永兴军京兆府。名,王拱辰。

②天下无事:天下太平,没有战争、没有灾异。

③其积也甚厚:堆积在士庶之上的统治者太多。

④是故天子之尊句:因此天子的尊贵达到了不可指点、谈论的地步。指:指点、谈论。

⑤这句的意思是:而士庶的卑贱,达到了可以任意杀害的地步。

⑥见其安而不见其危:只看到了表面的太平无事,没见到君民对立矛盾隐藏的危机。

⑦卫懿公:春秋时卫国国君,宠爱鹤,封鹤卿士之职,给鹤卿士之禄,乘大夫之车。当狄人讨伐卫国时,国中的人都说:鹤有禄位,让鹤去迎战吧,我们不去战斗,结果卫国被灭亡。

⑧以鹤辞而不与战也:是因为卫懿公爱鹤不爱士,而国人不满,因此推辞,不参与战斗。   辞:推辞。

⑨其:代词,指卫懿公。

⑩望为其鹤而不可得也:希望成为卫懿公的鹤而不可能做到。指希望受到像鹤那样宠爱。

⑪思以千乘之国,与匹夫共之而不可得也:想让士庶与国君共同治理国家,也不可能了。

⑫人知其卒之至于如此句:如果人知道他的结局到了如此地步。(指亡国、被杀)   卒:结局。

⑬慄慄:恐惧,发抖。亦作"栗栗"。

⑭肆志:随意,放纵。

⑮又焉敢以势言哉:又怎么敢靠权势、地位高低而说话呢。   势:权力,地位。

⑯夫士之贵贱句:决定士庶贵贱的权力,在天子手中。   势:权力,权势。

⑰天子之存亡句:决定天子存亡的权力,在士庶的手中。   权:权力。

⑱世衰道丧:社会道德风尚衰败。

⑲学之不明:学问、道德不高明。   明:贤明。

⑳持之不坚:不能坚持争得应有的地位、待遇。

㉑于是始以天子存亡之权:于是才有决定天子存亡权力的身份。始:才。以:有。

㉒下而就一匹夫贵贱之势:而向下接受一匹夫贵贱的地位。即接受天子安排贵贱的地位。

396

㉓惑：困惑、迷惑。

㉔瓦缶：瓦器。

㉕几何：代词，表示询问、反问。"怎么"。

㉖其道相为徒：以道传授他的学生。 相为：相助，此指教授。

㉗其徒相为用：君子的学生为君做事，帮助君。

㉘故夫一夫不用乎此：因此一个人不被这里任用。 故夫：句首语气词。

㉙相率而去：相继离去。 相率：相继。

㉚使夫上之人有失天下士之忧：使那在君位的人，有失去天下士人的忧愁。夫：那。 上：在上位。 士：有才能的人。

㉛而后有失一士之惧：以后就有失去一个人才的忧惧。

㉜今之君子幸其徒之不用：现在的君子亲近他的学生而不关心、重用。幸：亲近。

㉝以苟容其身：为了苟且安身。

㉞故其始也轻用之：故开始时很随便的任用。 轻：随便，轻率。

㉟而其终也亦轻去之：而最后亦轻易地辞退。

㊱非有四句：没有贤公卿、贤士不能振奋朝廷，使君臣关系正常，改变士的地位。

㊲洵从蜀来：我（苏洵）从蜀地来。

㊳伏惟读其书而察其心：希望您读了我的信，了解我的心。 伏惟：希望。

㊴以轻重其礼：据我们贤愚好坏来权衡，给予礼遇。

【集评】

明茅坤《唐宋八大家文钞》卷一百九：运险峭之思，以为镂画之文，故其锋锷不可向迩。唐荆川曰：议论奇高。

清储欣《评注苏老泉集》卷四：欲公卿重士，而极言士之重，以激发之，亦是说法。幸其徒之不用，以苟容其身，岂独朝廷之上侯王之门哉？即寻常富贵家，不免有此态矣。悲夫！

清谢有炜《古文赏音》卷九：以不相知之前辈，欲要其礼遇。语不奇，不能动人；气不壮，不能自重。看其间架出如许议论，接出正意，陡然竟住。

【鉴赏】

苏洵为参加科举考试，多次进京。他这篇写给长安判府左丞王某的书信，据信中云"洵从蜀来，明日将至长安，见明公而"，知其离蜀赴京师，取道川陕陆路，越秦岭，即将到达长安时写的，时间当在嘉祐元年三四月之交。由于苏洵预进士、制策试皆未通过，遂绝意于仕进，而潜心于学术研究。"乃大究六经百家之说，以考质古今治乱成败,圣贤穷达出处之际,得其精粹,涵畜充溢"(欧阳修《苏明允墓志铭》),除了闭户读书外,就是教育苏轼兄弟,指导他们明确读书的方法和作文的目的。在张方平、雷简夫等人的推荐、劝说下,始携二子入京预试求仕。苏洵这篇文章抨击了天子尊贵士卑贱的不合理的现象和造成这一状况的历史根源与现实原因,进而指出改变这种不合理的存在必须有贤公卿、贤士共同努力方能奏效。全文可分为三段(即三个自然段)四个层次,现条件如次。

第一段,作者以急促犀利而明快的语言,开门见山,指出了"天下无事,天子甚尊,公卿甚贵,士甚贱"的怪异现象,如高山坠石,凌空突兀,使人惊诧不已。从封建制度确立以来,皇帝称天子,以象征君权神授,凛然不可干犯;公卿百官,代天子理政牧民,也享有极大的权利;而士(这里是指普通百姓和底层知识分子)是最卑贱者,这似乎是天经地义之事,可是作者并不如此认为。因为这样的尊卑序列有一个重要的前提条件:就是必须"天下无事"。作者这句话至少包涵两层意思:一是天下无事,天子、公卿,无尚尊贵,可以安享清福,任意践踏士民而无所顾忌;一是天下倘若不是"无事",这种排列顺序,这种局面就得打破,作为既尊且贵的天子、公卿,如果有清醒的头脑和睿智的见识,是应当理解其隐忧的。文章破题作者即以简括而富有锋芒的语言揭露了君臣尊贵,士庶轻贱的不合理现象,早在战国时期,孟子即提出了"民为贵,社稷次之,君力轻"(《孟子·尽心》)的主张,苏洵的观点显然受孟子的影响,他对所谓"天下无事"之时(实际上指宋代)君民关系的颠倒很不以为然。接着,文章进一层历数了压在士庶头上的层层统治者何其多也!"其积也厚,其变甚难"!这样颠倒的君臣关系的恶性发展竟自达到"天子之尊,至于不可指,而士之卑,至于可杀"的地步!如此对立的君民关系,正是对"天下无事"的否定,作者指出,这是危机四伏,随时有可能引发社会动乱的前兆了,难道还不该给予高度重视吗!

本文的第二段又分两个层次:"卫懿公之死,"至"下而就一匹夫贵贱之势"为一层次,作者用历史上卫懿公好鹤不好士而亡国的惨痛教训提醒统治者,警惕历史悲剧的重演,不啻耳提面命,教导谆谆。春秋时期的卫懿公,好鹤成癖,以至"鹤有乘轩者(轩,大夫乘坐之车)。在天下无事之时,国人虽不满,尚无多大危害;当狄人伐卫时,国人不肯出力,士兵不愿打仗,都怨气冲天地说,让鹤去退敌兵吧!最后导致卫国灭亡(《左传·闵公二年》),教训沉痛,殷鉴不远,岂可遗忘!作者又说"方其未败也",天下之士在懿公心目中远不如鹤;"及其败也",想让士与国君共同治理国家也不可能了。岂然如此,天子固然尊贵,但不可骄妄;更不能无视士民百姓的存在,应当肯定他们的合法权益与基本要求。道理极清楚,国家破灭,天子被推翻,皇帝的尊贵、特权等等皆无从谈起,一切均不存在了;而士庶匹夫,失去了什么呢?不过摆脱了层层压榨剥削罢了,有什么值得留恋和顾忌的呢?由此作者导出:"天子之尊,可以慄慄于上;而士之卑,可以肆志于下,又焉敢以势言哉!"的结论,是极其精辟的。

"世衰道丧"至第二自然段完，是本文的第三层次。作者阐明自己对"君民"关系的见解之后，进而探索"君民"轻重倒置的历史根源和现实缘由。苏洵分析，演变为天子之尊以至于不可指；士之卑至于可杀的现状，既有天子、公卿方面的责任，也有士庶自身的缺憾。既然使士之贵贱之权势，掌握在天子手中，若能适当改善士的待遇与地位，调动其积极性，让其发挥

其聪明才智，天子、公卿的尊贵地位并不会因此而受到影响，国家将更强盛，政权将更稳固，社会各层将更加和谐协调，岂不更好？从士这方面来审视，也有可议、可责之处，就是在"士衰道丧"之际，天下士"学之不明，持之不坚"，自身素质不高，修养不够，又怎能争得更自由、自在的境遇呢？文章比较了古今君子选徒（门人、学生）和君子与徒的关系之后，认为古之君子以道授徒，关心他们的前途，并且关系密切，团结一致，则士的地位和作用皆能得到应有的肯定与发挥；今则不然，君子明哲保身，对其门人、学生能否受到尊重漠不关心，使其徒"故其始也轻用之，而其始也轻去之"，也是必然的结果，是值得深刻反思的。

文章的最后一段也是本文第四层次，作者对改变当今士的地位、作用持乐观态度，认为只要贤公卿和贤士同心协力，建立正常的上、下关系，协调好天子、公卿、士的合理位置是完全可能的，也是十分必要的；同时，也希望王长安能礼遇苏洵父子，结束全文。

总之，这封上王长安的信中心突出，观点明确，遣词直朴而犀利，节奏急促而顿挫。从内容来看，作者紧扣住天子、公卿与士庶匹夫关系而逐渐展开，在辨析这种关系发展、变化的过程中层层深入，紧紧围绕天子、士庶的地位与国家政权安危的关系等重大问题为论证主线，意在阐明"君民"间的关系和士庶在社会中的作用，合法权益的重要，不可等闲视之。苏洵"天子之存亡，其权在士"的见解，是孟子"民贵君轻"观点在新形势下的发挥，其闪光之处就在于充分肯定下层知识分子的巨大作用。如果苏洵文章中的士和匹夫是包括下层知识分子和普通百姓（似应如此理

解)的话,苏洵此文的思想意义就更具有重大而普遍的意义,我们称之民主思想的萌芽并不过分。这篇文章的遣词很有特色,从头段起,作者就以亢直激切的语言,简洁而明快地概括出封建社会里纷繁复杂的阶级、阶层间的关系和联系,然后采用夸张而对立的手法,把处于最高地位与最低阶层的士庶对立起来予以论证,导出尊之于"不可指",贱之于随意可杀的结论,以强化文章的鼓动性。作者这种艺术方法的运用,几乎贯穿全篇,如"天子之尊,可以慄慄于上;而士之卑,可以肆志于下";"士之贵贱,其势在天子;天子之存亡,其权在士……"都是明显的夸大、对立。本文的句式也较有特色,从整篇着眼,当然以散句单行,长短随意的句式为基本句型,但时或参之对偶和排比,如前所举和古、今君子行径比较等句子即是如此。

此外,本篇在行文节奏和音节安排上,也很讲究。通篇意急句促,节奏较快,上句始结,下句紧跟,间不容发,意到笔随,显示了作者涌泉不竭的敏捷文思和滔滔不绝如长江大河的贯注气势,有着较高的审美价值。在急促亢进的整体文气中,文章也不乏转折腾挪,如作者在第一段以开篇擒题的简括明快手法点明论点之后,第二段又以较轻利流畅的笔触,纵论古今,剖析事理,使激进的节奏步入纡徐,这样使文章转折多变,顿挫有致,这当然是作者匠心独运的结果。

送石昌言北使引①

【题解】

宋仁宗嘉祐元年(公元1056年)八月,刑部员外郎、知制诰石扬休奉命出使,祝贺契丹国母生辰,苏洵为此作赠序一篇,因避父苏序讳,改序作引。文章从作者与石昌言的私交谈起,回顾了二人间甚狎、甚恨、甚喜的交往过程。接着通过对石昌言出使时盛大欢送场面的描写,暗示出使所肩负的重大历史使命,同时也抒发了作者对石昌言事业上取得的辉煌成就的由衷赞叹之情。最后一段回顾历史,通过彭任从富弼出使回来的言谈和奉春君出使冒顿的经历,剖析了强虏以势夸人,却并非强盛;以形匿人,却并非软弱的本质。勉励石昌言不负众望,借鉴历史经验,善于识破强虏的虚伪本性,保持民族气节,夺取外交上的胜利。本文持论正且感情真,不论叙事,还是说理,都充满浓厚的感情色彩。语言简练,层次清楚,说理透析。

【原文】

昌言举进士时,吾始数岁,未学也②。忆与群儿戏先府君侧,昌言从旁取枣栗啖我③。家居相近,又以亲戚故,甚狎④。昌言举进士,日有名⑤。吾后渐长,亦稍知读书,学句读属对声律,未成而废⑥。昌言闻吾废学,虽不言,察其意,甚恨。后十余年,昌言及第第四人⑦,守官四方,不相闻。吾日以壮大,乃能感悔,摧折复学⑧。又数年,游京师,见昌言长安⑨,相与劳问,如平生欢⑩。出文十数首,昌言甚喜,称善。吾晚学无师,虽日为文,中心自惭,及闻昌言说,乃颇自喜。今十余年,又来京师,而昌言官两制,乃为天子出使万里外强悍不屈之虏庭⑪。建大旆,从骑数百,送车千乘,出都门,意气慨然⑫。自思为儿时,见昌言先府君旁,安知其如此⑬。富贵不足怪,吾于昌言独自有感也。大丈夫生不为将,得为使,折冲口舌之间,足矣⑭。

往年彭任从富公使还⑮,为我言曰:既出境,宿驿亭⑯,闻介马数万骑驰过,剑槊相摩⑰,终夜有声,从者怛然失色⑱。及明,视道上马迹,尚心掉不自禁⑲。凡虏所以夸耀中国者,多此类也。中国之人不测也,故或至于震惧而失辞,以为夷狄笑⑳。呜呼!何其不思之甚也。昔者奉春君使冒顿㉑,壮士大马,皆匿不见,是以有平城之役㉒。今之匈奴,吾知其无能为也㉓。《孟子》曰:"说大人,则藐之㉔。"况于夷狄?请以为赠㉕。

【注释】

①送石昌言北使引:此文作于宋仁宗嘉祐元年(公元1056年)九月十九日。石昌言,名扬休,字昌言,眉州(今四川眉山)人。进士出身,官至刑部员外郎、知制诰。嘉祐元年出使契丹,苏洵作此文送他。

②举进士:被地方官府推举到京城参加进士考试。

③忆与群儿戏句:回想当初与一群小孩在先父身旁嬉戏,昌言在旁边拿枣和栗子给我吃。　先府君:指已故的父亲。本是汉代对郡相、太守的尊称,晋代对其他富职者也称府君,后来叙述先世皆可称府君。　啖:吃。在这里作使动用法,给……吃。

④亲戚:苏序有二女,幼女嫁于石昌言之兄扬言,故苏、石两家是亲戚。狎:接近,亲近。

⑤日有名:一天一天地有了名声。

⑥学句读句:学习断句和作诗的对仗、平仄的技巧,没有学成就放弃了。句读:将句子断开。文辞语意已尽处为句,未尽而须停顿处为读。会句读,为读古书之入门。　属对:谓诗文对仗。　声律:指诗文的声韵格律。　废:废弃,停止。

⑦及第:科举应试中选。因榜上题名有甲乙次第,故名。

⑧吾日以壮大句:我一天一天地长大成人,才能够感到懊悔,改变志向,重新学习。　摧折:摧毁折断,在这里犹言虚心屈己。

⑨长安:为汉朝京城,这里借指宋朝京城开封。

⑩这句的意思是:相互慰劳问候,如同素来交好一般。

⑪两制:内制和外制的合称。指翰林学士和中书舍人。宋代以翰林学士掌内制,替皇帝起草赦书、德音、册文、制诰等;以中书舍人掌外制,替皇帝起草百官任免的诏命。　虏庭:指契丹国。"虏"为对敌人的蔑称,"庭"为"廷"字的通假字。

⑫建大旆:竖起大旗。　建:竖立,树立。　旆:原指古代旗边上下垂的装饰品,后泛指旌旗。

⑬安知其如此:怎么能预知他会到这个地步呢?

⑭大丈夫生不为将句:大丈夫今生不能做个将军,能做个使臣,用言词和使国交涉谈判,以取得胜利,就足够了。　折冲:交涉谈判。

⑮往年彭任从富公使还:从前,彭任跟随富弼大人出使契丹回来。　彭任:字有道,蜀人,曾随富弼出使契丹。　富公:即富弼,字彦国,河南洛阳人。官至宰相、枢密副使,封韩国公。宋仁宗庆历二年(公元1042年)四月,他以知制诰出使契丹。

⑯驿亭:古代出使官员在路上住宿的地方。

⑰闻介马数万骑句:听见身披铁甲的战马有几万奔驰过去,宝剑和长矛互相撞击发出声响。   介马:身披铠甲的战马。   剑槊:宝剑和长矛,泛指兵器。

⑱怵然:惊惧貌。

⑲及明句:到天亮后,看到道上的马蹄印迹,还是心惊肉跳而不能自己控制。   掉:颤动。

⑳中国之人不测句:中国去的使者,没有猜透他们的用心,所以有的人竟然震惊害怕到言词失措,被外族人所耻笑。   夷狄:古称东方部族为夷,北方部族为狄。常用以蔑称周边的少数民族,这里指契丹。

㉑昔者奉春君使冒顿:从前,奉春君刘敬出使匈奴。   奉春君:原名娄敬,汉高祖刘邦赐他姓刘,故称刘敬,号奉春君,官拜郎中,封逢春君。据《史记》记载,刘邦多次派人去匈奴刺探军情,匈奴将强壮士兵和肥壮牛马藏匿起来,使者多数都说可以攻打匈奴,刘敬却说匈奴可能有埋伏,不可进攻。   冒顿:汉时匈奴君主之名,这里借指匈奴。

㉒平城之役:平城的战役。平城是汉时县名,位于今山西大同市东。刘邦不听刘敬劝告,率军进攻匈奴,在平城被匈奴围困七天,方得以脱身。

㉓今之匈奴句:现在的匈奴,我知道它没有什么能力可以有所作为了。   匈奴:指契丹。

㉔孟子曰句:《孟子》说:"说服大人物,就藐视他。"   孟子:书名。由孟子及其弟子所共同编定,是记述孟子言行及他和门生弟子相问答的书。以下引文出自《孟子·尽心下》。

㉕这句话的意思是:况且对于夷狄这样的外族呢?请以"藐视他"作为留别赠言。

【集评】

明茅坤《唐宋八大家文钞》卷一百十六:文有生色,直当与韩昌黎送殷员外等序相伯仲。

清储欣《评注苏老泉集》卷五:序两人交与入情。后半激昂,公得为使,必有可观者。

清林云铭《古文析义》卷十四:林西仲曰:出使不辱君命,本是一桩大难事,时南北虽弭兵,然增币后,契丹未必不以宋为弱,若使者失辞,必至辱国矣。篇中前段琐琐叙来,止借来做昌言得为使的引子,把为使一节算作大丈夫第一等功业。其正意总在后段,中间折冲口舌四字,是一篇主脑。盖不失辞,由于不震惧;不震惧,由于勘破契丹伎俩,原不足畏。兵法云:强而示之弱,弱而示之强。知冒顿示弱之强,则知契丹示强之弱矣。妙在欲言今事,却引富公旧事;言时事,却引汉朝故事。且不斥言契丹,而曰今之匈奴。下语俱有斟酌,千古奇构。

清沈德潜《唐宋八大家文读本》卷十七：不辱君命,大丈夫一生节目,故郑重言之。末段强而示之弱,弱而示之强,深于兵法。

清乾隆三年敕编《唐宋文醇》卷三十五：观洵《上皇帝书》第八段,言使契丹者当日情事,可见末幅数语,所以綦昌言者至矣。苏轼跋云：在嘉祐元年九月十九日,先君《送石昌言北使》文一首,其字则轼年二十一时所书与昌言本也,今蓄于陈履常氏。昌言名扬休,善为诗,有名当时,终于知制诰。彭任字有道,亦蜀人,从富彦国使虏还,得灵河县主簿以死,石守道尝称之曰,有道长七尺而胆过其身。一日坐酒肆与其徒饮且酣,闻彦国当使不测之虏,愤愤推酒床,拳皮裂,遂自请行,盖欲以死捍彦国者也。其为人大略如此,然亦任侠好杀云。

清姚鼐《古文辞类纂》卷三十二：海峰先生云："其波澜跌宕,极为老成,句调声响,中窾合节,几并昌黎而与殷员外序实不相似"。

近人林纾评《嘉祐集》：述家常话,说得宛转。入昌言奉使绝域,笔暇神闲,毫不费力。收处斥冒顿于无聊中,自抒见解,实则倾全宋之力不能制契丹。做此等文字,亦不能不强挣体面也。

近人高步瀛《唐宋文举要》甲编卷八：楼迂斋曰："议论好,笔力顿挫而雄伟,曲尽事情物状。"

【鉴赏】

在先秦古文中,有晏子使楚不屈国威,唐雎使秦不辱使命的美谈,在宋文中也有此类事例,则少为人称道,苏洵的《送石昌言使北引》(沈德潜《唐宋八大家古文》题作《送石昌言北使引》)便是一例。

《送石昌言使北引》是苏洵的一篇力作,无论思想性或艺术性都达到了很高的水平。这是一篇"赠序",与一般的"序跋"文不太相同,可以说是从"序跋"文中派生出来的一个分枝。朋友之间要分手了,写点诗文赠别,借以追述友情以惜别,或者表示祝愿、期望以勖勉。这种临别赠言式的文章,便是"赠序"。这种文体,古已有之。苏洵这篇"赠序",将"序"改为"引",是因为"家讳"：苏洵的父亲名"苏序",故将"序"改为"引"。苏洵的《族谱引》也是如此。到了苏轼、苏辙,是孙子辈,对于祖父的"名讳"就放宽点,将"序"改为"叙"就可以了(但仍不能直接用"序"),例如苏轼的《〈江行唱和集〉叙》,《〈范文正公文集〉叙》等。

本文可分为两段,第一段采用"回忆"的手法追述与石昌言的交往,情感真挚,如叙家常。石昌言举进士在大中祥符六年(公元 1013 年),苏洵时年五岁。"家居相近,又以亲戚故",表明苏、石两家的关系,这两家都是眉州大户,又有姻亲。苏序的幼女嫁给石扬言为妻,而扬言、昌言是兄弟。"昌言从旁取枣栗啖我","甚狎",形象地说明昌言与苏洵的关系亲密,情谊深厚,实为做此赠序之本。"今十余年,又来京师,而昌言官两制,乃为天子出使万里外强悍不屈之虏庭",交代了昌言出使契丹的时间、官阶，以及苏洵写此文的时间和动因。据《续资治通鉴长编》一百八十三卷："仁宗嘉祐元年八月丙寅，刑部员外郎知制诰石扬休（石昌言）为契丹国母生辰使。"苏轼《跋〈送石昌言引〉》："在嘉祐元年九月十九日，先君送石昌言北使一首"。这两条，都可做石昌言出使契丹的佐证。契丹是北宋王朝北方的敌国，屡次侵犯北宋，北宋朝廷屈辱求和，割地赔款。据《宋史》记载，宋真宗景德元年（公元1004年），北宋每年给契丹白银十万两，绢二十万匹。宋仁宗庆历二年（公元1042年），契丹要求割地，北宋朝廷无奈，只得每年又增加白银十万两，绢十万匹。北宋朝廷以财赂敌，买得一时的苟安。在这种形势下，作为外交使节，如何做到不卑不亢，不辱国威而又完成使命，确实是困难的。当时苏洵正在京师，他既为昌言受命使北而高兴，又为昌言的险恶处境而担心，出于亲友之情，民族之感，在昌言复命后一个月辞京登程之时，即九月十九日，盛情命笔，写下此文以赠别。

　　本文是通过并行而参互交错的两条线索叙述的。一条是以石昌言官场升晋为线索，写他"举进士""及第第四人""官守四方""官两制""乃为天子出使万里外强悍不屈之虏"，写出石昌言飞黄腾达，身负外交重任，流露出作者对昌言的敬仰和赞颂。另一条是以苏洵自己的成长过程为线索："吾始数岁，未学""游京师""渐长，亦稍知读书""未成而废""日益壮大乃能感悔，摧折复

学""日为文""又来京师"，到写此文。苏洵在野奋斗成长的过程，对昌言的官场晋升和功绩起了衬托作用。这两条线索都是以时间为顺序的，各自独立，而又交错行文不凌乱，显示出作者驾驭文字和安排间架结构的高水平。全段文字的结点在于"富贵不足怪，吾于昌言独有感也！丈夫生不为将，得为使，折冲口舌之间足矣。"这是以上两条线索发展的必然结果，顺理成章，自然作结。从思想内容看，这个"结点"表现了苏洵的人生观：追求荣耀富贵，"不为将，得为使足矣"，即不在战场上卫

国立功,便在外交场合舌战建勋的大志和气概。

　　文章第一段从与昌言交游写到送昌言奉命使北,第二段则写临别赠言,是文章的中心所在。巧妙的是苏洵不直接说出自己的"赠言",而是通过"间接"记叙的手法,表现出自己的肺腑之言。本段可分三层,第一层是借以前彭任随富弼使北的事例,戳穿契丹的惯用伎俩,间接忠告昌言不要被契丹强大的武力所吓倒,不能丧失国威而被外国耻笑。第二层借古喻今,用刘敬当年"使冒顿"的故事,劝喻昌言不要被表面现象所迷惑,要识破对方的阴谋而不受暗算。通过以上两个出使敌国的典型事例,从两个不同角度提醒石昌言要记取历史的经验和教训,以完成这次使北任务,寄托了作者深切的期望,这种"以事明理"的手法,要比单说道理略胜一筹。第三层引用孟子"说大人,则藐之"的名言,希望昌言在战略上要藐视对方,不辱使命。以上三层内容是全文的中心部分,主旨所在,也就是苏洵送别石昌言使北时语重心长的金玉良言。这三条"临别赠言",用"间接论叙"的办法表达出来,显得具体、生动、深刻、形象,从而发挥出感人的作用,这要比直接说出三点希望更有艺术效果。文章的结尾,作者以引用名言收束全篇,使主旨更加深刻,使文章增辉生色,真正起到画龙点睛的作用。

　　总之,苏洵的这篇"赠序",采用了多种艺术手段,使文章结构严谨,脉络清晰,同时又情文并茂,纡余委备,体现了苏洵纵厉雄奇,谨严缜密,老练犀利的文章风格。在宋文中,这是一篇文道统一的爱国主义杰作。

议修礼书状①

【题解】

嘉祐六年(公元1061年)八月,苏洵被任命为霸州文安县主簿,与陈州项城县令姚辟同修礼书。此状申述他对修礼书的一些见解,针对一些臣僚的欲删除过差不经之事的建议,提出修纂史书的原则是遇事而记之,不择善恶,详其曲折,而使后世得知而善恶自著者。指出制作典礼同修纂礼书是有区别的,制作典礼,为使后世遵而行之也,故应存其善者而去其不善。作者提出的修史原则,与他在《史论》中提出的史乃一代之实录的思想是一脉相承的。作者引征《春秋》《汉志》以陈己意,认为小有不善而不书,则导致欲益而反损的后果,而秉笔直书,可以使后世无疑之之意,也使作者能够忠于职守,不犯侵犯官吏职权的过错。论点明确,层次清楚,语言简练精切。

【原文】

右洵先奉敕编礼书②,后闻臣僚上言,以为祖宗所行不能无过差不经之事③,欲尽芟去,无使存录④。洵窃见议者之说,与敕意大异⑤。何者?前所受敕,其意曰纂集故事,而使后世无忘之耳;非曰制为典礼,而使后世遵而行之也⑥。然则洵等所编者,是史书之类也。遇事而记之,不择善恶,详其曲折,而使后世得知而善恶自著者⑦,是史书之体也。若夫存其善者,而去其不善,则是制作之事,而非职之所及也⑧。而议者以责洵等,不已过乎⑨?

且又有所不可者。今朝廷之礼虽为详备,然大抵往往亦有不安之处,非特一二事而已⑩。而欲有所去焉,不识其所去者果何事也⑪?既欲去之,则其势不得不尽去,尽去则礼缺而不备。苟独去其一,而不去其二,则适足以为抵牾龃龉而不可齐一⑫。

且议者之意,不过欲以掩恶讳过,以全臣子之义,如是而已矣⑬。昔孔子作《春秋》,惟其恻怛而不忍言者而后有隐讳⑭。盖桓公薨,子般卒,没而不书,其实以为是不可书也⑮。至于成宋乱,及齐狩,跻僖公,作丘甲,用田赋⑯,丹桓宫楹,刻桓宫桷,若此之类,皆书而不讳⑰,其意以为虽不善而尚可书也。今先世之所行,虽小有不善者,犹与《春秋》之所书者甚远,而悉使洵等隐讳而不书⑱,如此将使后世不知其浅深,徒见当时之臣子至于隐讳而不言,以为有所大不可言者,则无乃欲益而反损欤⑲?

《公羊》之说灭纪灭项,皆所以为贤者讳^⑳,然其所谓讳者,非不书也,书而迂曲其文耳^㉑,然则其实犹不没也^㉒。其实犹不没者,非以彰其过也,以见其过之止于此也^㉓。今无故乃取先世之事而没之,后世将不知而大疑之,此大不便者也^㉔。班固作《汉志》,凡汉之事悉载而无所择^㉕。今欲如之,则先世之小有过差者,不足以害其大明,而可以使后世无疑之之意,且使洵等为得其所职,而不至于侵官者^㉖。谨具状申提举参政侍郎,欲乞备录闻奏^㉗。

【注释】

①议修礼书状:本文作于宋仁宗嘉祐六年(公元 1061 年)。状是臣僚向朝廷陈述意见的文体,此状为作者修礼书时而写,申述自己对修礼书的见解。

②右:古代崇右,故以右表尊崇。　　奉敕:奉皇帝的命令。

③后闻臣僚上言句:后来听说群臣百官进呈言辞,认为祖宗的行为,不能没有过失差错和不合常法的事情。　　上言:进呈言辞。过差:过失差错。　　不经:不合常法。

④芟:芟除。

⑤窃:谦词。私下,私自。　　敕意:皇帝的意思。

⑥何者句:为什么?从前所接受的皇帝命令,那意思是说编撰汇集旧事,使后代不要忘记罢了,不是说制定成典章礼仪,使后代遵守并执行它。　　故事:旧事,旧业。　　典礼:制度礼仪。

⑦著:显露。

⑧若夫:句首语气词。用以引起下文。　　及:原意为到,引申为涉及。

⑨这句的意思是:然而议论的人用这来要求我们,不是已经很过分了吗?

⑩今朝廷之礼句:如今朝廷的礼仪虽然是详备的,然而大都往往也有不当的地方,不仅是一二件事罢了。　　大抵:大都,表示总括一般的情况。　　不安:不当,不稳妥。　　特:只,仅,独。　　而已:助词。表示仅止于此。犹罢了。

⑪果:副词。果然,果真。

⑫苟独去其一句:假如只去掉其中一部分,而不去掉其中另一部分,那么恰好足够作为抵触不合而不能够统一。　　苟:连词。如果,假设。　　抵牾:抵触,矛盾。　　龃龉:原指上下牙齿对不齐,喻意见不合。　　齐一:统一,一致。

⑬讳:避忌。有顾忌躲开某些事或不说某些话。

⑭昔孔子作《春秋》句:从前孔子撰《春秋》,只是那些恻隐又不忍心说的事,然后有所隐瞒避忌。　　孔子(前 551~前 479):春秋末期教育家、政治家、思想家。儒家学派创始人。名丘,字仲尼,鲁国陬邑(今山东曲阜东南)人。　　春秋:书名。编年体史书。记载鲁隐公元年(前 722 年)至鲁哀公十四年(前 481 年)鲁国及各诸侯国的历史。后被儒家尊奉为经典。　　恻怛:犹恻隐。

⑮盖桓公薨句:鲁桓公死,鲁公子般死,去世后不书写,其实认为这不可以书写。　　桓公薨:鲁桓公于前 693 年携夫人姜氏如齐,姜氏与齐襄公通奸,被桓公

知道,桓公大怒,姜氏告知襄公,襄公遂派公子彭生杀桓公。而《春秋·桓公十八年》记载:"公会齐侯于泺,公与夫人姜氏遂如齐。夏四月丙子,公薨于齐。"这里对桓公的死因讲得很隐讳。　　子般卒:子般为鲁庄公与孟女之子,庄公卒,弟季友立子般为君。庄公夫人哀姜无子,且与庄公弟庆父私通,庆父使圉人荦杀子般,立哀姜娣叔姜子启为湣公。而《春秋·庄公三十二年》记载:"八月癸亥,公薨于路寝。冬十月己未,子般卒。"亦未言其死因。

⑯成宋乱:据《春秋·桓公二年》记载:"春王正月戊申,宋督杀其君与夷及其大夫孔父。滕子来朝。三月,公会齐侯、陈侯、郑伯于稷,以成宋乱。"　　及齐狩:据《春秋·庄公四年》记载:"冬,公及齐人狩于禚。"言鲁庄公与齐侯狩猎事。为何称齐人,《公羊传》释:"讳与雠狩也。"　　跻僖公:据《春秋·文公二年》记载:"秋八月丁卯,大事于大庙,跻僖公,逆祀也。"指祭祀时,使僖公之位居于闵公之上,为逆祀也。　　作丘甲:据《春秋·成公元年》记载:"三月,作丘甲。"《左传》:"为齐难故,作丘甲。"丘甲指兵赋制度。　　用田赋:据《春秋·宣公十五年》记载:"初税亩。"《左传》:"初税亩,非礼也,谷出不过藉,以丰财也。"

⑰丹桓宫楹:据《春秋公羊传·庄公二十三年》记载:"秋,丹桓宫楹。何以书?讥。何讥尔?丹桓宫楹,非礼也。"　　刻桓宫桷:据《春秋·二十四年》记载:"春王三月,刻桓宫桷。"《左传》:"二十四年春,刻其桷,皆非礼也。御孙谏曰:'俭,德之共也;侈,恶之大也。先君有共德,而君纳诸大恶,无乃不可乎!'"

⑱悉:副词。都、全。

⑲将使后世不知其浅深句:将会使后代不知它的浅深程度,仅仅看见当时的臣子以至于隐讳而不说,认为有所大不可以说的,那么恐怕是想要有好处反而损害了吧!　　徒:只,仅仅。　　无乃:莫非,恐怕是。表示委婉测度的语气。　　欤:句末语气词,表示疑问或感叹。

⑳《公羊》之说句:《春秋公羊传》所说的纪国灭亡,项国灭亡,都是用来替贤者避忌的。　　灭纪:据《春秋公羊传·庄公四年》记载:"纪侯大去其国。大去者何?灭也。孰灭之?齐灭之。曷为不言齐灭之?为襄公讳也。《春秋》为贤者讳,何贤乎襄公?复雠也。何雠尔?远祖也。"　　灭项:据《春秋公羊传·僖公十七年》记载:"夏灭项。孰灭之?齐灭之。曷为不言齐灭之?为桓公讳也。《春秋》为贤者讳,此灭人之国,何贤尔?君子之恶恶也疾始,善善也乐终。桓公尝有继绝,存亡之功,故君子为之讳也。"

㉑迂曲:迂回曲折。

㉒然则:连词。那么这样。　　没:沉没,淹没。

㉓这句的意思是:其实尚且不埋没的原因,不是为了表彰他的过错,用来显示他的过错,仅止于此而已。

㉔今无故乃取句:如今没有缘故的就择取先代的事情而淹没它们,后代将不知道因而大大地怀疑它们,这是非常不应该的。　　不便:不适宜,不应该。

㉕班固(32～92):东汉史学家。字孟坚,扶风安陵(今陕西咸阳东北)人。奉诏

完成其父所著《汉书》，开创断代史书之体例。《汉志》：汉代志书，亦称《汉书》。

㉖侵官：超越权限而侵犯其他官员的职权。此指苏洵职权是修礼书，不敢制作典礼，犯侵官之错。

㉗谨具状句：谨慎地写成状书向礼书提举官参政侍郎陈述，想要乞求您详细记录并奏闻皇上。 申：陈述，说明。 提举参政侍郎：宋代一般以参知政事为修史书的提举官。当时欧阳修任此职。

【集评】

明茅坤《唐宋八大家文钞》卷一百七：情事明亦合经典。

清储欣《评注苏老泉集》卷五：破庸人之论，直造西汉。或问："方西汉何等文字？"曰："刘向《请兴礼乐疏》、吾邱寿王《禁民挟弓弩对》等篇是也。"

清徐乾学《古文渊鉴》正集卷四十七：时宰相韩琦见洵书，善之，奏于朝除秘书省校书郎。会太常纂修建隆以来礼书，乃以为霸州文安主簿同修礼书，为《太常因革礼》一百卷。书成，未报卒，诏赠光禄寺丞。徐乾学评："遵守敕意，自足拒议者之非。《春秋》《汉志》两证，尤为坚确。"

清乾隆三年敕编《唐宋文醇》卷三十七：古谚云：宰相须用读书人，岂但宰相哉？虽一命亦然。子产不云乎：侪闻学而后入政，未闻以政学者也，否则必有所败。以其妇人女子之忠爱，欲益国家而反损者何限？又况不学之人，其所为当讳者，安知非转属国家之盛美，而当形之歌颂者耶？又况诬上行私，而并非出于忠爱者也？转圣祖御评："思深虑远，故能为此严正之论。"

【鉴赏】

宋仁宗嘉祐六年（公元1061年），苏洵与姚辟同修《礼书》，即《太常因革礼》一百卷，内容是记宋开国以来有关礼仪方面的史实，苏洵坚持直录原则，有人反对，上书皇帝，主张为祖宗"掩恶讳过"，苏洵特上此状阐述自己的观点。

历来直史之笔与官修史书为尊者讳的原则都是矛盾的。作良史、讲真话都是不容易甚至是危险的。春秋时齐大夫崔杼杀齐庄公，太史氏为书其事兄弟三人被杀。司马迁的《史记》要"藏诸名山"。统治主是不会允许把他们的丑事写进史书的。苏洵面临的情况是，已经有人上书主张"掩恶讳过"，他却要说服皇帝同意"遇事而记"，这就不仅需要有直史的勇气，还需要有能够折服人的论辩。

文章开门见山，先树敌论："右（状的格式，前有所论事提要，"右"以后为议论，文集只从"右"字录起）。洵先奉敕编《礼书》，后闻臣僚上言，以为祖宗所行，不能无过差不经之事，欲尽芟除，无使存录。"然后表明自己的态度："洵窃见议者之说，与敕意大异"。不直说议者之非，而说"与敕意大异"，先为自己占得地步，争得主动，使皇帝易于接受。下面逐层驳"议者之说"。

第一层，论"议者之说"不合史书体例。但合不合体例，皇帝并不关心，只有"敕意"是不许违背的。所以文章借敕意引论，作四步论证：敕意曰"纂集故事"而

国学经典文库

唐宋八大家散文鉴赏 苏洵卷

410

非"制作典礼"；则《礼书》为史书；"遇事而记"，"不择善恶""是史之体"；议者之说不合史体，是错误的。推论严密，无间可乘。

第二层，论"有所去"有二弊，去则必蹈其一。作者说："今朝廷之礼，虽为详备，然大抵往往亦有不安(妥当)之处，非特一二事而已"。如此则"过差不经"之事定然不少。摆出论据，作为论辩的前提。"而欲有所去焉，不识其所去者果何事也?"一句反问，导入二难推理："既欲去之，则其势不得不尽去，尽去则礼缺而不备；苟独去其

一，而不去其二，则适足以为抵牾龃龉而不可齐一。"要"有所去"，只有两种可能：或尽去之，使所记之礼残缺不全，失去修书的意义；或有所去有所不去，使其书自相矛盾无法统一。如此二弊，"去"则必蹈其一，犯下历史错误。这一驳十分有力，置敌论于进退维谷之地。

以上从义的方面论其当与不当。以下从利的方面论其可与不可。

第三层，论"掩恶讳过"将"欲益反损"。"议者之意，不过欲以掩恶讳过，以全臣子之义，如此而已矣"。"不过"，"而已"，活脱脱一种轻蔑口气，使人感到"议者之意"的浅薄和无价值。议者所持之论，不外乎《春秋》为尊者讳，为贤者讳"之类，作者便就《春秋》的讳与不讳深入分析："昔孔子作《春秋》，惟其恻怛而不忍言者，而后有隐讳"。举例说："盖桓公薨、子般卒，没而不书其实，以为是不可书也"。"桓公薨"见《春秋》桓公十八年。鲁桓公夫人文姜是齐襄公之妹，鲁桓公与夫人到齐国去会盟，襄公与文姜私通，桓公很生气，文姜就激怒襄公，使人杀了桓公。《春秋》只记"公薨于齐"四字。"子般卒"见《春秋》庄公三十二年。子般名般或斑，鲁庄公与党氏女所生。悦梁氏女，往观，有个管养马的名叫荦的人自墙外与梁氏女戏，般怒，鞭荦。庄公卒，庄公三弟季友立子般为君，其长弟庆父与庄公夫人哀姜私通，欲立哀姜妹所生公子开，使荦杀了子般。《春秋》也只记"子般卒"三字。《春秋》之所以"没而不书其实"，因为都是特大丑闻。至于那些"过差不经"不合礼的事，如"成宋乱"(桓公二年。宋华父督杀其君，赂鲁桓公，鲁助之)、"及齐狩"(庄公四年。"公及齐人狩于禚"，后有人以为"齐人"是齐之微贱者)、"跻僖公"(文公二年。僖公为兄，继弟闵公后为君，文公二年将太庙中僖公神位升到闵公之上)、"作丘甲"(成公元年)、"用田赋"(哀公十二年。"作丘甲""用田赋"的解释，前人异说纷纭，大致是，"作丘甲"是兵役方面的事，"田赋"即田亩税。前人以为"作丘甲""用田赋"加重了人民负担，因而不善)、"丹桓宫楹"(庄公二十三年)、"刻桓宫桷"

411

（庄公二十四年。二句意为：红漆桓公庙的柱子，雕刻桓公庙的椽子。都是不合礼的），"若此之类"，《春秋》"皆书而不讳"。接着，文章转回话题，以《春秋》之讳与不讳者为参照，发出一段议论："今先世之所行，虽小有不善者，犹与《春秋》之所书者甚远，而悉使洵等隐讳而不书，如此将使后世不知其浅深，徒见当时之臣子至于隐讳而不言，以为有大不可言者，则无乃欲益而反损欤？"这段深刻之论，揭示出"益"与"损"的辩证关系，是一篇中最要害处，无异于对论敌的致命一击。清代沈德潜评道："行文必须有破的中要害处，此说到隐讳之后转使后人疑祖宗有不可书之事，乃破的中要害处也"（《唐宋八大家文读本》）。皇帝读到此处，其心不能不动，认识到直书与隐讳之间的真正利害，应是幡然大悟。苏洵之论可谓入木三分，论敌不能不屈，读者不能不服。

　　《春秋》之讳有"为尊者讳"和"为贤者讳"两类，其笔法又有"没而不书其实"之讳和"书而迁曲其文"之讳两种。《公羊传》以为《春秋》所记"'灭纪'、'灭项'，皆所以'为贤者讳'"。《春秋》庄公四年记："纪侯大去其国"。《公羊传》："大去者何？灭也。孰灭之？齐灭之。曷为不言齐灭之？为襄公讳也。《春秋》为贤者讳"。《春秋》僖公十七年记："夏，灭项。"《公羊传》："孰灭之？齐灭之。曷为不言齐灭之？为桓公讳也。《春秋》为贤者讳也。"《春秋》采取的手法是"不没其实"而"迁曲其文"以为之讳的。苏洵认为，不没其实正可使后世"见其过之止于此也"，没其实将使后世"不知而大疑之"。这是文章的第四层论辩，与第三层正反相补，紧逼一步，将道理讲得充分透脱而无可辩驳。

　　最后一段，说明上此状的目的，希望参政侍郎代为奏闻，结束全文。

　　文章采用层层论证的方法，直到将论敌驳得无处立足而后止，体现出苏洵文章论理精透的特点。"侃侃而谈，词严义正"（沈德潜评，出处同前），表现出真理在握，凛然难犯的气概。作者求真存实的科学态度，为维护历史尊严而奋斗的精神，和高超的论辩技巧，都是值得后人学习的。

苏氏族谱亭记

国学经典文库

唐宋八大家散文鉴赏

苏洵卷

【题解】

本文作于宋仁宗至和二年(公元 1055 年),为教化乡里族人及训诫子孙而作。苏氏族人有服者不过百人,稍远者已不相往来,故作《苏氏族谱》,并刻石于高祖坟侧,告诫族人,凡族谱有名者,死必赴,冠、娶妻必告。少而孤则老者养之,贫而无归则富者收留之;否则,族人将共同责问他。作者又通过老者之口,告诫子孙后代,不行六种不义之举,以淳风俗。作者愤怒地谴责乡里所谓的望人,乃是败坏吾乡风俗之罪魁,列举其六种罪行:其骨肉之恩薄、孝悌之行缺、礼义之节废、嫡庶之别混、闺门之政乱、廉耻之路塞,最后称其为州里之大盗。作者何以对某人者如此痛恨?据周密《齐东野语》说,原来此人是指其妻之兄,虐待死苏洵爱女的伪君子程浚。最后作者仍期望他有所悔改,观此文则面热内惭,汗出而食不下也。

【原文】

匹夫而化乡人者,吾闻其语矣①。国有君,邑有大夫,而争讼者诉于其门②;乡有庠,里有学,而学道者赴于其家③。乡人有为不善于室者,父兄辄相与恐曰:"吾夫子无乃闻之④?"呜呼!彼独何修而得此哉?意者其积之有本末,而施之有次第耶⑤?

今吾族人犹有服者不过百人,而岁时蜡社不能相与尽其欢欣爱洽⑥,稍远者至不相往来,是无以示吾乡党邻里也,乃作《苏氏族谱》,立亭于高祖坟茔之西南而刻石焉⑦。既而告之曰:"凡在此者,死必赴,冠、娶妻必告⑧。少而孤则老者字之⑨,贫而无归则富者收之。而不然者,族人之所共诮让也⑩。"岁正月,相与拜奠于墓下⑪。既奠,列坐于亭。其老者顾少者而叹曰⑫:是不及见吾乡邻风俗之美矣⑬。自吾少时,见有为不义者,则众相与疾之,如见怪物焉,栗然而不宁⑭。其后少衰也,犹相与笑之⑮。今也则相与安之耳,是起于某人也。夫某人者,是乡之望人也,而大乱吾俗焉⑯,是故其诱人也速,其为害也深。自斯人之逐其兄之遗孤子而不恤也,而骨肉之恩薄⑰;自斯人之多取其先人之赀田而欺其诸孤子也,而孝悌之行缺⑱;自斯人之为其诸孤子之所讼也,而礼义之节废;自斯人之以妾加其妻也,而嫡庶之别混⑲;自斯人之笃于声色,而父子杂处欢哗不严也,而闺门之政乱⑳;自斯人之渎财无厌,惟富者之为贤也,而廉耻之路塞㉑。此六行者,吾往时所谓大惭而不容者也。今无知之人皆曰:某人何人也,犹且为之㉒。其舆马赫奕,婢妾靓丽,足以荡惑里巷之小人㉓;

413

其官爵货力,足以摇动府县㉔;其矫诈修饰言语,足以欺罔君子㉕。是州里之大盗也,吾不敢以告乡人,而私以戒族人焉㉖。仿佛于斯人之一节者,愿无过吾门也㉗。

予闻之惧,而请书焉。老人曰:书其事而阙其姓名,使他人观之,则不知其为谁㉘;而夫人之观之,则面热内惭,汗出而食不下也㉙。且无彰之,庶其有悔乎㉚?予曰:然。乃记之㉛。

【注释】

①匹夫而化乡人者句:平常的人却能教化乡里人,我听过那样的说法。 匹夫:指平常的人。

②国有君句:国家有君主,城邑有大夫,于是发生争执的诉讼者投诉在他的门下。 邑:城邑。大夫的封地。 大夫:古代职官名。后以大夫为任官职者。 争讼:因争论而诉讼。

③庠:古代的学校。 里:宅院,民户居处。《周礼·地官·遂人》:"五家为邻,五邻为里。"后来里所居家数时有变更。是比乡更小一级的行政区域。 学:学塾,私塾。 学道:学习儒家学说。

④乡人有为句:乡里有人对于家里做出不良的事情,父兄立即共同惊恐道:"我的老师恐怕知道这件事了吧?" 辄:立即,就。 相与:共同,一道。 夫子:《论语》中孔丘门徒尊称孔丘为夫子,后遂成为对老师的尊称。 无乃:表示委婉测度的语气,相当于"莫非","恐怕是"。

⑤彼独何修而得此哉句:他独自怎么修养而得到这样的呢?恐怕他积累的时候有始末,施行的时候有顺序吧? 意者:表示测度。大概,恐怕。 本末:始末,原委。

⑥今吾族人犹有服者句:如今我们家族尚且有五服关系的不超过一百人,就是每年的祭祀也不能尽情地共同欢乐,爱惜融洽地在一起。 有服:谓宗族关系在五服之内。 蜡社:腊日的祭祀。 蜡:通"腊"。腊日:农历十二月初八,为一年中最隆重的祭祀。 欢欣:欢喜欣悦。

⑦稍远者至不相往来句:关系稍微疏远的人,互相不来往,这样无从显示与同一乡里的同乡有什么区别,于是作《苏氏族谱》,刻在石碑上,立于高祖坟茔的西南侧。 高祖:远祖。 示:显示,表示。 乡党:同乡,乡亲。

⑧冠:古代男子二十岁举行冠礼,表示已经成人。

⑨字之:引申为养育他。

⑩诮让:责问。

⑪奠:用酒食祭祀死者。

⑫顾:原指回头看,引申为看。

⑬是不及见吾乡邻风俗之美矣:这是来不及看到我们同乡邻居风俗的淳美了。 是:这,此。此时。 不及:赶不上,来不及。

⑭自吾少时句:从我小时候,看见有做不义的事情的人,那么大家共同厌恶他,

如同看见怪物一样,恐惧而且不安宁。　　疾:憎恨,厌恶。　　栗然:栗通"慄"。恐惧貌,瑟缩貌。

⑮这句的意思是:到后来稍微差了些,仍然一道嘲笑他。

⑯望人:有名望的人,有声望的人。

⑰自斯人之逐其兄之遗孤子句:从此人的驱逐他兄弟遗留的儿子又不抚恤开始,骨肉的恩情就很薄了。　　斯:指示代词。此。　　逐:追赶,追逐。　　恤:救济,周济。

⑱赀,通"资"。货物,钱财。　　孝悌:孝敬父母,敬爱兄长。

⑲讼:原指争论,辩解,引申为诉讼,打官司。　　礼义:礼法道义。礼,谓人所履;义,谓事之宜。　　嫡庶:正妻为嫡,妾为庶。

⑳笃:原指坚定,引申为深,甚。　　欢哗:欢喜喧闹。　　政:政策,法令。

㉑渎财:贪污钱财。　　无厌:不满足。

㉒这句的意思是:如今没有知识的人都说:某人是什么人呀,尚且做这样的事。

㉓其舆马赫奕句:他的车马显赫,婢妾艳丽,足以迷惑街巷中的小人。　　赫奕:显赫貌,盛美貌。　　靓丽:艳丽。荡惑:迷惑。

㉔这句的意思是:他的官爵和财货物力,足以动摇州府郡县的政权。

㉕其矫诈修饰言语句:他虚伪诡诈,修改润饰言语,足以欺骗蒙蔽君子。矫诈:虚伪诡诈。　　欺罔:欺骗蒙蔽。

㉖这句的意思是:是州里的大盗贼,我不敢用这些话告诉乡里人,只是私下里告诫同族之人。

㉗仿佛于斯人之一节句:近似于此人的行为的一部分,希望不要经过我的族人的大门。　　仿佛:相似,近似。　　一节:指事物的一端。

㉘阙:空缺着。

㉙这句的意思是:然而人们看到他,就会脸上发烧,内心惭愧,浑身冒汗而且吃不下饭。

㉚且无彰之句:暂且不要显露他的名字,期望他有所悔改好吗?　且:副词。暂且,姑且。　　彰:明显,显著。　　庶:副词。希望,但愿。

㉛这句的意思是:我说:就这样吧。于是记叙下来。

【集评】

明茅坤《唐宋八大家文钞》卷一百十六:此是老泉借谱亭讽里人并族子处。

清储欣《评注苏老泉集》卷五:化乡人自睦族人始,并非另为一段,并篇中举乡人之不义者以成族人,即是匹夫化乡人处。盖此段于谱亭为引,于通篇为冒也。

清王应鲸《唐宋八大家公暇录》卷四:首从劝善起端,便为后面惩恶伏根。中后将晚辈一切不好自记的言语,都借老人说出,使如父老训戒子弟一般,层层刺入,总不碍口。而末后一着,尤不失浑厚之道,无一不入妙境。转储同人(储欣)评:令人发深省,此文字之有功于世教者。

清浦起龙《古文眉诠》卷六十三：用书事体，作谱亭记，比于空文垂训者，加倍辣惕。匹夫某人，相应于不相应，文固无无根之篇法也。曾有某人一段意象，故用如此起。于谱亭似宽，于训族最警，警于训，正非宽于亭也。列出六种薄行，皆家门乡里切要大戒，当节节自反。六者落句皆带俗壤，与戒族人意一片。就讳姓名摇曳，正以警听者。

清乾隆三年敕编《唐宋文醇》卷三十六：记曰："饮食男女，人之大欲存焉。"有饮食男女，而人之类不绝；亦有饮食男女，而人之性日湮以灭。故树之后王君公，承以大夫师长，上下相承，远近相维，凡以章志贞教使民不入于禽兽之路也。贵于一乡，则一乡化焉；贵于一国，则一国化焉；贵于天下，则天下化焉。导之以圣贤，而斯民日趋于圣贤矣；导之以禽兽，而斯民日趋于禽兽矣。奈之

何膺天位、食天禄，而不以圣贤导斯民，而以禽兽导斯民也？士大夫读此文，当蹙然其不宁也。奈之何天位、天禄出于其口，而不使能以圣贤导斯民者居之，而使能以禽兽导斯民者居之也？为君上者读斯文，当蹙然其不宁也。

【鉴赏】

本文应写于苏氏族谱的修撰之后，理由是文中有"乃作苏氏族谱，立亭于高祖墓茔之西南而刻石焉"。文章乃有为而作。宋仁宗皇祐四年（公元 1052 年）苏洵的幼女八娘受夫家的虐待而早逝，苏洵为此十分悲痛。苏洵有三儿三女，长女、二女及长子都死于幼年，幼女八娘聪颖好学，十六岁时嫁与她的表哥程之才。程家对她很不好，婚后两年便郁郁而死。苏洵在《自尤诗》的序言中说："壬辰之岁（即皇祐四年）而丧幼女。始将以尤其夫家，而卒以自尤也。女幼而好学，慷慨有过人之节，为文亦往往可喜。既适其母之兄程浚之子之才，年十有八而死。而浚本儒者，然内行有所不谨，其妻子尤好为无法。吾女介于其间，因为其家之所不悦。适会其病，其夫与舅姑遂不之视而急弃之，使至于死。始其死时，余怨之，虽吾之乡人亦不直浚。独余友人闻而深悲之曰：'夫彼何足尤者？子自知其贤而不择以予人，咎则

在子,而尚谁怨？'予闻其言而深悲之。"这就将八娘的死和苏洵的悲说得十分清楚了。周密《齐东野语·老苏族谱亭记》说:"老苏《族谱亭记》言,'乡俗之薄,起于某人',而不著其姓名者,盖老苏与其妻党程氏大不咸。所谓某人者,其妻之兄弟也。老泉有《自尤诗》,述其女事外家,不得志以死,其辞甚哀,则其怨隙不平也久矣。"为此事,苏程两家矛盾很深,苏洵与程浚及儿子之才断绝了往来,苏轼、苏辙也与程之才断交四十多年。直到苏轼兄弟晚年贬官岭南,程之才被任为广东提点刑狱,才互通问候,消除前嫌。文章表面看来是宣传族人风俗之美,以美恶为劝诫,实则是揭露程家的劣行,要族人警戒。

文章分三段。第一段虚写,颂扬族人风俗之美。第二段实写,揭露"某人"大乱吾乡俗的六大劣行:"逐其兄之遗孤子""多取其先人之赀田""为其诸孤子之所讼""以妾加妻""笃于声色而父子杂处,喧哗不严""渎财无厌,惟富贵者之为贤"。苏洵对程家的六大劣行表示了极大的愤慨,"其与马赫奕,婢妾靓丽,足以荡惑里巷之小人;其官爵货力,足以摇动府县;其矫诈修饰言语,足以欺罔君子,是州里之大盗也。"并告诫族人,"仿佛于斯人之一节者,愿无过吾门也。"赫奕,显耀盛大的样子。官爵,"成国(苏洵夫人程氏的封号为成国夫人)之祖为程仁霸,摄录事参军与眉山尉争冤狱坐逸,囚归,有隐德,年九十。仁霸之子曰文应,始贵显,官大理寺丞"(王文诰《苏文忠公诗编注集成总案》卷一)。文中的"某人"即程文应的儿子程浚,故苏洵说"其官爵货力,足以摇动府县"。第三段假托老人言来说明写作此文的目的,希望"某人"读了这篇记"面热、内惭、汗出而食不下",更希望他有悔改之意。杨升庵说:"末后数语,蔼然君子长者之心,非特可见公之爱族人,而有以化乡人亦在是矣"(《三苏文范》卷四)。

说到苏洵的幼女,人们很容易想起《苏小妹三难新郎》的故事。故事说苏东坡的妹妹很有才学,经苏东坡介绍嫁给了才子秦少游。洞房花烛之夜,小妹出了三道难题来考新郎,很费了些周折,新郎才在苏东坡的帮助下答上了难题,得以进洞房。这不过是小说家言,属于子虚乌有。苏东坡无妹,这在他的诗文中表露得十分清楚,且苏八娘死时,秦少游还很年幼,不可能有联姻之事。即便是在苏东坡的堂姐妹中,也只有一个堂妹,嫁给了柳子玉的儿子。秦少游不曾与苏家的姐妹有过恩爱故事。小说中的苏小妹才华横溢,恐怕也是有生活原型的,那就是苏八娘。前面已经提到过苏洵的《自尤诗》序对苏八娘的评述,不再重复。另外,司马光在为程夫人写的墓志铭中也说:"幼女有夫人之风,能属文,年十九,既嫁而卒。"这也是一条佐证。文人们依据这些史料,结合八娘的悲惨遭遇,创作出了苏小妹三难新郎的故事,即使苏轼、秦观平添了一段趣事,又使八娘婚姻有个好的"结局"。

仲兄字文甫说①

【题解】

　　本文表面说明作者为二哥苏涣改字文甫的理由,实则阐述作者重要的文艺思想,成为一篇著名的文论。作者以自然界中的风水喻文学创作,主张文学创作来源于生活。作者丰富的生活经验和文化素养构成文学创作的源泉,就好比水一样,而作者的创作灵感,就好比风一样,而风水相遇,自然成文,乃天下之至文。作者认为文学创作是一种自然地流露,不需去雕琢,二者无意乎相求,不期而相遭,而文生焉。作者用大量篇幅描写风水相依相伴的千姿百态,说明文学创作中生活积累和艺术灵感的相互依存关系,既形象又生动。用大量排比句,将风水的动态美和静态美展现在读者面前,创造出一种优美的意境,使读者得到美的享受。语言四字一句,读起来铿锵有力。

【原文】

　　洵读《易》至《涣》之六四曰②:"涣其群,元吉③。"曰:嗟夫! 群者,圣人所欲涣以混一天下者也④。盖余仲兄名涣,而字公群,则是以圣人之所欲解散涤荡者以自命也,而可乎⑤? 他日以告⑥,兄曰:"子可无为我易之⑦?"洵曰:"唯。"既而曰:"请以文甫易之,如何⑧?"

　　且兄尝见夫水之与风乎⑨? 油然而行,渊然而留⑩,淳洄汪洋,满而上浮者,是水也,而风实起之⑪。蓬蓬然而发乎太空,不终日而行乎四方⑫,荡乎其无形,飘乎其远来⑬,既往而不知其迹之所存者,是风也,而水实形之⑭。今夫风水之相遭乎大泽之陂也⑮,纡余逶蛇,蜿蜒沦涟⑯,安而相推,怒而相凌,舒而如云,蹙而如鳞⑰,疾而如驰,徐而如徊,揖让旋辟,相顾而不前⑱,其繁如縠,其乱如雾,纷纭郁扰,百里若一⑲。汨乎顺流至乎沧海之滨,磅礴汹涌,号怒相轧⑳,交横绸缪,放乎空虚,掉乎无垠㉑,横流逆折,溃旋倾侧,宛转胶戾㉒,回者如轮,萦者如带,直者如燧㉓,奔者如焰,跳者如鹭,跃者如鲤㉔,殊状异态,而风水之极观备矣。故曰:"风行水上涣",此亦天下之至文也㉕。

　　然而此二物者,岂有求乎文哉㉖? 无意乎相求,不期而相遭,而文生焉㉗。是其为文也,非水之文也,非风之文也。二物者非能为文,而不能不为文也,物之相使而文出于其间也㉘。故此天下之至文也。今夫玉非不温然美矣,而不得以为文㉙;刻镂组绣,非不文矣,而不可以论乎自然㉚。故夫天下之无营而文生之者,唯水与风而已^㉛。

昔者，君子之处于世，不求有功，不得已而功成，则天下以为贤^㉜；不求有言，不得已而言出，则天下以为口实^㉝。呜呼！此不可与他人道之，唯吾兄可也。

【注释】

①仲兄字文甫说：此文约作于宋仁宗庆历七年（公元1047年）。旧时兄弟排行常以伯、仲、叔、季为序，仲兄即二哥苏涣。苏涣字公群，晚年苏洵为之改字文甫。

②易：书名。亦称《周易》。是我国古代一部卜筮书。作为经的内容有六十四卦，每卦首列卦形，次列卦名，然后是卦辞。卦辞后则为爻辞。后来成为儒家经典著作。　涣：卦名。　六四：爻名。

③涣其群，元吉：据孔颖达《周易正义》："涣者，散释之名。涣是离散之号也，能为群物散其险害，故曰：'涣其群'也。能散群险，则有大功，故曰：'元吉'也。"

④混一：统一。

⑤盖余仲兄句：大概我二哥名涣，表字公群，就是用圣人想要解散清除灾害来给自己命名的，可以吗？　盖：副词。大概。　涤荡：荡洗，清除。

⑥他日：别的一天。

⑦子可无为我易之：您可不可以给我换一个字？　子：您，表尊敬。　可无：可否。　易：换。　之：第三人称代词。指"字公群"。

⑧唯：应答声。　既而：犹不久。　如何：怎么样？

⑨尝：曾经。　夫：那。

⑩油然：舒缓貌。　渊然：深邃貌。

⑪淳洄汪洋句：水面平静，宽广无边，满溢而向上浮动的，是水，而风确实将水吹起。　淳洄：水回旋不前貌。　汪洋：宽广无际。形容水势浩大的样子。实：副词。确实，的确。

⑫蓬蓬然而发乎太空句：蓬蓬吹动的风从天空中发出来，不到一天就吹遍了四方。　蓬蓬然：风吹动貌。　太空：天空。　终日：整天。

⑬这句的意思是：它在飘荡，没有形状，它在飘动，从远方而来。

⑭既往而不知其迹句：风过去了，却不知道它的踪迹所在，这是风呀，水能表现出它的形状。　既往：过去。　形：表现，显现。名词动用。

⑮今夫风水之相遭乎大泽之陂也：风和水在湖泽的岸边相遇。乎：于，在。泽：水聚汇处。　陂：水边，水岸。

⑯纡余透蛇句：水势迂回曲折，水波蜿蜒起伏。　纡余：迂回曲折。　透蛇：也作委蛇、逶迤，曲折绵延貌。　蜿蜒：龙蛇等曲折爬行貌。　沦涟：谓水波起伏。沦指环形波，涟指平状波。

⑰安而相推句：有时安稳，相互推动，有时发怒，相互侵犯，舒展如浮云，收缩如鱼鳞。　凌：侵犯，欺侮。　舒：舒展。　蹙：紧迫，窘迫。

⑱疾而如驰句：急促如骏马奔腾，缓慢如人在徘徊，彼此退让，旋转回避，互相

注视,不肯向前。　　疾:快,急速。　　徊:徘徊。徊,另本作"缅",遥远的样子。

　　揖让:古代宾主相见的礼节。这里指彼此退让。　　旋辟:旋转向旁回避。

⑲其繁如縠句:它的繁华,就像有绉纹的纱,它的混乱,就像烟雾弥漫,杂乱无章,丛聚纷乱,纵观百里,远近如一。　　縠:有绉纹的纱。纷纭:杂乱貌。

⑳汩乎顺流至乎沧海句:水势湍急,顺流而下,到达大海之滨,波澜壮阔,浪涛汹涌,风水怒号,相互倾轧。　　汩:水流迅急的样子。　　沧海:大海。　　磅礴:水势盛大貌。　　汹涌:水势翻腾,上下涌动。

㉑交横绸缪句:纵横交错,彼此缠绕,在空无中恣意放纵,在无际中翻滚摇动。　　绸缪:紧密缠缚貌。　　空虚:空无。　　无垠:没有边际。

㉒横流:大水不循道而泛滥。　　逆折:水流回旋貌。　　溃旋:水势汹涌,水流回旋。　　倾侧:倾斜。　　宛转:曲折貌。　　胶戾:回环曲折。

㉓回者如轮句:回旋的像车轮,萦绕的像腰带,直立的像烽火。燧:烽火台上的烽火,其烟直升。

㉔这句的意思是:奔腾时像火焰,跳动时像白鹭,腾跃时像鲤鱼。

㉕风行水上涣:见《周易·涣》:"象曰:'风行水上涣。'"孔颖达《周易正义》:"风行水上,激动波涛,散释之象,故曰:'风行水上涣。'"　　至文:最好的文章。

㉖这句的意思是:然而风和水这两种东西,那对文章有什么要求呢?

㉗无意乎相求句:没有意思互相要求这样,没有约定而相遇,文章就产生出来了。　　不期:未经约定。

㉘这句的意思是:风和水这两样东西,不能做文章,然而不能不做出文章,事物互相支配而文章就产生在它们中间。

㉙今夫玉非不温然美矣句:现在那玉石,不是不温润柔美,然而不能作为文章。温然:玉色温润柔和。

㉚刻镂:雕刻。　　组绣:华丽的丝绣服饰。　　文:文采。　　自然:天然;非人为的。

㉛无营:没有经营。　　而已:助词。表示仅止于此。犹罢了。

㉜不得已:无可奈何,不能不如此。

㉝口实:原指口中之物,引申为谈话资料。

【集评】

宋真德秀《文章正宗》卷四:形容风水之文,是学《庄子》天籁一段,极为奇妙。

明茅坤《唐宋八大家文钞》卷一百十六:风水之形人皆见之,老泉便描出许多变态来,令人目眩。

清储欣《评注苏老泉集》卷五:体物之工,辞赋家当有惭色。

清沈德潜《唐宋八大家文读本》卷十七:吕晚村(留良)云:"妙理使人咀味无极,老泉文中得此意极少。风水相遭一段,已尽肖物之妙。又进一层,推出无意求文而文生焉,其妙乃至不可思议。则前段犹止得其形,而后段乃得其神也。"无意为

420

文而不能不为文,二语道尽文章妙理。彼道不足而强言者,恶足以语此。

近人林纾评《嘉祐集》:极意渲染处,说得光怪陆离,此却不见工夫。说到无意相求,不期相遭而文生,却未经人道。惟如此说,与涣字文字之义,始极澄彻。

【鉴赏】

这是一篇著名的论文。作者从仲兄易字"文甫"谈起,借题发挥,用"风水相遭而成文"做比喻,详尽述说了他对文章写作过程的认识。

仲兄,指二哥。甫,是古代对男子的美称,常附缀在表字之后。说,是古代的一种文体。"洵读《易》至《涣》之六四,曰:'涣其群,元吉。'"《涣》是《周易》中的卦名。"六四"是爻像,爻是组成八卦中每一个卦的长短横道。涣,是散释之意。群,即群险。意思是能散释群险(有大功),大吉大利。文章开头是叙述"易字"的原委。作者读到《周易》"涣六四"时,看见"涣其群,元吉。"于是想到仲兄名涣,字公群,正好与《周易》中的这句话相应。作者就把自己的想法对仲兄说了,仲兄要求作者替自己换一个字,作者允诺,并且将字"公群"换成"文甫",

问仲兄同意否。于是作者就这个"文"字展开了一番精彩的论说。

文章的第二段,作者用形象的语言描绘了水与风各自的形状。油然,指水流的样子。渊然,指水深的样子。淳洄,形容水面静止的样子。蓬蓬然,指风初起的样子。"水实形之"指风本无形状,但风吹动水面,可以在水面上看到风的形状。作者给风与水的形状做过描述之后,进而述说风水相遇的情景。"今夫风水之相遭乎大泽之陂也,……而风水之极观备矣。""纡余委蛇",指弯曲向前。"蜿蜒沦涟",形容水流弯弯曲曲。这两个四字句都形容水流的样子。下文的三对四字句则是两两相对。"安而相推"(水与风和睦相处时是互相推动)对"怒而相凌"(水与风不和时,就彼此对抗);"舒而如云"对"蹙而如鳞"(蹙即皱);"疾而如驰"对"徐而如缅";这三个四字对句,文字工整,内容充实,并非为对而对,描述了水与风相遇时可能出现的六种状态,是不可多得的佳句。作者用了几个对句之后,笔锋一转,又换成另外一种句式,不再用对句的形式:"汩乎顺流,至乎沧海之滨,磅礴汹涌,号怒相轧,交横绸缪(紧密缠束,相互绕结),放乎空虚,掉乎无垠,横流逆折,溃旋倾侧(大水涌起旋转),宛转胶戾(展转邪曲的样子)",用过这些一般的四字句之后,又转换了句式:"回者如轮,萦者如带,直者如燧,奔者如焰,跳者如鹭,跃者如鲤",用了一连串的比喻,多方面展示了水与风"相遭"的景观。在这段"风水之极观备矣"的生动描述中,作者基本用了四字句,但"一定"之中又有"不定",句式多次变换,一会儿是四字对句,一会儿是四字句的比喻句,使这段描述从形式上看是整齐而不呆板,静中有动,读来趣味横生,引人入胜。

作者在文中用大量篇幅描述了水与风相交的各种景观,也是"意在言外"。"然而此二物者,岂有求乎文哉?无意乎相求,不期而相遭,而文生焉。"可见求"文"生之源才是作者的真正用意。作者认为风水的波文,既不是水造成的,也不是风造成的,而是风水相遇,偶然得之。作者还认为这种文堪称"天下之至文也。"文章中,"文"既指水的波文,又指文章。至文,实际就指最好的文章。作者还说:"夫玉非不温然(颜色柔和,具有内在美)美矣,而不得以为文;刻镂组绣(编织刺绣),非不文矣,而不可与论乎自然。故失天下之无营(自然天成)而文生之者,唯水与风而已。"意思是玉没有内在的美,不能成为文;雕刻刺绣的工艺品,也失去了自然之美,也不能称之为文。世上没有经过雕琢的东西就只有风与水,也只有这二物相遭才能形成真正的"文"。言外之意,最好的文章则是出于自然的文章。这段文字,作者紧密联系水风相遭的景观,论述二物相遭,无意而成文,表面是评论水的波文,实际是在品评文章,借自然景观的美与丑来论述文章的高下,在轻松自然中论述了严肃的写作理论,这本身就是"自然天成",匠心独运。

这篇文章借为仲兄易字,阐发了作者对文章的审美观。在描绘风水相遇的自然景观时,作者运用了大量的四字句及四字对句和四字句的比喻句,使文章形式产生一种动静相和的美感。另外,文章在描述风水相交的自然景观时,融进了作者对文章写作过程的看法,二者结合紧密。作者崇尚自然、反对雕琢的思想在文中得到充分体现。这篇文章是运用生动、形象的语言来展示作者文章理论的佳作。

张益州画像记①

【题解】

本文系作者为益州(今四川成都市)净众寺所立张益州画像而写的小记。宋仁宗至和元年(公元1054年),益州地区发生骚乱,传言侬智高将入蜀,因而人心惶惶,军队也调集起来了。朝廷委派张方平去处理这一事件。本文记叙了张方平奉朝廷之命知益州安民的经过。他采取宽政爱民的安抚办法,号召人民安居乐业,各事农桑,很快就稳定了局势,恢复了社会秩序。二年后,张方平奉召回京,当地人民为了表示对他的深切怀念,给他建祠堂,立画像。作者为蜀地人,与张方平也有私人交往,对张方平的为人很尊重,所以能够用饱蘸感情的笔墨塑造出一个"为天子牧小民不倦"的封建官吏的形象。本文由两部分组成,前一部分为散文,后一部分为韵文,韵文的内容是散文内容的重复。这样散韵结合的文体,形成一唱三叹的风韵,因而具有特殊的艺术魅力。

【原文】

至和元年秋,蜀人传言有寇至②。边军夜呼,野无居人。妖言流闻,京师震惊③。方命择帅,天子曰:"毋养乱,毋助变,众言朋兴,朕志自定④。外乱不作,变且中起,既不可以文令,又不可以武竞⑤。惟朕一二大吏,孰为能处兹文武之间,其命往抚朕师⑥?"乃惟曰:"张公方平其人⑦。"天子曰:"然。"公以亲辞,不可,遂行⑧。冬十一月,至蜀。至之日,归屯军,撤守备⑨,使谓郡县:"寇来在吾,无尔劳苦⑩。"明年正月朔旦,蜀人相庆如他日,遂以无事⑪。又明年正月,相告留公像于净众寺,公不能禁⑫。

眉阳苏洵言于众曰⑬:"未乱,易治也;既乱,易治也⑭。有乱之萌,无乱之形,是谓将乱,将乱难治。不可以有乱急,亦不可以无乱弛⑮。是惟元年之秋,如器之欹,未坠于地⑯。惟尔张公,安坐于其旁,颜色不变,徐起而正之⑰。既正,油然而退,无矜容⑱。为天子牧小民不倦,惟尔张公⑲。尔繄以生,惟尔父母。且公尝为我言:'民无常性,惟上所待㉑。人皆曰蜀人多变,于是待之以待盗贼之意,而绳之以绳盗贼之法㉒。重足屏息之民,而以砥斧令㉓。于是民始忍以其父母妻子之所仰赖之身,而弃之于盗贼,故每每大乱㉔。夫约之以礼,驱之以法,惟蜀人为易。至于急之

423

而生变,虽齐、鲁亦然㉕。吾以齐、鲁待蜀人,而蜀人亦自以齐、鲁之人待其身。若夫肆意于法律之外,以威劫齐民,吾不忍为也㉖。'呜呼!爱蜀人之深,待蜀人之厚,自公而前,吾未始见也。"皆再拜稽首曰:"然㉗。"苏洵又曰:"公之恩,在尔心,尔死,在尔子孙,其功业在史官,无以像为也。且公意不欲,如何㉘?"皆曰:公则何事于斯?虽然,于我心有不释焉㉙。今夫平居闻一善,必问其人之姓名,与其邻里之所在,以至于其长短大小美恶之状㉚,甚者,或诘其平生所嗜好,以想见其为人㉛。而史官亦书之于其传,意使天下之人,思之于心,则存之于目。存之于目,故其思之于心也固。由此观之,像亦不为无助。"苏洵无以诘,遂为之记。

公,南京人,为人慷慨有大节,以度量雄天下。天下有大事,公可属㉜。系之以诗曰:

天子在祚,岁在甲午㉝。西人传言,有寇在垣㉞。庭有武臣,谋夫如云㉟。天子曰嘻,命我张公㊱。公来自东,旗纛舒舒㊲。西人聚观,于巷于涂㊳。谓公暨暨,公来于于㊴。公谓西人:安尔室家,无敢或讹㊵。讹言不祥,往即尔常㊶。春尔条桑,秋尔涤场㊷。西人稽首,公我父兄。公在西囿,草木骈骈㊸。公宴其僚,伐鼓渊渊㊹。西人来观,祝公万年。有女娟娟,闺闼闲闲㊺。有童哇哇,亦既能言㊻。昔公未来,期汝弃捐㊼。禾麻芃芃,仓庾崇崇㊽。嗟我妇子,乐此丰年。公在朝廷,天子股肱㊾。天子曰归,公敢不承?作堂严严,有庑有庭㊿。公像在中,朝服冠缨㊶。西人相告,无敢逸荒㊷。公归京师,公像在堂。

【注释】

①张益州画像记:此文作于宋仁宗嘉祐元年(公元1056年)。张益州即张方平,字安道,号乐全居士。南京(今河南商丘)人。曾知益州,故称张益州。官至参知政事、太子太保。

②至和元年:公元1054年。至和为北宋仁宗(赵祯)的年号。寇:指侬智高军。宋仁宗皇祐五年(公元1053年),北宋派大将狄青征讨侬智高,败侬军于昆仑关归仁辅。侬智高败逃云南大理,不知所终,有人传说将入蜀,故蜀人惊慌。

③妖言:荒诞怪异,蛊惑人心的语言。　　京师:指北宋京城汴梁(今河南开封市)。

④方命择帅句:正要命令选择元帅前去平乱,天子说:不要姑息养奸,酿成祸乱,不要滥杀无辜,助成事变,尽管谣言四起,我的心里是镇定的。　　方:副词。正在,将要。　　毋:通"勿",不,不要。　　朋:同,齐。　　朕:第一人称代词。秦始皇以后专用为皇帝的自称。

⑤这句的意思是:外部的祸乱不能够兴起,提防事变将要从内部兴起,既不可以用文的手段来命令,又不可以用武的手段来竞争。

⑥惟朕一二大吏句:只有我的一两个大臣,谁是能够处在这文武中间行事,派

他前去安抚我的军队。   惟:副词。只有,只是。大吏:大臣。   为:是。兹:指示代词。此,这。

⑦乃:副词。于是,这才。   其人:那样的人。

⑧这句的意思是:天子说:就这样定了。张方平以侍养父母为理由来推辞,没有批准,于是就出发了。

⑨至之日句:到任的那天,命令驻屯军队返回原地,撤除防御措施。   归:返回。

⑩使谓郡县句:派人通知郡县长官说:敌寇来入侵,由我采取措施,不用你们操劳辛苦。   郡县:郡和县的并称。地方行政区域。

⑪明年正月朔旦句:第二年正月初一,蜀中人互相庆贺,就像往年一样,终于没有发生什么事情。   朔旦:阴历每月初一。   遂:终于,竟然。

⑫净众寺:位于成都西北,又名万福寺。

⑬眉阳:苏洵原籍眉山(今四川眉山)。

⑭既:副词。已经。

⑮这句的意思是:不可以因为有变乱的苗头就急于行事,也不可以没有形成变乱就松弛麻痹。

⑯是惟元年之秋句:至和元年这年的秋天,蜀中的形势就像器具已经倾斜了,只是没有掉到地上。   惟:句首语气词。   欹:古通"攲"。倾斜。

⑰徐起而正之:慢慢地起来扶正它。   之:第三人称代词。指器具。

⑱油然:舒缓而从容的样子。   无矜容:没有居功自傲的神情。

⑲为天子牧小民不倦句:替天子治理百姓不知道疲倦,只有你张公才这样。为:介词。给,替。   牧:治理,管理。古代统治者蔑视劳动人民,把百姓当作牛羊,将治民比作牧牛羊。

⑳尔繄以生:你们因此能生存下来,是你们的再生父母。   繄:句中语气词。

㉑这句的意思是:况且张公曾经对我说过:老百姓没有固定的心性,只看长官怎样对待他。

㉒绳:木工用的墨线,引申为按一定的标准法则去衡量和纠正。

㉓重足屏息之民句:害怕的不敢迈步并屏住气息的百姓,还要用杀人的刑具命令他们。   重足:由于害怕,两脚相叠,不敢迈步。   屏息:由于恐惧而抑制住呼吸,不敢出气。   砧斧:砧板和斧钺,古代杀人的刑具。

㉔每每:常常。

㉕齐、鲁:春秋战国时期的两个诸侯国,在今山东一带。齐为姜太公的封邑,鲁为周公的封邑,当时被认为是教化最好的地区。

㉖若夫肆意于法律之外句:至于肆意妄为,置法律于不顾,用威势逼迫老百姓,

我不忍心这样做。　若夫：句首语气词。用以引起下文，有“至于……”的意思。

齐民：平民，一般百姓。

㉗稽首：古代一种跪拜礼，叩头至地，是九拜中最恭敬者。

㉘这句的意思是：况且张公的意思不想这样做，怎么办呢？

㉙释：放下。

㉚平居：平时居住，指平时，平常。　邻里：指住址。古代五家为邻，五邻为里。

㉛诘：追问，打听。

㉜属：通“嘱”。托付。

㉝祚：通“阼”。帝位。　甲午：甲午年。宋仁宗至和元年（公元1054年）为甲午年。

㉞西人：指蜀人。北宋时益州治所四川路在京城汴梁之西，故称蜀人为西人。垣：墙，这里指边境。

㉟庭：通“廷”。朝廷，宫廷。

㊱嘻：叹词。表示赞叹。

㊲旗纛：旌旗。纛，古代军队或仪仗队的大旗。　舒舒：舒展飘扬的样子。

㊳涂：通“途”。路途，道路。

㊴暨暨：果断刚毅的样子。　于于：舒缓自得的样子。

㊵或讹：被谣言所迷惑。　或：通“惑”。迷惑。　讹：谣言。

㊶往即尔常：去寻求你们正常的生活。

㊷条桑：修剪桑树枝条。　涤场：打扫场院。

㊸囿：园林花圃。　骈骈：茂盛的样子。

㊹僚：同僚，一起做官的人。　伐：敲打。　渊渊：鼓声。

㊺娟娟：秀美的样子。　闺闼：女子的卧室。闼，门。　闲闲：清静安闲的样子。

㊻哇哇：婴儿咿呀学说话的声音。

㊼期：期望，要求。　弃捐：抛弃，废置。

㊽禾麻芃芃句：谷子大麻繁密茂盛，装粮的仓库高耸云天。　禾麻：谷子和大麻，也泛指农作物。　芃芃：草木茂盛的样子。　仓庾：粮仓，有顶的叫仓，无顶的叫庾。崇崇：高耸的样子。

㊾股肱：本指大腿和手臂，比喻辅佐帝王的得力大臣。

㊿作堂严严句：建造的祠堂庄严肃穆，有环廊有正厅。　作：建造。　严严：庄严肃穆的样子。　庑：亦称廊，环绕正厅的环廊。

(51)朝服冠缨：穿着朝服，戴着礼帽，系着帽带。

(52)逸荒：安逸放荡。

【集评】

明唐顺之《文编》：此文二段，二项叙事，二项议论。

明茅坤《唐宋八大家文钞》卷一百十六：词气严重，极有法度。益州常称老苏似司马子长，此记自子长之后，殆不多得。

清储欣《评注苏老泉集》卷五：借张公口中发出公所以安蜀之本，用待字以破蜀人多变之见，此入水斩蛟手也。持重若挽百钧之弓，不遗余力，诗亦朴雅入情。

清徐乾学《古文渊鉴》正集卷四十七：时张方平以侍讲学士自滑州徙益州。未至，或扇言侬智高在南诏，将入寇。摄守亟调兵筑城，日夜不得息，民大惊扰。朝廷发陕西步骑仗络绎往戍蜀，诏趣方平行，许以便宜从事。方平曰：此必妄也。道遇戍卒皆遣归，他役尽罢。适上元张灯、城门三日不闭。得邛部川译人始造此语者，枭首境上，而流其徐党，蜀人遂安。复以三司使召，方平去蜀之日，民德之，留其画像，而洵为之记。不屑屑述益州治状，措词高挥而精彩，光芒溢于毫楮。禹偁方岳贡曰："叙事功直，不别起议论，是记之最佳者。"臣杜讷曰：从蜀人怀思恳恻，逼露方平、吴调侯有功，斯上遗爱在民间，间抒写而意味弥觉隽永。

清吴楚材《古文观止》卷十：前叙事后议论，叙事古劲而议论许多斡旋回护尤高。末一段写像处，说不必有像而亦不可无像，三四转折，殊为深妙。系诗一结，更见风雅遗意。

清沈德潜《唐宋八大家文读本》卷十七：归本子待蜀人之厚，见公之静镇，上承天子之意，以下安远人之心。画像以祀之，不容已也，诗亦古茂不靡。

清谢有炜《古文赏音》卷九：蜀人传言，蛮贼侬智高在南诏，欲来寇蜀，摄守遂发民筑城，移兵屯边郡。民大惊扰，公请以静镇之，蜀人遂安。已而得邛部川译人始为此谋者斩之，枭首境上。明年，朝廷以三司使召公还。

清乾隆三年敕编《唐宋文醇》卷三十六：横目之民，其性一也，任边远封疆大吏者，当书此文于座右。圣祖御评：不屑屑述益州治状，措词高浑而精采，光芒溢于毫楮。

近人林纾评《嘉祐集》：此文一改平日警快之慨，归于高古。言中有物，亦庄亦雅。诗简古可诵。

【鉴赏】

张益州，即张咏，字方平，又字安道，自号乐全居士，官至参知政事。益州，今四川省一带，治所在今成都市。至和元年（公元1054年）十一月，张方平奉命镇蜀，领益州牧，故称"张益州"。张方平到益州后，访求蜀地"高贤奇士"，得知苏洵之为人，并放言"公有思见之意，宜来。"次年，即至和二年（公元1055年），苏洵致书张益州，即《上张益州书》，表示"我则愿出张公之门矣，张公许我出其门下哉？……

我知勉矣!"于是苏洵带领苏轼(20岁)一同到成都竭见张益州,张益州待以国士,"论古今治乱及一时人物,皆不谋而同,轼与弟辙,以是皆得出入门下"(苏轼《张文定公墓志铭》)。张益州读了苏洵的《权书》和《论衡》,给予很高的评价:"读之,如大山之云出于山,忽布无方,倏散无余;如大川之滔滔,东至于海源也。因谓苏君:'左丘明《国语》、司马迁善叙事、贾谊明王道、君兼之矣'"(张方平《文安先生墓表》)。遂荐苏洵于朝,使为成都学官,但批文始终未下达。嘉祐元年(公元1056年)正月,苏洵四十八岁,作《张益州画像记》。张益州劝苏洵进京,并致书欧阳修,推荐苏氏父子。三月苏洵父子三人离家乡眉山赴成都辞别张益州,然后进京。苏氏父子出于张益州门下,苏张两家友情深笃、过往甚密。

这篇《画像记》记叙了张方平奉命出知益州,安抚边民的经过,生动地塑造了张益州"为天子牧小民不倦"的封建官吏形象。他采取"安抚"的办法,宽政爱民,使之安居乐业,各事农桑。这在当时当地无疑是能够博得人心的。列宁说:"所有一切压迫阶级,为了维持自己的统治,都需要有两种社会职能:一种是刽子手的职能,另一种是牧师的职能。"张益州的前几任属于第一类,而张益州则属于第二类,他是宋王朝得力的一位良牧,他的目的是统治"小民",但他采用"宽政爱民"的"安抚"手段,在客观上是有利于民的。与民休养生息,有利于农业生产的发展,这也正是他与那班"贪官酷吏"的区别,正是"小民"爱如父母而愿为之画像的原因。

本文结构新奇,手法巧妙,是苏洵的一篇得意之作。全文可分两大部分,第一部分是文,第二部分是诗,以文始而以诗终,诗文结合,浑然一体。第一部分又可分为两段,第一段写朝廷任命张方平出知益州的经过和张益州治蜀的政绩。第二段写益州民众议论并决定为张益州画像留念,以表彰他的功德。从写法上看,一是按时间顺序写,有条不紊。文章开头先交代时间,"至和元年秋",即公元1054年的秋天,但这不是写作本文的时间,而是"蜀人传言"(广州叛将侬智高将要攻击益州),"京师震惊"的时间,是天子择帅命吏的起因。"冬十一月至蜀,"是张方平奉命到达益州的时间。"又明年,正月",是蜀人给张益州画像的时间,也是写作本文的时间。二是有详有略的写法。在第一段中,作者将朝廷任命张方平镇蜀的经过写得很详,先写"妖言流闻,京师震惊",再写朝廷商议"择帅",由天子亲自提出派"大吏""往抚朕师",说明事情的重要,接着写群臣共推:"张方平其人",天子表示赞同。说明张方平有才干,能负重任,有威信,能服众望。这些地方颇能刻画张方平朝中大吏的形象,所以详写。张方平治蜀的政绩,是蜀人有目共睹,有口皆碑的,所以略写,寥寥数语,点示而已。第一段与第二段相比,第二段是重点,是通过益州民众的议论来表现张益州"宽政爱民"的政绩的,所以比第一段写得更详。三是通过人物的对话来刻画张益州的形象。例如第二段眉阳苏洵对众人说:"将乱难治,……惟是元年之秋,如器之敧(倾斜将倒),未坠于地。惟尔张公,安坐于旁,颜色不变,徐起而正之。既正,油然而退,无矜容。为天子牧小民不倦,唯尔张公。"此话巧用比喻,惟妙惟肖地刻画了张益州治蜀时,宽容大度,从容不迫,象扶正一个将倒未倒的器具那样,治理了将乱而未乱的益州,是那样的有气度,有魄力,有办法,大乱将至,他能安然处之,悠游自如,不慌不忙。事成以后,温谨而自然,并无居功自傲的表情,张益州这位安邦大吏的形象就跃然纸上,呼之欲出了。说到治蜀之难,在第一段天子的话中也有表示:"既不可以文令,又不可以武竞",只能"处兹文武之间",即所谓"未乱易治","既乱易治",唯有"将乱难治",然而不怕此难,担当此重任的正是张方平,可见张方平的才干。第二段中,张方平对苏洵说的一席话,其中有:"夫约之以礼,驱之以法,惟蜀人易。至于急之而生变,齐鲁亦然。吾以齐、鲁待蜀人,而蜀人亦自以齐、鲁之人待其身。若夫肆于法律之外,以威劫齐民,吾不忍也。"齐鲁是周公的封地,又是孔子的故乡,是教化兴盛之地。以"教化"的方法治蜀,对百姓待之以礼,驱之以法,绝不"肆意法律之外"这就是张益州治蜀成功的原因所在。以上他的话是他内心的独白,也是他的做官之道。

本文的第二部分是诗,是用韵文的形式把第一部分的内容反复一次,并对蜀地安定以后的繁荣景象,做了必要的补充,作者有意这样安排结构,布局文章,不仅有一唱三叹的风韵,而且进一步深化了主题。

木假山记

【题解】

此文作于宋仁宗嘉祐三年（公元1058年）。作者一生仕途坎坷,屡次参加进士、茂才异考试皆不中,故借此文抒发自己怀才不遇的人生感叹,表白自己在逆境中的高尚情操。本文的写作特点是立意巧妙,寓意深刻。作者表面是写木的生长过程和木假山的形成过程,实际是借喻人才成长的艰辛和痛苦。其次是采用记叙和议论相结合的写作方法。木假山形成的曲折过程,正是作者所经历的坎坷人生的写照,作者借此展开议论,抒发自己怀才不遇的人生感叹。再次是结构紧凑,层层推演,环环紧扣,迂回绕析。作者记叙木的生长和木假山的形成,行文虽短,却把木演变成木假山的漫长过程,脉络清晰地表述出来。第一段写普通木假山,第二段写自家庭院三峰木假山,二段既有重复又有变化,产生一种回环往复的艺术效果。作者由木写到人,由木山的中峰写到二峰,由物到人,层层推进,赞扬有骨气有抱负的读书人蔑视权贵,刚正不阿的凛然正气,使文章寓意深邃,耐人寻味。

【原文】

木之生,或蘖而殇,或拱而①;幸而至于任为栋梁者,则伐②;不幸而为风之所拔,水之所漂,或破折或腐③;幸而得不破折不腐,则为人之所材,而有斧斤之患④;其最幸者,漂沉汩没于湍沙之间,不知其几百年⑤,而其激射啮食之余,或仿佛于山者⑥,则为好事者取去,强之以为山,然后可以脱泥沙而远斧斤⑦。而荒江之濆,如此者几何⑧?不为好事者所见,而为樵夫野人所薪者,何可胜数⑨?则其最幸者之中,又有不幸者焉。

予家有三峰⑩,予每思之,则疑其有数存乎其间⑪。且蘖而不殇,拱而不夭,任为栋梁而不伐,风拔水漂而不破折不腐;不破折不腐,而不为人所材,以及于斧斤,出于湍沙之间⑫,而不为樵夫野人之所薪,而后得至乎此,则其理似不偶然也⑬。

然予之爱之,则非徒爱其似山,而又有所感焉⑭;非徒爱之,而又有所敬焉。予见中峰,魁岸踞肆,意气端重⑮,若有以服其旁之二峰⑯;二峰者,庄栗刻峭,凛乎不可犯⑰,虽其势服于中峰,而岌然决无阿附意⑱。吁!其可敬也夫!其可以有所感也夫⑲!

【注释】

①木之生句:树木在生长的过程中,有的刚发出嫩芽就死掉了,有的长到两手合拢那样粗就死掉了。 蘖:树木的嫩芽。在这里用作动词,即长出嫩芽。 殇:未成年而死。 拱:两手合围。 夭:夭亡,未成年而死。

②这句的意思是:幸而长到可以用作栋梁使用的木材,那么就被砍伐去。

③不幸句:不幸被大风连根拔起,被洪水整个冲走,有的破坏折断,有的腐烂。 为风之所拔:在这里为、所配合,表示被动,即被风所拔。 漂:冲走,冲毁。 破折:破坏折断。

④则为人之所材句:就被人们作为有用的材料,于是就有被刀斧所砍伐的祸患。 材:木材。用作动词,当作材料。 斧斤:砍木的工具。这里用作动词,用刀斧砍。 则:连词。就,那么。而:连词。于是,然后。

⑤漂沉:漂泊沉沦。 汩没:淹没。 湍:水势急。

⑥而其激射啮食句:那树木经过急流的冲击和蛀虫的咬噬以后,有的形状就好似山峰一般。 激射:水浪拍打撞击。 啮食:蛀虫咬噬。 其:指示代词,指木假山。

⑦则为好事者句:那么被好事的人拿去,经过加工整理做成假山。然后就可以脱离开泥沙而且远离被刀斧砍伐的厄运。 强:强迫,勉强。 远:形容词作动词用,即远离。

⑧渍:水边。《说文》:"渍,水厓也。"

⑨不为好事者句:不被好事的人看见,而被砍柴人及山野村民当作柴火砍走的,哪里能够数得过来呢? 薪:柴火。用作动词,即当成柴火。

⑩予家有三峰:我家里有个三峰木假山。据梅圣俞诗《苏明允木山》:"唯存坚固蛟龙锹,形如三山中尤酋。左右两峰相扶翅,尊奉君长无慢尤。苏夫子见之惊且异,买于溪叟凭貂裘。"知作者以"貂裘"从"溪叟"中换此三峰木假山。

⑪予每思之句:我每逢想到它的曲折经历的时候,就怀疑在这里好像有气数在起着决定作用。 数:气数。古代人将盛衰兴亡的命运看作是上帝安排的,是不依人的意志为转移的。

⑫这句话的意思是:不破坏折断,不腐烂,然而没有被人当作木材拿走,以致遭受刀斧砍伐的灾祸,能够从湍急的河流和泥沙中间出来。

⑬而不为句:然而没有被打柴的、田野村民当作柴火,而后得以到达这里,那么它的经历从道理上讲,好像并不是偶然的。 而、则:连词。 至:到,到达。 理:道理、事理。

⑭徒:仅仅,只是。

⑮予见中峰句:我看那中峰,高大魁梧,傲慢放肆地居于中央,神气端庄稳重。

魁岸:体貌雄伟。犹"魁梧"。　　踞肆:傲慢放肆。　　意气:神情。

⑯这句话的意思是:好像想使它旁边两座山峰倾服的样子。

⑰二峰者句:旁边这二座山峰,端庄严谨,挺拔峻峭,威然的样子不可侵犯。

庄栗:庄重恭谨。　　刻削:亦作"刻陗"。高峻;挺拔。

⑱虽其势句:虽然从形势上二峰倾服于中峰,但看它们那高耸挺拔的样子,绝没有曲意附和的意思。　　势:形势,情势。　　岌然:高耸的样子。　　阿附:曲意附从。

⑲呀句:唉!它们真是令人敬佩啊!它们多么令人感慨啊!　　也夫:语气词连用,起加强语气的作用。

【集评】

明茅坤《唐宋八大家文钞》卷一百十六:即《木假山》看出许多幸不幸来,有感慨有态度。文凡六转,入山末又一转,有百尺竿头之意。

清储欣《评注苏老泉集》卷五:身世间幸不幸,俱作如是观。

清王应鲸《唐宋八大家公暇录》卷四:累棋势,转丸手。(储同人语)理数二字,是一篇眼目。幸不幸,是数之所在,便是理之所在,以数不外理也。句句是写木假山,即句句是写自己。一生之幸不幸,乃二子之各能成家处。此借题写意,乃比体也。

清林云铭《古文析义》卷十四:林西仲曰:全篇层折虽多,却是一气,然一气中,亦可分两段也。上段以幸不幸,归本数字;下段以可感可敬,紧接理字。如本假山乃成材后,风拔水漂之余,见取于好事,不过一玩已耳。老泉自以少学而弃去,壮复发愤,其于成材,甚费周折,有类于木不殇夭而至任梁栋也;其后困益甚,有类于风拔水漂不破折不腐也;尽烧曩所为文,读圣贤文七八年,备历刻苦,有类于湍沙间激射啮食也;晚同二子受知庐陵,有类于为好事者取去,脱泥沙而远斧斤也。藉令不得庐陵,布衣终老,遇合之数虽难,然声气之应求非偶然之理。己之所学既可以服二子,而二子亦各成一家,庐陵之爱且敬,所谓惟其有之,是以似之,亦有类于三峰,独为己有也。人知下段老泉自况,而不知上段已句句自况。以《上欧阳修书》参看,则知其借题自写,他人移用不得。

清沈德潜《唐宋八大家文读本》卷十七:高梅亭(高塘)云:"从木中参出名理,大发议论,无限感慨。以幸不幸作眼目。末段寓己身分在内,'有所感'三字,是作记之意。以幸不幸作眼目,以理数为归宿。写木假山,即是写己,皆有所感而发也。此六义中比体"。又:前以幸不幸归本数字,后从数字转出理字,极变幻中,自成章法。储同人先生评为:累棋势,转丸手。良然。

清乾隆三年敕编《唐宋文醇》卷三十六:大凡物,皆偶然也,是以大不偶然也。或贵或贱,或寿或夭,或遇或不遇,皆偶然也。然而既贵既贱,既寿既夭,既遇既不

国学经典文库

唐宋八大家散文鉴赏

苏洵卷

432

遇，是亦大不偶然也。君子曰：是偶然者也，所性不存焉。故处啬而不以一毫挫于人，处丰而不以一毫加于人也。亦曰：是大不偶然者也，尽性之道在是焉。故穷则独善其身，风雨如晦，鸡鸣不已也；达则兼善天下，一夫不获时，予之幸也。

近人林纾评《嘉祐集》：以上种种，大概述其家难，几于不保其一身，盖有托而言也。后论中峰及左右二峰，中峰自喻，左右二峰喻轼、辙也。老泉之文似逊于东坡，而名位尤不及颖滨。父子相敬畏，不期流露于言表。

【鉴赏】

《木假山记》选自《嘉祐集》，是苏洵的一篇得力之作。

一、两座木假山

苏洵有两座木假山。一座是用"貂裘"从"溪叟"手中换来的，置于眉山家院庭前。梅圣俞曾见并为之赋诗《苏明允木山》："空山枯楠大蔽牛，霹雳夜落鱼凫洲。鱼凫水射千秋蠹，肌烂随沙荡漾流。唯存坚固蛟龙锹，形如三山中尤酋。左右两峰相扶翊，尊奉君长无慢尤。苏夫子见之惊且异，买于溪叟凭貂裘。因嗟大不为栋梁，又叹残不为薪樵。雨浸藓涩得石瘦，宜与夫子归隐丘。"苏洵自己也写诗《答二任》谈此木假山："庭前三小山，本为山中楂。当前凿方地，寒泉照欲垭。无此可竟日，胡为踏朝衙？"苏轼在《木山并叙》中说："吾先君子尝蓄木山三峰，且为之记与诗。诗人梅二丈圣俞见而赋之，今三十年矣。"苏轼此诗作于元祐三年（公元1088年），逆数三十年，应是嘉祐三年（公元1058年）。由此可知，苏洵的《木假山记》应作于嘉祐三年，时苏洵五十岁。另一座木假山，是杨纬在长江三峡中所赠，苏洵带入京城。嘉祐四年（公元1059年）十月，苏洵带领轼、辙二子及全家人等离开家乡眉山，沿岷江、长江而下，即第二次赴京师，路经长江三峡时，杨节推请求苏洵为其父写墓志铭，赠木假山一座，苏洵曾作《和杨节推见赠》《寄杨纬》等诗，后又写《与杨节推书》，并完成了《丹陵杨君墓志铭》。由铭文可知，杨节推即杨美球，曾任节度使推官，故称杨节推。苏洵《寄杨纬》诗中说："家居对山木，谓是无言伴。去乡不能致，回顾颇自短。谁知有杨子，磊落收百段。拣赠最奇峰，慰我苦长叹。连城尽如削，邃洞幽可玩。回合抱空虚，天地耸其半。舟行因乐载，陆挈敢辞懒？飘飘忽千里，有客来就看。自言此地无，爱惜苦欲换。低头笑不答，解缆风帆满。京洛有幽居，吾将隐而玩。"苏洵终于将杨节推所赠木假山携带入京。据今人曾枣庄推论："杨节推、杨美球、杨纬很可能是同一人，节推为其职，美球、纬，或为名，或为字，或为号；而所赠木山，很可能就是苏洵为其父作《墓志铭》的润笔。"苏洵后来在京城所蓄的木山就是峡中杨纬所送的小山，而眉山家中的木山三峰，他并未带入京城。王文诰《苏诗总案》误两木假山为一木假山，与上述事实不符。

二、层曲环扣，迂回绕折

文似看山不希平。本文的首要特点，就是曲折不平，正如沈德潜在本文开头所加"眉批"说："凭空而来,一气层折,几不可已,如寻武夷九曲,一曲一胜。"本文记叙"木假山",先从"木"写起。从树木的生长过程来看,有的刚发芽就枯死了,这是不幸的,有的长成合抱大树才被砍伐,这算是有幸的了。树苗有幸长成大树,又有"幸"与"不幸"两种情况:不幸被风连根拔起,在水上漂泊,有的被破坏折断,有的被腐蚀而朽烂,有的与之相反,幸而成材,也免不了斧头砍伐的祸患。其中最有幸的,漂浮在激流或沉没于泥沙之中,不知经过几百年,被水浪拍击,虫子蛀蚀之后,馀下的木头,表面高低不平,好像山的形状,这就是"木假山",至此点题,由木写到了"木山"。在极偶然的机会中,这种木假山被好事者拾取而去,从而脱离了泥沙,并且免去了斧砍的灾祸,所以是最幸的了。然而不为"好事者所见",而为樵夫或村野之人当作柴烧的是多数,不可胜数,这是最幸者中的不幸者。以上是第一段的第一层,环绕着"幸"与"不幸",叙述木的生长过程和由木到木山的演变过程,迂回曲折,环环相扣,脉络清楚。接着第二层写"余家有三峰的木假山,正是经历了上述演变过程,经受了多种磨难,终于免挨刀斧之患,脱离湍沙而又不被"所薪",成为苏家的珍爱物,这许是"数"——命运的安排吧,"其理似不偶然也"。这一层基本上是第一层的反复,但不是简单重复,字句有所改变、更换或节略,这是一种"复现"的修辞手法,能够加深印象,产生一种"回环"的美感。以上是第一段,包括两层,由木山的幸与不幸归结于"数"(气数、命运),再由"数"转出"理"(道理或哲理),累棋转丸,极尽变化。

三、以理入文,寓理深刻

"以理入文",即在记叙文中,采用记叙描写与抒情议论相结合的方式,在所记具体事物的基础上,加以抒发感情,议论哲理,这是宋代散文的一个突出特点,譬如范仲淹的《岳阳楼记》、王安石的《游褒禅山记》、苏轼的《石钟山记》等。苏洵的这篇《木假山记》也是如此。本文在第一段记叙木假山形成的基础上,紧接一个"理"字,在第二段就大发议论和感慨。第二段先提出一个"爱"字,表示"余"对木假山喜爱的感情,从而引出"感""敬"二字来。那么"所感""所敬"的内容是什么呢?于是就自然而然地引起议论:"所感""所敬"的是:"中峰意气端重""服其旁之二峰"的风格、气魄；其他二峰"庄栗刻峭"，"服于中峰"而"决无阿附意"的品节、情操。这也正是本文所要表达的人生的哲学和做人的道德风尚。以上是文章的第二段，作者直接发表议论，以理入文，哲理豁然，这与"寓理深刻"是不同的。所谓"寓理"，是作者不直接发表议论，而把哲理寓含在文章的字里行间，通过对具体事物的描述，间接地表现哲理。本文的第一段就是如此。作者用树木的成长和演变为木山的曲折漫长的过程，隐喻人生的曲折和坎坷，木山的幸与不幸隐喻人生的良好机遇和怀才不遇。这种隐喻的方法，胡怀琛称之为"匣剑帷镫"笔法(见《古文笔法百篇》)，剑藏于匣内，镫隐于帷中，颇能耐人寻味。

四、借物自况

如果我们读一读苏洵的年谱或传记，就自然而然地意识到本文是作者"借物自况"的文章。木的生长和木山形成的曲折漫长过程，正是苏洵所经历的人生道路，木山的幸与不幸正是苏洵的遇与不遇，三峰的风格、气节正是苏洵的道德风尚。显然苏洵是以木山自比、三峰自况的。当然也可以扩大一点说，三峰是比喻"三苏"，其凛然不屈，岌然不阿的风骨，俨然"三苏"小影。轼辙仕途坎坷，屡遭贬谪，升降沉浮，始终不屈其志，不阿附迎合，正是如此。有人说把三峰比三苏，是指中峰比老苏，旁二峰比轼、辙。这样"分喻"，恐不妥当，一来过死，二来与文意不合。

清代著名文章评点家林云铭对此文的评语，颇有可取之处，现录于此，借"龙睛"以结束拙文：

全篇层折虽多，却是一气。虽一气中亦可分两段也。上段以幸不幸，归本数字；下段以可感可敬，紧接理字。如木假山乃成材后，风拔水漂之余，见取于好事，不过一玩已耳。老泉自以少学而弃去，壮复发愤，其于成材，甚费周折，有类于木不伤夭而至任梁栋也。其后困益甚，有类于风拔水漂不破折不腐也。尽烧曩所为文，读圣贤文七八年，备历刻苦，有类于湍沙间激射啮食也。晚同二子，受知庐陵，有类于好事者取去、脱泥沙而远斧斤也。藉令不得庐陵，布衣终老，遇合之数虽难，然声气之应求，非偶然之理。己之所学，既可以服二子，而二子亦各成一家。庐陵之爱且敬，所谓惟其有之，是以似之，亦有类于三峰独为己有也。人知下段老泉自况，而不知上段已句句自况。以《上欧阳书》参看，则知其借题自写，他人移用不得(见《古文笔法百篇》)。

彭州圆觉禅院记

【题解】

本文写作时间不详。本文从保聪不叛其师立说,但主要的内容是批评唐宋以来在释教徒和道家信徒中出现的叛师现象,并由此批判了士大夫当中对此种行径缺乏鉴别的行为。文中指出,如果叛释、道,须"归尔父子,复其室家"才可,否则,不可立于天地之间。

在此基础上,苏洵在文章中表彰了彭州僧保聪,指出保聪"布衣蔬食以为其徒先"的率先垂范行为,从而使圆觉院大治,并且不叛其师的做法。这贯穿了一个重要的观点,即是无论什么人,都必须遵循儒家的伦理道德观念,体现了当时儒、释、道三家思想相互融合的状况。

本文写作上极有特点,重心不在圆觉院,却在保聪的行为和唐宋以来的风气,显然见出了作文的重点不在为圆觉院作记,而在于抨击不良世风,这是借题发挥,很为突出的。本文写作上,为了突出自己的重点意思,文字上轻重分明,对比强烈,在记叙类文章中是别立一格的。

【原文】

人之居乎此也①,其必有乐乎此也②。居斯乐,不乐,不居也③。居而不乐,不乐而不去,为自欺④,且为欺天⑤。盖君子耻食其食而无其功,耻服其服而不知其事,故居而不乐,吾有吐食脱服以逃天下之讥而已耳⑥。天之畀我以形,而使我以心驭也⑦。今日欲适秦,明日欲适越,天下谁我御⑧?故居而不乐,不乐而不去,是其心且不能驭其形,而况能以驭他人哉⑨?

自唐以来,天下士大夫争以排释、老为言⑩,故其徒之欲求知于吾士大夫之间者,往往自叛其师以求容于吾。而吾士大夫亦喜其来而接之以礼。灵师、文畅之徒,饮酒食肉以自绝于其教⑪。呜呼!归尔父子,复而室家,而后吾许尔以叛尔师。父子之不归,室家之不复,而师之叛,是不可以一日立于天下。《传》曰:"人臣无外交⑫。"故季布之忠于楚也,虽不如萧、韩之先觉,而比丁公之贰则为愈⑬。

予在京师,彭州僧保聪来,求识予甚勤,及至蜀,闻其自京师归,布衣蔬食以为其徒先,凡若干年,而所居圆觉院大治⑭。一日,为予道其先师平润事⑮,与其院之所以得名者,请予为记。予嘉聪之不以叛其师悦予也⑯,故为之记曰:彭州龙兴寺僧平润讲《圆觉经》有奇，因以名院。院始弊不葺，润之来，始得隙地以作堂宇⑰。凡更二僧而至于保聪，聪又合其邻之僧屋若干于其院以成，是为记⑱。

【注释】

①"人之居乎此也"句，意思是：人（们）居住于此地。

②"其必有乐乎此也"句，意思是：它就一定有乐于安居此处的道理。 其：它，指居留此地这件事。

③"居斯乐，不乐，不居也"句，意思是：住在这儿快乐，不然是不会住下来的。

④"居而不乐，不乐而不去，为自欺"句意思是：任凭住此不乐却不想离开，是自己欺骗自己。

⑤"且为欺天"句意思是：也是欺骗天意。

⑥"盖君子耻食其食而无其功，耻服其服而不知其事，故居而不乐，吾有吐食脱服以逃天下之讥而已耳"句为：君子耻于吃饭穿衣，衣食只流于一种表面形式，达不到预期效果。因此，居住不乐使人有一种弃衣绝食用以避免天下人对其嘲讽的感觉。

⑦"天之畀我以形，而使我以心驭也"句意为：老天给予我的形体，并使我用心来驾驭身体一举一动。 畀：给予。

⑧"今日欲适秦，明日欲适越，天下谁我御？"句意思是：今天想要为秦国干事，明天想要为越国服务，纷争的天下事让我怎么处理好呢？ 御：抵御，解决，此处当处理讲。

⑨"故居而不乐，不乐而不去，是其心且不能驭其形，而况能以驭他人哉？"句为：所以，居住下来并不快乐，并且不思迁居，是因为心神不能支配身体，又怎么能支配别人呢？

⑩"自唐以来，天下士大夫争以排释、老为言"句意思是：自从唐朝以后，天下的士大夫争着排斥佛家、道家学说。

⑪"灵师、文畅之徒，饮酒食肉以自绝于其教"句意思是：灵师，文畅之辈，喝酒吃肉这样显示自己背叛自己的信仰。

⑫《传》曰："人臣无外交"句意思为：《传》上写着：作为臣子忠于主公，没奉命不能有私交。

⑬"故季布之忠于楚也，虽不如萧、韩之先觉，而比丁公之贰则为愈"句为：因此，季布忠实于楚，虽然不如萧何、韩信那样先行一步，然而比丁公的贰心却好多了。

⑭"予在京师，彭州僧保聪来，求识予甚勤，及至蜀，闻其自京师归，布衣蔬食以为其徒先，凡若干年，而所居圆觉院大治。"句意为：我在京师，彭州僧保聪来求见我很勤。等回到蜀，听说他从京师回来了，穿布衣吃蔬菜来为后辈做榜样，经过许多年，因而所住的圆觉寺发展兴旺了。

⑮"一日，为予道其先师平润事"句意为：一天，对我说他的先师平润事迹。

国学经典文库

唐宋八大家散文鉴赏

苏洵卷

⑯"与其院之所以得名者,请予为记。予嘉聪之不以叛其师悦予也"句为:和他的寺院所以得名的原因,请我做记。我赞许保聪的以不背叛师傅为荣而高兴。

⑰"彭州龙兴寺僧平润讲《圆觉经》有奇,因以名院。院始弊不葺,润之来,始得隙地以作堂宇。"句为:圆觉禅院是龙兴寺僧平润讲《圆觉经》多年之处,就用"圆觉"来命名寺院。开始院里荒凉未修葺,平润师傅来之后,才开辟空地用作庭院。

⑱"凡更二僧而至于保聪,聪又合其邻之僧屋若干于其院以成,是为记。"句意思是:已经更换过两位僧人,才到保聪手里。保聪又合并龙兴寺左右一些僧屋收进本院,才成为如今禅院的规模,这就是圆觉寺记。

【集评】

明茅坤《唐宋八大家文钞》卷一百十六:翻案格议论有一段风致。

【鉴赏】

本文的中心意思是褒扬保聪向士大夫学习而不背叛其师的品德。但是文章并不是一开始就点明这点,而是先从居与乐下笔,生发出议论,再谈到心与形的关系,说明人的形(行为)应受心(思想)的支配。整天朝秦暮楚,是心不能驭形,连自己的行为都不能控制,还怎么能去驾驭别人呢。

接着作者又从唐以来士大夫纷纷以解释佛老哲学而做文章,佛老之徒向士大夫学习这样一个事实出发,指出佛老之徒背叛自己的师父,离开自己的室家,"是不可以一日立于天下的"。"人臣无外交",意思是说臣子没有得到君主的命令,不得私觐他国君臣。《礼·郊特牲》:"为人臣者无外交,不敢二君也。"私觐,即外交。季布,汉初楚人。楚汉战争中,为项羽部将,数围困刘邦。汉朝建立,被刘邦追捕,由朱家通过夏侯婴向刘邦进言,得赦免。萧、韩,萧何与韩信。"丁公之二",典出"丁公被戮"。丁公,汉薛人,名固,《史记·季布传》:"季布母弟丁公为楚将。丁公为项羽逐窘高祖彭城西,短兵接,高祖急顾丁公曰:两贤岂相厄哉?'于是丁公引兵而还,汉王遂解去。及项王灭,丁公谒见高祖。高祖以丁公徇军中,曰:'丁公为项王臣不忠,使项王失天下者,乃丁公也'。遂斩丁公。曰:'使后世为人臣者,无效丁公'。"

最后才接触本篇文章的正题,彭州僧保聪继承其师平润艰苦创业的精神而修成圆觉禅院。保聪向我学习,但不背叛其师父,这种精神值得赞赏。龙兴寺,在今四川省彭县北,唐始建。唐陈会《再建龙兴寺》:"我唐开元中诏号龙兴,会昌五年废为闲地"。圆觉经,佛经名,具名大方广圆觉修多罗了义经,唐佛陀多罗译,十二章,乃佛应文殊、普贤等十二大士请问因地修证之法门而说,为圆顿大乘教,以先悟后修,克期取证之旨。保聪、平润事均不详,圆觉禅院也失所。

本文充分体现了苏洵文章各自为片段,合而为妙文的特点。初看各片段之间并没有多大的联系,细读方知其用心良苦,以议论为本,变态不穷,自成一家。

老翁井铭①

【题解】

嘉祐二年(公元1057年),作者结发妻子程氏病逝,此文为卜葬墓地而作。苏洵一生不得志,参加进士和茂才异考试皆不中,不得已而放弃科举,专心于学术,然而追求功名的赤诚并没有泯灭。经过十余年的苦心攻读,他自觉学业有成,写出很多颇有所得的文章,希望得到朝廷的重用。嘉祐元年,他率二子进京,得到欧阳修、韩琦等人的赏识,一时士子争相传诵他的文章。正当他名动京师,二子又高中进士榜首之时,不幸得到妻子病逝的消息,便率二子匆匆回蜀奔丧。此时的苏洵陷入在极度的痛苦之中,仕途的挫败和家庭的不幸,使他受到沉重的打击。此文中,苏洵借民间传说故事,抒发自己厌倦世俗,追求超脱清逸的情怀。以苍颜白发老翁自况,空旷的山野,孤寂的身影,正是他目前悲惨处境的真实写照;对月长啸,临泉嬉戏,发泄他追求功名而不得的无可奈何的颓伤情感;最后以自洁自好,表现他那种超脱凡世的清高思想。

【原文】

丁酉岁,余卜葬亡妻,得武阳安镇之山②。山之所从来,甚高大壮伟,其末分而为两股,回转环抱。有泉坌然,出于两山之间③,而北附右股之下,畜为大井④,可以日饮百余家⑤。卜者曰吉,是其《葬书》为神之居⑥。盖水之行,常与山俱,山止而泉洌⑦,则山之精气势力自远而至者,皆畜于此而不去,是以可葬无害⑧。

他日乃问泉旁之民,皆曰是为老翁井⑨。问其所以为名之由⑩,曰:"往数十年,山空月明,天地开霁⑪,则常有老人,苍颜白发,偃息于泉上⑫。就之,则隐而入于泉,莫可见。"盖其相传以为如此者,久矣。因为作亭于其上,又甃石以御水潦之暴⑬。而往往优游其间,酌泉而饮之⑭,以庶几得见老翁者,以知其信否⑮。然余又闵其老于荒榛岩石之间,千岁而莫知也⑯,今乃始遇我,而后得传于无穷,遂为铭曰:

山起东北,翼为西南⑰。涓涓斯泉,坌溢以弥⑱。敛以为井,可饮万夫⑲。汲者告我,有叟于斯⑳。里无斯人,将此谓谁㉑?山空寂寥,或啸而戏㉒。更千万年,自洁自好㉓。谁其知之?乃讫遇我㉔。惟我与尔,将遂不泯㉕。无溢无竭,以永千祀㉖。

【注释】

①老翁井铭:此文作于宋仁宗嘉祐二年(公元1057年)。为妻子程氏卜葬墓地

而作。

　　②丁酉:宋仁宗嘉祐二年。　　卜葬:古代埋葬死者,先占卜以择吉祥之葬日与葬地。　　武阳:眉州武阳县,故城在今四川彭山区东。　　安镇:武阳县内乡名。

　　③坌然:涌出貌。

　　④而北附右股之下句:向北靠近右侧山势,流动的泉水积聚成很大的水井。畜:通"蓄",积存。

　　⑤可以日饮百余家:每天可以供给百余家人饮用。　　饮:使动用法,使百余家人饮用。

　　⑥卜者曰吉句:占卜的风水先生说这里吉利,按相坟地的书说,是神灵的住处。葬书:书名。内容主要是阐述墓穴吉凶、葬地风水抉择之类。

　　⑦盖水之行句:水的运行,常常与山势的走向在一起,山脉截止的地方,泉水一定很寒冷。　　盖:句首语气词。　　俱:在一起。　　冽:寒冷。

　　⑧这句的意思是:那么山的精气势力从很远的地方到达,都积存在这里而不离去,因此可以安葬,没有祸害。

　　⑨他日:过些天,日后。

　　⑩这句的意思是:问它所以叫老翁井的名称的缘由。

　　⑪往:从前,过去。　　霁:雨雪停止,云雾散,天放晴。

　　⑫偃息:仰卧休息。

　　⑬因为作亭于其上句:因此在泉边修建起亭子,又砌上砖石来防御水流的侵害。　　甃:用砖砌井池等。　　水潦:流于地面的水。　　暴:欺凌,损害。

　　⑭而往往优游其间句:而且常常在那里悠闲地散步,舀起泉水来喝。　　往往:常常。　　优游:悠闲自得。

　　⑮庶几:副词。表示可能或期望。　　信:言语真实。

　　⑯然余又闵其老于句:然而我又怜悯它衰老在这荆棘岩石中间,千年以后也没有人知道。　　闵:哀怜,怜悯。　　荒榛:杂乱丛生的草木。

　　⑰翼:两侧。

　　⑱涓涓:细小的水流。　　溢:水漫出来。　　弥:满,遍。

　　⑲敛:收,聚集。

　　⑳汲者:打水、取水的人。　　叟:古时对老人的称呼。　　斯:指示代词。此。

　　㉑里:乡里。　　将:而。《孟子·滕文公上》:"使民盼盼然。将终岁勤动。"谓:通"为",是。

　　㉒啸:吹长啸。　　戏:嬉戏,游戏。

　　㉓更:经过,经历。　　自洁:自己保持身体的清洁。　　自好:自重,自爱。

　　㉔乃:第二人称代词。你。　　讫:终究,毕竟。

　　㉕遂:副词。终于,竟然。　　泯:灭,尽。

㉖竭:干涸。　　禩:年。殷代称年为禩。

近人林纾评《嘉祐集》:题固无甚关系,文却有声色动人。

【鉴赏】

《老翁井铭》是苏洵晚年遁世思想的折射,文中的老翁形象就是苏洵的自况。要理解文章的这一内容,须先了解苏洵的身世。苏洵一生坎坷不得志。他年轻时游荡不学,致使科举一再受挫。年近而立,始发愤苦读,专心学术,锐意以制策入仕,充满进取精神。但三十八岁时科举又不中。经过近二十年努力,他写成了《几策》《权书》《衡论》等二十余篇谈论治道、兵事的政论文章。嘉祐元年,他年近五旬,带领二子苏轼、苏辙赴京师晋见名士。宰相韩琦、大学士欧阳修很赏识他的文章和才学,极力向朝廷推荐,却迟迟不见结果。这时他得知妻子病故,赶回故乡办理丧事时写下此文。他回到家乡,仕途的挫折,家庭的变故,人世的渺茫,这一切使他心灰意冷、消极颓唐、陷入困顿。于是,借传说中的老翁以自况,抒写他厌倦世俗、追求超脱、洁身自好的出世思想。如果说

《权书》《衡论》是苏洵思想道路上积极入世的感叹号,那么《老翁井铭》则是他走到出世思想终点的无可奈何的句号。入世而不得,被迫步入出世,这正是封建社会大多数知识分子的普遍心态。直到两年以后,朝廷才给了他个小小的校书郎的职位,不久便死去。

铭,是古代散文的一种。"箴铭类者,三代以来有其体矣,圣贤所以自戒警之义,其辞尤质,而义尤深"(姚鼐《古文辞类纂·序目》)。这段话,明确地指出这种文章的基本特征是抒写胸怀,自我戒警,上面的分析已经清楚地表明了这一点。苏洵擅长政论,但抒志言情的文章也十分有特色。《老翁井铭》虽短短几百字,却清丽

隽永、含蓄蕴藉,不失为铭箴类文章中的佳作。

叙述为主,间以白描和抒情,融叙事、描写、抒情于一炉,是这篇文章的显著特色。文章开头说,丁酉年我在武阳安镇山选一块坟地安葬妻子,发现这座山起点高大雄伟,由东北方向迤逦西南。它的末尾分为两股,山势回转,四面环抱。有泉水汇集成溪流从两山之间涌出,靠右侧山岗的北边,流泉汇集为一个大井。风水先生告诉我,这里吉利,按相坟地的书说,这是神灵的住处。泉随山走,这里的泉水是山脉精气所聚,埋葬这里还能有害吗?询问泉旁百姓,他们告诉我:这泉叫老翁井。又问为什么叫这个名字?回答说:几十年前,每当月明之夜,有一苍颜白发的老人高卧泉边,走近时他就潜入泉井,就看不到了。有感于这个故事,我就在泉边建起一座亭子,四周砌石以防水涨浸泡,常常在这里散步游戏,渴了喝泉水。我很想再见到这位老翁,以证实传说是否可信。我想这位老翁常年生活在荆棘岩石之间,长时间以来人们都不了解他,今天遇到我写了这篇短文,他才能永远流传下去。最后一段以铭辞结束全文。文章第一段以起因落笔,次用传神的白描笔法,再现安镇山的雄峻之势,交代出老翁井所处的地理形势,表明它凝聚群山之精气,并非等闲之井。这一段叙描结合,间以议论,用笔简洁扼要,在章法上为后文铺垫。第二段叙写结合,转述那则充满浪漫色彩的民间传说,文势陡起。作者三言两语,就精确地勾画出一位隐者形象,渲染了老翁所生活的神话般的空灵环境,足见作者运笔之千钧功力。第三段叙议相兼,事、景、情交融,一个向往超脱、憧憬出世的现实生活中的老翁形象跃然纸上,与神话老翁相映生辉,文势似缓而实促。最后的铭辞总括上文内容,并展开抒情,传说中的神和现实中的人重合为一,形成本文言志抒情的主旋律,圆满完成文章主题的表现。综观全篇,作者融叙事、描写、议论于一体,文势斗折蛇行,严谨而富于变化。

以象显意,含蓄精炼,是这篇文章的主要写作特色。抒志言情,在表现手法上或者直抒胸臆,或者借助物象。本文抒情手法,属于后者。《老翁井铭》言志的依托,是那则奇幻迷离的民间传说。在空旷的山野中,那位苍颜白发的老翁临泉而卧,对月长啸,避见世人,出没无常,仙气沸沸。这一形象何等飘逸、鲜明,寓意又何等深邃。作者再现这种境与象的本身,而把这一物象的意蕴却留给读者去想象、揣摩和思寻。这种表现手法,形成了本文含蓄精炼、以少胜多、缩万里于尺幅的艺术效果。